三國演義

彙評彙校本

〔明〕羅貫中 著
〔清〕毛宗崗等 評改
與觚齋 輯校

中華書局

第三十八回

定三分隆中決策
戰長江孫氏報仇

玄德第三番訪孔明，已無阻隔。然使一去便見，一見便允，又徑直没趣矣。妙在諸葛均不肯引見，待玄德自去，于此作一曲；及〔一〕令童子通報，正值先生晝眠，則又一曲；玄德不敢驚動，待其自醒，而先生只是不醒，則又一曲；及半晌方醒，只不起身，却自吟詩，則又一曲；童子不即傳言，直待先生問有俗客來否，然後説知，則又一曲；及既知之，却不即見，直待入内更衣，然後出迎，則又一曲：此未見以前之曲折也。及初見時，玄德稱譽再三，孔明謙讓再三，只不肯賜教，于此作一曲；及玄德又懇，方問其志若何，直待玄德促坐，細陳衷悃〔二〕，然後爲之畫策，則又一曲；及孔明既畫策，而玄德不忍取二劉，孔明復決言之，而後玄德始謝教，則又一曲；孔明雖代爲畫策，却不肯出山，直待玄德涕泣以請，然後許諾，則又一曲；既已許諾，却復固辭聘物，直待玄德慇懃致意，然後肯受〔三〕，則又一曲；及既受聘，却不即行，直待留宿一宵，然後同歸新野，則又一曲：此既見以後之曲折也。文〔四〕之曲折至此，雖九曲武夷，不足擬之。

孔明既云曹操不可與争鋒，而又曰中原可圖，其故何哉？蓋漢、賊不兩立，雖知天時，必盡人事，所以明大義于天下耳。且其言有應

〔一〕「及」，光本作「反」，形訛。
〔二〕「悃」，貫本、商本作「曲」。
〔三〕「受」，原作「變」。按：「受」字義合，據毛校本改。
〔四〕「文」，原作「友」，據毛校本改。

有不應：三分鼎足，言之應者也；功成歸田，言之不必應者也。其必應者酬三顧之恩，其不必應者念托孤之重。大段規模，固已算定于前；而相理制宜，不妨變通于後。如必説一句定是一句，天下豈有印板事體，古人豈有印板言語，書中豈有印板文章乎？

或曰：孔明不勸玄德取孫、曹之地，而勸玄德取二劉之地，將欲扶漢而反自翦其宗室，毋乃不可乎？予曰：不然。二劉之地，玄德不取，必爲孫、曹所有。故争荆州于孫權，何如受荆州于劉表，此玄德之失計于先也；取西川于劉璋，無異取西川于曹操，此孔明之預規其後也。不得以此爲孔明病。

正叙孔明出草廬之後，讀者方欲拭目而觀孔明之事，乃忽然舍却新野，夾叙東吴；不但爲孫權一邊不當冷落，亦將爲孔明遊説東吴張本也。且其間文字亦有相連而及者：孔明爲玄德畫策，便有周瑜爲孫權畫策以配之；孫權爲孫堅報仇，便有徐氏爲孫翊報仇以配之；又玄德得賢相，孫權亦得良將；孔明欲圖荆、益，甘寧亦請圖荆、益：凡如此類，皆天然成對，豈非妙文。

前太子辨與皇子協卧草堆之中，而崔毅有兩日之夢；今孫策與孫權領江東之衆，而其母亦有一日一月之夢。夫日爲君象，民無二君，天無二日。辨既廢而協始立，一日没而後一日升，原無兩日並出之理也。若以孫權爲日，則是與蜀、魏之君並出而爲三日矣。吾以爲正統之主則當日之，僭號之主則但當月之。就江東而論，則權爲日而策爲月；若就天下而論，則宜以劉備爲日，而曹丕與孫權皆月耳。

二喬姊妹，分嫁二婿；二吴姊妹，同歸一夫。權母謂權曰：「吾死之後，汝事吾妹如事我。」然則母死之前，權以母姨爲庶母；母死之後，權即以母姨爲繼母矣。以母姨爲庶母，與尋常之庶母不同；以母姨爲繼母，與尋常之繼母不同：權即欲不盡孝而不可得矣。雖然，不獨孫權宜然也。凡繼母之與前母，亦姊妹行也；即庶母之與嫡母，亦姊妹行也。豈必母姨而後爲母之姊妹，豈必事母之姊妹而後盡孝哉？

唐徐世勣起于盜賊之中，而甘寧亦起于盜賊之中；世勣初號「無賴賊」，繼號「難當賊」，末號「佳賊」，而甘寧亦號「錦帆賊」。然世勣阿附武后，而甘寧忠事孫權：則世勣之佳不必佳，而甘寧之錦乃真錦也。

今之學孔明者，不能學其決策草廬，而但學其晝寢；學甘寧者，不能學其改邪歸正，而但學其銅鈴錦帆；學孫權者，不能學其尊賢禮士，爲父報仇，而但學其喪中爭戰；學徐氏者，不能學其智謀節義，而但學其濃粧艷裹，言笑自若。爲之一笑。

却說玄德訪孔明兩次不遇，欲再往訪之。關公曰：「兄長兩次親往拜謁，其禮太過矣。想諸葛亮有虛名而無實學，故避而不敢見。【毛】今有請名士作文、請名醫治病而遲遲不赴者，乃當以此誚之。【漁】今之請〔五〕醫而不即赴者，當以此言誚之。【贊】這便不通矣。【鍾】此言差矣。**兄何惑于斯人之甚也！」玄德曰：「不然。昔齊桓公欲見東郭野人，五反而方得一面。**【毛】關公愛讀《春秋》，便對他說一春秋故事。**況吾欲見大賢耶？」**【三】【考證】昔日齊桓公欲見東郭氏，一日三往而不得見之，從者止之曰：「萬乘之君而下見布衣之士，一日三往而不得見，亦可以止矣。」桓公曰：「士之傲爵禄者，固輕其主；君之傲伯王者，亦輕其士。從夫子傲爵（禄），吾豈敢傲伯王乎？」五返，然後見焉。**張飛曰：「哥哥差矣。量此村夫，何足爲大賢！今番不須哥哥去，他如不來，我只用一條麻繩縛將來！」**【毛】【漁】將（欲）以麻繩

〔五〕「請」，原作「清」，形訛。據衡校本改。

當干旄之素絲耶？將欲以一縛當白駒之縶維〔六〕耶？（如此請客，可發一笑。）【贊】快人，妙人。老張最妙。孔明不合如此；今之所謂隱君徵士，只合如此也。【鍾】老張最嫌孔明不合如此。玄德叱曰：「汝豈不聞周文王謁姜子牙之事乎？【毛】既引齊桓，又述周文，每況愈高。可見玄德之卑以自牧，正其高于〔七〕自待也。文王且如此敬賢，汝何太無禮！今番汝休去，我自與雲長去。」飛曰：「既兩位哥哥都去，小弟如何落後！」【贊】佛，佛。【鍾】妙人。玄德曰：「汝若同往，不可失禮。」【毛】麻繩一條，不勞帶得。飛應諾。

于是三人乘馬引從者往隆中。離草廬半里之外，玄德便下馬步行，【毛】其恭也如是。正遇諸葛均。玄德忙施禮，問曰：「令兄在莊否？」均曰：「昨暮方歸，將軍今日可與相見。」言罷，飄然自去。【毛】玄德訪孔明，必帶着兩箇兄弟同去；孔明見玄德，更不消一箇兄弟陪來〔八〕。〈【毛】【漁】〉勞者自勞，逸者自逸。玄德曰：「今番僥倖得見先生矣！」張飛曰：「此人無禮！便引我等到莊也不妨，何故竟自去了！」【贊】老張是。【鍾】說得是。玄德曰：「彼各有事，豈可相强。」【毛】若使諸葛均一見玄德，便連忙回轉，報出孔明，迎門相揖，則不成其爲卧龍兄弟矣〔九〕。三人來到莊前叩門，童子開門出問。玄德曰：「有勞仙童轉報，劉備專來拜見先生。」童子曰：「今日先生雖在家，但今在草堂上晝寢未醒。」【毛】惟其爲卧龍，故不妨晝寢。今有瞌睡漢，不能學孔明，而但學其晝寢，豈得謂之卧龍哉？直是卧牛、卧犬耳。【漁】今之晝寢，誰是諸葛亮？玄德曰：「既如此，且休通報。」分付關、張二人，只在門首等着。玄德徐步而入，見先生仰卧于草堂几席之上，玄德拱立堦下。【毛】《西廂》之「佇立閒堦」，是未見其人

〔六〕毛批「旄」，齋本、澹本、光本、商本作「旌」。「縶維」，光本、商本倒作「維縶」。按：「干旄」出自《詩經·國風·鄘風》第九篇《干旄》「孑孑干旄」。「縶維」出自《詩經·小雅·鴻雁之什》第六篇《白駒》：「皎皎白駒，食我場苗，縶之維之，以永今朝。」

〔七〕「引」，齋本作「外」，光本作「稱」。「每況」「于」，光本作「愈比」「之」。

〔八〕「一箇兄弟陪來」，光本作「一兄弟來陪」。

〔九〕「出」，光本脱。「矣」，貫本作「也」。

而候之。，玄德之竚立閒堦，是既見其人而候之。半晌，先生未醒。關、張在外立久，不見動靜，入見玄德猶然[一〇]侍立。張飛大怒，謂雲長曰：「這先生如何傲慢！見我哥哥侍立堦下，他竟高卧，推睡不起！等我去屋後放一把火，看他起不起！」【毛】先生一生最善火攻，翼德乃欲以此法施之于先生，是班門弄斧矣。一笑。【贊】張佛，張聖人。【鍾】□發火□人此□□他□□不□。【漁】越發粗了。先生一生最善火攻，張飛可謂班門弄斧矣。雲長再三勸住。玄德仍命二人出門外等候。望堂上時，見先生翻身將起，忽又朝裏壁睡着。【毛】妙在此時還不便醒。童子欲報，玄德曰：「且勿驚動。」又立了一箇時辰，孔明纔醒，口吟詩曰[一一]：【毛】妙在還不便起，且自吟詩。

大夢誰先覺？平生我自知。

草堂春睡足，窗外日遲遲。【毛】或問先生何所夢？予曰：仲尼之夢，是夢周公；孔明之夢，定[一二]是夢伊尹。

孔明吟罷，翻身問童子曰：「有俗客來否？」【毛】妙在童子不即通報，待先生先問。○客曰「俗客」，太難爲人。能來此地者，其客亦不俗矣。【贊】【鍾】孔明（口）稱「俗客」，（亦太俗矣。）世上誰雅，誰俗乎？〈【贊】〉孔明有此分別，俗物，俗物。童子曰：「劉皇叔在此，立候多時。」孔明乃起身曰：「何不早報！尚容更衣。」【毛】還要更衣，妙。遂轉入後堂。又半晌，【毛】又是半晌，妙。方整衣冠出迎。玄德見孔明身長八尺，面如冠玉，頭戴綸巾，身披鶴氅，飄飄然有神仙之概。【毛】在玄德眼中畫出一孔明。玄德下拜曰：「漢室末冑、涿郡愚夫，久聞先生大名，如雷貫耳。昨兩次晉謁，不得一見，已書賤名于文几，未審得入覽否？」孔明曰：「南陽野人，踈懶成性，屢蒙將軍枉臨，不勝愧赧。」【毛】乍見之時，却用玄德開談，孔明回答。一述

[一〇]「然」，光本作「見」。
[一一] 毛本孔明吟詩從贊本；鍾本、漁本同贊本，贊本同明三本。
[一二]「定」，商本脱。

其來情，一謝其過訪，都是套語〔一三〕。是第一段。二人叙禮畢，分賓主而坐，童子獻茶。茶罷，孔明曰：「昨觀書意，足見將軍憂民憂國之心，但恨亮年幼才疎，有悞下問。」玄德曰：「司馬德操之言，徐元直之語，豈虛談哉？望先生不棄鄙賤，曲賜教誨。」【毛】茶罷之後，却用孔明開談，玄德問答。一自謙才短，一稱讚大名，其語尚遠。是第二段。孔明曰：「德操、元直，世之高士。亮乃一畊夫耳，安敢談天下事？二公謬舉矣。將軍奈何舍美玉而求頑石乎？」【漁】還是套話。玄德曰：「大丈夫抱經世奇才，豈可空老于林泉之下？願先生以天下蒼生爲念，開備愚魯而賜教。」【毛】第三段是孔明再三推辭，玄德再三請教，其語漸近。【贄】玄德一口詩書，大俗物也。孔明笑曰：「願聞將軍之志。」玄德屏【夏】音丙。人〔一四〕促席而告曰：「漢室傾頹，奸臣竊命，備不量力，欲伸大義于天下，而智術淺短，迄無所就。唯先生開其愚而拯其厄，實爲萬幸！」【毛】第四段是孔明問志，玄德言懷，方是深談。【鍾】玄德亦（會）說話。孔明曰：「自董卓造逆以來，天下豪傑並起。曹操勢不及袁紹，而竟能克紹者，非唯天時，抑亦人謀也。今操〔一五〕已擁百萬之衆，挾天子以令諸侯，此誠不可與争鋒。【毛】【漁】先說曹操不可取。【贄】【鍾】（隆中）定筭。孫權據有江東，已歷三世，國險而民附，此可用爲援而不可圖也。【毛】（次）（又）說孫權不可取。荊州北據漢、沔，【二】按《通鑑》：沔，音免。《禹貢》荊州註曰：荊州之域，北距南條荊山，南及衡山之陽。今（荊州）（江陵）府是也。利盡南海，東連吳會，【二】吳都曰吳會，今蘇州府是也。西通巴、蜀，此用武之地，非其主不能守：是殆天所以資將軍，將軍豈有意乎？【毛】【漁】此言荊州可取。益州險塞，沃野千里，天府之國，【二】財物所聚曰府，言益州之地物產饒多可備支給。高祖因之以成帝業。今劉璋闇【嘉】【夏】音暗。弱，民殷國富，而不知存恤，智能之士，

〔一三〕「語」，光本、商本作「話」。
〔一四〕「屏人」，光本作「移坐」，明四本作「屏退左右」。
〔一五〕「操」，商本作「曹」。

思得明君。毛漁此言益州可取。將軍既帝室之胄，信義著于四海，總攬英雄，思賢如渴，若跨有荊、益，保其巖阻，西和諸戎，南撫彝、越，外結孫權，内修政理，毛孫權不可取則結之。待天下有變，則命一上將將荊州之兵以向〔一六〕宛、洛，將軍身率益州之衆以出秦川，百姓有不簞食壺漿以迎將軍者乎？毛曹操雖不可取，而終當伐之。誠如是，則大業可成，漢室可興矣。此亮所以爲將軍謀者也，唯將軍圖之。」毛漁未下棋時，先將一盤局勢算得停停當當，豈非天下第一手。贊鍾此等人即三千顧、三萬顧，事之如父、如君、如師亦所甘心。〈贊〉僅僅三顧，何慢之甚也？言罷，命童子取出畫一軸，掛于中堂，指謂玄德曰：「此西川五十四州〔一七〕之圖也。毛正不知先生幾時覓下此一軸畫，可見其一向高卧，非真正睡着也。贊鍾今日亦有此（樣）隱士（乎）（否）？漁先有畫圖，豈真忘世者耶？將軍欲成霸業，北讓曹操占天時，南讓孫權占地利，將軍可占人和。毛漁天時、地利、人和，分得奇。贊天時、地利、人和，分得没理。先取荊州爲家，後即取西川建基業，以成鼎足之勢，然後可圖中原也。」毛既曰「成鼎足」，又曰「圖中原」。蓋成鼎足是順天時，圖中原是盡人事。○孔明畫策已盡于此。玄德聞言，避席拱手謝曰：「先生之言，頓開茅塞，二音色。使備如撥雲霧而覩青天。但荊州劉表、益州劉璋，皆漢室宗親，備安忍奪之？」毛此孔明賜教之後，而玄德躊躇，又作一折。孔明曰：「亮夜觀天象，劉表不久人世；劉璋非立業之主，久後必歸將軍。」玄德聞言，頓首拜謝。毛此孔明重言以決而玄德謝教，乃作一收。只這一席話，乃孔明未出茅廬，已知三分天下，真萬古

〔一六〕「向」，光本、商本作「出」。

〔一七〕「川」，原作「州」，致本、齋本同；明四本作「蜀」。按：「州」字誤，據其他毛校本改。按：《後漢書·郡國志》：「右益州刺史部，郡、國十二，縣、道一百一十八。」除去北部張魯據漢中郡九縣，及南部南中牂牁、越嶲、益州、永昌四郡五十五縣，其餘中部，所謂「西川」，共五十四縣、道。「縣（道）」誤作「州」，「五十四州」成習，從原文。

之人不及也！【贊】有甚不及？只在自己家裡做事，曹家、孫家則不敢也。可笑後人無識〔一八〕，道是孔明有用。發一笑笑也。後人有詩讚曰：

「豫州」當日嘆孤窮，何幸南陽有卧龍！
欲識他年分鼎處，先生笑指畫圖中。

玄德拜請孔明曰：「備雖名微德薄，願先生不棄鄙淺〔一九〕，出山相助。備當拱聽明誨。」孔明曰：「亮久樂畊鋤，懶于應世，不能奉命。」【毛】此孔明于決策之後忽然不肯出山，又作一折。玄德泣曰：「先生不出，如蒼生何！」言畢，淚沾袍袖，衣襟盡濕。【毛】前至水鏡莊上衣襟盡濕，今在卧龍莊上衣襟亦〔二〇〕盡濕。前之濕是水，今之濕是淚。前遇難而不淚，今爲求賢而反淚者：前不爲一身而淚，今則爲蒼生而淚也。【贊】玄德之哭極似今日妓女，可發大笑也。【鍾】真情所感。【漁】玄德乘哭動人。孔明見其意甚誠，乃曰：「將軍既不相棄，願效犬馬之勞。」【毛】此孔明因玄德意誠而許諾，又作一收〔二一〕。玄德大喜，遂命關、張入，拜獻金帛禮物。孔明固辭不受。【毛】孔明不肯受聘，又作一折。【漁】有針線。玄德曰：「此非聘大賢之禮，但表劉備寸心耳。」孔明方受。【毛】此因玄德又懇而孔明方受，又作一收。【贊】孔明受聘這箇樣子，却與今人暗合也。【鍾】孔明欲觀其誠否。于是玄德等在莊中共宿一宵。【毛】前宿水鏡莊上，爲想伏龍、鳳雛，一夜睡不着。今此夜與前不同，定然睡着矣。次日，諸葛均回，孔明囑付曰：「吾受劉皇叔三顧之恩，不容不出。汝可躬畊于此，勿得荒蕪田畝。待吾〔二二〕功成之日，即當歸隱。」【毛】方出山便思退步，是真淡泊寧静之人。【贊】【鍾】不比今人沉于宦海（，不肯廻頭也）。【漁】三分鼎足，此語驗者也；功成歸隱，此語不必驗者也。前人無印板文字。後人有詩歎

〔一八〕「識」，贊校本闕。
〔一九〕「淺」，澹本、商本作「賤」，形訛；明四本無。
〔二〇〕「衣襟亦」，商本作「又衣襟」。
〔二一〕「收」，齋本、光本作「折」。
〔二二〕「吾」，商本作「我」。

曰〔二三〕：

身未升騰思退步，功成應憶去時言。
只因先主丁寧後，星落秋風五丈原。贊鍾妙句。
漁前二句可醒宦遊人，後二句足見思歸客。

又有古風一篇曰〔二四〕：

高皇手提三尺雪，芒碭二音蕩。白蛇夜流血。
平秦滅楚入咸陽，二百年前幾斷絕。
大哉光武興洛陽，傳至桓靈又崩裂。
獻帝遷都幸許昌，紛紛四海生豪傑。
曹操專權得天時，江東孫氏開鴻業。
孤窮玄德走天下，獨居新野愁民危〔二五〕。
南陽卧龍有大志，腹内雄兵分正奇。
只因徐庶臨行語，茅廬三顧心相知。
先生爾時年三九，毛亮出山時，年方二十七歲。
收拾琴書離隴畝。
先取荆州後取川，大展經綸補天手。
縱横舌上鼓風雷，談笑胸中換星斗。
龍驤虎視安乾坤，萬古千秋名不朽！

玄德等三人別了諸葛均，與孔明同歸新野。鍾魚水相（歡）。**玄德待孔明如師，食則同桌，寢則同榻，終日共論天下之事。孔明曰：「曹操于冀州作玄武池以練水軍，必有侵江南之意。可密令人過江探聽虛實。」玄德從之，使人往江東探聽。**毛下文將敘東吴事，此乃過枝接葉處。漁過接有針線。

却説孫權自孫策死後，據住江東，承父兄基業，廣納賢士，開賓舘于吴會，命顧雍、張紘延接四方賓客。毛方寫玄德求賢，又接寫孫權好士。**連年以來，你我相薦。時有會稽闞澤，字德潤；彭**

〔二三〕毛本歎詩改自贊本；鍾本同贊本，漁本改自贊本；周本、夏本、贊本改自嘉本。
〔二四〕毛本古風詩改自贊本；鍾本同贊本，周本、夏本、贊本改自嘉本；漁本無。
〔二五〕「危」，致本、明四本、鍾本作「厄」。

城嚴畯，字曼才；沛國〔二六〕薛綜，字敬文；汝南〔二七〕程秉，字德樞；吴郡朱桓，字休穆；陸績，字公紀；吴人張温，字惠恕；毛張温有二：前董卓所殺之張温，乃洛陽張温；此張温則吴郡張温。會〔二八〕稽駱統，字公緒；烏程吾粲，字孔休：此數人皆至江東，孫權敬禮甚厚。三補註後舌戰羣儒有用。又得良將數人，乃汝南〔二九〕吕蒙，字子明；吴郡陸遜，字伯言；瑯琊徐盛，字文嚮；東郡潘璋，字文珪；廬江丁奉，字承淵。文武諸人，共相輔佐，由此江東稱得人之盛。毛方寫玄德得一賢，接〔三〇〕寫孫權得多士。○程普、黄蓋、周泰、韓當則孫堅所得；周瑜、張昭、張紘、虞翻、太史慈等則孫策所得。若魯肅、諸葛瑾、顧雍則孫權初立時所得；今闞澤、吕蒙等數人又獨後至。前分敘，此總敘，或詳或畧，筆法各妙。鍾江東人（才）頗盛。

建安七年，曹操破袁紹，遣使往江東，命孫權遣子入朝隨駕，毛袁術欲使吕布質女，曹操欲使孫權質子，一様意思。權猶豫未決。吴太夫人命周瑜、張昭等面議。張昭曰：「操欲令我遣子入朝，是牽制諸侯之法也。然若不令去，恐其興兵下江東，勢必危矣。」毛既知遣質之爲牽制，而又憂不遣質之將危，是首鼠兩端之語。漁張昭持兩端，豈不能决外事耶？周瑜曰：「將軍承父兄餘資〔三一〕，兼六郡之衆，兵精糧足，將士用命，有何逼迫而欲送質於人？二送質持物（典）

〔二六〕「沛國」，原作「沛縣」，毛校本同；明三本作「沛縣竹邑」；贊本作「沛縣行邑」，形訛。按：《三國志・吴書・薛綜傳》：「薛綜字敬文，沛郡竹邑人也。」《後漢書・郡國志》，東漢時竹邑屬沛國；據上下文，述各人籍貫，姓名，字皆用郡名，郡、國同級。作「沛國」是，據改。

〔二七〕「汝南」，明三本作「汝陽南頓」，贊本作「汝南頓」。按：《三國志・吴書・程秉傳》：「程秉字德樞，汝南南頓人也。」《後漢書・郡國志》，東漢時汝陽縣屬汝南郡；同前，籍貫述郡。

〔二八〕「會」上，齋本、光本有「及」字。

〔二九〕「汝南」，原作「汝陽」，古本同。按：《三國志・吴書・吕蒙傳》：「吕蒙字子明，汝南富陂人也。」非汝陽縣人；同前，籍貫述郡。據改。

〔三〇〕「接」，商本作「又」。

〔三一〕「餘資」，光本、商本作「遺業」。

（與）人，即今云「當頭」也。贊好箇周郎，還是箇丈夫。質一入〔三二〕，不得不與曹氏連和，彼有命召，不得不往，如此則見制於人也。贊周郎是有見識人。鍾周郎識見高人。不如勿遣，徐觀其變，別以良策禦之。」毛漁孔明爲玄德畫策，只數語決疑；周瑜爲孫權畫策，亦只數語決疑。鍾（絕）大議論。吴太夫人〔三三〕曰：「公瑾之言是也。」贊夫人自可。權遂從其言，謝使者，不遣子。自此曹操有下江南之意，但正值北方未寧，無暇南征。毛輕〔三四〕按下曹操，再接叙東吴。

建安八年十一月，孫權引兵伐黄祖，戰於大江之中，祖軍敗績。權部將凌操，輕舟當先，殺入夏口，被黄祖部將甘寧一箭射死。凌操子凌統，時年方十五歲，奮力往奪父屍而歸。毛前孫策求父屍，今凌統奪父屍，遥遥相對。權見風色不利，收軍還東吴。

却説孫權弟孫翊爲丹陽太守，翊性剛好酒，醉後嘗鞭撻士卒。毛漁前（則）有宋憲、魏續之（叛呂布）（數〔三五〕），後（則）有范疆、張達之（刺張飛）（數），皆爲此也。丹陽大都督督兵嬀三音圭。覽、郡丞〔三六〕戴員三音云。二人，常有殺翊之心，乃與翊從人邊洪結爲心腹，共謀殺翊。時諸將縣令皆集丹陽，翊設宴相待。翊妻徐氏美而慧，極善卜《易》，毛女先生起課則有之矣，美夫人起課是所僅見〔三七〕。贊鍾好老婆，人人該討一個。是日卜一卦，其象大凶，勸翊勿出會客。漁設宴而先卜亦奇。翊不從，毛不聽婦言，本是好處；不聽慧夫人言，却是蠢處。不信卜，只是莽〔三八〕處；不信慧夫人卜，却是俗處。遂〔三九〕與衆大會。至

〔三二〕「入」，商本作「人」，形訛。
〔三三〕「吴太夫人」，原作「吴夫人」，毛校本同；明四本作「權母」。按：「吴夫人」與前文異，據前文補。
〔三四〕「輕」，商本作「暫」。
〔三五〕「數」，衡校本作「叛」，後一處同。
〔三六〕「大都督督兵」，原作「督將」，毛校本同；明四本作「大都督」。「丞」，原作「承」，致本同。按：《三國志·吴書·宗室傳》：「覽爲大都督督兵，員爲郡丞。」據改。
〔三七〕「有」「美夫人起課是所僅見」十字原闕，據毛校本補。
〔三八〕「只是莽」，光本、商本作「本是高」，滄本作「只是狀」。
〔三九〕「遂」，商本作「進」，形訛。

晚席散，【漁】常帶刀劍，如何此時徒手？即此死兆矣。邊洪帶刀跟出門外，即抽刀砍死孫翊。嬀覽、戴員乃歸罪邊洪，斬之於市。【毛】與後文司馬昭之歸罪成濟，正復相同。【贊】覽、員固惡，然邊洪之死實天理也。【漁】邊洪不識二人死得。二人乘勢擄翊家資侍妾。嬀覽見徐氏美貌，乃謂之曰：「吾爲汝夫報仇，汝當從我，不從則死。」徐氏曰：「夫死未幾，不忍便相從。可待至晦日，設祭除服，然後成親未遲。」【毛】既不〔四〇〕從，又不死，權變之極。覽從之。徐氏乃密召孫翊心腹舊將孫高、傅嬰二人入府，泣告曰：【毛】對嬀覽不泣，對孫、傅〔四一〕二人則泣，權變之極。「先夫在日，常言二公忠義。今嬀、戴二賊謀殺我夫，只歸罪邊洪，將我家資童婢盡皆分去。嬀覽又欲强占妾身，妾已詐許之，以安其心。二將軍可差人星夜報知吳侯，一面設密計以圖二賊，雪此仇辱，生死啣恩！」【贊】【鍾】徐氏不獨貌美，其權智、節義更美也。言畢再拜。孫高、傅嬰皆泣曰：「我等平日感府君恩遇，今日所以不即死難者，正欲爲復仇計耳。【毛】此二語即徐氏之意。夫人所命，敢不效力！」於是密遣心腹使者往報孫權。

至晦日，徐氏先召孫、傅二人，伏於密室幃幙之中，【毛】今之婦人，有丈夫新死而學徐氏之藏人于幃幙者矣，吾不知其有何仇之欲報而爲此設伏也。然後設祭於堂上。祭畢，即除去孝服，沐浴薰香，濃粧艷裹，言笑自若。【毛】今之婦人，有丈夫新死而學徐氏之濃粧艷裹、言笑自若者矣，我不知其有何仇之〔四二〕欲報而爲此權詐也。○古之寡婦，濃粧艷裹、言笑自若是假，披麻戴孝、掩面長號是真；今之寡婦，濃粧艷裹、言笑自若是真，披麻戴孝、掩面長號是假。古今人〔四三〕不相及，《栢舟》之詩、《黄鵠》之詠，其不可復作乎〔四四〕！【漁】今之寡

〔四〇〕「既不」，光本倒作「不既」。
〔四一〕「傅」，原作「高」，毛校本同。按：依毛批例，應敘二人姓。酌改。
〔四二〕「之」上，商本有「人」字。
〔四三〕「人」，貫本作「之」。
〔四四〕「乎」上，齋本、光本、商本有「矣」字。

婦孝濃粧艷褁者，不知有何仇可報而爲此也。嬀覽聞之甚喜。至夜，徐氏遣〔四五〕婢妾請覽入府，毛倒先去請，權變之極。設席堂中飲酒。飲既醉〔四六〕，徐氏乃邀覽入密室。覽喜，乘醉而入。徐氏大呼曰：「孫、傅二將軍何在！」二人即從幃幙中持刀躍出。嬀覽措手不及，被傅嬰一刀砍倒在地，孫高再復一刀，登時殺死。毛不殺之於席間，而殺之於密室者，恐戴員知之而不來故也。精細之極。鍾筭嬀覽爲嬰兒。徐氏復傳請戴員赴宴。毛何等機智。員入府來，至堂中，亦被孫、傅二將所殺。毛一殺之于密室，一殺之于堂中，各自一樣殺法，妙甚。贄好個徐氏，不可不以爲妻，又不忍以爲妻也。漁報仇得成，想亦從卜《易》得來。一面使人誅戮二賊家小及其餘黨。徐氏遂重穿孝服，毛《周書》曰：「王釋冕，反喪服。」蓋暫時從吉云。贄好老婆，好老婆。鍾（有）此老婆，死亦（甘）心。將嬀覽、戴員首級祭於孫翊靈前。毛此方是真正設祭。不一日，孫權自領軍馬至丹陽，見徐氏已殺嬀、戴二賊，毛比及孫權兵到，女將軍早已殺賊矣。其卜《易》則是〔四七〕女先生，其用兵則是女軍師。如此奇婦人，恐不讓南陽卧龍也。乃封孫高、傅嬰爲牙門將，令守丹陽，取徐氏歸家養老。江東人無不稱徐氏之德。後人有詩讚曰：

才節雙全世所無，姦回一旦受摧鋤。
庸臣從賊忠臣死，不及東吳女丈夫。贄鍾（如〔四八〕）徐氏權智，孔明、公瑾、孟德、仲達俱遜一籌。〈贄〉千古一人，萬古一人也，婦人云乎哉？

且說東吳各處山賊，盡皆平復。大江之中，有戰船七千〔四九〕餘隻。孫權拜周瑜爲大都督，總統江東水陸軍馬。毛爲後赤壁鏖兵伏線。建安十二年冬十月，權母吳太夫人病危，召周瑜、張昭二人至，謂

〔四五〕「遣」，明四本作「令」。
〔四六〕「既醉」，光本作「酒醉」，明四本作「半酣」。
〔四七〕「軍」，致本同，其他毛校本脫。「是」上，業本、貫本有「知」字。
〔四八〕「如」，緑本訛作「外」。
〔四九〕「千」，商本、周本、夏本、贄本作「十」。

曰：「我本吳人，幼亡父母，與弟吳景徙〔五〇〕居越中。後嫁於孫氏，生四子。長子策生時，吾夢月入懷；後生次子權，又夢日入懷。【毛】日勝於月，爲後孫權稱帝伏線。○劉禪之母夢斗，即叙于其母分娩之初；孫權之母夢日，補叙于其母臨終之頃〔五一〕。叙法各變，妙甚。卜者云：『夢日月入懷者，其子大〔五二〕貴。』不幸策早喪，今將江東基業付權。望公等同心助之，吾死不朽矣！」【漁】何東吳奇女子之多乎！又囑權曰：「汝事子布、公瑾以師傅之禮，不可怠慢。吾妹與我共嫁汝父，則亦汝之母也。吾死之後，事吾〔五三〕妹如事我。汝妹亦當恩養，擇佳婿以嫁之。」【毛】爲後玄德入贅伏線。○看他先囑其臣，後囑其子；及其囑子之言，又先囑其以師傅之禮待臣，而後及其妹與女：蓋先公而後私，先尊賢而後親親也。何東吳奇女子之多乎！【漁】爲玄德入贅伏線。言訖遂終。孫權哀哭，具〔五四〕喪葬之禮，自不必說。

至來年春，孫權商議欲伐黃祖。張昭曰：「居喪未及期年，不可動兵。」周瑜曰：「報仇雪恨，何待期年？」【毛】伐人之喪不可，喪中伐人亦不可；然以報父仇則無不可也。若論報仇，正當服縞素而興師，何待服除〔五五〕之有！〈【毛】【漁】〉張昭之見，（往往）不及周瑜。【贊】【鍾】周郎丈夫〔五六〕（之言）。權猶豫未定。適平北都尉、領廣德長〔五七〕【二】平北至廣德長係官名。呂蒙入見，告權曰：「某把〔五八〕龍湫【嘉】音啾。【二】音秋。水口，忽有黃祖部將甘寧來降。某細詢之，寧字興霸，巴郡臨江人也。頗通書史，有氣力，好遊俠，嘗招合亡

〔五〇〕「徙」，貫本作「徒」，形訛。
〔五一〕「頃」，澹本作「日」。
〔五二〕「大」，齋本、光本作「必」。
〔五三〕「吾」，光本、商本作「我」。
〔五四〕「訖」「具」，光本作「畢」「其」。
〔五五〕「服除」，齋本、光本倒作「除服」。
〔五六〕贊批「夫」，原作「人」，緑本同，據吳本改。
〔五七〕「平北都尉、領廣德長」，原作「北平都尉」，毛校本同；明四本作「北平都尉、領廣德長」。按：《三國志·吳書·呂蒙傳》：「從討丹楊，所向有功，拜平北都尉，領廣德長。」據乙正、補，後批語同。
〔五八〕「把」，光本作「守」。

命，縱横於江湖之中，腰懸銅鈴，人聽鈴聲，盡皆避之。【毛】响馬賊有响箭，响船賊亦有响鈴。然則賊之不响者，必無用之賊也。【漁】彼滿載而歸，原從劫掠而來。又嘗以西川錦作帆幔，時人皆稱爲『錦帆賊』。【毛】賊以「錦帆」爲名，其賊甚趣。不唱「大江東」，却唱「錦帆開」矣。【贊】【鍾】【漁】好名色。後悔前非，改行從善，引衆投劉表。見表不能成事，即欲來投東吳，却被黄祖留住在夏口。前東吳破祖時，祖得甘寧之力，救回夏口，【漁】應前。乃待寧甚薄。都督蘇飛屢薦寧於祖，祖曰：『寧乃劫江之賊，豈可重用！』【毛】周倉起於黄巾，而關公用爲親隨；甘寧起於劫江，而黄祖不肯用爲心腹。君子用人最是通融，小人用人偏極拘執。寧因此懷恨。【毛】爲後殺黄祖伏線。蘇飛知其意，乃置酒邀寧到家，謂之曰：『吾薦公數次，奈主公不能用。日月逾邁，人生幾何，宜自遠圖。吾當保公爲邾縣〔五九〕長，自作去就之計。』【毛】蘇飛之薦甘寧於黄祖，爲甘寧也，非爲黄祖也。若爲黄祖，則當告祖曰：「不重用則殺之，勿以資敵國。」何乃導之入吳耶？飛之爲友謀則忠矣，爲主謀則不忠。【贊】蘇飛薦人，具能爲人到底，大賢，大賢。【鍾】蘇飛薦人薦到底。【漁】爲甘寧，非爲黄祖也。寧因此得過夏口，欲投江東，恐江東恨其救黄祖、殺凌操之事。某具言主公求賢若渴，不記舊恨，況各爲其主，又何恨焉？寧欣然引衆渡江，來見主公。乞鈞旨定奪。」【毛】甘寧一段來歷，不向黄祖一邊敘去，却向呂蒙口內述來，最是省筆。孫權大喜曰：「吾得興霸，破黄祖必矣。」遂命呂蒙引甘寧入見。參拜已畢，權曰：「興霸來此，大獲我心，豈有記恨之理？【毛】黄祖不録甘寧之功，孫權不記甘寧之怨，彼此正相反。請無懷疑。願教我以破黄祖之策。」寧曰：「今漢祚日危，曹操終必篡竊。南荊〔六〇〕之地，【二】荆南，按《綱目》載

〔五九〕「邾縣」，原作「鄂縣」，毛校本、周本、夏本、贊本同。按：《三國志・吳書・呂蒙傳》：「飛曰：『吾欲白子爲邾長。』」據嘉本改。「鄂縣」原有周、夏批「鄂縣，按《一統志》：武昌縣，故《水經注》云：『鄂縣故城。』」誤注，不録。

〔六〇〕「南荆」，光本倒作「荆南」。

云：屬吳，荆州之地，南北雙立。魏立荆州理宛，吳立荆州理江陵，是謂南荆。操所必争也。劉表無遠慮，其子又愚劣，不能承業傳基，明公宜蚤圖之，若遲，則操先圖之矣。【毛】【漁】孔明勸（玄德）（劉備）取荆州，甘寧亦勸孫權取荆州。今宜先取黄祖。祖今年老昏邁，務於貨利，侵求〔六一〕吏民，人心皆怨，戰具不修，軍無法律。明公若往攻之，其勢必破。既破祖軍，鼓行而西，據楚關而圖巴、蜀，霸業可定也。」【毛】孔明勸玄德取巴、蜀，甘寧亦勸孫權取巴、蜀。○如此見識，豈得以劫江之賊目之耶？【漁】聲情俱壯。孫權曰：「此金玉之論也！」

遂命周瑜爲大都督，總水陸軍兵；吕蒙爲前部先鋒，董襲與甘寧爲副將；權自領大軍十萬，征討黄祖。細作探知，報至江夏。黄祖急聚衆商議，令蘇飛爲大將，陳就、鄧龍爲先鋒，盡起江夏之兵迎敵。【漁】蘇飛不棄黄祖，以其用之也。乃見爲朋友之真情。陳就、鄧龍各引一隊艨艟【二】音冲。截住沔口，【嘉】地名。【五】（沔，音免。按《綱目》載云：）沔在江夏沙羡縣城中，今漢陽是。艨艟上各設强弓硬弩千餘張，將大索繫定艨艟於水面上。【毛】後文曹操之船用連環，此處黄祖之船用貫索。環不可斷，索則可斷也。東吳兵至，艨艟上鼓響，弓弩齊發，兵不敢進，約退數里水面。甘寧謂董襲曰：「事已至此，不得不進。」乃選小船百餘隻，每船用精軍五十人，二十人撑船，三十人各披衣甲，手執鋼刀，不避矢石，直至艨艟傍邊，砍〔六二〕斷大索，艨艟遂横。【毛】本是貫索勾陳，却遇了天煞白虎；本欲乘風破浪，却做了野渡横舟。爲之一笑。甘寧飛上艨艟，將鄧龍砍死，陳就棄船而走。吕蒙見了，跳下小船，自舉櫓棹，直入船隊，放火燒船。陳就急待上岸，吕蒙捨命趕到跟前，當胸一刀砍翻。【毛】以上寫水軍戰功。比及蘇飛引軍於岸上接應時，東吳諸將一齊上岸，勢不可當，祖軍大敗，【鍾】箇箇奮勇克敵。蘇飛落荒而走，正遇東吳大將潘璋，兩馬相

〔六一〕「求」，光本作「刻」。
〔六二〕「砍」，光本作「吹」，形訛，後一處同。

交，戰不數合，被璋生擒過去，逕至船中來見孫權。毛以上寫陸路戰功。權命左右以檻車囚之，待活捉黄祖，一并誅戮。催動三軍，不分晝夜，攻打夏口。正是：

只因不用錦帆賊，致令衝開大索船。

未〔六三〕知黄祖勝負如何，且看下文分解。

以天時屬操，地利屬權，人和屬玄德，孔明之爲百姓而出也，己可知矣。

徐氏真不愧爲孫堅、吴夫人子婦，伯符、仲謀弟婦也。若孫翊，似難爲夫耳。

畫家胸有成竹，弈者目有成局。武侯隆中籌畫，與淮陰登壇數語，俱是心有成筭。豪傑從來舉事，决無孟浪如此。

徐氏節義兩全，權智雙絶，東吴偉婦人，古今奇男子也。

〔六三〕「未」，致本同，其他毛校本作「不」。

第三十九回

荊州城公子三求計　博望坡軍師初用兵

文有餘波在後者，前有玄德三顧草廬一段奇文，後便有劉琦三求諸葛一段小文是也；文有作波在前者，將有孔明爲玄德用兵一段奇文，却先有孔明爲劉琦畫策一段小文是也。謀人國不可輕，故三顧始出；謀人家亦不可輕，故三請後言。謀國事不可不密，故屏人促坐；謀家事尤不可不密，故登樓去梯。劉琦方懼禍，孔明又懼其漏言之禍；孔明未授計，玄德先授以求計之計。玄德、孔明其真天下有心人乎〔一〕？

君之適子，所以奉宗廟社稷之粢盛，朝夕視君膳者也。故適子不可以出外，不出外則得立，出外則不得立。然劉琦之求計於孔明者，非求立也，求生而已。不求立而求生，則宜在外，不宜在內。若知其不得立而猶勉强以求立，勢不〔二〕至如潘崇之教商臣不止，是豈仁人之所忍爲哉！

或疑申生在內而死，扶蘇在外而亦死，似孔明之教劉琦者，猶非萬全之策也。予曰：不然。劉表之與始皇，則有間矣。始皇殘暴人也，殘暴素著，故李斯得假其威以殺扶蘇於外；劉表柔懦人也，柔懦素著，則蔡瑁不得矯其旨以殺劉琦於外。勢有相反，故事有不同，不可以一概論耳。

前徐庶在玄德面前誇奬孔明，是正筆、緊筆；今在曹操面前誇奬孔明，是旁筆、閒筆。不然無旁筆、閒筆，則不見正筆、緊筆之妙。不

〔一〕「乎」，貫本作「也」。
〔二〕「不」字原闕，據毛校本補。

但孔明一邊愈加渲染，又使徐庶一邊亦不冷落，真叙事妙品。

孔明初出茅廬，第一次用計便是火攻。夫兵猶火也，用兵如用火，用火亦如用兵。兵不足而以火濟之，是以火濟火也。乃玄德之言曰：「我得孔明，如魚得水。」翼德亦曰：「何不使水去？」然則以孔明而用火，是猶以水濟火矣。以火濟火，而火之威烈；以水濟火，而火之用神。

博望一燒，有無數襯染：寫雲濃月淡，是反襯；寫秋飈夜風、林木蘆葦，是正襯；寫徐庶誇獎，是順襯；寫夏侯輕侮，關、張不信，是逆襯。且其間又曲折多端：當趙雲誘敵，則有韓浩諫追爲一折；玄德誘敵，則有于禁、李典中塗疑沮爲再折；人馬走發，攔當不住，則又有夏侯猛省、傳令勿追爲三折。令讀者至此，幾疑計之不成，燒之不果；而功且終就，而敵且終破。方嘆文章之妙，有非猜〔三〕測之所能及者。若只一味直寫，則竟依《綱目》例大書曰「諸葛亮破曹兵於博望」，一句可了，又何勞作演義者撰此一篇哉！

劉表因見黄祖被殺，故欲玄德助我以防孫權；孔明欲留孫權爲援，故勸玄德舍權而當曹操：此爲後文伏線也。甘寧借江夏爲避讎之地，而劉琦復借江夏爲避患之地；乃孔明爲劉琦謀今日安身之所，而早爲玄德謀兵敗借援之所：此亦爲後文伏線也。不但此也，晉之代魏，尚隔數十回，而司馬氏之家世，早詳叙於曹操未攻博望之先。正如五月《姤》卦，方當五陽强盛之時，而一陰已伏於下。若必前人去，然後有後人，前事畢，然後有後事，不獨古今無此不相貫之事，亦豈有此不相貫之文乎？

〔三〕「猜」，商本作「推」。

却說孫權督衆攻打夏口，黃祖兵敗將亡，情知守把不住，遂棄江夏，望荆州而走。甘寧料得黃祖必走荆州，乃於東門外伏兵等候。【毛】黃祖之不用甘寧，猶梁惠王之不用衛鞅也。祖帶數十騎突出東門，正走之間，一聲喊起，甘寧攔住。祖於馬上謂寧曰：「我向日不曾輕待汝，今何相逼耶？」寧叱曰：「吾昔在江夏，多立功績，汝乃以『劫江賊』待我，今日尚有何說！」【毛】前日劫水路，今日劫陸路。寧不自以爲賊，而黃祖待之以賊。今日乃真爲黃祖之賊矣。【贄】【鍾】黃祖没得說。【漁】今日方認得劫江賊耶！黃祖自知難免，撥馬而走。甘寧衝開士卒，直趕將來，只聽得後面喊聲起處，又有數騎趕來。寧視之，乃程普也。寧恐普來争功，慌忙拈弓搭箭，背射黃祖，祖中箭翻身落馬。寧梟其首級，回馬與程普合兵一處，回見孫權，獻黃祖首級。【毛】黃祖之死，不用程普殺之，必用甘寧殺之，可爲不能用人之戒。權命以木匣盛【二】音成。貯，待回江東祭獻於亡父靈前。【毛】應第七回中事，又與[四]前回徐氏祭夫相映射。○〈【毛】【漁】〉前孫策（能）以活黃祖換死孫堅，今孫權（又能）以死黃祖祭死孫堅。〈【毛】〉有子如此，孫堅不死矣。【鍾】《春秋》大復仇之義，孫權有焉。重賞三軍，陞甘寧爲都尉。商議欲分兵守江夏，張昭曰：「孤城不可守，不如且回江東。劉表知我破黃祖，必來報仇，我以逸待勞，必敗劉表。表敗而後乘勢攻之，荆襄可得也。」【毛】意不在江夏，而在荆襄，是舍小而圖大。向來子布畫策，唯此差强人意。【漁】張昭之意亦在荆州。所謂棄其小而取其大。權從其言，遂棄江夏，班師回江東。

蘇飛在檻車内，密使人告甘寧求救。寧曰：「飛即不言，吾豈忘之？」【毛】今之忘恩者，幸其人之不言，甚且惡其人之言之矣。【贄】甘寧丈夫。【鍾】甘寧不忘所報。大軍既至吴會，權命將蘇飛梟首，與黃祖首級一同祭獻。甘寧乃入見權，頓首哭告曰：「某向日若不得蘇飛，則骨填溝壑矣，安能效命於將軍麾下

[四]「與」，原作「於」，致本、業本、貫本、齋本、滄本同。按：「與」字通，據光本、商本改。

哉？今飛罪當誅，某念其昔日之恩情，願納還官爵，以贖飛罪。」毛 甘寧非呂蒙無由見孫權，然非蘇飛則無由見呂蒙也。追本窮源，知恩報德，是有血性男子，不是無義氣丈夫。權曰：「既彼〔五〕有恩於君，吾爲君赦之，但彼若逃去奈何？」寧曰：「飛得免誅戮，感恩無地，豈肯走乎！若飛去，寧願將首級獻於堦下。」毛 既願以官爵贖之，又願以首級保之，如此報德，方不負施德之人。贊鍾 殺黃祖，以常人畜我也；報蘇飛，以其國士待我也，丈夫自應如此恩怨分明。漁 肯納功名、納首級，是真能報恩者。「願納首級」數字極是渾話，與今之賭謊咒者一然。權乃赦蘇飛，止將黃祖首級祭獻。祭畢設宴，大會文武慶功。正飲酒間，只〔六〕見座上一人大哭而起，拔劍在手，直取甘寧，寧忙舉坐椅以迎之。權驚視其人，乃凌統也。因甘寧在江夏時，射死他父親凌操，今日相見，故欲報仇。毛 方寫孫權報讐，便接寫甘寧報恩；方寫甘寧報恩，又接寫凌統報讐。義士之義，孝子之孝，各各出色。贊 凌統孝子。鍾 凌統爲父報仇。權連忙勸住，謂統曰：「興霸射死卿父，彼時各爲其主，不容不盡力。今既爲一家人，豈可復理舊讐？萬事皆看吾面。」毛 孫權自欲報讐，却不許凌統報讐，似乎不情；爲甘寧而赦蘇飛，獨不爲凌統而殺〔七〕甘寧，似乎偏向。然爲報讐起見，人有恩於爲我報讐之人則赦之，人而欲殺爲我報讐之人則解之，情也，非偏也。漁 孫權爲父報仇，凌統亦爲父報仇。權仇報而統之仇不報，殊深悒惋。凌統叩頭大哭曰：「不共戴天之讐，豈容不報！」贊 是，是。鍾 痛心。權與衆官再三勸之，凌統只是怒目而視甘寧。權即日命甘寧領兵五千、戰船一百隻，往夏口五（按《一統志》云：）夏口，在武昌府（荆）（西）江之中。鎮守，以避凌統。寧拜謝，鍾 權亦善處將帥之間。領兵自往夏口去了。毛漁（此處寫）甘寧（往）（守）夏口，正爲後文劉琦（請守夏口）

〔五〕「既彼」，齋本、光本倒作「彼既」，明四本無。
〔六〕「只」，商本作「忽」，明四本無。
〔七〕「飛獨不」三字原闕，據毛校本補。「凌」，齋本、光本脱。「殺」，原作「赦」。按：「赦」與正文異，「殺」義通。據毛校本改。

伏線。權又加封凌統爲承〔八〕烈都尉，統只得含恨而止。毛凌統不曾殺得甘寧，固是大讐未報；孫權但殺黄祖，不曾殺劉表，亦止報得一半，不若徐氏之報讐爲快也。然則不獨凌統含恨，孫權亦尚含恨。漁安排得妙，和解得妙。東吴自此廣造戰船，分兵守把江〔九〕岸。又命孫静引一枝軍守吴會，孫權自領大軍屯柴桑。六（柴桑）即今（之）江州（也）。周瑜日於〔一〇〕鄱陽湖教練水軍，以備攻戰。毛讀者至此，必謂將來孫權與劉表攻戰矣。孰知却爲與曹操攻戰之地乎？漁只説爲攻黄祖計，誰知却爲曹操用。

話分兩頭。却説玄德差人打探江東消息，毛遥接前文。回報：「東吴已攻殺黄祖，現今屯兵柴桑。」玄德便請孔明計議。正話間，忽劉表差人來請玄德赴荆州議事。毛不寫玄德要去，却寫劉表來請。妙甚。孔明曰：「此必因江東破了黄祖，故請主公商議報讐之策〔一一〕也。某當與主公同往，相機而行，自有良策。」毛讀者至此，必謂孔明將爲劉表畫報讐之策矣。孰知後文却偏不與東吴交戰。出人意表〔一二〕。玄德從之，留雲長守新野，令張飛引五百人馬跟隨往荆州來。玄德在馬上謂孔明曰：「今見景升，當若何對荅？」孔明曰：「當先謝襄陽之事。他若令主公去征討江東，切不可應允，但説容歸新野，整頓軍馬。」毛此孔明不欲惡識〔一三〕孫權，正爲後文投托東吴地步。漁不題惡舌孫權，正爲後文依托張本。玄德依言，來到荆州，館驛安下，留張飛屯兵城外，玄德與孔明入城見劉表。禮畢，玄德請罪於堦下。表曰：「吾已悉知賢弟被害之事。當時即欲斬蔡瑁之首以獻賢弟，因衆人告免，故姑恕之。賢弟幸勿〔一四〕見罪。」玄德

〔八〕「承」，原作「丞」，毛校本同。按：《三國志·吴書·凌統傳》：「權以統爲承烈都尉。」據明四本改。
〔九〕「江」，光本、商本作「口」。
〔一〇〕「日於」，光本、商本作「自於」，明四本作「向」。
〔一一〕「策」，貫本作「事」。
〔一二〕「孰」，光本作「就」。「表」，致本、貫本同；其他毛校本作「外」。
〔一三〕「惡識」，光本作「結怨」。
〔一四〕「勿」，商本作「弗」，明四本無。

曰：「非干蔡將軍之事，想皆下人所爲耳。」毛一語將前事輕輕抹過。贄是。鍾（推）開爲是。漁一語〔一五〕推開。表曰：「今江夏失守，黄祖遇害，故請賢弟共議報復之策。」玄德曰：「黄祖性暴，不能用人，故致此禍。毛隱然指着甘寧。然黄祖不能用甘寧，劉表不能殺蔡瑁，正復同病。玄德之意，殆借黄祖以諷劉表乎〔一六〕！今若興兵南征，儻曹操北來，又當〔一七〕奈何？」表曰：「吾今年老多病，不能理事，賢弟可來助我。我死之後，弟便爲荆州之主也。」毛前有陶謙讓徐州，此有劉表讓荆州，遥遥相對。玄德曰：「兄何出此言！量備安敢當此重任。」孔明以目視玄德，玄德曰：「容徐思良策。」遂辭出，回至館驛，孔明曰：「景升欲以荆州付主公，奈何却之？」玄德曰：「景升待我，恩禮交至，安忍乘其危而奪之？」孔明嘆曰：「真仁慈之主也！」毛此時玄德若取了荆州，省却後來無數手脚矣。使非玄德仁慈，安得文字曲折。鍾玄德□□，孔明乖巧，所謂真是一對。

正商議〔一八〕間，忽報公子劉琦來見。玄德接入，琦泣拜曰：「繼母不能相容，性命只在旦夕，望叔父憐而救之。」毛前於徐庶未來之先，已早爲此處伏下一筆。玄德曰：「此賢姪家事耳，奈何問我？」孔明微笑，鍾便有深意。玄德求計於孔明，孔明曰：「此家事，亮不敢與聞。」少時，玄德送琦出，附耳低言曰：「來日我使孔明回拜賢姪，可如此如此，彼定有妙計相告。」毛此處不即説明求計之法，叙事妙品。琦謝而去。次日，玄德只推腹痛，乃浼〔一九〕孔明代往回拜劉琦。鍾亦奸巧。孔明允諾，來至公子宅前，下馬入見公子。公子邀入後堂，茶罷，琦曰：「琦不見容於繼母，幸先生一言相救。」毛此劉琦第一番求計。漁第一次求計。孔明曰：「亮客寄於此，豈

〔一五〕「語」，原作「法」，據衡校本改。
〔一六〕「乎」，商本作「耳」。
〔一七〕「又當」，商本作「又將」，明四本作「當復」。
〔一八〕「議」，原作「論」，致本、業本、貫本、齋本、光本同。據滄本、商本、明四本改。
〔一九〕「浼」，光本作「挽」，明四本作「使」。

敢與人骨肉之事？儻有漏洩〔二〇〕，爲害不淺。」説罷，起身告辭。毛此孔明第一次推却。○第一次説所以不敢言之故。琦曰：「既承光顧，安敢慢〔二一〕別？」乃挽留孔明入密室共飲。飲酒之間，琦又曰：「繼母不見容，乞先生一言救我。」毛此劉琦第二番求計。漁第二次求計。孔明曰：「此非亮所敢謀也。」言訖，又欲辭去。毛此孔明第二次推却。○第二次只一語謝之。琦曰：「先生不言則已，何便欲去？」孔明乃復坐。琦曰：「琦有一古書，請先生一觀。」毛幻甚。乃引孔明登一小樓。毛自後堂而密室，自密室而小樓，寫得曲細〔二二〕。孔明曰：「書在何處？」琦泣拜曰：「繼母不見容，琦命在旦夕，先生忍無〔二三〕一言相救乎？」毛此劉琦第三番求計。漁第三次求計。與玄德三顧艸廬相應。孔明作色而起，便欲下樓，毛此孔明第三次推却。○第三次不荅一語。只見樓梯已撤去。毛此玄德附耳低言之計也，妙在此處寫出。漁此皆玄德附耳低言中計也。登樓去梯，亦有效于玄德故事。琦告曰：「琦欲求教良策，先生恐有泄漏，不肯出言。今日上不至天，下不至地，出君之口，入琦之耳，可以賜教矣。」毛此時並無隔屏竊聽之人。贊鍾公子〔二四〕亦通。孔明曰：「『疎不間親』，亮何能爲公子謀？」毛妙在此時還不肯説，又復作難，曲折之甚。琦曰：「先生終不幸教琦乎！琦命固不保矣，請即死於先生之前。」乃掣劍欲自刎。毛此亦玄德附耳低言之計也，妙在此處寫出。漁俱從附耳低言中得來。孔明止之曰：「已有良計〔二五〕。」毛至此方説，亦是水窮山盡，絶處逢生。琦拜曰：「願即賜教。」孔明曰：「公子豈不聞申生、重耳之事乎？申生在内而亡，重耳在外而安。毛劉琦請孔明觀古書，此却是孔明教劉琦觀古書。今黄祖新亡，

〔二〇〕「漏洩」，貫本、商本、明四本作「洩露」。
〔二一〕「慢」，光本作「漫」，明四本無。
〔二二〕「細」，齋本、澹本、光本、商本作「折」。
〔二三〕「琦命」「無」，原作「其命」「吾」，致本同，明四本無。按：依句義，據其他毛校本改。
〔二四〕贊批「公子」，緑本作「劉琦」。
〔二五〕「計」，商本作「策」。

江夏乏人守禦，公子何不上言，乞屯兵守江夏，則可以避禍矣。」【毛】或笑孔明爲劉琦畫策，不過是「三十六計，走爲上計」耳，何須如此作難方纔説出？不知走非容易，使人不知是走，方是會走；若使人知其走，便走不成、走不脱矣。【贊】【鍾】婦人妒忌至此（，可以一而知百也）。【漁】或云：適子不宜居外，以社稷故也。殊不知劉琦此時只求生路，何嘗想着承業？便是孔明亦巴不得荆州屬劉備，又豈肯欲以荆州屬劉琦也？琦再拜謝教，乃命人取梯送孔明下樓。【毛】今之求人畫策者，偏會拔短梯。一笑。【二】按《一統志》：即今襄陽府東二里，有劉琦臺，即琦與諸葛亮謀自安計、登樓去梯處也。孔明辭别，回見玄德，具言其事。玄德大喜。

次日，劉琦上言欲守江夏，劉表猶豫未決，請玄德共議。玄德曰：「江夏重地，固非他人可守，正須公子自往。東南之事，兄父子當之。西北之事，備願當之。」【毛】使劉表當孫權，而自當曹操，亦孔明所教也。【鍾】代他一哭，兩頭□合了。表曰：「近聞曹操於鄴郡作玄武池【五】（按《一統志》：）玄武池，在彰德府（城西南七十五里）。以練水軍，必有征南〔二六〕之意，不可不防。」【毛】劉表正欲防孫權，因玄德説出曹操，便順口説防曹操。玄德曰：「備已知之，兄勿憂慮。」遂拜辭回新野。劉表令劉琦引兵三千往江夏鎮守。【毛】【漁】爲後（玄德）（劉備）走江夏張本。

却説曹操罷三公之職，自以丞相兼之，以毛玠爲東曹掾，崔琰爲西曹掾，司馬懿爲文學掾〔二七〕。懿字仲達，河内温人也，【漁】司馬懿此處出現。潁川〔二八〕太守司馬儁之孫，京兆尹司馬防之子，主簿司馬朗之弟也。【毛】叙司馬懿獨詳其家世，蓋在魏未代漢之先，早爲晉之代魏伏筆。妙。【漁】評言亂本。自是文官大備，乃聚武將商議南征。夏侯惇進〔二九〕曰：「近聞劉備在新野，每日教演士卒，必爲後患，可早圖

〔二六〕「征南」，商本倒作「南征」。
〔二七〕下二「掾」，原皆作「椽」，致本、業本、貫本、齋本、澹本、光本同；明四本作「主簿」。據商本改。
〔二八〕同第十回校記〔三二〕。
〔二九〕「進」，致本作「言」。

之。」操即命夏侯惇爲都督，于禁、李典、夏侯蘭、韓浩爲副將，領兵十萬，直抵博望城，【五】（按《一統志》：）博望城，在南陽東北（七十里）。以窺新野。【毛】不窺荊襄而窺新野，操固輕視劉表而重視玄德也。荀彧諫曰：「劉備英雄，今更兼諸葛亮爲軍師，不可輕敵。」惇曰：「劉備鼠輩耳，吾必擒之。」【毛】輕視玄德，與曹操相反。徐庶曰：「將軍勿輕視劉玄德。今玄德得諸葛亮爲輔，如虎生翼矣。」【毛】用徐庶說，妙。徐庶不對曹操說，却對[三〇]夏侯惇說，又妙。【漁】如虎生翼，如鳶得魚，絶妙引証。操曰：「諸葛亮何人也？」庶曰：「亮字孔明，道號臥龍先生。有經天緯地之才，出鬼入神之計，真當世之奇士[三一]，非可小覷。」【毛】此處徐庶讚孔明，與前程昱讚徐庶遙遙相對。【鍾】荀彧、徐庶所見皆同，夏侯惇妄（言）惹禍也。操曰：「比公若何？」庶曰：「庶安敢比亮？庶如螢火之光，亮乃皓月之明也。」【毛】【漁】不愧「名亮字孔明」。【三】〔補註〕〔論曰〕此是徐庶惑軍之計也。【贄】兩人都不是日[三二]，呵呵。夏侯惇曰：「元直之言謬矣。吾看諸葛亮如草芥耳，何足懼哉！【毛】輕視孔明，與徐庶相拗。吾若不一陣生擒劉備，活捉諸葛，願將首級獻與丞相。」【漁】大言不慙。操曰：「汝早報捷書，以慰吾心。」惇奮然辭曹操，引軍登程。

却說玄德自得孔明，以師禮待之。關、張二人不悅，曰：「孔明年幼，有甚才學？兄長待之太過！又未見他真實效驗！」【贄】關、張且妬，何况他人與婦[三三]人乎？玄德曰：「吾得孔明，猶魚之得水也。【毛】徐庶比孔明以月，玄德比孔明以水。月可以無螢，魚不可以無水。【鍾】此言膾炙人口。兩弟勿復多言。」關、張見說，不言而退。一日，有人送犛[三四]【毛】〔眉〕犛，音

[三〇]「對」，商本作「向」。
[三一]「士」，明四本無，貫本、商本作「才」。
[三二]「日」，緑本作「口」，壞字。
[三三]「婦」，緑本作「小」。
[三四]「犛」，齋本、澹本作「釐」。按：犛，一音離，《說文解字注》：「云長髦者，謂背膂胡尾皆有長毛……此牛名犛牛。音如貍。楚語：巴浦之犀犛。」「氂髦旄三字音同。因之讀犛如毛，非也。」一音毛，同「牦」，指牦牛。玄德用其尾結帽，當從「犛」，醉本眉注「音離」是。

離。嘉音犁。二音梨。牛尾至，玄德取尾親自結帽。孔明入見，正色曰：「明公無復有遠志，但事此而已〔三五〕耶？」玄德投帽於地而謝曰：「吾聊假此以忘憂耳。」毛種菜所以避禍，結帽所以忘憂，遥遥相對。漁與前髀肉復生語意正合。孔明曰：「明公自度比曹操若何？」玄德曰：「不如也。」孔明曰：「明公之衆，不過數千人，萬一曹兵至，何以迎之？」鍾孔明欲（其）審己□□以□遠大□激之也。玄德曰：「吾正愁此事，未得良策。」孔明曰：「可速招募民兵，亮自教之，可以待敵。」玄德遂招新野之民，得三千人。孔明朝夕教演陣法。毛此處民兵正爲後文誘敵之用。漁爲後誘敵作張本。

忽報曹操差夏侯惇引兵十萬，殺奔新野來了。張飛聞知，謂雲長曰：「可着孔明前去迎敵便了。」三玄德常言：「吾得孔明，如魚得水。」飛故言此（也）。贊鍾老張（妙人，）快人。漁張飛一向不服，至此方發洩得一句。正説之間，玄德召二人入，謂曰：「夏侯惇引兵到來，如何迎敵？」張飛曰：「哥哥何不使『水』去？」毛張飛欲使「水」去，孔明却使「火」去，「水」「火」二字前後相炤成趣。贊妙語。鍾趣話。漁第二句發洩。玄德曰：「智賴孔明，勇須二弟，何可推調〔三六〕？」關、張出，玄德請孔明商議。孔明曰：「但恐關、張二人不肯聽吾號令。主公若欲亮行兵，乞假劒印。」毛韓信非掛印登壇不能令樊噲〔三七〕，孔明非取劒印不能令關、張。玄德便以劒印付孔明，孔明遂聚集衆將聽令。張飛謂雲長曰：「且聽令去，看他如何調度。」毛未聽令之前，先寫翼德要看他如何。孔明令曰：「博望之左有山，名曰豫山；右有林，名曰安林：可以埋伏軍馬。毛不識地理者，不可以爲軍師。雲長可引一千軍往豫山埋伏，等彼軍至，放過休敵，其輜重糧草，必在後面，但看南面火起，可縱兵出擊，就焚其糧草。翼德可引一千軍去安林背

〔三五〕「已」字原闕，據毛校本補。

〔三六〕「可推調」，齋本、光本作「可推諉」，明四本作「須言也」。

〔三七〕「樊噲」二字原闕，據毛校本補。

後山谷中埋伏，只看南面火起，便可出，向博望城舊屯糧草處縱火燒之。關平、劉封可引五百軍，預備引火之物，于博望坡後兩邊等候，至初更兵到，便可放火矣。」又命于樊城取回趙雲，令爲前部，不要贏，只要輸。（漁）二語是兵家要決。「主公自引一軍爲後援。各須依計而行，勿使有失。」（毛）前叙單福定計取樊城，在後文始見；今叙孔明用計燒博望，在前文説明，又是一樣筆法。（鍾）孔明大有節制。雲長曰：「我等皆出迎敵，未審軍師却作何事？」孔明曰：「我只坐守縣〔三八〕城。」張飛大笑曰：「我們都去厮殺，你却在家裡坐地，好自在！」（毛）總爲後文作襯染。（鍾）絶妙人自有絶妙話。（漁）二語絶妙機鋒。孔明曰：「劍印在此，違令者斬！」玄德曰：「豈不聞『運籌帷幄之中，決勝千里之外』？二弟不可違令。」張飛冷笑而去。（漁）先有冷笑，然後有後面拜服。雲長曰：「我們且看他的計應也不應，那時却來問他未遲。」（毛）既聽令之後，又寫雲長要看他如何。二人去了。衆將皆未知孔明韜畧，今雖聽令〔三九〕，却都疑惑不定。（毛）又寫衆將多〔四〇〕未信。○前夏侯惇輕孔明，是敵人不肯信；今衆將疑孔明，是自家人亦不肯信：先有此兩處不信，愈顯得下文奇妙。孔明謂玄德曰：「主公今日可便引兵就博望山下屯住。來日黄昏，敵軍必到，主公便棄營而走；但見火起，即回軍掩殺。亮與糜竺、糜芳引五百軍守縣。」命孫乾、簡雍准備慶喜筵席，安排「功勞簿」伺候。（毛）妙極，趣極。○前後調度用兩番寫，叙事入妙。派撥已畢，玄德亦疑惑不定。（毛）不唯衆人不信，連玄德亦未信，愈顯得下文奇妙。（漁）連慶賀席、功勞簿都預定了。不但〔四一〕關、張不信，連玄德也不信。不但玄德不信，連讀者也不信。

却説夏侯惇與于禁等引兵至博望，分一半精兵作前隊，其餘盡護糧車而行。（毛）糧車在後，正應

〔三八〕「縣」，光本作「北」。

〔三九〕「今雖聽令」四字原闕，醉本手寫補入「今雖不言」四字，明四本無。據毛校本補。

〔四〇〕「多」，齋本、光本、商本作「都」。

〔四一〕「但」，原作「致」，據衡校本、致本改。

孔明所言。時當秋月，商飈三音標。徐起。毛此非閒筆，正爲後〔四二〕文火勢襯染。人馬趲行之間，望見前面塵頭忽起。惇便將人馬擺開，問鄉導官曰：「此間是何處？」荅曰：「前面便是博望坡，後面是羅川口〔四三〕。」惇令于禁、李典押住陣脚，親自出馬陣前。遥望軍馬來到，惇忽然大笑。衆問：「將軍爲何而笑？」惇曰：「吾笑徐元直，在丞相面前誇諸葛亮爲天人。今觀其用兵，乃以此等軍馬爲前部，與吾對敵，正如驅犬羊與虎豹鬬耳！毛此是民兵誘敵之故。漁此是前孔明所教演民兵。吾於丞相前誇口，要活捉劉備、諸葛亮，今必應吾言矣。」毛極寫夏侯惇之驕，以反襯後文之敗。鍾（欺）敵者必敗，可□夏侯惇痴漢也。遂自縱馬向前。趙雲出馬，惇罵曰：「汝等隨劉備，如孤魂隨鬼耳！」毛驕極矣。雲大怒，縱馬來戰。兩馬相交，不數合，雲詐敗而走。夏侯惇從後追趕。雲約走十餘里，回馬又戰，不數合又走。韓浩拍馬向前諫曰：「趙雲誘敵，恐有埋伏。」毛韓浩一諫，文勢一曲。鍾此時從浩之諫，猶可爲也。漁總是没名小將有識也。惇曰：「敵軍如此，雖十面埋伏，吾何懼哉！」遂不聽浩言，直趕至博望坡。一聲砲响，玄德自引軍衝將過來，接應交戰。夏侯惇笑謂韓浩曰：「此即埋伏之兵也！毛誰知此處伏兵亦是誘敵。吾今晚不到新野，誓不罷兵！」乃催軍前進，玄德、趙雲退後便走。

時天色已晚，濃雲密布，又無月色，晝風既起，夜風愈大。毛先寫月色之暗，以反襯後文火光之明；先寫風力之大，以正襯後文火勢之猛。漁方知前「商飈徐起」，字不虚論。夏侯惇只顧催軍趕殺。于禁、李典趕到窄狹處，兩邊都是蘆葦。典謂禁曰：「欺敵者必敗。南道路狹，山川相逼〔四四〕，樹木叢雜，儻彼用火攻奈何？」贅方纔知道。鍾至此方知已墮虎口了。漁不是使水，却是用火。禁曰：「君言是也。吾

〔四二〕「後」，商本作「下」。
〔四三〕「羅川口」，原作「羅口川」，致本、業本、貫本、齋本、滄本、周本、夏本、贊本同。按：地名無考。據光本、商本、嘉本乙正。
〔四四〕「逼」，光本作「隔」。

當往前爲都督言之，君可止住後軍。」毛前有韓浩之諫，此有于禁、李典之言，文勢又一曲。李典便勒回馬，大叫：「後軍慢行！」人馬走發，那裡攔當得住？于禁驟馬大叫：「前軍都督且住！」夏侯惇正走之間，見于禁從後軍奔來，便問何故。禁曰：「南道路狹，山川相逼，樹木叢雜，可防〔四五〕火攻。」夏侯惇猛省，即回馬令軍士〔四六〕勿進。毛前一路寫風、寫林木、寫蘆葦，讀者至此，急欲觀其燒矣；乃忽有夏侯惇猛省欲回一段，竟似下文燒不成也者。如此曲折，試掩卷猜之，決猜不着也。漁遲了。言未已，只聽背後喊聲震起，早望見一派火光燒着，隨後兩邊蘆葦〔四七〕亦着。一霎時，四面八方〔四八〕，盡皆是火，毛先寫背後，次寫兩邊，然後寫四面八方。極忙之中，却有次第。又值風大，火勢愈猛。毛方信前寫秋月、商飈，不是閒筆。曹家人馬自相踐踏，死者不計其數。鍾因風吹火，自□□（妙）。趙雲回軍趕殺，夏侯惇冒烟突火而走。

且說李典見勢頭不好，急奔回博望城時，火光中一軍攔住。當先大將，乃關雲長也。李典縱馬混戰，奪路而走。于禁見糧草車輛都被火燒，便投小路奔逃去了。夏侯蘭、韓浩來救糧車〔四九〕，正遇張飛。毛前調諸將，此處逐一敘出。前是布棋，此是收着。戰不數合，張飛一鎗刺夏侯蘭於馬下，韓浩奪路走脱。直殺到天明，却纔收軍。漁一二還清。殺得屍橫遍野，血流成河。後人有詩曰〔五〇〕：

博望相持用火攻，指揮如意笑談中。
直須驚破曹公胆，初出茅廬第一功！

夏侯惇收拾殘軍，自回許昌。

〔四五〕「可防」，光本作「應防」，商本作「宜防」，明四本作「恐使」。
〔四六〕「士」，致本、澹本同；其他毛校本作「馬」，明四本無。
〔四七〕「葦」，原無，其他毛校本同，據光本、商本、明四本補。
〔四八〕「四面八方」，原作「四方八面」，毛校本、夏本、贊本同。據嘉本、周本易，批語同。
〔四九〕「車」，齋本、光本、明四本作「草」。
〔五〇〕毛本後人詩刪，改自贊本；鍾本同贊本，漁本改自贊本；周本、夏本、贊本改自嘉本。

却説孔明收軍。關、張二人相謂曰：「孔明真英傑也！」毛唯有前番疑惑，乃有此處稱歎。鍾此時賓服孔明否？行不數里，見糜竺、糜芳引軍簇擁着一輛小車，車中端坐一人，乃孔明也。關、張下馬拜伏於車前。毛惟有前番輕侮，乃有此處拜伏。漁此時方拜伏耶？〔五一〕須臾，玄德、趙雲、劉封、關平等皆至，收聚衆軍，把所獲糧草輜重，分賞將士，班師回新野。新野百姓望塵遮道〔五二〕而拜曰：「吾屬生全，皆使君得賢人之力也！」毛不寫玄德褒孔明，却寫百姓頌玄德。頌玄德甚于頌孔明也。漁執功勞簿的來了。孔明回至縣中，謂玄德曰：「夏侯惇雖敗去，曹操必自引大軍來。」鍾明人。玄德曰：「似此如之奈何？」孔明曰：「亮有一計，可敵曹軍。」正是：

破敵未堪息戰馬，避兵又必賴良謀。

未知其計若何，且看下文〔五三〕分解。

孔明教劉琦之法，只是「三十六着，走爲上着」耳，一笑，一笑。

張翼德曰：「使『水』去戰便了。」忌玄德謂「得孔明如魚得水」也。不意這樣粗人，亦自能説趣話。此何減晉人清言。

孔明教劉琦之法，只是「三十六着，走爲上着」，故引重耳做箇樣子。

張翼德曰：「使『水』去戰便了。」忌玄德謂「得孔明如魚得水」也。粗人能説〔五四〕趣話，何減晉人清言？

〔五一〕衡校本脱此句及下句漁批。
〔五二〕「道」字原闕，據毛校本補。
〔五三〕「文」，澹本、夏本、贊本作「回」，嘉本、周本無。
〔五四〕「説」，原作「脱」，形訛。據贊批改。

第四十回　蔡夫人議獻荆州　諸葛亮火燒新野

前自三顧草廬之後，便當接火燒博望一篇，却夾叙孫權殺黄祖、劉琦屯江夏以間之；至火燒博望之後，便當接火燒新野一篇，却夾叙曹操殺孔融、劉琮獻荆州以間之：蓋幾處同時之事，不得詳却一處，畧却數處也。看他叙新野，又叙荆州；叙荆州，又叙東吴與許昌：頭緒多端，如一線穿，却不見斷續之痕。尤妙在叙孔融處，補叙禰衡往事；叙荆州處，詳叙王粲生平：偏能於極忙中著此閒筆。

劉景升家難與袁本初家難正自彷佛，而寫來却無一筆相類者，何也？蓋本初始終愛少子，而景升則有臨終立長子之命：其不同一也。譚、尚相攻；而劉琮則本有讓琦之心，劉琦亦初無伐琮之舉〔一〕：其不同二也。譚之降操，以長子不得立之故；琮之降操，則以幼子僭立之故：其不同三也。譚之降操，其臣教之；琮之降操，雖其臣教之，而實其母成之：其不同四也。冀州爲曹操所自奪，而荆州則劉琮所獻：其不同五也。本初之死，尚未嘗不訃告譚；而景升之死，劉琮竟匿而不發：其不同六也。種種不同，求一筆之相犯而不可得。豈非天然有此變化之事，以成此變化之文哉〔二〕！

玄德取荆州於劉表病危之時，則不正；取荆州於劉琮僭立之後，則無不正也。即謂取荆州於劉琮僭立之時，或有不正；而取荆州於劉琮降操〔三〕之日，則更無不正也。失此不取，

〔一〕「舉」，貫本、商本作「意」。
〔二〕「哉」，商本作「耶」。
〔三〕「操」，貫本作「曹」。

而使荆州爲曹操所有之荆州，又爲孫權所欲得之荆州，於是借荆州、分荆州、索荆州、還荆州，遂至遺無數葛藤〔四〕於後，則皆此回中一着之錯耳。

孔融才大名高，意所予奪，天下從之，此曹操之所深忌者〔五〕。奸雄必去其所忌，而後可以惟我欲爲。故稱魏王、加九錫之事，必待於融死之後也。當時即無郗慮之譖，而操之欲殺之久矣。《綱目》書操殺融而存其官，蓋重予之云。

或謂文人無行，文如蔡邕，而失身董卓；文如王粲，而勸降曹操：斯固然矣。然如孔融、禰衡之互相稱許，則豈非名稱其實者哉！兩人之志節，實足動義槩而忤雄風。然則無行文人之説，其賴此二人而一雪斯言與！

凡用計之難，不難在第一次，而難在第二次。當敵人經過一番之後，仍以前法施之，而敵人〔六〕依舊不覺，則奇莫奇於斯矣。然其前後用法亦微有不同者：前之火純用火，後之火兼用水。若以卦象論之：前卦只是「巽爲風，離〔七〕爲火」；後卦乃變成「水火既濟」。惜乎曹操出兵之時，不蚤令管輅卜之也。

博望之火易料，新野之火難料。何也？博望之火在城外，新野之火在城中；博望之火在林木，新野之火在房屋也。然〔八〕孔明新野之火是城中房屋之火，吕布濮陽之火亦是城〔九〕中房屋之火；而吕布伏兵城中，孔明伏兵城外；火中之伏兵可見，火外之伏兵不可知。則新野之燒，更甚於濮陽矣。況火不足而繼之以水〔一〇〕，下邳之水是白日，白河之水是黑夜；

〔四〕「葛藤」，商本作「周折」。
〔五〕「者」字原闕，據毛校本補。
〔六〕「人」，貫本作「之」。
〔七〕「離」字原闕，據毛校本補。
〔八〕「屋也然」三字原闕，據毛校本補。
〔九〕「是城」二字原闕，據毛校本補。
〔一〇〕「之以水」，原作「以水水」，致本同，據其他毛校本改。

冀州之水是灌城，白河之水是灌軍：愈用愈幻，愈出愈奇。今日讀者見之，猶目眩神摇；安得當日戰者遇之，不魂飛膽落乎！

却説玄德問孔明求拒曹兵之計。孔明曰：「新野小縣，不可久居。近聞劉景升病在危篤，可乘此機會，取彼荊州爲安身之地，庶可拒曹操也。」【漁】孔明决意取荊州爲本。玄德曰：「公言甚善。但備受景升之恩，安忍圖之！」孔明曰：「今若不取，後悔何及？」【毛】【漁】爲後文争荊州伏線。【鍾】（有）先見。玄德曰：「吾寧死不忍作負義之事。」孔明曰：「且再作商議。」

却説夏侯惇敗回許昌，自縛見曹操，伏地請死〔一一〕，操釋之。惇曰：「惇遭諸葛亮詭計，用火攻破我軍。」操曰：「汝自幼用兵，豈不知狹處須防火攻？」惇曰：「李典、于禁曾言及此，悔之不及！」操乃賞二人。【毛】兵敗而有賞，是曹瞞勝人處〔一二〕。【贄】【漁】戰敗賞人，此等舉動他人（莫只，誰謂老奸非妙人也）（不能及）。【鍾】戰敗賞人，奸雄舉動。惇曰：「劉備如此猖獗，真腹心〔一三〕之患也，不可不急除。」操曰：「吾所慮者，劉備、孫權耳，餘皆不足介意。今當乘此時掃平江南。」【毛】因攻劉備，就勢帶出孫權，爲後文赤壁伏線。便傳令起大兵五十萬，令曹仁、曹洪爲第一隊，張遼、張郃爲第二隊，夏侯淵、夏侯惇爲第三隊，于禁、李典爲第四隊，【毛】【漁】仍用夏侯、于、李，如秦穆公〔一四〕之再用三帥。操自領諸將爲第五隊。每隊各引兵十萬。又令許褚爲折衝將軍，引兵三千爲先鋒。【毛】先鋒反叙在後，叙法變幻。選定建安十三年秋七月丙午日出師。【毛】【漁】并紀其日，重其事也。〔一五〕

太中大夫孔融諫曰：「劉備、劉表皆漢室宗親，

〔一一〕「死」，貫本、商本作「罪」。
〔一二〕「是曹瞞勝人處」，貫本作「曹瞞勝人之處」。
〔一三〕「獗」，原闕，貫本作「狂」，明四本無。據其他毛校本補。「腹心」，光本、商本倒作「心腹」。
〔一四〕漁批「公」，原無，據衡校本補。
〔一五〕衡校本脱此句漁批。

不可輕伐。【毛】以理言。孫權虎踞六郡，且有大江之險，亦不易取。【毛】以勢言。○融意重在二劉，帶言孫權。【漁】以理以勢皆不可伐。融意重二劉，孫權帶說。今丞相興此無義之師，恐失天下之望。」【鍾】孔融藥石之言，可聽可聽。操怒曰：「劉備、劉表、孫權皆逆命之臣，豈容不討！」【毛】前操止言劉備、孫權，今亦帶言劉表。遂叱退孔融，下令：「如有再諫者必斬。」孔融出府，仰天嘆曰：「以至不仁伐至仁，安得不敗乎！」【毛】至仁獨指劉備，而表與權又在所輕。【漁】二語取死之道。時御史大夫郗慮家客聞此言，報知郗慮。慮常被孔融侮慢，心正恨之，乃以此言入告曹操，且曰：「融平日每每狎侮丞相，【毛】平日狎侮，却借郗慮口中帶叙出來。又與禰衡相善，衡贊融曰『仲尼不死』，融贊衡曰『顏回復生』，【毛】孔、禰交譽語，亦借郗慮口中叙出。向者禰衡之辱丞相，乃融使之也。」【毛】又將禰衡前事一提。【贊】【鍾】小人譖人，大都如此。【漁】譖人之毒淺入深，使人動而不覺，可恨畏。這一語便刺得深。操大怒，遂命廷尉捕捉孔融。融有二子，年尚少〔一六〕，時方在家對坐弈棋，左右急報曰：「尊君被廷尉執去，將斬矣！【漁】操此時何不避殺賢士之名耶？二公子何不急避？」二子曰：「破巢之下，安有完卵乎？」【毛】操之殘惡，二子早已看透〔一七〕。言未已，廷尉又至，盡收融家小并二子皆斬之，【毛】操之殺禰衡，必假手於他人；今殺孔融，則竟自殺之，更不避殺賢士之名矣。號令融屍於市。京兆脂習伏屍而哭，【漁】與王修之哭袁譚相似。操聞之大怒，欲殺之。荀彧曰：「彧聞脂習常諫融曰：『公剛直太過，乃取禍之道。』【毛】脂習諫融語，却在荀彧口中補叙出來。【漁】補敘。今融死而來哭，乃義人也，不可殺。」【毛】脂習之哭孔融，與王修之哭袁譚正復相似。【贊】【鍾】脂習是箇義人。操乃止。習收融父子屍首，皆葬之。【三】補註 後魏文帝以習有欒布之節，加中散大夫。又深好融文辭，每歎曰：「揚、班儔也。」募天下有上融文章者，輒賞以金帛。所著詩、頌、碑文、議論、六言、策

〔一六〕「少」，商本作「幼」，明四本無。
〔一七〕「透」，商本作「破」。

文、表檄、教令、書記（等），凡二十五篇。後人有詩讚孔融曰〔一八〕：

孔融居北海，豪氣貫長虹。
坐上客常滿，樽中酒不空。【毛】此係融幼時語，應第十一回中。
文章驚世俗，談笑侮王公。
史筆褒忠直，存官紀「太中」。【毛】《綱目》書曰殺太中大夫孔融，存其官也。【贊】然亦孔老不善用老奸也。【漁】有高世之才，而不超然遠引，致使子孫絶滅，豈不可惜？

曹操既殺孔融，傳令五隊軍馬次第起行，只留荀彧等守許昌。

却説荊州劉表病重，使人請玄德來托孤。玄德引關、張至荊州見劉表，表曰：「我病已入膏肓，【二】音荒。不久便死矣，特托孤於賢弟。我子無才，恐不能承父業，我死之後，賢弟可自領荊州。」【毛】陶謙三讓徐州，劉表可謂再讓荊州矣。【漁】劉表第二次讓荊州。玄德泣拜曰：「備當竭力以輔賢侄，安敢有他意乎！」正説間，人報曹操自統大兵至。玄德急辭劉表，星夜回新野。劉表病中聞此信，喫驚不小，嘀議寫遺囑，令玄德輔佐長子劉琦爲荊州之主。【毛】劉表臨死不聽婦人言而立少子，〈【毛】【漁】〉（劉表）雖不能正其始，猶能正其終（也）。蔡夫人聞之大怒，關上内門，使蔡瑁、張允二人把住外門。【鍾】牝雞司晨。時劉琦在江夏，知父病危，來至荊州探病，方到外門，蔡瑁當住曰：「公子奉父命鎮守江夏，其任至重，今擅離職守，倘東吴兵至，如之奈何？若入見主公，主公必生嗔怒，病將轉增，非孝也。宜速回。」【毛】蔡瑁此時但阻琦之見父，而不敢害琦者，畏玄德之在新野耳。【鍾】假公濟私。【漁】蔡瑁此時不即害琦者，慮有玄德之在新野也。劉琦立於門外，大哭一場，上馬仍回江夏。劉表病勢危篤，望劉琦不來，至八月戊申日，大叫數

〔一八〕毛本讚孔融詩改自贊本；鍾本、漁本同贊本，夏本、贊本同嘉本，周本改自嘉本。

聲而死。[毛]劉表欲立劉琦而不能殺蔡瑁，以至於此。後人有詩嘆劉表曰〔一九〕：

昔聞袁氏居河朔，又見劉君霸漢陽。
總爲牝晨致家累，可憐不久盡銷亡。[贊]公論，公論。

劉表既〔二〇〕死，蔡夫人與蔡瑁、張允商議，假寫遺囑，令次子劉琮爲荊州之主，[毛]袁紹之妻立少子，是〔二一〕順夫之命；劉表之妻立少子，是逆夫之命，蔡氏更劣於劉氏矣。然後舉哀報喪。時劉琮年方十四歲，頗聰明，乃聚衆言曰：「吾父棄世，吾兄現在江夏，更有叔父玄德在新野。汝等立我爲主，倘兄與叔興兵問罪，如何解釋？」[毛][漁]劉琮（賢於）（頗勝）袁尚。[贊][鍾]劉琮大通。衆官未及對，幕官李珪荅曰：「公子之言甚善。今可急發哀書至江夏，請大公子爲荊州之主，就命玄德一同理事。北可以敵曹操，南可以拒孫權。此萬全之策也。」[毛]劉表有如此之臣，而平日不能重托之，乃使蔡瑁掌兵權，何其用人之舛誤也！[贊][鍾]李珪亦通。蔡瑁叱曰：「汝何人？敢亂言以逆主公遺命！」李珪大罵曰：「汝内外朋謀，假稱遺命，廢長立幼，眼見荊襄九郡，送於蔡氏之手！故主有靈，必當殛汝！」[漁]劉表不重李珪，足見其「善善而不能用」。蔡瑁大怒，喝令左右推出斬之。李珪至死大罵不絶。[毛]李珪其洩冶之流乎！於是蔡瑁遂立劉琮爲主。蔡氏宗族分領荊州之兵，令〔二二〕治中鄧義、別駕劉先守荊州，蔡夫人自與劉琮前赴襄陽駐扎，以防劉琦、劉備。[鍾]作事顛倒，便是敗亡之兆。就葬劉表之柩〔二三〕於襄陽城東漢陽之原，竟不訃告劉琦與玄德。[毛][漁]自死至葬（而）竟不訃告，（婦人作事）舛錯（至此）（如是），宜其亡之速也。[贊]如此舉動，不祥極矣，如何得久？

〔一九〕毛本嘆劉表詩自贊本八句刪、改作四句；鍾本、漁本同贊本，贊本同明三本。
〔二〇〕「既」，光本作「已」，明四本無。
〔二一〕「妻」「是」，光本互易。
〔二二〕「令」，光本、商本作「命」。
〔二三〕「柩」，光本、商本作「棺」。

劉琮至襄陽，方纔歇馬，忽報曹操引大軍逕望襄陽而來。琮大驚，遂請蒯越、蔡瑁等商議。東曹掾〔二四〕傅巽進言曰：「不特曹操兵來爲可憂。今大公子在江夏，玄德在新野，我皆未往報喪，若彼興兵問罪，荊襄危矣。巽有一計，可使荊襄之民安如泰山，又可保全主公名爵。」【毛】不憂曹操而憂玄德、劉琦，則其計可知矣。琮曰：「計將安出？」巽曰：「不如將荊襄九郡獻與曹操，操必重待主公也。」【毛】李珪既殺，此傅巽之言所由來〔二五〕也。【鍾】賊臣害事。琮叱曰：「是何言也！孤受先君之基業，坐尚未穩，豈可便棄之他人〔二六〕？」【毛】【漁】劉琮（賢於）（更勝）袁譚。【贊】一〔二七〕公子大通。【鍾】劉琮頗有氣槩。蒯越曰：「傅公悌之言是也。夫逆順有大體，强弱有定〔二八〕勢。今曹操南征北討，以朝廷爲名，主公拒之，其名不順。且主公新立，外患未寧，內憂將作。荊襄之民聞曹兵至，未戰而膽先寒，安能與之敵哉？」【毛】蒯越常助蔡瑁謀害玄德，宜其有此論。若蒯良在，則〔二九〕必不至此。【贊】言似有理，所以惑人。【漁】有是三危，只是一意。琮曰：「諸公善〔三〇〕言，非我不從，但以先君之業，一旦棄與他人，恐貽笑於天下耳。」【毛】傅、蒯二人志不及此十四歲兒。【鍾】□父業□□人，誠可哭矣，奚止笑歟？

言未已，一人昂然而進曰：「傅公悌、蒯異度之言甚善，何不從之？」衆視之，乃山陽高平人，姓王名粲，字仲宣。粲容貌瘦弱，身材短小，幼時往見左中郎將〔三一〕蔡邕，時邕高朋滿座，聞粲

〔二四〕同第三十九回校記〔二七〕。
〔二五〕「來」，商本作「出」。
〔二六〕「棄之他人」，貫本脱「人」，商本作「棄與他人」，明四本作「受制於他人」。
〔二七〕「一」，原闕，綠本作「此」，據吴本補。
〔二八〕「定」，商本作「大」。
〔二九〕「則」，原作「而」，致本、業本、齋本同；澹本作「計」，光本脱。據貫本、商本改。
〔三〇〕「善」，光本作「之」。
〔三一〕「左中郎將」，原作「中郎」，毛校本同。按：《三國志·王粲傳》：「粲徙長安，左中郎將蔡邕見而奇之。」據明四本補。

至，倒履迎之，賓客皆驚曰：「蔡中郎何獨敬此小子耶？」邕曰：「此子有異才，吾不如也。」毛蔡邕之敬王粲，如孔融之重禰衡。然王、蔡二人不如孔、禰二人多矣。粲博聞强記，人皆不及。嘗觀道旁碑文，一過便能記誦。觀人弈棋，棋局亂，粲復爲擺出，不差一子。又善算術，其文詞妙絶〔三二〕一時。年十七，辟爲黄門侍郎，不就。後因避亂至荆襄，劉表以爲上賓。毛漁（忽叙王粲生平，）忙中偏有（此）閒筆。當日謂劉琮曰：「將軍自料比曹公何如？」琮曰：「不如也。」毛與玄德、孔明問荅語相似。一則商議備敵，一則商議降敵，語同而意不同。粲曰：「曹公兵强將勇，足智多謀。擒吕布於下邳，摧袁紹於官渡，逐劉備於徐州，破烏桓於白狼〔三三〕，毛又將曹操前事於此總叙一遍。三考證補註已上三句，皆張騭虚僞妄作，非王粲本文，此裴松之所貶也。梟除蕩定者，不可勝計。今以大軍南下荆襄，勢難抵敵。傅、蒯二君之謀，乃長策也。將軍不可遲疑，致生後悔。」毛文人不可與謀國事如此。鍾一片油嘴，所以惑人。琮曰：「先生見教極是，但須稟告母親知道。」只見蔡夫人從屏後轉出，毛慣立屏後竊聽人語，此婦人惡態。謂琮曰：「既是仲宣、公悌、異度三人所見相同，何必告我？」漁弄得没主意來了，又弄出屏風後人來。〈毛漁〉（我）不怪婦人同（此）三人之見，却怪三人（不異）（同）婦人之見。贄此破國亡家之妖婦也。可殺可剮，其

〔三二〕「妙絶」，商本倒作「絶妙」，明四本無。

〔三三〕「徐州」「白狼」原作「隴右」「白登」，古本同；另明四本「烏桓」作「烏丸」。按：《三國志・魏書・王粲傳》裴注引張騭（裴注引述《文士傳》作者有三：張騭、張隱、張衡；唐代魏徵主編《隋書・經籍志》作「張隱」，後晉趙瑩主編《舊唐書・經籍志》與北宋宋祁、歐陽修等主編《新唐書・藝文志》皆作「張騭」。據多書考據，作「張騭」是。朝代説法不一，從西晉至東晉末未定。）《文士傳》曰：「逐劉備於隴右，破烏丸於白登。」裴注案曰：「魏武以十三年征荆州，劉備却後數年方入蜀，備身未嘗涉於關、隴。而於征荆州之年，便云逐備於隴右，既已乖錯；又白登在平城，亦魏武所不經，北征烏丸，與白登永不相豫。以此知張騭假僞之辭，而不覺其虚之自露也。凡騭虚僞妄作，不可覆疏，如此類者，不可勝紀。」明三本用裴注引張騭《文士傳》僞文，並以裴注案作夾批註解；後本沿用原句却奪夾批，至以王粲之言爲是。據前文改。

言何足聽哉？於是劉琮意決，便寫降書，令宋忠潛地往曹操軍前投獻。宋忠領命，直至宛城，接着曹操，獻上降書。操大喜，重賞宋忠，分付教劉琮出城迎接，便着他永爲荊州之主。毛假話騙小兒。漁要曉得是詐許，騙小兒。

宋忠拜辭曹操，取路回荊襄。將欲渡江，忽見一枝人馬到來，視之乃關雲長也。宋忠迴避不迭〔三四〕，被雲長喚住，細問荊州之事。忠初時隱諱，後被雲長盤問不過，只得將前後事情一一實告。雲長大驚，隨捉宋忠至新野見玄德，備言其事。玄德聞之大哭。毛此哀劉表而哭，非畏曹操而哭也。贄鍾玄德此（哭，遺〔三五〕）是哭荊州，還是哭劉表？張飛曰：「事已如此，可先斬宋忠，隨起兵渡江，奪了襄陽，殺了蔡氏、劉琮，然後與曹操交戰。」毛快人快語。贄鍾極頂之談，絶妙之策，老張大（聖）（快）人（也）。漁話雖粗却直，言未盡善却爽快。玄德曰：「你且緘口，我自有斟酌。」乃叱宋忠曰：「你知衆人作事，何不早來報我？今雖斬汝，無益於事，可速去。」毛宋忠且不殺，豈肯殺劉琮母子乎？忠拜謝，抱頭鼠竄而去。

玄德正憂悶間，忽報公子劉琦差伊籍到來。玄德感伊籍昔日相救之恩，降堦迎之，再三稱謝。毛照顧前文。籍曰：「大公子在江夏，聞荊州已故，蔡夫人與蔡瑁等商議不來報喪，竟立劉琮爲主。公子差人往襄陽探聽，回説是實。恐使君不知，特差某賫哀書呈報，并求使君盡起麾下精兵，同往襄陽問罪。」毛劉琦求助於劉備，與袁譚之求助於〔三六〕曹操大不相同。玄德看書畢，謂伊籍曰：「機伯只知劉琮僭立，更不知劉琮已將荊襄九郡獻與曹操矣！」毛漁本是伊籍報玄德信，（却反是）（又弄出）玄德報伊籍信。籍大驚曰：「使君何從〔三七〕知之？」玄德具言拿獲宋忠之事。籍曰：「若如此，使君不如以弔喪爲名，

〔三四〕「迭」，光本作「及」，明四本無。
〔三五〕贄批「遺」，緑本作「還」。
〔三六〕「於」，光本脱。
〔三七〕「何從」，澹本作「何以」，明四本無，光本、商本倒作「從何」。

前赴襄陽，誘劉琮出迎，就便擒下，誅其黨類，則荊州屬使君矣。」毛漁最是善策。孔明曰：「機伯之言是也。主公可從之。」贄鍾機伯、孔明都是至言。玄德垂淚曰：「吾兄臨危托孤於我，今若執其子而奪其地，異日死於九泉之下，何面目復見我兄〔三八〕乎？」毛漁（劉）琮既降曹（操），則玄德非取荊州〔三九〕於劉琮，而取荊州於曹操也，何尚以劉表爲言乎？（○前劉表讓之而不取，失一機會；）今劉琮失之而不取，又失一（大）機會。贄玄德腐甚，不可與謀，然言〔四〇〕畏操甚也。孔明曰：「如不行此事，今曹兵已至〔四一〕宛城，何以拒敵？」玄德曰：「不如走樊城五（按《一統志》：）樊城，在襄陽（西北五里）。〔四二〕以避之。」毛幾與屯小沛時同一局面。

正商議間，探馬飛報曹兵已到博望了。玄德慌忙發付伊籍回江夏整頓軍馬，一面與孔明商議拒敵之計。孔明曰：「主公且寬心。前番一把火，燒了夏侯惇大半人馬，今番曹軍又來，必教他中這條計。毛不說出何計，正使人猜測不着。我等在新野住不得了，不如早到樊城去。」便差人四門張榜，曉諭居民：「無問老幼男女，願從者，即於今日皆跟我往樊城暫避，不可自悞。」毛挈民同走，又是一樣走法。漁盡令人出火宅，方可教公入甕。差孫乾往河邊調撥船隻，救濟百姓；差糜竺護送各官家眷到樊城。毛漁先（言）百姓，後（及）各官家眷（，足見愛民之至）。一面聚諸將聽令，先教雲長：漁有次第。「引一千軍去白河上流頭埋伏，各帶布袋，多裝沙土，遏住白河之水。至來日三更後，只聽下流頭人喊馬嘶，急取起布袋，放水渰之，却順水殺將下來接應。」毛前翼德曰：「何不使水去？」今番真是使水去了。漁前張飛云：「何不使水去？」今番用着水了。又喚張飛：「引

〔三八〕「我兄」，嘉本、商本作「吾兄」，周本、夏本、贄本作「劉荊州」。
〔三九〕漁批「州」，原脱，據衡校本補。
〔四〇〕「言」，緑本作「亦」。
〔四一〕「至」，光本作「到」。
〔四二〕按：《一統志》：「樊城，在府城北漢江上，與襄陽對峙。」「連樊水，在府城西北五里。」

一千軍去博陵渡口埋伏。此處水勢最慢，曹軍被渰，必從此逃難，可便乘勢殺來接應。」毛第二次調撥，又在水邊。鍾（兵）家所謂動九天、藏九地者，此類是也。又喚趙雲：「引軍三千，分爲四隊：自領一隊伏於東門外，其三隊分伏西、南、北三門，却先於城内人家屋上，多藏硫黄焰硝引火之物。曹軍入城，必安歇民房。來日黄昏後，必有大風，毛不知天時者，不可以爲軍師。漁地利、天時無不一一先了然，始可用兵。但看風起，便令西、南、北三門伏軍盡將火箭射入城去，待城中火勢大作，却於城外吶喊助威，毛第三次調撥，方用火攻。○既以風力助火勢，又以人聲助火威，自然分外猛烈。只留東門放他出走。汝却於東門外從後擊之。毛漁從後擊（之，）妙。趕他到水邊去。〔四三〕天明會合關、張二將，收軍回樊城。」毛漁又（先）筭定收兵時（候）（刻）。鍾今天下亦多事，（又安）得孔明妙（計）火燒□□（滅）□類乎？再令糜芳、劉封二人：「帶二千軍，一半紅旗，一半青旗，毛紅屬火，青屬木，木能生火。去新野城外三十里鵲尾坡嘉地名。前屯住。一見曹軍到，紅旗軍走在左，青旗軍走在右。他心疑必不敢追，汝二人却去分頭埋伏。只望城中火起，便可追殺敗兵，然後却來白河上流頭接應。」毛前三次調撥已完，不想又有此一段在後，奇妙。○前一人一撥，此兩人同撥。鍾更妙在此疑兵使他眩。孔明分撥已定，乃與玄德登高瞭望〔四四〕，只候捷音。毛爲下文登高對坐飲酒伏筆。

却説曹仁、曹洪引軍十萬爲前隊，前面已有許褚引三千鐵甲軍開路，浩浩蕩蕩，殺奔新野來。是日午牌時分，來到鵲尾坡，毛午爲火位，鵲應朱鵲，正爲下文點染。漁正午。望見坡前一簇人馬，盡打青、紅旗號，許褚催軍向前〔四五〕。劉封、糜芳分爲四隊，青、紅旗各歸左右。毛前於第四次調撥，此却於第一次出現。許褚勒馬，教：「且休進，前面必有伏兵。我

〔四三〕漁批原闕三字，據衡校本補。
〔四四〕「瞭望」，明四本作「望之」。
〔四五〕「向前」，商本作「前進」。

兵只在此處住下。」許褚一騎馬飛報前隊曹仁，曹仁曰：「此是疑兵，必無埋伏。可速進兵，我當催軍繼至。」許褚復回坡前，提兵殺入。至林下追尋時，不見一人。時日已墜西〔四六〕，【毛】自午至晚，漸漸叙到夜來，却有次第。【漁】日西。許褚方欲前進，只聽得山上大吹大擂。擡〔四七〕頭看時，只見山頂上一簇旗，旗叢中兩把傘蓋，左玄德，右孔明，二人對坐飲酒。【毛】相對飲酒，不是賞紅燈，定是看烟火。【鍾】此所謂折衝于尊俎者也。【漁】好自在，好作用。許褚大怒，引軍尋路上山。山上檑木砲石打將下來，不能前進。又聞山後喊聲大震，欲尋路厮殺，天色已晚。【毛】【漁】已晚。曹仁領兵到，教且奪新野城歇馬。軍士至城下時，只見四門大開。曹兵突入，並無阻當，城中亦不見一人，竟是一座空城了。【毛】誰知以此空城作爐灶。曹洪曰：「此是勢孤計窮，故盡帶百姓逃竄去了。我軍權且在城安歇，來日平明進兵。」此時各軍走乏，都已飢餓，皆去奪房造飯。曹仁、曹洪就在衙内安歇。【毛】已入火甕〔四八〕中矣。初更已後，【毛】【漁】初更。狂風大作，【毛】未寫火，先寫風。【鍾】□□風□□孔（明），天定□。守門軍士飛報火起。曹仁曰：「此必軍士造飯不小心遺漏之火，不可自驚。」【漁】其説得近，妙。爲將者亦不可無此安心法。説猶未了，接連幾次飛報，西、南、北三門皆火起。【毛】不見兵，只見火，奇幻〔四九〕。曹仁急令衆將上馬時，滿縣火起，上下通紅。是夜之火，更勝前日博望燒屯之火。【毛】忽將前事對炤以應上文，妙甚。【贊】老奸又動火了，一笑一笑。【漁】映帶前事〔五〇〕。後人有詩嘆曰〔五一〕：

奸雄曹操守中原，九月南征到漢川。

〔四六〕「墜西」，貫本、商本倒作「西墜」。
〔四七〕「擡」，原作「臺」，致本、業本同；貫本作「檯」，明四本無。據其他毛校本改。
〔四八〕「甕」，光本、商本作「坑」。
〔四九〕「幻」，商本作「極」。
〔五〇〕「映帶前事」，衡校本作「照應前文」。
〔五一〕毛本嘆火燒新野詩自贊本八句删作四句；鍾本、漁本同贊本，贊本同明三本。

風伯怒臨新野縣，祝融飛下焰摩天。鍾恨不得一把燒死。

曹仁引衆將突烟冒火，尋路奔走，聞説東門無火，急急奔出東門。軍士自相踐踏，死者無數。曹仁等方纔脱得火厄，背後一聲喊起，趙雲引軍趕來混戰，毛前於第三次調撥，此於第二次出現。敗軍各逃性命，誰肯回身厮殺。正奔走間，糜芳引一軍至，又衝殺〔五二〕一陣。曹仁大敗，奪路而走，劉封又引一軍截殺一陣。毛糜、劉二人前已於第一次出現，今於第三、第四次又出現〔五三〕。前則一齊出現，此則次第出現。到四更時分，毛四更。人困馬乏〔五四〕，軍士大半焦頭爛額，奔至白河邊，喜得河水不甚深，毛上流頭有灰布袋故也。人馬都下河喫水，人相喧嚷，馬盡嘶鳴。

却説雲長在上流用布袋遏住河水，黄昏時分，望見新野火起，毛補黄昏一句，甚妙。至四更，忽聽得下流頭人喊〔五五〕馬嘶，急令軍士一齊掣起布袋，水勢滔天，望下流衝去，曹軍人馬俱溺於水中，死者極多。毛前於第一次調撥，今却於第五次出現。○既用火燒，又用水浸，十萬之衆，不爲炭〔五六〕，定爲泥矣。鍾不死於火，即死于水，妙哉計也。曹仁引衆將望水勢慢處奪路而走，行到博陵渡口，只聽喊聲大起，一軍攔路，當先大將，乃張飛也，漁議此壓〔五七〕後作結得法。大叫：「曹賊快來納命！」毛前於第二次調撥，今却於第六次出現。○看他叙得前後參差有勢，却又一筆不亂。曹軍大驚。正是：

城内纔看紅焰吐〔五八〕，水邊又遇黑風來。

〔五二〕「至又衝殺」四字原闕，據毛校本補。
〔五三〕此句毛批原闕八字，據毛校本補。
〔五四〕「人困馬乏」，貫本、齋本、光本作「人馬困乏」。
〔五五〕「喊」，原作「語」，毛校本、夏本、贊本同。按：「喊」字通，據嘉本、周本改。
〔五六〕「炭」，齋本、光本作「灰」。
〔五七〕「壓」，原作「歷」，據衡校本改。
〔五八〕「吐」，商本作「起」。

未知曹仁性命如何，且看下文分解。

孔明火燒水浸，百發百中；曹操不爲灰，定爲泥矣。一笑一笑。

蔡夫人短見，白白把荆州送與别人，與今之弟兄争家、争獻豪門者一箇樣子。可笑世上人，大愚不悟也。

孔明火燒水浸，百發百中，曹操不爲灰，定爲泥矣，可發一笑。蔡夫人短見，白白把荆州送與曹瞞。覩後九郡既破，全家被殺，可與牝鷄司晨者之戒。

第四十一回

劉玄德携民渡江
趙子龍單騎救主

前孔明教劉琦，是走爲上計〔一〕；今教玄德，亦是走爲上計。然劉琦之走得免於難，玄德之走幾不免於難，其故何〔二〕也？則皆玄德不忍之心爲之累耳。若非不忍於劉表，則可以不走；若非不忍於劉琮，則又可以不走。即走矣，若非不忍於百姓，則猶可以輕於走，捷於走，脱然於走。其走而及於難者，乃玄德之過於仁，而非孔明之疎於計也。

蔡氏之死，天不假手於玄德；劉琮之死，天不假手於劉琦：而殺之者乃是曹操，此造物者之巧也。然操于張繡之降則不殺，于張魯之降則不殺，即于袁譚之初降而未叛，則亦不遽殺；而獨于劉琮母子，則必殺之而後已，其故何居？曰：琮之意在求保荆州，失之則悔，悔則必怨，怨則舊臣之未降者，或將嘘枯〔三〕燼以復燃，則可慮者一；即其臣之已降者，見故主尚在，亦將懷二心以圖我，則可慮者二；且操方欲下江南，而琮或復與琦合，將結劉備以爲我肘腋之患，則可慮者三。操之籌此至熟矣，琮即欲不死，豈可得哉？

檀溪之役，子龍以三百人而不能救玄德；長坂之役，子龍以一〔四〕單騎而獨能救阿斗：事之不可知者也。關公之保二夫人，歷過五關，而皆得無恙；子龍之保二夫人，止過長坂，而不能兩全：又事之不可知者也。或謂檀溪不關龍馬之力，當陽亦豈虎將之功，天也，非人

〔一〕「計」，光本、商本作「策」，後一處同。
〔二〕「故何」，光本倒作「何故」。
〔三〕「嘘枯」，齋本、光本、商本作「嘘餘」。
〔四〕「一」，光本脱。

也；我謂關公盡事兄之節，子龍竭救主之忠，天也，亦人也。玄德棄荆州，既失其地利，猶幸邀天之祐，得人之助爾。

孫策之知太史慈，不以新降而疑其詐；玄德之信子龍，不以臨難而疑其違：一則投契于一時，一則孚信于平日也。大約文字之妙，多在逆翻處。不有糜芳之告、翼德之疑，則玄德之識不奇，子龍之忠亦不顯。《三國》叙事之法，往往善于用逆，所以絶勝他書。

文有伏線之妙：玄德之取長沙，魏延之救黄忠，尚隔數回〔五〕，而此處襄陽城外，早有一魏延忽然而來，忽然而去；在此時初無補于玄德，初無益於襄陽，而孰知預爲後日之用，真奇事奇文。

徐氏以不死報夫讐，糜氏以一死全夫嗣：皆賢妻也。吴夫人臨死，托壯子于良臣；糜夫人臨死，托幼子于猛將：皆賢母也。然死更難于不死；臨難之托子，更難于平時之托子：則糜夫人之賢，又在東吴兩婦人〔六〕之上。

凡敘事之難，不難在聚〔七〕處，而難在散處。如當陽長坂一篇：玄德與衆將及二夫人并阿斗，東三西四，七斷八續，詳則不能加詳，畧又〔八〕不可偏畧，庸筆至此，幾于束手。今作者將糜芳中箭，在玄德眼中敘〔九〕出；簡雍着鎗，糜竺被縛，在趙雲眼中敘出；二夫人棄車步行，在簡雍口中敘出；簡雍報信，在翼德口中敘出；甘夫人下落，則借軍〔一〇〕士口中詳之；糜夫人及阿斗下落，則借百姓口中詳之：歷落參差，一筆不忙，一筆不漏。又有旁筆，寫秋風，寫秋夜，寫曠〔一一〕野哭聲，將

〔五〕「回」字原闕，據毛校本補。
〔六〕「婦」，光本、商本作「夫」。「人」，貫本脱。
〔七〕「聚」，商本作「整」。
〔八〕「又」，光本、商本作「亦」。
〔九〕「敘」，商本作「看」。
〔一〇〕「軍」，商本作「兵」。
〔一一〕「曠」，商本作「偏」。

數千兵及數萬百姓無不點綴描畫〔一二〕。予嘗讀《史記》，至項羽垓下一戰，寫項羽、寫虞姬、寫楚歌、寫九里山、寫八千子弟、寫韓信調軍〔一三〕、寫衆將十面埋伏、寫烏江自刎，以爲文章紀事之妙，莫有奇于此者；及見《三國》當陽長坂之文，不覺嘆龍門之復生也。

却說張飛因關公放了上流水，遂引軍從下流殺將來，截住曹仁混殺。忽遇許褚，便與交鋒，許褚不敢戀戰，奪路走脱。張飛趕來，接着玄德、孔明，一同沿河到上流。劉封、糜芳已安排船隻等候，遂一齊渡河，盡望樊城而去。孔明教將船筏放火燒毁。

【毛】水上之火，又其餘勢〔一四〕。【漁】餘火。

却說曹仁收拾殘軍，就新野屯住，使曹洪去見曹操，具言失利之事。操大怒曰：「諸葛村夫，安敢如此！」催動三軍，漫山塞【二】音色。野，盡至新野下寨。傳令軍士一面搜山，一面填塞白河。令大軍分作八路，一齊去取樊城。【毛】前是五隊，今變作八路。劉曄曰：「丞相初至襄陽，必須先買民心。今劉備盡遷新野百姓入樊城，若我兵徑進，二縣爲虀粉矣。不如先使人招降劉備，備即不降，亦可見我愛民之心，【毛】此句是正意。【贊】念念爲民，仁人也。【鍾】國以民爲本，劉曄此是正論。若其來降，則荆州之地，可不戰而定也。」【毛】此句是陪説。操從其言，便問：「誰可爲使？」劉曄曰：「徐庶與劉備至厚，今現在軍中，何不命他一往？」操曰：「他去恐不復來。」曄曰：「他若不來，貽笑于人矣。丞相勿疑。」【毛】前者賺徐庶，程昱料其必來；今者遣徐庶，劉曄料其必返：前後相映。操乃召徐庶至，謂曰：「我本欲踏平樊城，奈憐衆百姓之命。公可往説劉備，如肯來降，免罪賜爵；若更執迷，軍民共戮，玉石俱焚。吾知公忠義，故特使公往，願勿相負。」【毛】明知備之不降而招

〔一二〕「畫」，光本作「寫」。
〔一三〕「軍」，光本作「兵」。
〔一四〕「勢」，貫本作「事」。

之，又明知庶之不勸備降而遣之，皆詐也，不過先禮後兵，以示虛惠于百姓耳。漁曹操明知備不肯降，亦不過先禮後兵耳。徐庶受命而行，至樊城，玄德、孔明接見，共訴舊日之情。庶曰：「曹操使庶來招降使君，乃假買民心也。今彼分兵八路，填白河而進，樊城恐不可守，宜速作行計。」毛不待徐庶教之行，而孔明之行計已定矣。玄德欲留徐庶，庶謝曰：「某若不還，恐惹人笑。今〔一五〕老母已喪，抱恨終天，身雖在彼，誓不爲設一謀。公有卧龍輔佐，何愁大業不成？庶請辭。」毛若無卧龍輔佐，此時徐庶亦不留乎？或曰：徐庶，孝子也，母雖死而墳墓在焉，故不敢絶操耳。贊鍾豪傑相與，心期如此，豈比今日市交面友（也乎）！玄德不敢强留。

徐庶辭回，見了曹操，言玄德並無降意。操大怒，即日進兵。玄德問計于孔明，孔明曰：「可速棄樊城，取襄陽暫歇。」毛漁本意在襄陽，（孰知）下文偏〔一六〕不是襄陽。玄德曰：「奈百姓相隨許久，安忍棄之？」贊鍾是君。孔明曰：「可令人遍告百姓，有願隨者同去，不願者留下。」先使雲長往江岸准頓〔一七〕船隻，令孫乾、簡雍在城中聲揚〔一八〕曰：「今曹兵將至，孤城不可久守，百姓願隨者，便同過江。」毛若使此時不告百姓，潛師宵遁，則後來必不爲曹操所追及矣。兩縣之民齊聲大呼曰：「我等雖死，亦願隨使君！」毛漁此之謂人和。贊鍾是民。即日號泣而行，扶老携幼，將男帶女，滚滚渡河，兩岸哭聲不絶。漁何異太公避？玄德于船上望見，大慟曰：「爲吾〔一九〕一人而使百姓遭此大難，吾何生哉！」欲投江而死，毛或曰：玄德之欲投江，與曹操之買民心，一樣都是假處。然曹操之假，百姓知之；玄德之假，百姓

〔一五〕「今」上原有「某」字，致本、業本、貫本、齋本、滄本同，光本、商本有「我」字。據明四本删。
〔一六〕漁批「偏」，原作「編」，據衡校本改。
〔一七〕「准頓」，齋本、滄本、光本、商本作「整頓」，明四本作「準備」。按：「准頓」意整理安頓。
〔一八〕「聲揚」，貫本、周本倒作「揚聲」。按：「聲揚」意聲張宣揚；「揚聲」意高聲或揚言。「聲揚」義通。
〔一九〕「吾」，商本作「我」。

偏不以爲假。雖同一假也，而玄德勝曹操多矣。【贊】豪傑作用如此。【鍾】果是不忍。【漁】純假。左右急救止，聞者莫不痛哭。船到南岸，回顧百姓，有未渡者望南而哭。玄德急令雲長催船渡之，方纔上馬。【毛】不携百姓則已，既已携之，豈可携其半而棄其半？則催船更〔二〇〕渡，乃必然之勢也。行至襄陽東門，只見城上遍插旌旗，壕邊密布鹿角。玄德勒馬大叫曰：「劉琮賢姪，吾但欲救百姓，並無他念。可快開門。」【毛】亦以百姓動之。劉琮聞玄德至，懼而不出。蔡瑁、張允逕來〔二一〕敵樓上，叱軍士亂箭射下。城外百姓皆望敵樓而哭。【毛】劉琮拒玄德則不義，棄百姓則不仁。城中忽有一將，引數百人逕上城樓，【漁】伊何人哉？大喝：「蔡瑁、張允賣國之賊！劉使君乃仁德之人，今爲救民而來投，何得相拒！」【毛】突如其來，伊何人哉？衆視其人，身長八尺，面如重棗，乃義陽人也，姓魏名延，字文長。【毛】【漁】魏延（之）歸玄德，尚在十數回（之）後，（却）早于此處（現出，妙）（伏線）。【贊】【鍾】好一箇魏文長。當下魏延輪刀砍死守門將士，開了城門，放下吊橋，大叫：「劉皇叔快領兵入城，共殺賣國之賊！」【毛】讀者至此，必謂〔二二〕蔡瑁、張允此時必死，而玄德此時必入襄陽矣。【贊】【鍾】暢快。張飛便躍馬欲入，玄德急止之曰：「休驚百姓！」【毛】【漁】處處以百姓爲重。魏延只顧〔二三〕招呼玄德軍馬入城。只見城内一將飛馬引軍而出，大喝：「魏延無名小卒，安敢造亂！認得我大將文聘麽！」【毛】忽然又遇一阻隔。奇〔二四〕絶。魏延大怒，提刀〔二五〕躍馬，便來交戰。兩下軍兵在城邊混殺，喊聲大震。玄德曰：「本欲保民，反害民也！吾不願入襄陽！」【毛】處處以百姓爲重。【贊】【鍾】無一處不爲着百姓，真人主也。孔明曰：「江陵乃荊州要

〔二〇〕「更」，貫本作「急」。

〔二一〕「來」，光本作「至」。

〔二二〕「必謂」，商本作「以爲」。

〔二三〕「顧」，明四本無，光本、商本作「管」。

〔二四〕「奇」，貫本作「妙」。

〔二五〕「提刀」，原作「挺鎗」，致本、業本、貫本、齋本、滄本、商本同；明四本「挺鎗躍馬直取魏延」謂文聘。按：魏延用刀，前作「輪刀」，後第六十二、六十五回作「縱馬提刀」「舞刀躍馬」。據光本改。

地，不如先取江陵爲家。」毛漁本（要[二六]取）（意在）江陵，誰知（後文）又不是江陵。玄德曰：「正合吾心。」於是引着百姓，盡離襄陽大路，望江陵而走。襄陽城中百姓，多有乘亂逃出城來，跟玄德而去。毛漁此之謂人和。魏延與文聘交戰，從巳至未，手[二七]下兵卒皆已折盡。延乃撥馬而逃，却尋不見玄德，自投長沙太守韓玄去了。毛漁爲後救黄忠（伏線）（張本）。

却說玄德同行軍民共十數萬[二八]，大小車數千輛，挑擔背包[二九]者不計其數。路過劉表之墓，二按《一統志》：劉表墓在襄陽府城東。玄德率衆將拜于墓前，哭告曰：「辱弟備，無德無才，負兄寄托之重，罪在備一身，與百姓無干。望兄英靈垂救荆襄之民！」鍾真情。言甚悲切，軍民無不下淚。毛曹操哭袁紹之墓是假哭，玄德哭劉表之墓是真哭。○雖爲劉表而哭，却爲百姓而祝，處處以百姓爲重。漁傷心慘目，入此一段情，忙中着想，甚妙。忽哨馬報説[三〇]：「曹操大軍已屯樊城，使人收拾船筏，即日渡江趕來也。」衆將皆曰：「江陵要地，足可拒守。今擁民衆十[三一]數萬，日行十餘里，似此幾時得至江陵？倘曹兵到，如何迎敵？不如暫棄百姓，先行爲上。」玄德泣曰：「舉大事者必以人爲本。今人歸我，奈何棄之？」毛不携百姓則已，既已携之，豈可携于前而棄于後？到底同行，亦必然之勢也。百姓聞玄德此言，莫不傷感。鍾孔明、玄德各成其是。後人有詩讚之曰[三二]：

[二六]「要」，商本作「是」。

[二七]「手」，齋本、光本、商本作「兩」。

[二八]「共十數萬」，原作「共數萬」，致本、業本、貫本、滄本、商本同；明四本作「數十萬」，齋本、光本作「十餘萬」。按：後文作「玄德引十數萬百姓」。《三國志·蜀書·先主傳》：「比到當陽，衆十餘萬，輜重數千兩。」據後文補「十」字。

[二九]「包」，致本同，其他毛校本作「負」。

[三〇]「説」，明四本作「曰」。

[三一]「十」，原無，毛校本同。按：同本回校記〔二八〕，據明四本補。

[三二]「詩讚之曰」，明四本作「詩曰」。毛本讚玄德携民詩改自贊本；鍾本同贊本，周本、贊本同嘉本；漁本無。

臨難仁心存百姓，登舟揮淚動三軍。
至今憑弔襄江口，父老猶然憶使君。

却説玄德擁着百姓，緩緩而行。孔明曰：「追兵不久即至，可遣雲長往江夏求救于公子劉琦，教他速起兵乘船會于江陵。」五（按《一統志》：）江陵，（漢之縣名，）今屬襄陽府。毛漁方知前日爲劉琦畫策，已早爲今日玄德伏着〔三三〕。玄德從之，即修書令雲長同孫乾引〔三四〕五百軍往江夏求救；令張飛斷後；毛爲長坂橋伏線。趙雲保護老小；毛爲當陽伏筆。漁爲長坂〔三五〕、當陽伏線。其餘俱管顧百姓而行。毛處處以百姓爲重。每日只走十餘里便歇。

却説曹操在樊城，使人渡江至襄陽，召劉琮相見。琮懼怕不敢往見，蔡瑁、張允請行。王威密告琮曰：「將軍既降，玄德又走，曹操必懈弛無備。願將軍奮整奇兵，設于險處擊之，操可獲矣。獲操則威震天下，中原雖廣，可傳檄而定。此難遇之機，不可失也。」毛漁（王威）此計妙不可言。劉琮若能行之，是一時快事（；劉琮即不行之，亦千古快談）（，可惜劉琮不是這一行人〔三六〕）。贊王威大是。琮以其言告蔡瑁，瑁叱王威曰：「汝不知天命，安敢妄言！」威怒罵曰：「賣國之徒，吾恨不生啖汝肉！」瑁欲殺之，蒯越勸止。毛李珪死而王威不死，亦僥倖耳。漁其不死者，信耶？瑁遂與張允同至樊城，拜見曹操，瑁等辭色甚是諂佞。操問：「荊州軍馬錢糧今有多少？」瑁曰：「馬軍〔三七〕五萬，步軍十五萬，水軍八萬：共二十八萬。錢糧大半在江陵，其餘各處，亦足供給一載。」毛漁既有如此之（兵）（足）糧，而不修戰（具，蔡瑁非人哉）（，是何哉）！操曰：「戰船多少？原是何人管領？」瑁曰：「大小戰船共七千餘

〔三三〕毛批「着」，齋本、澹本、光本、商本作「線」。
〔三四〕「引」，原作「同」，致本、業本、貫本、齋本、澹本同；光本作「帶」，商本作「率」。據明四本改。
〔三五〕「坂」下，衡校本有「坡」字。
〔三六〕「人」下，衡校本有「也」字。
〔三七〕「馬軍」，商本倒作「軍馬」。

隻，原是瑁等二人掌管。」操遂加瑁爲鎮南侯、水軍大都督，張允爲助順侯、水軍副都督。毛爲赤壁伏線。二人大喜拜謝。毛狗才。操又曰：「劉景升既死，其子降順，吾當表奏天子，使永爲荆州之主。」毛連許兩番，誰知都是假話。漁又詐許一番。二人大喜而退。荀攸曰：「蔡瑁、張允乃謟佞之徒，主公何遂加以如此顯爵，更教都督水軍乎？」操笑曰：「吾豈不識人？止因吾所領北地之衆，不習水戰，故且權用此二人。待成事之後，別有理會。」毛奸雄用人，全是權詐，可恨可愛。贄老奸。鍾老賊不□。漁伏殺二人案，後來周瑜、蔣幹皆是湊趣者。圖計必乘隙，觀此可知。

却説蔡瑁、張允歸見劉琮，具言：「曹操許保奏將軍永鎮荆襄〔三八〕。」琮大喜。次日，與母蔡夫人賫捧印綬兵符，親自渡江拜迎曹操。毛漁大事去矣。操撫慰畢，即引隨征軍將〔三九〕進屯襄陽城外。蔡瑁、張允令襄陽百姓焚香拜接。曹操俱用好言撫諭。毛百姓焚香是没奈何，曹操撫諭是了世事。入城至府中坐定，即召蒯越近前，撫慰曰：「吾不喜得荆州，喜得異度也。」毛老奸。三異度，乃蒯越字也。贄鍾奸雄。遂封蒯越爲光禄勳、樊亭侯〔四〇〕，傅巽、王粲等皆爲關内侯，毛三人前勸劉琮降操〔四一〕，正爲此耳。而以劉琮爲青州刺史，便教起程。毛兩次詐〔四二〕許，今番變卦。惡極。漁諸臣爲侯，而主人特爲刺史，蒯守江陵而琮去鄉土，荆州王位安在哉？琮聞命大驚，辭曰：「琮不願爲官，願守父母鄉土〔四三〕。」操曰：「青州

〔三八〕「荆襄」，明四本無，致本作「荆州」。
〔三九〕「軍將」，商本倒作「將軍」。
〔四〇〕「光禄勳、樊亭侯」，原作「江陵太守、樊城侯」，毛校本同；明四本作「江陵太守、樊城侯、光禄勳」。按：《三國志·魏書·劉表傳》裴注引《傅子》：劉表領荆州時，帝「詔書拜（蒯越）章陵太守，封樊亭侯」。「章陵」誤作「江陵」。《劉表傳》：曹操收荆州後，「蒯越等侯者十五人，越爲光禄勳」。越仍爲侯，「樊亭侯」誤作「樊城侯」；封「光禄勳」，位列「九卿」，隨駕京官與地方官「章陵太守」矛盾。據改。
〔四一〕「三」，齋本、澹本、光本作「二」。「操」，商本作「曹」。
〔四二〕「次詐」，光本作「番應」，商本作「次應」。
〔四三〕「土」，原作「上」，疑壞字。據古本改。

近帝都，教你隨朝爲官，免在荆襄被人圖害。」琮再三推辭，曹操不准。琮只得與母蔡夫人同赴青州。只有故將王威相隨，【漁】荆州止得王威，三人安在？其餘官員俱送至江口而回。【毛】劉琮此時行旅之況，更慘于玄德矣。操唤于禁囑付曰：「你可引輕騎追劉琮母子殺之，以絶後患。」【毛】【漁】（惡極，然亦）勢所必然。【贄】老奸。【鍾】（老）賊不仁。于禁得令，領衆趕上，大喝曰：「我奉丞相令，教來殺汝母子！可早納下首級！」蔡夫人抱劉琮而大哭。【毛】【漁】早知今日，悔不當初。〈【毛】〉欲再從屏風後竊聽賔客之語，豈可得哉！雖然，吕布之妻嚴氏、袁紹之妻劉氏，皆被曹操取至許都；則蔡夫人之見殺，猶爲死得乾净也。于禁喝令軍士下手，王威忿怒，奮力相鬭，竟被衆軍所殺。【毛】冀州死節者有沮授、審配；荆州死節者唯王威一人。【贄】【鍾】王威是丈夫。【漁】可憐荆州死義者，止有王威一人。軍士殺死劉琮及蔡夫人，于禁回報曹操，操重賞于禁。便使人往隆中搜尋孔明妻小，却不知去向，原來孔明先已令人搬送至三江内隱避矣。【毛】徐庶之母被執，而孔明之家杳然，畢竟卧龍妙人，勝元直十倍。【漁】勝徐庶多矣。操深恨之。

襄陽既定，荀攸進言曰：「江陵乃荆襄重地，錢糧極廣。劉備若據此地，急難動摇。」操曰：「孤豈忘之！」隨命于襄陽諸將中選一員引軍開道，諸將中却獨不見文聘。操使人尋問，方纔來見。操曰：「汝來何遲？」對曰：「爲人臣而不能使其主保全境土，心實悲慙，無顔蚤見耳。」【鍾】真可羞慚。言訖，欷歔流涕。【毛】【漁】與袁譚之客〔四四〕王修等（相）類。〈【漁】〉然則襄陽與魏延一戰何爲耶？操曰：「真忠臣也！」除江夏太守，賜爵關内侯，便教引軍開道。探馬報説：「劉備帶領百姓，日行止十數里，計程只有三百餘里。」【毛】已行過一月矣。【漁】又是一個月了。操教各部下精選五千鐵騎，星夜前進，限一日一夜

〔四四〕毛、漁批「袁譚」，原作「袁紹」，毛校本、衡校本同。按：王修爲袁譚手下青州别駕。據前文改。毛批「客」，光本訛作「答」。漁批「客」，原訛作「容」，據衡校本改。

趕上劉備，【毛】以一日一夜趕一月之程，兵雖鋭而亦疲矣。【漁】一月路程只用一日夜趕上，能不危哉？大軍陸續隨後而進。

却說玄德引十數萬百姓、三千餘軍馬，一程程挨着往江陵進發。趙雲保護老小，張飛斷後。【毛】將二人再點一句，爲後文伏線。【漁】將二人再炤一筆。孔明曰：「雲長往江夏去了，絶無回音，不知若何。」玄德曰：「敢煩軍師親自走一遭。劉琦感公昔日之教，今若見公親至，事必諧矣。」孔明允諾，便同劉封引五百軍先往江夏求救去了。【毛】關公既去，孔明又行，〈【毛】【漁】〉（此時）止剩張、趙〔四五〕二將（矣）。當日玄德自與簡雍、糜竺、糜芳同行，正行間，忽然一陣狂風就馬前刮起，塵土沖天，平遮紅日。【毛】未寫兵來，先寫風報，使人凛凛。玄德驚曰：「此何兆也？」簡雍頗明陰陽，袖占一課，失驚曰：「此大凶之兆也，應在今夜。主公可速棄百姓而走！」玄德曰：「百姓從新野相隨至此，吾安忍棄之？」【毛】處處以百姓爲重。【贊】仁人。【漁】要曉得玄德不爲着百姓，亦不致有當初一敗。雍曰：「主公若戀而不棄〔四六〕，禍不遠矣。」玄德問：「前面是何處？」左右荅曰：「前面是當陽縣，【二】按《一統志》：當陽，漢之縣名，今屬襄陽府。有座山名爲景山。」玄德便〔四七〕教就此山扎住。時秋末冬初，涼風透骨，黄昏將近，哭聲遍野。【毛】甞讀李陵書曰：「涼秋九月，時聞悲風蕭條之聲。」〔四八〕又讀李華《弔古戰場文》曰：「往往鬼哭，天陰則聞。」未甞不愀然悲也。今此處兼彼二語，倍覺凄涼。○秋末冬初二句，早爲後文赤壁借風作襯。【漁】「秋末冬初」，早爲赤壁伏線。至四更時分，只聽得西北喊聲震地而來。玄德大驚，急上馬引本部精兵二千餘人迎敵。曹兵掩至，勢不可當。玄德死戰。正在危迫之際，幸得張飛引

〔四五〕漁批「張、趙」，原作「關、雲」，與正文矛盾，據衡校本及毛批改。
〔四六〕「棄」，商本作「去」。
〔四七〕「便」，明四本作「曰」，致本作「使」，形訛。
〔四八〕按：《文選》卷四一《書上》首篇題西漢李陵《答蘇武書》原文作「胡地玄冰，邊土慘裂，但聞悲風蕭條之聲。涼秋九月，塞外草衰，夜不能寐」。

軍至，殺開一條血路，救玄德望東而走。文聘當先攔住，玄德罵〔四九〕曰：「背主之賊，尚有何面目見人！」文聘羞慚滿面，引兵自投東北去了。毛文聘尚有良心。漁此処頭緒甚雜，看他一二還清，忽從自言，忽聞將説，絲毫不漏，真叙事妙品。張飛保着玄德，且戰且走。奔至天明，聞喊聲漸漸遠去，玄德方〔五〇〕纔歇馬。看手下隨行人，止有百餘騎，百姓、老小并糜竺、糜芳、簡雍、趙雲等一干人，皆不知下落。毛漁此處（先）寫得七零八落（，後文一一點出）。玄德大哭曰：「十數萬生靈，皆因戀我，遭此大難。諸將及老小，皆不知存亡。雖土木之人，寧不悲乎！」毛先言百姓，次言諸將、老小，處處以百姓爲重。

正恓惶時，忽見糜芳面帶數箭，踉蹌而來，毛糜芳帶箭，在玄德眼中敘出，極省筆。口言：「趙子龍反投曹操去了也！」毛將寫趙雲盡忠，却報趙雲降操。是借糜芳口中反襯下文。玄德叱曰：「子龍是吾〔五一〕故交，安肯反乎？」毛玄德之言，是正襯下文。張飛曰：「他今〔五二〕見我等勢窮力盡，或者反投曹操，以圖富貴耳！」毛糜芳不知趙雲，張飛亦疑趙雲，不獨反襯玄德之識，正反襯趙雲之忠。玄德曰：「子龍從我〔五三〕于患難，心如鐵石，非富貴所能動摇也。」毛知心之語。贊鍾玄德知人。漁知人不易，使人知我更難，子龍何以得此？糜芳曰：「我親見他投西北去了。」毛此却何故？張飛曰：「待我親自尋他去。若撞見時，一鎗刺死！」毛讀者至此，爲趙雲寒心。玄德曰：「休錯疑了。豈不見你二兄誅顔良、文醜之事乎？毛白馬解圍事已隔數回，至此忽然一提。漁又將前事一提，老張真無言可對。子龍此去，必有事故。吾〔五四〕料子龍必不棄我也。」三補註論曰此（是）玄德知人（爲）（則）哲處。贊鍾子龍知己。張飛那裏肯聽，引

〔四九〕「罵」，原作「驚」，致本同，據其他古本改。

〔五〇〕「方」，光本作「乃」，形訛。

〔五一〕「吾」，商本作「我」。

〔五二〕「今」，商本脱，明四本無。

〔五三〕「我」，商本、明四本作「吾」。

〔五四〕「吾」，商本作「我」。

二十餘騎【三補註】原來張飛常要鞭撻軍士，願跟者少。至長坂橋，【三考證】此橋皆是木植，非石橋也。見橋東有一帶樹木，飛生一計，【三補註】奄人作細事。教所從二十餘騎，都砍下樹枝，拴在馬尾上，在樹林内往來馳騁，沖起塵土，以爲疑兵。【毛】翼德漸能用智，想爲孔明陶鎔故也。【贊】趣〔五五〕事。【鍾】老張巧計。【漁】老張從不肯用計，想亦從孔明後陶練出來。飛却親自横矛立馬于橋上，向西而望。【毛】寫得有聲勢。○此處權按下張飛，以下單敘趙雲。

却説趙雲自四更時分與曹軍厮殺，往來衝突，殺至天明，尋不見玄德，又失了玄德老小。雲自思曰：「主人〔五六〕將甘、糜二夫人與小主人阿斗，托付在我身上。今日軍中失散，有何面目去見主人？不如去決一死戰，好歹要尋主母與小主人下落。」【毛】方敘明不歸東南，投轉〔五七〕西北之故。回顧左右，只有三四十騎相隨。雲拍馬在亂軍中尋覓，二縣百姓嚎哭之聲，震天動地，中箭着鎗、拋男棄女而走者，不計其數。【毛】【漁】將寫二夫人，先寫兩〔五八〕縣百姓，是以旁筆（佐）（襯）正筆。趙雲正走之間，見一人卧在草中，視〔五九〕之，乃簡雍也。【毛】【漁】借趙雲眼中敘出簡雍（，又省筆）。雲急問曰：「曾見兩位主母否？」雍曰：「二主母棄了車仗，抱阿斗而走。我飛馬趕去，轉過山坡，被一將刺了一鎗，跌下馬來，馬被奪了去。我爭鬬不得，故卧在此。」【毛】只〔六〇〕糜芳中箭、簡雍着鎗，作兩様敘法。又妙在〈【毛】【漁】〉二夫人（先借）（又在）簡雍口中點出。雲乃將從卒〔六一〕所騎之馬借一匹與簡雍騎坐，又着二卒扶護簡雍先去報與主人：「我上天入地，好歹尋主母與小主人來。如尋不見，死在沙場上也！」【鍾】子龍真忠臣，真義士。説

〔五五〕「趣」，緑本作「一近」。
〔五六〕「人」，貫本作「公」。
〔五七〕「投轉」，滄本、光本、商本倒作「轉投」。
〔五八〕漁批「兩」，衡校本作「二」。
〔五九〕「視」上，光本有「雲」，明四本有「近前」。
〔六〇〕「只」，光本脱。
〔六一〕「從卒」，致本同；明四本作「隨騎」，其他毛校本作「從人」。

罷，拍馬望長坂坡而去。【毛】妙在不敘簡雍一邊歸報，只敘趙雲一面〔六二〕去尋。【二】長坂坡，在荆州（府）當陽縣北一百一十五里。〔六三〕忽一人大叫：「趙將軍那裏去？」雲勒馬問曰：「你是何人？」答曰：「我乃劉使君帳下護送車仗的軍士，被箭射倒在此。」趙雲便問二夫人消息。軍士曰：「恰纔見甘夫人披頭跣足，相隨一夥【二】音火。百姓婦女，投南而走。」【毛】【漁】甘夫人下落，（又）借軍士口中敘出。〈【毛】〉又省筆。○簡雍説兩個夫人，却〔六四〕未有下落；軍士只説一個夫人，却有下落。俱妙。雲見説，也不顧軍士，急縱馬望南趕去。【毛】寫趙雲心忙〔六五〕，無暇更救軍士，不獨簡雍與軍士輕重有別，且夫人與軍士緩急更殊也。只見一夥百姓，男女數百人，相携而走。雲大叫曰：「内中有甘夫人否？」夫人在後面望見趙雲，放聲大哭。雲下馬插鎗而泣曰：「使主母失散，雲之罪也！糜夫人與小主人安在？」甘夫人曰：「我與糜夫人被逐，棄了車仗，雜于百姓内步行，【毛】與簡雍語相應。又撞見一枝軍馬衝散。糜夫人與阿斗不知何往，我獨自逃生至此。」【毛】【漁】糜夫人失散，（又）借甘夫人口中點出（，又省筆）。正言間，百姓發喊，又撞〔六六〕出一枝軍來。趙雲扳鎗上馬看時，面前馬上綁着一人，乃糜竺也。【毛】糜竺被縛，借趙雲眼中點出，又省筆。○糜芳中箭，簡雍着鎗，糜竺被縛，寫得參差歷落。妙。【漁】還出糜竺，筆法變幻。背後一將，手提大刀，引着千餘軍，乃曹仁部將淳于導，拿住糜竺，正要解去獻功。【毛】補敘明白，筆法變換。趙雲大喝一聲，挺鎗縱馬，直取淳于導。導抵敵不住，被雲一鎗刺落馬下，向前救了糜竺，奪得馬二匹。雲請甘夫人上馬，殺開條

〔六二〕「面」，商本作「邊」。

〔六三〕周、夏批句首原有「按《一統志》」，「一百一十五」原作「一百二十五」。按：批註引自《綱目》卷十三馮質實，又王集覽引唐代李吉甫《元和郡縣圖志》云：「緑林山在當陽縣東南百二十里，即所謂當陽之長阪也。」《一統志》無長阪坡注。據删、改。

〔六四〕「兩」，商本作「二」。「却」，致本同，其他毛校本作「都」。

〔六五〕「忙」，光本、商本作「急」。

〔六六〕「撞」，光本、商本作「沖」。

大〔六七〕路，直送至長坂坡。只見張飛橫矛立馬于橋上，大叫：「子龍！你如何反我哥哥？」毛此時已知不反，又問一句，爲前文餘波。漁此時張飛想已知道子龍不反。雲曰：「我尋不見主母與小主人，因此落後，何言反耶〔六八〕？」飛曰：「若非簡雍先來報信，我今見你，怎肯干休也！」毛簡雍報信，借翼德口中補敘出來，又極省筆。雲曰：「主公在何處？」漁急問主公，妙。飛曰：「只在前面不遠。」雲謂糜竺曰：「糜子仲保甘夫人先行，待我仍去〔六九〕尋糜夫人與小主人去。」言〔七〇〕罷，引數騎再回舊路。毛妙在此時不即見玄德。

正走之間，見一將手提鐵鎗，背着一口劍，引十數騎躍馬而來。趙雲更不打話，直取那將，交馬只一合，把那將一鎗刺倒，贄鍾好箇趙子龍。從騎皆走。原來那將乃曹操隨身背劍之將夏侯恩也。毛本爲曹操背劍，今爲趙雲送劍。曹操有寶劍二口：一名「倚天」，一名「青釭」，毛側音公。倚天劍自佩之，青釭劍令夏侯恩佩之。那青釭劍砍鐵如泥，鋒利無比。毛補敘寶劍來歷，又以倚天陪青釭。急中偏有此緩筆。〈毛漁〉忙中偏有此閒筆。當時夏侯恩自恃勇力，背着〔七一〕曹操，只顧引人搶奪擄掠。不想撞着趙雲，被他一鎗刺死，奪了那口劍，看靶上有金嵌「青釭」二字，方知是寶劍也。毛再補寫寶劍一句。雲插劍提鎗，復殺入重圍，回顧手下從騎，已没一人，只剩得孤身。毛得了寶劍，失了從騎。雲並無半點退心，只顧往來尋覓，但逢百姓，便問糜夫人消息。鍾真鉄漢子。忽一人指曰：「夫人抱着孩兒，左腿上着了鎗，行走不得，只在前面墻缺内坐地。」毛甘夫人下落，用軍士報信；〈毛漁〉糜夫人下落，又用百姓報信（，俱省筆）。趙雲聽了，連忙追尋。只見一箇

〔六七〕「大」，光本作「血」。
〔六八〕「耶」，商本作「乎」。
〔六九〕「去」，致本同，其他毛校本作「往」。
〔七〇〕「言」，商本作「説」。
〔七一〕「背着」，商本倒作「着背」，嘉本作「乃撇了」，周本、夏本、贄本作「乃撇却」。

人家，被火燒壞土墻，糜夫人抱着阿斗，坐于墻下枯井之旁啼哭。【毛】先將土墻枯井于此一逗，妙。雲急下馬伏地而拜。夫人曰：「妾得見將軍，阿斗有命矣。望將軍可憐他父親飄蕩半世，只有這點骨血。將軍可護持此子，教他得見父面，妾死無恨！」【毛】【漁】言之（傷〔七二〕）（痛）心，〈【毛】〉聞之酸鼻。○阿斗乃甘夫人所生，而患難之中，糜夫人能攜持付托，勝如己出，更自難得。雲曰：「夫人受難，雲之罪也。不必多言，請夫人上馬。雲自步行死戰，保夫人透出重圍。」糜夫人曰：「不可！將軍豈可無馬！【毛】人知玄德過檀溪不可無馬，不知趙雲過當陽亦不可無馬。此子全賴將軍保護。妾已重傷，死何〔七三〕足惜！望將軍速抱此子前去，勿以妾爲累也。」【毛】好夫人。【贊】夫人夫人，丈夫丈夫，丈夫所不及也。【鍾】糜氏夫人，婦女中丈夫也。【漁】糜夫人此語，極似曹洪言「天下寧可無洪，不可無公」一樣口氣。雲曰：「喊聲將近，追兵已至，請夫人速速上馬！」糜夫人曰：「妾身委寔難去，休得兩悮。」乃將阿斗遞與趙雲曰：「此子性命全在將軍身上！」【毛】【漁】人知昭烈在白帝城托（阿斗）（孤）于孔明，不知糜夫人在長坂坡托（阿斗）（孤）于子龍（，一樣付托之重）。趙雲三回五次請夫人上馬，夫人只不肯上馬，四邊喊聲又起。雲厲聲曰：「夫人不聽吾言，追軍若至，爲之奈何？」【毛】勢迫事險，心忙語急，寫來如畫。糜夫人乃棄阿斗于地，翻身投入枯井中而死。【毛】人但知趙雲不惜死以〔七四〕保其主，不知糜夫人不惜死以保其子。趙雲固奇男子，糜夫人亦奇婦人。【贊】【鍾】好夫人，好子龍，（兩丈夫也。阿斗阿斗，）人知（阿斗乃）子龍保之，安知夫人之功更偉也。後人有詩讚之曰：

戰將全憑馬力多，步行怎把幼君扶？
拚將一死存劉嗣，勇決還虧女丈夫。

趙雲見夫人已死，恐曹軍盜屍，便將土墻推倒，掩蓋枯井。【毛】土墻枯井，前先點出，此處便不突然。

〔七二〕「傷」，光本、商本作「痛」。
〔七三〕「何」，光本、商本作「不」。
〔七四〕「以」，商本作「而」。

可見其用筆閒細。【三】考證後來子龍不得入武臣廟，與子胥把門，蓋因嚇喝主母以致喪命，亦是不忠也。掩訖，解開勒甲縧，放下掩心鏡，【漁】細。將阿斗抱護在懷，【毛】呂布馱女兒在背，甚是累墜；趙雲褁阿斗在懷，頗覺輕便。綽鎗上馬。早有一將引一隊步軍至，【毛】來得如此危急，愈足見糜夫人一死之妙。乃曹洪部將晏明也，持三尖兩刃刀來戰趙雲。不三合，被趙雲一鎗刺倒〔七五〕，殺散衆軍，衝開一條路。正走間，前面又一枝軍馬攔路。當先一員大將，旗號分明，大書「河間張郃」。雲更不荅話，挺鎗便戰。約十餘合，雲不敢戀戰，奪路而走。【贊】勇也，智也，雲也，龍也。背後張郃趕來，雲加鞭而行，不想趷躂一聲，連馬和人〔七六〕，顛入土坑之內。【毛】讀者至此，必謂趙雲不免矣。張郃挺鎗來刺，忽然一道紅光從土坑中滾起，那匹馬平空一躍，跳出坑外。【毛】亦大奇事。本是趙雲保阿斗，此却是阿斗保趙雲矣。○與玄德檀溪躍馬彷彿相似。【贊】【鍾】（奇奇，）此則阿斗保子龍矣。【漁】此馬豈的盧耶？何亦絶處逢生？後人有詩曰〔七七〕：

紅光罩體困龍飛，征馬衝開長坂圍。
四十二年真命主，將軍因得顯神威。

張郃見了，大驚而退。趙雲縱馬正走，背後忽有二將大叫：「趙雲休走！」前面又有二將，使兩般軍器截住去路：後面趕的是馬延、張顗，前面阻的是焦觸、張南，都是袁紹手下降將。【毛】袁紹降將正與子龍〔七八〕映射。趙雲力戰四將，曹軍一齊擁至。雲乃拔青釭劍亂砍，手起處衣甲平〔七九〕過，血如湧泉。【贊】【鍾】前有好馬，此有好劍，所以子龍愈好也。【漁】極寫劍之利。殺退衆軍將，直透重圍。【毛】玄德逃難賴良馬，子龍殺將賴寶劍。一馬一劍，正復相對〔八〇〕。

〔七五〕「倒」，光本、商本作「死」，明四本作「刺晏明落馬身死」。
〔七六〕「馬」「人」，光本互易。
〔七七〕毛本後人詩改自贊本；鍾本、漁本同贊本，贊本同明三本。
〔七八〕「子龍」，光本、商本作「趙雲」。
〔七九〕「平」，齊本、滄本、光本、商本作「透」。
〔八〇〕「對」，貫本作「當」。

却說曹操在景山頂上，望見一將，所到之處，威不可當，急問左右是誰。曹洪飛馬下山大叫曰：「軍中戰將可留姓名！」雲應聲曰：「吾乃常山趙子龍也！」【漁】大書特書。曹洪回報曹操。操曰：「真虎將也！吾當生致之。」遂令飛馬傳報各處：「如趙雲到，不許放冷箭，只要捉活的〔八一〕。」因此趙雲得脱此難，此亦阿斗之福所致也。【毛】曹操要捉生趙雲，却使趙雲保得活阿斗。【贄】【鍾】老瞞欲得子龍，那知反失阿斗（也，天理天理）。【漁】子龍不曾遇害，幸有這點福星。

這一塲殺，趙雲懷抱後主，直透重圍，砍倒大旗兩面，奪搠三條，前後鎗刺劍砍，殺死曹營名將五十餘員〔八二〕。【毛】總敘一句，省却無數筆墨〔八三〕。【贄】子龍真漢子。後人有詩曰〔八四〕：

血染征袍透甲紅，當陽誰敢與爭鋒！
古來衝陣扶危主，只有常山趙子龍。

趙雲當下殺透重圍，已離大陣，血滿征袍。正行間，山坡下又撞出兩枝軍，乃夏侯惇部將鍾縉、鍾紳兄弟二人，一個使大斧，一個使畫戟，大喝：「趙雲快下馬受縛！」【毛】【漁】上已作（一）收，不想此處又起。正是：

纔離虎窟逃生去，又遇龍潭鼓浪來。

畢竟子龍怎地脱身，且聽下文〔八五〕分解。

天下婦人無不如蔡夫人者，今蔡夫人既得曹操殺之，我心甚快也。安得曹操再出，殺盡今日之所謂蔡夫人者，我心更快也。

甚矣，史官之無識也！竟以逼死主母，判斷子龍。嗚呼！子龍豈逼死主母者哉？三番四覆不肯上馬，曹兵在後，阿斗在懷，勢忙事急，不得不然，吾輩當設身處之〔八六〕，方

〔八一〕「捉活的」，原作「活捉的」，致本、商本同。按：「捉活的」義通，據其他古本乙正。
〔八二〕「名將五十餘員」，商本倒作「五十餘員名將」。
〔八三〕「墨」，光本作「黒」，形訛。
〔八四〕毛本後人詩從贄本；鍾本同贄本，贄本同明三本；漁本無。
〔八五〕「地」，光本作「能」。「文」，周本、夏本、贄本作「回」，嘉本無；貫本作「回」。

知其難也。何可太平時節，吃飽閒坐，恣其品隲乎哉？况保得阿斗，糜夫人亦自瞑目也，何煩後人妄肆譏評乎？最可恨者，是議事之人，絶不知任事之苦，而妄肆其譏評也。

當陽救主，子龍絶世英雄。其于主母，三回五次，不肯上馬，曹兵在後，阿斗在懷，事勢危急，不得不然；况保得阿斗，糜夫人亦自瞑目也。史官謂其逼死主母，寃哉！

〔八六〕「之」，緑本作「地」。

第四十二回

張翼德大鬧長坂橋 劉豫州敗走漢津口

前回寫趙雲，此回寫張飛。寫趙雲是幾番血戰，寫張飛只是一聲叱喝。天下事亦有虛聲而可當實際者，然必其人平日之實際足以服人，而後臨〔一〕時之虛聲足以聳聽：所以張飛之功與趙雲等。非若今人之全靠虛聲，渾無實際，他人喫盡老力，我只出一張寡嘴也。

翼德喝退曹軍，若非有雲長昔日誇獎之語，曹操當時未必如此之懼也。不但此也，翼德橫矛立馬于橋上，而曹兵疑爲誘敵之計，若非有孔明兩番火攻，驚破曹兵之膽，當時曹操又未必如此之疑也。則非翼德之先聲奪人，而實則雲長之先聲足以奪人；又非雲長之先聲奪人，而實則孔明之先聲足以奪人耳。

玄德將阿斗擲地，亦擲得不差。由後觀之：以一英雄之趙雲，救一無用之劉禪，誠不如勿救矣。然從來豪傑不遇時，庸人多厚福。禪之智則劣于父，而其福則過于父。玄德勞苦一生，甫登大寶，未幾而殂，反不如庸庸之子，安享四十二年南面之福也。長坂之役，本是庸主賴虎將之力而得生，人反謂虎將賴庸主之福而不死，爲之一嘆。

文章之妙，妙在猜不着。如玄德本欲投襄陽，忽變而江陵；既欲投江陵，又忽變而漢津：此猜測之所不及也。劉表爲孫權之讐，劉表未死，孫權方欲攻之。劉表既死，權忽使人弔之，又猜測之所不及也。唯猜測不及，所以爲妙。若觀前事便知其有後事，則必非妙事；觀前文便知其有後文，則必非妙文。

〔一〕「臨」，商本作「隨」。

讀書之樂，不大驚則不大喜，不大疑則不大快，不大急則不大慰。當子龍殺出重圍，人困馬乏之後，又遇文聘追來，是一急；及〔二〕見玄德之時，懷中阿斗不見聲息，是一疑；至翼德斷橋之後，玄德被曹操追至江邊，更無去路，又一急；及雲長旱路接應之後，忽見江上戰船攔路，不知是劉琦，又一驚；及劉琦同載之後，忽又見戰船攔路，不知是孔明，又一疑一急。令讀者眼中，如猛電之一去一來，怒濤之一起一落。不意尺幅之內，乃有如此變幻也。

孔明勸玄德結孫權爲援，魯肅亦勸孫權結玄德爲援，所見畧同；而孔明巧處，不用我去求人，偏使人來求我。若魯肅一至，孔明慌忙出迎，便没趣矣；妙在魯肅求見，然後肯出，此孔明之巧也。一見之後，若孔明先下説詞，又没趣矣；妙在孔明並不挑撥魯肅，魯肅先來勾搭孔明，又孔明之巧也。魯肅欲邀孔明同去，若〔三〕使孔明欣然應允，又没趣矣；妙在玄德假意作難，孔明勉强一行，又孔明之巧也。求人之意甚急，故作不屑求人之態；胸中十分要緊，口内十分遲疑：寫來真是好看煞人。

前看李肅説吕布殺丁原，偏等吕布自説出來，是一段絶妙文字；又看王允説吕布殺董卓，亦等吕布自説出來，又是一段絶妙文字。今看孔明欲往東吴見孫權，必待魯肅説出，比前二段文字更是奇妙。前二段止是兩人往復，此則夾一玄德在中；前二段一等吕布説出來時，便隨口賛成，此則既等魯肅説出來時，却又詐言不肯。愈出愈幻，愈轉愈曲，賞心悦目，蔑以過兹。

却説鍾縉、鍾紳二人攔住趙雲厮殺。趙雲挺鎗便刺，鍾縉當先揮大斧來迎。兩馬相交，戰不三合，

〔二〕「及」上，貫本有「而」字。

〔三〕「若」上，貫本有「而」字。

被雲一鎗刺落馬下，奪路便走。漁前回已〔四〕結云殺名將五十餘員，今未便收場，更饒餘勇。背後鍾紳持戟趕來，馬尾相啣，那枝戟只在趙雲後心内弄影。雲急撥轉馬頭，恰好兩胸相拍。雲左手持鎗隔過畫戟，右手扳出青釭寶劍砍去，帶盔連腦砍去一半，紳落馬而死，毛既寫趙雲，又寫寶劍。○趙雲既斬曹營名將五十餘員矣，不想五十餘員後又有續案。鍾子龍真無敵手矣。漁寫子龍之勇，并寫青釭之利。餘衆奔散。趙雲得脱，望長坂橋而走，只聞後面喊聲大震，原來文聘引軍趕來。趙雲到得橋邊，人困馬乏，毛人困馬乏矣，偏又有追軍至，令讀者着急。○此處寫趙雲人困馬乏，愈見其適間威勇莫當。見張飛挺矛立馬于橋上，雲大呼曰：「翼德援我！」三評論援者，人皆言子龍求救於（益）（翼）德，懦也。不然。子龍在軍中殺了一日一夜，方纔得脱，便是鐵人鐵馬，到此亦困矣。見自家之人，安得不求救也？何懦之有？飛曰：「子龍速行，追兵我自當之。」毛本欲殺子龍而來，今反得爲子龍之援。妙。鍾有救（星）。漁本殺子龍而來，誰知反救子龍回，書是文字變幻處。雲縱馬過橋，行二十餘里，見玄德與衆人憩于樹下。雲下馬伏地而泣，玄德亦泣。毛幾不得見而復見，故不得不泣。相見之泣，悲其前之相失也。寫得惻惻入情。雲喘息而言曰：毛此處寫趙雲喘息，愈見上文勞苦功高。「趙雲之罪，萬死猶輕！糜夫人身帶重傷，不肯上馬，投井而死，雲只得推土墻掩之。懷抱公子，身突重圍，賴主公洪福，幸而得脱。適來〔五〕公子尚在懷中啼哭，此一會不見動静，多是不能保〔六〕也。」毛此處又着此疑人之筆，曲折之甚。遂解視之，原來阿斗正睡着未醒。毛阿斗一生，只是睡着未醒耳。漁睡得着，真有痴福。〔七〕雲喜曰：「幸得公子無恙！」雙手遞與玄德。玄德接過，擲之于地曰：「爲汝這孺子，幾損我一員大將！」毛袁紹憐幼子而

〔四〕「前回已」三字原闕，據衡校本補。

〔五〕「來」，光本作「纔」。

〔六〕「會」，原作「回」，致本、夏本、贊本同；嘉本、周本作「日」。按：「會」字義正，據其他毛校本改。「是不能保」四字原闕，據毛校本補。

〔七〕翼本葉殘，此句原闕，據衡校本補。

拒田豐之諫，玄德擲幼子以結趙雲之心。一智一愚，相去天壤。【贊】【鍾】好子龍，亦好玄德。〔八〕【漁】袁紹爲幼子而〔九〕殺田豐，玄德爲子而結子龍，相去天壤〔一〇〕。趙雲忙向地下抱起阿斗，泣拜曰：「雲雖肝腦塗地，不能報也！」後人有詩曰〔一一〕：

曹操軍中飛虎出，趙雲懷内小龍眠。
無由撫慰忠臣意，故把親兒擲馬前。【三】考證論曰此見玄德能用人處。【漁】玄德果係奸猾。

却説文聘引軍追趙雲至長坂橋，只見張飛倒竪虎鬚，圓睜環眼，手綽蛇矛，立馬橋上；【毛】借文聘眼中寫一張飛。○此處按下趙雲，只寫張飛。又見橋東樹林之後，塵頭大起，疑有伏兵，便勒住馬不敢近前。【毛】【漁】（可知）（方見）繫樹枝于馬尾，馳騁林間〔一二〕，的是（妙）（好）計。俄而曹仁、李典、夏侯惇、夏侯淵、樂進、張遼、張郃、許褚等都至，見飛怒目橫矛，立馬于橋上，【毛】又描一句，在諸將眼中再寫一張飛。又恐是諸葛孔明之計，都不敢近前。【毛】正寫張飛，又帶寫孔明。【鍾】此見其勇，亦見其智。【漁】彼此相對，好看。扎住陣脚，一字兒擺在橋西，使人飛報曹操。操聞知，急上馬從陣後來。張飛睁圓環眼，隱隱見後軍青羅傘蓋、旄鉞旌旗來到，料得是曹操心疑，親自來看。【毛】前在諸將眼中寫張飛，此又在張飛眼中寫曹操。飛乃厲聲大喝曰：【毛】半日不喝，此時方喝，妙。「我乃燕人張翼德也！誰敢與我決一死戰？」【毛】二「我」字響甚。【鍾】翼德殺氣能令老賊魂飛，衆將膽落。【漁】紙上猶聞霹靂聲。聲如巨雷。曹軍聞之，盡皆股栗。【毛】不獨當時聞者股栗，即今日讀之〔一三〕，猶覺其聲如在紙上。曹操急令去其傘蓋，【毛】【漁】第一喝，早（喝）去

〔八〕贊批原句漫漶，據贊校本補。
〔九〕「袁紹爲幼子而」六字原闕，據衡校本補。
〔一〇〕「壤」，原作「儴」，形訛。據衡校本改。
〔一一〕毛本後人詩改自贊本，漁本同；鍾本同贊本，贊本同明三本。
〔一二〕漁批「林間」，原作「操問」。按：毛批作「林間」，「操問」不通，據衡校本、毛批改。
〔一三〕「之」，光本作「者」。

了（曹操）傘蓋。回顧左右曰：「吾〔一四〕向曾聞雲長言：翼德于百萬軍中取上將之首，如探囊取物。【毛】忽將白馬解圍時語于此處提照出來。【漁】忽然白馬解圍事一提。今日相逢，不可輕敵。」言未已，張飛睁目又喝曰：「燕人張翼德在此！誰敢來決死戰？」【毛】其聲愈猛。曹操見張飛如此氣概，頗有退心。【毛】又在曹操眼中寫一張飛。飛望見曹操後軍陣脚移動，【毛】【漁】第二喝，又（喝）退了（曹操）後軍。乃挺矛又喝曰：「戰又不戰，退又不退，却是何故！」【毛】此一喝，更極嘲笑。喊聲未絶，曹操身邊夏侯傑驚得肝膽碎裂，倒撞于馬下〔一五〕。【毛】【漁】第三喝，直喝死了曹操近將。操便回馬而走。于是諸軍衆將一齊望西逃奔〔一六〕。正是：黄口孺子，怎聞霹靂之聲；病體樵夫，難聽虎豹之吼。一時棄鎗落盔者，不計其數，人如潮湧，馬似山崩，自相踐踏。【毛】前回寫趙雲死戰，有死戰之勇；此回寫張飛不戰，有不戰之威。兩樣文章，一樣出色。【漁】好看，好笑。後人有詩讚曰〔一七〕：

長坂橋頭殺氣生，横鎗立馬眼圓睁。
一聲好似轟雷震，獨退曹家百萬兵。【鍾】畢竟是老張威風。【漁】果是。

却說曹操懼張飛之威，驟馬望西而走，冠簪盡落，披髮奔逃。【毛】【漁】與袁紹磐河遇關、張（時）一般（光）（之）景。（不料曹操驚怯至此。）【贄】好粧點。張遼、許褚趕上，扯住轡環，曹操倉皇失措。【毛】猶疑被翼德追獲。張遼曰：「丞相休驚。料張飛一人，何足深懼！今急回軍殺去，劉備可擒也。」曹操方纔神色稍定〔一八〕，【毛】前寫趙雲喘息未定，是寫趙雲餘勇；此寫曹操神色方定，是寫張飛餘威。【漁】張飛虚聲奪人至是哉！乃令張遼、許褚再至長坂橋探聽消〔一九〕息。且說張飛

〔一四〕「吾」，商本作「我」。
〔一五〕「下」，光本作「上」。
〔一六〕「逃奔」，明四本作「奔走」。
〔一七〕毛本讚翼德詩改自贊本；鍾本同贊本，贊本同明三本；漁本用他詩。
〔一八〕「定」，明四本作「回」。
〔一九〕「消」，光本作「稍」，形訛；明四本無。

見曹軍一擁而退，不敢追趕，速喚回原隨二十餘騎，摘去〔二〇〕馬尾樹枝，毛細甚。令將橋梁拆斷，毛漁失算矣。然後回馬來見玄德，具言斷橋一事。玄德曰：「吾弟勇則勇矣，惜失于計較。」飛問其故，玄德曰：「曹操多謀。汝不合拆斷橋梁，彼必追至矣。」毛妙在不即説明。飛曰：「他被我一喝，倒退數里，何敢再追？」玄德曰：「若不斷橋，彼恐有埋伏，不敢進兵。今拆斷了橋，彼料我無軍而怯，必來追趕。彼有百萬之衆，雖涉江、漢，可填而過，豈懼一橋之斷耶？」毛方説明緣故。○馬尾樹枝，是翼德巧處；拆斷橋梁，是翼德拙處。莽人使乖，到底是莽。贊鍾玄德（能知敵情，）大有見（識）。於是即刻起身，從小路斜投漢津，望竟陵〔二一〕而走。

却説曹操使張遼、許褚探長坂橋消息，回報曰：「張飛已拆斷橋梁而去矣。」操曰：「彼斷橋而去，乃心怯也。」毛曹操料張飛，玄德料曹操，都各不差。漁不出玄德所料。遂傳令差一萬軍，速搭三座浮橋，只今夜就要過。李典曰：「此恐是諸葛亮之詐謀，不可輕進。」操曰：「張飛一勇之夫，豈有詐謀！」毛李典之疑，是疑孔明；曹操之信，是信張飛。遂傳下號令，火速進兵。

却説玄德行近漢津，忽見後面塵頭大起，鼓聲連天，喊聲震地。玄德曰：「前有大江，後有追兵，如之奈何？」毛漁幾與〔二二〕檀溪之危相似。急命趙雲准備抵敵。曹操下令軍中曰：「今劉備釜中之魚，穽中之虎。若不就此時擒捉，如放魚入海，縱

〔二〇〕「餘」，原無，致本、業本、貫本、齋本、澹本、光本、明四本同。按：前回兩處作「二十餘騎」，據前文及商本補。「摘去」，明四本作「去」，商本作「解去」。

〔二一〕「竟陵」，原作「沔陽路」，古本同。按：《方輿紀要·湖廣三》：「漢竟陵縣地，屬江夏郡。」「揚水，在縣西南。舊自荆州府監利縣流入境。《水經注》：『揚水東入華容縣，又東北逕竟陵故城西，又北注于沔，謂之揚口。亦謂之中夏口。』先主當陽之敗，張飛按矛于長阪，先主以數十騎斜趣漢津，遂渡夏口是矣。」「晉惠帝時，分屬竟陵郡，梁又置沔陽郡。」沔陽爲南朝梁以後地名，漢爲江夏郡竟陵縣。據改。

〔二二〕毛批「與」，原作「於」，致本、業本、貫本同。按：「與」字通，據其他毛校本改。

虎歸山矣。漁劉備此時此勢，果然不差。衆將可努力向前！」衆將領命，一個個奮威追趕。毛有此一逼，更使讀者寒心。忽山坡後鼓聲響處，一隊軍馬飛出，大叫曰：「我在此等候多時了！」毛漁又是絶處逢生。當頭那員大將，手執青龍刀，坐下赤兔馬，原來是關雲長，贄好救星。去江夏二按《綱目》注：江夏，春秋時謂之江汭，漢末置江夏郡，三國吴[二三]更名武昌，隋改鄂州。三今時鄂縣。借得軍馬一萬，探知當陽長坂大戰，特地從此路截出。毛雲長一邊事，于此處方纔補出，正妙在突如其來。漁余亦記念關雲長久矣，却從此處方出現。曹操一見雲長，即勒住馬回顧衆將曰：「又中諸葛亮之計也！」毛與李典之言相照。傳令大軍速退。雲長追趕十數里，即回軍保護玄德等到漢津，已有船隻伺候，雲長請玄德并甘夫人、阿斗至船中坐定。雲長問曰：「二嫂嫂如何不見？」漁亦是先聲奪人。玄德訴説當陽之事。毛敘得一筆不漏。雲長嘆曰：「曩日獵于許田時，若從吾意，可無今日之患。」毛第二十回中事，忽于此提照出來。漁二十回事此又一提。玄德曰：「我於比[二四]時亦『投鼠忌器』耳。」毛又追解前事。贄兄弟兩意都好，俱是豪傑，俱是大大豪傑。鍾（兩人都是）真實之言。正説之間，忽見江南岸戰鼓大鳴，舟船如蟻，順風揚帆而來，毛故作驚人之筆。玄德大驚。毛不特玄德喫驚，讀者至此亦爲喫驚。漁一折。船來至近，只見一人白袍銀鎧，立于船頭上大呼曰：「叔父別來無恙！小侄得罪！」玄德視之，乃劉琦也。毛先聽其言，後見其人，敘得變化。琦過船哭拜曰：「聞叔父困于曹操，小侄特來接應。」玄德大喜，遂合兵一處，放舟而行。在船中正訴情由，江[二五]西南上戰船一字兒擺開，乘風唿毛[側]音忽。哨而至。毛又作驚人之筆，令讀者再喫一驚。漁又一折。劉琦驚曰：「江夏之兵，小侄已盡起至此矣。今有戰船攔路，非曹操之軍，即江東之軍也，

[二三]周批「吴」，原作「吕」，據夏批改。

[二四]「比」，原作「此」，致本、業本、貫本、齋本、光本、商本、周本、夏本、贄本同；澹本作「彼」。按：「此時」不通，據嘉本改。

[二五]「江」，澹本、光本作「忽」。

如之奈何？」【毛】不但疑是曹軍，且又疑是吴軍。此在劉琦意中想出，正與下文魯肅至江夏反炤。玄德出船頭視之，見一人綸巾道服，坐在船頭上，乃孔明也，背後立着孫乾。【毛】只雲長、劉琦、孔明三人，分作三次相見，皆故作驚人之筆。玄德慌請過船，問其何故却在此。孔明曰：「亮自至江夏，先令雲長于漢津登陸地而接。我料曹操必來追趕，主公必不從江陵來，必斜取漢津矣。故特請公子先來接應，我竟往夏口，【三】今時鄂縣。盡起軍前來相助。」【毛】孔明一邊事，即借孔明口中補出。極省筆。【贊】雲長、公子緣何不先説出軍師主〔二六〕意，此亦滲漏處也。【鍾】孔明有神算。玄德大悦，合爲一處，商議破曹之策。孔明曰：「夏口城險，頗有錢糧，可以久守。請主公且到〔二七〕夏口屯住。公子自回江夏，整頓戰船，收拾軍器，爲犄角之勢，可以抵當曹操。若共歸江夏，則勢反孤矣。」【毛】特約劉琦接應，却又不到江夏，變化之極。【贊】是〔二八〕，大是。【鍾】□有長□。劉琦曰：「軍師之言甚善。但愚意欲請叔父暫至江夏，整頓軍馬停當，再回夏口不遲。」玄德曰：「賢侄之言亦是。」遂留下雲長，引五千軍守夏口。玄德、孔明、劉琦共投江夏。【毛】既欲往夏口，却又重到江夏。變化之極。

却説曹操見雲長在旱路引軍截出，疑有伏兵，不敢來追；又恐水路先被玄德奪了江陵，便星夜提兵赴江陵來。【鍾】老賊奸□。荆州治中鄧義、别駕劉先，已備知襄陽之事，料不能抵敵曹操，遂引荆州軍民出郭投降。【毛】本是玄德欲取江陵，却反是曹操取江陵。變化之極。曹操入城，安民已定，釋韓嵩之囚，加爲大鴻臚。【毛】韓嵩之囚在二十三〔二九〕回中，至此方炤應。【漁】應前。其餘衆官，各有封賞。曹操與衆將議曰：「今劉備已投江夏，恐結連東吴，是滋蔓【毛】[側]【二】音萬。也。【毛】【漁】結連東吴（一句），早爲下文伏線。當用何計破之？」荀攸曰：「我今大振兵威，遣使馳

〔二六〕「主」，緑本訛作「王」。
〔二七〕「到」，光本作「往」，明四本作「於」。
〔二八〕「是」，緑本脱。
〔二九〕「二十三」，齋本訛作「二十二」，瀹本訛作「三十三」。

檄江東，請孫權會獵于江夏，共擒劉備，分荆州之地，永結盟好。孫權必驚疑而來降，則吾事濟矣。」毛此李左車所謂「先聲而後寔」者也。贊此計甚通。操從其計，一面發檄遣使赴東吴；一面計點馬步水軍共八十三萬，詐稱一百萬，水陸並進，船騎雙行，沿江而來，西連荆、陜，東接蘄、毛[側]音奇。黄〔三〇〕，寨柵聯絡三百餘里。毛極寫曹操軍威，正爲下文赤壁襯染。漁前寫曹操聲勢，襯下赤壁之故。

話分兩頭。却説江東孫權，屯兵柴桑〔三一〕，二按《一統志》：柴桑，漢之縣名，其故城在九江府城南九十里。聞曹操大軍至襄陽，劉琮已降，今又星夜兼道取江陵，乃集衆謀士商議禦守之策。魯肅曰：「荆州與國鄰接，江山險固，士民殷富。吾〔三二〕若據而有之，此帝王之資也。今劉表新亡，劉備新敗，肅請奉命往江夏弔喪，因説劉備使撫劉表衆將，同心一意，共破曹操。備若喜而從命，則大事可定〔三三〕矣。」毛孔明欲得荆州，魯肅亦欲得荆州；孔明欲合東吴以破曹，魯肅亦欲合劉備以破曹：是魯肅識見過人處。二考證以上數語俱出《通鑑綱目》。贊鍾魯子敬有心人。漁結連劉備是魯肅識見過人処。權喜，從其言，即遣魯肅齎禮往江夏弔喪。

却説玄德至江夏，與孔明、劉琦共議良策。孔明曰：「曹操勢大，急難抵敵，不如往投東吴孫權以爲應援。毛正寫魯肅一邊要來，却又寫孔明一邊要去。機括相投，接筍〔三四〕甚妙。使南北相持，吾等于中取利，有何不可？」毛的的妙算。贊鍾英雄之見畧同。漁「于中取事」四字，吸盡後來着數。玄德曰：「江東

〔三〇〕按：「荆」「陜」「蘄」「黄」爲沿長江北岸四地名。「荆」指荆州治所江陵縣，今湖北荆州市；「陜」指陜州，北周始用地名，治所夷陵，同東漢末夷陵縣，今湖北宜昌市；「蘄」指東漢蘄春縣，今湖北黄岡市蘄春縣；「黄」指黄州，北周始用地名，東漢亦屬蘄春縣，今湖北黄岡黄州區。後文多涉，不另出校。

〔三一〕「桑」下原有「郡」字，古本同。按：《後漢書·郡國志》：柴桑，縣名，屬豫章郡。據删。

〔三二〕「吾」，商本作「我」，明四本無。

〔三三〕「定」，齋本、光本作「成」。

〔三四〕「筍」，光本作「荀」，形訛。

人物極多，必有遠謀，安肯相容耶？」孔明笑曰：「今操引百萬之衆，虎踞江漢，江東安得不使人來探聽虛實？若有人到此，亮借一風帆〔三五〕，直至江東，憑三寸不爛之舌，說南北兩軍互相吞并。【漁】方寫魯肅要來，却又寫孔明要去，似栝相投，情苟甚妙。若南軍勝，共誅曹操以取荆州之地；【毛】此句是主。若北軍勝，則我乘勢〔三六〕以取江南可也。」【毛】此句是賓。【贄】奸雄奸雄，都不是念佛人也。又曰：都是念佛人也。一笑一笑。【鍾】□是遠大之計。玄德曰：「此論甚高。但如何得江東人到？」正說間，人報江東孫權差魯肅來弔喪，船已傍岸。孔明笑曰：「大事濟矣！」【毛】寫孔明之智，倍覺出色。遂問劉琦曰：「往日孫策亡時，襄陽曾遣人去弔喪否？」【毛】問得筋節。○孫策之死在二十九回中，忽于此處提炤。琦曰：「江東與我家有殺父之讎，安得通慶弔之禮？」【毛】孫堅之死在第七回中，又忽于此處提照。孔明曰：「然則魯肅此〔三七〕來，非爲弔喪，乃來探聽軍情也。」【毛】以讎家而忽來通禮，是猜測不到之事，然其來意則可猜測矣。遂謂玄德曰：「魯肅至，若問曹操動靜，主公只推不知。再三問時，主公只說可問諸葛亮。」【毛】此今俗諺〔三八〕所云「門角落裏之人」也。一笑。【鍾】亦用心機。計會〔三九〕已定，使人迎接魯肅。

肅入城弔喪，收過禮物，劉琦請肅與玄德相見。【毛】魯肅此來〔四〇〕，非爲見劉琦，正爲見玄德。禮畢，邀入後堂飲酒，肅曰：「久聞皇叔大名，無緣拜會，今幸得見，實爲欣慰。近聞皇叔與曹操會戰，必知彼虛實，敢問操軍約有幾何？」【毛】【漁】欲問江夏動靜，先問北軍（虛實）（動靜）。玄德曰：「備兵微將寡，一聞操至即走，竟不知彼虛實。」魯肅曰：「聞皇叔用

〔三五〕「風帆」，原作「帆風」，毛校本、周本、夏本、贄本同。按：「風帆」義通，據嘉本乙正。
〔三六〕「勢」，原作「勝」，致本、業本、貫本、齋本、濟本同。按：「勢」字佳，據其他古本改。
〔三七〕「此」，商本作「之」，明四本無。
〔三八〕「諺」，商本作「語」。
〔三九〕「會」，濟本、光本作「議」。
〔四〇〕「來」，貫本作「時」。

諸葛孔明之謀，毛「諸葛孔明」四字，不消玄德說出，却是魯肅先說。妙甚。漁魯子敬口中先出「諸葛」，便不呆。兩塲火燒得曹操魂亡膽落〔四一〕，何言不知耶？」玄德曰：「除非問孔明，便知其詳。」肅曰：「孔明安在？願求一見。」玄德教請孔明出來相見。毛只劉琦、玄德、孔明，分作三次相見。妙甚。肅見孔明，禮畢，問曰：「向慕先生才德，未得拜晤。今幸相遇，願聞目今安危之事。」孔明曰：「曹操奸計，亮已盡知，但恨力未及，故且避之。」毛曰「亮已盡知」，隱然要孫權請教；曰「力未及」，隱然要孫權助力：却妙在不直說出來。肅曰：「皇叔今將止于此乎？」毛魯肅逼近一句。孔明曰：「使君與蒼梧太守吴巨有舊，將往投之。」毛偏不說要投孫權，偏說要投吴巨。此等說品〔四二〕，今人多有學之者。今之醫生遇人相請，本是閑坐在家，只說要到別家看病；今之先生求人薦館，本是没人聘他，只說又有別家致聘。可發一笑也。漁別出一調，欲近故遠，令人摸索不着。肅曰：「吴巨糧少兵微，自不能〔四三〕保，焉能容人？」毛又逼近一句。孔明曰：「吴巨處雖不足久居，今且暫依之，別有良圖。」毛魯肅只言吴巨不足依，還未說出孫權來；孔明亦言吴巨只可暫依，亦併不提起孫權。妙甚。肅曰：「孫將軍虎踞六郡，兵精糧足，又極敬賢禮士，江表英雄多歸附之。今爲君計，莫若遣心腹往結東吴，以共圖大事。」毛魯肅此時更耐不得，只得自說出孫將軍來矣。贊漁心往東吴久矣，必待子敬先之，從來事貴幹局，此類是也。孔明一生只用這着，不比今人淺露也。鍾此意正合孔明所策。孔明曰：「劉使君與孫將軍自來無舊，恐虛〔四四〕費詞說，且別無心腹之人可使。」毛見他說出孫權來，又故意漾開一句，然正是逼近一句。言無心腹之人可使，隱然除却自己，更無人可去矣。妙在只不說〔四五〕出來。肅曰：「先生之〔四六〕兄，現爲江東參謀，日

〔四一〕「魂亡膽落」，商本作「魂飛魄落」，明四本作「魂亡膽碎」。
〔四二〕「品」，齋本、澹本、光本作「話」。
〔四三〕「自不能」，商本倒作「不能自」，明四本作「自亦難」。
〔四四〕「虛」，光本、商本作「徒」。
〔四五〕「說」字原闕，據毛校本補。
〔四六〕「之」，齋本、光本作「令」。

望與先生相見。肅不才，願與公同見孫將軍，共議大事。」毛孔明自己要去，却待魯肅請他；連諸葛瑾在彼並不提起，亦待魯肅説出。妙不可言。玄德曰：「孔明是吾之師，頃刻不可相離，安可去也？」毛半晌只是孔明、魯肅兩人往復之語耳，此時玄德從旁會孔明之意，便夾〔四七〕此一句，針鋒相湊。肅堅請孔明同去，玄德佯不許。孔明曰：「事急矣，請奉命一行。」玄德方纔許諾。毛寫魯肅一味老實，孔明、玄德兩下會意，粧腔做勢，好看之極。魯肅遂別了玄德、劉琦，與孔明登舟，望柴桑〔四八〕來。正是：

只因諸葛扁舟去，致使曹兵一旦休。

不知孔明此去畢竟如何，且看下文分解。

甚矣，壯繆先生有先見也，有遠謀也。閒中一着，全局都勝，真聖人也，不可及也。只爲當時先爲翼德占了地步，所以今日曹操畏之如虎，此非壯繆先生見遠謀，何以有此？故知善爲計者，决不在臨時幹辦，定須閒時做了忙時用也。

翼德殺氣沖天，長坂橋上隱然有虎豹在山之勢，即無雲長當日爲之耀武揚威，曹操亦〔四九〕膽寒矣。

〔四七〕「夾」，貫本作「來」。
〔四八〕同本回校記〔三一〕。
〔四九〕「亦」，原作「無」，語義不通，酌改。

第四十三回

諸葛亮舌戰群儒
魯子敬力排衆議

孔明將欲以東吳之兵破曹操之兵，而此回則是孔明之以舌爲兵也。其戰群儒以舌，其激孫權亦以舌。舌如懸河，則以舌爲水；言揚〔一〕屬火，則又以舌爲火。蓋雖赤壁之兵未交，而卧龍先生先有一番水戰，先有一番火戰矣。

劉琮之事，即孫權前車之鑒也。琮之臣王粲、蒯越等皆爲尊官〔二〕，而琮獨見殺；權而降操，亦〔三〕猶是耳。善乎魯肅之言曰：「諸臣皆可降，惟將軍不可降。」真金玉之言哉！

文人之病，患在議論多而成功少。大兵將至，而口中無數「之乎者也」「詩云子曰」，猶刺刺不休，此晉人之清談〔四〕、宋儒之講學，所以無補于國事也。張昭等一班文士，得武人黄蓋叱而止之，大是快事。

玄德客寓荆州，又值蕩析，脱身南走，未有所歸；孫權據有江東，已歷三世。而孔明説權之言曰：「操軍破，必北還，則荆、吴之勢强，鼎足之形成矣。」是以荆州自處，而分畫三國也。不幾大言乎？曰：此固草廬之所以語先主者也。不但荆州未取，而早爲其意中所有；即益州未奪，而亦預爲其目中所無。且其時劉表雖亡，而劉璋、張魯、馬騰、韓遂尚在，觀其鼎足一語，竟似未嘗有此數人者，豈非英雄識見有所先定與！

曹操青梅煮酒之日，謂玄德曰：「天下英

〔一〕「揚」，光本作「談」，滄本作「陽」。
〔二〕「官」字原闕，據毛校本補。
〔三〕「亦」，商本作「本」。
〔四〕「清談」，原作「言談」，致本、業本、貫本、齋本同。按：「清談」義正，據其他毛校本改。

雄，惟使君與操。」而孫權亦曰：「非豫州莫與〔五〕當曹操者。」何其言之不謀而相合與？蓋天下唯英雄能識英雄，不待識之于鼎足之時，而蚤識之於孤窮之日。每怪今人肉眼，見人赫奕，則畏而重之；見人淪落，則鄙而笑之。異故相非，同必相識。英雄之不遇識者，正爲天下更無有英雄如此人者耳。

此回文字曲處，妙在孔明一至東吴，魯肅不即引見孫權，且歇館驛，此一曲也；又妙在孫權不即請見，必待明日，此再曲也；及至明日，又不即見孫權，先見衆謀士，此三曲也；及見衆謀士，又彼此角辯，議論齟（側音阻。）齬（側音語。），此〔六〕四曲也；孔明言語既觸衆謀士，又忤孫權，此五曲也；迨孫權作色而起，拂衣而入，讀者至此幾疑玄德之與孫權終不相合，孔明之至東吴竟〔七〕成虚往也者：然後下文峰廻路轉，詞洽情投。將欲通之，忽若阻之；將欲近之，忽若遠之。令人驚疑不定，真是文章妙境。

孫權既聽魯肅之説，定吾身之謀；又聞孔明之言，識彼軍之勢：此時破曹之計決矣。乃復躊躇不斷，寢食俱廢者，何哉？蓋非此一折，則後文周瑜之畧不顯，而孔明激周瑜之智不奇。不必孫權之果出于此，而作者特欲爲後文取勢耳。觀此可悟文章之法。

却説魯肅、孔明辭了玄德、劉琦，登舟望柴桑〔八〕來。二人在舟中共議，魯肅謂孔明曰：「先生見孫將軍，切不可寔言曹操兵多將廣。」毛魯肅第一次叮囑。漁此魯肅第一次囑託。**孔明曰：「不須子敬叮嚀〔九〕，亮自有對荅之語。」**毛孔明第一次應承。鍾

〔五〕「與」，貫本作「能」。
〔六〕「此」，貫本脱。
〔七〕「竟」，光本作「終」。
〔八〕同第四十二回校記〔三二〕。
〔九〕「嚀」，致本作「囑」。

☐預料，只是孔明舟頭如何不曉得。及船到岸，肅請孔明于舘驛中暫歇，先自往見孫權。毛此時不即引見，便有曲折。權正聚文武于堂上議事，聞魯肅回，急召入問曰：「子敬往江夏，體探虛實若何？」肅曰：「已知其畧，尚容徐禀。」毛妙在不即説出孔明。權將曹操檄文示肅曰：「操昨遣使齎文至此，孤先發遣來使，現今會衆商議未定。」毛曹操檄文之至，妙在孫權口中敘出。肅接檄文觀看，毛曹操檄文之語，妙在魯肅眼中看出。其畧曰〔一〇〕：

孤近承帝命，奉辭〔一一〕伐罪。旄麾南指，劉琮束手；荆襄之民，望風歸順。今統雄兵百萬，上將千員，欲與將軍會獵于江夏，共伐劉備，同分土地，永結盟好。幸勿觀望，速賜回音。

魯肅看畢曰：「主公尊意若何？」權曰：「未有定論。」張昭曰：「曹操擁百萬之衆，借天子之名，以征四方，拒之不順。毛此是論理。且主公大勢可以拒操者，長江也。今操既得荆州，長江之險，已與我共之矣，勢不可敵。毛此是論勢。以愚之計，不如納降，爲萬安之策。」毛張昭第一次勸降。衆謀士皆曰：「子布之言，正合天意。」毛張昭只言地利不可恃，衆人又言天意不可違。孫權沉吟不語。毛孫權第一次不荅。張昭又曰：「主公不必多疑。如降操，則東吳民安，江南六郡可保矣。」毛張昭第二次勸降。鍾猶乎劉琮之謀士矣。孫權低頭不語。毛孫權第二次不荅。須臾，權起更衣，魯肅隨于權後。權知肅意，乃執肅手而言曰：「卿欲如何？」肅曰：「恰纔衆人所言，深誤將軍。衆人皆可降曹操，唯將軍不可〔一二〕降曹操。」毛二語是至論。鍾獨賴有此。漁好在「衆將可降，將軍不可降也」。權曰：「何以言之？」肅曰：「如肅等降操，當以肅還鄉黨，累官故不失州郡也。

〔一〇〕毛本曹操檄文改自贊本；鍾本、漁本同贊本，周本、贊本同嘉本。

〔一一〕「奉辭」，原作「奉詞」，致本、業本、貫本、夏本、贊本同；其他毛校本作「奉詔」。按：「奉辭」，謂奉君主之正辭，謂行告别之禮。據嘉本、周本改。

〔一二〕「可」字原闕，據毛校本補。

將軍降操，欲安所歸乎？位不過封侯，車不過一乘，騎不過一匹，從不過數人，豈得南面稱孤哉！衆人之意，各自爲己，不可聽也。將軍宜蚤定大計。」【毛】【漁】衆人（是）（俱）就東吴全勢論，子敬只就〔一三〕孫權一（人）身〔一四〕（上）説（，極其痛快）。【贊】説得極是。權嘆曰：「諸人議論，大失孤望。子敬開説大計，正與吾〔一五〕見相同。此天以子敬賜我也！【毛】張昭爲孫策所得士，周瑜亦孫策所得士，惟魯肅則孫權自得之，故獨私爲己有。【鍾】畢竟未（決）。【漁】周瑜、張昭皆爲策〔一六〕所得，子敬獨爲權所得，故獨致之。但操新得袁紹之衆，近又得荆州之兵，恐勢大難以抵敵。」【毛】魯肅囑孔明，正爲此也。肅曰：「肅至江夏，引諸葛瑾之弟諸葛亮在此，主公可問之，便知虚寔。」【毛】【漁】妙在至此方〔一七〕説出孔明。權曰：「卧龍先生在此乎？」肅曰：「現在舘驛中安歇。」權曰：「今日天晚，且未相見。【毛】妙在説出孔明，又不即見。來日聚文武于帳下，先教見我江東英俊，然後升堂議事。」【毛】此是孫權好勝。至今吴人風俗往往如此。【漁】吴人好勝，往往如此。

肅領命而去。

次日至舘驛中見孔明，又囑曰：「今見我主，切不可言曹操兵多。」【毛】魯肅第二次叮囑。【漁】子敬第二番囑託。孔明笑曰：「亮自見機而變，决不有悮〔一八〕。」【毛】孔明第二次應承。肅乃引孔明至幕下，蚤見張昭、顧雍等一班文武二十餘人，峩冠博帶，整衣端坐。【毛】「衣裳楚楚」，《蜉蝣》之詩，其爲諸名士咏乎！孔明逐一相見，各問姓名，施禮已畢，坐于客位。張昭等見孔明丰神飄洒，器宇軒昂，料道此人必來游説。張昭先以言挑之曰：「昭乃江東微末之士，久聞先生高卧隆中，自比管、樂。此語果有之乎？」【毛】張昭之意，即欲借管、樂厭倒孔明。俗諺所謂

〔一三〕毛批「子敬只就」，貫本作「敬只在」。
〔一四〕漁批「身」，衡校本作「人」。
〔一五〕「吾」，商本作「我」。
〔一六〕「策」，原作「堅」。按：周、張爲孫策所得。據衡校本改。
〔一七〕毛批「方」，商本脱。
〔一八〕「變」，光本作「行」。「决不有悮」，明四本作「不悮於公」。

「借他的拳，撞他的嘴」也。孔明曰：「此亮平生小可之比也。」【毛】「小可」二字妙，意謂尚不止此。【漁】身分更高。昭曰：「近聞劉豫州三顧先生于草廬之中，幸得先生，以爲『如魚得水』，思欲席捲荊襄〔一九〕。今一旦以屬曹操，未審是何主見？」【毛】亦問得惡，是當面嘲笑。【贊】【鍾】（老張）大通。孔明自思張昭乃孫權手下第一箇謀士，若不先難倒他，如何說得孫權，【毛】意不在張昭，而在孫權。遂荅曰：「吾觀取漢上之地，易如反掌。我主劉豫州躬行仁義，不忍奪同宗之基業，故力辭之。【毛】說得冠冕。劉琮孺子，聽信佞言，暗自投降，致使曹操得以猖獗。今我主屯兵江夏，別有良圖，【漁】「別有良圖」四字，包括已盡。非等閒可知也。」【毛】亦是寔話，並非大言。昭曰：「若此，是先生言行相違也。先生自比管、樂，管仲相桓公，霸諸侯，一匡天下；樂毅扶持微弱之燕，下齊七十餘城。此二人者，真濟世之才也。【贊】老張來得。【漁】只將此二人發難，乃將拳塞口之法，譏刺甚切。先生在草廬之中，但笑傲風月，抱膝危〔二〇〕坐。今既從事劉豫州，當爲生靈興利除害，勦滅亂〔二一〕賊。【毛】不責其不降曹，反責其不攻曹，惡極。且劉豫州未得先生之時〔二二〕，尚且縱橫寰宇，割〔二三〕據城池。【毛】此句更惡。【贊】【鍾】更狠。今得先生，人皆仰望，雖三尺童蒙，亦謂彪虎生翼，將見漢室復興，曹氏即滅矣。【漁】譏刺得惡。朝廷舊臣、山林隱士，無不拭目而待，以爲拂高天之雲翳，仰日月之光輝，拯民于水火之中，措天下于衽席之上，在此時也。【毛】故意先將他極口一贊。何先生自歸豫州，曹兵一出，棄甲抛戈，望風而竄。上不能報劉表以安庶民，下不能輔孤子而據疆土，乃棄新野、走樊城、敗當陽、奔夏口，無容身之地。是豫州既得先生之後，反不如其初也。【毛】將他極口一貶。說玄德反不如初，是更進一層，其語尤惡。

〔一九〕「襄」，澹本、光本作「州」。
〔二〇〕「危」，光本作「兀」。
〔二一〕「亂」字原闕，據毛校本補。
〔二二〕「時」，商本作「前」。
〔二三〕「宇割」二字原闕，據毛校本補。

【贊】下得好毒手。【漁】惡，惡。管仲、樂毅果如是乎？愚直之言，幸勿見怪！」【毛】當面搶白。孔明聽罷，啞然而笑曰：「鵬飛萬里，其志豈群鳥能識哉？【毛】亦是寔話，並非大言。【鍾】必須出大語，方壓得倒。譬如人染沉疴，當先用糜粥以飲之，和藥以服之；待其腑臟調和，形體漸安，然後用肉食以補之，猛藥以治之：則病根盡去，人得全生也。若不待氣脉和緩，便投以猛藥厚味，欲求安保，誠爲難矣。【毛】先生忽然講醫道，隱然笑張昭是庸臣謀國，如庸醫殺人也。【鍾】妙喻。吾主劉豫州，向日軍敗于汝南，寄跡劉表，兵不滿千，將止關、張、趙雲而已：此正如病勢尩羸〔二四〕已極之時也。【毛】三顧草廬，正是病重時求名醫耳。新野山僻小縣，人民稀少，糧食鮮【二】音癬。薄，豫州不過暫借以容身，豈真將坐守于此耶？夫以用兵不究〔二五〕，城郭不固，軍不經練，糧不繼日，然而博望燒屯，白河用水，使夏侯惇、曹仁輩心驚膽裂：竊謂管仲、樂毅之用兵，未必過此。【毛】公然自贊。【贊】全似誇張，畧無實際，不及子布多矣。【鍾】亦狠。至于劉琮降操，豫州寔出不知，且又不忍乘亂奪同宗之基業，此真大仁大義也。【毛】高擡玄德，美其親親之仁。當陽之敗，豫州見有數十萬赴義之民，扶老携幼相隨，不忍棄之，日行十里，不思進取江陵，甘與同敗，此亦大仁大義也。【毛】又高擡玄德，美其愛民之德。寡不敵衆，勝負乃其常事。昔高皇數敗于項羽，而垓下一戰成功，此非韓信之良謀乎？夫信久事高皇，未嘗累勝。【毛】隱然以玄德比高皇，自比韓信。蓋國家大計，社稷安危，是有主謀。非比誇辯之徒，虚譽欺人，坐議立談，無人可及，臨機應變，百無一能。誠爲天下笑耳！」【毛】説盡秀才之病。【贊】説盡今日秀才病痛。【鍾】亦毒。【漁】好説。這一篇言語，説得張昭並無一言回荅。【毛】戰勝了一個。

座間〔二六〕忽一人抗聲問曰：「今曹公兵屯百

〔二四〕「尩」，光本、商本作「危」。
〔二五〕「用兵不究」，齊本、滄本、光本、商本、贊本作「甲兵不完」，明三本作「兵甲不完」。
〔二六〕「間」，光本、商本作「上」。

萬，將列千員，龍驤虎視，平吞江夏，公以爲何如？」【毛】誇稱曹操，便低一着，不及子布多矣。孔明視之，乃虞翻也。孔明曰：「曹操收袁紹蟻聚之兵，劫〔二七〕劉表烏合之衆，【漁】袁紹蟻聚果是，劉表烏合恐説不得。雖數百萬不足懼也。」虞翻冷笑曰：「軍敗于當陽，計窮于夏口，區區求救于人，而猶言『不懼』，此真大言欺人也！」【毛】亦是當面嘲笑。【贄】是，是。【鍾】也被他説去。【漁】更惡。孔明曰：「劉豫州以數千仁義之師，安能敵百萬殘暴之衆？退守夏口，所以待時也。今江東兵精糧足，且有長江之險，猶欲使其主屈膝降賊〔二八〕，不顧天下耻笑。由此論之，劉豫州真不懼操賊者矣！」【毛】借贊玄德以鄙薄江東，詞令妙品。【贄】這〔二九〕説得好。【鍾】極辯得是。【漁】可謂鄙薄江東甚矣。虞翻不能對。【毛】又戰勝了一個。

座間又一人問曰：「孔明欲效儀、秦之舌，游説東吴耶？」【毛】此人直是没甚説。孔明視之，乃步隲也。孔明曰：「步子山以蘇秦、張儀爲辯士，不知蘇秦、張儀亦豪傑也。【毛】自贊則管、樂猶云小可，罵人則儀、秦亦是豪傑。蘇秦佩六國相印，張儀兩次相秦，皆有匡扶人國之謀，非比畏强凌弱，懼刀避劍之人也。君等聞曹操虚發詐僞之詞，便畏懼請降，敢笑蘇秦、張儀乎？」【毛】借贊儀、秦以鄙薄江東，詞令妙品。【贄】也説得好。【鍾】更罵得（妙）。步隲默然無語。【毛】又戰勝了一個。

忽一人問曰：「孔明以曹操何如人也？」孔明視其人，乃薛綜也。孔明荅曰：「曹操乃漢賊也，又何必問？」【漁】只斬絶一句，甚好。綜曰：「公言差矣。漢傳世〔三〇〕至今，天數將終。今曹公已有天下三分之二，人皆歸心。【毛】虞翻但誇曹操之强猶可。至薛綜乃辯其不是漢賊，喪心蔑理，比虞翻又低一着。劉豫州不識天時，强欲與争，正如以卵擊石，安得不敗乎？」孔明厲聲曰：「薛敬文安得出此無父無君之

〔二七〕「劫」，商本作「却」，形訛。
〔二八〕「主」，商本脱；「降賊」，商本作「求和」。
〔二九〕「這」，緑本脱。
〔三〇〕「傳世」，滄本、光本、商本其上有「歷」，明四本作「承秦業」。

言乎！毛稱「君父」二字，喝倒薛綜，題目正大。漁喝語正大。夫人生天地間，以忠孝爲立身之本。鍾絶大題目。公既爲漢臣，則見有不臣之人，當誓共戮之，臣之道也。今曹操祖宗叨食漢禄，不思報效，反懷篡逆之心，天下之所共憤。公乃〔三一〕以天數歸之，真無父無君之人也！不足與語！請勿復言！」毛鑿鑿侃侃，愧殺薛綜。贄一味蠻罵，此孔明之所謂舌戰也，這箇衣鉢今日最盛，可笑，可憐〔三二〕。鍾使他無言抵對。薛綜滿面羞慚，不能對荅。毛又戰勝了一個。

座上又一人應聲問曰：「曹操雖挾天子以令諸侯，猶是相國曹參之後。劉豫州雖云中山靖王苗裔，却無可稽考，眼見只是織蓆販屨之夫耳，何足與曹操抗衡哉！」毛對臣罵主，已爲失體〔三三〕，況又左袒曹操，更低一着。孔明視之，乃陸績也。孔明笑曰：「公非袁術座間懷橘之陸郎乎？鍾似褒寔貶。請安坐，聽吾一言：毛輕薄。曹操既爲曹相國之後，則世爲漢臣矣。今乃專權肆横，欺凌君父，是不唯無君，亦且蔑祖，不唯漢室之亂臣，亦曹氏之賊子也。毛猶〔三四〕借曹參罵曹操，詞令妙品。劉豫州堂堂帝胄，當今皇帝按譜賜爵，何云『無可稽考』？毛其寔冠冕正大。○按譜賜爵，二十回中事，忽于此處提照。且高祖起身亭長，而終有天下，織蓆販屨，又何足爲辱乎？毛又以高祖比玄德。公小兒之見，不足與高士共語！」毛罵得暢。贄這罵得是。鍾（罵）得他（開）〔三五〕陸績語塞。毛又戰勝了一箇。

座上一人忽曰：「孔明所言，皆强詞奪理，均非正論，不必再言。且請問孔明治何經典？」毛一發問得没要緊，不濟之極。漁問得甚陋，壞天下事者，多是治經之人，腐儒何所用之？孔明視之，乃嚴畯也。孔明曰：「尋章摘句，世之腐儒也，何能興邦立事？贄這説得是。且古耕莘伊尹，釣渭子牙，張良、陳平之

〔三一〕「乃」，商本作「既」，明四本無。
〔三二〕「憐」，緑本作「笑」。
〔三三〕「體」，商本作「禮」，形訛。
〔三四〕「猶」，光本訛作「又」。
〔三五〕鍾批以下疑闕字。

流，鄧禹、耿弇之輩，皆有匡扶宇宙之才，未審其平生〔三六〕治何經典。豈亦效書生區區于筆硯之間，數黑論黄，舞文弄墨而已乎？」【毛】若使卧龍以文章名世，亦不過蔡邕、王粲、陳琳、楊修等輩耳，何足爲重。【贊】【鍾】（千古）至論。【漁】罵盡秀才。嚴畯低頭喪氣而不能對。【毛】又戰勝了一個。

忽又一人大聲曰：「公好爲大言，未必真有寔學，恐適爲儒者所笑耳。」【毛】亦即是嚴畯之論，没甚添换。孔明視其人，乃汝南程德樞也。孔明荅曰：「儒有君子小人之别。君子之儒，忠君愛國，守正惡邪，務使澤及當時，名留後世。若夫小人之儒，唯務雕蟲，專工翰墨，青春作賦，皓首窮經，筆下雖有千言，胸中寔無一策。【毛】看低天下多少文人學士。且如揚雄以文章名世，而屈身事莽，不免投閣而死，此所謂小人之儒也。雖日賦萬言，亦何取哉！」【毛】以揚雄事莽爲當日降操者比。【贊】罵得妙，罵得妙，今日甚危，如何是好，如何是好。【鍾】罵得小人儒半文不值。程德樞不能對。【毛】又戰勝了一箇。衆人見孔明對荅如流，盡皆失色。

時座上張温、駱統二人，又欲問難。忽一人自外而入，厲聲言曰：「孔明乃當世奇才，君等以脣舌相難，非敬客之禮也。曹操大軍臨境，不思退敵之策，乃徒鬭口耶！」【毛】彼此問難，一往一復，畢竟作何結局？得此人來喝倒，絶妙收科。【鍾】其人大妙。【漁】好收科法。衆視其人，乃零陵人，姓黄名蓋，【二】音葛。字公覆，現爲東吴糧官。【毛】爲後文伏線。當時黄蓋謂孔明曰：「愚聞多言獲利，不〔三七〕如默而無言。何不將金石之論爲我主言之，乃與衆人辯論也？」【毛】黄蓋數語倒可勝得孔明，衆謀士不及也。【贊】至言，至言，孔明到此，則輸一籌矣。【鍾】公覆至論。孔明曰：「諸君不知世務，互相問難，不容不荅耳。」【毛】未見周郎與曹操戰，先見孔明與諸謀士戰。周郎之戰是舟師水卒，孔明之戰是舌劍脣鎗。然周郎爲應兵，孔明亦爲應兵耳。於是黄

〔三六〕「平生」，商本倒作「生平」。
〔三七〕「利不」，光本倒作「不利」。

葢與魯肅引孔明入。至中門，正遇諸葛瑾，【毛】安放諸葛瑾在此處最妙，若與諸謀士一同相見〔三八〕，將以孔明爲客乎，抑將不以孔明爲客乎？將亦與孔明辯乎，抑獨不與孔明辯乎？孔明施禮，瑾曰：「賢弟既到江東，如何不來見我？」孔明曰：「弟既事劉豫州，理宜先公後私。公事未畢，不敢及私。望兄見諒。」瑾曰：「賢弟見過吳侯，却來敘話。」說罷自去。【毛】去得妙。若與孔明一同入〔三九〕見孫權，則孫權與孔明坐，諸葛瑾將與諸謀士侍立耶？

魯肅曰：「適間所囑，不可有悞。」【毛】【漁】（魯肅）（子敬）第三次叮囑。孔明點頭應諾。【毛】孔明第三次應承。引至堂上，孫權降堦而迎，優禮相待。施禮畢，賜孔明坐。衆文武分兩行而立。魯肅立于孔明之側，只看他講話。孔明致玄德之意畢，偷眼看孫權，碧眼紫鬚〔四〇〕，堂堂一表。孔明暗思：「此人相貌非常，只可激，不可說。等他問時，用言激之便了。」【毛】先生前講醫道，此又善相法。獻茶已畢，孫權曰：「多〔四一〕聞魯子敬談足下之才，今幸得相見，敢求教益。」孔明曰：「不才無學，有辱明問。」權曰：「足下近在新野，佐劉豫州與曹操決戰，必深知彼軍虛實。」【毛】孫權之意，專在欲知曹兵虛寔。孔明曰：「劉豫州兵微將寡，更兼新野城小無糧，安能與曹操相持。」【毛】只說玄德兵少，尚未說出曹兵多少。權曰：「曹兵共有多少？」孔明曰：「馬步水軍，約有一百餘萬。」【毛】【漁】三次應承魯肅，至此忽然變卦。（妙甚。）【三】補註魯肅聽了，暗地叫苦〔四二〕，却將分付的話不依。權曰：「莫非詐乎？」孔明曰：「非詐也。曹操就兖州已有青州軍二十萬；平了袁紹，又得五六十萬；中原新招之兵三四十萬；今又得荊州之兵二三十萬：以此計之，不下一百五十萬。亮以百萬言之，恐驚江東之士也。」【毛】【漁】索性再（說

〔三八〕「見」，光本作「是」，形訛。
〔三九〕「入」，光本、商本作「去」。
〔四〇〕「鬚」，嘉本作「髯」。
〔四一〕「多」，齋本、光本、商本作「常」。
〔四二〕周批「苦」，原作「若」，據嘉、夏批改。

多〔四三〕）（多說）些，不怕氣壞（了）魯肅。【贊】妙，妙。魯肅在旁，聞言失色，以目視孔明，孔明只做不見。妙甚。權曰：「曹操部下戰將，還有多少？」【毛】既問其兵，又問其將者，或兵雖多而將少，猶不足懼也。孔明曰：「足智多謀之士，能征慣戰之將，何止一二千人！」【毛】既誇其兵，又誇其將，且又誇其謀臣，更不怕氣壞了魯肅。【三】補註肅又暗暗的叫苦。【贊】妙，妙。【鍾】子敬叮嚀莫說，孔明偏大言之，正以奪孫郎之魄。權曰：「今曹操平了荊、楚，復有遠圖乎？」【毛】或兵將雖多而無遠志，猶不足懼也。孔明曰：「即今沿江下寨，准備戰船，不欲圖江東，待取何地？」【毛】【漁】（此句）直逼將來。【鍾】明明說出，甚妙。權曰：「若彼有吞併之意，戰與不戰，請足下爲我一決。」孔明曰：「亮有一言，但恐將軍不肯聽從〔四四〕。」【毛】勸他投降，頗覺口重，故先着此一句。權曰：「願聞高論。」孔明曰：「向者宇內大亂，故將軍起江東，劉豫州收衆漢南，與曹操並爭天下。今操芟除大難，畧已平矣。近又新破荊州，威震海內，縱有英雄，無用武之地，故豫州遁逃至此。【贊】妙，妙。願將軍量力而處之：若能以吳、越之衆，與中國抗衡，不如早與之絕；【毛】此句反是賓。若其不能，何不從衆謀士之論，按兵束甲，北面而事之？」【毛】此句反是主。【贊】惡，惡。【鍾】極用激語。權未及荅，孔明又曰：「將軍外托服從之名，內懷疑貳之見，事急而不斷，禍至無日矣！」【毛】又逼一句。【贊】惡，惡。權曰：「誠如君言，劉豫州何不降操？」【毛】急問此句，已是不樂。【贊】【鍾】（孫郎）也問得好。【漁】亦駁得妙。孔明曰：「昔田橫，齊之壯士耳，猶守義不辱；【三】補註昔漢高祖皇帝之時，使酈食其說齊王廣。酈生曰：「王知天下所歸乎？」王曰：「不知也，請問〔四五〕之。」生曰：「歸漢。」齊王曰：「何也？」生曰：「漢王先入咸陽，收天下兵以立義帝；存秦之後，與天下同其利，天下賢才皆樂爲之用。項王皆有背約之名，有殺義

〔四三〕「說多」，光本倒作「多說」。
〔四四〕「聽從」，貫本作「依」。
〔四五〕周、夏批「問」，原作「聞」。按：批語引自《綱目》卷二作「請問之」。據嘉批改。

帝之負；記人之罪〔四六〕，忘人之功，賢才怨之，莫爲之用。故天下之事歸於漢，可坐而策也。今漢據敖倉，塞成皋，守白馬，拒蜚狐〔四七〕，天下後服者先誅之矣。」齊王納之，遂遣使與漢平，乃罷歷下守戰備，日與生縱酒爲樂。此時韓信欲要加兵，聞酈生已下齊城，遂欲罷兵。辯士蒯徹説曰：「將軍受詔擊齊，而漢獨發間〔四八〕使而下之，寧有詔止將軍乎？且酈生一士，伏軾掉三寸之舌，下齊七十餘城。將軍以數萬之衆，歲餘乃下趙五十餘城。爲將數歲，反不如一豎儒之功乎！」韓信然之。遂引兵渡河，襲破齊城。齊王以酈生爲賣己，乃烹之。信斬其將，擄齊王田廣。田横自立爲王。灌嬰擊走之，齊地悉平。田横走海島，漢帝累（詔）（召）不降。漢帝恐其亂，乃使人赦横罪，而召之曰：「横來，大者王，小者侯；不來，且〔四九〕舉兵加誅。」横乃與其客二人乘傳詣〔五〇〕洛陽，未至三十里，自刎而死。帝拜其二客爲都尉，以王禮葬之。横既葬，二客穿其塚傍，皆自下從之。漢（高）（帝）聞之大驚。又聞其餘五百戰士在海中，使人召之。至則聞横死，皆扯旗蔽體爲孝，作《薤露》歌於墓側，遂皆自刎而死。胡曾先生有詩曰：「古墓崔嵬約路歧，歌傳《薤露》到今時。也知不去朝皇屋，只爲曾烹酈食其。」**況劉豫州帝室〔五一〕之胄，英才葢世，衆士仰慕。事之不濟，此乃天也，又安能屈處人下乎！」**毛 明明説孫權不及玄德，并不及田横。惡甚。〇〈毛漁〉前魯肅以爲諸（臣皆）（人）可〔五二〕降，（惟孫）權不可降，高待孫權也；今孔明以爲玄德不〔五三〕可降，唯孫權可降，薄待孫權也。（孫權聞之，）（權）安得不怒乎？

〔四六〕嘉、周、夏批「負」，原作「意」；周、夏批「記人之罪」，原作「記人之惡」「忌人之善」。按：《綱目》卷二作「有殺義帝之負；記人之罪」。據改。

〔四七〕周批「狐」，原作「孤」。按：蜚狐，即蜚狐口。據嘉、夏批改。

〔四八〕嘉批「間」，原作「一」。按：《綱目》卷二作「而漢獨發間使」。據周、夏批改。

〔四九〕周批「且」，原作「自」。按：《綱目》卷三作「不來且舉兵加誅」。據嘉、夏批改。

〔五〇〕嘉批「詣」，原作「走」。按：《綱目》卷三作「横乃與其客二人乘傳詣洛陽」。據周、夏批改。

〔五一〕「帝室」，原作「王室」，致本、業本、貫本、明四本同。按：「帝室」佳，據其他毛校本改。

〔五二〕毛批「可」，貫本脱。

〔五三〕毛批「不」上，貫本有「皆」字。

【贊】惡，惡。【鍾】此一說更妙。孫權聽了孔明〔五四〕此言，不覺勃然變色，拂衣而起，退入後堂。衆皆哂笑而散。【毛】有此一折，幾疑孫劉之好不合矣。而下文忽轉出無數奇文奇事，令人不測。魯肅責孔明曰：「先生何故出此言？幸是吾主寬洪大度，不即面責。先生之言，藐視吾〔五五〕主甚矣。」孔明仰面笑曰：「何如此不能容物耶！【毛】反責孫權，妙。【鍾】正要激他怒，方好進計。我自有破曹之計，彼〔五六〕不問我，我故不言。」【毛】方纔說出真話，然却是不曾說出。肅曰：「果有良策，肅當請主公求教。」孔明曰：「吾視曹操百萬之衆，如群蟻耳！但我一舉手，則皆爲齏粉矣！」【毛】又說出大話，然却是不曾說出。肅聞言，便入後堂見孫權。權怒氣未息，顧謂肅曰：「孔明欺吾太甚！」肅曰：「臣亦以此責孔明，孔明反笑主公不能容物。破曹之策，孔明不肯輕言，主公何不求之？」權回嗔作喜曰：「原來孔明有良謀，故以言詞激我。我一時淺見，幾誤大事。」【毛】好孫權。便同魯肅重復出堂，再請孔明敘話。【毛】孔明前在草廬，必待玄德三請；今在江東，亦必待孫權再問。權見孔明，謝曰：「適來冒瀆威嚴，幸勿見罪。」孔明亦謝曰：「亮言語冒犯，望乞恕罪。」權邀孔明入後堂，置酒相待。

數巡之後，權曰：「曹操平生所惡者：呂布、劉表、袁紹、袁術、豫州與孤耳。今數雄已滅，獨豫州與孤尚存。孤不能以全吳之地，受制于人，吾計決矣。【毛】有志氣。非劉豫州莫與當曹操者，【毛】此句是求玄德相助。然豫州新敗之後，安能抗此難乎？」【毛】此句是恐玄德不能相助。【鍾】搶畫一□。孔明曰：「豫州雖新敗，然關雲長猶率精兵萬人，劉琦領江夏戰士，亦不下萬人。【毛】言玄德之勢不爲弱。曹操之衆，遠來疲憊，近追豫州，輕騎一日夜行三百里，此所謂『强弩之末，勢不能穿魯縞』者也。【嘉】魯縞，是輕

〔五四〕「孔明」，商本脫，明四本無。

〔五五〕「吾」，商本作「我」，明四本無。

〔五六〕「彼」，原作「汝」，致本、業本、貫本、商本、明四本同。按：「彼」字通，據其他毛校本改。

絹。【二】繒之精白者，曰縞。曲阜之地〔五七〕，俗善作之，尤爲輕細，故謂之魯縞。且北方之人，不習水戰。荆州士民附操者，迫于勢耳，非本心也。【毛】言曹操之勢不足畏。【鍾】漸漸說入，何等□妙。【漁】妙在與前對語絕不相侔。今將軍誠能與豫州協力同心，破曹軍必矣。操軍破，必北還，則荆、吴之勢强，而鼎足之形成矣。【毛】【漁】隱然以荆州自處，（而與吴、魏並列）（鼎足）爲三。成敗之機，在于今日。唯將軍裁之。」權大悅曰：「先生之言，頓開茅塞。【二】音色。吾意已決，更無他疑。即日商議起兵，共滅曹操！」遂令魯肅將此意傳諭文武官員，就送孔明於舘驛安歇。

張昭知孫權欲興兵，遂與衆議曰：「中了孔明之計也！」急入見權曰：「昭等聞主公將興兵與曹操争鋒，主公自思比袁紹若何？【毛】說他不如玄德，尚然不樂；說他不如袁紹，一發不喜。曹操向日兵微將寡，尚能一鼓克袁紹；何况今日擁百萬之衆南征，豈可輕敵？若聽諸葛亮之言，妄動甲兵，此所謂負薪救火也。」【毛】張昭第三次勸降。孫權只低頭不語。【毛】孫權第三次不答。【漁】前聞孔明垂首不語，此聞張昭語不答，皆是自有主張。孔明激浪亦是順水順船，張昭收韁自難臨崖控馬。顧雍曰：「劉備因爲曹操所敗，故欲借我江東之兵以拒之，主公奈何爲其所用乎？願聽子布之言。」【毛】舌戰之時，顧雍獨無一言，却在此時開口。孫權沉吟未決。【毛】孔明已將曹操兵勢虚寔開說明白矣，何尚沉吟未決耶？作者於此特欲借此逼出後文周郎耳，不必孫權之果如此也。張昭等出，魯肅入見曰：「適張子布等又勸主公休動兵，力主降議，此皆全軀保妻子之臣，自爲謀之計耳。【漁】正是前所云「諸臣可降」，此方說破。願主公勿聽也。」【鍾】子敬是個絕好□手。孫權尚在沉吟。【毛】都爲後文取勢。肅曰：「主公若遲疑，必爲衆人悞矣。」權曰：「卿且暫退，容我三思。」【毛】都爲後文取勢。肅乃退出。時武將或有要戰的，文官都是要降的，議論紛紛不一。【毛】前止寫文官，此處又

〔五七〕周、夏批「地」，原無。按：《漢書·韓安國傳》顔注曰：「縞，素也，曲阜之地，俗善作之，尤爲輕細，故以取喻也。」據補。

補寫武將一句。漁補武將一句，引出周瑜〔五八〕。

且說孫權退入內宅，寢食不安，猶豫不決。毛都爲後文取勢。吳國太見權如此，問曰：「何事在心，寢食俱廢？」權曰：「今曹操屯兵于江漢，有下江南之意。問諸文武，或欲降者，或欲戰者。欲待戰來，恐寡不敵衆，欲待降來，又恐曹操不容，毛漁寡不敵衆，是懲于劉備；（恐操）（勢）不（相）容，是懲于劉琮。因此猶豫不決。」吳國太曰：「汝何不記吾姐〔五九〕臨終之語乎？」毛忽將權母臨終遺命一提。孫權如醉方醒，似〔六〇〕夢初覺，想出這句話來。正是：

追思國母臨終語，引得周郎立戰功。

畢竟說着甚的，且看下文分解。

孔明舌戰，都是題目正大，所以壓倒諸英。故知言語如何服人，定須輔理而行，方服得人也。江東諸公，正欲以言語取勝，所以終不能勝耳。

孔明舌戰，都是題目正大，所以壓倒江東諸英。故知言語如何服人，定須輔理而行也。

〔五八〕「一句引出周瑜」六字原闕，據衡校本補。
〔五九〕「姐」，澹本、光本作「姊」。
〔六〇〕「似」，商本作「如」。

第四十四回

孔明用智激周瑜　孫權決計破曹操

孫權破操之計，必待周瑜決之者，非決之以周瑜之言，而實決之以孫策臨終之言；則謂周瑜之破操，一〔一〕孫策之破操可也。不但此也，孫策之語，孫權能憶之者，憶之以權母臨終之言，而又憶之以母妹〔二〕憶姊之言也；則謂周瑜之破操，一吴氏兩夫人之破操可也。且周瑜破操之計，必待孔明激之者，非激之以孔明，而激之以二喬也；則謂周瑜之破操，一大喬、小喬之破操可也。赤壁鏖兵一塲大功，得婦人之力居多。婦人真可畏哉〔三〕！

張昭有負孫策付托之重。或解之曰「內事不決問張昭」，原不當以外事問之。不知天下未有能謀內事而不能謀外事者，又未有不能謀外事而能謀內事者。攘外乃所以安內，外患至而不能捍，謂之知內，吾不信也。

前回孫權謂孔明曰：「非豫州莫與當曹操者。」是孔明之激怒孫權，而致孫權之求助於玄德也。此回周瑜謂孔明曰：「望孔明助一臂之力，同破曹賊。」是孔明之激怒周瑜，而致周瑜之求助於孔明也。本是玄德求助於孫權，却能使孫權反求助於玄德；本是孔明求助於周瑜，却能使周瑜反求助於孔明：孔明之智，真妙絶千古。

周瑜拒操之志，早已決於胸中，而詐言降操〔四〕者，是以言挑撥孔明，欲使其求助於我也。魯肅不知其詐，而極力争之；孔明知其詐，

〔一〕「一」，齋本、光本作「實」，後二處同。
〔二〕「妹」，貫本作「姑」。
〔三〕「哉」，齋本、光本作「也」。
〔四〕「操」，商本作「曹」。

而隨口順之。瑜、亮二人各自使乖，各説假話，大家暗暗猜着，大家只做不知；而中間夾着一至誠之魯肅，時〔五〕出幾句老實語以形之：寫來真是好看煞人。

入門問諱，豈有入其國而不知其國之夫人者乎？或疑孔明「二喬」之説，乃《演義》粧點耳，非真有是言也。然吾讀杜牧之〔六〕詩，有「東風不與〔七〕周郎便，銅雀春深鎖二喬」之句，則使孔明不借風，周郎不縱火，將二喬〔八〕之爲「二喬」，其不等於張濟之妻、袁熙之婦者幾希矣！事既非曹操之所無，説何必非孔明之所有？

《銅雀》舊賦云：「連二橋於東西兮，若長空之蝃蝀」。此言東西有玉龍、金鳳之兩臺，而接之以橋也。以蝃蝀比之，即《阿房賦》所謂「長橋臥波，未雲何龍；複道行〔九〕空，不霽何虹」者也。孔明乃將「橋」字改作「喬」字，將「西」字改作「南」字，將「連」字改作「攬」字，而下句則全改之，遂輕輕劃在二喬身上去，可謂善改文章者矣。劉貢父患瘋疾〔一〇〕，蘇子瞻戲改《大風歌》以嘲之曰：「大瘋起兮眉飛揚，安得猛士兮守鼻梁？」其殆學孔明之改賦乎！

以「橋」作「喬」，此讀別字也。孔明欲欺周郎，故有意爲之。奈何近世孔明之多乎！「弄璋」而以爲「弄麞」，「伏臘」而以爲「伏獵」矣；「芋」而以爲「羊」，「金根」而以爲「金銀」矣，吾不知其將賺何人，將施何計，而

〔五〕「時」，齋本、光本作「説」。

〔六〕「杜牧之」，原作「杜少陵」，致本、業本、貫本、齋本、濟本、光本同。按：毛批詩句引自唐代杜牧七絶詩《赤壁》。杜牧，字牧之，別號樊川；「少陵」爲杜甫別號。後文第四十八回引《赤壁》詩作「杜牧之」，據後文及商本改。

〔七〕「與」，原作「語」，致本同。據其他毛校本、《樊川文集》改。

〔八〕「喬」，齋本、商本作「橋」。

〔九〕「行」，原作「凌」，毛校本同。據《樊川文集》改。

〔一〇〕「疾」，光本作「症」，致本作「病」。

亦學孔明之改別字也。爲之一咲。

周瑜非忌孔明也，忌玄德也。孔明爲玄德所有則忌之，使孔明而爲東吴所有，則不忌也，觀其使諸葛瑾招之之意可見矣；非若龐涓之忌孫臏，同事一君而必欲殺之而後快也。一則在異國而招之使入我國，一則在我國而驅之使入異國。試以龐涓較周瑜，則周瑜真愛孔明之至耳。

却説吴國太見孫權疑惑不決，乃謂之曰：「先姊遺言云：『伯符臨終有言：内事不決問張昭，外事不決問周瑜。』今何不請公瑾問之？」毛國太述先姊遺言，先姊却又是述伯符遺言。○孫策遺命是二十九回中事，忽於此提照。**權大喜，即遣使往鄱陽請周瑜議事。**毛可知前文寫孫權沉吟猶豫，不過欲逼出周瑜。**原來周瑜在鄱陽湖訓練水師，聞曹操大軍至漢上，便星夜回柴桑議軍機事**〔一一〕。**使者未發，周瑜已先到。**毛不待孫權去請，却寫周瑜自來，是極寫周瑜。**魯肅與瑜最厚，先來接着，將前項事細述一番**〔一二〕。毛不待周瑜問魯肅，先寫魯肅告周瑜，是極寫魯肅。**周瑜曰：「子敬休憂，瑜自有主張。**毛與孔明荅應魯肅一般。**今可速請孔明來相見。」魯肅上馬去了。**

周瑜方纔歇息，忽報張昭、顧雍、張紘、步隲四人來相探。瑜接入堂中坐定，敘温寒〔一三〕**畢，張昭曰：「都督知江東之利害否？」**毛問得驚惶之極。漁開口便説張皇之話。**瑜曰：「未知也。」**毛假糊塗。妙。**昭曰：「曹操擁衆百萬，屯於漢上，昨傳檄文至此，欲請主公會獵於江夏。雖有相吞之意，尚未露其形。昭等勸主公且降之，庶免江東之禍。不想魯子敬從江夏帶劉備軍師諸葛亮至此，彼因自欲雪**

〔一一〕「柴桑」，同第四十二回校記〔三一〕。「議軍機事」，原作「議事軍機」，致本、業本、貫本同；澹本作「會議軍機」；明四本無。據其他毛校本乙。

〔一二〕「事細述一番」，原作「細事述一番」，致本同；明四本作「事告訴周瑜」。據其他毛校本改。

〔一三〕「敘温寒」，致本同，其他毛校本作「敘寒温」，明四本作「問慰禮」。

憤，特下説詞以激主公。【漁】此説得是。子敬却執迷不悟，正欲待都督一決。」瑜曰：「公等之見皆同否?」顧雍等曰：「所議皆同。」瑜曰：「吾亦欲降久矣。公等請回。明早見主公，自有定議。」【毛】只用順口荅應。妙。【贄】【鍾】周郎〔一四〕通得。【漁】渾語答去。昭等辭去。

少頃，又報程普、黄蓋、韓當等一班戰將來見。瑜迎入，各問慰訖。程普曰：「都督知江東早晚屬他人否?」【毛】問得憤懣之極。【漁】一樣急話，却有主降不主降之别。瑜曰：「未知也。」【毛】又是假糊塗。普曰：「吾等自隨孫將軍開基刱業，大小數百戰，方纔戰得六郡城池。今主公聽謀士之言，欲降曹操，此真可恥可惜之事！吾等寧死不辱。望都督勸主公決計興兵，吾等願效死戰。」【毛】【漁】寫武將如畫。〈毛〉○前已寫過黄蓋，此處却寫程普。【贄】寫〔一五〕得武將精神出，好文章，好文章。【鍾】普等還是將軍□。瑜曰：「將軍等所見皆同否?」黄蓋忿然而起，以手拍額曰：「吾頭可斷，誓不降曹！」【毛】又獨寫黄蓋。衆人皆曰：「吾等都〔一六〕不願降！」【毛】帶表衆人。瑜曰：「吾正欲與曹操決戰，安肯投降！將軍等請回。瑜見主公，自有定議。」【毛】亦只順口荅應。妙。【贄】【鍾】周郎自妙。【漁】亦用渾語答去。程普等别去。

又未幾，諸葛瑾、吕範等〔一七〕一班兒文官相候。瑜迎入，講禮畢，諸葛瑾曰：「舍弟諸葛亮自漢上來，言劉豫州欲結東吴共伐曹操，文武商議未定。因舍弟爲使，瑾不敢多言，【毛】是避嫌之語〔一八〕。專候都督來決此事。」瑜曰：「以公論之若何?」瑾曰：「降者易安，戰者難保。」【毛】二語妙甚，明明説文官欲保身，武官不惜死。【鍾】亦是公道之言。周瑜笑曰：「瑜自有主張。來日同至府下定議。」【毛】與對魯肅語一

〔一四〕贄批「周郎」，緑本脱。
〔一五〕「寫」，緑本作「弄」。
〔一六〕「都」，致本、商本作「皆」，明四本無。
〔一七〕「等」，貫本、周本、夏本、贄本無。
〔一八〕「嫌」下，業本、貫本、齋本、澹本、光本、商本有「疑」字。「語」，商本作「言」。

般。瑾等辭退。

忽又報呂蒙、甘寧等一班兒來見。瑜請入，亦敘談此事。有要戰者，有要降者，互相爭論。毛前是要降者與要戰者分作兩處相見，今并作一起相見。前詳此畧，筆法各異。漁說得紛紛不一，極像，極像。瑜曰：「不必多言，來日都到府下公議。」毛妙在不置可否。衆乃辭去。周瑜冷笑不止。毛不知他葫蘆裡賣甚藥。

至晚，人報魯子敬引孔明來拜。瑜出中門迎入，敘禮罷〔一九〕，分賓主而坐。肅先問瑜曰：「今曹操驅衆南侵，和與戰二策，主公不能決，一聽於將軍。將軍之意如何〔二〇〕？」毛是老實人先開口。瑜曰：「曹操以天子爲名，其師不可拒，且其勢大，未可輕敵。戰則必敗，降則易安。吾意已決，來日見主公，便當遣使納降。」毛此是周郎假話，所以急〔二一〕孔明、試孔明也。漁又倒跌一番，妙。魯肅愕然曰：「君言差矣！江東基業，已歷三世，豈可一旦棄於他人？伯符遺言，外事付托將軍。今正欲仗將軍保全國家，爲泰山之靠，奈何亦〔二二〕從懦夫之議耶？」毛周郎〔二三〕不過欲挑撥孔明開口，却妙在孔明不言，只在魯肅回荅。漁既明知瑜言是假，亦少不得此一番忠激。瑜曰：「江東六郡生靈無限，若罹三（罹，音梨，謂遭也）。兵革之禍，必有歸怨於我，故決計請降耳。」毛孫權欲求助於豫州，周瑜却欲孔明求助於我，故又反言以挑撥之。肅曰：「不然。以將軍之英雄，東吳之險固，操未必便能得志也。」毛又妙在孔明不言，讓魯肅回荅。二人互相爭辨，孔明只袖手冷笑。毛前寫周瑜冷笑，此又寫孔明冷笑，都是滿腹《春秋》。瑜曰：「先生何故哂笑？」孔明曰：「亮不笑別人，笑子敬不識時務耳。」毛惡極，妙極。贊妙〔二四〕，妙。鍾此正是開場說法的妙處。肅曰：「先生如何反笑我

〔一九〕「罷」，光本、商本作「畢」。
〔二〇〕「如何」，齊本、光本、商本作「若何」，明四本作「下安在哉」。
〔二一〕「是」，商本作「時」。「急」，瀞本、光本作「激」。
〔二二〕「奈何亦」，貫本脱「亦」，明四本作「今何」。
〔二三〕「郎」，致本同，其他毛校本作「瑜」。
〔二四〕「妙」，緑本脱。

不識時務？」【漁】對痴人說夢。孔明曰：「公瑾主意欲降操，甚爲合理。」【毛】惡極，妙極。瑜曰：「孔明乃識時務之士，必與吾有同心。」【毛】大家說假話，好看煞人。肅曰：「孔明你也如何說此？」【毛】夾着魯肅一句老實話以襯之。妙。孔明曰：「操極善用兵，天下莫敢當。向只有呂布、袁紹、袁術、劉表敢與對敵。【贊】妙〔二五〕，妙。今數人皆被操滅，天下無人矣。【毛】句句奚落孫權，又句句奚落周瑜。惡極，妙極。獨有劉豫州不識時務，强與争衡，今孤身江夏，存亡未保。【贊】惡〔二六〕，惡。將軍決計降曹，可以保妻子，可以全富貴。國祚遷移，付之天命，何足惜哉！」【毛】惡極，妙極。【鍾】隱隱鍼砭，是談笑，還是罵詈。魯肅大怒曰：「汝教吾〔二七〕主屈膝受辱於國賊乎！」【毛】又夾着魯肅一句老實話。【漁】假中作假，又激動真，太惡得妙。

孔明曰：「愚有一計，並不勞牽羊擔酒，納土獻印，亦不須親自渡江，只須遣一介之使，扁舟送兩箇人到江上。操一〔二八〕得此兩人，百萬之衆，皆卸甲捲旗而退矣。」【毛】說到此處，更〔二九〕奇極、幻極。【贊】惡極了，妙極了。【鍾】好計。瑜曰：「用何二人，可退操兵？」孔明曰：「江東去此兩人，如大木飄一葉，太倉減一粟耳。而操得之，必大喜而去。」【毛】且不便說是何人，偏要待他再問。妙極。瑜又問：「果用何二人？」孔明曰：「亮居隆中時，即聞操於漳河新造一臺，名曰『銅雀』，極其壯麗，廣選天下美女以實其中。【毛】先有此一句爲賔〔三〇〕。操本好色之徒，久聞江東喬公有二女，長曰大喬，次曰小喬，有沉魚落鴈之容、閉月羞花之貌。【毛】方說出要他妻子，及其主人之嫂。【贊】惡極。【鍾】□□一□人計□。操曾發誓曰：『吾一願掃平四海以成帝業，【毛】又先有一句爲賔。一願得江東二喬，置之銅雀臺，以樂晚年，雖

〔二五〕「妙」，緑本脱。
〔二六〕「惡」，緑本脱。
〔二七〕「吾」，光本作「我」。
〔二八〕「一」，齋本、光本作「若」。
〔二九〕「更」，商本脱。
〔三〇〕「爲賔」，貫本作「爲實」，後二處同。

死無恨矣。』毛惡極矣，妙極矣。今雖引百萬之衆，虎視江南，其實爲此二女也。毛贄（妙極惡極，）惡極妙極。將軍何不去尋喬公，以千金買此二女，毛佯爲不知。妙。差人送與曹操。操得二女，稱心滿意，必班師矣。毛漁（置刺痛處，）惡極，妙極。此范蠡二音里。獻西施之計，二補註范蠡，越之謀臣，欲滅吳，勸王進西施女與夫差。夫差悦女色而荒國政，竟被越滅之。何不速爲之？」毛妙在又借一故事爲証。鍾孔明妙處正在禁處下着。瑜曰：「操欲得二喬，有何證驗？」毛周瑜不即怒罵，又核實一句。文勢甚曲。孔明曰：「曹操幼子曹植，字子建，下筆成文。操嘗命作一賦，名曰《銅雀臺賦》。賦中之意，單道他家合爲天子，毛又先有一句爲贗。誓取二喬。」毛有賦〔三一〕爲証，竟似千真萬真。瑜曰：「此賦公能記否？」毛又核實一句，不即發怒。妙甚。孔明曰：「吾愛其文華美，嘗竊記之。」瑜曰：「試請一誦。」毛又核實一句，不即發怒。妙甚。漁此時不跳起來，不是有養，猶疑孔明假話耳。孔明即時誦《銅雀臺賦》云〔三二〕：

從明后以嬉游兮，登層臺以娛情。見太府之廣開兮，觀聖德之所營。建高門之嵯峨兮，浮雙闕乎太清。立〔三三〕中天之華觀兮，連飛閣乎西城。臨漳水之長流兮，望園果之滋榮。立雙臺於左右兮，有玉龍與金鳳。攬「二喬」於東南兮，樂朝夕之與共。毛舊賦云：「連二橋〔三四〕於東西兮，若長空之蝃蝀。」此「橋」也，非「喬」也。今孔明易此二語，便輕輕劃在二喬身上去。漁此架二橋借得甚巧。俯皇都之宏麗兮，瞰雲霞之浮動。欣

〔三一〕「賦」，原作「詩」，致本、業本、貫本、齋本、瀹本、商本同。據光本改。

〔三二〕毛本孔明誦《銅雀臺賦》改自贊本；鍾本、漁本同贊本，贊本同明三本。按：毛本回前評及夾批所指「舊賦」及其所引「連二橋於東西兮，若長空之蝃蝀」句無考，疑爲述孔明易其賦而杜撰；明四本此句作「挾二橋于東南兮，若長空之螮蝀」，其中「蝃」古同「螮」，音地。嘉本《銅雀臺賦》爲「孔明智激周瑜」情節，據《三國志·魏書·曹植傳》裴注引西晉陰澹《魏紀》所載曹植《銅雀臺賦》而補入涉「二橋」等多句。此賦全文從毛本。

〔三三〕「立」，光本、商本作「直」。

〔三四〕「橋」，貫本作「喬」。

羣才之來萃兮，協飛熊之吉夢。仰春風之和穆兮，聽百鳥之悲鳴。天雲垣〔三五〕其既立兮，家願得乎雙逞。【漁】彼作有心之聽，二語亦堪作證。揚仁化於宇宙兮，盡肅恭於上京。唯桓、文之爲盛兮，豈足方乎聖明？

休矣！美矣！惠澤遠揚。翼佐我皇家兮，寧彼四方。同天地之規量兮，齊日月之輝光。永貴尊而無極兮，等年壽〔三六〕於東皇。御龍旂以遨遊兮，迴鑾駕而周章。思〔三七〕化及乎四海兮，嘉物阜而民康。願斯臺之永固兮，樂終古而未央！

周瑜聽罷，勃然大怒，離座指北而罵曰：「老賊欺吾太甚！」【毛】至此不得不怒，不得不罵。孔明急起止之曰：「昔單于屢侵疆界，漢天子許以公主和親，今何惜民間二女乎？」【毛】偏説「民間」二字，佯爲不知。惡極矣，妙極矣。【贊】更惡，更妙。【鍾】更加一着，全局都勝。瑜曰：「公有所不知，【毛】知之久矣。大喬是孫伯符將軍主婦，小喬乃瑜之妻也。」孔明佯作惶恐之狀，曰：「亮實不知，失口亂言，死罪！死罪！」【毛】惡極，妙極。瑜曰：「吾與老賊誓不兩立！」孔明曰：「事須三思，免致後悔。」【毛】既知是他妻子及其主之嫂矣，又故意説此兩句。愈惡，愈妙。【贊】更惡。瑜曰：「吾承伯符寄托，安有屈身降曹之理？適來所言，故相試耳。【毛】方説出真話。吾自離鄱陽湖，便有北伐之心，雖刀斧加頭，不易其志也！望孔明助一臂之力，同破曹賊。」【毛】前此説假話，本欲孔明來求我；今却是我求孔明矣。【贊】本借周郎爲助，反使周郎借我爲助，妙矣，妙矣！孔明曰：「若蒙不棄，願效犬馬之勞，早晚拱聽驅策。」【二】驅策，猶言聽其約束也。此〈三〉（這）

〔三五〕「天雲垣」，原作「雲天亘」，致本、業本、貫本、齋本、光本、商本同；滄本訛作「雲天直」，明四本作「雲天垣」。按：《三國志》裴注作「天雲垣」，據改。

〔三六〕「貴尊」，商本倒作「尊貴」。「年壽」，原作「君壽」，古本同。按：《三國志》裴注作「年壽」。賦文二段皆頌「我皇家」；「同天地」句起至「民康」句止，排比並列，俱無主語。「君壽」與文勢異，應作「年壽」是，據改。

〔三七〕「思」，商本作「恩」。

是孔明（之絶）能處。瑜曰：「來日入見主公，便議興〔三八〕兵。」鍾借人助者，反爲其借助，（亦）妙。孔明與魯肅辭出，相別而去。

次日清晨，孫權升堂。左邊文官張昭、顧雍等三十餘人，右邊武官程普、黄蓋等三十餘人，衣冠濟濟，劍佩鏘鏘，分班侍立。毛前孔明入見，止列着文官；今周瑜入見，兼列着武官。兩番寫來，各自好看。少頃，周瑜入見。禮畢，孫權問慰罷，瑜曰：「近聞曹操引兵屯漢上，馳書至此，主公尊意若何？」權即取檄文與周瑜看。瑜〔三九〕看畢，笑曰：「老賊以我江東無人，敢如此相侮耶！」毛聽賦則怒，見檄則笑；怒極而笑，笑正其怒也。鍾已變卦了。權曰：「君之意若何？」瑜曰：「主公曾與衆文武商議否？」權曰：「連日議此事：有勸我降者，有勸我戰者。吾意未定，故請公瑾一決。」瑜曰：「誰勸主公降？」毛問得懊惱之極，如見其詞色。權曰：「張子布等皆主其意。」瑜即問張昭曰：「願聞先生所以主降之意。」毛昨日隨口荅應，此時忽然盤問。昭曰：「曹操挾天子而征四方，動以朝廷爲名，近又得荆州，威勢愈〔四〇〕大。吾江東可以拒操者長江耳，今操艨艟戰艦，何止千百？水陸並進，何可當之？不如且降，更圖後計。」毛不知圖甚後計。瑜曰：「此迂儒之論也！毛一句罵倒張昭。周瑜罵，勝是〔四一〕孔明罵。江東自開國以來，今歷三世，安忍一旦廢棄！」權曰：「若此，計將安出？」瑜曰：「操雖托名漢相，實爲漢賊。將軍以神武雄才，仗父兄餘業，據有江東，兵精糧足，正當横行天下，爲國家除殘去暴，奈何降賊耶？毛以大義論之，則不當降操。鍾好大獻論。且操今此來，多犯兵家之忌：北土未平，馬騰、韓遂爲其後患，而操久於南征，一忌也；毛此處忽提馬騰，爲前文董承義狀炤應，爲後文徐庶流言伏筆。北軍不熟水戰，操捨鞍馬，仗舟楫，與東吳争衡，二

〔三八〕「興」，齋本、光本作「起」。
〔三九〕「瑜」，商本脱。
〔四〇〕「愈」，明四本作「甚」。
〔四一〕「是」，商本作「於」。

忌也；【毛】為後計殺蔡瑁、張允伏筆。又時值隆冬盛寒，馬無槀草〔四二〕，三忌也；【毛】時值隆冬，為後借東風伏筆。驅中國士卒，遠涉江湖，不服水土，多生疾病，四忌也。【毛】為後獻連環計伏筆。操兵犯此數忌，雖多必敗。將軍擒操，正在今日。【毛】以大勢論之，則又不必降操。瑜請得精兵數萬〔四三〕，進屯夏口，為將軍破之！」【毛】其言甚壯。權矍然起曰：「老賊欲廢漢自立久矣，所懼二袁、【二】「二袁」謂袁紹、袁術。呂布、劉表與孤耳。今數雄已滅，惟孤尚存。【毛】與對孔明語一般。孤與老賊誓不兩立！卿言當伐，甚合孤意。此天以卿授我也。」【毛】與對魯肅語一般。瑜曰：「臣為將軍決一血戰，萬死不辭。只恐將軍狐疑不定〔四四〕。」【毛】又反激孫權一句以決之。權拔佩劍斫〔四五〕面前奏案一角曰：「諸官將有再言降操〔四六〕者，與此案同！」【毛】張昭此時大難為情。【贊】君臣如此，皆為孔明提着線索也。【鍾】孔明線索在手，孫郎、周郎自會跳舞。言罷，便將此劍賜周瑜，即封瑜為大都督，程普為副都督，魯肅為贊軍校尉。如文武官將有不聽號令者，即以此劍誅之。【毛】寫得孫權出色。瑜受了劍，對衆言曰：「吾〔四七〕奉主公之命，率衆破曹。諸將官吏來日俱於江畔行營聽令。如遲悮者，依七禁令、五十四斬施行。」【毛】寫得周瑜聲勢。言罷，辭了孫權，起身出府。衆文武各無言而散。

周瑜回到下處，便請孔明議事。孔明至，瑜曰：「今日府下公議已定，願求破曹良策。」孔明曰：「孫將軍心尚未穩，不可以決策也。」【毛】拔劍砍案之後，又說他心未穩，不是孔明看不出。瑜曰：「何謂心不穩？」孔明曰：「心怯曹兵之多，懷寡不敵

〔四二〕「槀草」，業本同，其他毛校本作「藁草」，皆同「稿草」；嘉本作「料草」，周本作「糧草」，夏本、贊本作「草料」。

〔四三〕「萬」，原作「千」，毛校本同。按：請兵數千而戰赤壁，語過浮誇，應作「數萬」，亦符後文「五萬」之數。據明四本改。「萬」下，明四本有「人」字。

〔四四〕「定」，商本作「決」。

〔四五〕「斫」，致本同，其他古本作「砍」。

〔四六〕「操」，澹本、商本作「曹」。

〔四七〕「吾」，光本作「我」。

衆之意。將軍能以軍數開解，使其了然無疑，然後大事可成。」毛孫權屢以曹兵多寡爲問，孔明便從此看出他心未穩。瑜曰：「先生之論甚善。」乃復入見孫權。權曰：「公瑾夜至，必有事故。」瑜曰：「來日調撥軍馬，主公心有疑否？」權曰：「但憂曹操兵多，寡不敵衆耳。他無所疑。」毛卧龍先生料事如見〔四八〕。瑜笑曰：「瑜正爲此特〔四九〕來開解主公。主公因見操檄文，言水陸大軍百萬，故懷疑懼，不復料其虛實。今以實較之：彼將中國之兵，不過十五六萬，且已久疲；所得袁氏之衆，亦止七八萬耳，尚多懷疑未服。毛將北來軍兵平白地開銷了無數。夫以久疲之卒、狐〔五〇〕疑之衆，其數雖多，不足畏也。瑜得五萬兵，自足破之。毛其言甚壯。願主〔五一〕公勿以爲慮。」權撫瑜背曰：「公瑾此言，足釋吾疑。子布無謀，深失孤望，獨卿及子敬，與孤同心耳。毛又帶罵張昭，帶表魯肅。卿可與子敬、程普即日選軍前進。孤當續發人馬，多載資糧，爲卿後應。卿前軍倘不如意，便還就孤。毛不算勝，先算敗，其志愈堅。孤當親與操〔五二〕賊決戰，更無他疑。」毛其言亦甚壯。周瑜謝出，暗忖曰：「孔明早已料着吴侯之心，其計畫又高我一頭，久必爲江東之患，不如殺之。」毛周郎欲殺孔明，正是孔明知己。贊鍾周瑜（欲殺孔明，便）不是人。乃令人連夜請魯肅入帳，言欲殺孔明之事。贊周郎欲殺孔明，真知己也，真賞鑑也，真物色也。不比今之小人徒妬人耳，不知人也。肅曰：「不可。今操賊未破，先殺賢士，是自去其助也。」毛周瑜患孔明，子敬只患曹操。瑜曰：「此人助劉備，必爲江東之患。」毛不是患孔明，乃患玄德之得孔明耳。肅曰：「諸葛瑾乃其親兄，可令招此人同事東吴，豈不妙哉？」瑜善其言。毛可見周郎非忌勝己者，特忌勝己者之爲敵用耳。

〔四八〕「見」，商本作「此」。
〔四九〕「正爲此特」，原作「特爲此特」，致本、業本、貫本、齋本、商本同；明四本作「特爲此逕」。按：「特」字重，據滄本、光本改。
〔五〇〕「狐」上，明三本有「御」字。
〔五一〕「主」字原闕，原書手寫補入「明」字。據古本補。
〔五二〕「操」，光本、商本作「曹」。

次日平明，瑜赴行營，升中軍帳高坐。左右立刀斧手，聚集文官武將聽令。原來程普年長於瑜，今瑜爵居其上，心中不樂，是日乃托病不出，令長子程咨自代。毛周郎初點兵時，程普以年少輕周郎；與孔明初點兵時，關、張以年少輕孔明正復相似。瑜令衆將曰：「王法無親，諸君各守乃職。方今曹操弄權，甚於董卓：囚天子於許昌，屯暴兵於境上。吾今奉命討之，諸君幸皆弩力〔五三〕向前。大軍到處，不得擾民。賞勞罰罪，並不狗縱。」毛誓師之言，亦〔五四〕明大義，周郎大是可兒。贄做得出。鍾號令嚴明。令畢，即差韓當、黄蓋爲前部先鋒，領本部戰船即日起行，前至三江口二按《一統志》：三江口「在麻城縣北三十里有江三路而下，至此會合爲一，亦屬武昌縣。」下寨，別聽將令；蔣欽、周泰爲第二隊；凌統、潘璋爲第三隊；太史慈、呂蒙爲第四隊；陸遜、董襲爲第五隊；呂範、朱治爲四方巡警使，催督六郡官軍，水陸並進，剋期取齊。毛只五萬〔五五〕兵，觀其調撥，却有數十萬之勢。調撥已畢，諸將各自收拾船隻軍器起行。程咨回見父程普，説周瑜調兵，動止有法。普大驚曰：「吾素欺周郎懦弱，不足爲將，今能如此，真將才也！我如何不服！」贄真知己。遂親詣行營謝罪，毛關、張之服孔明，在奏捷之後；程普之服周郎，即在調兵之時：又不同。漁將士如此感化，便是取勝根本。瑜亦遜謝。

次日，瑜請諸葛瑾謂曰：「令弟孔明有王佐之才，如何屈身事劉備？今幸至江東，欲煩先生不惜齒牙餘論，使令弟棄劉備而事東吳，則主公既得良輔，毛此句爲孫權，是周郎本意。而先生兄弟又得相見，毛此句爲諸葛，是周郎傍意。豈不美哉？先生幸即一行。」瑾曰：「瑾自至江東，愧無寸功。今都督有命〔五六〕，敢不効力。」即時上馬逕投驛亭來見孔明，孔明接入，哭拜，各訴濶情。瑾泣曰：「弟知伯夷、叔齊乎？」三伯夷、叔齊，孤竹君之二子。孤竹，國名，殷湯所封。父墨胎氏，名初，字子朝。伯夷名允，字公信。

〔五三〕「弩力」，明四本無，致本、齋本、滄本、光本、商本作「努力」。

〔五四〕「亦」，光本作「先」。

〔五五〕「萬」，光本作「隊」。

叔齊名智，字公達。伯夷、叔齊乃謚號也。孔明暗思：「此必周郎教來説我也。」毛開口便見雌雄。遂答曰：「夷、齊古之聖賢也。」毛閒閒答應。瑾曰：「夷、齊雖至餓死首陽山下，兄弟二人亦在一處。我今與你同胞共乳，乃各事其主，不能旦暮相聚，視夷、齊之爲人，能無愧乎？」毛亦善於詞令。鍾亦善説辭。孔明曰：「兄所言者情也，弟所守者義也。毛此言弟不能來從兄。弟與兄皆漢人，今劉皇叔乃漢室之胄，兄若能去東吳，而與弟同事劉皇叔，則上不愧爲漢臣，而骨肉又得相聚，此情義兩全之策也。毛此言兄可以來從弟。贄惡極。〔五七〕漁瑾引夷、齊，以手足之情動之，亮言忠、孝以拒之。妙甚〔五八〕。不識兄意以爲何如〔五九〕？」瑾思曰：「我來説他，反被他説了我也。」毛真可笑矣。鍾説人歸者，反爲其説歸，□□。遂無言回答，起身辭去。回見周瑜，細述孔明之言。瑜曰：「公意若何？」毛問得妙。瑾曰：「吾受孫將軍厚恩，安肯相背！」瑜曰：「公既忠心事主，不必多言。吾自有伏〔六〇〕孔明之計。」毛在他阿兄面前，不好説得〔六一〕要殺耳。正是：

智與智逢宜必合，才和〔六二〕才角又難容。

畢竟周瑜定何計伏孔明，且看下文分解。〔六三〕

言及二喬，不由公瑾不與兵也。孔明妙處，兵在禁處下着，所以再無虛着也。

孔明借周郎爲助，而反使周郎借爲助；子瑜説孔明降吳，而孔明反説子瑜歸蜀。此皆倒跌法也，亦謂之看家拳頭。

江東二喬，正仲謀、公瑾痛處。孔明指住痛處下針，不由周郎不心酸髮豎，的是針針見血。妙手。

〔五六〕「命」，光本作「令」，明四本無。
〔五七〕緑本脱此句贄批。
〔五八〕「妙甚」，衡校本脱。
〔五九〕「何如」，光本倒作「如何」，明四本無。
〔六〇〕「吾」「伏」，光本作「我」「服」。
〔六一〕「得」，商本作「我」。
〔六二〕「和」，齋本、光本作「同」。
〔六三〕醉本第四十四回回末脱葉，「不必多言」以下至回末皆闕，業本脱「難容」以下至回末。「下文」，貫本、光本作「下回」。據其他毛校本補。

第四十五回
三江口曹操折兵　羣英會蔣幹中計

凡大功之將成，必有其端之先見。而所謂端者，又有順有逆：敵方疑我，而我先小敗以驕其志，此端之逆見者也；敵方輕我，而我先小勝以挫其鋭，此端之順見者也。曹操當劉琮新降、豫州新敗之後，席捲荆襄，氣吞吴、會，驕盈極矣，是不可不先有以挫之。周郎以江口之小勝，預爲赤壁之見端，殆不用逆而用順者乎？

玄德有檀溪躍馬一事在前，可謂險矣；而此處江口勞軍之事則愈險。雲長有單刀赴會一〔一〕事在後，可謂奇矣；而此處江口相從之事則已〔二〕奇。險莫險於不知，奇莫奇於不露。蔡瑁追之，而倉皇出奔，是知其險者也；周瑜送之，而從容作別，是不知其險者也。却荆州之請，而以言折魯肅，是露其奇者也；立玄德之後，而以不言懾周瑜，是不露其奇者也。前後兩番，極其相類，又極其相反，真妙不可言。

文有正襯，有反襯。寫魯肅老實以襯孔明之乖巧，是〔三〕反襯也；寫周瑜乖巧以襯孔明之加倍乖巧，是正襯也。譬如寫國色者，以醜女形之而美，不若以美女形之而覺其更美；寫虎將者，以懦夫形之而勇，不若以勇夫形之而覺其更勇。讀此可悟文章相襯之法。

孔明未出草廬之時，即曰「外結孫權」。故荆州之守，關公欲分兵拒吴，則孔明止之；關公之没，玄德欲興兵伐吴，則孔明諫之。至

〔一〕「一」，齋本、光本作「之」。
〔二〕「已」，光本作「更」，澹本、商本作「愈」。
〔三〕「是」，商本作「爲」。

白帝托孤以後，終孔明之世，未嘗與吴相惡，蓋欲結之以共討漢賊也。惟魯肅之見與孔明合，而周瑜之見獨〔四〕與魯肅殊：肅方引孔明以相助，而瑜則欲殺孔明；肅方引玄德以相助，而瑜又欲殺玄德。是瑜不及魯肅遠矣。雖然，肅知玄德與孔明之爲人傑，故欲得之以爲援；周瑜亦知玄德、孔明之爲人傑，故必欲殺之以絶患。天下非人傑不能知人傑。嗚呼，瑜亦人傑矣哉！

玄德在水鏡莊上聽元直之語，妙在句句明白；蔣幹在周瑜帳中聽軍士之語，妙在不甚明白。玄德耳中雖甚明白，心中不知元直爲誰，却是不明白；蔣幹耳中雖不明白，眼中已見蔡、張降書，却是極明白。兩樣聽法，亦作兩樣猜法，前後各各入妙。

陳宫在路上拾得玄德與曹操書，妙在千真萬真；蔣幹在帳中拾得蔡、張與周瑜書，妙在疑真疑假。吕布見書，更無不信；曹操見書，初信後疑。陳宫所拾之書，並非曹操所作；蔣幹所拾之書，却是周瑜所爲。一樣拾法，兩樣來歷，前後又各各入妙。

秦慶童述董承私語，只一句兩句，妙在慶童不解；蔣幹述周瑜私語，亦只一句兩句，妙在蔣幹先知。慶童所聽，有義狀爲証，却是曹操搜出；蔣幹所聽，有降書爲証，却是蔣幹帶來。一樣述法，兩樣詳法，前後又各各入妙。

周瑜詐睡，是騙蔣幹；蔣幹詐睡，又騙周瑜。周瑜假呼蔣幹，是明知其詐睡；蔣幹不應周瑜，是不知其詐呼。周瑜之醉，醉却是醒；蔣幹之醒，醒却是夢。妙在先説破他是説客，使〔五〕他開口不得；又妙在説他不是説客，一發使他開口不得。妙在夢中呼子翼、駡操賊，使他十分疑惑；又妙在醒來忘却呼子翼、駡操

〔四〕「獨」，光本脱。
〔五〕「使」字原闕，據毛校本補。

賊，一發使他十分疑惑。周瑜假做極踈，却步步是密；蔣幹自道極乖，却步步是呆。寫來真是好看。

却説周瑜聞諸葛瑾之言，轉恨孔明，存心欲謀殺之。次日，點齊軍將，入辭孫權。權曰：「卿先行，孤即起兵繼後。」瑜辭出，與程普、魯肅領兵起行，便邀孔明同往。【毛】邀孔明不是好意。孔明欣然從之。【毛】孔明從之，亦不是不知。【漁】便不懷好意。孔明也只當不知。一同登舟，駕起帆檣，迤邐望夏口而進。離三江口五六十里，船依次第歇定。周瑜在中央下寨，岸上依西山結營，週圍屯住。孔明只在一葉小舟内安身。【毛】孔明之舟如一葉，孔明之身亦如一葉。以一葉之身寄于東吴，而安如泰山，真神人也。【漁】舟雖小，膽頗大。

周瑜分撥已定，使人請孔明議事。孔明至中軍帳，敘禮畢，瑜曰：「昔曹操兵少，袁紹兵多，而操反勝紹者，因用許攸之謀，先斷烏巢之糧也。【毛】【漁】三十回中事，于此（處提照）（一提）。今操兵八十三萬，我兵只五六萬，安能拒之？亦必須先斷操之糧，然後可破。我已探知操〔六〕軍糧草俱屯于聚鐵山。先生久居漢上，熟知地理。敢煩先生與關、張、子龍輩，吾亦助兵千人，星夜往聚鐵山斷操糧道。彼此各爲主人之事，幸勿推調。」【毛】【漁】（天下）唯不懷好（意）（心之）人，最會説好話。【鍾】此計害孔明不倒。孔明暗思：「此因説我不動，設計害我。我若推調，必爲所笑。不如應之，别有計議。」乃欣然領諾，【毛】寫孔明乖覺，只是不露出來。瑜大喜。孔明辭出，魯肅密謂瑜曰：「公使孔明劫糧，是何意見？」瑜曰：「吾欲殺孔明，恐惹人笑，故借曹操之手殺之，以絶後患耳。」【毛】寫周瑜使乖，便自己説出來。肅聞言，乃往見孔明，看他知也不知。只見孔明畧無難色，整點軍馬要行。【毛】妙人乖覺，全不露出。肅不忍，以言挑之曰：「先生此去可成功否？」【毛】【漁】寫魯肅忠厚，以反（襯周瑜）（諭周）。孔明笑曰：「吾水戰、步戰、

〔六〕「操」，光本作「曹」。

馬戰、車戰，各盡其妙，何愁功績不成？非比江東公與周郎輩止一能也。」【毛】又用反激語。先生慣行〔七〕此法。【鍾】（激）得妙。肅曰：「吾與公瑾何謂一能？」孔明曰：「吾聞江南小兒謠言〔八〕云：『伏路把關饒子敬，臨江水戰有周郎。』公等于陸地但能伏路把關；【毛】此句是賓。周公瑾但堪〔九〕水戰，不能陸戰耳。」【毛】此句是主。【漁】先生慣用反激法。肅乃以此言告知周瑜。瑜怒曰：「何欺我不能陸戰耶！不用他去！我自引一萬馬軍，往聚鐵山斷操糧道。」【毛】【漁】（寫）孔明耐得，（寫）周瑜（反）耐不得。肅又將此言告孔明，孔明笑曰：「公瑾令吾斷糧者，實欲使曹操殺吾耳。【毛】方纔説破他使我之故。吾故以片言戲之，公瑾便容納不下。目今用人之際，只願吳侯與劉使君同心，則功可成；如各相謀害，大事休矣。【毛】【漁】此以正言（教）（攻）之（，止其害我之謀）。操賊多謀，他平生慣斷人糧道，今如何不以重兵隄備？公瑾若去，必爲所擒。【毛】【漁】此以忠言告之（，平其好勝之氣）。【贄】【鍾】此則公瑾不如孔明多矣。今只當先決水戰，挫動北軍鋭氣，別尋妙計破之。【毛】【漁】爲下文伏筆。望子敬善言以告公瑾爲幸。」魯肅遂連夜回見周瑜，備述孔明之言。瑜搖首頓足曰：「此人見識勝吾十倍，今不除之，後必爲我國之禍！」【毛】愈敬之，愈服之，愈欲殺之。【漁】既敬之服之，又欲殺之，何也？肅曰：「今用人之際，望以國家爲重。【毛】此句是主。且待破曹之後，圖之未晚。」【毛】此句是賓。○處處寫魯肅忠厚，以反襯周瑜。瑜然其説。

却説玄德分付劉琦守江夏，自領衆將引兵往夏口。遥望江南岸旗幡隱隱，戈戟重重，料是東吳已動兵矣〔一〇〕，乃盡移江夏之兵，至樊口屯扎。【二】按《一統志》：樊口，即武昌縣樊口也。玄德聚衆曰：「孔明一去東吳，杳無音信，不知事體何如〔一一〕。誰人

〔七〕「行」，商本作「用」。
〔八〕「言」，光本脱。
〔九〕「堪」字原闕，據毛校本補。
〔一〇〕「已動兵矣」，光本作「早已動兵」。
〔一一〕「何如」，致本、嘉本、周本倒作「如何」。

可去探聽虛寔回報？」【毛】魚久脱水，毋乃涸乎？糜竺曰：「竺願往。」玄德乃備羊酒禮物，令糜竺至東吴，以犒軍爲名，探聽虛實。竺領命，駕小舟順流而下，逕至周瑜大寨前。軍士入報周瑜，瑜召入。竺再拜，致玄德相敬之意，獻上酒禮。瑜受訖，設宴欵待糜竺。竺曰：「孔明在此已久，今願與同回。」瑜曰：「孔明方與我同謀破曹，豈可便去？【毛】既不放去，又不令與糜竺相見。寫周瑜不懷好意。吾亦欲見劉豫州，共議良策，奈身統大軍，不可暫離。若豫州肯枉駕來臨，深慰所望。」【毛】不放孔明去，反欲賺玄德來，寫周瑜一發不懷好意了。【漁】便用誘致之語。竺應諾，拜辭而回。肅問瑜曰：「公欲見玄德，有何計議？」【毛】又夾寫魯肅老實，以襯周瑜。瑜曰：「玄德世之梟雄，不可不除。吾今乘機誘至殺之，實爲國家除一後患。」【毛】既欲殺孔明，又欲殺玄德，何其狠也！魯肅再三勸諫，【毛】又寫魯肅忠厚，以襯周瑜。瑜只不聽，遂傳密令：「如玄德至，先埋伏刀斧手五十人於壁衣中，看吾擲盃爲號，便出下手。」【毛】讀至此，爲玄德擔憂。【贊】周瑜真小人，然亦奸雄。不比今之小人無故而忌人也。

却説糜竺回見玄德，具言周瑜欲請主公到彼面會，別有商議。玄德便教收拾快船一隻，只今便行。【毛】又寫玄德坦直，以襯周瑜。雲長諫曰：「周瑜多謀之士，又無孔明書信，【毛】精細之極。【漁】雲長精細。恐其中有詐，不可輕去。」【毛】前襄陽赴會是關公勸行，今周郎相邀却是關公諫阻。與前相類而又相反。【鍾】雲長善□。玄德曰：「我今結東吴以共破曹操，周郎欲見我，我若不往，非同盟之意。兩相猜忌，事不諧矣。」【毛】玄德只防曹操，不防周瑜。【贊】二公各各聖賢，不比世俗常人也，然伏魔密矣。雲長曰：「兄長若堅意要去，弟願同往。」【毛】寫關公。張飛曰：「我也跟去。」【毛】寫翼德。【鍾】二公俱妙。玄德曰：「只雲長隨我去。翼德與子龍守寨。簡雍固守鄂縣。我去便回。」分付畢，即與雲長乘小舟，并從者二十餘人，飛棹赴江東。【毛】前往襄陽是子龍隨去，今往江東是關公隨去。前是三百步卒，今只二十從人。又相類而相反。【漁】後有雲長單刀赴會，先有玄德輕舟〔一二〕赴會。玄德觀看江東艨艟戰艦、旌旗甲兵，左右分布整齊，心中甚喜。毛又寫玄德忠厚，以襯周瑜。軍士飛報周瑜：「劉豫州來了。」瑜問：「帶多少船隻來？」軍士答曰：「只有一隻船，二十餘從人。」瑜笑曰：「此人命合休矣！」毛讀至此，又爲玄德擔憂。漁爲玄德着急。乃命刀斧手先埋伏定，然後出寨迎接。玄德引雲長等二十餘〔一三〕人，直到中軍帳，敘禮畢，瑜請玄德上坐。毛天下惟不懷好意人，最會〔一四〕虛恭敬。玄德曰：「將軍名傳天下，備不才，何煩將軍重禮？」乃分賓主而坐。周瑜設宴相待。

且說孔明偶來江邊，聞說玄德來此與都督相會，喫了一驚，毛此一驚不小。漁一驚非小。急入中軍帳竊看動靜。只見周瑜面有殺氣，兩邊壁衣中密排刀斧〔一五〕。孔明大驚曰：「似此如之奈何？」毛讀者至此，必疑下文定是孔明設計，然後玄德得脱矣。回視玄德，談笑自若，毛履危而不知，使旁觀者愈着急。贄玄德自是福人。却見玄德背後一人，按劍而立，乃雲長也。毛在孔明眼中寫一雲長。孔明喜曰：「吾主無危矣。」漁神見。遂不復入，仍〔一六〕回身至江邊等候。毛漁妙在（此時）不即與玄德相（見）（會）。

周瑜與玄德飲宴，酒行數巡，瑜起身把盞，猛見雲長按劍立於玄德背後，毛再在周瑜眼中寫一〔一七〕雲長。忙問何人。玄德曰：「吾弟關雲長也。」瑜驚曰：「非向日斬顏良、文醜者乎？」毛二十五回中事，忽于此處一提。漁又一提。玄德曰：「然也。」瑜大驚，汗流滿背〔一八〕，鍾聞風破膽。便斟酒與雲長把

〔一二〕「舟」，原作「車」，衡校本同。按：毛本、漁本正文皆作「小舟」。據正文改。

〔一三〕「餘」，原無，致本、業本、貫本、商本、明四本同。按：「二十」與上文異，據前文及齋本、光本補。

〔一四〕「會」，商本作「爲」。

〔一五〕「刀斧」，明四本作「壁衣」。

〔一六〕「仍」，商本作「乃」，明四本作「復」。

〔一七〕「一」，商本作「出」。

〔一八〕「背」，原作「臂」，致本、業本、貫本、滄本、明四本同；商本作「面」。按：「背」義長，據齋本、光本改。

盞。【毛】不是寫周瑜，正是寫雲長。少頃，魯肅入。【漁】魯肅之來非無意。玄德曰：「孔明何在？煩子敬請來一會。」瑜曰：「且待破了曹操，與孔明相會未遲。」【毛】又不肯教孔明相見。寫周瑜不懷好意。玄德不敢再言。雲長以目視玄德，【毛】寫雲長。玄德會意，即起身辭瑜曰：「備暫告別。即日破敵收功之後，專當叩賀。」瑜亦不留，送出轅門。玄德別了周瑜，與雲長等來至江邊，只見孔明已在舟中，【毛】寫孔明真是可愛。玄德大喜。孔明曰：「主公知今日之危乎？」玄德愕然曰：「不知也。」孔明曰：「若無雲長，主公幾爲周郎所害矣。」玄德方纔省悟，【毛】極寫玄德忠厚老實。便請孔明同回樊口。孔明曰：「亮雖居虎口，安如泰山。【毛】唯龍能制虎。今主公但收拾船隻軍馬候用。以十一月二十甲子日後爲期，可令子龍駕小舟來南岸邊等候。切勿有悞。」【毛】爲後文伏筆。寫孔明真是可愛。【贊】【鍾】如此筭得定，的是可人。玄德問其意，孔明曰：「但看東南風起，亮必還矣。」【毛】預先算定，真是奇絶妙絶。【漁】俱先算定，神妙莫測。玄德再欲問時，孔明催促玄德作速開船，言訖自回。玄德與雲長及從人開船，行不數里，忽見上流頭放下五六十隻船來。船頭上一員大將，横矛而立，乃張飛也。因恐玄德有失，雲長獨力難支，特來接應。【毛】前已寫過雲長，此却極寫翼德。【贊】老張何嘗莽來。【鍾】老張大妙。於是三人一同回寨，不在話下。

却説周瑜送了玄德，回至寨中，魯肅入問曰：「公既誘玄德至此，爲何又不下手？」瑜曰：「關雲長世之虎將也，與玄德行坐相隨，吾若下手，他必來害我。」【毛】此處方纔説明。肅愕然。忽報曹操遣使送書至，瑜喚入。使者呈上書看時，封面上判云「漢大丞相付周都督開拆」。瑜大怒，更不開看，將書扯碎，擲於地上[一九]，【毛】【漁】此封書亦可作《銅雀臺賦》觀。【贊】大是，大是。喝斬來使。肅曰：「兩國相爭，不斬來使。」瑜曰：「斬使以示威！」遂斬使者，將首級付從人持回。【毛】此人頭回而身不回矣，當贈

[一九]「地上」，明四本作「地」。

詩一句曰：「頭在曹軍身在吴。」【鍾】周郎亦（過）。隨令甘寧爲先鋒，韓當爲左翼，蔣欽爲右翼，【毛】前分六隊起身，每隊二人；今遣三〔二〇〕隊迎敵，却每隊只一人，與前甚是變换：此之謂小試其端也。瑜自部領諸將接應。來日四更造飯，五更開〔二一〕船，嗚鼓吶喊而進。

却説曹操知周瑜毁書斬使，大怒，便唤蔡瑁、張允等一班荆州降將爲前部，操自爲後軍，催督戰船到三江口，早見東吴船隻蔽江而來。爲首一員大將，坐在船頭上，大呼曰：「吾乃甘寧也！誰敢來與我決戰？」蔡瑁令弟蔡瓛前進。兩船將〔二二〕近，甘寧拈弓搭箭，望蔡瓛射來，應弦而倒。【毛】先寫先鋒立功。【鍾】被甘寧奪了頭功。寧驅船大進，萬弩齊發，曹軍不能抵當。右邊蔣欽、左邊韓當，直衝入曹軍隊中。【毛】次寫左右翼。曹軍大半是青、徐之兵，素不習水戰，大江面上，戰船一擺，早立脚不住。甘寧等三路戰船縱横水面。【毛】總寫一句。周瑜又催船助戰。曹軍中箭着砲者，不計其數。從巳時直殺到未時，周瑜雖得利，只恐寡不敵衆，遂下令鳴金，收住船隻。【毛】【漁】此孔明所謂「先挫北軍鋭氣」（者）也〔二三〕。〈毛〉雖是周瑜之功，亦即孔明所〔二四〕教。曹軍敗回，操登旱寨，再整軍士，唤蔡瑁、張允責之曰：「東吴兵少，反爲所敗，是汝等不用心耳！」【毛】爲下文曹操誤殺二人張本。【漁】爲受人反間根本。蔡瑁曰：「荆州水軍久不操練，青、徐之軍又素不習水戰，故爾致敗。今當先立水寨，令青、徐軍在中，荆州軍在外，每日教習精熟，方可用之。」【鍾】虚描心□任□。操曰：「汝既爲水軍都督，可以便宜從事，何必稟我！」於是蔡、張二人自去訓練水軍。沿江一帶分二十四座水門，以大船居於外，爲城郭；小船居於内，可通往來。【毛】爲周瑜計殺二人張本。【漁】儘有法度。至晚點上燈火，照得天心水面通紅。旱寨

〔二〇〕「三」，貫本、商本訛作「二」。
〔二一〕「開」，商本作「啓」。
〔二二〕「瓛」，光本作「壎」，形訛。「將」，滄本、光本作「相」，明四本無。
〔二三〕毛批「也」，貫本脱。
〔二四〕「孔」上，光本有「是」字。「所」上，貫本有「之」字。

三百餘里，烟火不絶。【毛】【漁】將寫周瑜所放之火，先寫曹操（軍）（營）中之火。（襯染絶妙。）

却説周瑜得勝回寨，犒賞三軍，一面差人到吴侯處報捷。當夜瑜登高觀望，只見西邊火光接天，左右告曰：「此皆北軍燈火之光也。」【毛】又寫火光，預爲下文赤壁火光襯染。瑜亦心驚。【鍾】這樣火（光），好不怕人。次日，瑜欲親往探看曹軍水寨，乃命收拾樓船〔二五〕【三】（樓子船）即戰船（也）。〈【二】〉上安樹木可以避箭。一隻，帶着鼓樂，隨行健將數員，各帶强弓硬弩，一齊上船，迤邐【二】迤，音移；邐，音（离）（里）。前進。至操寨邊，瑜命下了矴【毛】[側]音釘。石，樓船上〔二六〕皷樂齊奏。瑜暗窺他水寨，大驚曰：「此深得水軍之妙也！」問：「水軍都督是誰？」左右曰：「蔡瑁、張允。」瑜思曰：「二人久居江漢〔二七〕，諳【二】音暗。習水戰，吾必設計先除此二人，然後可以破曹。」【毛】爲下文賺蔣幹張本。正窺看間，早有曹軍飛報曹操，説：「周瑜偷看吾寨。」操命縱船擒捉。瑜見水寨中旗號動，急教收起矴石，兩邊四下一齊輪轉櫓棹，望江面上如飛而去。【毛】【漁】（極寫）南船輕捷。比及曹寨中船出時，周瑜的樓船已離了十數里遠，追之不及，回報曹操。

操問衆將曰：「昨日輸了一陣，挫動鋭氣，今又被他深窺吾寨。吾當作何計破之？」言未畢，忽帳下一人出曰：「某自幼與周郎同窗交契，願憑三寸不爛之舌，往江東説此人來降。」【毛】周瑜既觀水寨之後，正欲使人渡江離間蔡瑁、張允，而蔣幹請往江東，適中機會，恰好凑着周瑜也。【鍾】就是此人壞了八十三萬水軍。【漁】周瑜正要離間蔡、張二人，而蔣幹就有請往江東机會，極是湊趣。曹操大喜，視之乃九江人，姓蔣名幹，字子翼，見爲帳下幕賓。操問曰：「子翼與周公瑾相厚乎？」幹曰：「丞相放心。幹到江左，必要成功。」【毛】誰知此去，倒使周瑜成功。操問：「要將何物

〔二五〕「樓船」，明四本作「樓子船」。
〔二六〕「上」，商本脱。
〔二七〕「江漢」，原作「江東」，古本同。按：蔡、張原事荊州，未曾至江東。

去？」幹曰：「只消一童隨往，二僕駕舟，其餘不用。」操甚喜，置酒與蔣幹送行。幹葛巾布袍，駕一隻小舟，徑到周瑜寨中，命傳報：「故人蔣幹相訪。」周瑜正在帳中議事，聞幹至，笑謂諸將曰：「說客至矣！」漁正欲借客作主，求其至而不得。遂與衆將附耳低言，如此如此，毛妙在不敘明所授何計，直待下文方見。衆皆〔二八〕應命而去。

瑜整衣冠，引從者數百，皆錦衣花帽，前後簇擁而出。毛葛巾布袍極其淡素，錦衣花帽極其絢赫：相形之下，甚是好看。漁先使觀江東人物。蔣幹引一青衣小童，昂然而來〔二九〕。瑜拜迎之，幹曰：「公瑾別來無恙！」瑜曰：「子翼良苦，遠涉江湖，爲曹氏作說客耶？」毛漁（妙在）開口便說破他。幹愕然曰：「吾久別足下，特來敘舊，奈何疑我作說客也？」瑜笑曰：「吾雖不及師曠之聰，聞絃歌而知雅意。」毛趣甚，不愧稱「顧曲周郎」。漁豈即「顧曲周郎」耶？幹曰：「足下待〔三〇〕故人如此，便請告退。」瑜笑而挽其臂曰：「吾但恐兄爲曹氏作說客耳。既無此心，何速去也？」遂同入帳。敘禮畢，坐定，即傳令悉召江左英傑與子翼相見。毛誇耀江東人物。二補註子翼，蔣幹表字。

須臾，文官武將，各穿錦衣〔三一〕，帳下偏裨將校，都披銀鎧，分兩行而入。毛誇耀江東殷富。漁又使觀江東殷富。瑜都教相見畢，就列於兩傍而坐，大張筵席，奏軍中〔三二〕得勝之樂，輪換行酒。瑜告衆官〔三三〕曰：「此吾同窗契友也。雖從江北到此，却不是曹家說客，公等勿疑。」毛前妙在說破他是說客，此又妙在說他並不是說客，使他開口不得。鍾□底揭□，□唬蔣幹，寔（筭）操賊（耳）。漁反說塞口，妙。遂解佩劍付太史慈曰：「公可佩我劍作監酒：今日宴飲，

〔二八〕「皆」，商本作「將」。
〔二九〕「蔣」，光本脫。「來」，光本作「入」。
〔三〇〕「待」字原闕，據毛校本補。
〔三一〕「衣」，光本作「袍」。
〔三二〕「軍中」，商本倒作「中軍」。
〔三三〕「官」，商本、明四本作「將」。

但敘朋友交情。如有提起曹操與東吳軍旅之事者，即斬之！」【毛】一發〔三四〕使他開口不得。妙甚，惡甚。太史慈應諾，按劍坐於席上。【毛】【漁】朱虛侯監酒是禁人逃席，（今）太史慈監酒是（戒言公）（禁人説兵）事。此等底官〔三五〕，（真是）（委寔）怕人。【贄】妙妙，好箇底官。蔣幹驚愕，不敢多言。【毛】直是開口不得。周瑜曰：「吾自領軍以來，滴酒不飲。今日見了故人，又無疑忌，當飲一醉。」説罷，大笑暢飲，【毛】爲下文詐醉張本。座上觥籌交錯。飲至半酣，【二】酣，音含，微醉也。瑜攜幹手，同步出帳外。左右軍士皆全裝摜〔三六〕帶，持戈執戟而立。【毛】誇耀江東軍威。【漁】又誇軍威。瑜曰：「吾之軍士，頗雄壯否？」幹曰：「真熊虎之士也。」瑜又引幹到帳後一望，糧草堆如山積〔三七〕。【毛】又誇耀江東軍糧。瑜曰：「吾之糧草，頗足備否？」幹曰：「兵精糧足，名不虛傳。」瑜佯醉大笑曰：「想周瑜與子翼同學業時，不曾望有今日。」幹曰：「以吾兄高才，實不爲過。」瑜執幹手曰：「大丈夫處世，遇知己之主，外托君臣之義，內結骨肉之恩，言必行，計必從，禍福共之。【鍾】豪杰倜儻之談。假使蘇秦、張儀、陸賈、酈【周】音力。生復出，【二】考註 蘇秦、張儀，七國時人；陸賈、酈生，漢時人。四子皆游説之士。口似懸河，舌如利刃，安能動我心哉！」【毛】説得風流慷慨，一發使他開口不得。【贄】周郎此日極其狠毒，故人之情何在也？【鍾】此太狠。言罷大笑。蔣幹面如土色。瑜復攜幹入帳，會諸將再飲，因指諸將曰：「此皆江東之英傑。今日此會，可名『羣英會』。」【毛】盛稱江東得士，非獨誇示蔣幹，正以誇示曹操也。飲至天

〔三四〕「一發」，光本倒作「發一」。

〔三五〕毛、漁批「底官」，齋本、光本、商本作「令官」，滄本作「席官」。按：《古今圖書集成》之《明倫彙編·交誼典》卷五十五《宴集部藝文三》輯録清代邵遠平《宴會説》：「主人出席，授色盆於席尊，名曰『令官』；復手一卮於末席，必擇少年英鋭、馳騁好事者授之酒，名曰『底官』。底令交訌，遂至長幼失序，尊卑不辨。」

〔三六〕「摜」，原作「慣」，致本、業本、貫本、齋本、滄本、商本、贄本同；光本、明三本作「貫」。按：依上下文意，應作「摜」，意佩帶、披戴，如「頂盔摜甲」；意習慣時同「慣」。據改，後文多處，徑改不記。

〔三七〕「如山積」，光本、嘉本倒作「積如山」。

晚，點上燈燭，瑜自起舞劍作歌。漁周郎一生，只暢快此一次。歌曰〔三八〕：

丈夫處世兮，立功名。立功名兮，慰平生。慰平生兮，吾將醉。吾將醉兮，發狂吟！贄歌好甚。

歌罷，滿座歡笑。至夜深，幹辭曰：「不勝酒力矣。」瑜命徹席，諸將辭出。瑜曰：「久不與子翼同榻，今宵抵足而眠。」於是佯作大醉之狀，攜幹入帳共寢。瑜和衣臥倒，嘔吐狼籍。蔣幹如何睡得着？毛妙在攪得他不能穩睡。伏枕聽時，軍中鼓打二更，起視殘燈尚明。看周瑜時，鼻〔三九〕息如雷。漁兩人醉醒，各有心事，寫得像。幹見帳内桌上堆着一卷文書，乃起牀偷視之，却都是往來書信。内有一封，上寫「蔡瑁張允〔四〇〕謹封」。毛惡極，妙極。幹大驚，暗讀之。書略曰〔四一〕：

某等降曹，非圖仕禄，迫於勢耳。今已賺北軍困於寨中，但得其便，即將操賊〔四二〕之首，獻於麾下。早晚人到，便有關報。幸勿見疑。先此敬覆。

幹思曰：「原來蔡瑁、張允結連東吴！」遂將書暗藏於衣内。再欲檢看他書時，牀上周瑜翻身，幹急滅燈就寢。贄此等機關，如同兒戲，不知者以爲奇計也。真是「通俗演義」，妙絶，妙絶。瑜口内含糊曰：「子翼，我數日之内，教你看操〔四三〕賊之首！」毛既騙之以桌上來書，又騙之以帳中醉語。騙法愈妙。鍾醉言與書合，善于用間者。幹勉强應之。瑜又曰：「子

〔三八〕毛本周瑜所作歌删，改自贄本；鍾本同贄本，漁本改自贄本；贄本同明三本。

〔三九〕「鼻」字原闕，據毛校本補。

〔四〇〕「蔡瑁張允」，原作「張充蔡瑁」，致本、業本、貫本、齋本、滄本、明四本同。按：蔡瑁爲正，書於前爲是。據光本、商本乙。

〔四一〕毛本蔣幹所讀書信改自贄本；鍾本、漁本同贄本，贄本同明三本。

〔四二〕「操賊」，光本、商本作「曹操」。

〔四三〕「操」，光本、商本作「曹」，後一處同。

翼且住！教你看操賊之首！」【毛】又複疊一句，宛然是醉人聲口。及幹問之，瑜又睡着。【毛】妙絶。幹伏於牀上，將近〔四四〕四更，只聽得有人入帳喚曰：「都督醒否？」周瑜夢中做忽覺之狀，【毛】妙絶。故問那人曰：「牀上睡着何人？」【毛】又宛然是醉人情狀，糊來逼真。答曰：「都督請子翼同寢，何故忘却？」瑜懊悔曰：「吾平日未嘗飲醉，昨日醉後失事，不知可曾説甚言語？」【毛】既詐醉，又詐醒；既詐説，又詐忘。糊來逼真。那人曰：「江北有人到此。」瑜喝：「低聲！」【毛】妙絶。便喚：「子翼。」【毛】妙絶。蔣幹只糊睡着。【毛】【漁】前是周瑜假睡，此又是蔣幹假睡。幹受人騙，又要騙人。瑜潛出帳。幹竊聽之，只聞有人在外曰：「蔡、張〔四五〕二都督道：『急切不得下手。』」【毛】既騙之以帳中醉話，又騙之以帳外人語。騙法愈妙。後面言語頗低，聽不真實。【毛】【漁】只一句勾了，（正）不消多聽。少頃，瑜入帳，又喚：「子翼。」【毛】妙絶。蔣幹只是不應，蒙頭假睡。【毛】蔣幹只道自己騙人，不料已受人騙。【贊】好看，好看。瑜亦解衣就寢。【毛】計策已完，可以解衣矣。幹尋思：「周瑜是箇精細人，天明尋書不見，必然害我〔四六〕。」睡至五更，幹起喚周瑜，瑜却睡着。【毛】幾番詐醒〔四七〕，又幾番詐睡，可謂神於騙〔四八〕矣。幹戴上巾幘〔四九〕，潛步出帳，喚了小童，徑出轅門。軍士問：「先生那裏去？」幹曰：「吾在此恐悞都督事，權且告別。」軍士亦不阻當。【毛】【漁】（皆）（俱）是周瑜之計。

幹下〔五〇〕船，飛棹回見曹操。操問：「子翼幹事若何？」幹曰：「周瑜雅量高致，非言詞所能動也。」操怒曰：「事又不濟，反爲所笑！」幹曰：「雖不能説周瑜，却與丞相打聽得一件事。乞退左

〔四四〕「將近」，光本作「將及」，明四本作「看看」。
〔四五〕「蔡張」，原作「張蔡」，其他古本同。據光本乙正，回前批、前文三處同改。
〔四六〕「害我」，周本、夏本、贊本作「漏泄」，嘉本作「泄露」。
〔四七〕「醒」，貫本、商本作「醉」。
〔四八〕「騙」，光本作「詐」。
〔四九〕「巾幘」，光本、商本、嘉本、周本作「巾帽」。
〔五〇〕「下」，光本作「上」。

右。」【鍾】就是此人壞事。幹取出書信，將上項事逐一説與曹操。操大怒曰：「二賊如此無禮耶！」【毛】前只是蔣幹中計，今曹操亦中計了〔五一〕。即便喚蔡瑁、張允到帳下。操曰：「我欲使汝二人進兵。」瑁曰：「軍尚未曾練熟，不可輕進。」操怒曰：「軍若練熟，吾首級獻於周郎矣！」蔡、張二人不知其意，驚慌不能回答。若使曹操出書示之，責以謀反，而蔡、張二人猶可辨，操亦不至於殺二人矣。正妙在不説明白，致二人驚惶失語，宛然是機謀已洩，不能抵對。操喝武士推出斬之。【贊】【鍾】這也是（彼）天爲玄德報仇耳。（天理，天理。）須臾獻頭帳下，操方省悟曰：「吾中計矣！」【毛】【漁】聰明〔五二〕人只好愚弄他一時。後人有詩嘆曰〔五三〕：

曹操奸雄不可當，一時詭計中周郎。
蔡張賣主求生計，誰料今朝劍下亡！

衆將見殺了蔡、張二人〔五四〕，入問其故。操雖心知中計，却不肯認錯，【毛】聰明人吃〔五五〕騙，往往不肯認錯，不獨曹操爲然也。【嘉】雖是中了計，操不肯認錯。〔五六〕【漁】不肯認錯。乃謂衆將曰：「二人怠慢軍法，吾故斬之。」衆皆嗟呀不已。操於衆將内選毛玠、于禁爲水軍都督，以代蔡、張二人之職。【毛】想二人火星進命矣。【漁】二人該火星臨命。

細作探知，報過江東。周瑜大喜曰：「吾所患者，此二人耳。今既勦除，吾無憂矣。」肅曰：「都督用兵如此，何愁曹賊不破乎！」瑜曰：「吾料諸將不知此計，獨有諸葛亮識見勝我〔五七〕，想此謀亦不能瞞也。【毛】瞞過蔣幹，瞞過曹操，安能瞞過孔明？【漁】

〔五一〕「了」，貫本脱。
〔五二〕毛批「聰明」二字原闕，據毛校本補。
〔五三〕毛本後人嘆詩改自贊本，爲静軒詩；鍾本同周本、夏本、贊本；嘉本、漁本無。
〔五四〕「蔡張二人」，原作「張蔡二人」，致本、業本、貫本、齋本、商本同；澹本作「蔡瑁張允」；明四本無。據光本乙正。
〔五五〕「吃」，光本作「受」。
〔五六〕按：此句嘉批，周本始作正文。
〔五七〕「識見勝我」，夏本、贊本作「勝於吾見」，嘉本、周本作「勝如吾見」。

曹操尚難終瞞，何况孔明乎？子敬試以言挑之，看他知也不知，便當回報。」正是：

還將反間成功事，去試從旁冷眼人。

未知肅去問孔明還是如何，且看下文分解。

人生在世，驚天動地的事也要幹得一兩件，此後便可高枕而臥矣，如雲長斬得顏良、文醜，曹操、孫權都不敢正目而視，即周郎有意圖玄德，見雲長在側，膽自碎矣。

周郎借蔣幹以害蔡瑁、張允，此等計策，如同小兒，即非老瞞，亦自窺破，謂老瞞入其計中乎，決無此事，但可入《通俗演義》中，以驚俗人耳。妙哉技也，真「通俗演義」也。

人生在世，驚天動地的事幹得一兩件，便可高枕而臥。如雲長斬得顏良、文醜，曹操、孫權都不敢正目而視，即周郎有意圖玄德，見雲長在側，膽自碎矣。

第四十六回

用奇謀孔明借箭　獻密計黄蓋受刑

周瑜欲斷北軍之糧，明知其斷不成，智也；孔明欲造江東之箭，明知其造不成，亦智也。乃周瑜不斷糧，不能使北軍無糧；而孔明不造箭，却能使江東有箭：則孔明之智爲奇矣。周瑜欲借曹操之刀以殺孔明，早被孔明識破；而孔明借曹操之箭以與周瑜，却使周瑜不知，則孔明之智爲尤奇矣。十日之限已可畏，偏要縮至三日；三日之限已甚危，偏又放過兩日。令讀者閲至第三日之夜，爲孔明十分着急，十分擔憂，幾於水盡山窮，徑斷路絶；而不意奏功俄頃，報命一朝。真乃妙事妙文。

借箭之計，其利有三：使東吴得十萬箭之用，一利也。既得十萬箭之用，而又省造十萬箭之費，是以二十萬箭之利與江東也，二利也。我有所得，則利在我；我縱無所得，而能使敵有所失，則利亦在我。今我得十萬箭之用，省造十萬箭之費，而又令曹軍有十餘萬箭之失，是以三十餘萬箭之利與江東也，三利也。在孔明不過施一小計耳，而其利至於如此，真不愧軍師之稱哉！

孔明用計之妙，善於用借。破北軍者，既借江東之兵；而助〔一〕江東者，即借北軍之箭：是借於東又借於北也。取箭者，既借魯肅之舟；而疑操者，復借一江之霧：是借於人又借於天也。兵可借，箭可借，於是乎東風亦可借，荆州亦無不可借矣。

周瑜以蔡瑁、張允之假書賺曹操，而曹操即以蔡中、蔡和之假降賺周瑜，此相報之巧

〔一〕「助」字原闕，據毛校本補。

也；曹操以二蔡之詐降賺周瑜，而周瑜即假二蔡之詐降以〔二〕賺曹操，又相報之巧也。乃蔡瑁、張允實實未嘗叛曹操，而操誤信其事；蔡中、蔡和明明是來降周瑜，而〔三〕瑜已知其非，則操之巧不如瑜。操使游説之客於敵國，適以殺吾軍得力之人；瑜納詐降之將於彼軍，遂借以通我將詐降之信：則瑜之巧過於操。兩智相欺，兩詐相敵，寫來真足動心悦目。

孔明掌中之字，與周瑜掌中之字，不約而同，此合掌文字也；又叅之以黄蓋之言，是三人之文，皆爲合掌矣。孔明新野之火，與博望之火，大同小異，此重複文字也；又將繼之〔四〕以赤壁之火，是一人之文而三番重複矣。然必文如公瑾，方許其合掌；文如孔明，方不厭其重複。每怪今人作文，動手便合，落筆便重，彼此只是一般，前後更無添換，即何不〔五〕取周瑜、孔明之文而讀之耶？

黄蓋苦肉之計，苟非黄蓋之所自願，此豈周瑜之所能使哉！周瑜深欲用此計，而恨未得黄蓋之一人；唯黄蓋真能舍此身，而後可行苦肉之一計耳。作者於此，不是寫周瑜之智，正是寫黄蓋之忠；亦只是寫黄蓋之忠，不是寫黄蓋之智。

周瑜反間之謀，只好黑夜裏騙蔣幹；黄蓋苦肉之計，偏要白日裏瞞衆人：蓋不瞞衆人，恐瞞不得曹操也。曹操之殺蔡瑁〔六〕是真，周瑜偏識二蔡之降爲假；黄蓋之忤周瑜是假，二蔡已信周瑜之怒爲真：蓋欲瞞曹操，又必須先瞞二蔡也。乃衆人可瞞，二蔡可瞞，曹操可瞞，而孔明必不可瞞；不但公瑾不能瞞孔明，而孔明反囑子敬以瞞公瑾：則孔明之智又高公瑾

〔二〕「以」，光本脱。
〔三〕「而」，齋本作「周」，光本作「而周」。
〔四〕「繼之」二字原闕，據毛校本補。
〔五〕「無」，商本作「不」。「即何不」，光本作「則何不」，商本作「何不即」。
〔六〕「瑁」，光本作「張」。

數頭。

吾嘗觀黃蓋苦肉之計，而嘆其計之行，亦有天意焉。蓋此計之可慮者〔七〕有三：使黃蓋受棒太毒而至於死，雖捐軀而無補於國事，則長逝者魂魄私恨無窮，一可慮也；使衆將不知，有憤激而生變者，則弄假成真，未圖彼軍，而先致我軍之叛，二可慮也；又使曹操懲於蔣幹之被欺，拒蓋之降而不納，則黃蓋徒然受刑，周瑜枉自糊喬，適爲曹操所笑，三可慮也。乃黃蓋不死，諸將不叛，曹操不疑，而周郎竟以此成功，豈非天哉！

却説魯肅領了周瑜言語，逕來舟中相探孔明，孔明接入小舟對坐。肅曰：「連日措辦軍務，有失聽教。」孔明曰：「便是亮亦未與都督賀喜。」毛奇妙。漁奇絕。**肅曰：「何喜？」孔明曰：「公瑾使先生來探亮知也不知，便是這件事可賀喜耳〔八〕。」**毛妙在不等他開口，先〔九〕自説出，不想黑夜之事，孔明早已知之矣。漁黑夜事早已知之矣。**誂〔一〇〕得魯肅失色問曰：「先生何由知之？」孔明曰：「這條計只好弄蔣幹。曹操雖被一時瞞過，必然便省悟，只是不肯認錯耳。**毛隔江之事，孔明又已知之矣。漁隔江事又早知之矣。**今蔡、張二人既死，江東無患矣，如何不賀喜！吾聞曹操換毛玠、于禁爲水軍都督，則〔一一〕這兩箇手裏，好歹送了水軍性命。」**毛爲後文赤壁伏線。漁連後邊事又早知之矣。**魯肅聽了，開口不得，**毛蔣幹見周瑜開口不得，魯肅見孔明亦開口不得。**把些言語支吾了半晌，別孔明而回。孔明囑曰：「望子敬在公瑾面前，勿言亮先知此事。**毛公瑾要瞞孔明，孔明又要瞞公瑾，妙甚。**恐公瑾心懷妒忌〔一二〕，又要尋**

〔七〕「亦」「者」，商本脱。
〔八〕「耳」，齋本、光本作「也」。
〔九〕「先」，貫本作「竟」。
〔一〇〕「誂」，光本作「嚇」。
〔一一〕「則」，光本作「在」。
〔一二〕「恐公瑾心懷妒忌」，明四本作「公瑾若知」。

事害亮。」【毛】爲下文造箭伏筆。【漁】正要他說，方顯己之長，故反叮嚀，觀者不可以子敬囑孔明同論。魯肅應諾而去，回見周瑜，把上項事只得實說了。【毛】寫魯肅老實。瑜大驚曰：「此人決不可留！吾決意斬之！」【贊】周瑜忌才實忌勝己者耳，還是英雄相忌之常。如今人忌才大爲可笑，己爲狗也而忌麒麟，己爲雞也而忌鳳凰，己爲蚯蚓也而忌蛟龍，不大多事乎？不大扯淡乎？真可發一大笑也〔一三〕。肅勸曰：「若殺孔明，却被曹操笑也。」【毛】寫魯肅忠厚。瑜曰：「吾自有公道斬之，教他死而無怨。」【毛】前欲使曹操殺之，此直欲自殺之。【漁】狼〔一四〕毒。肅曰：「何以〔一五〕公道斬之？」瑜曰：「子敬休問，來日便見。」【毛】妙在不即說出。

次日，聚衆將於帳下，教請孔明議事，孔明欣然而至。坐定，瑜問孔明曰：「即日將與曹軍交戰，水路交兵，當以何兵器爲先？」孔明曰：「大江之上，以弓箭爲先。」【毛】此語反是孔明說出，妙。【漁】賣〔一六〕弄惹騷，故犯其令。瑜曰：「先生之言，甚合愚意。但今軍中正缺箭用，敢煩先生監造十萬枝箭，以爲應敵之具。此係公事，先生幸勿推却。」【毛】前使斷糧，今使造箭。前要斷糧，是周瑜自說；今要用箭，却待孔明先說。妙甚。孔明曰：「都督見委，自當效勞。敢問十萬枝箭，何時要用？」【漁】自請限期，奇絕，奇絕。瑜曰：「十日之內，可完辦否？」【毛】限期己促矣。孔明曰：「操軍即日將至，若候十日，必悞大事。」【毛】【漁】不以爲（促）（速），反以爲緩。（奇）（妙，）妙。瑜曰：「先生料幾日可完辦？」孔明曰：「只消三日，便可拜納十萬枝箭。」【毛】不唯不請寬期，反欲自己立限。真奇絕，妙絕。瑜曰：「軍中無戲言。」孔明曰：「怎敢戲都督！願納軍令狀，三日不辦，甘當重罰！」【毛】受罰不待周瑜說，偏是孔明自說。妙，妙。瑜大喜，喚軍政司當面取了文書，置酒相待曰：「待軍事畢後，自有酬勞。」【毛】不說罰，偏說酬。妙，妙。

〔一三〕「而忌麒麟」至「大笑也」，緑本脱。
〔一四〕「狼」，衡校本作「狠」，疑形訛。
〔一五〕「何以」，光本倒作「以何」。
〔一六〕「賣」，衡校本作「買」，疑形訛。

孔明曰：「今日已不及，來日造起。至第三日，可差五百小軍到江邊搬箭。」毛已算定江邊。飲了數杯，辭去。魯肅曰：「此人莫非詐乎？」毛是驚〔一七〕怪語。瑜曰：「他自送死，非我逼他。今明白對衆要了文書，他便兩脇生翅也飛不去。毛誰知乃是「萬古雲霄一羽毛」〔一八〕耶！我只分付軍匠人等，教他故意遲延，凡應用物件，都不與齊備。如此，必然悞了日期。那時定罪，有何理説？毛惡極。讀者至此當爲孔明着急。公今可去探他虛實，却來回報。」肅領命，來見孔明。孔明曰：「吾曾告子敬，休對公瑾説，他必要害我。不想子敬不肯爲我隱諱，今日果然又弄出事來。三日内如何造得十萬箭？子敬只得救我！」毛不知者讀至此，又爲孔明着急。肅曰：「公自取其禍，我如何救得你？」孔明曰：「望子敬借我二十隻船，每船要軍士三十人，船上皆用青布爲幔〔一九〕，各束草千餘箇，分布兩邊。吾別有妙用。毛箭料甚奇，不知如何造法。漁不知他葫蘆裡賣的甚麽藥。第三日包管有十萬枝箭。毛奇妙。只不可又教公瑾得知，若彼知之，吾計敗矣。」毛此却是切囑。鍾（山）人自有妙筭，周郎奸計如何□□得他。漁此方是切囑，與前不同。肅允諾〔二〇〕，却不解其意，回報周瑜，果然不提起借船之事，毛前不瞞周瑜是老實處，今不忍不瞞周瑜是忠厚處。只言：「孔明並不用箭竹、翎毛、膠漆等物，自有道理。」瑜大疑曰：「且看他三日後如何回覆我！」

却説魯肅私自撥輕快船二十隻，各船三十餘人，并布幔、束草〔二一〕等物，盡皆齊備，候孔明調用。第一日却不見孔明動靜，毛放過第一日。第二日亦只不動。毛又放過第二日。至第三日四更時分，毛放過兩日，至第三日又到四更時分，險到没去處矣。漁第

〔一七〕「驚」，商本作「駭」。

〔一八〕「雲」，原作「凌」，毛校本同。按：毛批詩句引自杜甫《詠懷古跡五首·其五》，後文第一百五回引全詩作「雲」，據《杜工部集》改。

〔一九〕「爲幔」，嘉本作「幃幔」。

〔二〇〕「允諾」，光本作「應諾」，嘉本作「領諾」，周本、夏本、贊本無。

〔二一〕「束草」，原作「草束」，致本同，明四本無。按：「草束」與前文異，據其他毛校本乙正。

三日四更，險到没去處矣。孔明密請魯肅到船中。肅問曰：「公召我來何意？」孔明曰：「特請子敬同往取箭。」毛正不知箭在何處。奇甚。肅曰：「何處去取？」孔明曰：「子敬休問，前去便見。」毛與周瑜對子敬語同。遂命將二十隻船，用長索相連，徑望北岸進發。是夜大霧漫天，長江之中霧氣更甚，對面不相見。毛此是預先算定。漁此霧便是東風報信人。孔明促舟前進，果然是好大霧！前人有篇《大霧垂江賦》曰〔一二二〕：

大哉長江！西接岷、二音明。峨，南控三吴，北帶九河。匯三音會。百川而入海，歷萬古以揚波。至若龍伯、海若，江妃、水母，長鯨千丈，天蜈九首，鬼怪異類，咸集而有。蓋夫鬼神之所憑依，英雄之所戰守也。

時而〔一二三〕陰陽既亂，昧爽不分。訝長空之一色，忽大霧之四屯。雖輿薪而莫覩，唯金鼓之可聞。初若溟濛，纔隱南山之豹；漸而充塞，二音色。欲迷北海之鯤。然後上接高天，下垂厚地；渺乎蒼茫，浩〔一二四〕乎無際。鯨鯢毛側音擎倪。二音宜。出水而騰波，蛟龍潛淵而吐氣。又如梅霖〔一二五〕收溽，毛側音肉。二音辱。春陰釀寒，溟溟漠漠，浩浩漫漫。東失柴桑之岸，南無夏口之山。戰船千艘，俱沉淪于岩壑；漁舟一葉，驚出没于波瀾。甚則穹昊無光，朝陽失色，返白晝爲昏黄，變丹山爲水碧。雖大禹之智，不能測其淺深；離婁之明，焉能辨乎咫二音止。尺？

于是馮二音平。夷息浪，屏二音丙。翳收功，魚鱉遁跡，鳥獸潛踪。隔斷蓬萊之島，暗圍閶闔之宫。恍惚奔騰，如驟雨之將至；紛紜

〔一二二〕毛本《大霧垂江賦》改自贊本；鍾本同贊本，漁本改自贊本；周本、夏本、贊本改自嘉本。

〔一二三〕「戰守也時而」，嘉本作「戰守也」，周本、贊本作「戰守時也」。

〔一二四〕「渺乎蒼茫」，商本作「混混茫茫」。「浩」字原闕，據毛校本補。

〔一二五〕「霖」，滄本、光本、嘉本作「林」。

雜沓，【三】音塔。若寒雲之欲同。乃能中隱毒蛇，因之而爲瘴癘；內藏妖魅，憑之而爲禍害。降疾厄于人間，起風塵于塞外。小民遇之夭〔二六〕傷，大人觀之感慨。蓋將返元氣于洪荒，混天地爲大塊。【鍾】好一篇《大霧垂江賦》。

當夜五更時候，【毛】【漁】三日之限已滿。船已近曹操水寨。孔明教把船隻頭西尾東，一帶擺開，就船上擂鼓吶喊。【毛】取箭之法甚奇。【漁】好做作。魯肅驚曰：「倘曹兵齊出，如之奈何？」孔明笑曰：「吾料曹操于重霧中必不敢出。吾等只顧酌酒取樂，待霧散便回。」【毛】酌酒是賀箭，亦是賞霧。【鍾】此等神筭，曹操怎麼曉得。【漁】說得放肆，解得透徹。

却說曹寨〔二七〕中聽得擂鼓吶喊，毛玠、于禁二人慌忙飛報曹操。操傳令曰：「重霧迷江，彼軍忽至，必有埋伏，切不可輕動。可撥水軍弓弩手亂箭射之。」【鍾】孔明已算定了。【漁】若今時用砲火，此計便險。又差〔二八〕人往旱寨內喚張遼、徐晃各帶弓弩軍三千，火速到江邊助射。【毛】勝東吳工匠多矣。比及號令到來〔二九〕，毛玠、于禁怕南軍搶入水寨，已差弓弩手在寨前放箭。【毛】先是一起送箭的。少頃，旱寨內弓弩手亦到，【毛】又是一起送箭的。約一萬餘人，盡皆向江中放箭，箭如雨發。孔明教把船弔〔三〇〕回，頭東尾西，逼近水寨受箭，【毛】彼送來，我受之。一面擂鼓吶喊。待至日高霧散，孔明令收船急回。二十隻船，兩邊束草上，排滿箭枝。【毛】不消膠漆、翎毛，箭已完辦。孔明令各船上軍士齊聲叫曰：「謝丞相箭！」【毛】曹操謹具奉申，孔明則寫領謝帖矣。惡極，趣極。【鍾】言謝更（惡），氣死老瞞。【漁】一邊謹具奉申。比及曹軍〔三一〕寨內報知曹操時，這裏船輕水急，已放回

〔二六〕「夭」，齋本、光本作「大」，形訛。
〔二七〕「曹寨」，商本作「曹操寨」，嘉本作「曹操水寨」，周本、夏本、贊本作「水寨」。
〔二八〕「又差」二字原闕，據毛校本補。
〔二九〕「來」下，商本有「時」字。
〔三〇〕「弔」，齋本、光本脫。
〔三一〕「軍」，光本作「操」，明四本無。

二十餘里，追之不及。曹操懊悔不已。

却説孔明回船謂魯肅曰：「每船上箭約五六千矣。不費江東半分之力，已得十萬餘箭。明日即將來射曹軍，却不甚便？」毛此時權領，後即送還。漁此時暫領，明日枝枝奉還。肅曰：「先生真神人也！何以知今日如此大霧？」孔明曰：「爲將而不通天文，不識地利〔三二〕，不知奇門，不曉陰陽，不看陣圖，不明兵勢，是庸才〔三三〕也。毛「天文」一句是主，下幾句陪説。亮于三日前已算定今日有大霧，因此敢任三日之限。毛曹操正墮〔三四〕孔明雲霧中。公瑾教我十日完辦，工匠料物，都不應手，將這一件風流罪過，明白〔三五〕要殺我。我命係于天，公瑾焉能害我哉！」毛漁此時方纔説破。魯肅拜服。船到岸時，周瑜已差五百軍在江邊等候搬箭。孔明教于船上取之，可得十餘萬〔三六〕枝，都搬入中軍帳交納。魯肅入見周瑜，備説孔明取箭之事。瑜大驚，慨然嘆曰：「孔明神機妙算，吾不如也！」鍾不怕他不服。後人有詩讚曰〔三七〕：

一天濃霧滿長江，遠近難分水渺茫。
驟雨飛蝗來戰艦，孔明今日伏〔三八〕周郎。

少頃，孔明入寨見周瑜。瑜下帳迎之，稱羨曰：「先生神算，使人敬〔三九〕服。」孔明曰：「詭譎小計〔四〇〕，何足爲奇。」毛自謙處正是自負。漁曹操一生用借，孔明一生也用借；借東吴之兵，借北軍之箭，後來借東風、借荆州，何一非從借字來。瑜邀孔明入帳共飲。瑜曰：「昨吾主遣使來催督進軍〔四一〕，瑜未

〔三二〕「利」，光本、商本、嘉本、周本作「理」。
〔三三〕「才」，原作「木」，致本同，據其他古本改。
〔三四〕「墮」，致本同，其他毛校本作「墮在」。
〔三五〕「白」，光本、商本作「是」。
〔三六〕「十餘萬」，商本作「十萬餘」，明四本作「九萬餘」。
〔三七〕毛本後人讚詩自贊本八句删、改作四句；鍾本同贊本，贊本同明三本；漁本無。
〔三八〕「伏」，光本、商本作「服」。
〔三九〕「人敬」二字原闕，據毛校本補。
〔四〇〕「計」，明四本作「術」。
〔四一〕「進軍」，光本作「進兵」，明四本作「破曹」。

有奇計，願先生教我。」毛前問用何兵器，是假問；今問用何奇〔四二〕策，是真問。孔明曰：「亮乃碌碌庸才，安有妙計？」瑜曰：「某昨觀曹操水寨，極其〔四三〕嚴整有法，非等閒可攻。思得一計，不知可否，先生幸爲我一決之。」孔明曰：「都督且休言，各自寫于手內，看同也不同。」瑜大喜，教取筆硯來，先自暗寫了，却送與孔明，孔明亦暗寫了。兩箇移近坐榻，各出掌中之字，互相觀看，皆大笑。毛八十三萬大軍已盡〔四四〕于兩人掌中矣。原來周瑜掌中字乃一「火」字，孔明掌中亦一「火」字。毛以箭射船是金尅木，以火燒兵是火尅金。○二火相合，則成《離卦》。「離」者，「麗」也。周郎正當與孔明相附麗而成功。鍾□□智□之士，所見略同。瑜曰：「既我兩〔四五〕人所見相同，更無疑矣。幸勿漏泄。」孔明曰：「兩家公事，豈有漏泄之理？吾料曹操雖兩番經我這條計，毛又將博望、新野事一提。然必不爲備。今都督儘行之可也。」毛操能〔四六〕料之于陸，不能料之于水。飲罷分散，諸將皆不知其事。

却說曹操平白折了十五六萬箭，毛江東得箭十餘萬，曹操失箭十五六萬，蓋大半射在船上，小半射落水中矣。若曹操亦整整只失得十萬箭，不唯無此等文，亦無此等事也。漁合筭折數亦細膩。心中氣悶。荀攸進計曰：「江東有周瑜、諸葛亮二人用計，急切難破。可差人去東吳詐降，爲奸細內應，以通消息，方可圖也。」鍾荀攸巧計。操曰：「此言正合吾意。汝料軍中誰可行此計？」攸曰：「蔡瑁被誅，蔡氏宗族皆在軍中。瑁之族弟蔡中、蔡和現爲副將。丞相可以恩結之，差往詐降，東吳必不見疑。」毛二蔡詐降，以殺兄爲名，易使人〔四七〕信。操從之，當夜密喚二人入帳，囑付曰：「汝二人可引些少軍士，去東吳詐降。但

〔四二〕「奇」，齋本、光本作「計」。
〔四三〕「其」，貫本作「是」，明四本無。
〔四四〕「盡」，光本作「書」。
〔四五〕「兩」，光本作「二」。
〔四六〕「操能」，商本作「曹操」。
〔四七〕「易使人」，光本、商本倒作「使人易」。

有動静，使人密報，事成之後，重加封賞。休懷二心！」二人曰：「吾等妻子俱〔四八〕在荆州，安敢懷二心？丞相勿疑。【毛】【漁】曹操之不疑者在此，周瑜之不信者亦在此。某二人必取周瑜、諸葛亮之首，獻于麾下。」【毛】正與前文「取操賊之首」相應。操厚賞之。次日，二人帶五百軍士，【毛】蔣幹作説客，只帶一小童；二蔡爲〔四九〕細作，乃有五百軍士。駕船數隻，順風望着南岸來。

且説周瑜正理會進兵之事，忽報江北有船來到江口，稱是蔡瑁之弟蔡和、蔡中〔五〇〕，特來投降。瑜喚入，二人哭拜曰：「吾兄無罪，被操〔五一〕賊所殺。吾二人欲報兄仇，特來投降。【毛】殺蔡瑁者周瑜也，欲報兄仇則不當投降矣。望賜收録，願爲前部。」瑜大喜，【毛】大喜者，非喜其真降，正喜其詐降也。重賞二人，即命與甘寧引軍〔五二〕爲前部。二人拜謝，以爲中計。瑜密喚甘寧分付曰：「此二人不帶家小，非真投降〔五三〕，【毛】正與二蔡對曹操語相應。乃曹操使來爲奸細者。吾今欲將計就計，教他通報消息。【毛】爲黄蓋伏線。【鍾】將計就計，亦妙。汝可慇懃相待，就裏提防。【漁】八個字説得盡。至出兵之日，先要殺他兩箇祭旗。【毛】後文事先伏于此。汝切須小心，不可有悮。」甘寧領命而去。魯肅入見周瑜曰：「蔡中、蔡和之降，多應是詐，不可收用。」【毛】此非寫魯肅乖覺，正是寫魯肅老實。瑜叱曰：「彼因曹操殺其兄，欲報仇而來降，何詐之有！你若如此多疑，安能容天下之士乎！」【毛】二蔡詐，周郎更詐。【鍾】好詐法。肅默然而退，乃往告孔明，孔明笑而不言。【毛】周郎乖，孔明更乖。肅曰：「孔明何故哂笑？」孔明曰：「吾笑子敬不識公瑾用計耳。大江隔遠，細作極難往來。操使蔡和、蔡中詐降，刺〔五四〕探我軍中事，公瑾將計就

〔四八〕「俱」，商本、明四本作「皆」。

〔四九〕「爲」，商本作「做」。

〔五〇〕「蔡和蔡中」，光本倒作「蔡中蔡和」，明四本作「蔡和等」。

〔五一〕「拜」，商本作「告」。「操」，光本、嘉本、周本作「曹」。

〔五二〕「引軍」，光本脱，明四本作「引一枝軍馬」。

〔五三〕「投降」，商本作「降也」，明四本後有「者」。

〔五四〕「蔡和蔡中」，滄本、光本、商本、明四本作「蔡中蔡和」。「刺」，齋本、光本作「竊」，明四本無。

計，正要他通報消息。毛一一都被看破，妙。『兵不厭詐』，公瑾之謀是也。」毛并瞞着魯肅，所謂「兵不厭詐」也〔五五〕。鍾勘破周瑜底裡。肅方纔省悟。

却說周瑜夜坐帳中，忽見黃蓋潛入中軍〔五六〕，來見周瑜。毛來得突兀。瑜問曰：「公覆二公覆，（黃）盖（之）字也。夜至，必有良謀見教？」蓋曰：「彼衆我寡，不宜乆持，何不用火攻之？」毛孔明、公瑾掌中之字，已在黃蓋意中。漁此是一個算者。瑜曰：「誰教公獻此計？」毛前戒孔明勿漏洩，今問此一句，正疑掌中之字漏洩也。蓋曰：「某出自己意，非他人之所教也。」毛雖非學舌〔五七〕，却已合掌。瑜曰：「吾正欲如此，故留蔡中、蔡和詐降之人，以通消息，但恨無一人爲我行詐降計耳。」毛自欲使人詐降，故深喜敵人來詐降；及有敵人來詐降，却恨無自家人去詐降。漁計用來意，正孔明所云「往來」二字。蓋曰：「某願行此計。」瑜曰：「不受些苦，彼如何肯信？」毛「炎上作苦」，欲用火攻，安得不苦？蓋曰：「某受孫氏厚恩，雖肝腦塗地，亦無怨悔。」瑜拜而謝之曰：「君若肯行此苦肉計，則江東之萬幸也。」毛周瑜苦心，黃蓋苦肉。苦心不易，苦肉更難。鍾黃蓋可謂丈夫。蓋曰：「某死亦無怨。」遂謝而出。

次日，周瑜鳴鼓大會諸將於帳下，孔明亦在座。周瑜曰：「操引百萬之衆，連絡三百餘里，非一日可破。今令諸將各領三箇月糧草，准備禦敵。」毛下文破敵只在一月之內，詐言三月，反襯下文。言未訖，黃蓋進曰：「莫說三箇月，便支三十箇月糧草，也不濟事！若是這箇月破的便破，若是這箇月破不的〔五八〕，只可依張子布之言，棄甲倒戈，北面而降之耳！」毛先說要降，爲詐降張本。〇反〔五九〕將前文張昭語一提。漁用此一句滅威風語，是占地步語，極爲圓巧。周瑜勃然變色，大怒曰：「吾奉主公之命，

〔五五〕「也」，貫本、商本脱。
〔五六〕「中軍」，光本倒作「軍中」。
〔五七〕「舌」，貫本作「古」，形訛。
〔五八〕「黄」，光本脱。「破的」「破不的」，光本作「破」「不能破」，嘉本無。
〔五九〕「反」，光本作「又」。

督兵破曹，敢有再言降者必斬。【毛】將前文砍案事一提。【鍾】粧模作樣。今兩軍相敵之際，汝敢出此言，慢我軍心，不斬汝首，難以服衆！」喝左右將黄蓋斬訖報來。【毛】明知衆將必勸，文〔六〇〕粧此花面。黄蓋亦怒曰：「吾自隨破虜〔六一〕將軍，縱横東南，已歷三世，那有你來？」【毛】前説要降〔六二〕，與張昭相應；此以年少輕周郎，又與程普相應。瑜大怒〔六三〕，喝令速斬。【毛】越粧越像。甘寧進前告曰：「公覆乃東吴舊臣，望寬恕之。」瑜喝曰：「汝何敢多言，亂吾法度！」先叱左右將甘寧亂棒打出。【毛】前收二蔡是假喜，今打黄蓋定是假怒，想〔六四〕甘寧早已心照矣。【漁】甘寧想定心照。衆官皆跪告曰：「黄蓋罪固當誅，但於軍不利。望都督寬恕，權且記罪，破曹之後，斬亦未遲。」瑜怒未息。【毛】越粧越像。衆官苦苦告求。瑜曰：「若不看衆官面皮，決須斬首！今且免死！」命左右拖翻，打一百脊杖，以正其罪。【毛】隔夜商量主意，正在于此。衆官又告免。瑜推翻案桌，叱退衆官，喝教行杖。【毛】【漁】越粧越像。將黄蓋剥了衣服，拖翻在地，打了五十脊杖。【鍾】亦做得出。衆官又復苦告〔六五〕求免。瑜躍起指蓋曰：「汝敢小覷我耶！【毛】正對「那有你來」一語。真乃越粧越像。且寄〔六六〕下五十棍！再有怠慢，二罪俱罰！」恨聲不絶而入帳中。【毛】此時苦肉計已畢，若不有此餘怒，恐露出破綻來。真越粧越像。

衆官扶起黄蓋，打得皮開肉綻，鮮血迸流，扶歸本寨，昏絶幾次。動問之人，無不下淚。魯肅也往看問了，來至孔明船中，謂孔明曰：「今日公瑾怒責公覆，我等皆是他部下，不敢犯顔苦諫。先生是客，何故袖手旁觀，不發一語？」【毛】在魯肅口中補

〔六〇〕「文」，致本同，其他毛校本作「故意」。

〔六一〕「黄」，光本脱。「破虜」，原作「破魯」，致本同。按：「破虜將軍」指孫堅，據其他古本改。

〔六二〕「要降」，光本作「降曹」，齊本作「要降曹」。

〔六三〕「怒」，商本作「怨」，形訛。

〔六四〕「想」上，齊本、商本有「不」字。

〔六五〕「苦告」，澹本、光本、商本作「苦苦」，明四本作「告」。

〔六六〕「寄」，澹本、商本作「記」。

寫〔六七〕孔明適間光景。孔明笑曰：「子敬欺我。」【毛】不以老實待子敬，却以乖覺待子敬，早疑是周郎使來相試也。肅曰：「肅與先生渡江以來，未嘗一事相欺。今何出此言？」孔明曰：「子敬豈不知公瑾今日毒打黃公覆，乃其計耶？如何要我勸他？」【毛】甘寧知之而勸，勸亦是詐；孔明知之而不勸，不勸是真。肅方悟。孔明曰：「不用苦肉計，何能瞞過曹操？今必令黃公覆去詐降，却教蔡中、蔡和報知其事矣。【毛】如見。子敬見公瑾時，切勿言亮先知其計〔六八〕，只說亮也埋怨都督便了。」【毛】公瑾瞞不得孔明，孔明又要瞞公瑾，妙。【漁】事從叮囑起，孔明太賣弄有家私。肅辭去，入帳見周瑜。瑜邀入帳後。肅曰：「今日何故痛責黃公覆？」瑜曰：「諸將怨否？」肅曰：「多有心中不安者。」瑜曰：「孔明之意若何〔六九〕？」肅曰：「他也埋怨都督忒情薄〔七〇〕。」瑜笑曰：「今番須瞞過他也。」【毛】誰知反被他所瞞也。肅曰：「何謂也？」瑜曰：「今日痛打黃蓋，乃計也。吾欲令他詐降，先須用苦肉計瞞過曹操，就中用火攻之，可以取勝。」【毛】前言二蔡之降非詐，是欺子敬；今言黃蓋之打非真〔七一〕，却不瞞子敬。肅乃暗思孔明之高見，却不敢明言。【毛】周郎不瞞子敬，那知子敬反瞞周郎。

且說黃蓋臥于帳中，諸將皆來動問。蓋不言語，但長吁而已。忽報參謀闞澤來問，蓋令請入臥內，叱退左右。闞澤曰：「將軍莫非與都督有仇？」蓋曰：「非也。」澤曰：「然則公之受責，莫非苦肉計乎？」【毛】不用黃蓋說明，先是〔七二〕闞澤猜破。妙甚〔七三〕。【漁】苦肉計雖善，乃有可慮者二：倘蓋受重而死，則此計不成；倘東吳將士離叛，則此計亦不成。其得成其計者，天也。蓋曰：「何以知之？」澤曰：「某觀公

〔六七〕「寫」，商本作「敘」。
〔六八〕「其計」，明四本作「之」。
〔六九〕「之意若何」，明四本作「知否」，商本「意」作「言」。
〔七〇〕「情薄」，光本倒作「薄情」。
〔七一〕「打非真」，商本作「降非真」。
〔七二〕「不用」「是」三字原闕，據毛校本補。
〔七三〕「甚」，貫本脫。

瑾舉動，已料着八九分。」毛唯孔明便識得十分。蓋曰：「某受吴侯三世厚恩，無以爲報，故獻此計，以破曹操。肉〔七四〕雖受苦，亦無所恨。吾遍觀軍中，無一人可爲心腹者。唯公素有忠義之心，敢以心腹相告。」澤曰：「公之告我，無非要我獻詐降書耳。」毛又不用黄蓋説明，先是闞澤猜破。妙甚。蓋曰：「實有此意，未知肯否？」闞澤欣然領諾。正是：

勇將輕身思報主，謀臣爲國有同心。

未知闞澤所言若何，且看下文分解。

孔明借箭，亦謀士之所同〔七五〕到，非奇秘也，《通俗演義》中不得不如此鋪張耳。爲將者，勿遂以此爲衣鉢也，一笑一笑。

孔明借箭有鬼神不測之妙，周郎忌害之，祇傷本心耳，亦奈之何哉！

黄蓋苦肉計，忍辱受杖，誓死無怨，真丈夫所爲也。更得闞澤知己，洗盡英雄之血，故令曹操虎視江東。

〔七四〕「肉」，商本作「吾」。

〔七五〕「所同」，緑本作「奇用」。

第四十七回

闞澤密獻詐降書
龐統巧授連環計

欺庸人易，欺奸雄難。黄蓋受杖，猶可不死於杖；闞澤獻書，宜其必死於書。而卒能不死而成功者，以得説奸雄之法也。説奸雄之法，與説英雄之法，皆不當用順，而當用逆。英雄所自負者義耳，張遼之説關公，妙在責其輕死之非義；奸雄所自負者智耳，闞澤之説曹操，妙在笑其料事之不明：所謂用逆而不用順者也。若使遼而甘言卑説，則公之拒愈峻；若使澤而伏地陳乞〔一〕，則澤之死愈速矣。

前回寫甘寧，此回寫闞澤。而極寫闞澤，必先極寫曹操；不寫曹操之奸，不顯闞澤之巧。若彼不知爲苦肉計而欺之不難，惟彼既知爲苦肉計而欺之之爲難也。彼不知爲詐降書而中之不足奇，惟彼既知爲詐降書而我終能中之之爲奇也。計雖巧，而無行計之人則亦拙；計雖庸，而有行計之人則不庸耳。

蔡和、蔡中之詐降，兩人同來者也；黄、闞二人之詐降，妙在一來而一未來。二蔡之詐降，竟以身來而不必先以書來者也；黄蓋之詐降，妙在身不來而書來。二蔡之詐降，來而不返者也；闞澤之詐降，妙在速返，又妙在初時不肯復返，而次後乃欲速返，一似速返則得返，不速返則不得返者。一般是降，却有幾樣降法；一般是詐，却有幾樣詐法。愈出愈幻，非復讀者意計之所及。

文章之妙，有各不相照者：二蔡現在，而黄蓋之降書，初不煩二蔡爲通；闞澤渡江，而

〔一〕「陳乞」，光本倒作「乞陳」。

二蔡之報信不即使闞澤爲寄〔二〕。文章之妙，又有各不相照而暗暗相照者：黄蓋但以其謀告闞澤，而闞澤〔三〕獻降書之後，忽然添出一甘寧；闞澤未以其謀告甘寧，而甘寧欺二蔡之言，有如關會乎闞澤。寫來真是變幻可喜。

禦戰船之法，有彼方連而我利其斷者，有彼方斷而我利其連者。黄祖之舟，以大絙相連，衝之不能入，甘寧以刀斷之，而艨艟遂横，此則利其斷也；曹操之舟，散而不聚，燒之不能盡，龐統以環連之，而火攻始便，此則利其連也。兵法變化無常〔四〕，孫臏以減竈勝，而虞詡又以增竈勝，隨機而應，豈可執一論哉！

連環計一見於王允，再見於龐統。前之環虚名也，後之環實事也。王允以貂蟬雙鎖董、吕二人，如環之交互相連，故名連環耳。每見近日演《連環記〔五〕》者，乃作吕布以玉連環贈與貂蟬，此又是傳奇平空粧點出來，豈連環命名之意乎？若龐統則不然，實實以鐵環連鎖操船，與取名連環者不同。前以貂蟬爲環，止有一環；後以鐵環爲環，乃有無數連環。前虚後實，前少後多，各極其妙。

北兵多病，而龐統以連環之方治之，此藥毋乃太毒乎！雖然，賣毒藥者不獨一龐統也，黄蓋、闞澤皆是也。蓋之藥甚苦，澤之藥甚甘，統之藥甚辣，合苦者、甘者、辣者共成一劑毒藥；然後周郎煎之以火，孔明扇之以風：而八十三萬大軍，遂無一人有起色矣。

却説闞澤字德潤，會稽山陰人也，家貧好學〔六〕，嘗借人書來看，看過一遍，更不遺忘，口才辨給，少有膽氣。毛 膽氣從讀書得來。**孫權召爲叅謀，**

〔二〕「寄」，齋本作「奇」。
〔三〕「而闞澤」，貫本脱。
〔四〕「常」，光本、商本作「窮」。
〔五〕「記」，光本訛作「計」。按：《連環記》爲明代王濟所著戲曲劇本。
〔六〕明四本此處有「與人傭工」。

與黃蓋最相善。毛百忙中畧述闞澤生平，不煩不畧。蓋知其能言有膽，故欲使獻詐降書。澤欣然應諾曰：「大丈夫處世，不能立功建業，不幾與草木同腐乎！公既捐軀報主，澤又何惜微生〔七〕！」毛其言大有膽氣。可見無膽氣者，必不是能讀書人。鍾德潤亦丈夫。黃蓋滾下床來，拜而謝之。毛黃蓋拜闞澤，正與周瑜拜黃蓋相對。澤曰：「事不可緩，即今便行。」蓋曰：「書已修下了。」毛極寫黃蓋，而文字又省筆。

澤領了書，只就當夜扮作漁翁，毛以書作鈎，以身作線，而以八十三萬大軍爲魚也。駕小舟，望北岸而行。是夜寒星滿天，毛閒筆點綴得妙。漁閑中點綴。三更時候，毛半夜扁舟，機密之至。早到曹軍水寨。巡江軍士拏住，連夜報知曹操。操曰：「莫非是奸細麼？」軍士曰：「只一漁翁，自稱是東吳參謀闞澤，有機密事來見。」操便教引將入來。軍士引闞澤至，只見帳上燈燭輝煌，曹操憑几危坐，問曰：「汝既是東吳參謀，來此何幹？」澤曰：「人言曹丞相求賢若渴，今觀此問，甚不相合。黃公覆，汝又錯尋思了也！」毛開口便用反激語〔八〕。操曰：「吾與東吳旦夕交兵，汝私行到此，如何不問？」澤曰：「黃公覆乃東吳三世舊臣，今被周瑜於衆將之前，無端毒打，不勝忿恨。因欲投降丞相，爲報讐之計，特謀之於我。我與公覆情同骨肉，徑來爲獻密書。未知丞相肯容納否？」操曰：「書在何處？」闞澤取〔九〕書呈上。操拆書，就燈下觀看。書畧曰〔一〇〕：

蓋受孫氏厚恩，本不當懷二心。毛妙在先説此二句。然以今日事勢論之：用江東六郡之卒，當中國百萬之師，衆寡不敵，海内所共見也。東吳將吏，無有智愚，皆知其不可。周瑜小子，偏懷淺戇，毛側三音撞。自負其能，輒欲以卵敵石；兼之擅作威福，無罪受刑，有功

〔七〕「生」，光本作「身」。
〔八〕「語」下，光本有「妙」字。
〔九〕「取」，光本作「把」。
〔一〇〕毛本黃蓋詐降書删、改自贊本；鍾本、漁本同贊本，贊本同嘉本，周本改自嘉本。

不賞。蓋係舊臣，無端爲所摧辱，心實恨之！伏聞丞相誠心待物，虛懷納士，蓋願率衆歸降，以圖建功雪恥。糧草軍仗，隨船獻納。毛漁用計（專）在此二句。泣血拜白，萬勿見疑。

曹操於几案上翻覆將書看了十餘次，忽然拍案張目，大怒曰：「黄蓋用苦肉計，令汝下詐降書，就中取事，却敢來戲侮我耶！」毛二人機謀被他明明道破。讀者至此，爲黄蓋惜，又爲闞澤憂矣。漁明明說破〔一一〕，讀者至此，爲闞澤躭憂。便教左右推出斬之。左右將闞澤簇下，毛令讀者急殺。澤面不改容，仰天大笑。毛寫闞澤真是有膽。漁真有膽氣。鍾有膽畧。操教牽回，叱曰：「吾已識破奸計，汝何故哂笑？」澤曰：「吾不笑你。吾笑黄公覆不識人耳。」毛笑黄公覆，正是笑你；却偏說不笑你，笑黄公覆。寫闞澤真是能言。贄鍾闞（公）（君）大通。漁還該笑自己，也不識人。操曰：「何不識人？」澤曰：「殺便殺，何必多問！」毛寫闞澤真是有膽。操曰：「吾自幼熟讀兵書，深知奸僞之道。汝這條計，只好瞞別人，如何瞞得我！」毛奸雄自負語。澤曰：「你且說書中那件事是奸計？」操曰：「我說出你那破綻，教你死而無怨：你既是真心獻書投降，如何不明約幾時？今你〔一二〕有何理說？」毛闞澤待曹操問而後言，曹操亦待闞澤問而後說。頓跌有勢。闞澤聽罷，大笑曰：「虧汝不惶恐〔一三〕，敢自誇熟讀兵書！還不及早收兵回去，儻若交戰，必被周瑜擒矣！無學之輩，可惜吾屈死汝手！」毛自負有智，偏要笑他無學，純用反激語。妙。贄通，大通。鍾真是有膽能言。漁又用反激。操曰：「何謂我無學？」澤曰：「汝不識機謀，不明道理，豈非無學？」毛妙在不即說。操曰：「你且說我那幾般不是處？」澤曰：「汝無待賢之禮，吾何

〔一一〕「明明說破」，原作「明明說」，衡校本同。按：毛批作「明明道破」，疑脱「破」字，酌補。

〔一二〕「明約」，光本倒作「約明」。「今你」，齋本、光本作「如今你」，滄本、嘉本作「你今」。

〔一三〕「恐」，光本作「愧」。

必言！但有死而已。」【毛】妙在不肯說。【贄】妙，妙。【鍾】言極有理。【漁】偏不就言，頓跌有勢。操曰：「汝若說得有理，我自然敬服。」【毛】正要逼他說此一句，然後說耳。澤曰：「豈不聞『背主作竊，不可定期』？儻今約定日期，急切下不得手，這裡反來接應，事必泄漏。【贄】有理，有理。但可覷便而行，豈可預期相訂乎？汝不明此理，欲屈殺好人，真無學之輩也！」【毛】寫闞澤真是能讀書人。〇方見孔明激孫權、激周瑜，又見闞澤激曹操。愈出愈奇。操聞言，改容下席而謝曰：「某見事不明，誤犯尊威，幸勿掛懷。」【毛】惟聰明人能轉變，亦惟聰明人偏着騙耳。既已道破，又被瞞過。【漁】老瞞又被瞞過。澤曰：「吾與黃公覆傾心投降，如嬰兒之望父母，豈有詐乎！」操大喜曰：「若二人能建大功，他日受爵，必在諸人之上。」澤曰：「某等非爲爵祿而來，實應天順人耳。」【毛】先罵後詼。罵則極其罵，詼則極其詼。操取酒待之。

少頃，有人入帳，於操耳邊私語。操曰：「將書來看。」其人以密書呈上。【漁】密書來何遲耶？操觀之，顏色頗喜。闞澤暗思：「此必蔡中、蔡和來報黃蓋受刑消息，操故喜我投降之事爲真實也。」【毛】妙在曹操不說，闞澤亦不問，大家心裡明白。如蔣幹在周瑜帳中，聽帳外人語，一假一真，各各入妙。【漁】大家肚裡明白。操曰：「煩先生再回江東，與黃公覆約定，先通消息過江，吾以兵接應。」【毛】可見不書時日之妙。澤曰〔一四〕：「某已離江東，不可復還。望丞相別遣機密人去。」【毛】妙在不肯去，竟似千真萬真。【贄】【鍾】妙（，妙）。【漁】故意不肯去，方使人不疑。操曰：「若他人去，事恐泄漏。」澤再三推辭，良久乃曰：「若去則不敢久停，便當行矣。」【毛】妙在欲速去，又似千真萬真。【贄】闞君是箇妙人。【鍾】闞君大妙。

操賜以金帛，澤不受。辭別出營，再駕扁舟，重回江東，來見黃蓋，細說前事。蓋曰：「非公能辯，則蓋徒受苦矣。」【毛】黃蓋捨身，闞澤掉舌。然闞澤亦惟能捨身，故能掉舌耳；不似今人之不肯捨身，但能掉

〔一四〕「曰」，商本訛作「某」。

舌也。澤曰：「吾今去甘寧寨中，探蔡和、蔡中〔一五〕消息。」【毛】先在曹操坐中識得，再向甘寧寨裡看來，前後緊緊相接。蓋曰：「甚善。」澤至寧寨，寧接入。澤曰：「將軍昨爲救黄公覆，被周公瑾所辱，吾甚不平。」【毛】妙在反言以試之。寧笑而不荅。【毛】寫甘寧是解人。笑者，與闞澤會意也；不荅者，瞞着二蔡也。正話間，蔡和、蔡中至。澤以目送甘寧，【毛】甘寧以笑，闞澤以目。一笑一目，如相問荅。寧會意，乃曰：「周公瑾只自恃其能，全不以我等爲念。我今被辱，羞見江左諸人！」説罷咬牙切齒，拍案大叫。【毛】粧一個，像一個。【贄】這班人做來却似。【鍾】雖是假，做來却似。【漁】做作得千真萬真。澤乃虚與寧耳邊低語，寧低頭不言，長嘆數聲。【毛】兩個粧模做樣，好看煞人。蔡和、蔡中見寧、澤皆有反意，以言挑之曰：「將軍何故煩惱？先生有何不平？」【毛】【漁】來了。澤曰：「吾等腹中之苦，汝豈知耶！」【毛】妙在假意不言。蔡和曰：「莫非欲背吴投曹耶？」【毛】蔡和此時更忍不住。闞澤失色，甘寧扳劍而起曰：「吾事已爲窺破，不可不殺之以滅口！」【毛】【漁】一個失（驚）（色），一個佯〔一六〕怒，（各粧一樣，竟似）千真萬真。【贄】【鍾】（做得象，）做得象，甘寧、闞澤却好一吹一唱。蔡和、蔡中慌曰：「二公勿憂，吾亦當以心腹之事相告。」【毛】又來了。寧曰：「可速言之！」蔡和曰：「吾二人乃曹公使來詐降者也〔一七〕。【漁】灶猫露出馬脚。二公若有歸順之心，吾當引進。」【毛】騙他兩個自説出來。惡甚，妙甚。寧曰：「汝言果真乎〔一八〕？」【毛】妙在詐作不信。二人齊聲曰：「安敢相欺！」寧佯喜曰：「若如此，是天賜其便也！」【毛】前已寫過闞澤，此處單寫甘寧，故一路只用甘寧説話。二蔡曰：「黄公覆與將軍被辱之事，吾已報知丞相矣。」【毛】不打自招，正與闞澤於曹操席上所見照〔一九〕應。澤曰：「吾已爲黄公覆獻書丞相，今

〔一五〕同第四十六回校記〔五四〕。
〔一六〕漁批「佯」，原作「住」，形訛，據衡校本改。
〔一七〕「詐降者也」，致本同，其他毛校本脱「也」，明四本無「者」。
〔一八〕「乎」，貫本脱，明四本無。
〔一九〕「照」上，商本有「遥遥」。

特來見興霸，相約同降耳。」【毛】此處方用闞澤説話。寧曰：「大丈夫既遇明主，自當傾心相投。」【毛】前既假恨周瑜，此又假詇曹操，越粧越像。於是四人共飲，同論心事。二蔡即時寫書，密報曹操，説「甘寧與某同爲内應」。闞澤另自修書，遣人密報曹操，【毛】妙在各不關會。書中具言黄蓋欲來，未得其便，但看船頭插青龍〔二〇〕牙旗而來者即是也。【毛】爲後文赤壁伏線。

却説曹操連得二書，心中疑惑不定，【漁】畢竟老瞞心細。聚衆謀士商議曰：「江左甘寧，被周瑜所辱，願爲内應，黄蓋受責，令闞澤來納降，俱未可深信。【毛】寫曹操奸猾。誰敢直入周瑜寨中，探聽實信？」【毛】不是又使一個人去，那得又引一個人來？蔣幹進曰：「某前日空往東吴〔二一〕，未得成功，深懷慚愧。今願捨身再往，務得實信，回報丞相。」【鍾】斷送八十三萬水軍在幹此行。操大喜，即時令蔣幹上船。幹駕小舟，徑到江南水寨邊，【毛】蔣幹第一番渡江，只送兩個水軍都督；第二番渡江，却送了八十三萬大軍。【漁】前一遭去，送了二人首級，今番去，又送了八十三萬人馬。便使人傳報。周瑜聽得幹又到，大喜曰：「吾之成功，只在此人身上！」遂囑付魯肅：「請龐士元來，爲我如此如此。」【毛】前番送去一封假書，今番又要送去一個假人。原來襄陽龐統，字士元，因避亂寓居江東，魯肅曾薦之於周瑜，統未及往見。瑜先使肅問計於統曰：「破曹當用何策？」統密謂肅曰：「欲破曹兵，須用火攻。【毛】伏龍、鳳雛所見畧同，又是一篇合掌文字矣。【漁】補筆。但大江面上，一船着火，餘船四散，除非獻『連環計』，教他釘作一處，然後功可成〔二二〕也。」【毛】曹操作池練兵，取名玄武；誰知遇着連環，則爲勾陳；遇着火攻，則爲朱雀乎？【鍾】又添一籌，怕他不輸！肅以告瑜，瑜深服其論，因謂肅曰：「爲我行此計者，非龐士元不可。」肅曰：「只怕曹操奸猾，如何去得？」周瑜沉吟未決，正尋思沒個機會，

〔二〇〕「龍」，原無，古本同。按：後文第四十九回作「青龍牙旗」，據後文補。
〔二一〕「吴」，商本訛作「東」。
〔二二〕「功可成」，商本倒作「可成功」。

忽報蔣幹又來。【毛】來得湊巧，蔣幹之功不小。瑜大喜，一面分付龐統用計，一面坐於帳上，使人請幹。幹見不來接，心中疑慮，教把船於僻静岸口纜繫〔二三〕，【漁】埋伏私歸意。乃入寨見周瑜。瑜作色曰：「子翼何故欺我〔二四〕太甚！」【毛】前番盡歡，有盡歡之妙；今番變面，有變面之妙。寫得周瑜真是可愛。【漁】反說欺他。蔣幹笑曰：「吾想與你乃舊日弟兄，特來吐心腹事，何言相欺也？」【漁】猶作醉夢中語。瑜曰：「汝要說吾〔二五〕降，除非海枯石爛！前番吾念舊日交情，請你痛飲一醉，留你共〔二六〕榻。你却盜吾私書，不辭而去，歸報曹操，殺了蔡瑁、張允，致使吾事不成。【毛】【漁】正該謝他，反去責他，不當人子〔二七〕。今日無〔二八〕故又來，必不懷好意！吾不看舊日之情，一刀兩段！【毛】正要用他，反說要殺他，不當人子。本待送你過去，争奈吾一二日間便要破曹賊；待留你在軍中，又必有泄漏。」便教左右：「送子翼往西山庵中歇息。待吾破了曹操，那時渡你過江〔二九〕未遲。」【毛】若不是他渡江，怎能勾破曹操。【贊】老〔三〇〕賊，老賊。

蔣幹再欲開言，周瑜已入帳後去了。左右取馬與蔣幹乘坐，送到西山背後小庵歇息，撥兩個軍人伏侍。幹在庵内，心中憂悶，寢食不安。是夜星露滿天，【毛】【漁】與闞澤渡江時一般景致。〈毛〉一在水邊，一在山邊，各有閒趣。獨步出庵後，只聽得讀書之聲。信步尋去，見山岩畔有草屋數椽，内射燈光。【毛】又寫燈光，與後文赤壁火光襯染。幹往窺之，只見一人掛劍燈前，誦孫、吴兵書。【贊】奇人奇事。幹思：「此必異人也。」叩户請見，【鍾】蔣幹惹禍，即在此時。其人開門出迎，儀表非俗。幹問姓名，荅曰：「姓龐名統，字士元。」幹曰：「莫非鳳雛先生否？」統曰：

〔二三〕「纜繫」，光本、商本倒作「繫纜」。
〔二四〕「我」，明四本作「吾」。
〔二五〕「吾」，澹本作「我」。
〔二六〕「共」，商本作「同」。
〔二七〕「不當人子」，光本作「絶妙權變」，商本「子」訛作「了」。
〔二八〕「無」，光本作「何」。
〔二九〕「江」，光本作「去」。
〔三〇〕「老」，贊甲本原無，據緑本補。

「然也。」【毛】在三十四回出名，却於此處方纔出現。【漁】鳳雛又于此處出現。幹喜曰：「久聞大名，今何僻居此地〔三一〕？」荅曰：「周瑜自恃才高，不能容物，吾故隱居於此。【毛】龐統燈下之語，與周瑜帳中之言，一是醉裏罵曹操，一是醒時罵周瑜。一般局面，兩樣做法。公乃何人？」幹曰：「吾蔣幹也。」統乃邀入草庵，共坐談心。幹曰：「以公之才，何往不利？如肯歸曹，幹當引進。」統曰：「吾亦欲離江東久矣。公既有引進之心，即今便當一行。如遲則周瑜聞之，必將見害。」【毛】甘寧、闞澤騙二蔡，龐統又騙蔣幹，都是一片假話〔三二〕，前後正復相對。於是與幹連夜下山，至江邊尋着原來船隻，飛棹投江北。【鍾】恰似引鬼入市。

既至操寨，幹先入見，備述前事。操聞鳳雛先生來，【毛】只道鳳雛飛來，那知却是火老鴉。親自出帳迎入，分賓主坐定，問曰：「周瑜年幼，恃才欺衆，不用良謀。操久聞先生大名，今得惠顧，乞不吝教誨。」【毛】曹操見闞澤則前倨而後恭，見龐統則前後相恭〔三三〕。妙在相類而相反。統曰：「某素聞丞相用兵有法，今願一覩軍容。」【毛】閒閒而來。操教備馬，先邀統同觀旱寨，統與操並馬登高而望。統曰：「傍山依林，前後顧盼，出入有門，進退曲折，雖孫、吴再生，穰苴復出，亦不過此矣。」【毛】【漁】先以美言誆之（，似更無計之可獻）。操曰：「先生勿得過譽，尚望指教。」於是又與同觀水寨，見向南分二十四座門，皆有艨艟戰艦列爲城郭，中藏小船，往來有巷，起伏有序，統笑曰：「丞相用兵如此，名不虛傳！」【毛】又以美言誆之，似更無計之可獻。○前看旱寨是賓，此看水寨是主。【漁】句句誆之，似更無計可獻。因指江南而言曰：「周郎，周郎！剋期必亡！」【贄】妙，妙。【鍾】士元是個妙人。操大喜。回寨，請入帳中，置酒共飲，同說兵機。統高談雄辨，應荅如流。操深敬服，慇懃相待。【毛】妙在尚不獻計，只說閒話。統佯醉曰：「敢

〔三一〕「大」上，商本有「先生」。「此地」，商本作「於此」，明四本作「獨守」。
〔三二〕「話」，滄本作「說」。
〔三三〕「相恭」，滄本、光本作「俱恭」。

問軍中有良醫否？」【毛】然後以微言挑之，却妙在一句便住，不即説明。【漁】一句突肰。操問何用。統曰：「水軍多疾，須用良醫治之。」【毛】方纔説明其意，却妙在尚不即説連環。【鍾】（切）他病（疾）處。時操軍因不服水土，俱生嘔吐之疾，多有死者，操正慮此事，忽聞統言，如何不問？統曰：「丞相教練水軍之法甚妙，但可惜不全。」【毛】闞澤見曹操，先激而後謀；龐統見曹操，先謀而後諷。又妙在相類而相反。【漁】一句方是貶。操再三請問，統曰：「某有一策，使大小水軍，並無疾病，安穩成功。」【毛】龐統特來行醫〔三四〕，特來用藥，但恐疾雖愈而人則死耳。【漁】未輕説，纔得力。操大喜，請問妙策。統曰：「大江之中，潮生潮落，風浪不息。北兵不慣乘舟，受此顛播，便生疾病。若以大船小船各皆配搭，或三十爲一排，或五十爲一排，首尾用鐵環連鎖，上鋪闊板，休言人可渡，馬亦可走〔三五〕矣，乘此而行，任他風浪潮水上下，復何懼哉？」【毛】風浪雖不怕，只恐還怕一件東西。〇士元此來添油乎？增炭乎？惜乎老瞞竟不解也。【贊】士元此來買柴乎，買灰乎？可笑老奸竟不曉也。【鍾】此藥更（奇）。【漁】曹練軍池取名「玄武」，此連環計直當勾陳，後用火燒，直朱雀。曹操下席而謝曰：「非先生良謀，安能破東吴耶！」【毛】非先生良謀，安能燒北軍耶？【鍾】老奸不悟。統曰：「愚淺之見，丞相自裁之。」操即時傳令，喚軍中鐵匠，連夜打造連環大釘，鎖住船隻。諸軍聞之，俱各喜悦。【漁】且慢喜悦，死在頭上還不知耶！後人有詩曰〔三六〕：

赤壁鏖兵用火攻，運籌決策盡皆同。
若非龐統連環計，公瑾安能立大功？

龐統又謂操曰：「某觀江左豪傑，多有怨周瑜者。某憑三寸舌，爲丞相説之，使皆來降。【毛】借此爲脱身之計。既下了火種，不得不爲避火地也。周瑜孤立

〔三四〕「特來行醫」，光本脱。
〔三五〕「走」，商本作「渡」。
〔三六〕毛本後人詩自贊本八句刪作四句，爲静軒詩；鍾本同贊本，贊本同嘉本，周本改自嘉本；漁本無。

無援，必爲丞相所擒。瑜既破，則劉備無所用矣。」【毛】【漁】又帶照劉備（一句，妙）。操曰：「先生果能成大功，操請奏聞天子，封爲三公之列。」統曰：「某非爲富貴，但欲救萬民耳。丞相渡江，慎勿殺害。」【毛】又以美言驕之，使之不疑。妙。【贄】象。【鍾】却像。【漁】認真撮空。操曰：「吾替天行道，安忍殺戮人民！」統拜求榜文，以安宗族。【毛】妙。操曰：「先生家屬，見居何處？」統曰：「只在江邊。若得此榜，可保全矣。」【贄】象。操命寫榜僉押付統。【毛】闞澤遞黃蓋書，是送去一張火票；龐統討曹操榜，是銷繳〔三七〕一面火牌。統拜謝曰：「別後可速進兵，休待周郎知覺。」【毛】龐統臨別偏有許多言語。闞澤妙在速行，龐統妙在緩行。【鍾】更妙。操然之。統拜別，至江邊正欲下船，忽見岸上一人，道袍竹冠，一把扯住統曰：「你好大膽！黃蓋用苦肉計，闞澤下詐降書，你又來獻『連環計』，只恐燒不盡絶！你們把出這等毒手來，只好瞞曹操，也須瞞我不得！」諕〔三八〕得龐統魂飛魄散。【毛】每於終篇故作驚人之筆，令人疑惑不定。【漁】平風静浪中須起波頭，才有情致。又三事總提作結，文字亦〔三九〕正是：

莫道東南能制勝，誰云西北獨無人？

畢竟此人是誰，且看下文分解。

黃蓋、闞澤、龐統，大是用得。蓋畫策不難，全在人能行之，如苦肉、連環二計，誰不知之？若無黃蓋、闞澤、龐統，便成畫餅〔四〇〕矣。我故曰：畫策不難，但行之難得其人耳。誠得其人，無不行之策也。

老瞞雖奸，其如諸君子，誠篤不欺何，畢竟奸不敵誠也。

妙策必待人成，當時苦肉計行，若無連環繼之，縱用火攻，亦未盡絶也。老瞞雖奸，士元弄之掌股。可見黃蓋有硬骨，闞澤有油嘴，龐統更有毒手。

〔三七〕「銷繳」，澹本、光本倒作「繳銷」。
〔三八〕「諕」，光本、商本作「嚇」。
〔三九〕以下翼本、衡校本皆闕。
〔四〇〕「畫餅」，原作「畫柄」，贄校本同。按：疑應作「畫餅」或「話柄」，「畫餅」義長。

第四十八回

宴長江曹操賦詩
鎖戰船北軍用武

前於闞澤賺曹操一段正文之後，又有賺二蔡一段旁文以綴之；今於龐統獻連環一段正文之後，又有救徐庶一段旁文以綴之。所重在正文，而旁文不重也。然以賺二蔡帶寫甘寧，不但甘寧一邊不冷落，而又使黃蓋一邊加渲染；以救徐庶照出馬騰，不但徐庶一邊不疎漏，而又使馬騰一邊不遺忘。有此天然妙事，湊成天然妙文，固今日作稗官者，搆思之所不能到也。

天下有最失意之事，必有一最快意之事以爲之前焉。將寫赤壁之敗，則先寫其「舳艫〔一〕千里，旌旗蔽空」；將寫華容之奔，則先寫其「西望夏口，東望武昌」〔二〕。蓋志不得、意不滿、足〔三〕不高、氣不揚，則害不甚，而禍不速也。寫吴王者，極寫採蓮之樂，非爲採蓮寫也，爲甬東寫耳；寫霸王者，極寫夜宴之樂，非爲夜宴寫也，爲烏江寫耳。然則曹操之横槊賦詩，其夫差之採蓮、項羽之夜宴乎！

曹操當舞〔四〕槊作歌之時，正志得意滿之時也。而其歌乃〔五〕曰「憂思難忘」，又曰「何以解憂」，又曰「憂從中來」，何其宜樂而憂耶？蓋樂者憂之所伏。《檀弓》之言曰：「樂斯陶，陶斯詠，詠斯舞，舞斯愠，愠斯戚，戚斯嘆矣。」〔六〕淳

〔一〕「舳艫」，原作「軸轤」，致本、業本、貫本、澹本同。按：毛本引句出自蘇軾《赤壁賦》。「舳艫」意舟船首尾相接。據其他毛校本、《東坡全集》改。

〔二〕「西望夏口，東望武昌」，原作「南望武昌，西望夏口」，毛校本同。按：毛本引句出自《赤壁賦》。據《東坡全集》改。

〔三〕「足」，光本作「趾」。

〔四〕「舞」，光本作「横」。

〔五〕「其」，貫本脱。「乃」，光本脱。

〔六〕按：毛本引句删、改自《禮記・檀弓》，原文作「禮道則不然，人喜則斯陶，陶斯咏，咏斯猶，猶斯舞，舞斯愠，愠斯戚，戚斯歎，歎斯辟，辟斯踊矣，品節斯，斯之謂禮」。

于之諷齊王，亦曰：「樂不可極，樂極生悲。」〔七〕是不獨「烏鵲南飛」，爲南征失利之兆，而即其「釃（側音詩。）酒臨江」，固知其憂必及之耳。

古人亦有善用古人之文者。横槊之歌，多引《風》《雅》之句；而坡公《赤壁賦》一篇，亦取曹操歌中之意而用之。其曰「如怨如慕，如泣如訴」，即所謂「憂從中來，不可斷絶」也；其曰「哀吾生之須臾」，即所謂「譬如朝露，去日苦多」也；其曰「盈虚者如彼，而卒莫消長」，即所謂「明明如月，何時可掇」也。取古人之文以爲我文，亦視其用之何如耳；苟其善用，豈必如今人之杜撰哉！

凡計之妙，欲使敵用我計而敗，必有不用我計而敗者以堅敵之心，則焦觸、張南之敗是也。吴所以愚操者，連環之計耳。焦觸、張南敗於無環之舟，使操知不用連環之不利，而用連環之志愈决矣。凡計之妙，我欲行此計而勝，必有不用此計而亦勝者，以杜敵之疑，則韓當、周泰之勝是也。吴所欲用者，火攻之計耳。韓當、周泰勝以不火之舟，使操知東吴之不必用火，而後之用火，乃爲操所不及料矣。人但知前回之獻連環、後回之燒赤壁，爲周郎破曹之事，而此回則似乎閑文之無當於前後也者，孰知乃前後之關目也耶？

火攻之策，不但孔明、公瑾、龐統、黄蓋之所知，而亦〔八〕徐庶、程昱、荀攸之所知也。徐庶不爲操言之，而攸與昱則爲操言之〔九〕矣；爲操言之，而操亦未嘗不知之〔一〇〕矣；知之而終不免於犯之，其故何哉？蓋操知風之不東，而不知風之可借；知火之不利於南，而不知火之可轉於北。有囬天之人，而天亦不可

〔七〕按：毛本述淳于髡諷諫齊威王，《史記·滑稽列傳》原文作「酒極則亂，樂極則悲，萬事盡然。言不可極，極之而衰」。

〔八〕「之」「亦」，貫本脱。

〔九〕「之」，貫本脱。

〔一〇〕「亦」「之」，貫本脱。

知；有助人之天，而人亦不可知耳。

事有與下文相反者，又有與下文相引者。如操之臨江而歌，瑜之觸風而倒，此與下文相反者也；劉馥以烏鵲之咏爲不祥，周瑜以黄旗之折爲預兆，此與下文相引者也。不相反則下文之事不奇，不相引則下文之事不現。可見事之幻、文之變者，出人意外，未嘗不在人意中。

却說龐統聞言，吃了一驚，急回視其人，原來却是徐庶。毛徐庶一向冷落，至此忽然出現。統見是故人，心下方定。回顧左右無人，乃曰：「你若說破我計，可惜江南八十一州[一一]百姓，皆是你送了也！」庶笑曰：「此間八十三萬人馬性命如何？」毛真是兩位菩薩說法。贊（南）尊佛在此說法，人以爲三國（恠）也，可憐可憐！[一二]鍾却似世（尊）說法。漁好對荅，絶似佛家禪机。統曰：「元直真欲破我計耶？」庶曰：「吾感劉皇叔厚恩，未嘗忘報。曹操送死吾母，吾已說過終身不設一謀，毛又將三十六回中事一提。漁前事又一提。今安肯破兄良策？只是我亦隨軍在此，兵敗之後，玉石不分，豈能免難？君當教我脱身之術，我即緘口遠避矣。」毛前以幾十萬生靈爲言，今只圖逃却一身矣。統笑曰：「元直如此高見遠識，諒此有何難哉！」庶曰：「願先生賜教。」統去徐庶耳邊畧說數句。毛漁妙在不（叙）（說）明白。庶大喜，拜謝。龐統别却徐庶，下船自回江東。

且說徐庶當晚密使近人去各寨中暗布謡言。毛附耳低言之計於此始見。漁是龐統附耳低言之計。次日，寨中三三五五，交頭接耳而說。早有探事人報知曹操，說：「軍中傳言西凉州韓遂、馬騰謀反，殺奔

[一一] 按：據《後漢書》及《三國志》，孫權據揚州六郡：九江、丹陽、廬江、會稽、吴、豫章；後又新置多郡縣。《後漢書·郡國志》：「右揚州刺史部，郡六，縣、邑、侯國九十二」，其中七十四縣、十七國、一邑；另分置五縣。「八十一」之數無考；同第三十八回校記〔一七〕「縣」誤作「州」。「六郡八十一州」成習，皆從原文，不另出校。

[一二] 贊批原一、四行首二字漫漶；吴本首字漫漶，二、三、四行首三字闕；緑本脱前四行行首四字。

許都來。」【毛】二人一向冷落，妙於此處提照。果有此事，真是快事；即無此事，亦是快文。【漁】這二人久不出見也，甚記念他。操大驚，急聚衆謀士商議曰：「吾引兵南征，心中所憂者，韓遂、馬騰耳。軍中謡言，雖未辨虛實，然不可不防。」【毛】不便信，又不得不信。言未畢，徐庶進曰：「庶蒙丞相收録，恨無寸功報効。請得三千人馬，星夜往潼關〔一三〕把住隘口，如有緊急，再行告報。」【毛】不是防兵，却是避火。【贊】不知他却脱身去也。怕燒怕燒，所云「曲突徙薪」者非乎？〔一四〕【鍾】元直脱身去，怕燒也，亦「曲突徙薪」者乎？操喜曰：「若得元直去，吾無憂矣！潼關之上，亦有軍〔一五〕兵，公統領之。目下撥三千馬步軍，命臧霸爲先鋒，星夜前去，不可稽遲。」【毛】帶挈了三千人，又帶挈了一個臧霸，想是火星不照命耳。【贊】這三千人也有造化，臧霸更可知已。【鍾】臧霸三千人都有造化。【漁】臧霸不該死，想是火星不該臨命。徐庶辭了曹操，與臧霸便行。此便是龐統救徐庶之計。【毛】此處明寫一句，以結上文。【漁】明點一句。後人有詩曰〔一六〕：

曹操征南日日憂，馬騰韓遂起戈矛。
鳳雛一語教徐庶，正似遊魚脱釣鈎。

曹操自遣徐庶去後，心中稍安，遂上馬先看沿江旱寨，次看水寨。乘大船一隻，於中央上建「帥」字旗號，兩傍皆列水寨，船上埋伏弓弩千張，操居於上。時建安十三〔一七〕年冬十一月十五日，天氣晴明，平風静浪。【毛】寫一「風」字，爲下文借風相映。【漁】先點「風」，爲後東風張本。操令：「置酒設樂於大船之上，吾今夕欲會諸將。」天色向晚，東山月上，皎

〔一三〕「潼關」，原作「散關」，古本同。後一處「潼關」，毛校本同；明四本作「三關」。按：《三國志·蜀書·諸葛亮傳》：「冬，亮復出散關，圍陳倉。」《一統志》：「大散關，在寶雞縣南五十二里，通褒斜大路。」散關爲川陝關隘，非防涼州之關。後文第五十八回回前毛批作「潼關」，並述「見鍾繇，不見徐庶」。據後文改，後一處同。

〔一四〕「乎」，緑本脱。

〔一五〕「軍」，商本作「重」。

〔一六〕毛本後人詩改自贊本；鍾本同贊本，贊本同明三本；漁本無。

〔一七〕「三」，原作「二」，毛校本、贊本同。按：赤壁之戰爲建安十三年。據明三本改。

皎如同白日。長江一帶，如橫素練。毛如讀《赤壁賦》。漁可當一篇《赤壁賦》。操坐大船之上，左右侍御者數百人，皆錦衣繡襖，荷戈執戟。文武衆官，各依次而坐。操見南屏山色如畫，東視柴桑之境，西觀夏口之江，南望樊山，北覷烏林，四顧空闊，毛寫江景如畫。心中歡喜，漁西北人觀江南景致，那得不羡慕。謂衆官曰：「吾自起義兵以來，與國家除凶去害，誓願掃清四海，削平天下，所未得者江南也。今吾有百萬雄師，更賴諸公用命，何患不成功耶！收服江南之後，天下無事，與諸公共享富貴，以樂太平。」毛寫曹操驕盈之甚。贊此皆敗徵也，可戒可戒。鍾怡然自得，不知禍將及矣。文武皆起謝曰：「願得早奏凱歌！我等終身皆賴丞相福蔭。」操大喜，命左右行酒。飲至半夜，操酒酣，遙指南岸曰：「周瑜、魯肅不識天時！今幸有投降之人，爲彼心腹之患，此天助吾也。」毛漁寫曹操驕盈（之甚）。荀攸曰：「丞相勿言，恐有泄漏。」毛寫荀攸精細，以形曹操驕盈。操大笑曰：「座上諸公與近侍，左右皆吾心腹之人也，言之何礙！」毛不是寫其坦易，正是寫其驕盈。又指夏口曰：「劉備、諸葛亮，汝不料螻蟻之力，欲撼泰山，何其愚耶！」毛既笑江東，又笑夏口，寫曹操驕盈之甚。漁越發驕盈。顧謂諸將曰：「吾今年五十四歲矣，如得江南，竊有所喜。昔日喬公與吾至契〔一八〕，吾知其二女皆有國色。後不料爲孫策〔一九〕、周瑜所娶。吾今新構銅雀臺於漳水之上，如得江南，當娶二喬置之臺上，以娛暮年，吾願足矣！」毛須知孔明之言，不是説謊；周瑜之怒，亦不是錯怪。三考證先是孔明借意説周瑜，到此曹操（亦）（真）有

〔一八〕「喬公」，嘉本作「橋大老」，周本、夏本作「橋公」。按：《三國志·吳書·周瑜傳》：「時得橋公兩女，皆國色也。策自納大橋，瑜納小橋。」《後漢書·橋玄傳》：「玄以光和六年（一八三年）卒，時年七十五。」曹操戰赤壁，時建安十三年（二〇八年）。「橋公」亦作「喬公」，後文作「喬國老」。據史，江東「橋公」爲「橋玄」屬訛俗説。《演義》從此説，曹操言「與吾至契」，當爲應照第一回橋玄評曹操事。

〔一九〕「策」，商本訛作「權」。

此意。贊鍾（老瞞原無大志，）只（是）二喬便（心滿）意足，如何不敗？漁可知孔明對周瑜之語不謬。曹操未得江南，先有許多驕盈説話，那得不敗？言罷大笑。唐人杜牧之有詩曰〔二〇〕：

折戟沉沙鐵未銷〔二一〕，自將磨洗認前朝。
東風不與周郎便，銅雀春深鎖二喬。贊鍾絶妙好詩。

曹操正笑談間，忽聞鴉聲望南飛鳴而去。毛只怕是火老鴉。贊敗徵，敗徵。鍾敗徵見矣。操問曰：「此鴉緣何夜鳴？」左右荅曰：「鴉見月明，疑是天曉，故離樹而鳴也。」毛鵲噪未爲吉，鴉鳴亦〔二二〕是凶。操又大笑。漁只管笑，不知樂極生悲。時操已醉，乃取槊立於船頭上，以酒奠於江中，滿飲三爵，横槊謂諸將曰：「吾持此槊，破黄巾、擒吕布、滅袁術、收袁紹，深入塞北，直抵遼東，縱横天下，頗不負大丈夫之志也！毛歷數往事，畧述生平，足〔二三〕高氣揚，志得意滿，寫曹操驕盈之甚。今對此景，甚有慷慨。吾當作歌，汝等和之。」三即古詩也，故以聲歌之。歌曰〔二四〕：

對酒當歌，人生幾何？毛當歌「當」字，多有誤解之者。如云「對酒宜歌」，則非也。「當」非〔二五〕「該當」之「當」，乃「臨當」之「當」耳，如當風、當筵、當場之類。言人生對酒臨歌之時有幾時哉？即「人生幾見月當頭」之意也。

〔二〇〕毛本杜牧詩《赤壁》從贊本；周本、夏本、贊本改自嘉本。詩句據《樊川文集》校正。

〔二一〕「銷」，原作「消」，古本同。據《樊川文集》改。

〔二二〕「亦」，貫本作「豈」，濟本、光本作「即」。

〔二三〕同本回校記〔三〕。

〔二四〕毛本曹操《短歌行》從贊本；鍾本、漁本同贊本，周本、夏本、贊本改自嘉本。按：《樂府詩集》載《短歌行》「晉樂所奏」「本辭」兩式，嘉本從「本辭」，有異文。仿《凡例》，詩句全文據《文選》卷二七《詩戊》之《魏武帝樂府二首·短歌行》校正，本回回前批同。

〔二五〕「非」，原作「作」，致本、業本、貫本、齋本同，濟本作「非作」。按：述「當」字義，否「該當」之「當」，「乃」轉折，作「非」是。據光本、商本改。

譬如〔二六〕朝露，去日苦〔二七〕多。
慨當以慷，憂思難忘。毛忽着一個「憂」字。
何以解憂？惟有杜康。毛又着一個「憂」字。
青青子衿〔二八〕，悠悠我心。
但爲君故，沈吟至今。〔二九〕
呦呦周音幽。鹿鳴，食野之苹〔三〇〕；
我有嘉賓，鼓瑟吹笙。
明明〔三一〕如月，何時可掇〔三二〕？夏音拙。
憂從中來，不可斷絶。毛又一個「憂」字。篇中忽着無數「憂」字，蓋樂極生悲，已爲後文預兆矣。贊鍾見乎（詩〔三三〕）（詞）矣。
越陌度阡，枉用相存。
契二音挈。闊談讌，心念舊恩。
月明星稀，烏鵲南飛。
遶樹三匝，二音札。何〔三四〕枝可依？
山不厭高，海〔三五〕不厭深。
周公吐哺，天下歸心。毛自比〔三六〕周公，驕盈極矣。漁蘇公《赤壁賦》，句句俱從此歌脫化而出，莫謂古人不善用人文字也。

歌罷，衆和之，共皆歡笑。忽座間一人進曰：「大軍相當之際，將士用命之時，丞相何故出此不吉之言？」鍾歌詞凄愴，果是不利。操視之，乃揚州刺史，沛國相人，姓劉名馥，字元穎。馥起自合淝，創立州

〔二六〕「如」，明三本同；原作「若」，毛校本、贊本同。據《文選》改。
〔二七〕「苦」，明三本同；原作「無」，毛校本、贊本同。據《文選》改。
〔二八〕「衿」，毛校本、贊本同；原作「衿」，形訛；明三本作「襟」。據《文選》改。
〔二九〕「但爲君故沈吟至今」，原無，古本同。據《文選》補。
〔三〇〕「苹」，原作「萍」，古本同。據《文選》改。
〔三一〕「明明」，原作「皎皎」，毛校本、周本、夏本、贊本同，嘉本作「皎明」。據《文選》改。
〔三二〕「掇」，原作「輟」，古本同。按：《文選》李善注曰：「言月之不可掇，由憂之不可絶也。」並引《説文》曰：「掇，拾取也。」「掇」爲中止之意時通「輟」。據《文選》改。
〔三三〕贊批「詩」，贊校本作「詞」。
〔三四〕「何」，嘉本、周本同；原作「無」，毛校本、夏本、贊本同。據《文選》改，後正文及批語同。
〔三五〕「海」，原作「水」，古本同。據《文選》改。
〔三六〕「比」，光本作「此」，形訛。

治，聚逃散之民，立學校，廣屯田，興治教，久事曹操，多立功績。【毛】夾叙劉馥生平，閒筆甚妙〔三七〕。當下操橫槊問曰：「吾言有何不吉？」馥曰：「『月明星稀，烏鵲南飛，遶樹三匝，何枝可依』，此不吉之言也。」【毛】蘇子瞻《赤壁賦》亦引此四句〔三八〕，以爲孟德之困於周郎，蓋南飛而何可依，主應其南征而無所得耳。操大怒曰：「汝安敢敗吾興！」手起一槊，刺死劉馥。【毛】醉後驕盈愈甚。【鍾】馥死可憐。【漁】即以劉馥應讖，亦是馥自尋死。衆皆驚駭，遂罷宴。次日，操酒醒，悔恨不已。馥子劉靖，告請父屍歸葬。操泣曰：「吾昨因醉誤傷汝父，悔之無及。可以三公厚禮葬之。」【鍾】老賊大奸。又撥軍士護送靈柩，即日回葬。【毛】臨江飲酒，橫槊賦詩，忽然刺殺一人，大是殺風景。況隔夜則歌，明日則泣，亦是不吉之兆。

次日，水軍都督毛玠、于禁詣帳下，請曰：「大小船隻，俱已配搭連鎖停當。旌旗戰具，一一齊備。請丞相調遣，剋日進兵。」【毛】極寫北軍壯盛。操至水軍中央大戰船上坐定，喚集諸將，各各聽令。水旱二軍，俱分五色旗號：【毛】青、黃、赤、黑、白〔三九〕，按水、火、金、木、土，正與後文無數「火」字映射。水軍中央黃旗毛玠、于禁，前軍紅旗張郃，後軍皂旗呂虔，左軍青旗文聘，右軍白旗呂通；【毛】極寫水軍嚴整。馬步前軍紅旗徐晃，後軍皂旗李典，左軍青旗樂進，右軍白旗夏侯淵。【毛】極寫旱軍嚴整。○以水軍爲主，故中央有黃旗，而旱路則無之。其餘各分前後左右者，按東西南北也。乃前軍皆用紅旗，正與火攻相映射。水陸路都接應使：夏侯惇、曹洪；護衛往來監戰使：許褚、張遼。【毛】九旗之後，又有二隊，嚴整之極。其餘驍將，各依隊伍。令畢，水軍寨中發擂三通，各隊伍戰船分門而出。是日西北風驟起，【毛】寫西北風，正與後文東風反照。【漁】又爲後東風伏線。各船拽起風帆，衝波激浪，穩如平地。北軍在船上，踴

〔三七〕「甚妙」，滄本作「妙極」。
〔三八〕按：《赤壁賦》引「月明星稀，烏鵲南飛」二句，批語後句以此四句作評。
〔三九〕「黑白」，光本倒作「白黑」。

躍施勇，刺鎗使刀。前後左右各軍，旗旛不雜。又有小船五十餘隻，往來巡警催督。毛為下文曹操下小船逃命張本。漁為後曹操小船逃命伏線。操立於將臺之上，觀看調練，心中大喜，以為必勝之法，毛驕盈之甚。教且收住帆幔，各依次序回寨。操升帳謂衆謀士曰：「若非天命助我，安得鳳雛妙計？鐵索連舟，果然渡江如履平地。」程昱曰：「船皆連鎖，固是平穩，但彼若用火攻，難以迴避。不可不防。」漁寫程昱精細，以形操不是一味朦朣，〈毛漁〉北軍未嘗無人。鍾程昱有見。操大笑曰：「程仲德雖有遠慮，却還有見不到處。」荀攸曰：「仲德之言甚是，丞相何故笑之？」毛北軍未嘗無人。操曰：「凡用火攻，必藉風力。方今隆冬之際，但有西風北風，安有東風南風耶？吾居於西北之上，彼兵皆在南岸，彼若用火，是燒自己之兵也，吾何懼哉？毛漁正與後（文）周瑜發病、孔明寫方張本。贊大是，大是，俱言其常耳。既言天時，獨不可以人力為之乎。古云：「偷天換日，□本自有。」如此手段，借風其小者耳〔四〇〕。若是十月小春之時，吾早已隄備矣。」毛漁老賊未嘗不奸（猾）（滑）。鍾操言大是，但云天時獨不可以風力為。諸將皆拜伏曰：「丞相高見，衆人不及。」操顧諸將曰：「青、徐、燕、代之衆，不慣乘舟。今非此計，安能涉大江之險！」毛曹操前因作歌賦詩，送了一個人；今因誇環〔四一〕耀武，又送了兩個人。只見班部中二將挺身出曰：「小將雖幽、燕之人，也能乘舟。今願借巡船二十隻，直至江口〔四二〕，奪旗鼓而還，以顯北軍亦能乘舟也。」毛二人舍其所長，而争其所短，不亦病乎！贊也有趣。操視之，乃袁紹手下舊將焦觸、張南也。操曰：「汝等皆生長北方，恐乘舟不便。江南之兵往來水上，習練精熟，汝勿輕以性命為兒戲也。」鍾老奸大（通）。漁二人真以性命為兒戲。焦觸、

〔四〇〕「耳既言天時」至「小者耳」，緑本脱。

〔四一〕「環」，瀹本、光本作「衆」。

〔四二〕「江口」，原作「北江口」，其他毛校本、贊本同，光本作「江南口」。按：後文作「望江南進發」。「北江口」不通，據明三本删。

張南大叫曰：「如其不勝，甘受軍法！」【贄】操亦是，然二將也是趣〔四三〕人，不妨頑耍頑耍。操曰：「戰船盡已連鎖，惟有小舟。每舟可容二十人，只恐未便接戰。」觸曰：「若用大船，何足爲奇？乞付小舟二十餘隻，某與張南各引一半，只今日直抵江南水寨，須要奪旗斬將而還。」【毛】多大言者少成事。操曰：「吾與汝二十隻船，差撥精鋭軍五百人，皆長鎗硬弩。到來日天明，將大寨船出到江面上，遠爲之勢。更差文聘亦領三十隻巡〔四四〕船接應汝回。」【毛】寫曹操亦甚周密。焦觸、張南欣喜而退。次日四更造飯，五更結束已定，早聽得水寨中擂鼓鳴金，船皆出寨〔四五〕，分布水面，長江一帶，青紅旗號交雜。焦觸、張南領哨船二十隻穿寨而出，望江南進發。【鍾】二將真以性命爲兒戲耳。

却説南岸隔日〔四六〕聽得鼓聲喧震，遥望曹操調練水軍，探事人報知周瑜。瑜往山頂觀之，操軍已收回。【毛】補叙隔日，一筆不漏。次日，忽又聞鼓聲震天，軍士急登高觀望，見有小船衝波而來，飛報中軍。周瑜問帳下：「誰敢先出？」韓當、周泰二人齊出曰：「某當權爲先鋒破敵。」【毛】因黄蓋病，故二人權爲先鋒，與前後文相應。瑜喜，傳令各寨，嚴加守禦，不可輕動。韓當、周泰各引哨船五隻，分左右而出。

却説焦觸、張南憑一勇之氣，飛棹小船而來。韓當獨〔四七〕披掩心，手執長鎗，立於船頭。焦觸船先到，便命軍士亂箭望韓當船上射來，當用牌遮隔。焦觸撚〔四八〕長鎗與韓當交鋒，當手起一鎗，刺死焦觸。【鍾】血氣之勇，足以殺軀如此。【漁】如此不耐死，何苦惹騷。張南隨後大叫趕來，隔斜裡周泰船出。張南挺鎗立於船頭，兩邊弓矢亂射。周泰一臂挽牌，一

〔四三〕「趣」，原字漫漶，緑本作「奇」。按：「趣」字義長，據吴本補。
〔四四〕「巡」，光本脱。
〔四五〕「船皆出寨」，光本其上有「戰」，明四本作「皆出寨門」。
〔四六〕「隔日」，明四本作「隔夜」。
〔四七〕「獨」，商本作「胸」。
〔四八〕「撚」，光本、商本作「執」。

手提刀，兩船相離七八尺，泰即飛身一躍，直躍過張南船上，手起刀落，砍張南於水中，毛有此二人之死，愈令操信連環計〔四九〕之妙，而更不疑連環之不可用也。漁兩條性命直同兒戲。亂殺駕舟軍士，衆船飛棹急回。韓當、周泰催船追趕，到半江中，恰與文聘船相迎，兩邊便擺定船廝殺。

却説周瑜引衆將立於山頂，遥望江北水面艨艟戰船，排合江上，旗幟號帶，皆有次序。回看文聘與韓當、周泰相持，韓當、周泰奮力攻擊，文聘抵敵不住，回船而走。毛文聘之敗，又在周〔五〇〕瑜眼中望見。叙法變换。韓、周二人急催船追趕。周瑜恐二人深入重地，便將白旗招颭，令衆鳴金，二人乃揮棹而回。毛此寫南軍第二次小勝，亦是預爲之兆。贄也見北人水戰妙手，呵呵。鍾周郎知兇。周瑜於山頂看隔江戰船，盡入水寨，瑜顧謂衆將曰：「江北戰船，如蘆葦之密，操又多謀，當用何計以破之？」衆未及對，忽見曹軍〔五一〕寨中，被風吹折中央黄旗，飄入江中。毛曹軍折旗，却〔五二〕在周瑜眼中望見。叙法變換。○將寫周瑜旗角拂面，先寫曹操軍中折旗。襯染絶佳。漁先寫曹軍中折旗，襯起周瑜旗角拂面。瑜大笑曰：「此不祥之兆也〔五三〕！」毛寫周瑜大笑，反襯下文大叫。正觀之際，忽狂風大作，江中波濤拍岸。一陣風過，刮起旗角，於周瑜臉上拂過。贄奇事。瑜猛然想起一事在心，毛試思猛想是何想？一事是何事？解人必已辨之。大叫一聲，往後便倒，口吐鮮血。諸將急救起時，却早不省人事。毛終篇〔五四〕又忽作驚人之筆，令人疑惑不定。漁妙在每回臨末，句句有驚人〔五五〕之筆，三

〔四九〕「計」，光本脱。
〔五〇〕「周」，商本脱。
〔五一〕「曹軍」，光本作「曹操」，嘉本作「操」，周本、夏本、贄本作「操軍」。
〔五二〕「却」，光本脱。
〔五三〕「此不祥之兆也」，夏本、贄本作「未及破曹，先有警報也」，周本作「未及破曹，先有警報耳」，嘉本作「未及破曹，先占警報耳」。
〔五四〕「篇」，商本作「卷」。
〔五五〕「人」，原無，衡校本同。按：疑脱「人」字。毛批作「驚人之筆」。酌補。

國之異于他書處。**正是：**

一時忽笑又忽呌，難使南軍破北軍。

畢竟周瑜性命如何，且看下文分解。〔五六〕

阿瞞橫槊賦詩，兼他許多志得意滿之語，自當取敗，正所謂「動乎四體」也，可笑劉馥不知生死，白白送却了一命也。

人各有長，焦觸、張南用其所短，自取死也，可爲炯戒。

阿瞞橫槊賦詩，兼他許多志得意滿之語，自當取敗，正所謂「動乎四體」也。

〔五六〕「一時忽笑」至回末原闕。醉本第四十八回回末脫葉，據毛校本補。

第四十九回　七星壇諸葛祭風　三江口周瑜縱火

曹操假病，吉平以藥藥之而不死，不知其假也；周郎真病，孔明以不藥藥之而得生，獨識其真也。北軍之病病在畏水，龐統鎮以金而平其水，至水症平而火症發，則水不能制矣；周郎之病病在畏風，孔明順其氣而疏其風，使寒風息而温風生，則風適爲用矣。病若周郎，人所莫識；醫如孔明，亦世所罕聞。

吾嘗讀《易》，觀風火之爲《家人》，火風之爲《鼎》，竊以爲可與赤壁之戰相況也。惟孫、劉合爲一家，而鼎足之形成。孫之合於劉，亦如火之合於風，風因火力而風愈揚，火藉風力而火乃烈。瑜之不可無亮，猶亮之不可無瑜耳。

孔明之祭風，其孔明之用兵乎？杖劍登壇，號令嚴肅，彷彿與命將相似；按二十八宿與六十四卦，彷彿與布陣相似；下一層以青紅黑白分列四方旗幟，彷彿與四路奇兵相似；中一層又以五色間雜分布八方，彷彿與八路奇兵相似；上一層以四人分左右兩翼，又彷彿與兩隊〔一〕奇兵相似。雖未用兵，而有同於用兵者：只一百二十人，不異千軍萬馬之勢。其視彼八十三萬大軍，不啻如腐草敗葦，摧〔二〕而折之，真不費力矣。

寫周郎用兵，不於既戰時寫之，正於將戰未戰時寫之：一寫其東風未發之前，各處打點，各人准備，秣馬勵兵，治舟束甲，未戰而已勃勃乎有欲戰之勢；一寫其東風既發之後〔三〕，

〔一〕「隊」，貫本作「陣」。
〔二〕「摧」，齋本作「催」，形訛。
〔三〕「後」，光本作「兵」。

諸將聽令，各軍赴敵，按部分班，星馳電走，將戰而已森森然有必勝〔四〕之形。蓋用兵之勝，決之於將戰未戰之時，而不待於既戰之後也。若但觀其戰，不過某人射某人於水中，某人砍某人於馬下而已，又何以見江東士氣之壯，而〔五〕周郎兵畧之善哉！

周郎赤壁一戰，未調破曹操之兵，而先調取孔明之兵；以水陸十二隊分取八十三萬人，而獨以兩隊當孔明一人，蓋以孔明一人爲大敵，又在八十三萬人之上也。乃八十三萬人可勝，而孔明終不可勝。忌〔六〕其不可勝而欲殺之，人以病周郎之刻；知其不可勝，而强欲殺之，吾以笑周郎之愚。

赤壁之火，不自赤壁始也，其下種在二回之前矣。以大江爲竈，以赤壁爲爐，而黄蓋其擔柴者也，闞澤其送炭者也，龐統其添油者也；況更有蔣幹之乞薪於人以佐其炊，二蔡之採樵於外，以資其爨者乎！迨乎孔明執扇而從之，周瑜因人而熱之，而風伯施威，祝融憑怒，殆又其後事云。

周郎調兵分作兩段，諸葛調兵亦分作兩段，如周郎於調兵之先，另取孔明，而孔明亦於調兵之後，別命雲長是也。然周郎既不知玄德之當結，又不知孔明之不死，則不知人，而亦不知天；孔明既知曹操之不死，而又知雲長之必釋，則能知天，而更能知人。由是觀之，則周郎之不及孔明也遠甚。

寫風寫火，此回可謂奇矣。而定謀之初，則機密之至。周郎命各書一字於掌中，孔明亦暗寫一方於紙上。而不知紙上之風，風之始也；掌中之火，火之原也。從來燎原之威，必始於炎炎之細；土囊之口，必始於青蘋之末，其猶此夫！

〔四〕「勝」，貫本作「戰」。
〔五〕「而」，貫本脱。
〔六〕「忌」，貫本作「知」。

此回寫風之將來，有無數曲折；寫風之既至，又有無數點染。所云曲折者：如孔明上壇三次，下壇三次，並無動靜是也；又如等到天晚，不見風起，周瑜疑惑，言此時安得有東風是也；又如等到三更，先聽風聲響，出帳視之，旗帶忽飄西北是也；又如周瑜嘆詫爲奇，而曹操一邊見之，又以爲一陽初生，偶亦有之，不足爲奇是也。所云點染者：如丁奉、徐盛〔七〕迎風而走，守壇將士當風而立是也；又如趙雲扯篷〔八〕，其船如飛，小校望見遠帆，忽而孔明已到是也；又如曹操見月射波浪，金蛇萬道是也；又如黃蓋隔二里放火；又如風聲正大，不聽得弓弦響是也。至於此回有風，却於前回先寫霧，於後回又寫雨；其餘寫月、寫星、寫雲，不一而足：俱與風相映射。吾嘗嘆今之善畫者，能畫花、畫雪〔九〕、畫月，而獨不能畫風；今讀七星壇一篇，而如見乎丹青矣。

却說周瑜立於山頂，觀望良久，忽然望後而倒，口吐鮮血，不省人事。左右救回帳中，諸將皆來動問，盡皆愕然，相顧曰：「江北百萬之衆，虎踞鯨吞。不爭〔一〇〕都督如此，儻曹兵一至，如之奈何？」慌忙差人申報吴侯，一面求醫調治。毛北軍求醫，周瑜又〔一一〕求醫。

却說魯肅見周瑜卧病，心中憂悶，來見孔明，言周瑜卒病之事。孔明曰：「公以爲何如？」肅曰：「此乃曹操之福，江東之禍也。」孔明笑曰：「公瑾之病，亮亦能醫。」毛北軍之病龐統醫之，周瑜之病必須孔明治之。鍾先生善驗症，亦善下藥。肅曰：「誠如此，則國家萬幸！」即請孔明同去看病。肅先入

〔七〕「丁奉徐盛」，商本倒作「徐盛丁奉」。
〔八〕「篷」，原作「蓬」，其他毛校本同。後正文、毛批亦作「蓬」，其他古本同。據光本、商本改，後文同。
〔九〕「雪」，光本、商本作「雲」。
〔一〇〕「争」，致本、齋本、澮本、光本、商本作「料」。
〔一一〕「又」，澮本、光本、商本作「亦」。

見周瑜，瑜以被蒙頭而卧。漁蒙頭敢是怕風。肅曰：「都督病勢若何？」毛魯肅是真問病。周瑜曰：「心腹攪二音絞。痛，時復昏迷。」肅曰：「曾服何藥餌？」瑜曰：「心中嘔逆，藥不能下。」肅曰：「適來去望孔明，言能醫都督之病。見在帳外，煩來醫治，何如〔一二〕？」瑜命請入，教左右扶起，坐於床上。孔明曰：「連日不晤君顔，何期貴體不安！」毛孔明是假問病。瑜曰：「『人有旦夕禍福』，豈能自保？」孔明笑曰：「『天有不測風雲』，人又豈能料乎？」毛一語道着心病。巧絶，妙絶。贄鍾打着心上事矣。漁對伏凑巧，説着病源。瑜聞失色，乃作呻吟之聲。孔明曰：「都督心中似覺煩積否？」瑜曰：「然。」孔明曰：「必須用凉藥以解之。」瑜曰：「已服凉藥，全然無效。」孔明曰：「須先理其氣；氣若順，則呼吸之間，自然痊可〔一三〕。」毛都是隱語、妙語。贄鍾（二）（兩）人借病説啞謎，（更趣。）（人亦知之乎？）漁絶妙隱語。瑜料孔明必知其意，乃以言挑之曰：「欲得順氣，當服何藥？」毛大家借病説啞謎，寫來真是好看。孔明笑曰：「亮有一方，便教都督氣順。」毛此等順氣方諒用不着陳皮幾分，烏藥幾錢也。瑜曰：「願先生賜教〔一四〕。」孔明索紙筆，屏退左右，密書十六字曰：「欲破曹公，宜用火攻；萬事俱備，只欠東風。」毛直是四句藥性歌，恐《難經》《脉〔一五〕訣》《萬病回春》未必有此奇方。漁四語直當補入《藥性賦》内。寫畢，遞與周瑜曰：「此都督病源也。」毛此等病源，近世醫家寫不出。鍾這等病症，果不似作寒作熱，小可郎中醫得。瑜見了大驚，暗思：「孔明真神人也！早已知我心事！只索以實情告之。」乃笑曰：「先生已知我病源，將用何藥治之？事在危急，望即賜教。」毛特求急救良方。孔明曰：「亮雖不才，曾遇異人，傳

〔一二〕「煩」，光本作「請」。「何如」，光本倒作「如何」，明四本無。
〔一三〕「痊可」，光本倒作「可痊」；嘉本、周本作「全可」，「全」同「痊」；夏本、贄本作「痊痾」。
〔一四〕「賜教」，明四本作「教之」。
〔一五〕「脉」，光本訛作「妙」。

授八〔一六〕門遁甲天書，可以呼風喚雨。毛雲從龍，風從虎。孔明爲卧龍，又爲嘯虎矣。漁句句有關會。都督若要東南風時，可於南屏山建一臺，名曰『七星壇』，高九尺，作三層，用一百二十人，手執旗旛圍繞。亮於臺上作法，借三日三夜東南大風，助都督用兵，何如？」毛病貴驅風，今反以風治病，蓋三日之風，勝於七年之艾矣。瑜曰：「休道三日三夜，只一夜大風，大事可成矣。只是事在目前，不可遲緩。」毛不欲遲而多，但願速而少，今人服藥，往往如此。孔明曰：「十一月二十日甲子祭風，至二十二日丙寅風息，如何？」毛周以甲子興，紂以甲子亡；赤壁之戰，幾同牧野之師。瑜聞言大喜，矍然而起。毛只因「其風肆好」，遂爾「勿藥有喜」。便傳令差五百精壯軍士，往南屏山築壇；撥一百二十人執旗守壇，聽候使令。

孔明辭別出帳，與魯肅上馬，來南屏山相度地勢，令軍士取東南方赤土築壇，毛東南巽地，與風相取；色尚其〔一七〕赤，與火相照。方圓二十四丈，每一層高三尺，共是九尺。下一層插二十八宿旗：東方七面青旗，按角、亢、氐、房、心、尾、箕，布蒼龍之形；北方七面皂旗，按斗、牛、女、虛、危、室、壁，作玄武之勢；西方七面白旗，按奎、婁、胃、昴、畢、觜、參，踞白虎之威；南方七面紅旗，按井、鬼、柳、星、張、翼、軫，成朱雀之狀。毛前回曹操調〔一八〕兵，用五色旗號以按五方；今孔明祭風，亦用四方旗號以按列宿：前後正相映射。第二層週圍黄旗六十四面，按六十四卦，分八位而立。毛曹操調兵，以黑、白、青、紅〔一九〕列前後左右，而以黄旗立於中央；孔明祭風，以黑、白、青、紅列臺下四面，而以黄旗立於中層：前後又復映射。上一層用四人，各人戴束髮冠，穿皂羅袍，鳳衣博帶，朱履方裙〔二〇〕。前左立一人，手執長竿，竿尖上用雞羽爲葆，以招風

〔一六〕「八」，齋本、光本作「奇」。
〔一七〕「色尚其」，光本倒作「其色尚」。
〔一八〕「調」，貫本作「用」。
〔一九〕「黑白青紅」，光本倒作「青紅黑白」。
〔二〇〕「裙」，商本作「裾」。

信；前右立一人，手執長竿，竿上繫七星號帶，以表風色；後左立一人，捧寶劍；後右立一人，捧香爐。【毛】曹操調兵，分水陸二處；孔明祭風，分上中下三層。曹操於水軍五隊、旱軍四隊之外，又添設兩隊；孔明於二十八宿、六十四卦之上，又設立四人。前後又相映射。壇下二十四人，各持旌旗、寶蓋、大戟、長戈、黄鉞、白旄〔二一〕、朱旛、皂纛，【周】音道。【夏】音督。環遶四面。【毛】第一層用四人，第二層六十四人，第三層二十八人，今又加以二十四人，恰好是一百二十人之數。看他調度，井然不亂，參差有法，或按八方，或按七星，雖一百二十人，如有千軍萬馬之勢。【鍾】築壇救病，古今罕見。雖然，受這病，吃這藥，呵呵。孔明於十一月二十日甲子吉辰，沐浴齋戒，身披道衣，跣足散髮，來到壇前。【毛】儼似祈雨道士模樣。分付魯肅曰：「子敬自往軍中相助公瑾調兵。儻亮所祈無應，不可有怪。」【毛】反説一句，愈襯下文之奇。【漁】反襯一句，愈顯後文之奇。魯肅別去。孔明囑付守壇將士：「不許擅離方位，【毛】嗄。不許交頭接耳，【毛】嗄。不許失口亂言，【毛】嗄。不許失驚打怪〔二二〕。【毛】嗄。如違令者斬！」【毛】嗄。○孔明築〔二三〕壇祭風，與韓信登壇點將一樣聲勢。【漁】即是軍令。衆皆領命。孔明緩步登壇，觀瞻方位已定，焚香於爐，注水於盂，仰天暗祝。【鍾】孔明先生有此藥法，盧醫扁鵲〔二四〕俱不可及矣。下壇入帳中少歇，令軍士更替吃飯。孔明一日上壇三次，下壇三次。却並不見有東南風，【毛】先反寫一句，妙。【漁】又反襯一句。

且説周瑜請程普、魯肅一班軍官在帳中伺候，只等東南風起，便調兵出，【毛】【漁】寫周瑜一面等候，十分聲勢。一面關報孫權接應。【毛】好。黄蓋已自准備火船二十隻，船頭密布大釘，船内裝載蘆葦乾柴，灌

〔二一〕「黄鉞白旄」，原作「黄旄白鉞」，毛校本同。按：《尚書·牧誓》：「王左杖黄鉞，右秉白旄以麾。」唐代孔穎達疏曰：「《廣雅》云：『鉞，斧也。』斧稱『黄鉞』，故知以黄金飾斧也。」「把旄何以白？旄用白者，取其易見也。」據明四本改。

〔二二〕「失驚打怪」，貫本、商本作「大驚小怪」。

〔二三〕「築」，光本、商本作「登」。

〔二四〕按：扁鵲，別號「盧醫」。鍾批誤作二人。

以魚〔二五〕油，上鋪硫黃、焰硝引火之物，各用青布油單遮蓋。船頭上插青龍牙旗，船尾各繫走舸，毛眉舸，歌上聲。三（舸，音可。）（乃）（即）小脚舡也。〈二〉便於往來，故謂之走舸。在帳下聽候，只等周瑜號令。毛漁（又）寫黃蓋一面准備，（又）十分聲勢。甘寧、闞澤窩盤蔡和、蔡中在水寨中，每日飲酒，不放一卒登岸，毛妙〔二六〕。鍾用計亦甚周密。週圍盡是東吳軍〔二七〕馬，把得水泄不通：只等帳上號令下來。毛漁又寫甘寧、闞澤一面打點，十分周密，十分聲勢。周瑜正在帳中坐議，探子來報：「吳侯船隻離寨八十五里停泊，只等都督好音。」毛漁又寫孫權一面等候，更（覺）十分聲勢。瑜即差魯肅遍告各部下官兵將士：「俱各收拾船隻、軍器、帆櫓等物。號令一出，時刻休違。儻有違誤，即按軍法。」毛又寫魯肅傳令遍告，又是十分聲勢。漁又寫魯肅傳告軍士齊備，加倍聲勢。衆兵將得令，一個個磨拳擦掌，准備厮殺。毛又寫衆兵將一句，加倍聲勢。

是日，看看近夜，天色晴明，微風不動。毛再反寫一句，以見下文之奇。近日道士祈雨，反祈出晴來，此不能學七星壇上下半夜之孔明，只學得上半日之孔明也。瑜謂魯肅曰：「孔明之言謬矣。隆冬之時，怎得東南風乎？」毛再借周瑜口中極力反寫一句，以見下文之奇。○〈毛贊〉萬一此時無風，奈何？（或）（白牛和尚）笑曰：（從來）南風（從來）極盛，不必慮也。肅曰：「吾料孔明必不謬談。」將近三更時分，忽聽風聲響，旗旛轉動。瑜出帳看時，旗脚〔二八〕竟飄西北，霎時間東南風大起。毛將寫風起，先寫響聲〔二九〕，次寫旗脚，以漸而來，妙甚。瑜駭然曰：「此人有奪天地造化之法，鬼神不測之術！若留此人，乃東吳禍根也。及早殺却，免生他日之憂。」毛纔借得風來，便欲殺借風之人，周郎可謂狠矣。不知風尚能借，殺豈不能避〔三〇〕

〔二五〕「載」，原作「戴」，致本同，據其他古本改。「魚」，光本訛作「油」。
〔二六〕「妙」，光本作「好」。
〔二七〕「軍」，光本作「兵」。
〔二八〕「旗脚」，商本作「旗帶」，夏本、贊本作「旌脚」。
〔二九〕「響聲」，貫本作「聲響」。
〔三〇〕「避」，滄本作「逃」。

乎？贊周郎忌諸葛，真對手、真知己也。不比今爲吠聲之犬耳，本不知其人若何賢，若何聖也。急喚帳前護軍校尉丁奉、徐盛二將：「各帶一百人。徐盛從江内去，丁奉從旱路去，漁一枝旱軍，一枝水軍。都到南屏山七星壇前，休問長短，拏住諸葛亮，便行斬首，將首級來請功。」毛未調各路破曹操之兵，先調兩路殺孔明之兵，周郎〔三一〕之視孔明，重於曹操，重於八十三萬大兵也。○今日道士求得雨來，便要謝將；孔明借得風〔三二〕來，周郎却以斬首爲謝將，可發一笑〔三三〕。鍾□□忌諸葛，非爲知己也。二將領命。徐盛下船，一百刀斧手蕩開棹槳，丁奉上馬〔三四〕，一百弓弩手各跨征駒，往南屏山來。毛讀書至此，爲孔明捏一把汗。於路正迎着東南風起。毛但於有火處寫風，不於無火處寫風，則踈矣。今去殺孔明，初不賴風力，而於此處閒寫一句，正見叙事筆法之密。漁又點東南風一句。後人有詩曰〔三五〕：

七星壇上卧龍登，一夜東風江水騰〔三六〕。
不是孔明施妙計，周郎安得逞才能？

丁奉馬軍先到，見壇上執旗將士當風而立。毛又寫一句風，妙甚。丁奉下馬提劍上壇，不見孔明。毛先生將亦化作旋風去矣。慌問守壇將士，荅曰：「恰纔下壇去了。」毛漁（周瑜）旱路一軍無用（了）。丁奉忙下壇尋時，徐盛船已到，二人聚於江邊。小卒報曰：「昨晚一隻快船停在前面灘口。適間却見孔明披髮下船，那船望上水去了。」毛漁（周瑜）水路一軍（又）無用（了）。丁奉、徐盛便分水陸兩路追襲。徐盛教拽起滿帆，搶風而使。遥望前船不遠，

〔三一〕「郎」，光本作「瑜」，後一處同。
〔三二〕「來」，貫本脱。「風」上，光本有「東」。
〔三三〕「笑」上，貫本有「大」字。
〔三四〕「上馬」，光本、商本倒作「馬上」。
〔三五〕毛本後人詩自贊本八句删、改作四句；鍾本同贊本，贊本同明三本；漁本無。
〔三六〕「騰」，原作「勝」，致本、業本同，貫本作「深」。按：「勝」字平仄誤，「深」字出韻。明四本前四句作「七星壇上正嚴凝，劍擊東風頃刻興。萬里雲烟皆動蕩，三江波浪盡掀騰。」據其他毛校本改。

徐盛在船頭上高聲大叫：「軍師休去！都督有請！」【毛】讀書至此，又爲孔明一急。只見孔明立於船尾大笑曰：「上覆都督：好好用兵，諸葛亮暫回夏口，異日再容相見。」【毛】寫得孔明從容不迫，的是妙人。【鍾】孔明早〔三七〕有神筭，周郎空費奸計。徐盛曰：「請暫少住，有緊〔三八〕話說。」孔明曰：「吾已料定都督不能容我，必來加害，預先教趙子龍來相接。將軍不必追趕。」【毛】第一次不說破，第二次方纔說破。妙甚。【漁】妙在第二次方說破。徐盛見前船無篷，【毛】妙。只顧趕去〔三九〕。看看至近，趙雲拈弓搭箭，立於船尾大叫曰：「吾乃常山趙子龍也！奉令特來接軍師。你如何來追趕？本待一箭射死你來，顯得兩家失了和氣。教你知我手段！」【毛】孔明妙在第二次方說破，趙子龍妙在第三次方出〔四〇〕來。言訖，箭到處，射斷徐盛船上篷索。【鍾】好个趙子龍。那篷墮落下〔四一〕水，其船便横。趙雲却教自己船上拽起滿帆，【毛】更妙。乘順風而去。其船如飛，追之不及。【毛】不是寫篷，是寫風。既借風破曹兵，又借風歸夏口，可謂一事兩用。岸上丁奉喚徐盛船近岸，言曰：「諸葛亮神機妙筭，人不可及。更兼趙雲有萬夫不當之勇，汝知他當陽長坂時否？【毛】【漁】又將前事一提。吾等只索回報便了。」於是二人回見周瑜，言孔明預先約趙雲迎接去了。周瑜大驚曰：「此人如此多謀，使吾曉夜不安矣！」【毛】周瑜第一次調撥兩路軍出去，而丁、徐二人空身來見，竟無成功。是曹操可勝，八十三萬大兵可勝，而孔明一人必不可勝也。魯肅曰：「且待破曹之後，却再圖之。」【鍾】□（于敘魯肅）有心。

瑜從其言，【毛】此處按下孔明一邊，以下單敘周郎調撥之事。喚集諸將聽令。先教甘寧：「帶了蔡中，【毛】妙甚。并降卒沿南岸而走，只打北軍旗號，直取烏

〔三七〕「早」，原作「雖」，語義不通，酌改。

〔三八〕「緊」，滄本作「緊要」，光本作「要緊」，周本作「緊急」。

〔三九〕「去」，原闕。按：醉本原書手寫補入「上」字；「去」字義長，據古本補。

〔四〇〕「出」上，貫本、商本有「說」字。

〔四一〕「落下」，光本、商本作「下落」。

林地面，正當曹操屯糧之所，深入軍中，舉火爲號。【毛】【漁】第一隊（旱路）火軍（去了）。只留下蔡和一人在帳下，我有用處。」【毛】只蔡和、蔡中二人，分作兩處用之。妙甚。第二喚太史慈分付：「你可領三千兵，直奔黃州地界，斷曹操合淝接應之兵，就逼曹兵，放火爲號。只看紅旗，便是吳侯接應兵到〔四二〕。」【毛】【漁】第二隊（旱路）火軍（去了）。這兩隊兵最遠，先發。【毛】【漁】又總叙一句，作（一）頓。第三喚呂蒙領三千兵，去烏林接應甘寧，焚燒曹操寨柵。【毛】【漁】第三（隊）（路）旱路火軍。第四喚淩統領三千兵，直截彝陵〔四三〕界首，只看烏林火起，以兵應之。【毛】【漁】第四隊旱路火軍〔四四〕。第五喚董襲領三千兵，直取漢陽，從漢川殺奔曹操寨中，看白旗接應。【毛】【漁】第五隊旱路火軍。第六喚潘璋領三千兵，盡打白旗，往漢陽接應董襲。【毛】【漁】第六隊旱路火軍。六隊船隻〔四五〕各自分路去了。【毛】【漁】又總叙一句，作（一）頓。却令黃蓋安排火船，使小卒馳書約曹操今夜來降。【毛】以上先調旱路放火之軍，此處却是水路先鋒，第一個放火的。【鍾】討□號□。【漁】然後黃蓋第一隊水路火軍。一面撥戰船四隻，隨於黃蓋船後接應。【毛】爲下文黃蓋下小船，捉曹操張本。第一隊領兵軍官韓當，第二隊領兵軍官周泰，第三隊領兵軍官蔣欽，第四隊領兵軍官陳武：四隊各引戰船三百隻，前面各擺列火船二十隻。【毛】將水路火軍四隊一齊叙出，又换一樣筆法。周瑜自與程普在大艨艟上督戰，徐盛、丁奉爲左右護衛，【毛】以上旱軍六隊。水軍連黃蓋與周瑜亦是六隊，共是十二隊，與前回曹操水軍五隊、旱軍六隊，正復相對。只留魯肅共闞澤及衆謀士守寨。程普見周瑜調軍有法，甚相敬服。【毛】忙中又與前文映合。【鍾】程普服矣。【漁】小小點綴亦有照應。

〔四二〕「兵到」，貫本作「之兵」。

〔四三〕「彝陵」，明四本作「夷陵」，後明四本、贄本系正文及批語同。按：「夷陵」爲清代之前沿用；清代每多忌「夷」而多有改作「彝」字，非通假，從各本原文，批語合併皆不記。據地理，夷陵遠離赤壁戰場，爲《演義》訛用，涉後文多處，皆從原文不記。

〔四四〕毛批「軍」，原作「起」，致本同。按：與上下文異，據其他毛校本改。

〔四五〕「船隻」，光本作「軍兵」。

却説孫權差使命持兵符至，説已差陸遜爲先鋒，直抵蘄、黄地面進兵，吴侯自爲後應。毛此處寫孫〔四六〕權又是兩隊。只五六萬兵，叙得嚴整有法，隱然有百萬之勢。瑜又差人西山放火炮，南屏山舉號旗。各各准備停當，只等黄昏舉動。毛甲子日夜半有風，至乙丑日黄昏發火。黄昏以前，却是周瑜一一調撥。

話分兩頭。且説劉玄德在夏口專候孔明回來，漁此一段單叙劉玄德。忽見一隊船到，乃是公子劉琦自來探聽消息。玄德請上敵樓坐定，説：「東南風起多時，子龍去接孔明，至今不見到，吾心甚憂。」小校遥指樊口港上：「一帆風送扁舟來到，必軍師也。」毛遥指而便到，是寫風之順也。玄德與劉琦下樓迎接。須臾船到，毛須臾亦是風到〔四七〕。孔明、子龍登岸，玄德大喜。問候畢，孔明曰：「且無暇告訴别事。前者所約軍馬戰船，皆已辦否？」毛不説上項事，正作者補點上項事也。妙甚。漁摹寫情事緩急，口吻甚肖。玄德曰：「收拾久矣，只候〔四八〕軍師調用。」孔明便與玄德、劉琦升帳坐定，謂趙雲曰：「子龍可帶三千軍馬，渡江徑取烏林小路，二按《一統志》云：烏林峯今在漢陽府城西六十里臨漳山南。揀樹木蘆葦密處埋伏。毛漁第一隊（亦）取烏林，（亦）與周（瑜）（郎）相合。今夜四更已後，曹操必然從那條路奔走。毛漁（但）算定四更，（則）非周（瑜）（郎）之所及也。鍾俱已筭定。等他軍馬過，就半中間放起火來。雖然不殺他盡絶，也殺一〔四九〕半。」毛第一隊旱路火軍。○説捉不得曹操，正爲下文關公伏筆。雲曰：「烏林有兩條路：一條通南郡，一條取荊州〔五〇〕。不知向那條路來？」孔明曰：「南郡勢迫，曹操不敢往，必來荊州，然後大軍投許昌而去。」毛漁料如指掌。雲領計去了。又唤張飛曰：「翼德可領三千兵渡江，截斷彝陵這條路，二按《一統志》：夷陵，縣

〔四六〕「孫」字原闕，據毛校本補。
〔四七〕「到」，光本作「順」。
〔四八〕「候」，商本作「等」。
〔四九〕「一」上，光本、商本有「他」。
〔五〇〕按：《演義》多訛用荊州作城名，涉全書多處，皆從原文不記。

名，三國屬南郡，今屬荊州府。去葫蘆谷口埋伏。[毛][漁]第二隊（亦）取彝陵，（亦）與周（瑜）（郎）相合。曹操不敢走南彝陵，必望北彝陵去。來日雨過，必然來埋鍋造飯。[毛][漁]（但）預知有雨〔五一〕，（更）非周（瑜）（郎）之所及也。只看烟起，便就山邊放起火來。雖然捉不〔五二〕得曹操，翼德這塲功料也不小。」[毛]第二隊旱路火〔五三〕軍。○又説捉不得曹操，正爲下文關公伏筆。[鍾]料敵如神。飛領計去了。又喚糜竺、糜芳、劉封三人各駕船隻，遶江勦擒敗軍，奪取器械。[毛][漁]第一隊水軍。三人領計去了。孔明起身，謂公子劉琦曰：「武昌〔五四〕一望之地，最爲緊要。公子便請回，率領所部之兵，陳於岸口。操一敗，必有逃來者，就而擒之，却不可輕離城郭。」[毛][漁]第二隊水軍。劉琦便辭玄德、孔明去了。孔明謂〔五五〕玄德曰：「主公可於樊口屯兵，凭高而望，坐看今夜周郎成大功也。」[毛]前遣過兩路旱軍、兩路水軍，却於此處故作一頓，獨留一隊旱軍在後，與前周瑜調撥大是不同。[漁]似調兵已畢，不知尚有一隊在後。

時雲長在側，孔明全然不睬。[毛]本要重用他，却反不睬他。妙甚。[贊]孔明老賊，最會頑皮。〔五六〕雲長忍耐不住，乃高聲曰：「關某自隨兄長征戰，許多年來，未嘗落後。今日逢大敵，軍師却不委用，此是何意？」[毛]待關公自問，妙甚。無此憤激，不見後文之奇。[鍾]必待雲長自言，而後使之，此善調弄處。孔明笑曰：「雲長勿怪！某本欲煩足下把一個最緊要〔五七〕

〔五一〕毛批「雨」下，光本有「者」字。

〔五二〕「捉不」，原作「不捉」，致本、業本、貫本、齋本、滄本、明四本同。據光本、商本乙。

〔五三〕「火」，原作「水」，業本同。按：「水」與上下文異，「火」義合。據其他毛校本改。

〔五四〕按：《三國志·吴書·先主傳》：建安二十五年（二二〇年）「權自公安都鄂，改名武昌，以武昌、下雉、尋陽、陽新、柴桑、沙羨六縣爲武昌郡」。全書多處涉「武昌」，惟此處訛用。明清武昌與今武昌同，東漢屬江夏郡沙羨縣，羨音夷。《演義》未涉及孫權置武昌事，此處從原文，以求前後文統一。

〔五五〕「謂」，商本作「請」，明四本作「與」。

〔五六〕緑本脱此句贊批。

〔五七〕「緊要」，滄本、光本倒作「要緊」。

的隘口，怎奈有些違碍處〔五八〕，不敢教去。」【毛】不即說出，妙甚。無此留難，不〔五九〕見後文之奇。雲長曰：「有何違碍？願即見諭。」孔明曰：「昔日曹操待足下甚厚，足下當有以報之。今日操兵敗，必走華容道，【二】按《一統志》：華容，縣名，今屬荊州府城東南〔六〇〕一百八十里。若令足下去時，必然放他過去。因此不敢教去。」【毛】言公必放者，不是激之使不放，正料定其必不肯不放也。【鍾】孔明不殺老瞞，知天不可違也。【漁】或曰：孔明既明知曹操不該死，何故又遣關公？然孔明總爲成就關公是個義人。雲長曰：「軍師好心多！當日曹操果是重待某，某已斬顏良、誅文醜，解白馬之圍，報過他了。今日撞見，豈肯輕放〔六一〕！」【毛】前既憤激，此又辨白，愈顯後文之奇。孔明曰：「倘若放了時，却如何？」雲長曰：「願依軍法！」孔明曰：「如此，立下文書〔六二〕。」雲長便與了軍令狀。【毛】此寫關公之決。雲長曰：「若曹操不從那條路上來，如何？」孔明曰：「我亦與你軍令狀。」【毛】此寫孔明之智。【贊】孔明妙處只是不欲殺害老瞞，知天不可違也。而雲長仁慈，聖也，佛也，不可及也。而孔明先知之，此人亦仙也〔六三〕。雲長大喜。孔明曰：「雲長可於華容小路高山之處，堆積柴草，放起一把火烟，引曹操來。」【毛】周郎既以火逐之，孔明又以火迎之。周郎善於用火，孔明更工於用火也。【漁】末一隊火軍。雲長曰：「曹操望見烟，知有埋伏，如何肯來？」孔明笑曰：「豈不聞兵法『虛虛實實』之論？操雖能用兵，只此可以瞞過他也。他見烟起，將謂虛張聲勢，必然投這條路來。【毛】奇絕，妙絕。將軍休得容情。」【毛】前既留難，此又切囑，愈顯後文之奇。【漁】此又切囑，孔明調撥，至此方定。雲長領了將令，引關平、周倉并五百校刀手，投華容道埋伏去了。【毛】前寫周瑜調撥，後寫孔明調

〔五八〕「處」，貫本脫，嘉本、周本無。

〔五九〕「說」「無」「不」上，貫本有「一口」「然」「却」四字。

〔六〇〕周、夏批「荊州府城東南」，原作「鄂州府城西」。按：《一統志》：石首縣「在府城東南一百八十里，本漢南郡華容縣地」。據改。

〔六一〕「輕放」，明四本作「放免」。

〔六二〕「文書」，光本作「軍令」。

〔六三〕「也」，緑本作「矣」。

撥，至此方完。玄德曰：「吾弟義氣深重，若曹操果然投華容道去時，只恐端的放了。」【毛】不惟孔明料之，玄德已料之矣。孔明曰：「亮夜觀乾象，操賊〔六四〕未合身亡。留這人情，教雲長做了，亦是美事。」【毛】孔明既知人，又知天。【贊】玄德、孔明俱有先見，不比今人惡之欲其死也。【漁】確有先見，不似今人惡之欲其死者。玄德曰：「先生神算，世所罕及！」孔明遂與玄德往樊口，看周瑜用兵，留孫乾、簡雍守城。【毛】此俗諺所云「雲端裏看厮殺」也。

却說曹操在大寨中，與衆將商議，只等黄蓋消息。當日東南風起甚緊，程昱入告曹操曰：「今日東南風起，宜預隄防。」【毛】程昱亦甚精細。【漁】北軍未嘗無人。操笑曰：「冬至一陽生，來復之時，安得無東南風？何足爲怪！」【毛】【漁】若（是）曹操見風（而）（就）驚，便不奇矣。〈【毛】〉正妙在處之泰然，乃見後文之出其不意也。【贊】只爲曉得道理，所以最爲誤事。軍士忽報江東一隻小船來到，說有黄蓋密書。操急喚入，其人呈上書。書中訴說：「周瑜關防得〔六五〕緊，因此無計脱身。今有鄱陽湖新運到糧，周瑜差蓋巡哨，已有方便。好歹殺江東名將，獻首來降。只在今晚二〔六六〕更，船上插青龍牙旗者，即糧船也。」【毛】火軍當〔六七〕插紅旗，而用青旗者何也？曰：木生火也。曹軍黄旗居中，而以青旗勝之，木尅土也。操大喜，遂與衆將來水〔六八〕寨中大船上，觀望黄蓋船到。

且說江東，天色向晚，周瑜喚出蔡和，令軍士縛倒。【漁】又敘入周瑜。和叫：「無罪！」瑜曰：「汝是何等人，敢來詐降！吾今缺少福物祭旗，願借你首級。」【毛】送箭人情，已令江東拜賜；祭旗福物，又承曹操餽來。【漁】曹操當日借頭，〔六九〕周瑜亦曰借頭，有出處。和抵賴不過，大叫曰：「汝家闞澤、甘寧亦曾與謀！」【毛】可發一笑。【贊】癡人癡人，還不知麽？瑜曰：

〔六四〕「操賊」，商本作「曹賊」，明四本作「曹操」。
〔六五〕「得」，光本作「嚴」。
〔六六〕「二」，光本作「三」。
〔六七〕「當」，光本作「應」。
〔六八〕「水」，商本作「到」。
〔六九〕漁批以下至回末闕，翼本第四十九回以下脱葉，皆據衡校本補。

「此乃吾之所使也。」蔡和悔之無及。瑜令捉至江邊皂纛旗下，奠酒燒紙，一刀斬了蔡和，用血祭旗畢，便令開船。黃蓋在第三隻火船上，獨〔七〇〕披掩心，手提利刃，旗上大書「先鋒黃蓋」。蓋乘一天順風，望赤壁進發。【毛】周瑜既獻了活三牲，黃蓋便去燒順風紙矣。【二】按《方輿勝覽》：黃州，注引《水經》載：赤鼻山，《齊安拾遺》遂爲赤壁山。其說不是。今按《一統志》：赤壁山在武昌府城東南九十里，北岸即烏林，與赤壁相對，即周瑜焚曹操船處。是時東風大作，波浪洶湧。【漁】處處點出風來，妙。操在中軍遙望隔江，看看月上，照耀江水，如萬道金蛇，翻波戲浪。【毛】偏有閒筆，寫月、寫波，以點染風勢。操迎風大笑，自以爲得志。【毛】此時老奸尚在夢中。【漁】先形容一番快活光景，忽然禍到，甚有節拍。忽一軍指說：「江南隱隱一簇帆幔使風而來。」操凭高望之。報稱：「皆插青龍牙旗。內中有大旗，上書『先鋒黃蓋』名字。」操笑曰：「公覆來降，此天助我也！」來船漸近。程昱觀望良久，謂操曰：「來船必詐，且休教近寨。」【毛】【漁】北軍未嘗無人。操曰：「何以知之？」程昱曰：「糧在船中，船必穩重，今觀來船輕而且浮。更兼今夜東南風甚緊，倘有詐謀，何以當之？」【毛】可惜知覺得遲了。【贊】遲了。【鍾】（昱）是能□，只遲了些。操省悟，【毛】有曹操大〔七一〕笑，乃見下文之奇；有曹操省悟，愈〔七二〕見下文之奇。便問：「誰去止之？」文聘曰：「某在水上頗熟，願請一往。」言畢，跳下小船，用手一指，十數隻巡船，隨文聘船出。聘立於船頭，大叫：「丞相鈞旨：南船且休近寨，就江心拋住。」衆軍齊叫〔七三〕：「快下了篷！」言未絶，弓弦響處，文聘被箭射中左臂，倒在船中。【毛】受了十萬枝箭後，先有此一箭回禮。【漁】受了十萬箭，方纔還得一箭。船上大亂，各自奔回。南船距操寨止隔二里水面。黃蓋用刀一招，前船一齊發火。火趁風威，風助火勢，船如箭

〔七〇〕「獨」，商本作「胸」。
〔七一〕「大」，商本作「之」。
〔七二〕「愈」，貫本作「更」。
〔七三〕「叫」，業本作「聲」，貫本、齋本作「喝」。

發，烟焰漲〔七四〕天。漁好光景，作者、觀者俱有風發火騰之意。二十隻火船，撞入水寨，毛寫火猛、風猛、船猛、人猛，十分聲勢。曹寨中船隻一時盡着，又被鐵環鎖住，無處逃避。毛方見連環計之妙。隔江砲響，四下火船齊到，但見三江面上，火逐風飛，一派通紅，漫天徹地。毛適纔見萬道金蛇，此時却變作千條火龍矣。鍾火攻之計，妙哉！傷哉！慘哉！曹操回觀岸上營寨，幾處烟火。黄蓋跳在小船上，背後數人駕舟，冒烟突火來尋曹操。操見勢急，方欲跳上岸，忽張遼駕一小脚船，扶操下得船時，那隻大船已自着了。毛前以五十隻小船，爲往來巡警之用，至此却爲曹操救命之用。張遼與十數人保護曹操，飛奔岸口。黄蓋望見穿絳紅袍者下船，料是曹操，乃催船速進，手提利刀〔七五〕，高聲大叫：「曹賊休走！黄蓋在此！」操叫苦連聲。張遼拈弓搭箭，覷着黄蓋較近，一箭射去。鍾此箭得□。此時風聲正大，黄蓋在火光中，那裡聽得弓弦響？正中肩窩，翻身落水。毛正寫曹操被火，忽寫黄蓋落水。正快意時，又見此不快意事，令人閲至此，不得不急欲看後文也。正是：

火厄盛時遭水厄，棒瘡愈後患金瘡。

未知〔七六〕黄蓋性命如何，且看下文分解。

孔明、公瑾，的是對手。棋子，只是孔明饒得公瑾一箇先耳。

孔明不可及處，只是見得到，筭得定耳。凡天下事，只要見得到，筭得定，便是矣，别無他法也。

赤壁之役，大得力于東南風，正是閑中一着，全局都勝也。公瑾棋雖高，還不如孔明無敵手。

〔七四〕「漲」，致本、澹本作「張」，光本、商本作「障」。
〔七五〕「刀」，致本、澹本作「刃」。
〔七六〕「未知」，商本作「不知」，嘉本作「必竟」，周本、夏本、贊本無。

第五十回

諸葛亮智算華容
關雲長義釋曹操

凡計之中人，必度彼之爲何如人而後中之，則未有不中者也；又度彼之料我爲何如人而後中之，則又〔一〕未有不中者也。彼〔二〕方自以爲智，而我即中之以其智，則正迎乎彼之意中；彼方料我之智，而我反中之以我之愚，則又出乎彼之意外：如孔明之料曹操於華容是也。夫舉火於此，而伏兵於彼，則智人之所爲，而爲彼之所知；舉火在此，而伏兵即在此，此愚人之所爲，而爲彼之不及料。操固熟知有兵家虚實之法，而又熟知孔明之知有兵家虚實之法，此其所以爲孔明所中與！

或疑關公之於操，何以欲殺之於許田，而不殺之於華容？曰：許田之欲殺，忠也；華容之不殺，義也。順逆不分，不可以爲忠；恩怨不明，不可以爲義。如關公者，忠可干霄，義亦貫日，真千古一人。

懷惠者，小人之情；報德者，烈士之志。雖其人之大奸大惡，得罪朝廷，得罪天下，而彼能不害我，而以國士遇我，是即我之知己也。我殺我之知己，此在無義氣〔三〕丈夫則然，豈血性男子所肯爲乎？使關公當日以公義滅私恩，曰：吾爲朝廷斬賊，吾爲天下除兇，其誰曰不宜？而公之心，以爲他人殺之則義，獨我殺之則不義，故寧死而有所不忍耳。曹操可以釋陳宫而不釋，關公可以殺曹操而不殺，是關公之仁，異於曹操。蔡邕哭董卓而王允罪之，關公

〔一〕「又」，貫本脱。
〔二〕「彼」上，貫本有「蓋」字。
〔三〕「義氣」，原作「意氣」，致本、業本、貫本、齋本、澹本同。按：「義氣」通，據光本、商本改。

釋曹操而孔明諒之，則孔明之見高於王允矣。

孔明既知關公之不殺操，則華容之役，何不以翼德、子龍當之？曰：孔明知天者也。天未欲殺操，則雖當之以翼德、子龍，必無成功。故孔明之使關公者，所以成關公之義；而其不使翼德、子龍者，亦以掩翼德、子龍之短也。然則關公之釋操，非公釋之，而孔明釋之；又非孔明釋之，而實天釋之耳。

前回寫江中之火，此回寫岸上之火；前回止寫周郎之火，此回續寫孔明之火。前回是寫帆櫓之風，此回是寫林木之風；前回是寫孔明之以風助火，此回是寫孔明之以火繼風。而至於風止火息之後，又有風之餘勢、火之餘威以點綴之。於風之後而遇雨，火之後而見烟，烟與雨正風與火之餘也。且其後文，又有與前文相反者：衣甲盡濕，又當燥之以風；軍士乏食，又當炊之以火。蓋即一回之中，而前之風爲害，後之風爲利；前之火爲讐，後之火又爲恩云。

操之習水戰而鑿池於北方，其名則玄武也，其象則習坎也。而龐統進之以勾陳，周郎則應之以朱雀；孔明當之以重巽，周郎則應之以重離。至於走彝陵、奔華容，則又爲騰蛇之驚，白虎之凶，明夷之於行不食，旅人之先笑後號矣。

曹操於舟中舞槊之時既大笑，今在華容敗走之前又大笑。前之笑是得意，後之笑是强顏；前之笑是適己，後之笑是罵人；前之笑既樂極生悲，後之笑又非苦中得樂。前之笑與後之笑都無是處，千古而下，又當笑其所笑。

曹操前哭典韋，而後哭郭嘉，哭雖同而所以哭則異。哭典韋之哭，所以感衆將士也；哭郭嘉之哭，所以愧衆謀士也。前之哭勝似賞，後之哭勝似打。不謂奸雄眼淚，既可作錢帛用，又可作梃〔四〕杖用。奸雄之奸，真是奸得可愛。

〔四〕「梃」，原作「挺」，其他毛校本同，據澹本、光本改。

却説當夜張遼一箭射黃蓋下水，救得曹操登岸，尋着馬匹走時，軍已大亂。【毛】舍大舟就小舟，又舍水路奔旱路，寫一時倉忙之甚。韓當冒烟突火來攻水寨，忽聽得士卒報道：「後梢舵上一人，高叫將軍表字。」韓當細聽，但聞高叫：「義公救我！」當曰：「此黃公覆也！」急教救起。見黃蓋負箭着傷，咬出箭桿，箭頭陷在肉内。韓當急爲脱去濕衣，用刀剜出箭頭，扯旗束之，脱自己戰袍與黃蓋穿了，先令別船送回大寨醫治。原來黃蓋深知水性，故大寒之時，和甲墮江，也逃得性命。【毛】黃蓋苦肉於前，又苦肉於後，勇不避難，極寫其忠。

却説當日滿江火滚，喊聲震地。左邊是韓當、蔣欽兩軍從赤壁西邊殺來，右邊是周泰、陳武兩軍從赤壁東邊殺來，【毛】先鋒已去，將四隊水軍合作兩隊。正中是周瑜、程普、徐盛、丁奉大隊〔五〕船隻都到。【毛】此是中軍一隊。火須兵應，兵仗火威。此正是三江水戰，赤壁鏖兵。曹軍〔六〕着鎗中箭、火焚水溺者，不計其數。後人有詩曰〔七〕：

魏吴争鬭決雌雄，赤壁樓船一掃空。
烈火初張照雲〔八〕海，周郎曾此破曹公。

又有一絶云〔九〕：

山高月小水茫茫，追嘆前朝割據忙。
南士無心迎魏武，東風有意便周郎。

不説江中鏖兵。且説甘寧令蔡中引入曹寨深處，寧將蔡中一刀砍於馬下，【毛】只蔡中、蔡和兩人，却有兩樣殺法。妙。就草上放起火來。【毛漁】第一隊旱軍

〔五〕「大隊」二字原闕，據毛校本補。
〔六〕「赤壁鏖兵曹軍」六字原闕，據毛校本補。
〔七〕毛本後人詩從贊本；鍾本同贊本，贊本同明三本；漁本無。按：此詩删李白七律詩《赤壁歌送別》後四句，並修改前四句。《李太白文集》原詩前四句作「二龍争戰決雌雄，赤壁樓船掃地空。烈火張天照雲海，周瑜於此破曹公」。
〔八〕「照雲」，光本倒作「雲照」。
〔九〕毛本絶句删，改自贊本律詩，爲静軒詩；鍾本、漁本同周本、夏本、贊本；嘉本無。

出現。呂蒙遥望中軍火起，也放十數〔一〇〕處火，接應甘寧。【毛】【漁】第三隊〔一一〕旱軍出現。潘璋、董襲分頭放火吶喊，【毛】【漁】第五隊、（第）六隊（旱軍出現）。四下裏鼓聲大震。【毛】前已寫過水軍，此處寫旱軍，却又先寫四隊。曹操與張遼引百餘騎，在火林内走，【毛】「火林」二字甚新〔一二〕。看前面無一處不着。正走之間，毛玠救得文聘，引十數騎到。【毛】韓當救黄蓋即敘在前，毛玠救文聘補敘在後，筆法甚變。操令軍尋路，張遼指道：「只有烏林地面，空濶可走。」操徑奔烏林。正走間，背後一軍趕到，大叫：「曹賊〔一三〕休走！」火光中現出吕蒙旗號。【毛】在曹操眼中看出，帶寫火光〔一四〕之盛。【漁】從火光中現出吕蒙，越顯火色之盛。操催軍馬向前，留張遼斷後，抵敵吕蒙。却見前面火把又起，從山峪〔一五〕【二】音欲。中擁出一軍，大叫：「凌統在此！」【毛】【漁】第四隊旱軍出現，〈【毛】〉却在凌統口中叫出。曹操肝膽皆裂。忽刺斜裡一彪軍到，大叫：「丞相休慌，徐晃在此！」彼此混戰一場，奪路望北面〔一六〕走。【鍾】此亦老瞞之幸。忽見一隊軍馬屯在山坡前，徐晃出問，乃是袁紹手下降將馬延、張顗，有三千北地軍馬，列寨在彼，當夜見滿天火起，未敢轉動，恰好接着曹操。【毛】【漁】兩個替死鬼來了。操教二將引一千軍馬開路，其餘留着護身。操得這枝生力軍馬，心中稍安。馬延、張顗二將飛騎前行，不到十里，喊聲起處，一彪軍出。爲首一將大呼曰：「吾乃東吴甘興霸也！」【毛】甘寧忽没忽現分兩番寫，極其聲勢。馬延正欲交鋒，早被甘寧一刀斬於馬下。張顗挺鎗來迎，寧大喝一聲，顗措手不及，被寧手起一刀，翻身落馬。後軍飛報曹操。操此時指望合淝有兵救應，不想孫權在合淝路口，望見江中火光，

〔一〇〕「數」，商本作「餘」。

〔一一〕漁批「第三隊」，原作「第二隊」，衡校本同。按：與漁本、毛本前文皆異，前文第二隊太史慈，第三隊吕蒙。據改。

〔一二〕「二」「新」二字原闕，據毛校本補。

〔一三〕「賊」，光本作「操」。

〔一四〕「光」，光本作「中」。

〔一五〕「峪」，齋本、澹本、光本、商本作「谷」。

〔一六〕「面」，毛校本作「而」，明四本無。

相從那條路去?」操問:「那條路〔二五〕近?」軍士曰:「大路稍平,却遠五十餘里。小路投華容道,却近五十餘里,只是地窄路險,坑坎難行。」操令人上山觀望,回報:「小路山邊有數處烟起,大路並無動靜。」操教前軍便走華容〔二六〕道小路。毛不向無火處走,反向有烟〔二七〕處走,想尚燒得不快活也。諸將曰:「烽烟起處,必有軍馬,何故反走這條路?」操曰:「豈不聞兵書有云:『虛則實之,實則虛之。』贄鍾此是猜拳妙訣。漁吃了兵書的虧。諸葛亮多謀,故使人於山僻燒烟,使我軍不敢從這條山路走,他却伏兵在〔二八〕大路等着。吾料已定,偏不教中他計!」毛不要忙,却已中他計了。諸將皆曰:「丞相妙算,人不可及。」毛且慢讚着。漁莫誇獎。遂勒兵走華容道。此時人皆飢倒,馬盡困乏。焦頭爛額者扶策而行〔二九〕,中箭着鎗者勉强而走。衣甲濕透,箇箇不全;毛此時又巴不得以火烘之矣。軍器旗旛,紛紛不整。大半皆是夔陵道上被趕得慌,只騎得秃馬,鞍轡衣服,盡皆拋棄。正值隆冬嚴寒之時,其苦何可勝言。毛極寫曹操狼狽,以襯關公釋放之義。操見前軍停馬不進,問是何故。回報曰:「前面山僻小路〔三〇〕,因早晨下雨,坑塹内積水不流,泥陷馬蹄,不能前進。」毛前苦于火,今苦于水。操大怒,毛前大笑,笑得不情;此大怒,怒得無理。叱曰:「軍旅逢山開路,遇水叠橋,豈有泥濘不堪行之理!」傳下號令,教老弱中傷軍士在後慢行,强壯者擔土束柴,搬草運蘆,填塞道路,務要即時行動,如違令者斬。衆軍只得都下馬,就路傍砍伐竹木,填塞山路。漁此時軍士,可謂離了天羅又遭地網。操恐後軍來趕,令張遼、許褚、徐晃引百騎執刀在手,但遲慢者便斬之。毛既死於敵之火,又死於我之刀,操軍幾無

〔二五〕「路」,貫本脱。
〔二六〕「華容」下原有夏批,同前回「華容道」周、夏批,此處不録。
〔二七〕「烟」,光本作「火」。
〔二八〕「在」,商本作「於」,明四本作「在於」。
〔二九〕「扶策而行」四字原闕,據毛校本補。
〔三〇〕「小路」,商本倒作「路小」。

子遺矣。操〔三一〕喝令人馬沿淺〔三二〕而行，死者不可勝數，號哭之聲，於路不絕。【贄】惡人，惡人。【鍾】老奸惡人。操怒曰：「死生有命，何哭之有！如再哭者立斬！」【毛】【漁】只許自己笑，不許别人哭。三停人馬：一停落後，一停填了溝壑，一停跟隨曹操。過了險峻，路稍平坦。操回顧止有三百餘騎隨後，並無衣甲袍鎧整齊者。【毛】八十三萬大軍，只剩得三百餘騎。操催速行，衆將曰：「馬盡〔三三〕乏矣，只好少歇。」操曰：「趕到荆州將息未遲。」又行不到數里，操在馬上揚鞭大笑。【毛】第三番又笑。一發笑得可笑。衆將問：「丞相何又大笑？」【鍾】他人到此，斷咲不成了。操曰：「人皆言周瑜、諸葛亮足智多謀，以吾觀之，倒底是無能之輩。若使此處〔三四〕伏一旅之師，吾等皆束手受縛矣。」【毛】有此一句，乃見下文關公之義。

言未畢，一聲砲響，兩邊五百校刀手擺開，爲首大將關雲長，提青龍刀，跨赤兔馬，截住去路。【毛】又笑出一個來了。今〔三五〕番笑出此人來，不但笑不得，哭亦哭不得矣。操軍見了，亡魂喪膽，面面相覷。操曰：「既到此處，只得決一死戰！」衆將曰：「人縱然不怯，馬力已乏，安能復戰？」程昱曰：「某素知雲長：傲上而不忍下，欺强而不凌弱，恩怨分明，信義素著。丞相舊日有恩於彼，今只親自告之，可脱此難。」【毛】不但孔明能料雲長，程昱亦能料之。【贄】是。【鍾】程昱可謂深知雲長者矣。【漁】孔明亦料及此，程昱亦料及此。操從其説，即縱馬向前，欠身謂雲長曰：「將軍别來無恙！」雲長亦欠身答曰：「關某奉軍師將令，等候丞相多時。」【毛】不罵「操〔三六〕賊」，而稱「丞相」，便有不殺之意。【漁】問得周到，荅得宛轉。操曰：「曹操兵敗勢危，到此無路，望將軍以昔日之情爲

〔三一〕「操」上，明四本有「此時軍已餓乏，衆皆倒地」。「餓」，周本、夏本、贄本作「饑」。
〔三二〕「沿淺」，貫本作「沿踐」，光本作「沿棧」，滄本、周本作「踏踐」，嘉本作「踐踏」。
〔三三〕「盡」，貫本脱。
〔三四〕「使此處」，商本作「在此埋」。
〔三五〕「今」，原闕，業本作「平」。按：「今」字義通，據其他毛校本補。
〔三六〕「操」，滄本、光本、商本作「曹」。

重。」毛可謂哀鳴。二補註（関羽）（雲長）在許昌受曹操之（厚奉）（恩），嘗言「吾當以重報之」，故操今日引而爲言（矣）。雲長曰：「昔日關某雖蒙丞相厚恩，然已斬顏良，誅文醜，解白馬之危〔三七〕，以奉報矣。今日之事，豈敢以私廢公？」毛今日之事，君事也。此庾公對孺子之語耳，關公效之，便有不殺之意。操曰：「五關斬將之時〔三八〕，還能記否？」毛此事在白馬解圍之後，則公之未及報也。大丈夫以信義爲重，將軍深明《春秋》，豈不知庾公之斯追子濯孺子之事乎？」毛漁公明《春秋》，即以《春秋》（之事〔三九〕）動之。（毛）小人之乞憐於君子，必不以小人之情動君子，而必以君子之道望君子也。三考證昔日春秋之時，鄭國有一賢大夫，名子濯孺子，深精弓矢之藝。鄭（人）使子濯孺子領兵侵衛，衛使其將庾公之斯迎之。鄭兵大敗，衛使庾公之斯追之。從者曰：「衛兵至近，大夫可以用箭射之。」子濯孺子曰：「今日我疾作，不可以執弓。追兵近，吾必死矣！」乘車而走。衛兵趕上，子濯孺子問〔四〇〕曰：「追我者誰也？」左右曰：「衛將庾公之斯也。」子濯孺子曰：「吾生矣！」左右曰：「庾公之斯乃是衛國第一善射者（也），又與大夫無故舊之親，何言（其）（乎）生也？」子濯孺子曰：「雖與我無親，他曾於尹公之他處學藝來。尹公之他卻是我的徒弟。尹公之他是箇正直之人，其朋友必是正人也。我故知其人必不肯加害於我，故言（我）（其）生也。」左右未信。忽（果）庾公之斯追至，大叫曰：「夫子何不持弓矢（乎）？」子濯孺子答曰：「今日吾臂疼，不可以執弓（也）。」庾公之斯曰：「我昔日學射於尹公之他，尹公之他學射於夫子，我不忍以夫子之藝反害（於）（乎）夫子。雖然如此，今日之事乃君之事也，我不敢廢之。」遂抽矢去其箭頭，發四矢而回（焉）。於是子濯孺子得（命而還鄭）（命而回國）（全而歸國）。（天下稱）（大）義。出《孟子》。贊鍾此等言語動得君子，動不得小人。雲長是個義重如山之人，想起當日曹操許多恩義，與後來五關斬將

〔三七〕「危」，澹本、光本作「圍」。
〔三八〕「時」，光本作「事」。
〔三九〕「事」，衡校本作「筆」。
〔四〇〕周批「問」，原作「作」，據嘉、夏批改。

之事，如何不動心？又見曹軍惶惶皆欲垂淚，一發心中不忍。毛妙在不言處寫。於是把馬頭勒回，謂衆軍曰：「四散擺開。」這個分明是放曹操的意思。贊鍾雲長是聖人，是佛。漁許田射獵要殺操，華容道却放操，義足先天，非可以一轍定也。操見雲長回馬，便和衆將一齊衝將過去。雲長回身時，曹操已與衆將過去了。雲長大喝一聲，衆軍皆下馬哭拜於地。雲長愈加不忍。正猶豫間，張遼驟〔四一〕馬而至。雲長見了，又動故舊之情，毛張遼無言，關公亦無言，都妙在不言處寫。長嘆一聲，並皆放去。毛一喝一嘆，寫得有勢有情。贊今人不知，苦苦結下冤仇，狹路相逢如何放過老瞞。放債于雲長，今日便催〔四二〕收債。世事無不如此，着眼，着眼。鍾若非當初恩義，狹路相逢如何放過？後人有詩曰〔四三〕：

曹瞞兵敗走華容，正與關公狹路逢。
只爲當初恩義重，放開金鎖走蛟龍。

曹操既脫華容之難，行至谷口，回顧所隨軍兵，止有二十七騎。毛三百餘騎殘兵，又只剩得二十七人。漁八十三萬人馬可憐，只剩得二十七騎。比及天晚，已近南郡，火把齊明，一簇人馬攔路。毛此處尚有火之餘威。操大驚曰：「吾命休矣！」毛操之見火而驚，如牛之望月而喘也。漁又以虛驚〔四四〕作尾聲，妙，妙。只見一羣哨馬衝到，方認得是曹仁軍馬，操纔安心〔四五〕。曹仁接着，言：「雖知兵敗，不敢遠離，只得在附近迎接。」操曰：「幾與汝不相見也！」漁委真。於是引衆入南郡安歇。隨後張遼也到，說雲長之德。操點將校，中傷者極多，操皆令將息。曹仁置酒與操解悶，衆謀士俱在座。操忽仰天大慟，毛宜哭反笑，宜笑反哭，奸雄哭笑，與人〔四六〕不同。衆

〔四一〕「驟」，貫本作「縱」。
〔四二〕「催」，緑本作「能」。
〔四三〕毛本後人詩改自贊本；鍾本同贊本，贊本改自明三本；漁本無。
〔四四〕「驚」，原作「駕」，據衡校本改。
〔四五〕「安心」，商本倒作「心安」。
〔四六〕「人」，光本、商本作「衆」。

謀士曰：「丞相於虎窟中逃難之時，全無懼怯。今到城中，人已得食，馬已得料，正須整頓軍馬復讎，何反痛哭？」操曰：「吾哭郭奉孝耳！若奉孝在，決不使吾有此大失也！」【贊】【鍾】【漁】當哭處笑，當笑處哭；活人不説，只説死人。（大奸大奸）（絶頂奸雄）（奸真〔四七〕是可愛）。遂搥胸大哭曰：「哀哉，奉孝！痛哉，奉孝！惜哉，奉孝！」【毛】哭死的與活的看，奸甚。○周郎知二蔡之詐，並非有人往江北探來；曹操信黄蓋之真，自是有人到江東報去。拾僞書之蔣幹，有誰請到江東？獻連環之士元，問〔四八〕孰引歸江北？不當哭郭嘉，還該笑自己。衆謀士皆默然自慙。次日，操喚曹仁曰：「吾今暫回許都，收拾軍馬，必來報讎。汝可保全南郡。吾有一計，密留在此，非急休開。急則開之，依計而行，使東吳不敢正視南郡。」【毛】【漁】爲後（文）周瑜中箭伏線。〔四九〕【鍾】未至先定，信然高手。仁曰：「合淝、襄陽，誰可保守？」操曰：「荆州托汝管領；襄陽吾已撥夏侯惇守把〔五〇〕；合淝最爲緊要之地，吾令張遼爲主將，樂進、李典爲副將，保守此地。但有緩急，飛報將來。」【毛】爲後（文）孫權戰張遼伏線〔五一〕。操分撥已定，遂上馬引衆奔回許昌。荆州原降文武各官，依舊〔五二〕帶回許昌調用。曹仁自遣曹洪據守彝陵、南郡，以防周瑜。【毛】【漁】以上放下曹操，以〔五三〕下接敘關公。

却説關雲長放了曹操，引軍自回。此時諸路軍馬，皆得馬匹、器械、錢糧，已回夏口。獨雲長不獲一人一騎，空身回〔五四〕見玄德。【毛】關公無所得，其所得者義耳。【漁】関公載義而回。孔明正與玄德作賀，忽

〔四七〕「真」，衡校本作「雄」。

〔四八〕「問」，光本脱。

〔四九〕毛批「箭」，光本作「計」。衡校本脱此句以及本回後文五句漁批，疑脱該葉兩面。另，後文衡校本整句漁批爲翼本所無，皆列括號中，不另出校。

〔五〇〕「守把」，光本倒作「把守」，明四本作「守之」。

〔五一〕「張遼伏線」四字原闕，據毛校本補。

〔五二〕「依舊」二字原闕，據毛校本補。

〔五三〕毛批二「以」字原闕，據毛校本補。

〔五四〕「回」字原闕，據毛校本補。

報雲長至。孔明〔五五〕忙離坐席，執盃相迎曰：「且喜將軍立此蓋世之功，與普天下除大害〔五六〕，合宜遠接慶賀！」毛若果然殺得曹操，真當酌酒相賀矣。雖未有此事，然不可無此文。贄老賊可惡。鍾這話雲長怎當？漁雖無其事，不可無是文。（□言熱語使人當不得。）雲長默〔五七〕然。孔明曰：「將軍莫非因吾等不曾遠接，故爾不樂？」回顧左右曰〔五八〕：「汝等緣何不先報？」毛雖孔明未必如此之詐，而作文者不可無如此之曲〔五九〕。雲長曰：「關某特來〔六〇〕請死。」贄鍾（孔明是賊，）雲長是佛。孔明曰：「莫非曹操不曾投華容道上來？」毛若不肯釋曹操，便不是關公；若是不定華容，必〔六一〕不是孔明。雲長曰：「是從那裡來。關某無能，因此被他走脱。」孔明〔六二〕曰：「拏得甚將士來？」漁雖孔明無是狡〔六三〕詐，然作文者不可無是曲。雲長曰：「皆不曾拏。」毛既失其主，何問其從。孔明曰：「此是雲〔六四〕長想曹操昔日之恩，故意放了。贄孔明是箇老賊。但既有軍令狀在此，不得不按軍法。」贄孔明未嘗不是。鍾孔明亦是。遂叱武士推出斬之。毛好做作。漁（□□一番決少不得，莫作惡取笑矣。）正是：

拚將一死酬知己，致令千秋仰義名。

未知雲長性命如何，且看下文分解。

〔五五〕「明」字原闕，據毛校本補。

〔五六〕「與普天下除大害」，原作「與普天下□人害」，闕一字，闕字處手寫補入「除萬」二字；致本作「與普天下誅大害」，其他毛校本作「除普天下之大害」，明四本作「與普天下除其大害」。按：醉本補字欠通，「人」疑爲壞字，或亦手寫補入。依句勢補、改。

〔五七〕「默」字原闕，據毛校本補。

〔五八〕「曰」字原闕，據毛校本補。

〔五九〕「曲」，齊本、光本作「文」。

〔六〇〕「來」字原闕，據毛校本補。

〔六一〕「是不定華」，原作「□不定華」，其他毛校本作「操不走華」。按：前句「不肯釋」對「是不定」工整。前句單主語述關公，賓語述曹操；後句賓語述華容，單主語述孔明，「操不走」致句式混亂。據致本補。

〔六二〕「明」字原闕，據毛校本補。

〔六三〕「狡」，原作「絞」。按：形訛，酌改。

〔六四〕「雲」字原闕，據毛校本補。

雲長忠義性生，孔明籌之已熟，又知老瞞未合斷送，真箇是天時人事，了了皆知者也。

雲長放孟德，亦孟德自家放自家也。人知雲長爲聖賢、爲佛祖，不知孟德于天下萬世，爲亂臣、爲賊子。在雲長面上，實是聖賢佛祖也，所以終食其報。語云：「當權若不行方便，如入寶山空手回。」此言不獨雲長爲然，而孟德之待雲長亦然也。防備〔六五〕今日，當何如何如。〔六六〕

孔明知雲長義重，老瞞未合身亡，天時人事，了了如此，卓不可及。

人只有「忠義」二字千古不磨，華容道上放釋曹操，爲義迫也。故史亦曰：「関羽報效曹公，張飛義釋嚴顏，二將並有國士之風。」〔六七〕

〔六五〕「防備」，原作「方輩」，吴本同。按：語義不通，酌改。

〔六六〕緑本因脱回末葉至脱此段贊批回末評。

〔六七〕按：鍾批引史句增、改自《三國志·蜀書六》，原句作「羽報效曹公，飛義釋嚴顏，並有國士之風」。

第五十一回

曹仁大戰東吴兵
孔明一氣周公瑾

君子觀於南郡之戰，而嘆兵家勝負之不可知也。曹操于赤壁大敗之後，而遺計於曹仁，遂使周郎於赤壁大勝之後，而中箭於南郡。以八十三萬之衆不能勝瑜，而一曹仁足以勝之；以江口、烏林之兵未甞失利，而一南郡則失之：斯已奇矣。更可異者，由前而觀，則黄蓋之中箭，爲大勝中之小挫；周瑜之中箭，又爲大勝後之小挫。由後而觀，則曹操之算周瑜，爲大挫後之小勝；曹仁之失南郡，又爲小勝後之大挫。夫事之難料，至於如此，用兵者其何得以敗而沮、勝而驕乎？

讀前回而見孫、劉之合，讀此回而見孫、劉之離。蓋同患則相恤，同利則相争，凡人之情，大抵然矣。當曹操之來，氣吞吴會；赤壁之戰，吴非爲劉，實以自爲耳。迨乎曹操已破，北軍已還，而荆州九郡，劉備欲之，孫權又欲之；孔明欲爲玄德取之，周郎〔一〕、魯肅又欲爲孫權取之。於是乃以破曹而德色於劉，因以索謝而取償於荆，遂致孫與劉終不得爲好相識，良可嘆也。

荆州之地，孔明讓吴先攻，而玄德患之；周瑜許劉後取，而魯肅又患之。蓋玄德之不欲奪劉表，不欲奪劉琮，與魯肅之不欲殺玄德、不欲殺孔明，同一仁人之心；而其不欲以荆州讓人，則皆仁者之智耳。然玄德不知孔明之已有定算，魯肅不知周瑜之假做人情，則智尚有所未及也。可見忠厚人乖覺，極乖覺處，正是極忠厚處；老實人使心，極使心處，正是極老

〔一〕「郎」，光本作「瑜」。

實處。

呂布在濮陽，開城賺曹操；曹仁在南郡，亦開城賺周瑜。同一賺也，一則賺使入城而燒之，一則賺使入城而射之；一則使人詐降而賺之，一則以詐走而賺之：斯則其不同者矣。乃呂布使人詐降，其後乃至於真降；曹仁詐走，其後乃至於真走：是不同中又有相同處。真妙事妙文。

曹仁以詐〔二〕走賺周瑜，周瑜即以詐死賺曹仁。同一詐也，而曹仁之詐，是曹操之所教〔三〕；周瑜之詐，則是周瑜之所自爲：斯則其不同者矣。且周瑜以詐死賺曹仁，曹操亦曾以詐死賺呂布，則曹仁之智不及周瑜，而周瑜之智同于曹操耳。乃曹操詐死，未便真死；而周瑜之詐〔四〕，則若有預兆焉。周瑜做作〔五〕墮馬，金瘡假裂，其後至于真墮馬，金瘡真裂；其初佯怒、佯病、佯死，後乃至于真怒、真病、真死：是相同中更有不同處。真妙事妙文。

觀孔明之襲南郡，其即呂蒙襲荊州之事所由伏乎！周瑜力戰而任其勞，孔明安坐而享其利，瑜即欲不怒，安得而不怒？吳即欲不報，安得而不報？然而孔明則已有辭矣。孔明襲之于曹氏，非襲之于東吳；取東吳之所將取，非取東吳之所既取：則雖同一襲，而孔明之襲，又大異于呂蒙之襲矣。

周瑜之失南郡，不當怒孔明，當自怨其計之踈耳。昔趙人空壁逐韓信，而信先使人立赤幟于趙城；今瑜當曹仁劫寨之時，預伏一軍于南郡之側，則何至爲子龍所襲乎？始之中箭，既輕進于前；繼之失地，又遲發於後：是瑜之

〔二〕「詐」，原作「計」，致本、業本、齋本同。按：後句作「同一詐也」，後文亦作「以詐走賺周瑜」。據其他毛校本改。

〔三〕「教」下，商本有「也」字。

〔四〕「詐」下，貫本有「死」字。

〔五〕「做作」，貫本、澹本作「假作」，齋本作「做詐」，光本作「做假」，商本作「假做」。

智殆出韓信之下。

當周瑜戰曹仁之時，正孔明遣將取三城之時。妙在周瑜一邊實寫，孔明一邊虛寫；又妙在趙子龍一邊在周瑜眼中實寫，雲長、翼德兩邊在周瑜耳中虛寫：此叙事虛實之法。

却說孔明欲斬雲長，玄德曰：「昔吾三人結義時，誓同生死。【毛】又將首回中事一提。今雲長雖犯法，不忍違却前盟。望權記過，容將功贖罪。」孔明方纔饒了。【毛】兩人先自說通，此時却一箇做好，一箇做惡。

且說周瑜收軍點將，各各叙功，申報吳侯〔六〕。所得降卒，盡行發付渡江。大犒三軍，遂進兵攻取南郡。【五】（按《一統志》：南郡，）即（今）江陵（是）也。〈【二】〉屬荊州〔七〕府。前隊臨江下寨，前後分五營，周瑜居中。瑜正與衆商議征進之策，忽報：「劉玄德使孫乾來與都督作賀。」瑜命請入。乾施禮畢，言：「主公特命乾拜謝都督大德，有薄禮上獻。」【毛】劉謝孫，孫亦當謝劉。瑜問曰：「玄德在何處？」乾答曰：「見移兵屯油江口。」【嘉】今時江陵管下公安縣是也。【二】按《一統志》：油江口，地名，三國漢昭烈帝立營於此，改名公安縣，今屬荊州〔八〕府。【贊】奸雄。瑜驚曰：「孔明亦在油江否？」【毛】此時吃驚，誰知後來還要〔九〕吃驚。【鍾】只是周瑜怕他。乾曰：「孔明與主公同在油江。」瑜曰：「足下先回，某親〔一〇〕來相謝也。」【毛】劉謝孫，謝〔一一〕周郎之火；孫謝劉，當謝孔明之風。瑜收了禮物，發付孫乾先回。肅曰：「却纔都督爲何失驚？」瑜曰：「劉備屯兵油江，必有取南郡之意。我等費了許多軍〔一二〕馬，用了許多錢

〔六〕「侯」，原作「候」，據古本改。
〔七〕周、夏批「荊州」，原作「襄陽」。按：《一統志》：荊州「春秋時爲楚郢都。」「秦拔郢，置南郡。」「三國初歸蜀漢，後屬吳，晉太康初改新郡，尋復曰南郡。」「本朝改爲荊州府。」據改。
〔八〕夏批「荊州」，原作「江陵」。按：《一統志》：公安縣明代屬荊州府；江陵，縣名，亦屬荊州府。據周批改。
〔九〕「要」，貫本脫。
〔一〇〕「親」，商本作「自」。
〔一一〕「謝」上，貫本、商本有「當」字。
〔一二〕「軍」上，貫本有「精神」二字。

糧，目下南郡反〔一三〕手可得。彼等心懷不仁，要就見成，【毛】誰知後文偏加倍見成。須放着周瑜不死！」【毛】誰知後來就見成，偏在公活時。【二】「須放著周瑜不死」，猶言周瑜若在，則南郡必不等〔一四〕他人取之也。【鍾】亦本心話。【漁】（且看後面死也不死。）肅曰：「當用何策退之？」瑜曰：「吾〔一五〕自去和他説話。好便好，不好時，不等他取南郡，先結果了劉備！」【毛】【漁】須放着孔明不死。肅曰：「某願同往。」于是瑜與魯肅引三千輕騎，徑投油江口來。

先説孫乾回見玄德，言周瑜將親來相謝。玄德乃問孔明曰：「來意若何？」孔明笑曰：「那裏爲這些薄禮肯來相謝？止爲南郡而來。」【毛】【漁】一箇乖似一個。【鍾】（神）見。玄德曰：「他若提兵來，何以待之？」孔明曰：「他來便可如此如此應答。」【毛】須知下文玄德之言，皆是孔明之言。遂於油江口擺開戰船，岸上列着軍馬。人報周瑜、魯肅引兵到來，孔明使趙雲領數騎來接。瑜見軍勢〔一六〕雄壯，心甚不安。【毛】【漁】（須）（便）結果劉備不得。行至營門外，玄德、孔明迎入帳中，各敘禮畢，設宴相待，玄德舉酒致謝鏖兵之事。酒至數巡，瑜曰：「豫州移兵在此，莫非有取南郡之意否？」【毛】只得直説出來。【鍾】冷語。【漁】碍不住了。玄德曰：「聞都督欲取南郡，故來相助。【毛】孰〔一七〕知乃是玄德欲取南郡，周郎〔一八〕來相助乎？若都督不取，備必取之。」【毛】【贊】妙（甚）。瑜笑曰：「吾東吴乆欲吞併〔一九〕漢江，今南郡已在掌中，如何不取？」【毛】只怕捏不牢。玄德曰：「勝負不可預定。曹操臨歸，令曹仁守南郡等處，必有奇計，【毛】暗照錦囊。更兼曹仁勇不可當，但恐都督不能取耳。」【毛】反激一句。惡甚，妙甚。【贊】惡極了，周郎此時不氣死，何也？【鍾】此言極毒。瑜曰：「吾若取不得，那

〔一三〕「反」，商本作「唾」。
〔一四〕周批「等」，原作「到」。按：「等」字通，據夏批改。
〔一五〕「吾」，光本、明四本作「我」。
〔一六〕「勢」，商本作「士」。
〔一七〕「孰」，貫本作「誰」。
〔一八〕「郎」，澹本、商本作「瑜」。
〔一九〕「吞併」，光本倒作「併吞」，澹本作「進兵」。

時任從公取。」【漁】反激，以挑其許我只要討〔二〇〕出「取不得，任從公取」這一句來。玄德曰：「子敬、孔明在此爲證，都督休悔。」【毛】妙在又料〔二一〕絶一句。魯肅躊躕未對。瑜曰：「大丈夫一言既出，何悔之有！」孔明曰：「都督此言，甚是公論。先讓東吳去取，若不下，主公取之，有何不可！」【毛】惡甚，妙甚。【贄】更惡。【鍾】更毒。瑜與肅辭別玄德、孔明，上馬而去。玄德問孔明曰：「却纔先生教備如此回答，雖一時説了，展轉尋思，于理未然。我今孤窮一身，無置足之地，欲得南郡，權且容身。若先教周瑜取了，城池已屬東吳矣，却如何得住？」【毛】【漁】一向不要荆州，此時却説出實話來（，照應前事）。孔明大笑曰：「當初亮勸主公取荆州，主公不聽，【毛】照應劉表病時，劉琮降時之事。今日却想耶？」【毛】趣甚。玄德曰：「前爲景升之地，故不忍取；今爲曹操之地，理合取之。」孔明曰：「不須主公憂慮。儘着周瑜去厮殺，早晚教主公在南郡城中高坐。」【毛】玄德是讓曹操先取而後取之，孔明是讓周郎先取而後取之。第未識如何「早晚便得高坐」，令人不測。【漁】又不知葫蘆裡賣的甚麽藥。玄德曰：「計將安出？」孔明曰：「只須如此如此。」【毛】妙在此處不叙明，却于後文始見。玄德大喜，只在江口屯劄，按兵不動。

却説周瑜、魯肅回寨，肅曰：「都督如何亦許玄德取南郡？」【毛】畢竟魯肅是實心人〔二二〕。【漁】魯肅與玄德一樣老實。瑜曰：「吾〔二三〕彈指可得南郡，【毛】【漁】不要（忒）（太）穩了。落得虛做人情。」【毛】誰知後來却實做了人情。隨問帳下將士：「誰敢先取南郡？」一人應聲而出，乃蔣欽也。瑜曰：「汝爲先鋒，徐盛、丁奉爲副將，撥五千精鋭軍馬先渡江。吾隨後引兵接應。」

且説曹仁在南郡，分付曹洪守彝陵，以爲犄角之勢。人報：「吳兵已渡漢江。」仁曰：「堅守勿戰

〔二〇〕「討」，衡校本作「計」，形訛。
〔二一〕「料」，貫本、齋本、滄本、光本、商本作「決」。
〔二二〕「人」，貫本脱。
〔二三〕「吾」，致本作「我」。

爲上。」**毛**若終能堅守，則不至于失矣。驍將〔二四〕牛金奮然進曰：「兵臨城下而不出戰，是怯也。況吾兵新敗，正當重振鋭氣。**毛**照應赤壁之事。某願借精兵五百，決一死戰。」仁從之，令牛金引五百軍出戰，丁奉縱馬來迎。約戰四五合，奉詐敗，牛金引軍追趕入陣。奉指揮衆軍一〔二五〕裹，圍牛金於陣中。金左右衝突，不能得出。曹仁在城上望見牛金困〔二六〕在垓心，遂披甲上馬，引麾下壯士數百騎出城，奮力揮刀，殺入吴陣。徐盛迎戰，不能抵當。曹仁殺到垓心，救出牛金。**鍾**曹仁亦頗勇猛。回顧尚有數十騎在陣，不能得出，遂復翻身殺入，救出重圍。**毛漁**（極）寫曹仁（如此）之勇，以見（下文）周瑜（之）勝（之）不易。**贄**曹仁可用。正遇蔣欽攔路，曹仁與牛金奮力衝散。**毛**丁奉、徐盛、蔣欽，三人點次錯落。仁弟曹純，亦引兵接應，混殺一陣。吴軍敗走，曹仁得勝而回。蔣欽兵敗，回見周瑜，瑜怒欲斬之，**毛漁**（寫）周瑜第一次失利（，爲下文怒孔明張本）。衆將告免。

瑜即點兵要親與曹仁決戰。甘寧曰：「都督未可造次。今曹仁令曹洪據守彝陵，爲犄角之勢。某願以精兵三千，徑取彝陵，都督然後可取南郡。」**毛漁**計亦（甚）善。**鍾**甘寧有見。瑜服其論，先教甘寧領三千兵攻打彝陵。**毛**寫周瑜分兵如此之勞，以見下文之勝不易。早有細作報知曹仁，仁與陳矯商議。矯曰：「彝陵有失，南郡亦不可守矣。宜速救之。」仁遂令曹純與牛金暗地引兵救曹洪。曹純先使人報知曹洪，令洪出城誘敵。**毛**將寫南郡棄城誘敵，先有彝陵出城誘敵爲之作引。甘寧引兵至彝陵，洪出與甘寧交鋒。戰有二十餘合，洪敗走。寧奪了彝陵。至黄昏

〔二四〕「驍將」，原作「驍騎」，致本、業本、齋本、光本、商本、夏本、贄本同；貫本奪此二字。按：「驍騎」，意驍勇騎兵；或官名：一指「驍騎將軍」或「驍騎校尉」。東漢末年，無驍騎將軍；驍騎校尉位列「西園八校尉」之上，屬中高階軍官。《三國志·魏書·曹仁傳》：「遣部曲將牛金逆與挑戰。」「部曲將」爲中低階軍官。「驍騎」不符，「驍將」或奪二字皆通，據嘉本、周本改。

〔二五〕「一」，齋本、光本、商本作「士」。

〔二六〕「困」，商本脱。

時，曹純、牛金兵到，兩下相合，圍了彝陵。【毛】【漁】（寫）周瑜第二次失利（，爲下文怒孔明張本）。探馬飛報周瑜，説甘寧困於彝陵城中，瑜大驚。程普曰：「可急分兵救之。」瑜曰：「此地正當衝要之處，若分兵去救，倘曹仁引兵來襲，奈何？」【漁】寫周瑜分兵之難，以見下文勝之不易。呂蒙曰：「甘興霸乃江東大將，豈可不救？」瑜曰：「吾欲自往救之，但留何人在此代當吾任？」蒙曰：「留凌公績當之。蒙爲前驅，都督斷後。不須十日，必奏凱歌。」瑜曰：「未知凌公績肯暫代吾任否？」凌統曰：「若十日爲期可當之，十日之外不勝其任矣。」【毛】【漁】又寫周瑜分兵如此之難（，以見下文之勝不易）。瑜大喜，遂留兵萬餘，付與凌統，即日起大兵投彝陵來。蒙謂瑜曰：「彝陵南僻小路，取南郡極便。可差五百軍去砍倒樹木，以斷其路。彼軍若敗，必走此路。馬不能行，必棄馬而走，吾可得其馬也。」【毛】得馬之利，恐不足償後文失地之辱。【鍾】呂蒙亦有見。瑜從之，差軍去訖。大兵將至彝陵，瑜問：「誰可突圍而入，以救甘寧？」周泰願往，即時綽刀縱馬，直殺入曹軍之中，徑到城下。甘寧望見周泰至，自出城迎之。泰言：「都督自提兵至。」寧傳令教軍士嚴裝飽食，准備内應。【毛】又寫周瑜分兵如此之勞，以見下文之勝不易。

却説曹洪、曹純、牛金聞周瑜兵將至，先使人往南郡報知曹仁，一面分兵拒敵。及吳兵至，曹兵迎之。比及交鋒，甘寧、周泰分兩路殺出，曹兵大亂，吳兵四下掩殺。曹洪、曹純、牛金果然投小路而走，却被亂柴塞道，馬不能行，盡皆棄馬而走。吳兵得馬五百餘匹。【毛】【漁】兩次失利，（纔得）（方搏）一勝。周瑜驅兵星夜趕到南郡，正遇曹仁軍來救彝陵。兩軍接着，混戰一塲。天色已晚，各自收兵。曹仁回城中，與衆商議。曹洪曰：「目今失了彝陵，勢已危急，何不拆丞相遺計觀之，以解此危？」【毛】此處妙在暗寫。曹仁曰：「汝言正合吾意。」遂拆書觀之，大喜，便傳令教五更造飯。平明，大小軍馬盡皆棄城，城上遍揷旌旗，虚張聲勢，軍分三門而出。

却説周瑜救出甘寧，陳兵於南郡城外，見曹兵分三門而出。瑜上將臺觀看，只見女牆邊虛搠〔二七〕旌旗，無人守護，又見軍士腰下各束縛包裹。毛漁此（是）曹操錦囊（之）計（也），（以詐走賺周瑜也。方在赤壁真走之後，又教曹仁詐走之法；）有赤壁之真（走），故不疑南郡之詐（走）耳〔二八〕。鍾老瞞的有心計。瑜暗忖曹仁必先准備走路，遂下將臺號令，分布兩軍爲左右翼，如前軍得勝，只顧向前追趕，直待鳴金，方許退步。命程普督後軍，瑜親自引軍取城。對陣皷聲響處，曹洪出馬搦周音色。戰，瑜自至門旗下，使韓當出馬，與曹洪交鋒，戰到三十餘合，洪敗走。曹仁自出接戰，周泰縱馬相迎，鬬十餘合，仁敗走。陣勢錯亂。毛詐敗以誘之。周瑜麾兩翼軍殺出，曹軍大敗〔二九〕。瑜自引軍馬追至南郡城下，曹軍皆不入城，望西北而走。毛妙！竟似真敗者。韓當、周泰引前部盡力追趕。瑜見城門大開，城上又無人，遂令衆軍搶城。漁城門大開，城上無人，如何不疑〔三〇〕？公瑾一時瞌睡。數十騎當先而入。瑜在背後縱馬加鞭，直入甕城。陳矯在敵樓上望見周瑜親自入城來，暗暗喝采道：「丞相妙策〔三一〕如神！」鍾此是老瞞奸計，周郎何不悟也？一聲梆子響，兩邊弓弩齊發，勢如驟雨。爭先入城的，都擷〔三二〕入陷坑内。周瑜急勒馬回時，被一弩箭，正射中左肋，二音勒。翻身落馬。毛前受他十萬枝箭，此一箭却受得不好。漁一箭勝前番十萬箭。牛金從城中殺出，來捉周瑜，徐盛、丁奉二人捨命救去。城中曹兵突出，吴兵自相踐踏，落塹坑者無數。程普急收軍時，曹仁、曹洪分兵兩路殺回，吴兵大敗。幸得淩統引一軍從刺斜裏殺來，敵住曹兵。曹仁引得勝兵進城，程普收敗軍回寨。毛漁寫周瑜（第）三次失利，愈見下文（之）勝（之）不

〔二七〕「搠」，澹本、光本、商本作「插」。
〔二八〕漁批「耳」，衡校本作「也」。
〔二九〕「大敗」，貫本作「又敗」，商本作「大亂」。
〔三〇〕「疑」，此字原漫漶，存「木」旁。按：「疑」義通，據衡校本、致本補。
〔三一〕「策」，商本作「算」。
〔三二〕「擷」，嘉本、周本作「顛」。

易。丁、徐二將救得周瑜到帳中，喚行軍醫者，用鐵鉗子鉗〔三三〕出箭頭，將金瘡藥敷掩瘡口，疼不可當，飲食俱廢。【毛】寫周瑜受如此之創〔三四〕，又爲下文怒孔明張本。醫者曰：「此箭頭上有毒，急切不能痊可。若怒氣沖激，其瘡復發。」【毛】【漁】伏後文。程普令三軍緊守各寨，不許輕出。三日後，牛金引軍來搦戰，程普按兵不動，牛金罵至日暮方回。次日又來罵戰，程普恐瑜生氣，不敢報知。至第三日，牛金直至寨〔三五〕門外叫罵，聲聲只道要捉周瑜。【毛】既被射，又被罵，以見下文之勝不易。程普與衆商議，欲暫且退兵，回見吴侯，却再理會。【毛】【漁】（此處文勢作一頓，）正應孔明取不得南郡之語。

却説周瑜雖患瘡痛，心中自有主張，已知曹兵常來寨前叫罵，却不見衆將來稟。一日，曹仁自引大軍擂鼓吶喊，前來搦戰，程普拒住不出。周瑜喚衆將入帳問曰：「何處鼓譟吶喊？」衆將曰：「軍中教演士卒。」瑜怒曰：「何欺我也！吾已知曹兵常來寨前辱罵。程德謀既同掌兵權，何故坐視？」【贊】周郎好痴。【鍾】周郎忍不得氣了，顧不得瘡了。遂命〔三六〕人請程普入帳問之。普曰：「吾見公瑾病瘡，醫者言勿觸怒，故曹兵搦戰，不敢報知。」瑜曰：「公等不戰，主意若何？」普曰：「衆將皆欲收兵暫回江東。待公箭瘡平復，再作區處。」瑜聽罷，於牀上奮然躍起曰：「大丈夫既食君禄，當死於戰場，以馬革裹尸還，幸也！【二】「大丈夫當死於戰場，以馬革裹尸還」，此數語是馬援所言，周瑜乃引來説也。〔三七〕【贊】既如此，并馬革也，不裹方是。〔三八〕【鍾】真丈夫語。【漁】語甚壯。豈可爲我一人，而廢國家大事乎？」【毛】語亦甚壯。言訖，即披甲上馬。【毛】寫周瑜如此之勇，以見下文之勝不易。諸軍衆將無不駭然。遂引數百騎出營前，望

〔三三〕「鉗」，致本同，其他毛校本作「拔」。

〔三四〕「創」，光本作「窘」。

〔三五〕「至」，齋本脱此字。「寨」下，齋本、光本有「之」字。

〔三六〕「命」，商本作「令」，明四本無。

〔三七〕按：《後漢書·馬援列傳》：「男兒要當死於邊野，以馬革裹屍還葬耳。」

〔三八〕贊批「馬革」「裹」三字原闕，據贊校本補。

見曹兵已布成陣勢，曹仁自立馬於門旗下，揚鞭大罵曰：「周瑜孺子，料必横夭，再不敢正覷我兵！」【漁】却像孔明教罵的。罵猶未絶，瑜從羣騎内突然出曰：「曹仁匹夫！見周郎否！」【毛】妙甚，趣甚。曹軍看見，盡皆驚駭。曹仁回顧眾將曰：「可大罵之！」眾軍厲聲大罵。周瑜大怒，使潘璋出戰。未及交鋒，周瑜忽大叫一聲，口中噴血，墜於馬下。【毛】有此假怒，以引下文真怒。【漁】突出與墜馬俱俊異，使人不可測。曹兵衝來，眾將向前抵住，混戰一塲，救起周瑜，回到帳中。程普問曰：「都督貴體若何？」瑜密謂普曰：「此吾之計也。」普曰：「計將安出？」瑜曰：「吾身本無甚痛楚。吾所以爲此者，欲令曹兵知我病危，必然欺敵。【贊】亦通。可使心腹軍士去城中詐降，説吾已死，今夜曹仁必來劫寨。吾却於四下埋伏以應之，則曹仁可一鼓而擒也。」【毛】寫周瑜費如此之計，爲下文怒孔明張本。【鍾】此計雖妙，然只代玄德用力。【漁】極寫周瑜使心用計，爲下怒孔明張本。程普曰：「此計大妙！」隨就帳下舉起哀聲。眾軍大驚，盡傳言都督箭瘡大發而死，各寨盡皆掛孝。【毛】赤壁江邊一片紅，南郡城外一片白，真紅假白，正復相對。

却説曹仁在城中與眾商議，言周瑜怒氣冲發，金瘡崩裂，以致口中噴血，墜於馬下，不久必亡。正論間，忽報：「吴寨内有十數箇軍士來降，中間亦有二人，原是曹兵被擄過去的。」【毛】妙在即用其人。曹仁忙唤入問之，軍士曰：「今日周瑜陣前金瘡碎裂，歸寨即死〔三九〕。今眾將皆已掛孝舉哀。我等因〔四〇〕受程普之辱，故特歸降，便報此事。」曹仁大喜，隨即商議今晚〔四一〕便去劫寨，奪周瑜之屍，斬其首級，送赴許都。【毛】【漁】不能殺活周郎，却欲殺死周郎。（一笑。）【贊】【鍾】一班痴子。陳矯曰：「此計速行，不可遲悞。」曹仁遂令牛金爲先鋒，自爲中軍，曹洪、曹純爲合後，只留陳矯領些少軍士守城，其餘

〔三九〕「死」，致本作「亡」。
〔四〇〕「因」，明四本作「皆」。
〔四一〕「晚」，商本作「夜」。

軍兵盡起。【毛】爲下文孔明拏住陳矯伏筆。初更後，出城徑投周瑜大寨。來到寨門，不見一人，但見虛插旗鎗而已。情知中計，急忙退軍〔四二〕。四下砲聲齊發，東邊韓當、蔣欽殺來，西邊周泰、潘璋殺來，南邊徐盛、丁奉殺來，北邊陳武、呂蒙殺來。曹兵大敗，三路軍〔四三〕皆被衝散，【毛】以四面敵三路。寫諸將如此勞苦功高，又爲下文怒孔明張本。首尾不能相救。曹仁引十數騎殺出重圍，正遇曹洪，遂引敗殘軍馬一同奔走。殺到五更，離南郡不遠，一聲鼓響，凌統又引一軍攔住去路，截殺一陣。曹仁引軍刺斜而走，又遇甘寧大殺一陣。【毛】四路之後，又有兩路。寫諸將如此勞苦功高，又爲下文怒孔明張本。曹仁不敢回南郡，徑投襄陽大路而行。吳軍趕了一程自回。

周瑜、程普收住衆軍，徑到南郡城下，見旌旗布滿敵樓上，一將叫曰：「都督少罪！吾奉軍師將令，已取城了。吾乃常山趙子龍也。」【毛】一向忙了這幾時，都爲孔明出力。【三】補註原來孔明定計，令趙雲至城外埋伏，只等曹仁盡發出城，却扮作曹兵連夜取了南郡，殺了陳矯等一行之人，隨即安撫居民。【贊】孔明的〔四四〕是大賊。【漁】一向謀了許多時，誰知都爲他人出力。周瑜大怒，便命攻城，城上亂箭射下。瑜命且回軍商議，使甘寧引數千軍馬徑取荆州；凌統引數千軍馬徑取襄陽；然後却再取南郡未遲。正分撥間，忽然探馬急來報說：「諸葛亮自得了南郡，遂用兵符，星夜詐調荆州守城軍馬來救，却教張飛襲了荆州。」【毛】【漁】荆州一路用虛寫。又一探馬飛來報說：「夏侯惇在襄陽，被諸葛亮差人賫兵符，詐稱曹仁求救，誘惇引兵出，却教雲長襲取了襄陽。【毛】【漁】襄陽一路（亦）用〔四五〕虛寫。二處城池，全不費力，皆屬劉玄德矣。」【毛】又總敘一句。取者不費力，敘者亦不費筆。【贊】不由他不氣。周瑜曰：「諸葛亮怎得兵符？」程普曰：「他拏住陳

〔四二〕「軍」，光本作「兵」。
〔四三〕「軍」，明四本作「軍兵」，致本作「兵」。
〔四四〕「的」，緑本作「真」。
〔四五〕漁批「用」上，衡校本有「也」字。

矯，兵符自然盡屬之矣。」毛探馬口中不敘陳矯，却在程普口中補出。敘〔四六〕事妙品。**周瑜大叫一聲，金瘡迸裂。**毛前是詐騙曹仁，此番却弄出真來了。鍾周郎百計不得，玄德唾手可得，不由〔四七〕他不氣。**正是：**

幾郡城池無我分，一場辛苦爲誰忙！

未知性命如何，且看下文分解。

孔明見識，與孟德、公瑾輩也只相上下，不甚懸絕。只是不動聲色，從容而行，談笑而得，自是大作家矣。此都是養到處，不易及也。

孔明識見，每高公瑾一着。其不動聲色，從容而行，談咲而得，尤是大家舉止，非養到者不能也。

〔四六〕「敘」，貫本作「妙」。

〔四七〕「由」，原作「日」或「曰」。按：不通，疑壞字，酌改。

第五十二回　諸葛亮智辭魯肅　趙子龍計取桂陽

荆州者，大漢之荆州，而非劉表之荆州也。非劉表之荆州，何必劉表之子方可有？即以爲劉表之荆州，而劉表之子可有，劉表同宗之弟何不可有？然使孔明執此語以謝魯肅，則東吴之攻我必速矣。東吴攻我，則我勢危；曹操見我與吴之相攻，而復乘其間以圖我，則我愈危。故不若借劉琦以緩之；緩之〔一〕而彼不肯緩，則以將死之劉琦暫緩之：此孔明之明而熟於計也。

前回玄德所取者，荆州尚未半耳。周瑜即能聽魯肅之言而不攻劉備，安肯不分取荆州之半而遂去乎？周瑜之所以去者，有吴侯之召也；吴侯之所以召者，有合淝之戰也。人但知周瑜之戰曹仁，適爲孔明取三郡之助；而不知孫權之戰合淝，又適爲孔明取四郡之助云。

三國人才絶異，而其形貌亦多有異者，如大耳之玄德、赤面長髯之關公、虎鬚環眼之翼德、碧眼紫鬚之仲謀及黄鬚之曹彰〔二〕，斯皆奇矣；而又有白眉之馬良，至今稱衆中之尤者，必曰「白眉」。雖然，形貌末耳，舜重〔三〕瞳，重耳重瞳，項羽亦重瞳，黄巢左目亦重瞳；或聖而帝，或〔四〕譎而霸，或勇而亡，或好殺而亡。人之賢不賢，豈在貌之異不異哉！

馬良請表劉琦爲荆州牧以安衆心，可見荆州之人未忘劉表，其從曹操者，廹於勢耳。使玄德於劉表托孤之日而遂自取之，則人心必不

〔一〕「緩之」，貫本脱。
〔二〕「彰」，原作「璋」，致本、澹本同，據其他毛校本改。
〔三〕「重」上，光本、商本有「目」字。
〔四〕「或」下，光本有「好」字，後一處同。

附；人心不附則曹操來追，而内變必作。故知玄德之遲於取荆州，未爲失算矣。或曰：荆州之人，既已未忘劉表；益州之人，豈其不念劉璋？玄德不背劉表於死後，而獨可奪劉璋於生前，其故何歟？曰：荆州者，東吴之所必争也，宜權借劉琦以謝東吴；益州則非張魯之所敢争也，不必存劉璋以謝張魯。當曹操習戰玄武之時，未嘗須臾忘荆州也。外患既迫，我何能猝定荆州之人心而消其内憂？及曹操既破張魯之後，勢未暇遽窺益州也。外患尚遲，則我可徐撫益州之人心，而戢其内變。是以荆州之事，不得以益州律之。

劉度納降，只是一番；趙範納降，却有兩番。孔明取零陵，只是一番；子龍取桂陽，却有兩番。邢道榮之詐，孔明知之而縱之，以行我計，妙在暗寫；陳應、鮑龍之詐，子龍知之而殺之，用其帶來之人以行我計，妙在明寫。前即一回之中，而前事與後事無一毫相犯，前文與〔五〕後文亦無一毫相犯。問近日稗官能有此否？

劉備取劉焉之〔六〕婦，而趙雲不取趙範之嫂，是趙雲過於劉備矣；張繡恥以其嬸事曹操，而趙範願以其嫂事趙雲，是趙範不如張繡矣。趙範之意，以爲嫂復作嫂，一重親何妨更做兩重親；趙雲之意，以爲兄同是兄，一家人豈可更作兩家事。

趙範之愛子龍，以爲親却是極疎；子龍之怒趙範，以爲疎却是極親。纔通譜便令見嫂，是真以之爲兄也，親也；然纔通譜便令娶嫂，是原不以之爲兄也，疎也。纔通譜便打，是不認之爲弟也，疎也；然纔通譜便打，是已認之爲弟也，親也。自子龍一打之後，而叔真是叔，嫂真是嫂，弟真是弟，兄真是兄矣〔七〕。

〔五〕「與」，貫本脱。
〔六〕「之」，貫本脱。
〔七〕「矣」，貫本作「也」。

讀子龍之事，戲成數聯云：太守華堂出粉面，可惜莽相如負却卓王孫；佳人翠袖捧金鍾，又憐美玉環不遇韋節度。李靖〔八〕無心，枉了善識人的紅拂；令公有院，逢着不解事的千牛。老拳一擊，打斷了駕鵲仙橋；美酒三盃，撮不合行雲巫峽。雖非認義哥哥，也倣〔九〕着雲長秉燭；不學多情叔叔，羞殺他曹植思甄。此數聯俱堪絕倒。

却說周瑜見孔明襲了南郡，又聞他襲了荊襄，如何不氣？毛真是氣殺。氣傷箭瘡，半晌方甦。二音踈。贊鍾（此等）狹隘之人，徒自取死（耳），〈贊〉何損于人哉？可笑可笑！余不獨笑周郎已也。衆將再三勸解，瑜曰：「若不殺諸葛村夫，怎息我心中怨氣！程德謀可助我攻打南郡，定要奪還東吳。」毛讀者至此，必謂下文與趙子龍廝殺也。正議〔一〇〕間，魯肅至。瑜謂之曰：「吾欲起兵與劉備、諸葛亮共決雌雄，復奪城池。子敬幸助我。」魯肅曰：「不可。方今與曹操相持，尚未分成敗，主公見攻合淝不下。毛爲前文補筆，爲後文伏筆。不争〔一一〕自家互相吞併，儻曹兵乘虛而來，其勢危矣。毛漁魯肅（見識）（意中），（到底）（還）是結劉以拒曹。贊鍾子敬還（算）老成。〔一二〕况劉玄德舊曾與曹操相厚，若逼得緊急，獻了城池，一同攻打東吳，如之奈何？」毛玄德自受衣帶詔後，勢不復與曹操合矣。然在東吳揣之，何必不然？瑜曰：「吾等用計策、損兵馬、費錢糧，他去圖見成，豈不可恨！」毛贊鍾也要思量東（南）風是誰家的。〔一三〕肅曰：「公瑾且耐。容某親見玄德，將理來說他。若說不通，那時動兵未遲。」諸將曰：「子

〔八〕「李靖」，商本倒作「靖李」。

〔九〕「倣」，齋本、光本、商本作「做」。

〔一〇〕「議」，光本、商本作「説」，明四本作「商議」。

〔一一〕「不争」，滄本、光本作「如若」。

〔一二〕鍾批原闕字，僅存兩行末「還」「成」兩字，據贊批補。贊批「成」，緑本闕。

〔一三〕鍾批原闕字，僅存兩行末「思」「南」兩字，據贊批補。

敬之言甚善。」

於是魯肅引從者徑投南郡來，到城下叫門。趙雲出問，肅曰：「我要見劉玄德有話說。」雲荅曰：「吾主與軍師在荆州城中。」肅遂不入南郡，徑奔〔一四〕荆州，見旌旗整列，軍容甚盛，肅暗羡曰：「孔明真非常人也！」【毛】又在魯肅眼中〔一五〕補寫孔明。軍士報入城中，説魯子敬要見。孔明令大開城門，接肅入衙。講〔一六〕禮畢，分賓主而坐。【漁】想孔明也不好意思。茶罷，肅曰：「吾主吴侯，與都督公瑾，教某再三申意皇叔：前者，操引百萬之衆，名下江南，實欲來圖皇叔，【毛】亦是實話。【漁】實語〔一七〕。幸得東吴殺退曹兵，救了皇叔。所有荆州九郡，合當歸於東吴。今皇叔用詭計奪占荆襄，使江東空費錢糧軍馬，而皇叔安受其利，恐於理未順。」【毛】子敬之言，不激不隨，的是長者。孔明曰：「子敬乃高明之士，何故亦出此言？常言道：『物必歸主。』荆襄九郡，非東吴之地，乃劉景升之基業。吾主固景升之弟也，景升雖亡，其子尚在。以叔輔侄，而取荆州〔一八〕，有何不可？」【毛】【漁】劉表乃東吴之讐，而孔明權借劉表以謝東吴者，以子敬曾來弔（劉表之）喪故耳。【贊】也説得〔一九〕通。【鍾】孔明妙處是以公子塞口。肅曰：「若果係公子劉琦占據，尚有可解。今公子在江夏，須不在這裏！」孔明曰：「子敬欲見公子乎？」便命左右：「請公子出來。」【毛】趙雲之至南郡，公子之到荆州，皆不用先叙在前，此省筆之法。只見兩從〔二〇〕者從屏風後扶出劉琦。琦謂肅曰：「病軀不能施禮，子敬勿罪。」【毛】【漁】屏風後乃（原舊）蔡夫人所立（之）處（也）（，今又換却劉琦）。【鍾】公子之病，亦未必真。魯肅吃了一驚，【三】【補註】原來孔明比及得了城時，防東吴來

〔一四〕「奔」，致本、貫本作「投」。
〔一五〕「中」，齋本、光本作「裏」。
〔一六〕「講」，光本作「叙」。
〔一七〕「語」，衡校本作「話」。
〔一八〕「荆州」，致本作「荆襄」。
〔一九〕「也」，原無，吴本同。據緑本補。「説得」，吴本脱。
〔二〇〕「從」，光本作「侍」。

争，却先取公子在城中，至此以爲解手。〈二〉此見孔明料事之的處，世稱奇才，豈過許哉？默然無語，良久言曰：「公子若不在，便如何？」毛漁一見便望他死，（好笑葫蘆提）（是老實人語〔二一〕）。孔明曰：「公子在一日，守一日；若不在，別有商議。」毛語甚含糊妙〔二二〕。贊鍾孔明（甚）圓融（，可法，可法）。肅曰：「若公子不在，須將城池還我東吳。」孔明曰：「子敬之言是也。」毛葫蘆提得妙。遂設宴相待。宴罷，肅辭出城，連夜歸寨，具言前事。瑜曰：「劉琦正青春年少，如何便得他死？這荊州何日得還？」肅曰：「都督放心。只在魯肅身上，務要討荊襄還東吳。」毛讀此句，必謂子敬定有妙策。瑜曰：「子敬有何高見？」肅曰：「吾觀劉琦過於酒色，病入膏肓，毛側音荒。見今面色羸二音雷。瘦，氣喘嘔血，不過〔二三〕半年，其人必死。那時往取荊州，劉備須無得推故。」毛子敬别無妙策，不過望劉琦死耳。可發一笑。贊鍾周瑜蠢甚，子敬還通。周瑜猶自忿氣未消，忽孫權遣使至，毛閧筍甚妙。漁接筍〔二四〕妙。瑜令請入。使曰：「主公圍合淝，累戰不捷。毛幾番厮殺，只用使者口中一句虛點。二戰勝曰捷。特令都督收回大軍，且撥兵赴合淝相助。」毛虧此一事，按下周瑜。周瑜只得班師回柴桑養病，令程普部領戰船士卒，來合淝聽孫權調用。毛以上按下東吴一邊，以下專叙玄德一邊。

却說劉玄德自得荊州、南郡、襄陽，心中大喜，商議久遠之計。忽見一人上廳獻策，視之乃伊籍也。玄德感其舊日之恩，十分相敬，毛漁（又將）檀溪（躍馬）事一提。坐而問之。籍曰：「要知荊州久遠之計，何不求賢士以問之？」漁得地貴得人，薦賢是第一義。玄德曰：「賢士安在？」籍曰：「荊襄馬氏，兄弟五人，並有才名：幼者名謖，毛側二音速。字幼常；毛帶叙馬謖，爲後文歸蜀伏線。三補註後隨孔明六出祁山。街亭敗績，斬之。亦異人也。漁獨提馬

〔二一〕「語」，商本作「話」。
〔二二〕「妙」上，商本有「得」字。
〔二三〕「過」，致本作「足」。
〔二四〕「筍」，原作「荀」，形訛，據衡校本改。

謖，便伏街亭之案。其最賢者，眉間有白毛，名良，字季常。毛伊籍前曾諫馬，此又薦馬。玄德前破張武得一馬，今取荊州又得一馬。良馬馬良，相映成趣。鄉里爲之諺曰：『馬氏五常，白眉最良。』毛馬良之賢不賢，不在眉之白不白也。若白眉而遂良，則今之社日生者，豈盡賢人耶〔二五〕？公何不求此人而與之謀？」玄德遂命請之。馬良至，玄德優禮相待，請問保守荊襄之策。良曰：「荊襄四面受敵之地，恐不可久守。可令公子劉琦於此養病，招諭舊人以守之，就表奏公子爲荊州刺史，以安民心。毛漁孔明借公子以謝東吳，馬良亦借公子以安民心（，前後相應）。然後南征武陵、嘉今屬鼎州。長沙、嘉今屬潭州〔二六〕。桂陽、嘉今屬郴州，尚有桂陽路之名。零陵嘉今屬永州。四郡，積收錢糧，以爲根本。此久遠之計也。」毛爲後〔二七〕文取四郡張本。二按《一統志》：武陵，今屬常德〔二八〕；長沙，今屬潭州；桂陽，今屬郴州；零陵，今屬永州。贄鍾果〔二九〕不負「白眉」之稱也。第今天下「白眉」儘有，「青眼」絕無（，噫）。玄德大喜，遂問：「四郡當先取何郡？」良曰：「湘江之西，零陵最近，可先取之；次取武陵。然後湘江〔三〇〕之東取桂陽；長沙爲後。」玄德遂用馬良爲從事，伊籍副之。請孔明商議送劉琦回襄陽，替雲長回荊州。毛照應前文。便調兵取零陵，差張飛爲先鋒，趙雲合後，孔明、玄德爲中軍，人馬一萬五千，留雲長守荊州，毛此處便是雲長守荊州，預爲後文伏線。糜竺、劉封守江陵。

却說零陵太守劉度，聞玄德軍馬到來，乃與其子劉賢商議。賢曰：「父親放心。他雖有張飛、趙

〔二五〕「耶」，貫本作「也」。

〔二六〕「潭州」，原作「譚州」。按：《一統志》：長沙府「本朝甲辰年改爲潭州府，洪武五年復改爲長沙府，領州一、縣十一」。據改，後周、夏批同。

〔二七〕「後」，商本作「下」。

〔二八〕夏批「常德」，原作「鼎州」。按：《一統志》：常德府「宋初爲朗州，後改鼎州。」「本朝甲辰年復爲常德府，領縣四。」據周批改。

〔二九〕贄批「果」，緑本作「良」。

〔三〇〕「湘江」，原作「襄江」，毛校本同。按：同第三十四回校記〔六三〕。前句作「湘江之西」。桂陽在今湖南省郴州市桂陽縣，縣城在舂陵江（湘江支流）中上游之東南。據明四本改。

雲之勇，本郡〔三一〕上將邢道榮，力敵萬人，可以抵對。」劉度遂命劉賢與邢道榮引兵萬餘，離城三十里，依山靠水下寨。探馬報說：「孔明自引一軍到來。」【毛】前是暗襲，此是明攻。道榮便引軍出戰。兩陣對圓，道榮出馬，手使開山大斧，厲聲高叫：「反賊安敢侵我境界！」只見對陣中，一簇黃旗出〔三二〕。旗開處，推出一輛四輪車，車中端坐一人，頭戴綸巾，身披鶴氅，手執羽扇，用扇招邢道榮曰：「吾乃南陽諸葛孔明也。曹操引百萬之衆，被吾聊施小計，殺得片甲不回。【毛】又將赤壁事一提。【贊】【鍾】此老慣家。【漁】前事又一提。汝等豈堪與我對敵？我今來招安汝等，何不早降？」道榮大笑曰：「赤壁鏖兵，乃周郎之謀也，干汝何事，敢來誑語〔三三〕！」【毛】不知孔明風力。輪大斧竟逩孔明。孔明便回車望陣中走，陣門復閉。道榮直衝殺過來，陣勢急分兩下而走。【毛】忽閉忽開，陣法縱横。【漁】陣勢變幻。道榮遥望中央一簇黃旗，料是孔明，乃只望黃旗而趕。抹過山脚，黃旗劄住，忽地中央分開，不見四輪車，只見一將挺矛躍馬，大喝一聲，直取道榮，乃張翼德也。【毛】孔明忽没，張飛忽現，來得突兀。【鍾】開合出没，神謀有幾。道榮輪大斧來迎，戰不數合，氣力不加，撥馬便走。翼德隨後趕來，喊聲大震，兩下伏兵齊出。道榮捨死衝過，前面一員大將攔住去路，大叫：「認得常山趙子龍否！」【毛】亦寫得突兀。道榮料敵不過，又無處奔走，只得下馬請降。子龍縛來寨中見玄德、孔明。玄德喝教斬首，孔明急止之，問道榮曰：「汝若與我捉了劉賢，便准你投降。」【毛】此處是孔明用計，妙在不先説明。【贊】是。【鍾】孔明妙用。道榮連聲願往。孔明曰：「你用何法捉他？」道榮曰：「軍師若肯放某回去，某自有巧説。今晚軍師調兵劫寨，某爲内應，【毛】約來劫寨，便是詐言。活捉劉賢，獻與軍師。

〔三一〕「本郡」，原作「我本州」，毛校本同；明四本無「我」。按：零陵爲郡，據改；「我」「本」義重，酌删。
〔三二〕「出」，商本作「門」。
〔三三〕「誑語」，致本作「誑言」。

劉賢既擒，劉度自降矣。」玄德不信其言。孔明曰：「邢〔三四〕將軍非謬言也。」毛漁渾身是計，却不（叙）（說）明。贄妙。遂放道榮歸。道榮得放回寨，將前事實訴劉賢。賢曰：「如之奈何？」道榮曰：「可將計就計。今夜將兵伏於寨外，寨中虛立旗旛，待孔明來劫寨，就而擒之。」毛漁已在孔明筭中。劉賢依計。

當夜二更，果然有一彪軍到寨口，每人各帶草把，一齊放火。劉賢、道榮兩下殺來，放火軍便退。毛此是孔明之計，不知者讀至此，必謂孔明中計矣。劉賢、道榮兩軍乘勢追趕，趕了十餘里，軍皆不見。毛奇絶，怪絶。劉賢、道榮大驚，急回本寨，只見火光未滅，寨中突出一將，乃張翼德也。毛全是孔明調度，妙在不先敘明。贄神。鍾真神兵。劉賢叫道榮：「不可入寨，却去劫孔明寨便了。」於是復回軍。走不十里，趙雲引一軍刺斜裡殺出，一鎗刺道榮於馬下。毛全是孔明調度，妙在不先敘明。劉賢急撥馬奔走，背後張飛趕來，活捉過馬，綁縛見孔明。賢告曰：「邢道榮教某如此，實非本心也。」孔明令釋其縛，與衣穿了，賜酒壓驚，教人送入城說父投降，毛漁待邢道榮則詐，待劉賢則真。如其不降，打破城池，滿門盡誅。劉賢回零陵見父劉度，備述孔明之德，勸父投降。度從之，遂於城上竪起降旗，大開城門，賫捧印綬出城，竟投玄德大寨納降。孔明教劉度仍爲郡守，其子劉賢赴荊州隨軍辦事。毛漁隱然以子爲質。贄鍾（看）孔明此等作用，真如高棋對低（手），不動一毫氣色（也）。零陵一郡，居民盡皆喜悅。

玄德入城安撫已畢，賞勞三軍。乃問衆將曰：「零陵已取了，桂陽郡何人敢取？」毛馬良之言，本是零陵之後便取武陵，今却先取桂陽。變換得妙。贄妙。趙雲應曰：「某願往。」張飛奮然出曰：「飛亦願往！」二人相爭。孔明曰：「終是子龍先應，只教子龍去。」贄妙。〔三五〕鍾桂陽惟子龍可以智取，故孔明

〔三四〕「邢」，原作「刑」，致本同，據其他古本改。

〔三五〕緑本脱此句及下句贄批。

（注）意之。張飛不服，定要去取。孔明教拈鬮，二音鳩。拈着的便去。贊妙。又是子龍拈着。張飛怒曰：「我並不要人相幫，只獨領三千軍去，穩取城池。」毛張飛争先，後却用取武陵。此處早爲武陵伏筆。漁一團高興，且耐着張將軍作後。趙雲曰：「某也只領三千軍去。如不得城，願受〔三六〕軍令。」孔明大喜，責了〔三七〕軍令狀，選三千精兵付趙雲去。毛前是兩將雙立戰功，此却分開兩處。張飛不服，玄德喝退。贊都妙。趙雲領了三千人馬，徑往桂陽進發。

早有探馬報知桂陽太守趙範，範急聚衆商議。管軍校尉陳應、鮑龍〔三八〕願領兵出戰，原來二人都是桂陽嶺山鄉獵户出身，陳應會使飛叉，鮑龍曾射殺雙虎。毛忽夾敘陳應、鮑龍二句。忙中偏有此閒筆。二人自恃勇力，乃對趙範曰：「劉備若來，某二人願爲前部。」趙範曰：「我聞劉玄德乃大漢皇叔，更兼孔明多謀，關、張極勇。今領兵來的趙子龍，在當陽長阪百萬軍中，如入無人之境。毛又將子龍前事一提。贊鍾趙太守倒有（些）意思。我桂陽能有多少人馬？不可迎敵，只可投降。」毛便爲下文張本。應曰：「某請出戰。若擒不得趙雲，那時任太守投降不遲。」趙範拗不過，只得應允。陳應領三千人馬出城迎敵，早望見趙雲領軍來到。陳應列成陣勢，飛馬綽叉而出。趙雲挺鎗出馬，責罵陳應曰：「吾主劉玄德，乃劉景升之弟，今輔公子劉琦同領荆州，毛又將前事一點〔三九〕。特來撫民。汝何敢〔四〇〕迎敵！」贊好。陳應罵曰：「我等只服曹丞相，豈順劉備！」趙雲大怒，挺鎗驟馬，直取陳應。應撚叉來迎，兩馬相交，戰到四五合，陳應料敵不過，撥馬便走。趙雲追趕。陳應回顧趙雲馬來相近，用飛叉擲去，被趙雲接住，回擲陳應。應急躲過，雲馬早到，將陳應活捉過馬，擲於地下，喝軍士綁縛回

〔三六〕「受」，商本作「立」。
〔三七〕「了」，光本作「寫」。
〔三八〕「龍」，明三本作「隆」。
〔三九〕「點」，致本、滄本、光本、商本作「提」。
〔四〇〕「敢」，光本、周本、夏本、贊本作「故」。

寨。敗軍四散奔走。雲入寨叱陳應曰：「量汝安敢敵我！我今不殺汝，放汝回去。說與趙範，早來投降。」【毛】與孔明放邢道榮不同。【贊】妙。【鍾】也似孔明說話。陳應謝罪，抱頭鼠竄，回到城中，對趙範盡言其事。範曰：「我本欲降，汝强要戰，以致如此。」遂叱退陳應，齎捧印綬，引十數騎出城投大寨納降。

雲出寨迎接，待以賓禮，【贊】是。置酒共飲，納了印綬。酒至數巡，範曰：「將軍姓趙，某亦姓趙，五百年前合是一家。【毛】【漁】近日此風盛行。〈漁〉若是姓張的來，趙范便無宗可連，那得有後若許。將軍乃真定人，某亦真定人，又是同鄉。【贊】【鍾】亦巧合。儻得不棄，結爲兄弟，實爲萬幸。」【毛】今日異鄉亦作通譜，何況同鄉。雲大喜，各叙年庚。雲與範同年，雲長範四箇月，範遂拜雲爲兄。二人同鄉，同年又同姓，十分相得。【毛】不知者讀至此，必謂二趙更密於關張矣；孰知後來却又不然。至晚席散，範辭回城。次日，範請雲入城安民。雲教軍士休動，只帶五十騎隨入城中。【毛】【漁】第一次入城。居民執香伏道而接。雲安民已畢，趙範邀請入衙飲宴。酒至半酣，範復邀雲入後堂深處，洗盞更酌。雲飲微醉，範忽請出一婦人，與雲把酒〔四一〕。【毛】突如其來，出人意外。子龍見婦人身穿縞素，【毛】「縞衣綦巾，聊樂我云。」〔四二〕有傾國傾城之色，【毛】誰想此時，忽然遇一「文君」。乃問範曰：「此何人也？」範曰：「家嫂樊氏也。」【毛】不使妻拜伯，獨使嫂見叔，便是作怪。子龍改容敬之。【毛】道學之極。【漁】看子龍醉後如此正氣。樊氏把盞畢，範令就坐，【毛】親熱之極。雲辭謝。【毛】道學之極。樊氏辭歸後堂。雲曰：「賢弟何必煩令嫂舉盃耶？」範笑曰：「中間有箇緣故，乞兄勿阻：先兄棄世已三載，【毛】正當再醮之時矣。家嫂寡居，終非了局，弟常勸其改嫁。嫂

〔四一〕「酒」，光本作「盞」。

〔四二〕「云」，致本訛作「去」，澹本作「員」。按：《詩經·國風·鄭風》第十九篇《出其東門》作「縞衣綦巾，聊樂我員」；漢代毛亨傳曰：「縞衣，白色，男服也」；唐代陸德明音義曰：「『員』音云，本亦作『云』，《韓詩》作『魂』」；孔穎達疏曰：「云、員古今字，助句辭也」。

曰：『若得三件事兼全之人，我方嫁之：第一要文武雙全，名聞天下；第二要相貌堂堂，威儀出衆；第三要與汝兄〔四三〕同姓。』毛漁（天下）再醮婦人，（却）（那有）如此揀擇（，爲之一笑）。你道天下那得有這般湊巧的？毛這樣揀法，其實揀不出來。今尊兄堂堂儀表，名震四海，又與家兄同姓，正合家嫂所言。毛令嫂之巧則湊矣，只怕令兄未必肯湊〔四四〕。若不嫌家嫂貌陋，願陪嫁〔四五〕資，與將軍爲妻，毛前呼尊兄，此忽改呼將軍，正恐呼兄則有碍於娶嫂耳〔四六〕。結累世之親，何如〔四七〕？」雲聞言，大怒而起，厲聲曰：「吾既與汝結爲兄弟，汝嫂即吾嫂也，豈可作此亂人倫之事乎！」毛漁趙範看得通譜（爲泛）（太淡），（趙雲看）（子龍認）得通譜（爲）（太）真。〈毛〉近日世俗好言通譜，必得認真如趙雲者方可通之；恐天下趙範不少，切宜仔細。贊丈夫。趙範羞慚滿面，荅曰：「我好意相待，如何這般無禮！」遂目視左右，有相害之意。雲已覺，一拳打倒趙範，徑出府門，上馬出城去了。毛不筭打媒人，還只筭打兄弟。漁謝謀。範急喚陳應、鮑龍商議。應曰：「這人發怒去了，只索與他厮殺。」範曰：「但恐贏他不得。」鮑龍曰：「我兩箇詐降在他軍中，太守却引兵來搦戰，我二人就陣上擒之。」毛邢道榮是被困而詐降，今兩人是自去詐降，又是一樣詐法。陳應曰：「必須帶些人馬。」龍曰：「五百騎足矣。」當夜二人引五百軍徑奔趙雲寨來投降。雲已心知其詐，毛寫趙雲精細。贊鍾妙。漁子龍一向是精細人。遂教喚入。二將到帳下，說：「趙範欲用美人計賺將軍，毛趙範實無此心，東吴將有此事。一實一虛，前後相映。只等將軍醉了，扶入後堂謀殺，將頭去曹丞相處獻功：如此不仁！某二人見將軍怒出，必連累於某，因此投降。」趙雲佯喜，置酒與二

〔四三〕「汝兄」，原作「家兄」，致本、業本、貫本、齋本、光本、商本、明四本同；澹本作「弟兄」。按：述樊氏語「我方嫁之」與「家兄」語境不符，酌改。
〔四四〕二「湊」，原皆作「奏」，致本同，據其他毛校本改。
〔四五〕「陪嫁」，光本作「備嫁」，商本作「陪家」。
〔四六〕「耳」，貫本作「也」，澹本作「耶」。
〔四七〕「何如」，明四本作「可乎」。

人痛飲。二人大醉，雲乃縛於帳中，擒其手下人問之，果是詐降。【毛】邢道榮之詐，孔明肚裏明白；陳、鮑二人之詐，趙雲盤問出來。【贊】妙。雲唤五百軍入〔四八〕，各賜酒食，傳令曰：「要害我者，陳應、鮑龍也，不干衆人之事。汝等聽吾行計，皆有重賞。」衆軍拜謝。將降將陳、鮑二人當時斬了，却教五百軍引路，雲引一千軍在後，連夜到桂陽城下叫門。【毛】妙在即用其人。【贊】【鍾】子龍（有此妙用，誰謂）只勇〔四九〕乎哉！城上聽時，説陳、鮑二將軍殺了趙雲回軍，請太守商議事務。【毛】妙在即用其計。城上將火照看，果是自家軍馬。趙範急忙出城，雲喝左右捉下，遂入城安撫百姓已定，【毛】【漁】第二次入城。飛報玄德。玄德與孔明親赴桂陽，雲迎接入城，推趙範於階下。孔明問之，範備言以嫂許嫁之事。孔明謂雲曰：「此亦美事，公何如此？」雲曰：「趙範既與某結爲兄弟，今若娶其嫂，惹人唾罵，一也；【毛】【漁】此從（兄弟）（朋友）起見。【贊】【鍾】（腐甚，）太道學氣。其婦再嫁，使失大節，二也；【毛】【漁】此從夫婦起見。趙範初降，其心難測，三也。【贊】【鍾】這是本心。主公新定江漢，枕席未安，雲安敢以一婦人而廢主公之大事？」【毛】【漁】此從君臣起見。〈毛〉○當揮拳之時，已不認趙范爲兄弟；則得桂陽之後，何妨聽軍師做媒人。而子龍終不肯從，是子龍之不可及也。【贊】丈夫，丈夫。玄德曰：「今日大事已定，與汝娶之，若何？」雲曰：「天下女子不少，但恐名譽不立，何患無妻子乎？」【毛】落落丈夫語。○趙範做媒不允，玄德做媒亦不允，樊氏可謂數奇。【贊】至言，至言。【鍾】子龍至言。玄德曰：「子龍真丈夫也！」遂釋趙範，仍令爲桂陽太守，重賞趙雲。

張飛大叫曰：「偏子龍幹得功！偏我是無用之人！【毛】不是眼紅，却是技癢。【漁】張飛真耐不住了。只撥三千軍與我去取武陵郡，活捉太守金旋來獻！」【毛】

〔四八〕「入」，原作「人」，毛校本、夏本、贊本同。按：「入」字通，據嘉本、周本改。

〔四九〕贊批「只勇」，緑本作「真勇」；鍾批作「只□」，闕一字。按：「只勇」義通，鍾批據補「勇」字。

誰知後來偏不是活捉。孔明大喜曰：「翼德要去不妨，但要依一件事。」正是：

軍師決勝多奇策，將士争先立戰功。

未知孔明説出那一件事來，且看下文分解。

孔明妙處，是以公子塞口，且公子之病，亦未必真，

可惜子敬不知耳。

趙子龍不娶趙範之嫂，只恐其是美人計耳，然亦不可及矣。以視曹孟德好色之輩，何止天淵也。

美色人人愛，不娶趙範之嫂，子龍雖恐是美人計，然其對玄德曰：「安敢以一婦人而廢主公之政？」且曰：「但恐名譽不立，何患無妻子？」真丈夫至言也，如之何其可及也？

第五十三回　關雲長義釋黃漢升　孫仲謀大戰張文遠

孔明取七郡之地，前三郡用襲，後四郡用攻。而後四郡之中，兩郡太守是降，兩郡太守是死。零陵、桂陽是太守不欲戰，手下人欲戰；武陵、長沙是太守欲戰，手下人不欲戰。至於零陵與桂陽不同，武陵與長沙又異，求其一筆之相犯而不可得。事之天然變幻，至於如此。後之作稗官者，即執筆效之，安能彷彿耶！

雲長不殺黃忠，是好勝處，不是慈悲處，以爲殺墮馬之人不足爲勇故耳。若認作慈悲，則爲宋襄公之仁義，豈所以論雲長哉！設以宋襄公處此，不但墮馬不殺，即不墮馬亦不殺。何也？白髮黃忠，已在「不禽二毛」之例也。

此處有雲長義釋黃忠，後復有翼德義釋嚴顏以對之；此處有黃忠射盔纓不射關公，前却有趙雲射篷繚不射徐盛以對之。然關公不殺黃忠，是不便殺，欲留待後殺；翼德不殺嚴顏，是竟不殺；趙雲不殺徐盛，是本當殺姑不殺；黃忠不殺關公，是直[一]不忍殺：四人各有一樣肚腸，寫來更不相犯。

文章之妙，有前文方於此應，後文又於此伏者，如魏延之獻長沙是也。前在襄陽城下大戰文聘，今在長沙城上殺却韓玄，是前文於此應也；孔明既死，魏延乃有反漢之謀；魏延初降，孔明已有欲殺之志：是後文又於此伏也。通觀全部，雖人與事紛紛，而伏應之妙，則一篇如一句，斯真有數文字。

黃忠者，五虎將之一也，於此回方纔出名，

[一]「直」，齋本、光本、商本作「真」。

寫來亦極出色。寫其刀，寫其箭，猶〔二〕但寫其勇耳；至於不射關公，知重義也；敦請始出，能〔三〕自愛也；請塟韓玄，不記怨也；請以劉表之姪爲郡守，不忘本也。不獨勇略過人，而其人品亦有不可及者，與關、張、趙雲並列，夫何愧焉。

方敘玄德取四郡，便接敘孫權戰合淝，蓋玄德取四郡之時，正孫權戰合淝之時也。若不按下周瑜，召去程普，牽制孫權，則玄德安能從容而取漢上之地？故夾敘孫權一邊，特爲玄德一邊發明也。且孫權雖失南郡，而猶能取合淝；則以此之得，償彼之失，而索荆州之意不至於甚急耳。是合淝之役，不獨爲上文發明，又將爲下文伏線也。

周瑜破曹仁，而孫權不能破張遼，非獨張遼之智過於曹仁，亦孫權之智不如周瑜也。天下豈有一養馬之後槽，而可以殺大將？又豈有一小卒爲細作，而可以放火開城門者乎？太史慈而死於是役，使周郎而在軍中，必不至此。故凡權之所以敗，皆以周郎怒氣沖激，養病柴桑之故。則不但〔四〕南郡之失當致怨於孔明；而合淝之戰亦當歸怨孔明耳。

張遼之守合淝，其真大將之才乎！赤壁之戰，射黃蓋以救曹操，猶不過戰將之能耳。觀於此回，有大將之才三：既勝而能懼，是其慎也；聞變而不亂，是其定也；乘機以誘敵，是其謀也。宜其爲關公之器重與！惟大將不懼大將，亦惟大將能知大將。於黃忠見關公之神武，於張遼亦見關公之知人。

却説孔明謂張飛曰：「前者子龍取桂陽郡時，責下軍令狀而去。今日翼德要取武陵，必須也責下

〔二〕「猶」，商本作「是」。
〔三〕「能」，光本、商本作「知」。
〔四〕「但」，商本作「特」。

軍令狀，方可領兵去。」【毛】趙雲軍令狀是趙雲情願，張飛軍令狀是孔明索取。張飛遂立軍令狀，欣然引〔五〕三千軍，星夜投武陵界上來。金旋【二】【補註】旋字元机，乃京兆人，獻帝時爲中郎將。聽得張飛引兵到，乃集將校，整點精兵器械，出城迎敵。從事鞏志諫曰：「劉玄德乃大漢皇叔，仁義布於天下；加之張翼德驍勇非常。不可迎敵，不如納降爲上。」【毛】【漁】此處獨與桂陽相反。【鍾】鞏志頗識時勢。金旋大怒曰：「汝欲與賊通連爲内變耶？」喝令武士推出斬之。衆官皆〔六〕告曰：「先斬家人，於軍不利。」金旋乃喝退鞏志，自率兵出，離城二十里，正迎張飛。飛挺矛立馬，大喝金旋。旋問部將：「誰敢出戰？」衆皆畏懼，莫敢向前。【毛】如此將士而欲迎敵，多見其不知量也。旋自驟馬舞刀迎之，張飛大喝一聲，渾如巨雷，金旋失色，不敢交鋒，撥馬便走。【毛】張飛不消戰得，又與前兩處〔七〕不同。飛引衆軍隨後掩殺。金旋走至城邊，城上亂箭射下。旋驚視之，見鞏志立於城上曰：「汝不順天時，自取敗亡，吾與百姓自降劉矣。」言未畢，一箭射中金旋面門，墜於馬下，【毛】將寫黄忠之箭，先寫鞏志之射，天然一箇引子。【鍾】更有手段。軍士割頭獻張飛。鞏志出城納降，飛就令鞏志賫印綬，往桂陽見玄德。玄德大喜，遂命〔八〕鞏志代金旋之職。

玄德親至武陵安民畢，馳書報雲長，言翼德、子龍各得一郡。【毛】明明挑動雲長。雲長乃回書上請曰：「聞長沙尚未取，如兄長不以弟爲不才，教關某幹這件功勞甚好。」【毛】前既寫過趙、張，此處却寫關公。玄德大喜，遂教張飛星夜去替雲長守荆州，令雲長來取長沙。雲長既至，入見玄德、孔明。孔明曰：「子龍取桂陽，翼德取武陵，都是三千軍去。今長沙太守韓玄，固不足道，只是他有一員大將，乃南陽人，姓黄名忠，字漢升，【毛】黄忠名字，却用孔明口中説出。敘法變換。是劉表帳下中郎將，與劉表之

〔五〕「引」，致本同，其他毛校本作「領」。
〔六〕「皆」，商本脱。
〔七〕「又」上，光本有「此」字。「兩處」，齋本作「文處」，光本作「文」。
〔八〕「遂命」，澹本作「遂令」，明四本作「就令」。

姪劉磐共守長沙，【毛】爲後文薦〔九〕劉磐張本。後事韓玄；雖今年近六旬，却有萬夫不當之勇，不可輕敵。【毛】【漁】先在孔明口中寫黃忠。雲長去，必須多帶軍馬。」雲長曰：「軍師何故長別人鋭氣，滅自己威風？量一老卒，何足道哉！關〔一〇〕某不須用三千軍，只消本部下五百名校刀手，決定斬黃忠、韓玄之首，獻來〔一一〕麾下。」【毛】寫雲長好勝，更自出色。玄德苦擋，雲長不依，只領五百校刀手而去。孔明謂玄德曰：「雲長輕敵黃忠，只恐有失，主公當往接應。」【鍾】此爲雲長遠慮。玄德從之，隨後引兵望長沙進發。【毛】獨長沙却用孔明、玄德自去，與零陵相似，與桂陽、武陵相反。

却説長沙太守韓玄，平生性急，輕於殺戮，衆皆惡之。【毛】爲後文百姓助魏延張本。是時聽知雲長軍到，便喚老將黃忠商議。忠曰：「不須主公憂慮。憑某這口刀，這張弓，一千箇來，一千箇死！」【毛】誇刀又誇弓，爲射關公伏線。原來黃忠能開二石力之弓，百發百中。言未畢，堦下一人應聲而出曰：「不須老將軍出戰，只就某手中，定活捉關某。」韓玄視之，乃管軍校尉楊齡。韓玄大喜，遂令楊齡引軍一千，飛奔出城。約行五十里，望見塵頭起處，雲長軍馬早到。楊齡挺鎗出馬，立於陣前罵戰。雲長大怒，更不打話，飛馬舞刀，直取楊齡，齡挺鎗來迎。不三合，雲長手起刀落，砍楊齡於馬下，【毛】先〔一二〕寫楊齡之死，以反襯黃忠之勇。【漁】寫楊齡正以襯黃忠之勇。追殺敗兵，直至城下。韓玄聞之大驚，便教黃忠出馬，玄自來城上觀看。忠提刀縱馬，引五百騎兵飛過弔橋。雲長見一老將出馬，知是黃忠，把五百校刀手一字擺開，橫刀立馬而問曰：「來將莫非黃忠否？」【毛】寫得關公儒雅之極。忠曰：「既知我名，焉敢犯我境！」雲長曰：「特來取汝首級！」【毛】【漁】趣甚。言罷，兩馬交鋒。鬭一百餘合，不分勝負。

〔九〕「薦」，澹本作「寫」，形訛。
〔一〇〕「關」字原漫漶作「門」，據毛校本補。
〔一一〕「獻來」，致本、澹本、光本倒作「來獻」。
〔一二〕「先」，商本作「前」。

【毛】寫黃忠第一日。韓玄恐黃忠有失，鳴金收軍，黃忠收軍入城。雲長也退軍，離城十里下寨，心中暗忖：「老將黃忠，名不虛傳，鬬一百合，全無破綻。【毛】【漁】又（在）（從）關公意（中）寫一黃忠。來日必用拖刀計，背砍贏之。」

次日早飯畢，又來城下搦戰。韓玄坐在城上，教黃忠出馬。忠引數百騎殺過弔橋，再與雲長交馬。又鬬五六十合，勝負不分，【毛】寫黃忠第二日。兩軍齊聲喝采。【毛】又在衆人眼中旁寫一筆。鼓聲正急時，雲長撥馬便走，黃忠趕來。雲長方欲用刀砍去，忽聽得腦後一聲響；急回頭看時，見黃忠被戰馬前失掀在地下。【毛】不知者讀至此，必謂黃忠死矣。雲長急回馬，雙手舉刀猛喝曰：「我且饒你性命！快換馬來廝殺！」【毛】此處却寫關公。【贊】高。【鍾】雲長素是忠義，不肯乘人之危。【漁】関公之不殺黃忠是好勝處，不是慈心〔一三〕，以爲殺墮馬之人不足爲勇故耳。若以宋襄公處，不但墮馬不殺，就不墮馬也不殺，何也？白髮黃忠已在「不禽二毛」之例也。黃忠急提起馬蹄，飛身上馬，奔入城中。玄驚問之，忠曰：「此馬久不上陣，故有此失。」玄曰：「汝箭百發百中，何不射之？」【毛】又借韓玄口中寫一黃忠。忠曰：「來日再戰，必然詐敗，誘到弔橋邊射之。」玄以自己所乘一匹青馬與黃忠。忠拜謝而退，尋思：「難得雲長如此義氣！他不忍殺害我，我又安忍射他？【毛】此處又寫黃忠。【贊】【鍾】漢升自是好人。若不射，又恐違了將令。」是夜躊【二】音稠。躇【二】音除。未定。次日天曉，人報雲長搦戰，忠領兵出城。雲長兩日戰黃忠不下，十分焦躁〔一四〕，抖【二】音斗。擻威風，與忠交馬。戰不到三十餘合，忠詐敗，雲長趕來。忠想昨日不殺之恩，不忍便射，帶住刀，把弓虛拽弦響，【毛】不便射，妙。雲長急閃，却不見箭。雲長又趕，忠又虛拽，【毛】又不便射，更妙。【二】音謁。雲長急閃，又無箭，只道黃忠不會射，放心趕來。將近弔橋，黃忠在橋上搭箭開弓，

〔一三〕「心」，原作「慈」，衡校本同，據致本改。
〔一四〕「躁」，齋本、光本作「燥」。

弦響箭到，正射在雲長盔纓根上。【漁】庾公發乘矢而後反，黄忠已拽三弓。〈【毛】【漁】〉寫黄忠第三〔一五〕日。〈【毛】〉○前是雲長義釋漢升，此又是漢升義釋雲長矣。前面軍齊聲喊起，雲長吃了一驚，帶箭回寨，方知黄忠有百步穿楊之能，今日只射盔纓，正是報昨日不殺之恩也。【毛】又在雲長意中寫一黄忠。【鍾】知恩報恩。雲長領兵而退。

黄忠回到城上來見韓玄，玄便喝左右捉下黄忠。忠叫曰：「無罪！」玄大怒曰：「我看了三日，汝敢欺我！汝前日不力戰，必有私心；昨日馬失，他不殺汝，必有關通；【毛】因他第三日，并疑他前兩日。【漁】因第三日，故連前日都疑。今日兩番虚拽弓弦，第三箭却止射他盔纓，如何不是外通内連？若不斬汝，必爲後患！」喝令刀斧手推下〔一六〕城門外斬之。衆將欲告，玄曰：「但〔一七〕告免黄忠者，便是同情！」【毛】【漁】（不知者讀至此，又）（讀此）必謂黄忠死矣。剛推到門外，恰欲舉刀，忽然一將揮刀殺入，砍死刀手，救起黄忠，【毛】救得突兀，出人意外。【贊】【鍾】好一個救星。〔一八〕【漁】魏延專用此法，如召神將一般，使人駭異。大叫曰：「黄漢升乃長沙之保障，今殺漢升，是殺長沙百姓也！【毛】此句便挑動百姓。韓玄殘暴不仁，輕賢慢士，當衆〔一九〕共殛之！願隨我者便來！」衆視其人，面如重棗，目若朗星，乃義陽人魏延也，【毛】前四十一回中，早爲此處伏線。自襄陽趕劉玄德不着，來投韓玄；玄怪其傲慢少禮，不肯重用，故屈沉於此。【毛】補敘得妙。【漁】照應四十一回事。當日救下〔二〇〕黄忠，教百姓同殺韓玄，袒臂一呼，【二】袒，音坦，露也。謂袒衣露出手，以〔二一〕示信也。相從者數百餘人。黄忠攔當不住，【毛】又寫黄忠。魏延直殺上城頭，一刀砍韓玄爲兩段，提頭上馬，引百姓出城，投拜雲長。雲

〔一五〕毛批「三」，齋本訛作「二」。漁批「三」，原作「二」，據衡校本改。
〔一六〕「下」，光本作「出」。
〔一七〕「但」，貫本脱。
〔一八〕鍾批原闕第一、四字，據贊批補。
〔一九〕「衆」，商本脱，明四本無。
〔二〇〕「下」，光本、明四本作「了」。
〔二一〕周批「以」，原重作「以以」，據夏批删。

長大喜，遂入城。安撫已畢，請黃忠相見，忠托病不出。【毛】【漁】（又）（極）寫黃忠。【贊】是。【鍾】黃忠是高品。雲長即使人去請玄德、孔明。

却説玄德自雲長來取長沙，與孔明隨後催促人馬接應。正行間，青旗倒捲，一鴉自北南飛，連叫三聲而去。【毛】曹操「烏鵲南飛」不是吉兆，偏有此處烏鴉〔二二〕却是吉兆。玄德曰：「此應何禍福？」孔明就馬〔二三〕上袖占一課曰：「長沙郡已得，又主得大將。午時後定見分曉。」【毛】今日安得有此起課先生。少頃見一小校〔二四〕飛報前來，説：「關將軍已得長沙郡，降將黃忠、魏延。耑〔二五〕等主公到彼。」玄德大喜，遂入長沙。雲長接入廳上，具言黃忠之事。玄德乃親往黃忠家相請，忠方出降，【毛】又寫黃忠。求葬韓玄屍首於長沙之東。【毛】【漁】又寫黃忠。【贊】是。【鍾】兩人俱妙。後人有詩讚黃忠曰〔二六〕：

將軍氣槩與天參，白髮猶然困漢田〔二七〕。
至死甘心無怨望，臨降低首尚懷慚。
寶刀燦雪彰神勇，鐵騎臨風憶戰酣。
千古高名應不泯，長隨孤月照湘潭。

玄德待黃忠甚厚。雲長引魏延來見，孔明喝令刀斧手推下斬之。【毛】寫得突然可怪。玄德驚問孔明曰：「魏延乃有功無罪之人，軍師何故欲殺之？」孔明曰：「食其祿而殺其主，是不忠也；居其土而獻其地，是不義也。【毛】【漁】自是正論，然（意却不重）（孔明意不）在此。【贊】【鍾】（亦）是。吾觀魏延腦後有反骨，久後必反，故先〔二八〕斬之，以絶禍根。」【毛】【漁】（先生不惟）（孔明）善卜，又善相，早爲一百回（後）伏

〔二二〕「鴉」，貫本訛作「鵲」。
〔二三〕「馬」上，光本有「在」字。
〔二四〕「校」，光本作「卒」。
〔二五〕「耑」，同「専」，明四本作「皆」。
〔二六〕醉本讀黃忠詩改自贊本；毛校本改自醉本，；鍾本同贊本，贊本改自明三本；漁本同嘉本。
〔二七〕「漢田」，致本同，其他古本作「漢南」。
〔二八〕「先」，貫本脱。

線。三考證補註後來魏延果反西川，亦是孔明遺計斬之。

玄德曰：「若斬〔二九〕此人，恐降者人人自危。望軍師恕之。」孔明指魏延曰：「吾今饒汝性命。汝可盡忠報主，勿生異心，若生異心，我好歹取汝首級。」魏延喏喏連聲而退。毛鞏志殺金旋而孔明不罪之，乃獨罪魏延者，知延之必反，故欲借此以殺延耳。贄鍾（要知）孔明（此舉）非真欲殺魏延（也），特爲玄德結一好緣（于延），以安延反側（耳。豪傑舉動如此，着眼，着眼）。黄忠薦劉表姪劉磐，見在攸縣閒居，毛漁又寫黄忠（便荐賢，妙）。玄德取回，教掌長沙郡。四郡已平，毛總敘一句，以括上文。玄德班師回荆州，改油江口爲公安，嘉今屬江陵管下縣治。二按《一統志》：公安，縣名，屬荆州府。自此錢糧廣盛，賢士歸之，將軍馬四散屯於隘口。毛漁（以上）按下玄德（一邊），（以下）接〔三〇〕敘東吴（一邊）。

却説周瑜自回柴桑養病，令甘寧守巴丘〔三一〕，三（巴丘，）今岳州（府）也。令凌統守漢昌郡〔三二〕，二處分布戰船，聽候調遣。程普引其餘將士投合淝縣來。二按《一統志》：合淝，秦時縣名，東漢爲合肥，三國屬九江，即今廬州是也。原來孫權自從赤壁鏖兵之後，久在合淝，毛補敘前文。與曹兵交鋒〔三三〕，大小十餘戰，未決勝負，毛漁一句包着無數（文字，省却無數）筆墨。不敢逼城下寨，離城五十里屯兵。聞程普兵到，孫權大喜，親自出營勞軍。人報魯子敬先至，權乃下馬立待之，毛正應「天以子敬賜我」之語。肅慌忙滚鞍下馬施禮。衆將見權如此待肅，皆大驚異。權請肅上馬，並轡而行，密謂曰：「孤下馬相迎，

〔二九〕「斬」，光本作「殺」。

〔三〇〕漁批「接」，衡校本作「且」。

〔三一〕「巴丘」，原作「巴陵郡」，古本同。按：《三國志·吴書·吴主傳》裴注曰：「巴丘今曰巴陵。」《宋書·文帝本紀》：「分長沙江夏郡立巴陵郡，屬湘州。」據改，批語同。

〔三二〕「漢昌郡」，原作「漢陽郡」，古本同。按：《三國志·吴書·周瑜傳》：「權拜瑜偏將軍，領南郡太守。以下雋、漢昌、劉陽、州陵爲奉邑，屯據江陵。」《吴主傳》：「十五年，分豫章爲鄱陽郡；分長沙爲漢昌郡。」《後漢書·郡國志》：漢陽郡屬凉州，「武帝置，爲天水。」據改。

〔三三〕「兵交鋒」，光本作「操交兵」。

足顯公否?」肅曰:「未也。」【毛】魯肅大奇。權曰:「然則何如而後爲顯耶?」肅曰:「願明公威德加於四海,總括九州,克成帝業,使肅名書竹帛,始爲顯矣。」【毛】願以其君顯,非但以其身顯也。【贊】亦通。【鍾】子敬之(願)亦(多)。權撫掌大笑。同至帳中,大設飲宴,犒勞鏖兵將士,商〔三四〕議破合淝之策。

忽報張遼差人來下戰書。權拆書觀畢,大怒曰:「張遼欺吾太甚!汝聞程普軍來,故意使人搦戰!來日吾不用新軍赴敵,看我大戰一塲!」【毛】仲謀乃自好勝。傳令當夜五更,三軍出寨,望合淝進發。辰時左右,軍馬行至半途,曹兵已到,兩邊布成陣勢。孫權金盔金甲,披掛出馬;左宋謙、右賈華,二將使方天畫戟,【毛】先將戟一逗。兩邊護衛。三通鼓罷,曹軍陣中門旗兩開,三員將全裝擐帶,立於陣前:中央張遼,左邊李典,右邊樂進。張遼縱馬當先,專搦孫權決戰。權綽鎗欲自戰,陣門中一將挺鎗驟馬早出,乃太史慈也,【毛】太史慈一向冷落,於此畧一寫之。張遼揮刀來迎。兩將戰有七八十合,不分勝負。曹陣上李典謂樂進曰:「對面金盔者,孫權也〔三五〕。若捉得孫權,足可與八十三萬大軍報讐。」【毛】又將赤壁事一提。說猶未了,樂進一騎馬,一口刀,從刺斜裏徑取孫權,如一道電光飛至面前,手起刀落。【毛】【漁】寫得駭人。宋謙、賈華急將畫戟遮架,刀到處,兩枝戟齊斷,【毛】更自駭人。只將戟杆〔三六〕望馬頭上打。樂進回馬,宋謙綽軍士手中鎗趕來。李典搭上箭,望宋謙心窩裏便射,應弦落馬。太史慈見〔三七〕背後有人墮馬,棄却張遼,望本陣便回。張遼乘勢掩殺過來,吴兵大亂,四散奔走。張遼望見孫權,驟馬趕來。看看趕上,【毛】更自駭〔三八〕人。刺斜裡撞出一軍,爲首大將乃程普也,【毛】來得突兀。截

〔三四〕「商」,商本脱。
〔三五〕「也」,商本脱。
〔三六〕「杆」,原作「幹」,致本、業本、貫本、齋本、光本同,據其他古本改。
〔三七〕「太史慈見」,原作「太史望見」,致本同,據其他古本改。
〔三八〕「駭」,商本作「怕」。

殺一陣，救了〔三九〕孫權。張遼收軍自回合淝。

程普保孫權歸大寨，敗軍陸續回營。孫權因見折了宋謙，放聲大哭。長史張紘曰：「主公恃盛壯之氣，輕視大敵，三軍之衆，莫不寒心。即使斬將搴旗，威振疆場，亦偏將之任，非主公所宜也。願抑賁、育【二】孟賁、夏育，古之勇士，皆衛國人也。賁能生拔牛角，育力舉千鈞。之勇，懷王霸之計。且今日宋謙死於鋒鏑【二】音的。之下，皆主公輕敵之故。今後切宜保重。」【毛】【漁】孫堅以輕（追）（敵）而被箭，孫策以輕出而受（創）（鎗）。前車之覆，後車之鑒。【贄】好言語。【鍾】張紘之言可爲輕敵者戒，不獨孫郎當知也。權曰：「是孤之過也，從今當改之。」少頃太史慈入帳，言：「某〔四〇〕手下有一人，姓戈名定，與張遼手下養馬後槽是弟兄〔四一〕。後槽被責懷怨，今晚使人報來，舉火爲號，刺殺張遼，以報宋謙之讐。【毛】作奸細者不過一小卒，爲内應者亦只一養馬後槽，可發一笑。某請引兵爲外應。」權曰：「戈定何在？」太史慈曰：「已混入合淝城中去了。某願乞五千兵去。」諸葛瑾曰：「張遼多謀，恐有准備，不可造次。」【鍾】甚是。太史慈堅執要行。【毛】孫權輕出，太史慈又輕進，君臣皆輕，安得不敗。【漁】太史慈也是輕進。權因傷感宋謙之死，急要〔四二〕報讐，遂令太史慈引兵五千去爲外應。

却說戈定乃太史慈鄉人，當日雜在軍中隨入合淝城，尋見養馬後槽，兩箇商議。戈定曰：「我已使人報太史慈將軍去了，今夜必來接應。你如何用事？」【毛】【漁】此等人有甚計策商量出來。後槽曰：「此間離中軍〔四三〕較遠，夜間急不能進，只就草堆上放起一把火，你去前面叫反，城中兵亂，就裏刺殺張遼，餘軍自走也。」【毛】説得忒容易了。戈定曰：「此計大

〔三九〕「了」，商本作「出」。
〔四〇〕「某」，貫本作「其」，形訛。
〔四一〕「弟兄」，光本、商本倒作「兄弟」。
〔四二〕「要」，商本作「欲」。
〔四三〕「中軍」，原作「軍中」，毛校本、夏本、贄本同。按：「中軍」義通，據嘉本、周本乙。

妙！」是夜張遼得勝回城，賞勞三軍，傳令不許解甲宿睡。毛漁既勝而能（慎）（懼），是大將，不是戰將。左右曰：「今日全勝，吳兵遠遁，將軍何不卸〔四四〕甲安息？」遼曰：「非也。爲將之道，勿以勝爲喜，勿以敗爲憂。儻吳兵度我無備，乘虛攻擊，何以應之？今夜防備，當比每〔四五〕夜更加謹慎。」毛不但爲將之道爲然也，立身處世大抵宜爾。贄天下事俱當如此，不特一戰事已也。鍾張遼最（得）慎重之法。說猶未了，後寨火起，一片聲叫反，報者如麻。張遼出帳上馬，喚親〔四六〕從將校十數人當道而立。左右曰：「喊聲甚急，可往觀之。」遼曰：「豈有一城皆反者？二一城，猶言一營之軍。此是造反之人故驚軍士耳。如亂者先斬！」毛其智能謀，其靜能鎮。贄鍾却有定見。漁主意拿得定。唯安靜可以定亂，爲將者皆知之，弟不能養于平日，故卒不及維持耳。無〔四七〕移時，李典擒戈定并後槽至。遼詢得其情，立斬於馬前。只聽得城門外鳴鑼擊鼓，喊聲大震。遼曰：「此是吳兵外應，可就計破之。」便令人於城門内放起一把火，衆皆叫反，大開城門，放下弔橋。毛曹仁在南郡賺周瑜是白日，張遼在合淝賺太史慈是黑夜，前後相映。太史慈見城門大開，只道内變，挺鎗縱馬先入。城上一聲砲響，亂箭射下，太史慈急退，身中數箭。毛太史慈中箭與周瑜中箭，前後又相似。背後李典、樂進殺出，吳兵折其大半，乘勢直趕到寨前。陸遜、董襲殺出，救了太史慈，曹兵自回。孫權見太史慈身帶重傷，愈加傷感。張昭請權罷兵，權從之，遂收兵下船，回南徐〔四八〕。三（南徐，）今鎮江（府）是也。比及屯住軍馬，太史慈病重，權使張昭等問安，太史慈大叫曰：「大丈夫生於亂世，當帶三尺劍立不世之功，今所志未遂，奈何死乎！」毛漁人人有此志，不

〔四四〕「卸」，商本、嘉本作「解」。
〔四五〕「每」，光本作「昨」。
〔四六〕「喚親」，光本倒作「親喚」。
〔四七〕「無」，滄本、光本作「不」。
〔四八〕「南徐」下原有「潤州」二字，古本同。按：《隋書·地理志》：「（隋開皇）十五年置潤州」。潤州即今江蘇省鎮江市，同南徐，地名重。

能人人遂此志，爲之三嘆。言訖而亡，贊也是自取。年四十一歲。後人有詩讚曰〔四九〕：

矢志全忠孝，東萊太史慈。
姓名昭遠塞，弓馬震雄師。
北海酬恩日，神亭酣戰時。
臨終言壯〔五〇〕志，千古共嗟咨！

孫權聞慈死，傷悼不已，命厚葬於南徐北固山下，養其子太史享〔五一〕於府中。毛以上按下孫權一邊，以下再敘玄德一邊。二按《一統志》：北固山在鎮江府北，下臨長江，其勢險固，又名北顧山。享字元復，後來官至尚書、吴郡太守。

却說玄德在荆州整頓軍馬，聞孫權合淝兵敗，已回南徐，與孔明商議。孔明曰：「亮夜觀星象，見西北有星墜〔五二〕地，必應折一皇族。」毛方敘太史慈死，只疑東南有將星墜地，乃忽然接出西北劉琦。接筆甚幻。漁只疑東南將星夜墜，不期西北劉琦，接筍〔五三〕甚幻。正言間，忽報公子劉琦病亡。玄德聞之，痛哭不已。孔明勸曰：「生死分定，主公勿憂，恐傷貴體。且理大事，可急差人到彼守禦城池，并料理葬事。」玄德曰：「誰可去？」孔明曰：「非雲長不可。」即時便教雲長前去襄陽保守。玄德曰：「今日劉琦已死，東吴必來討荆州，如何對荅？」孔明曰：「若有人來，亮自有言對荅。」過了半月，人報東吴魯肅特來弔喪。正是：

先將計策安排定，只等東吴使命來。

未知孔明如何對荅，且看下文分解。

雲長高處，只是不肯詭遇獲禽，而黄漢升亦能知恩報

〔四九〕醉本讚太史慈詩改自贊本；鍾本、漁本同贊本；贊本同明三本。
〔五〇〕「壯」，原作「旺」，致本、業本同。按：「壯」字佳，據其他古本改。
〔五一〕「享」，商本、明四本作「亨」。按：《三國志·吴書·太史慈傳》：「子享，官至越騎校尉。」裴注引三國吴韋昭撰《吴書》曰：「享字元復，歷尚書、吴郡太守。」
〔五二〕「墜」，光本作「墮」，後批語同。
〔五三〕「筍」，原作「荀」，形訛，據衡校本改。

恩，種種都是豪傑所爲；況漢升不忘韓玄，而魏延借事殺之，如何不惹孔明疑忌。總之，吾人立心不可不正大光明也。不然，縱有功于人，亦有罪于天矣。況受功之人，亦未必不疑忌我也，何苦枉却做了小人？請大衆大家思之，何如何如？

張紘勸權之語、張遼對衆之言，都是至理，可入語録。

世上好話，何必定是道學先生方説得出也？只要聽者自得知耳。

雲長重義仗義，不肯詭遇獲禽；漢升知恩報恩，不敢一矢加遺。兩人各行其是，並皆豪傑所爲。

張紘勸權之語，張遼對衆之言，都是至理。天下事俱當如此慎重，不特一戰事已也。

第五十四回

吳國太佛寺看新郎　劉皇叔洞房續佳偶

文章之奇，有不越半幅，而倏而弔喪，倏而作伐，倏而掛孝，倏而結親，斯亦奇矣。然而凶則是凶，吉則是吉，猶未足爲奇也。奇莫奇於戈矛劍戟之内，忽然花燭洞房；又莫奇於洞房花燭之中，仍是戈矛劍戟。凶即是吉，吉即是凶；吉伏於凶，凶又伏於吉。則此一篇，真爲人意計之所不及量耳。

觀孫權之使魯肅弔喪，而嘆今日之人情，大抵如斯矣。前之弔劉表，非爲劉表而弔也，爲劉備而弔也；後之弔劉琦，又非爲劉備而弔也，爲荆州而弔也。弔本爲死，乃以爲生；弔本爲人，乃以爲我。弔之而無益於我，則雖當弔而不弔焉；弔之而有益於我，則雖不必弔而亦弔焉。豈獨東吴爲然哉？又豈獨弔喪爲然哉？凡近世之紛紛往來，皆當作東吴弔喪觀也[一]。

孔明之辭魯肅也，劉琦未死，則以劉琦謝之；劉琦既死，則以取西川謝之。而第二番措詞又[二]與第一番不同：前則止用緩詞耳；今則先折之以正論，既明示不還之情，後乃應之以權宜，姑[三]托爲暫借之説。其云借也，是即其不還之意也。孔明嘗借箭於敵矣，嘗借風於天矣，借箭亦將還箭，借風亦將還風耶？

凡借物於人者，以己之所有借之，乃謂之借。荆州非孫氏之有也，何謂借乎？及[四]授契於人者，先立契而後取物，乃以契爲信。荆州劉氏之所先取也，何契之有乎？近世有謀人

[一]「也」，貫本脱。
[二]「措」上，光本有「之」字。「又」，光本脱，齊本作「之」。
[三]「姑」，商本作「始」。
[四]「及」，澹本、光本作「凡」。

之美產，而必寫借契者矣，亦有謝人之索逋，而虛以抵契搪塞者矣，魯肅、孔明，毋乃類是！至於兩家互相欺誑，一則假寫借契，一則假立婚書，借契疑真實假，婚書弄假成真。一對空頭，真堪捧腹。

孔明誦《銅雀臺賦》，是以孫權之嫂、周瑜之妻激東吴也；今授錦囊密計，是又以孫權之母、周瑜之丈人助玄德也。其子之策，其母破之；其壻之策，其丈人又破之。妙在即用他自家人，教他怪别人不得。

袁術遣媒於吕布，認真做媒，却做不成；孫權遣媒於劉備，假意做媒，倒做成了。然則吕範非媒也，孫乾亦非媒也，喬國老乃真媒也。而喬國老之爲媒，又孔明實使之。是成就此一段婚姻者，大媒惟孔明一人而已。

燒了外太公的香，不怕舅爹〔五〕作梗；倚了老丈母的勢，便堪女壻放刁。和尚寺中相女壻，禪堂倩作藍橋；新人房裡接將軍，錦帳又成赤壁。廻廊下執斧健兒，須不是伐柯之斧；繡幃前持兵侍女，却可助行雨之兵。有成就良姻的太太，吴夫人不比崔夫人；遇不懷好意的哥哥，孫仲謀險做孫飛虎。此數聯俱絶倒。

却説孔明聞魯肅到，與玄德出城迎接。接到公廨，相見畢，肅曰：「主公聞令姪棄世，特具薄禮，遣某前來致祭。周都督再三致意劉皇叔、諸葛先生。」玄德、孔明起身稱謝，收了禮物，置酒相待。肅曰：「前者皇叔有言：『公子不在，即還荆州。』今公子已去世，必然見還。不識幾時可以交割？」毛第二次索荆州。**玄德曰：「公且飲酒，有一箇商議。」**毛此是孔明所教。**肅强飲數盃，又開言相問。玄德未及回荅，孔明變色曰：「子敬好不通理，直須待人開口！**毛漁前番用柔，（此〔六〕）（今）番用

〔五〕「爹」，致本同，其他毛校本作「爺」。
〔六〕「此」，商本作「今」。

剛，忽柔忽剛，令人不測。自我高皇帝斬蛇起義，開基立業，【毛】【漁】先擡出高皇帝來（，壓倒東吴）。傳至於今，【贊】【鍾】好大議論。不幸奸雄並起，各據一方，少不得天道好還，復歸正統。我主人乃中山靖王之後，孝景皇帝玄孫，【毛】【漁】次擡出孝景皇帝來（，壓倒東吴）。今皇上之叔，【毛】次擡出今皇上來，壓倒東吴。豈不可分茅裂土？況劉景升乃我主之兄也，弟承兄業，有何不順？【毛】【漁】說到劉表，已（是）（屬）第四（層意）。【贊】【鍾】好大題目。汝主乃錢塘小吏之子，素無功德於朝廷，今倚勢力，占據六郡八十一州，尚自貪心不足，而欲并吞漢土。【毛】前既高擡皇叔，此又明罵孫權。【漁】直罵之矣。劉氏天下，我主姓劉，倒無分，汝主姓孫，反要强爭？且赤壁之戰，我主多負勤勞，衆將並皆用命，豈獨是汝東吴之力〔七〕？【毛】此言我不虧東吴。若非我借東南風，周郎安能展半籌之功？【毛】此言東吴反虧我。江南一破，休說二喬【三】橋，姓。〔八〕古從木傍。置於銅雀宮，【毛】照應四十四回中語。【贊】直得賣嘴，又提起二喬，惡極、狠極。雖公等家小，亦不能保。【毛】惡極，妙極。【漁】一直壓倒東吴，既言我不虧東吴，言東吴虧我。適來我主人不即荅應者，以子敬乃高明之士，不待細說。何公不察之甚也！」【毛】脚頭纔立得定，便會變面，便會說硬話，今人多有之矣，但本事不及孔明耳。【鍾】說到此，令人且慚且憤，如何開口？【漁】惡極。一席話，說得魯子敬緘口無言，半晌乃曰：「孔明之言，怕不有理，争奈魯肅身上甚是不便。」【毛】理上說不去，只得以情告之。【漁】理說不過，直須以寔情告之。孔明曰：「有何不便處？」肅曰：「昔日皇叔當陽受難時，是肅引孔明渡江見我主公；【毛】將四十三回中事一提。後來周公瑾要興兵取荊州，又是肅擋住；至說待公子去世還荊州，又是肅擔承。【毛】又將五十二回中事一提。【漁】子敬之言，句句近情。今却不應前言，教魯肅如何回覆？【毛】主人面上說不去，只得以自己情分告之。我主與周公瑾必然見罪。肅死不恨，只恐惹惱東

〔七〕「力」，嘉本作「力耶」，周本、夏本、贊本作「力也」。
〔八〕按：明三本正文作「二橋」。

吴，興動干戈，皇叔亦不能安坐荆州，空爲天下耻笑耳。」毛既告之以情，又動之以勢。孔明曰：「曹操統百萬之衆，動以天子爲名，吾亦不以爲意，豈懼周郎一小兒乎！毛前是論理，此又論勢。若恐先生面上不好看，我勸主人立紙文書，暫借荆州爲本，毛漁豈有城池而可（以契）借者乎？若云爲本，（正）不知（幾分）起利（幾分筭）。待我主别圖得城池之時，便交付還東吴。此論如何？」毛極似賴債者，並不回絶，只用活脱[九]。鍾俱是奸計。肅曰：「孔明待奪得何處，還我荆州？」孔明曰：「中原急未可圖，西川劉璋闇弱，我主將圖之。若圖得西川，那時便還。」毛漁以荆州爲本，（以）西川爲利，（待）得利之後，單還本錢，（則）（仍）是不起利者矣。肅無奈，只得聽從。玄德親筆寫成文書一紙，押了字，保人諸葛孔明也押了字。毛妙極。贊鍾（畢竟）子敬痴呆，此事如何立得文書？孔明曰：「亮是皇叔這裡人，難道自家作保？煩子敬先生也押箇字，回見吴侯也好看。」毛妙極，惡[一〇]極。贊妙，妙。肅曰：「某知皇叔乃仁義之人，必不相負。」遂押了字，毛如此作中，不知可有中物[一一]相謝。漁魯肅的真老實。收了文書，宴罷辭回。玄德[一二]、孔明送到船邊，孔明囑曰：「子敬回見吴侯，善言伸意，休生妄想。若不准我文書，我翻了面皮，連八十一州都奪了。毛漁一句硬。今只要兩家和氣，休教曹賊笑話。」毛漁（又）一句軟。贊鍾妙，妙。〈鍾〉送别數語，更趣煞[一三]。

肅作别下船而回，先到柴桑[一四]見周瑜。瑜問曰：「子敬討荆州如[一五]何？」肅曰：「有文書在此。」呈與周瑜，瑜頓足曰：「子敬中諸葛之謀也！名爲借地，實是混賴。毛從來文書不足據[一六]，不獨

[九]「活脱」，貫本作「活脱話」，商本作「説話」。
[一〇]「妙」「惡」，齋本、光本互易。
[一一]「物」，商本作「金」。
[一二]「德」下，光本、商本有「與」字。
[一三]「煞」上原有「更」，疑衍，酌删。
[一四]同第四十二回校記〔三一〕。
[一五]「如」，商本作「若」。
[一六]「據」，商本作「憑」。

荊州爲然也。他説取了西川便還，知他幾時取西川？假如十年不得西川，十年不還？這等文書，如何中用？你却與他做保！毛從來保人難做，不獨魯肅爲然也。他若不還時，必須連累足下，儻〔一七〕主公見罪奈何？」肅聞言，呆了半晌，曰：「恐〔一八〕玄德不負我。」毛漁活寫老實（人）。瑜曰：「子敬乃誠實人也〔一九〕。劉備梟雄之輩，三梟雄者，勇健也。諸葛亮奸猾之徒，恐不似先生心地。」肅曰：「若此，如之奈何？」瑜曰：「子敬是我恩人，二補註先時周瑜嘗借糧於魯肅，肅指一囷與之。瑜得其濟，故言「是吾恩人」也。想昔日指囷相贈之情，如何不救你？毛指囷時周郎原不曾有借契。你且寬心住數日，待江北探細的回，別有區處。」魯肅跼二音局。蹐嘉二音：局即。二音脊。不安。

過了數日，細作回報：「荊州城中，揚起布旛做好事，城外別建新墳，軍士各掛孝。」瑜驚問曰：「没了甚人？」細作曰：「劉玄德没了甘夫人，即日安排殯葬。」毛劉琦之死，在荊州一邊敘來；甘夫人之死，在東吳一邊聽得：文法變換。漁實事虛出，有作法。瑜謂魯肅曰：「吾計成矣！使劉備束手受〔二〇〕縛，荊州反掌可得。」毛妙極，令人不測。漁令人不解。肅曰：「計將安出？」瑜曰：「劉備喪妻，必將續娶。主公有一妹，極其剛勇，侍婢數百，居常帶刀，房中軍器擺列遍滿，雖男子不及。毛爲後文玄德驚恐張本。我今上書主公，教人去荊州爲媒，説劉備來入贅。毛漁讀者至此，（疑是）（將謂）成親之後，教（孫）夫人討（還）荊州也。賺到南徐，妻子不能勾得，幽囚在獄中，却使人去討荊州換劉備。毛漁原來却不用夫人。等他交割了荊州〔二一〕城池，我別有主意。贊如此計策，可謂大拙。周郎，周郎，休〔二二〕相露矣。鍾

〔一七〕「時」，光本脱，明四本作「城池」。「儻」，貫本脱，明四本無。
〔一八〕「晌」，原作「响」，據古本改。「恐」，光本作「想」，齋本作「然」。
〔一九〕「也」，商本脱。
〔二〇〕「受」，商本作「就」。
〔二一〕「荊州」，商本脱。
〔二二〕「休」，贊校本作「本」。按：「休」字義合。

周郎這樣計策，亦大拙矣。於子敬身上須無事也。」魯肅拜謝。周瑜寫了書呈，選快船送魯肅投南徐，見孫權，先説借荆州一事，呈上文書。權曰：「你却如此糊塗！這樣文書，要他何用！」【毛】諺云：「不做媒人不做保，一世無煩惱。」子敬作保既受埋怨，只怕周郎〔二三〕做媒，終須嘔氣。肅曰：「周都督有書呈在此，説用此計，可得荆州。」權看畢，點頭暗喜，尋思誰人可去，猛然省曰：「非呂範不可。」遂召呂範至，謂曰：「近聞劉玄德喪婦。吾有一妹，欲招贅玄德爲壻，永結姻親，同心破曹，以扶漢室。非子衡不可爲媒，望即往荆州一言。」【毛】做媒不用魯肅，却用呂範，正恐識破討荆州耳。【漁】不用魯肅作媒，恐疑荆州之故耳。範領命，即日收拾船隻，帶數箇從人，望荆州來。

却説玄德自没了甘夫人，晝夜煩惱。一日〔二四〕，正與孔明閒敘，人報東吴差呂範到來。孔明笑曰：「此乃周瑜之計，必爲荆州之故。亮只在屏風後潛聽，【毛】也學蔡夫人身〔二五〕段。但有甚説〔二六〕話，主公都應承了。【毛】想孔明此時已料着七八分了〔二七〕。留來人在舘驛中安歇，别作商議。」玄德教請呂範入。禮畢，坐定，茶罷，玄德問曰：「子衡來，必有所諭？」【毛】劉琦之死則弔，甘夫人之死則不弔。不弔喪而便作伐，便知作伐之非真也。【漁】説〔二八〕理，吴侯先行弔後説親方是。範曰：「範近聞皇叔失偶，有一門好親，故不避嫌，特來作媒。未知尊意若何？」玄德曰：「中年喪妻，大不幸也。骨肉未寒，安忍便議親？」範曰：「人若無妻，如屋無梁，豈可中道而廢人倫？吾主吴侯有一妹，美而賢，堪奉箕箒。若兩家共結秦晉之好，則曹賊不敢正視東南也。此事家國兩便，請皇叔勿疑。【鍾】好媒。但我國太

〔二三〕「郎」，致本同，其他毛校本作「瑜」。
〔二四〕「一日」，商本脱。
〔二五〕「身」，光本作「手」。
〔二六〕「説」，商本作「麽」，明四本無。
〔二七〕「了」，致本同，其他毛校本脱此字。
〔二八〕「説」，衡校本作「論」。

吳〔二九〕夫人甚愛幼女，不肯遠嫁，必求皇叔到東吳就婚。」【毛】先説聯姻，次説入贅，語有次第。玄德曰：「此事吳侯知否？」【毛】【漁】已疑是周郎之計（，故有此問）。範曰：「不先禀吳侯，如何敢造次來説？」玄德曰：「吾年已半百，鬢髮班白，吳侯之妹，正當妙齡：恐非配偶。」範曰：「吳侯之妹，身雖女子，志勝男兒。常言：『若非天下英雄，吾不事之。』【毛】極似趙範對子龍之語，一實一虛，前後相映〔三〇〕。【漁】恐亦似趙範口中説話。今皇叔名聞四海，正所謂淑女配君子，豈以年齒上下相嫌乎？」【鍾】媒人善説。玄德曰：「公且少留，來日回報。」是日設宴相待，留於舘舍。至晚，與孔明商議。孔明曰：「來意亮已知道了。【毛】【漁】總瞞不過此老。適間卜《易》，得一大吉大利之兆。【毛】卦象之辭，必是「老夫得其女妻」。主公便可應允。先教孫乾和吕範同〔三一〕見吳侯。【毛】立契時兩邊都有保人，説親時兩家亦各有媒人。【漁】立契，兩家都有保；成親，兩家俱有媒人。面許已定，擇日便去就親。」玄德曰：「周瑜定計欲害劉備，豈可以身輕入危險之地？」孔明大笑曰：「周瑜雖能用計，豈能出諸葛亮之料乎！【毛】其實説得嘴響，不似〔三二〕今人單會説大話。畧用小謀，使周瑜半籌不展，吳侯之妹又屬主公，荆州萬無一失。」【毛】玄德將與孫夫人成魚水之歡，終賴有如魚得水之孔明也。【鍾】的是高（匠）手段，非誇也。玄德懷疑未決，孔明竟教孫乾往江南説合親事。孫乾領了言語，與吕範同到江南，來見孫權。權曰：「吾願將小妹招贅玄德，並無異心。」孫乾拜謝，回荆州見玄德，言吳侯專候主公去結親。玄德懷疑不敢往。孔明曰：「吾已定下三條計策，非子龍不可行也。」【毛】【漁】雄媳婦，全虧此男贈嫁。遂喚趙雲近前，附耳言曰：「汝保主公入吳，當領此三箇錦囊。囊中有三條妙計，依次而行。」【毛】仲謀、公瑾皆入孔明囊中矣。【鍾】臨機應變，便是鬼神不（測）。即將三

〔二九〕「太吳」，商本倒作「吳太」。
〔三〇〕「一實一虛前後」，貫本作「其事一實一虛」。「映」，商本訛作「應」。
〔三一〕「同」，商本作「回」。
〔三二〕「似」，商本作「是」。

箇錦囊，與雲貼肉收藏。孔明先使人赴〔三三〕東吳納了聘，一切完備。時建安十四年冬十月。毛小春之吉，可咏《桃夭》。

玄德與趙雲、孫乾取快船十隻，隨行五百餘人，離了荆州，前往南徐進發。荆州之事，皆聽孔明裁處。玄德心中怏怏不安。毛不是新郎怕羞，却是贅壻胆怯。漁想是新郎怕羞。到南徐州，船已傍岸，雲曰：「軍師分付三條妙計，依次而行。今已到此，當先開第一箇錦囊來看。」於是開囊看了計策。便喚五百隨行軍士，一一分付如此如此，衆軍領命而去。又教玄德先往見喬國老。毛不是趙雲教玄德，却是孔明教趙雲。那喬國老，乃二喬之父，居於南徐。玄德牽羊擔酒，先往拜見，説吕範爲媒、娶夫人之事。毛漁先打外太公（的）關節。隨行五百軍士，都〔三四〕披紅掛綵，入南徐〔三五〕買辦物件，傳説玄德入贅東吴，城中人盡知其事。毛漁方知用五百人妙處。不然，以之防患則（尚）少，以之贈嫁則（已）多。三此是孔明第一（條）妙計。贊妙，妙。鍾此着甚妙。孫權知玄德已到，教吕範相待，且就館舍安歇。

却説喬國老既見玄德，便入見吴國太賀喜。毛已在孔明算中。漁劈空一拳。國太曰：「有何喜事？」喬國老曰：「令愛已許劉玄德爲夫人，今玄德已到，何故相瞞？」毛周瑜一個丈人，反爲孔明用了。國太驚曰：「老身不知此事！」便使人請吴侯問虚實，一面先使人於城中探聽。人皆回報：「果有此事。女壻已在館驛安歇，五百隨行軍士都在城中買猪羊菓品，准備成親。毛在報事人口中、吴國太耳中，寫得熱鬧。贊鍾皆在孔明算中。做媒的女家是吕範，男家是孫乾，俱在館驛中相待。」國太吃了一驚。少頃，孫權入後堂見母親，國太搥胸大哭。毛孫權一個母親，又爲孔明用了。權曰：「母親何故煩惱？」國太曰：「你直如此將我看承得如無物！我姐姐臨危

〔三三〕「赴」，商本作「往」，明四本無。
〔三四〕「都」，商本作「俱」，明四本無。
〔三五〕「南徐」，原作「南郡」，古本同。按：與前後文異，南郡屬荆州。據前後文改。

之時，分付你甚麼話來！」毛照應前文。孫權失驚曰：「母親有話明說，何苦如此？」國太曰：「男大須婚，女大須嫁，古今常理。我爲你母親，事當稟命於我。你招劉玄德爲壻，如何瞞我？女兒須是我的！」毛漁（俱）（都）在孔明筭中。（教孫權賴不得。）權吃了一驚，問曰：「那裏得這話來？」國太曰：「若要不知，除非莫爲。滿城百姓那一箇不知？你倒瞞我！」喬國老曰：「老夫已知多日了，今特來賀喜。」毛妙在又夾喬國老一句。權曰：「非也。此是周瑜之計，因要取荊州，故將此爲名，賺劉備來拘囚在此，要他把荊州來換，若其不從，先斬劉備。此是計策，非實意也。」國太大怒，罵周瑜曰：「汝做六郡八十一州大都督，直恁無條計策去取荊州，毛漁罵得是。却將我女兒爲名，使美人計！贊國太大是。鍾國太有丈夫見識。殺了劉備，我女便是望門寡，明日〔三六〕再怎的説親？須悞了我女兒一世！你們好做作！」毛前既大哭，此又大怒，俱在孔明筭中。喬國老曰：「若用此計，便得荊州，也被天下人耻笑。此事如何行得！」毛妙在又夾喬國老一句。〈毛漁〉兩個老頭兒，（真是）一吹一（唱）（打）。説得孫權默然無語。國太不住口的罵周瑜。毛罵周瑜便是〔三七〕罵孫權。喬國老勸曰：「事已如此，劉皇叔乃漢室宗親，不如真箇招他爲壻，免得出醜。」毛漁外太公〔三八〕（又）做媒人（，一拍一〔三九〕上）。贊這箇媒人老成。鍾喬國老這媒更好。權曰：「年紀恐不相當。」國老曰：「劉皇叔乃當世豪傑，若招得這箇女壻，也不辱了令妹。」國太曰：「我不曾認得劉皇叔。明日約在甘露寺相見：如不中我意，任從你們行事；若中我的意，我自把女兒嫁他！」毛不由孫權做主。孫權乃大孝之人，見母親如此言語，隨即應承，出外喚吕範分付：來日甘露寺方丈設宴，國太要見劉備。吕範

〔三六〕「明日」，滄本、光本作「將來」。

〔三七〕「便是」，商本作「更勝」。

〔三八〕漁批「外太公」，原作「外太」，衡校本同。按：與前文不符，疑脱「公」，據毛批補。

〔三九〕「一」，商本作「就」。

曰：「何不令賈華部領三百刀斧手，伏於兩廊。若國太不喜時，一聲號舉，兩邊齊出，將他挐下。」【毛】【漁】讀者至此，（又）爲玄德捏一把汗。〈【毛】〉然國太定然相得中，亦在孔明筭中矣。 權遂喚賈華分付預先准備，只看國太舉動。【贊】【鍾】東吴諸人，真如兒戲（，可爲發笑）。

却說喬國老辭吴國太歸，使人去報玄德，言：「來日吴侯、國太親自要見，好生在意！」【毛】活是一個媒人。 玄德與孫乾、趙雲商議。雲曰：「來日此會，多凶少吉，雲自引五百軍保護。」【毛】贈嫁甚是精細。 次日，吴國太、喬國老先在甘露寺方丈裏坐定。【二】按《一統志》：甘露寺在今鎮江府北固山上。吴甘露中建，因名。 孫權引一班謀士隨後都到，却教吕範來舘驛中請玄德。玄德内披細鎧，外穿錦袍，【毛】【漁】（新郎）打扮[四〇]（得）簇新，（但）不知可（曾）用烏鬚藥[四一]？ 從人背劍緊隨，上馬投甘露寺來。趙雲全裝摜帶，引五百軍隨行。來到寺前下馬，先見孫權。權觀玄德儀表非凡，心中有畏懼之意。【毛】阿[四二]兄則畏，令妹必愛矣。 二人叙禮畢，遂入方丈見國太。國太見了玄德，大喜，謂喬國老曰：「真吾壻也！」【毛】【漁】中了丈母意，（自然）（必）中夫人意。【鍾】國太善于擇壻。 國老曰：「玄德有龍鳳之姿、天日之表，更兼仁德布於天下，國太得此佳壻，真可慶也！」【毛】喬國老此等言語，女壻知之一定埋怨；然女壻計策出醜，還賴丈人爲之斡旋耳。【漁】國太之言，孫權一定不喜歡。 玄德拜謝，共宴於方丈之中。少刻，子龍帶劍而入，立於玄德之側。國太問曰：「此是何人？」玄德荅曰：「常山趙子龍也。」國太曰：「莫非當陽長阪抱阿斗者乎？」【毛】照應四十一回中事。【漁】前事一提，喝采女壻，又喝采從嫁。 玄德曰：「然。」國太曰：「真將軍也！」遂賜以酒。【毛】趙雲所飲者喜酒，與鴻門會樊噲之酒不同。【漁】賜酒不比鴻門會。 趙雲謂玄德曰：「却纔某於廊下廵視，見房内有刀斧手埋伏，必無[四三]好

[四〇] 漁批「扮」，原作「辨」，同「辦」，衡校本同，據毛批改。
[四一] 毛批「藥」下，商本有「否」字。
[四二]「阿」，齋本、光本作「乃」。
[四三]「却」「無」，商本作「恰」「非」。

意。可告知國太。」玄德乃跪於國太席前，毛漁未跪夫人，先跪丈母。（是借丈母操演也。）泣而告曰：「若殺劉備，就此請誅。」毛纔做女壻，便爾放刁。贄好。國太曰：「何出此言？」玄德曰：「廊下暗伏刀斧手，非殺備而何？」鍾此着尤妙。國太大怒，責罵孫權：毛難爲了舅子。「今日玄德既爲我壻，即我之兒女也。毛親愛之極。何故伏刀斧手於廊下！」權推不知，喚呂範問之，範推賈華。國太喚賈華責罵，華默然無言。國太喝令斬之，玄德告曰：「若斬大將，於親不利，備難久居膝下矣。」毛又是他討饒，一發見得女壻好處。贄鍾好女壻。喬國老也相勸。國太方叱退賈華，刀斧手皆抱頭鼠竄而去。

玄德更衣出殿前，見庭下有一石塊。玄德拔從者所佩之劍，仰天祝曰：「若劉備得〔四四〕勾回荆州，成王霸之業，一劍揮石爲兩段。如死於此地，劍剁石不開。」贄也多事。言訖，手起劍落，火光迸濺，砍石爲兩段。毛漁藍田之玉，方種爲雙；寺門之石，忽分爲二。孫權在後面看見，問曰：「玄德公如何恨此石？」玄德曰：「備年近五旬，不能爲國家勦除賊黨，心常自恨。今蒙國太招爲女壻，此平生之際遇也。恰纔問天買卦，如破曹興漢，砍斷此石。今果然如此。」權暗思：「劉備莫非用此言〔四五〕瞞我？」亦掣劍謂玄德曰：「吾亦問天買卦。若破得曹賊，亦斷此石。」却暗暗祝告曰：「若再取得荆州，興旺東吴，砍石爲兩半！」手起劍落，巨石亦開。毛大家暗祝心事，俱爲後文伏線。鍾看此把戲，兩人的是一對郎舅。漁後來都應。至今有十字紋「恨〔四六〕石」尚存。二按《一統志》：恨石在甘露寺内，有石如羊形。後人觀此勝蹟，作詩讚曰〔四七〕：

寶劍落時山石斷，金環響處火光生。
兩朝旺氣皆天數，從此乾坤鼎足成。

〔四四〕「得」，明四本作「能」。
〔四五〕「言」，商本作「計」。
〔四六〕「恨」，光本作「痕」。
〔四七〕毛本讚詩從贄本；鍾本同贄本，周本、夏本、贄本改自嘉本；漁本無。

二人棄劍，相携入席。又飲數巡，孫乾目視玄德，玄德辭曰：「備不勝酒力，告退。」孫權送出寺前，二人並立，觀江山之景。玄德曰：「此乃天下第一江山也！」毛一語品題，遂成佳話。至今甘露寺牌〔四八〕上云「天下第一江山」。後人有詩讚曰〔四九〕：二按《志》書：詩牌額有「天下第一江山」六字，乃梁武帝所書，漢時未有此，玄德信口言之矣。

江山雨霽擁青螺，境界無憂樂最多。
昔日英雄凝目處，巖崖依舊抵風波。

二人共覽之次，江風浩蕩，洪波滾雪，白浪掀天。忽見波上一葉小舟，行於江面上，如行平地。毛可作一幅江景圖。漁閑景點綴，生出情來。玄德嘆曰：「『南人駕船，北人乘馬』，信有之也。」孫權聞言自思曰：「劉備此言，戲我不慣乘馬耳。」贊鍾英雄（相遇）疑忌如（是〔五〇〕，可嘆可憐）（此）。乃令左右牽過馬來，飛身上馬，馳驟下山，復加鞭上嶺，笑謂〔五一〕玄德曰：「南人不能乘馬乎？」玄德聞言，撩衣一躍，躍上馬背，飛走〔五二〕下山，復馳騁而上。二人立馬於山坡之上，揚鞭大笑。毛權能試馬，玄德不能試舟，畢竟讓舅爺一步。漁好看，此時方是〔五三〕郎舅。至今此處名爲「駐馬坡」。後人有詩曰〔五四〕：

馳驟龍駒氣槩多，二人並轡望山河。
東吴西蜀成王霸，千古猶存駐馬坡。

當日二人並轡而回。南徐之民，無不稱賀。

玄德自回館驛，與孫乾商議。乾曰：「主公只是哀求喬國老，早早畢姻〔五五〕，免生別事。」毛漁

〔四八〕「牌」，澹本、光本、商本作「碑」。
〔四九〕毛本讚詩從贊本；鍾本、漁本同贊本，贊本同明三本。
〔五〇〕贊批「是」，贊校本作「此」。
〔五一〕「嶺笑謂」三字原闕，據毛校本補。
〔五二〕「走」字原闕，據毛校本補。
〔五三〕「是」，衡校本作「見」。
〔五四〕毛本讚詩改自贊本；鍾本同贊本，漁本改自贊本；夏本、贊本同嘉本，周本改自嘉本。
〔五五〕「畢」，原作「婢」，致本同，嘉本作「逼」。按：《廣雅》：「婢，母也。」據其他毛校本、周本、夏本、贊本改。「姻」，光本作「婚」，後一處同。

是媒人（話）（語），〈毛〉但不知如何謝媒。次日，玄德復至喬國老宅前下馬。國老接入，禮畢，茶罷，玄德告曰：「江左之人，多有要害劉備者，恐不能久居。」國老曰：「玄德寬心。吾爲公告國太，令作護持。」毛國老可謂撮合山，畢竟小媒人不如大媒人。贊鍾（都）（俱）在孔明筭中。玄德拜謝自回。喬國老入見國太，言玄德恐人謀害，急急要回。國太大怒曰：「我的女壻，誰敢害他！」即時便教搬入書院暫住，擇日畢〔五六〕姻。毛竟似養女壻矣。贊鍾妙。玄德自入告國太曰：「只恐趙雲在外不便，軍士無人約束。」國太教盡搬入府中安歇，毛玄德處處賴丈母之力。休留在舘驛中，免得生事。玄德暗喜。

數日之內，大排筵會，孫夫人與玄德結親。至晚客散，兩行紅炬，接引玄德入房。燈光之下，但見鎗刀簇滿，侍婢皆佩劒懸刀，立於兩傍，諕得玄德魂不附體。毛漁讀（者）至此，又疑（是）甘露寺（之）兵矣。正是：

驚看侍女橫刀立，疑是東吴設伏兵。

畢竟〔五七〕是何緣故，且看下文分解。

華容道上特令雲長放過曹操，孔明知三分天下乃是定局故也。周瑜不知天時，苦苦要争荆州，不及孔明何止天淵也！一間未達而已乎？

人問：錦囊第一條妙計畢竟如何見得妙處？曰：周瑜真不濟，不如孔明何止萬里！自國老一見，并見國太，親事遂成，却是周瑜失了一個丈人，玄德得了一個丈母也。問者不解曰：喬老非周瑜丈人乎？今亦幇着玄德，不是周郎失却，劉郎得之而何？問者大笑而退。

孔明早知三分，特令去放曹操。周瑜不識天時，苦要來争荆州，却把孫夫人弄假成真，白白送與玄德。其不及孔明，何止萬里哉！

〔五六〕「畢」，原作「婢」，致本同，同前，據其他古本改。
〔五七〕「畢竟」，光本、商本作「不知」。

第五十五回

玄德智激孫夫人　孔明二氣周公瑾

王允以美人計賺兩人，只是一番；周瑜以美人計賺一人，却有兩番。王允則專用實，周瑜則前虛而後實也：始之詐言入贅，誘其至吴，是虛以美人賺之；繼欲娛其耳目，惑其心志，是實以美人賺之。計亦巧矣！孰知王允賺兩人而皆得，周瑜賺一人而亦〔一〕失；王允一用而輒得，周瑜兩用而終失乎！

孫夫人房内設兵，而玄德心常凛凛。玄德非畏兵，而畏夫人之兵；亦非畏夫人，而畏好兵之夫人也。每怪今之懼内者，其夫人未嘗好兵，而亦畏之，何也？曰：雖不好兵，而未嘗不好戰，好戰甚於好兵也。只夫人便是兵，又何必房中設兵而後謂之兵耶？

甚矣，孔明之計之妙也！既借孫權之母、周瑜之丈人爲玄德成婚〔二〕之助，又即借孫權之妹爲玄德歸荆州之助。不但喬國老、吴國太爲孔明所借，即孫夫人亦爲孔明所借矣。國老可借，國母可借，夫人可借，而荆州又何不可借哉？

孫夫人之配玄德，如齊姜之配重耳，皆丈夫女也。重耳不欲去，而齊姜遣之；玄德欲去，而孫夫人從之。齊姜聽重耳獨去，不獨去恐去不成；孫夫人與玄德同去，不同去也去不成。重耳之去，齊姜不告於其父；玄德之去，孫夫人不告於其兄。一則殺採桑之女，是英雄手段；一則退攔路之兵，亦是英雄手段。

玄德在車前哀告夫人，涕泣請死，活似婦

〔一〕「亦」，齊本、光本、商本作「獨」。
〔二〕「婚」，光本作「親」。

人乞憐取妍，在丈夫面前放刁模樣。以英雄人作此兒女態，是特孔明之所教耳。不想今日風俗，夫綱不振，竟若深得孔明妙計者。第三箇錦囊，更不消卧龍先生傳授得也。

呂布送女，送不過去，爲撞着拉親的曹老瞞；孫權追妹，追不轉來，爲遇着接親的諸葛亮。袁術討不成媳婦，止折了一個媒人；孫權殺不得妹夫，乾賠了一個妹子。前後遥遥映射成趣。

老新郎學作婦人腔，宛然弱壻；小媳婦偏饒男子氣，壯矣賢妻。一個向娘子身邊長跪，顧不得膝下有黄金；一個爲丈夫面上生嗔，那怕他車〔三〕前排白刃。家將畏主人而尤畏其妹，贅壻之懼内可知；新娘聽丈夫而不聽其兄，女生之向外益信。前日單身入贅，贈嫁的只有趙子龍；今日兩口回門，送親的却是周公瑾。化難生恩的劉備，闌干貫索，翻成天喜紅鸞；弄巧成拙的周郎，陽錯陰差，引出喪門弔客。此數聯俱絶倒。

却説玄德見孫夫人房中兩邊鎗刀森列，侍婢皆佩劍，不覺失色。管家婆進曰：「貴人休得驚懼：夫人自幼好觀武事，居常令侍婢擊劍爲樂，故爾如此。」毛今日〔四〕婦人所樂之兵器，又是一樣。贊玄德一味奸詐，若管家婆與孫夫人則俱趣甚。**玄德曰：「非夫人所觀之事，吾甚心寒，可命暫去。」**漁進門便教訓老婆。**管家婆禀覆孫夫人曰：「房中擺列兵器，嬌客不安，今且〔五〕去之。」孫夫人笑曰：「厮殺半生，尚懼兵器乎？」**毛雖然厮殺半生，却不曾與女將軍厮殺。贊只是這兵器相殺不得氏〔六〕。漁該笑該笑，從來男人在外天不怕地不怕者，一到老婆房裡〔七〕便怕起來。**命盡撤去，令侍婢解劍伏侍。當夜玄德與孫夫人成親，兩**

〔三〕「車」，貫本作「軍」，形訛。
〔四〕「日」，原作「人」，致本、業本、貫本、滄本同。按：「日」字佳，據其他毛校本改。
〔五〕「且」，齋本、滄本、光本作「可」。
〔六〕「氏」，贊校本作「底」。
〔七〕「房裡」，原作「房理」，衡校本作「屋裡」。據致本改。

情歡洽。【毛】中間藏着無數歡洽。【贊】【鍾】（此時）即無甜言美語，亦自歡喜（也）。【漁】哄老婆的精。玄德又將金帛散給侍婢，以買其心，【毛】不但欲夫人歡洽，并欲侍婢歡洽。妙。先教孫乾回荊州報喜。自此連日飲酒，國太十分愛敬。【毛】女壻得岳母喜歡，那得做不起。

却說孫權差人來柴桑〔八〕報周瑜，說：「我母親力主，已將吾妹嫁劉備。不想弄假成真，此事還復如何？」瑜聞大驚，【毛】【漁】撮合（者）（山）乃是令岳。行坐不安，乃思一計，修密書付來人持回見孫權。權拆書視之，書畧曰〔九〕：

瑜所謀之事，不想反覆如此。既已弄假成真，又當就此用計。劉備以梟雄之姿，有關、張、趙雲之將，更〔一〇〕兼諸葛用謀，必非久屈人下者。愚意莫如軟困之於吳中：盛爲築宮室，以喪其心志；多送美色玩好，以娛其耳目。【贊】周郎好痴。使分開關、張之情，隔遠諸葛之契，各置一方，然後以兵擊之，大事可〔一一〕定矣。【贊】此計亦通，但不可施之玄德耳。【鍾】周郎此計亦通，但玄德非其人矣。今若縱之，恐蛟龍得雲雨，終非池中物也。願明公熟思之。

孫權看畢，以書示張昭。昭曰：「公瑾之謀，正合愚意。劉備起身微末，奔走天下，未嘗受享富貴。今若以華堂大厦，子女金帛，令彼享用，自然疎遠孔明、關、張等，使彼各生怨望，然後荊州可圖也。主公可依公瑾之計〔一二〕而速行之。」【毛】前是假用美人計，此却真用美人計矣。【贊】【鍾】只是自家筭得通（耳）。權大喜，即日修整東府，廣栽花木，盛設器

〔八〕同第四十二回校記〔三二〕。

〔九〕毛本周瑜書信改自贊本；鍾本、漁本同贊本，周本、夏本、贊本改自嘉本。按：嘉本改自《三國志·吳書·周瑜傳》。

〔一〇〕「更」，商本作「在」。

〔一一〕「可」，原作「已」，致本、業本、齋本、滄本同；貫本作「曰」。按：《三國志·吳書·周瑜傳》：「使如瑜者得挾與攻戰，大事可定也。」「可」字義通。據其他古本改。

〔一二〕「計」，貫本作「謀」，商本作「意」。

用，請玄德與妹居住，又增女樂數十餘人，并金玉錦綺玩好之物。國太只道孫權好意，喜不自勝。毛漁爲丈母者，不但望壻（與）女相得，（尤喜）（并望）郎舅相得。玄德果然被聲色所迷，全不想回荆州。毛已入温柔鄉矣。

却説趙雲與五百軍在東府前住，終日無事，毛玄德太忙，子龍甚閒。只去城外射箭走馬。看看年終，雲猛省：「孔明分付三個錦囊與我，教我一〔一三〕到南徐開第一個，住到年終開第二個，臨到危急無路之時開第三個，於內有神出鬼没之計，可保主公回家。毛孔明附耳分付語，至此方纔補出。鍾錦囊牢記，大有心人。漁此皆是附耳低言的説話。此時歲已將終，主公貪戀女色，並不見面，何不拆開第二個錦囊，看計而行？」毛玄德戀着貼肉的錦被，虧得趙雲有貼肉的錦囊。遂拆開視之，原來如此神策。即日徑到府堂，要見玄德。侍婢報曰：「趙子龍有緊急事來報貴人。」玄德喚入問之，雲佯作失驚之狀，毛第一個錦囊，用着喬國老并五百個軍士；第二個錦囊，却只用趙雲一人。曰：「主公深居畫堂，不想荆州耶？」玄德曰：「有甚事如此驚怪？」雲曰：「今早孔明使人來報，説曹操要報赤壁鏖兵之恨，毛又將四十九回中事一提。起精兵五十萬，殺奔荆州，甚是危急，請主公便回。」毛此是錦囊定計。鍾子龍極善斡旋，故情景宛然。玄德曰：「必須與夫人商議。」雲曰：「若和夫人商議，必不肯教主公回。不如休説，今晚便好起程，遲則悮事！」毛此是子龍激語。贊子龍可用。漁要曉得，對夫人説，夫人即對孫權説。若果五十萬大軍攻荆州，孫權豈有不知之理，一試便試出謊來。玄德曰：「你且暫退，我自有道理。」雲故意催逼數番而出。毛妙甚。玄德入見孫夫人，暗暗垂淚。孫夫人曰：「丈夫何故煩惱？」玄德曰：「念備一身飄蕩異鄉，生不能侍奉二親，又不能祭祀宗祖，乃大逆不孝也。今歲旦在邇，使備悒怏不已。」毛且説三分話。孫夫人曰：「你休瞞我，我已聽知了也！方纔趙子龍報

〔一三〕「一」，商本作「初」。

説荊州危急，你欲還鄉，故推此意。」毛已知一〔一四〕片心。玄德跪而告曰：「夫人既知，備安敢相瞞。備欲不去，使荊州有失，被天下人耻笑；欲去又捨不得夫人，因此煩惱。」毛前跪丈母，今跪夫人；前在有人處跪，今在無人處跪。○（毛贊）此是從來做丈夫的衣鉢，今日流傳更廣。鍾跪老婆原來是前人衣鉢，何怪今日也。漁（奉承得妙。）夫人曰：「妾已事君，任君所之，妾當相隨。」毛此時夫人亦是孔明囊中之物矣。玄德曰：「夫人之心，雖則如此，爭奈國太與吴侯安肯容夫人去？夫人若可憐劉備，暫時辭别。」言畢淚如雨下。毛實是要他同去，反説「暫時辭别」。詐甚，妙甚。贊妙，妙。鍾可憐。孫夫人勸曰：「丈夫休得煩惱。妾當苦告母親，必放妾與君同去。」玄德曰：「縱然國太肯時，吴侯必然阻擋。」毛是要他瞞着哥哥。孫夫人沉吟良久，乃曰：「妾與君正旦拜賀時，推稱江邊祭祖，不告而去，若何？」贊鍾俱在孔明筭中。玄德又跪而謝曰：「若如此，生死難忘！切勿漏泄〔一五〕。」毛善哭又善跪，夫人安得不入其玄〔一六〕中。兩個商議已定，玄德密喚趙雲分付：「正旦日，你先引軍士出城，於官道等候。吾推祭祖，與夫人同走。」雲領諾。鍾子龍處處喚醒玄德。今人迷于女色，無人喚醒故也。

建安十五年春正月元旦，吴侯大會文武於堂上，玄德與孫夫人入拜國太。孫〔一七〕夫人曰：「夫主想父母宗祖墳墓，俱在涿郡，晝夜傷感不已。今日欲往江邊，望北遥祭，須告母親得知。」毛漁聽着丈夫之語，連母親面前亦無實話。（今）（近）日此風（亦）（尤）盛〔一八〕。國太曰：「此孝道也，豈有不從？汝雖不識舅姑，可同汝夫前去祭拜，亦見爲婦之禮。」毛俱在孔明筭中。孫夫人同玄德拜謝而出。此時只瞞

〔一四〕「一」，貫本脱。

〔一五〕「忘」，原作「亡」，據古本改。「漏泄」，澹本、光本、商本、明四本作「泄露」。

〔一六〕「玄」，貫本作「計」，澹本、光本作「彀」。

〔一七〕「孫」，商本脱。

〔一八〕「亦盛」，齋本作「亦甚」，光本作「亦甚多」，商本作「更甚」。

着孫權。夫人乘車，止帶隨身一應細軟。玄德上馬，引數騎跟隨出城，與趙雲相會。五百軍士前遮後擁，離了南徐，趲程而行。【毛】揀元旦回門，既是新春吉日；揀元旦逃走，妙在出其不意。

當日孫權大醉，左右近侍扶入後堂，文武皆散。比及衆官探得玄德、夫人逃遁之時，天色已晚。要報孫權，權醉不醒。及至睡覺，已是五更。【毛】【漁】妹夫去遠了。次日，孫權聞知走了玄德，急喚文武商議。張昭曰：「今日走了此人，早晚必生禍亂。可急追之。」孫權令陳武、潘璋選五百精兵，無分晝夜，務要趕上拏回。二將領命去了。孫權深恨玄德，將案上玉硯摔【毛】〖側〗音率。爲粉碎。【毛】爲破曹而砍案，爲追劉而摔硯。而〔一九〕曹可破，劉不可追，非若甘露寺中之石，可以隨我所願也。程普曰：「主公空有沖天之怒，某料陳武、潘璋必擒此人不得。」權曰：「焉敢違我令！」普曰：「郡主自幼好觀武事，嚴毅剛正，諸將皆懼。既然肯順劉備，必同心而去。所追之將，若見郡主，豈肯下手？」【贊】此易曉事也〔二〇〕。【鍾】普亦曉事。權大怒，掣所佩之劍，喚蔣欽、周泰聽令，曰：「汝二人將這口劍去取吾妹并劉備頭來！違令者立斬！」【毛】孫權此時已無兄妹之情，孰知夫人此時止有夫妻之愛。【贊】亦是，但遲了。【鍾】此時着人去，只怕遲了。【漁】一時氣性，也太沒情。〔二一〕蔣欽、周泰領命，隨後引一千軍趕來。

却說玄德加鞭縱轡，趲程而行，當夜於路暫歇兩個更次，慌忙起行。看看來到柴桑界首，望見後面塵頭大起，人報：「追兵至矣！」【毛】【漁】讀至此，爲玄德着急。玄德慌問趙雲曰：「追兵既至，如之奈何？」趙雲曰：「主公先行，某願當後。」轉過前面山脚，一彪軍馬攔住去路。當先兩員大將，厲聲高〔二二〕叫曰：「劉備早早下馬受縛！吾奉周都督

〔一九〕「摔」，齋本、光本作「碎」。「而」，光本移至后句「劉」前。
〔二〇〕「也」，緑本作「光」。
〔二一〕衡校本脱此句漁批。
〔二二〕「高」，光本作「大」。

將令，守候多時！」【毛】讀至此，一發爲玄德着急。【漁】諕殺。原來周瑜恐玄德走透〔二三〕，先使徐盛、丁奉引〔二四〕三千軍馬於衝要之處劄營等候，時常令人登高遥望，料得玄德若投旱路，必經〔二五〕此道而過。當日徐盛、丁奉瞭望得玄德一行人到，各綽〔二六〕兵器，截住去路。【毛】七星壇追孔明之時，此二人分作水旱二路，此處却都在旱路；前是追在背後，此是擋在面前：其勢比前更是可畏。玄德驚慌，勒回馬〔二七〕問趙雲曰：「前有攔截之兵，後有追趕之兵：前後無路，如之奈何？」雲曰：「主公休慌。軍師有三條妙計，多在錦囊之中。已拆了兩個，並皆應驗。今尚有第三個在此，分付遇危難之時，方可拆看。今日危急，當拆觀之。」便將錦囊拆開，獻與玄德。【毛】前兩個錦囊，皆是趙雲自看；第三個錦囊，却送與玄德自看。蓋求夫人，須是丈夫去求也。玄德看了，急來車前泣告孫夫人曰：「備有心腹之言，至此盡當實訴。」夫人曰：「丈夫有何言語，實對我說。」玄德曰：「昔日吳侯與周瑜同謀，將夫人招嫁劉備，實非爲夫人計，乃欲幽困劉備而奪荆州耳。【贊】妙，妙。奪了荆州，必將殺備，是以夫人爲香餌而釣備也。【毛】今香餌既得，金鈎可脱。備不懼萬死而來，蓋知夫人有男子之胸襟，必能憐備。【毛】妙甚。【贊】妙，妙。【漁】奉承老婆一至于此。昨聞吳侯將欲加害，故托荆州有難，以圖歸計。【毛】一片心和盤托出。幸得夫人不棄，同至於此。今吳侯又令人在後追趕，周瑜又使人於前截住，非夫人莫解此禍。如夫人不允，備請死於車前，以報夫人之德。」【毛】前在丈母面前請死，今又在夫人面前請死。此是從來婦〔二八〕人嚇丈夫妙訣，不意玄德亦作此態。詐甚，妙甚。【贊】妙，妙。【鍾】把衷情話實實訴出，自然感得夫人動，此弟三錦囊計尤爲妙也。【漁】此從老婆諕丈夫的妙

〔二三〕「走透」，齋本作「走逃」，光本作「逃走」，商本作「遁走」，嘉本作「走脱」。
〔二四〕「引」上，光本、商本有「二人」。
〔二五〕「經」，原作「徑」，致本同。據其他古本改。
〔二六〕「綽」，光本、商本、周本作「執」，嘉本作「掉」。
〔二七〕「回馬」，光本、商本倒作「馬回」，明四本無。
〔二八〕「婦」，貫本作「夫」。

訣〔二九〕，不料丈夫亦有此風。夫人怒曰：「吾兄既不以我爲親骨肉，我有何面目重相見乎！今日之危，我當自解。」於是叱從人推車直出，捲起車簾，親喝徐盛、丁奉曰：「你二人欲造反耶？」毛孔明妙計安天下，只用夫人不用兵。鍾孫夫人（亦狠）。徐、丁二將慌忙下馬，棄了軍〔三〇〕器，聲喏於車前曰：「安敢造反？爲奉周都督將令屯兵在此，專候劉備。」毛對夫人而呼玄德之名，煞是可惡〔三一〕。孫夫人大怒曰：「周瑜逆賊！我東吳不曾虧負你！玄德乃大漢皇叔，是我丈夫。毛只此八字，便足壓倒丁、徐〔三二〕二將。我已對母親、哥哥説知回荊州去。毛因二將爲周瑜所使，故連哥哥亦説在內。贊鍾俱在孔明筭中。今你兩個於山脚去處，引着軍馬攔截道路，意欲刼掠我夫妻財物耶？」毛竟説他是刼掠，語甚可畏。徐盛、丁奉喏喏連聲，口稱：「不敢！請夫人息怒。這不干我等之事，乃是周都督的將令。」毛先喝倒了兩個。孫夫人叱曰：「你只怕周瑜，獨不怕我？周瑜殺得你，我豈殺不得周瑜？」贊鍾孔明料此，公瑾却不料此（也）。把周瑜大罵一場，毛國太罵周瑜是爲女兒，夫人罵周瑜是爲丈夫。喝令推車前進。徐盛、丁奉自思：「我等是下人，安敢與夫人違拗？」又見趙雲十分怒氣，毛漁在徐、丁二人眼（中）（裡）寫一趙雲。〈毛〉若只寫夫人，不寫趙雲，便有〔三三〕遺漏。只得把軍〔三四〕喝住，放條大路教過去。毛已在孔明筭中。

恰纔行不得五六里，背後陳武、潘璋趕到。徐盛、丁奉備言其事。陳、潘二將曰：「你放他過去差了！毛且慢埋怨着。我二人奉吳侯旨意，特來追捉他回去。」於是四將合兵一處，趲程趕來。玄德

〔二九〕「訣」，原作「決」，衡校本作「法」。按：「決」字形訛，酌改。
〔三〇〕「軍」，商本作「兵」。
〔三一〕「而」，商本脱，齋本作「面」。「煞是可惡」，原作「煞時可惡」，致本、貫本、齋本同；業本作「煞時改變」。按：「是」字通，據其他毛校本改。
〔三二〕「八」，致本同，其他毛校本作「四」。「丁徐」，齋本作「丁奉」，光本倒作「徐丁」。
〔三三〕「有」，光本作「是」。
〔三四〕「軍」，商本作「兵」。

正行間，忽聽的背後喊聲大起。玄德又告孫夫人曰：「後面追兵又到，如之奈何？」【贊】【鍾】玄德此時處處靠着老婆（也）。夫人曰：「丈夫先行，我與子龍當後。」【毛】前既仗夫人爲開路先鋒，此〔三五〕又仗夫人爲斷後猛將。玄德先引三百軍望江岸去了。子龍勒馬於車傍，將士卒擺開，專候來將。四員將見了孫夫人，只得下馬，叉手而立。夫人曰：「陳武、潘璋，來此何幹？」二將荅曰：「奉主公之命，請夫人、玄德回。」【毛】不呼劉備而稱玄德，不説追而説請，與徐、丁二將又自不同。夫人正色叱曰：「都是你這夥匹夫，離間我兄妹不睦！【毛】不罵孫權，反罵二將，妙甚。【二】間，讀作去聲，謂中間用謀致令疏别之意。我已嫁他人，今日歸去，須不是與人私奔。我奉母親慈旨，令我夫婦回荊州。【毛】因二將爲孫權所使，故又不説哥哥，只説母親，妙甚。便是我哥哥來，也須依禮而行。【毛】前只罵周瑜，此處并將孫權壓倒。【鍾】又把母親來壓倒孫權。【漁】此時便不連哥哥在内。你二人倚仗兵威，欲待殺害我耶？」罵得四人面面相覷，各自尋思：「他一萬年也只是兄妹，更兼國太作主，吴侯乃大孝之人，怎敢違逆母言？明日翻過臉來，只是我等不是。不如做個人情。」【毛】又喝倒了兩個。軍中又不見玄德，但見趙雲怒目睜眉，只待厮殺，【毛】【漁】又在陳、潘二人眼中帶寫趙雲。因此四將喏喏連聲而退。【毛】【贊】【鍾】（已）（俱）在孔明筭中。孫夫人令推車便行。徐盛曰：「我四人同去見周都督，告禀此事。」四人猶豫未定，忽見一軍如旋風而來，【毛】來得聲勢。視之，乃蔣欽、周泰。【毛】【漁】逐（一）對差來，只筭送親的高燈旺相〔三六〕（耳）。二將問曰：「你等曾見劉備否？」四將曰：「早晨過去，已半日矣。」蔣欽曰：「何不拏下？」四人各言孫夫人發話之事。蔣欽曰：「便是吴侯怕道如此，封一口劍在此，【毛】吴侯一劍，怎敵孔

〔三五〕「此」，貫本作「今」。

〔三六〕毛批「親的」，貫本作「的是」。漁批「燈」，原作「登」。按：清代范祖述《杭俗遺風·排場類》之《埠夫》：「東家有喜事，男家頭燈、旺相、傘扇、彩輿。」當作「燈」。毛批「旺相」，光本作「相照」。

明三〔三七〕囊。教先殺他妹，後斬劉備。違者立斬！」四將曰：「去之已遠，怎生奈何？」蔣欽曰：「他終是些步軍，急行不上。徐、丁二將軍可飛報都督，教水路掉〔三八〕快船追趕，我四人在岸上追趕：無問水旱之路〔三九〕，趕上殺了，休聽他言語。」於是徐盛、丁奉飛報周瑜；蔣欽、周泰、陳武、潘璋四個領兵沿江趕來。

却說玄德一行人馬，離柴桑較遠，來到劉郎浦，【五】（《一統志》：）劉郎浦，在荊州石首縣（北）。〔四〇〕【毛】到了劉郎浦，便不怕孫家港矣。心纔稍寬。沿着江岸尋渡，一望江水瀰漫，並無船隻。玄德俯首沉吟。趙雲曰：「主公在虎口中逃出，今已近本界，吾料軍師必有調度，何用憂疑？」玄德聽罷，驀【毛】［側］音脉。然想起在吳繁〔四一〕華之事，不覺凄然淚下。【毛】又將前〔四二〕文回顧，叙事妙品。【漁】頭一夜做新郎，過後人人俱想。後人有詩嘆曰〔四三〕：

吳蜀成婚此水潯，明珠步障幄〔四四〕黃金。
誰將〔四五〕一女輕天下，欲換〔四六〕劉郎鼎峙心。

玄德令趙雲望前哨探船隻，忽報後面塵土沖天而起。玄德登高望之，但見軍〔四七〕馬蓋地而來，嘆曰：「連日奔走，人困馬乏，追兵又到，死無地矣！」看看喊聲漸近。【毛】【漁】（幾）與檀溪躍馬（時）一（樣）（般）危急。正慌急間，忽見江岸邊一字兒

〔三七〕「三」，商本作「一」。
〔三八〕「掉」，嘉本作「棹」。按：「掉」有划船意。後文多處，不另出校。
〔三九〕「路」，商本作「軍」。
〔四〇〕醉本眉批存「郎浦」「州」「縣」四字，據贊本補。
〔四一〕「繁」，原作「蘩」，致本、業本同，嘉本無，據其他古本改。
〔四二〕「前」，貫本作「上」。
〔四三〕毛本後人嘆詩改自贊本；鍾本、漁本同周本、贊本；嘉本無。按：贊本詩引自唐代吕温七絶詩《劉郎浦口號》，全詩據《全唐詩》校正。
〔四四〕「障幄」，原作「障屋」，致本、周本、夏本、贊本同；光本作「幃屋」，其他毛校本作「幃屋」。據《全唐詩》改。
〔四五〕「將」，原作「知」，毛校本、周本、夏本、贊本同。據《全唐詩》改。
〔四六〕「換」，原作「易」，毛校本同。據周本、夏本、贊本、《全唐詩》改。
〔四七〕「軍」，原作「車」，致本、業本、貫本、齋本、澹本、夏本、贊本同。按：「軍馬」義通，據其他古本改。

拋着拖篷船二十餘隻。【三】（此）（拖篷）船極快，兩浙人呼「刳子舡」，淮南（人）呼（爲）「艇舡」。《易》（曰）（云）：「刳木爲舟。」趙雲曰：「天幸有船在此！何不速下，掉過對岸，再作區處！」玄德與孫夫人便奔上船。子龍引五百軍亦都上船。只見船艙中一人，綸巾道服，大笑而出曰：「主公且喜！諸葛亮在此等候多時。」【毛】【漁】接親的來了。船中扮作客人的，皆是荊州水軍，玄德大喜。不移時，四將趕到。孔明笑指岸上人言曰：「吾已筭定多時矣。【毛】有得他說嘴。汝等回去，傳示周郎，教休再使美人局手段。」【毛】若要再使，除非再送一個夫人。【贊】惡甚。【鍾】（寔筭）定□妙。岸上亂箭射來，船已開的遠了。蔣欽等四將，只好呆看。

玄德與孔明正行間，忽然江聲大振。回頭視之，只見戰船無數，「帥」字旗下，周瑜自領慣戰水軍，左有黃蓋，右有韓當，勢如飛馬，疾似流星。看看趕上，【毛】丈人成就了好事，女壻乾做了冤家。孔明教掉船投北岸，棄了船，盡皆上岸而走，車馬登程。周瑜趕到江邊，亦皆上岸追襲。大小水軍盡是步行，止有爲首官軍騎馬。周瑜當先，黃蓋、韓當、徐盛、丁奉緊隨。周瑜曰：「此處是那裡？」軍士荅曰：「前面是黃州界首。」望見玄德車馬不遠，瑜令併力追襲。【毛】豈因玄德畢姻之後，不曾與大舅、姨公會親，故特苦苦追逼耶？一笑。【漁】（豈因玄德做親後不曾與姨公會親，故來趕耶。）正趕之間，一聲鼓響，山崦[四八]【毛】側音淹。內一彪刀手擁出，爲首一員大將，乃關雲長也。【毛】又是一個接親的。周瑜舉止失措，急撥馬便走，雲長趕來，周瑜縱馬逃命。正奔走間，左邊黃忠，右邊魏延，兩軍殺出，【毛】又是兩個接親的。吳兵大敗。周瑜急下得船時，岸上軍士齊聲大叫曰：「周郎妙計安天下，陪了夫人又[四九]折兵！」【毛】前在南郡時，則送了城池又折兵，猶可言也；今陪了夫人又折兵，則大不堪矣。【贊】惡極了。【鍾】（毒）哉兩語。瑜怒

[四八]「崦」，齋本、光本、商本作「谷」。
[四九]「又」，商本訛作「有」。

曰：「可再登岸決一死戰！」黃蓋、韓當力阻。瑜自思曰：「吾計不成，有何面目去見吳侯！」【毛】項王不曾把虞姬送與別人，猶云「無面見江東父老」；今周郎平白地把夫人送與玄德，更有何面見江東主人？【漁】（有何面目見江東。）大叫一聲，金瘡迸裂，倒於船上。衆將急救，卻早不省人事。【毛】此時即死，倒省了後文多少氣〔五〇〕。正是：

兩番弄巧翻成拙，此日含嗔卻帶羞。

未知周郎性命如何，且看下文分解。

可笑周郎弄巧成拙一至于此。天下那有美人局在豪傑手裡做得的！除彼下愚不靈之輩，迷頑不醒，安有劉玄德作主而孔明輔之，乃可行美人計者？拙亦極矣。妙哉！孔明之言曰：「周郎妙計高〔五一〕天下，陪了夫人又折兵。」稍有知者亦當氣死。周郎，周郎，即氣死亦是自家取的，怪別人不得也。

孫仲謀無端聽周郎之計，輕輕把一個妹子、一個母親做了劉玄德幫手。如此軍師，真可謂算無遺策也。

天下美人局，除彼下愚迷頑不醒，安有玄德作主而孔明輔之，乃可行美人計者？拙亦甚矣！孔明曰：「周瑜妙計高天下，陪了夫人又折兵。」兩言毒極，周郎如何不氣？

〔五〇〕「氣」，光本、商本作「事」。

〔五一〕按：明四本系正文、批語皆作「高」，毛本正文作「安」。

第五十六回 曹操大宴銅雀臺 孔明三氣周公瑾

曹操赤壁賦詩，在未敗之前，是賞心樂事；銅臺大宴，在既敗之後，只算解悶消愁。未敗之前，其語驕；既敗之後，其語遜。然其曰願題墓道云「曹侯之墓」，則奸雄欺人之語也。心則奸雄，口則聖賢。不但瞞衆人，又欲瞞君子；不但瞞一時，直欲瞞盡天下後世：其斯之謂老瞞乎！

操以備之得荆州比龍之得水，其視備一龍也。乃自青梅煮酒之時，以龍比英雄，而曰「英雄惟使君與操」，則其自視亦一龍也。向則一龍失水，一龍得水，失水之龍，猶受制於得水之龍。而今則兩龍皆得水矣：操以兖、許爲水，而玄德以荆、襄爲水。然玄德之得荆州，猶是借來之水，不若得西川方爲自有之水，是得荆州猶未可云得水也。乃玄德不以荆州爲水，亦不以西川爲水，而直以孔明爲水耳。以西川爲水，則得水尚在荆州之後；以孔明爲水，則得水已在荆州之前。況孔明固所稱卧龍也，玄德遇孔明，如龍得水；孔明遇玄德，亦如龍得水。其卧南陽，則〔一〕爲勿用之潛龍；其出茅廬，則爲在田之見龍；其助玄德以討曹操，則奉應運之飛龍，以敵戰野之孽龍。水以濟水，龍以輔龍。曹操雖如鬼如蜮，安能以一水敵二水，一龍當二龍哉！

孫權之表劉備爲荆州牧，非結備也，正欲使操〔二〕之忌備而攻備也。操攻備，而我得乘間以取荆州，是佯以己之所欲者讓備，而實欲

〔一〕「則」，貫本作「以」。
〔二〕「操」，貫本作「曹」。

以備之所有者歸我也。操之以周瑜爲南郡守，非畏瑜也，正畏備而欲使瑜之攻備也。瑜攻備，而我亦得乘間以取荆州，是名以備之所得者授瑜，而實欲以我之所失者還歸我也。然則以荆州表劉備，即是魯肅索荆州之心；以南郡授周瑜，無異曹仁守南郡之意：兩樣機謀，一樣詭譎。《戰國策》中多有此等文字，不謂於《三國》往往見之。

魯肅之索荆州者三，孔明之辭魯肅者亦三：初以劉琦未死辭之，繼以候取西川辭之，終又以不忍取西川辭之。前既候取西川，而忽云不忍取西川；既云不忍取西川，而其後乃卒取西川：是前與後相謬也，詐也。孫權既使魯肅索荆州，而又表劉備爲荆州牧；既表劉備爲荆州牧，而又使魯肅索荆州：是前與後亦相謬也，詐也。彼以詐來，故此以詐往耳。孫權之上表，既不足據；而劉備之立契，又何足憑？周瑜之做媒，既非好意；而魯肅之作保，又何必不受騙耶？

魯肅見玄德之哭而不忍，是以玄德之假不忍動其真不忍也；周瑜聞玄德之喜而得意，是以玄德之假得意，賺其真得意也。周瑜詐言取蜀，而魯肅誤以爲真，是老實人，不曉得弄虛頭；孔明詐許犒師而周瑜不知其詐，是聰明人，又撞了撮空手。寫來真是好看。

三顧草廬之文，妙在一連寫去；三氣周瑜之文，妙在斷續叙來。一氣周瑜之後，則有張遼合淝之戰、孔明漢上之攻、玄德南徐之行〔三〕以間之；二氣周瑜之後，則又有曹操銅雀臺之宴以間之。其間斷續之處，或長或短，正以參差入妙。周瑜之欲殺玄德者三矣：誘令犒師江上，一也；誘使就婚南徐〔四〕，二也；劉郎浦

〔三〕「行」，原作「攻」，致本、業本、貫本、齋本、滄本、商本同。按：「行」字義長，據光本改。

〔四〕同第五十四回校記〔三五〕。

之追，三也。其欲殺孔明者亦三矣〔五〕：先使斷糧，是欲令曹操殺之也，一也；繼使造箭，是欲自以軍令殺之也，二也；七星壇之遣將，是不以軍令，而直欲以無罪殺之也，三也。彼有三殺，此有三氣，亦相報之道宜然耳。況以氣報殺，以一報兩，報之猶爲厚矣。

却説周瑜被諸葛亮預先埋伏關公、黄忠、魏延三枝軍馬，一擊大敗。黄蓋、韓當急救下船，折却水軍無數。遥觀玄德、孫夫人車馬僕從，都停住於山頂之上，瑜如何不氣？毛 不該氣别人，只該氣自己。漁 觀看越激惱人。〔六〕箭瘡未愈，因怒氣沖激，瘡口迸裂，昏絶於地。衆將救醒，開船逃去。孔明教休追趕，自和玄德歸荊州慶喜，賞賜衆將。

周瑜自回柴桑，蔣欽等一行人馬自歸南徐報孫權。權不勝忿怒，欲拜程普爲都督，起兵取荊州。周瑜又上書，請興兵雪恨。張昭諫曰：「不可。曹操日夜思報赤壁之恨，因恐孫、劉同心，故未敢興兵。今主公若以一時之忿，自相吞併，操必乘虚來攻，國勢危矣。」毛 以此時論之，則張昭之見勝於周瑜。贄鍾（張昭）老成之言。顧雍曰：「許都豈無細作在此？若知孫、劉不睦，操必使人勾結劉備。備懼東吴，必投曹操。若此〔七〕，則江南何日得安？爲今之計，莫若使人赴許都，表劉備爲荊州牧。曹操知之，則懼而不敢加兵於東南，且使劉備不恨於主公。然後使心腹用反間二 音諫。之計，令曹、劉相攻，吾乘隙而圖之，斯爲得耳。」毛 顧雍之見，更勝張昭。贄鍾 這都是孔明筭過底。漁 曹操表玄德爲徐州牧，欲使吕布忌之；孫權表玄德爲荊州牧，欲使曹操忌之也，兩人作用相同。權曰：「元嘆〔八〕之言甚善，但誰可爲

〔五〕「矣」，貫本作「也」。
〔六〕按：本回翼本闕：國圖本配鈔本，批語多脱；法圖本闕。本回漁批據衡校本補。
〔七〕「若此」，貫本作「若是」，明四本作「若是投操」。
〔八〕「嘆」，商本作「漢」，形訛。

使〔九〕?」雍曰：「此間有一人，乃曹操敬慕者，可以爲使。」權問何人，雍曰：「華歆在此，何不遣之?」權大喜，即遣歆齎表赴許都。毛曹操恨劉備之取徐州，而反詔劉備爲徐州牧，欲使吕布忌之也；今東吴亦恨劉備之取荆州，而反表劉備爲荆州牧，欲使曹操忌之也：同是一樣機謀。歆領命起程，逕到許都求〔一〇〕見曹操。聞操會羣臣於鄴郡，慶賞銅雀臺，歆乃赴鄴郡候見。

操自赤壁敗後，常思報讐，只疑孫、劉併力，因此不敢輕進。時建安十五年春，造銅雀臺成，毛築臺是三十四回中事，至此始成，其勞民傷財可知。曹操之有銅臺〔一一〕，猶董卓之有郿塢也。漁銅雀臺見於三十四回，直至此時方完，可謂勞民傷財，幾與郿塢相似。操乃大會文武於鄴郡，設宴慶賀。其臺正臨漳河，中央乃銅雀臺，左邊一座名玉龍臺，右邊一座名金鳳臺，各高十丈，上横二橋相通，千門萬户，金碧交輝。毛漁（八言可抵一篇）（可當）《阿房宫賦》。是日，曹操頭戴嵌二音瞰。寶金冠，身穿緑錦羅袍，毛宗族都命穿紅，自己却又穿緑。玉帶珠履，憑高而坐，文武侍立臺下。操欲觀武官比試弓箭，乃使近侍將〔一二〕西川紅錦戰袍一領，掛於垂楊枝上，毛以一錦袍引出無數錦袍人來。〇玄武池中習水戰，是演武於赤壁未敗之前；銅雀臺前掛錦袍，是演武於赤壁既敗之後。下設一箭垜，以百步爲界。分武官爲兩隊：曹氏宗族俱穿紅，其餘將士俱穿緑，毛前在赤壁江中，分五色旗號；今在銅雀臺邊，分紅緑兩班。各帶雕弓長箭，跨鞍勒馬，聽候指揮。毛此日其寔好看〔一三〕。漁恨不身列其旁。操傳令曰：「有能射中箭垜紅心者，即以錦袍賜之，如射不中，罰水一杯。」鍾銅雀臺成，懸錦

〔九〕「可爲使」，原作「爲可使」，致本、業本、齋本、滄本、商本同。按：「可爲使」佳，據其他古本乙。
〔一〇〕「求」，貫本作「來」，明四本無。
〔一一〕「銅臺」，齋本、光本作「銅雀臺」，滄本作「銅雀」。按：「銅臺」對應後句「郿塢」，故少「雀」字是。
〔一二〕「將」，光本作「取」。
〔一三〕「看」下，商本有「煞」字。

袍以試射，老瞞耀武揚威處。號令方下，紅袍隊中一個少年將軍驟馬而出，【毛】一個紅。衆視之，乃曹休也。休飛馬往來奔馳三次，【毛】第一個出來射箭的，却不便射，先往來馳驟作勢。寫得好看。扣上箭，拽滿弓，一箭射去，正中紅心。【毛】【贊】【漁】（此日實是）好看。金鼓齊鳴，【毛】夾寫金鼓。衆皆喝采。【毛】夾寫衆人。曹操於臺上望見大喜，曰：「此吾家千里駒也！」【毛】又夾寫曹操語。方欲使人取錦袍與曹休，只見緑袍隊中一騎飛出，【毛】間一個緑。叫曰：「丞相錦袍，合讓俺外姓先取，宗族中不宜攙越。」【二】攙越，謂趁越而争也。操視其人，乃文聘也。衆官曰：「且看文仲業射法。」【毛】又夾寫衆官語。文聘拈弓縱馬，一箭亦中紅心。【毛】【贊】（委是）好看。衆皆喝采，金鼓亂鳴。【毛】二句倒寫，又與前變。聘大呼曰：「快取袍來！」只見〔一四〕紅袍隊中又一將飛馬而出，【毛】又一個紅。厲聲曰：「文烈先射，汝何得争奪？看我與你兩個解箭！」【漁】字新。拽滿弓一箭射去，也中紅心，【毛】【贊】好看（，好看）。【鍾】亦趣。衆人齊聲喝采。【毛】只〔一五〕寫衆人，不寫金鼓，文法又變。視其人，乃曹洪也。【毛】先寫箭，後寫人〔一六〕，文法又變。洪方欲取袍，只見緑袍隊裏又一將出，【毛】又間一個緑。揚弓叫曰：「你三人射法，何足爲奇！看我射來！」衆視之，乃張郃也。郃飛馬翻身，背射一箭，也中紅心。【毛】更好看。四枝箭齊齊的攢在紅心裏。【毛】又總寫四箭一句。衆人都道：「好射法！」【毛】寫衆人喝采，又變一法。○亦只寫衆人，不寫金鼓。郃曰：「錦袍須該是我的！」言未已〔一七〕，紅袍隊中一將飛馬而出，【毛】又一個紅。大叫曰：「汝翻身背射，何足稱異！看我奪射紅心！」【鍾】箇箇争中紅心，衆將一時之雄。衆視之，乃夏侯淵也。淵驟馬至界口，紐回身一箭射去，正在四箭當中，【毛】更好看。【漁】箭如簇，真好看。金鼓齊鳴。【毛】只寫金鼓，不寫衆

〔一四〕「只見」，商本倒作「見只」。
〔一五〕「只」，齋本、光本作「此」。
〔一六〕「人」，光本脱。
〔一七〕「已」，商本、明四本作「畢」。

人，文法又變。淵勒馬按弓大叫曰：「此箭可奪得錦袍麽？」只見緑袍隊裏，一將應聲而出，【毛】又間一個緑。大叫：「且留下錦袍與我徐晃！」【毛】出徐晃名字，又是一樣寫法。淵曰：「汝更有何射法，可奪我袍？」晃曰：「汝奪射紅心，不足爲異。看吾〔一八〕單取錦袍！」拈弓搭箭，遥望柳條射去，恰好射斷柳條，錦袍墜地。【毛】一發好看。徐晃飛取錦袍，披於身上，【毛】緑袍人變做紅袍人矣。驟馬至臺前聲喏曰：「謝丞相袍！」【毛】看至此，疑已結奪袍之局矣，不謂其殊未已也。【鍾】亦趣。曹操與衆官無不稱羨。【毛】又總寫〔一九〕曹操與衆官一句。晃纔勒馬要回，猛然臺邊躍出一個緑袍將軍，【毛】叙法又變。大呼曰：「你將錦袍那裏去？早早留下與我！」衆視之，乃許褚也。晃曰：「袍已在此，汝何敢强奪！」褚更不回荅，竟飛馬來奪袍。【毛】妙在奪得無理。○以前都是紅袍人與緑袍人相争，此却是緑袍隊裏自相争奪。然此時〔二〇〕徐晃身上已不是緑袍，恰好與許褚一紅一緑相争，真是好看。兩馬相近，徐晃便把弓打許褚。褚一手按住弓，把徐晃拖離鞍轎。晃急棄了弓，翻〔二一〕身下馬，褚亦下馬，兩個揪住厮打。【毛】【漁】射箭起頭，厮打結局（，可發一笑）。【贊】到此便不好看矣。操急使人解開，那領錦袍已是扯得粉碎。【毛】人人射箭奪此袍，却被一不曾射箭人扯得粉碎。妙極，趣極。操令二人都上臺，徐晃睁眉怒目，許褚切齒咬牙，各有相鬭之意。操笑曰：「孤特視公等之勇耳。豈惜一錦袍哉！」便教諸將盡都上臺，各賜蜀錦一疋，【毛】【漁】老瞞（最）會和事。【贊】【鍾】老瞞大通（，樂甚，暢甚）。諸將各各稱謝。操命各依位次而坐，樂聲競奏，水陸並陳。文官武將輪次把盞，獻酬交錯。【毛】與釃酒臨江之時，正復相類。

操顧謂衆文官曰：「武將既以騎射爲樂，足顯

〔一八〕「吾」，光本作「我」。

〔一九〕「又總寫」，貫本作「一總寫」。

〔二〇〕「時」，原作「是」，致本、業本、齋本同。按：「時」字義長，據其他毛校本改。

〔二一〕「翻」，商本訛作「反」。

威勇矣。公等皆飽學之士，登此高臺，何〔二二〕不進佳章以紀一時之勝事乎？」【鍾】文官賦詩更趣。【漁】自雍容。衆官皆躬身而言曰：「願從鈞命。」【毛】前者橫槊賦詩，橫槊是武，賦詩是文，以一人兼文武，今則使衆人分奏之。時有王朗、鍾繇、王粲、陳琳一班文官，進獻詩章。詩中多有稱頌曹操功德巍巍、合當受命之意。【毛】【漁】王莽之時，《劇秦美新》只是一個，此日（乃）（爲）有無數揚雄。曹操逐一覽畢，笑曰：「諸公佳作，過譽甚矣。【三】（操）意思知道二人〔二三〕以帝王尊之，言太過矣。孤本愚陋，始舉孝廉，【毛】【漁】出身是文。後值天下大亂，築精舍於譙東五十里，欲春夏讀書，【毛】一句文。【贊】真真。秋冬射獵，【毛】一句武。以待天下清平，方出仕耳。不意朝廷徵孤爲典軍校尉〔二四〕，【毛】【漁】出仕是武。遂更其意，專欲爲國家討賊立功，圖死後得題墓道曰『漢故征西將軍曹侯之墓』，平生願足矣。【毛】後來稱魏公、稱魏王者誰耶？【贊】真情實話，並不是奸雄欺世語。【鍾】此皆奸雄欺世語。念自討董卓、勦黃巾以來，除袁術、破呂布、滅袁紹、定劉表，遂平天下。【毛】武功絶頂。身爲宰相，人臣之貴已極，又復何望哉？【毛】文官極品。如國家無孤一人，正不知幾人稱帝，幾人稱王。【毛】別人稱帝稱王，未必弒母后、殺貴妃而大肆其惡也。【贊】【漁】（亦是）真話。或見孤權重，妄相忖度，疑孤有異心，此大謬也。孤常念孔子稱文王之至德，此言耿耿在心。【毛】自比周文王，推不好人與子孫做。【贊】是誠是僞，識者知之。【鍾】亦誠亦僞。但欲孤委捐兵衆，歸就所封武平侯之國〔二五〕，【二】【補註】時曹操後讓還三縣食邑，但食武平萬户。武平，陳國之縣也。實不可耳。誠恐一解兵柄，爲人所害。【毛】此是實話，亦騎虎難下之勢矣。【贊】【鍾】似真似假（，亦僞亦誠）。孤敗，

〔二二〕「何」，原作「可」，致本、業本、貫本、齋本、澹本、光本同。按：「何」字通，據商本、明四本改。

〔二三〕按：明四本正文作「二公佳作，過於太甚矣」，指前文獻詩王朗、鍾繇。

〔二四〕「典軍校尉」，原作「點軍校尉」，毛校本、夏本、贊本同。按：《後漢書·何進傳》：「議郎曹操爲典軍校尉。」據嘉本、周本改。

〔二五〕「國」，澹本、光本作「職」。

則國家傾危，是以不得慕虛名而處實禍也。【毛】又將國家推頭，奸甚。【漁】實話。諸公必無知孤意者。」衆皆起拜曰：「雖伊尹、周公，不及丞相矣！」【毛】曹操欲爲文王，而衆人比之伊尹、周公，又非其意。後人有詩曰〔二六〕：

　　周公恐懼流言後，王莽謙恭未篡時。
　　向使當初身便死，一生真僞復〔二七〕誰知？

曹操連飲數盃，不覺沉醉，喚左右捧過筆硯，亦欲作《銅雀臺詩》。【贊】奸雄，奸雄！剛纔下筆，忽報：「東吳使華歆表奏劉備爲荊州牧，孫權以妹嫁劉備，漢上九郡大半已屬備矣。」操聞之，手脚慌亂，投筆於地。【毛】【漁】（幾成）「滿城風雨近重陽」，（【毛】）爲催租人所阻。今曹操連一句也無，何其憊也。程昱曰：「丞相在萬軍之中，矢石交攻之際，未嘗動心。今聞劉備得了荊州，何故如此失驚？」操曰：「劉備，人中之龍也，平生〔二八〕未嘗得水。今得荊州，是困龍入大海矣。【鍾】老奸可謂知玄德矣。孤安得不動心哉〔二九〕！」【毛】孰知其未得荊州之時〔三〇〕，早已得水矣。何也？彼固以孔明爲水也。【贊】奸雄，奸雄。程昱曰：「丞相知華歆來意否？」操曰：「未知。」昱曰：「孫權本忌劉備，欲以兵攻之，但恐丞相乘虛而擊，故令華歆爲使，表薦劉備，乃安備之心，以塞丞相之望耳。」【毛】【漁】（當時）乖人一個賽（似）一個。【贊】【鍾】（程昱）如見。操點頭曰：「是也。」昱曰：「某有一計，使孫、劉〔三一〕自相吞併，丞相乘間圖之，一鼓而二敵俱破。」操大喜，遂問其計。程昱曰：「東吳所倚者，周瑜也。丞相今表奏周瑜爲南郡太守、程

〔二六〕毛本後人詩從贊本；鍾本、漁本同贊本，贊本同明三本。按：此詩取唐代白居易七律詩《放言五首·其三》後四句，並修改。據《白氏文集》校正。

〔二七〕「後」「未篡」「向使當初」「復」，原作「日」「下士」「假使當年」「有」，古本同。據《白氏文集》改。

〔二八〕「平生」，齋本倒作「生平」。

〔二九〕「哉」，貫本作「也」。

〔三〇〕「時」，光本作「前」。

〔三一〕「劉」，光本訛作「權」。

普爲江夏太守，留華歆在朝重用之，瑜必自與劉備爲讎敵矣。毛即荀彧所謂「二虎競食」之計。贊是計策。鍾是□□□。漁此是荀彧一表玄德「二虎競食」〔三二〕之計。我乘其相併而圖之，不亦善乎？」操曰：「仲德之言，正合孤意。」遂召華歆上臺，重加賞賜。當日筵散，操即引文武回許昌〔三三〕，表奏周瑜爲總領南郡太守、程普爲江夏太守，毛漁慷他人之慨。封華歆爲議郎〔三四〕，留在許都。毛爲六十六回伏線。使命至東吴，周瑜、程普各受職訖。毛漁有職而無地，竟是掛名太守。

周瑜既領南郡，愈思報讎，遂上書吴侯，乞令魯肅去討還荊州。孫權乃命肅曰：「汝昔保借荊州與劉備，今備遷延不還，等待何時？」肅曰：「文書上明白寫着，得了西川便還。」權叱曰：「只説取西川，到今又不動兵，不等老了人！」肅曰：「某願往言之。」遂乘船投荊州而來。毛漁第三次討荊州。

却説玄德與孔明在荊州廣聚糧草，調練軍馬，遠近之士多歸之。忽報魯肅到，玄德問孔明曰：「子敬此來何意？」孔明曰：「昨者孫權表主公爲荊州牧，此是懼曹操之計。操封周瑜爲南郡太守，此欲令我兩家自相吞併，他好於中取事也。毛又是一個乖的，一個賽一個。贊鍾（孔明）如見。漁一乖又乖似一個。今魯肅此來，又是周瑜既受太守之職，要來索荊州之意。」玄德曰：「何以答之？」孔明曰：「若肅提起荊州之事，主公便放聲大哭。毛前來弔孝不哭，此非弔孝反〔三五〕哭。奇絶，怪絶。漁奇。哭到悲切之處，亮自出來解勸。」計會已定，接魯肅入府，

〔三二〕毛、漁批「二虎競食」，原作「二虎争食」，毛校本、衡校本同。按：前文荀彧計名爲「二虎競食」，各本皆同，據前文改。

〔三三〕「昌」，商本、明四本作「都」。

〔三四〕「議郎」，原作「大理少卿」，明四本作「大理寺少卿」。按：《舊唐書·職官志》：「古謂掌刑爲士，又曰理。漢景帝加『大』字，取天官貴人之牢曰大理之義。後漢後，改爲廷尉，魏復爲大理。南朝又名廷尉，梁改名秋卿，北齊、隋爲大理，加『寺』字。」《三國志·魏書·華歆傳》：「歆至，拜議郎。」「大理（寺）少卿」非東漢官職，據改。

〔三五〕「反」，業本闕，齋本、滄本、光本作「大」，商本作「而」。

禮畢敘坐。肅曰：「今日皇叔做了東吳女壻，便是魯肅主人，如何敢坐？」玄德笑曰：「子敬與我舊交，何必太謙？」肅乃就坐。茶罷，肅曰：「今奉吳侯鈞命，專爲荆州一事而來。皇叔已借住多時，未蒙見還。今既兩家結親，當看親情面上，早早交付〔三六〕。」【毛】妹夫借阿舅的東西，又與外人不同了。玄德聞言，掩面大哭。【毛】【漁】虧（他）（得）那裏來這副急淚。肅驚曰：「皇叔何故如此？」玄德哭聲不絕。孔明從屏後出曰：「亮聽之久矣。子敬知吾主人哭的緣故麽？」肅曰：「某實不知。」孔明曰：「有何難見？當初我主人借荆州時，許下取得西川便還。仔細想來，益州劉璋是我主人之弟，一般都是漢朝骨肉，若要興兵去取他〔三七〕城池時，恐被外人唾罵。【毛】一層。若要不取，還了荆州，何處安身？【毛】二層。【鍾】言雖虚而理則實。若不還時，於尊舅面上又不好看。【毛】三層。事實〔三八〕兩難，因此淚出痛腸。」孔明説罷，觸動玄德衷腸，真個搥胸頓足，放聲大哭。【毛】越妝越像。【贄】這是真天子。【鍾】這是真哭了。魯肅勸曰：「皇叔且休煩惱，與孔明從長計議。」孔明曰：「有煩子敬回見吳侯，勿惜一言之勞，將此煩惱情節懇告吳侯，再容幾時。」【毛】妙在只用〔三九〕緩兵之計。【贄】【鍾】妙，妙！【漁】又請展限。肅曰：「儻吳侯不從，如之奈何？」孔明曰：「吳侯既以親妹聘嫁皇叔，安得不從乎？望子敬善言回覆。」【毛】第三次索荆州，俱用孔明回答。

魯肅是個寬仁長者，見玄德如此哀痛，只得應允。【毛】定然陪出了幾點眼淚矣〔四〇〕。玄德、孔明拜謝。宴畢，送魯肅下船。逕到柴桑，見了周瑜，具言其事。周瑜頓足曰：「子敬又中諸葛亮之計也！當初劉備依劉表時，常有吞併之意，何况西川劉璋乎？似此推調，未免累及老兄矣。【毛】此時魯肅亦該哭。【贄】

〔三六〕「面上」，商本脱，明四本無。「付」，商本作「還」。
〔三七〕「他」，貫本脱。
〔三八〕「實」，商本作「出」。
〔三九〕「在」「用」，齋本、光本互易。
〔四〇〕「矣」，商本作「來」。

此人通。【鍾】周郎將奈之何？吾有一計，使諸葛亮不能出吾筭中。子敬便當一行。」【漁】前日説要取益州，今日又説不忍取益州，是孔明自相悖謬也；前日要表荊州牧，今日又索荊州，是周瑜自相悖謬也，兩人俱使心術，故一見面知其詐。肅曰：「願聞妙策。」瑜曰：「子敬不必去見吴侯，再去荊州對劉備説：孫、劉兩家，既結爲親，便是一家。若劉氏不忍去取西川，我東吴起兵去取，取得西川時，以作嫁資，却把荊州交還東吴。」【毛】【漁】何不（即以）（就把）荊州（爲）（作）嫁資？【贊】亦通。肅曰：「西川迢遞，取之非易。都督此計，莫非不可？」【毛】老實人説實心[四一]話。瑜笑曰：「子敬真長者也。【毛】【漁】長者是無用之別名。你道我真箇去取西川與他？我只以此爲名，實欲去取荊州，且教他不做准備。東吴軍馬收川，路過荊州，就問他索要錢糧，劉備必然出城勞軍。那時乘勢殺之，奪取荊州，雪吾之恨，解[四二]足下之禍。」【毛】此等計策，周郎[四三]甚是不濟。【贊】好計好計，只怕不是對所耳！【鍾】此計果好，只瞞孔明不得。【漁】好計。

魯肅大喜，便再往荊州來。玄德與孔明商議，孔明曰：「魯肅必不曾見吴侯，只到柴桑和周瑜商量了甚計策，來誘我耳。但説的話，主公只看我點頭，便滿口應承。」【毛】或教他不應，或教他哭，或教他應承，皆是孔明扯線。【贊】【鍾】如見。【漁】又乖。計會已定，魯肅入見，禮畢曰：「吴侯甚是稱讚皇叔盛德，遂與諸將商議，起兵替皇叔收川。取了西川，却換荊州，以西川權當嫁資。【毛】荊州是現成粧奩，何必舍近而求遠。【贊】【鍾】説得好聽，何不就以荊州爲嫁資也？但軍馬經過，却望應些錢糧。」孔明聽了，忙點頭曰：「難得吴侯好心！」玄德拱手稱謝曰：「此皆子敬善言之力。」【毛】【漁】一個點頭，一個會意。【贊】【鍾】妙，妙。孔明曰：「如雄師到日，即當遠接犒勞。」魯肅暗喜，宴罷辭回。

[四一]「實心」，致本、光本作「老實」。
[四二]「解」上，光本有「以」字。
[四三]「郎」，商本作「瑜」。

玄德問孔明曰：「此是何意？」孔明大笑曰：「周郎死日近矣！這等計策，小兒也瞞不過！」玄德又問如何，【毛】小兒瞞不過，大人倒不曉得。孔明曰：「此乃『假途滅虢』之計也。【二】【補註】春秋時，晋欲伐虢，路經於虞，而以良馬美玉借道經過，（其）實欲并取虞國。虞公許之，後伐虢果并滅虞矣。虛名收川，實取荊州。等主公出城勞軍，乘勢拏下，殺入城來，『攻其無〔四四〕備，出其不意』也。」【毛】周瑜乖，孔明又〔四五〕乖。【贊】老〔四六〕明白。【鍾】畢竟孔明有先見之明。玄德曰：「如之奈何？」孔明曰：「主公寬心，只顧『準備窩弓以擒猛虎，安排香餌以釣鰲魚』。等周瑜到來，他便不死，也九分無氣。」【毛】孔明只是頑皮作樂。【漁】乖乖。便喚趙雲聽計：「如此如此，其餘我自有布擺〔四七〕。」玄德大喜。後人有詩嘆云〔四八〕：

周瑜決策取荊州，諸葛先知第一籌。
指望長江香餌穩，不知暗裏釣魚鈎。

却說魯肅回見周瑜，說玄德、孔明歡喜一節〔四九〕，準備出城勞軍。周瑜大笑曰：「原來今番也中了吾計！」【毛】且慢笑，准備氣着。【漁】不要先說大話。便教魯肅禀報吴侯，并遣程普引軍接應。周瑜此時箭瘡已漸平愈，身軀無事，使甘寧爲先鋒，自與徐盛、丁奉爲第二，凌統、呂蒙爲後隊，水陸大兵五萬，望荊州而來。周瑜在船中，時復歡笑，以爲孔明中計。【毛】周瑜對蔣幹時嘗詐說夢話，此則真說夢話矣〔五〇〕。【漁】又摹寫一句，甚好。前軍至夏口，周瑜問：「荊州有人在前面接否？」人報：「劉皇叔使糜竺來見都督。」瑜喚至，問勞軍如何，糜竺曰：

〔四四〕「無」，商本作「不」。
〔四五〕「又」，齋本、澹本、光本作「更」。
〔四六〕贊批原闕首字，據贊校本補。
〔四七〕「布擺」，光本、明三本作「擺布」。按：「布擺」意處置、安排。
〔四八〕「云」，光本、商本作「曰」。毛本後人詩從贊本，爲靜軒詩；鍾本同周本、夏本、贊本；嘉本及漁本無。
〔四九〕「一節」，光本作「不疑」。
〔五〇〕「矣」，商本脱。

「主公皆准備安排下了。」毛「准備窩弓以射猛虎，安排香餌以釣鰲魚。」瑜曰：「皇叔何在？」竺曰：「在荊州城門外相等，與都督把盞。」毛漁（只怕）（恐）周（郎）（瑜）吃不得這一盃。贄妙，妙！鍾弄周郎如嬰兒。瑜曰：「今爲汝家之事，出兵遠征。勞軍之禮，休得輕易。」糜竺領了言語先回。

戰船密密排在江上，依次而進，看看至公安，二按《一統志》：公安，地名，劉備立營於此，改名公安縣，屬荊州。並無一隻軍船，又無一人遠接。周瑜催船速行。離荊州十餘里，只見江面上靜蕩蕩的。哨探的回報：「荊州城上，插兩面白旗，毛送嫁資來，如何反插白旗？想預爲周郎弔孝耳。贄奇。並不見一人之影。」瑜心疑，教把船傍岸，親自上岸乘馬，帶了甘寧、徐盛、丁奉一班軍官，引親隨精軍三千人，逕望荊州來。既至城下，並不見動靜。瑜勒住馬，令軍士叫門。城上問是誰人，毛漁只〔五一〕做不認得，妙。吳軍荅曰：「是東吳周都督親自在此。」言未已，忽一聲梆子響，城上軍一齊都竪起鎗刀。贄鍾奇。敵樓上趙雲出曰：「都督此行，端的爲何？」毛不即説破，先問一句，妙。瑜曰：「吾替汝主取西川，汝豈猶未知耶？」雲曰：「孔明軍師已知都督『假途滅虢』之計，故留趙雲在此。贄妙，妙！吾主公有言：『孤與劉璋皆漢室宗親，安忍背義而取西川？若汝東吳端的取蜀，吾當披髮入山，不失信於天下也。』」毛偏與後文相反。漁未必，未必。鍾孔明軍師，周郎如何出得他手？周瑜聞之，勒馬便回。只見一人打着「令」字旗，於馬前報說：「探得四路軍馬一齊殺到：關某從江陵殺來，張飛從秭毛側音姊。二音子。歸殺來，黃忠從公安殺來，魏延從孱二音業。陵小路殺來。四路正不知多少軍馬，喊聲遠近震動百餘里，皆言要捉周瑜。」毛此是把盞勞軍的。贄惡。鍾更妙。瑜馬上大叫一聲，箭瘡復裂，墜於馬下。正是：

一着棋高難對敵，幾番筭定總成空。

〔五一〕毛批「只」，光本作「反」。

未知[五二]性命如何，且看下文分[五三]解。

武人射箭，文士賦詩，此日可稱一場好雜劇也。而作者之筆亦能一一描畫之。

公瑾見孔明處處掣肘，真是棋高一着。縛手縛脚，可憐，可憐！

武人射箭，文士賦詩，此亦一場快事。然老瞞自言，奸心已畢露矣。

公瑾見孔明，處處掣肘，真是棋高一着，縛手縛脚也。

〔五二〕「未知」，業本、貫本、齋本、澹本、光本作「不知」，致本、光本「知」下有「周郎」二字。

〔五三〕「分」，原脱，據毛校本補。

第五十七回

柴桑口卧龍弔喪
耒陽縣鳳雛理事

二 耒，音（累）（類）。

天下當治，人才亦輩出；天下當亂，人才亦輩出。君子觀於「生瑜生亮」之嘆，而竊以爲當日人才之並生，不獨此二人爲然也。其並生而相濟者，如庶之先亮，統之贊亮，維之繼亮，肅、蒙、遜、抗之嗣瑜，嘉、昱、彧、攸之佐操皆是矣；其並生而相難者，如備之遇操，亮之遇懿，維之遇艾皆是矣。天生一非常之人，必更生一〔一〕非常之人以濟之；而天生一非常之才，亦必更生一非常之才以難之。夫〔二〕既生備，何生操？既生亮，何生懿？既生維，又何生艾哉？

孔明弔公瑾之言曰：「從此天下，更無知音。」蓋不獨愛我者爲知己，能忌我者亦知己也；不獨欲用我者爲知音，欲殺我者亦知音也。不寧唯是，苟能愛我而不能用，用我而用之不盡其才，反不如忌我殺我者之知我耳。

孔明弔公瑾之後，忽然遇着龐統，與龐統見曹操之後，忽然遇着徐庶，正復相似。前是將徐庶放去，此是將龐統引來。一樣文法，兩樣局面，真叙事妙品。

元直、德操，並稱伏龍、鳳雛名字，已在三十六回之前，至此已隔二十回矣，而鳳雛方與卧龍會〔三〕於一處。其先則忽隱忽現，若滅若没，踪跡又自不同。始之爲周瑜獻連環，極似四皓爲子房定太子；繼之見孫權，極似王猛之見桓温；後之謁玄德，極似鄧禹之謁光武：

〔一〕「一」，原無，其他毛校本同。按：句式異，據光本補。
〔二〕「夫」，商本作「天」。
〔三〕「會」，光本作「合」。

雖未及孔明，而寫來亦甚出色。

龐統走謁荆州，與徐庶之走謁新野，皆不如孔明之高卧南陽，三顧而後出也；徐庶後歸曹操，龐統亦先投孫權，又不如孔明之以草廬始，以五丈原終，前後無二也。然龐統有薦書二封，初時並不取出，直待耒陽縣中顯過本事，然後將書呈送，可見有本事人，不藉薦書之力。今之求討薦牘，專靠吹嘘者，恐爲龐統所笑矣〔四〕。

孫權既失一周瑜，又失一龐統，是再失也；玄德既得一孔明，又得一龐統，是兩得也。周瑜不能薦統，而肅乃薦統；周瑜忌孔明之助劉，而魯肅則薦統以助劉。不但龐統所學，與周瑜大不相同；而魯肅所見，亦與周瑜大不相同。〔五〕

董承等七人同立義狀，至此已隔三十餘回矣。獨馬騰一去西凉，杳無動静，令讀者意甚懸懸。今忽於此回中照應出來，并與赤壁以前龐統教徐庶之語，暗相關合。如此叙事，真有一篇如一句者。不似今人之作稗官，如理詞譜而見雜曲，如觀演戲而點雜劇，逐段皆斷，更不聯絡也。

事有前文所未載〔六〕，而觀於後文可以識前文者，如曹操之殺苗澤是也。即其後之殺苗澤，而前之殺秦慶童可知。豈有不赦黄奎之親戚，而獨縱董承之家奴者乎？小人不獨不容於君子，而並不見容於小人；不獨以小人謀小人而不容於小人，即以小人助小人而亦不容於小人。讀此可爲小人之戒。

却説周瑜怒氣填胸，墜於馬下，左右急救歸船。軍士傳説：「玄德、孔明在前山頂上飲酒取樂。」毛 但自飲酒，更不來把盞。**瑜大怒，咬牙切齒**

〔四〕「矣」，商本作「耳」。
〔五〕「孔明弔公謹之後」以下四段批語，齋本脱。
〔六〕「載」，商本作「見」。

曰：「你道我取不得西川，吾誓取之！」正恨間，人報吴侯遣從兄〔七〕孫瑜到。二補註 瑜字仲異，乃孫權叔父孫静之子。周瑜接入，具言其事。孫瑜曰：「吾奉命〔八〕來助都督。」遂令催軍前行。行至巴丘，二 巴丘，山名，在岳州府城南，亦名巴蛇塚。吴使魯肅以萬人屯巴丘，即此。人報上流有劉封、關平〔九〕二人領軍截住水路，周瑜愈怒。忽又報孔明遣人送書至，毛 催死文書到了。漁 又用催藥。周瑜拆封視之，書曰〔一〇〕：

漢軍師中郎將諸葛亮，致書於東吴大都督公瑾先生麾下：亮自柴桑一别，至今戀戀不忘。聞足下欲取西川，亮竊以爲不可。益州民强地險，劉璋雖暗弱，足以自守。今勞師遠征，轉運萬里，欲收全功，雖吴起不能定其規，孫武不能善其後也。毛 惡極，妙極。贊鍾 意雖甚惡，言則甚善。曹操失利於赤壁，志豈須臾忘報讐哉？今足下興兵遠征，儻操乘虚而至，江南虀粉矣！亮不忍坐視，毛 惡極，妙極。漁 刻毒。特此告知。幸垂照鑒。

周瑜覽畢，長嘆一聲，毛 忿極而嘆，嘆甚於忿。喚左右取紙筆作書上吴侯。乃聚衆將曰：「吾非不欲盡忠報國，奈天命已絶矣。汝等善事吴侯，共成大業。」言訖昏絶。徐徐又醒，仰天長嘆曰：「既生瑜，何生亮！」漁 是恨天語，是自負語，是知分語。連叫數聲而亡，毛 周瑜少年，經怒不起，蓋其讀書養氣之學，不及孔明耳。鍾 周郎死皆自取，〈贊鍾〉死不足惜。壽三十六歲。後人有詩嘆曰〔一一〕：

〔七〕「從兄」，原作「弟」，毛校本同；明四本作「宗弟」。按：《三國志·吴書·吴主傳》：「以從兄瑜代翊。」據改。

〔八〕「奉命」，原作「奉兄命」，古本同。按：同前，删「兄」字。

〔九〕「劉封關平」，致本倒作「關平劉封」。

〔一〇〕毛本孔明書信删、改自贊本；鍾本同贊本，漁本删、改自贊本；夏本、贊本改自嘉本、周本。

〔一一〕「人有」二字原闕，據毛校本補。毛本嘆周瑜詩改自贊本；鍾本同贊本，漁本改自贊本；贊本同明三本。

赤壁遺雄烈，青年有俊聲。
弦歌知雅意，盃酒謝良朋。
曾謁三千斛，常驅十萬兵。
巴丘終命處，憑吊欲傷情。

周瑜停喪於巴丘，衆將將所遺書緘，遣人飛報孫權。權聞瑜死，放聲大哭。拆視其書，乃薦魯肅以自代也，書畧曰〔一二〕：

瑜以凡才，荷蒙殊遇，委任腹心，統御兵馬，敢不竭股肱之力，以圖報效。奈死生不測，修短有命，愚志未展，微軀已殞，遺恨何極！方今曹操在北，疆埸未静。劉備寄寓，有似養虎。【毛】曹操以備爲龍，周郎〔一三〕又以備爲虎。天下之事，尚未可知。此正朝士旰食之秋，至尊垂慮之日也。魯肅忠烈，臨事不苟，可以代瑜之任。【漁】只臨事不苟，足當大任。是真知己，是真荐賢，是真爲國。「人之將死，其言也善。」儻蒙垂鑒，瑜死不朽矣。

孫權覽畢，哭曰：「公瑾有王佐之才，今忽短命而死，孤何賴哉？既遺書特薦子敬，孤敢不從之！」即日便命魯肅爲都督，總統兵馬，一面教發周瑜靈柩回葬。

却説孔明在荆州，夜觀天文，見將星墜地，乃笑曰：「周瑜死矣。」【漁】别人死他笑，孔明又太没情。至曉，白〔一四〕於玄德。玄德使人探之，果然死了。【鍾】观星望斗，的有靈驗。玄德問孔明曰：「周瑜既死，還當如何？」孔明曰：「代瑜領兵者，必魯肅也。【毛】能料死，又能料生。亮觀天象，將星聚於東方。亮當以弔喪爲由，往江東走一遭，就尋賢士佐助主公。」【毛】預爲龐統伏線。玄德曰：「只恐吴中將士加害於先生。」孔明曰：「瑜在之日，亮猶不懼，今

〔一二〕毛本周瑜遺書删、改自贊本；鍾本、漁本同贊本；夏本、贊本改自嘉本、周本。
〔一三〕「郎」，商本作「瑜」。
〔一四〕「白」，齋本、澹本、光本作「告」。

瑜已死，又何患乎？」毛孔明弔喪，與關公赴會一樣有膽。乃與趙雲引五百軍，具祭禮，下船赴巴丘弔喪。於路探聽得孫權已令魯肅爲都督，周瑜靈柩已回柴桑。孔明逕至〔一五〕柴桑，魯肅以禮迎接。周瑜部將皆欲殺孔明，因見趙雲帶劍相隨，不敢下手。孔明教設祭物於靈前，親自奠酒，跪於地下，讀祭文曰〔一六〕：

嗚呼公瑾，不幸夭亡！修短故〔一七〕天，人豈不傷？我心實痛，酹毛側二音類。酒一觴；君其有靈，享我烝嘗！弔君幼學，以交伯符；仗義疎財，讓舍以居。弔君弱冠，周音貫。萬里鵬摶；定建霸業，割據〔一八〕江南。弔君壯力，遠鎮巴丘；景升懷慮，「討逆」無憂。弔君丰度，佳配小喬；漢臣之壻，不愧當朝。弔君氣槩，諫阻納質；始不垂翅，終能〔一九〕奮翼。弔君鄱陽，蔣幹來説；揮洒自如，雅量高志。弔君弘才，文武籌畧；火攻破敵，挽强爲弱。想君當年，雄姿〔二〇〕英發。哭君早逝，俯地流血。忠義之心，英靈之氣。命終三紀，名垂百世。哀君情切，愁腸千結。惟我肝膽，悲無〔二一〕斷絶。昊天昏暗，三軍愴然。主爲哀泣，友爲淚〔二二〕漣。亮也不才，丐計求謀；助吴拒曹，輔漢安劉。犄周音机。角之援，首尾相儔。若存若亡，何慮何憂？嗚呼公瑾！生死永别！朴守其貞，冥冥滅滅。魂如有靈，以鑑我心。從此天下，更無知音！毛也是實話。贊

〔一五〕「至」，商本、周本作「到」，滄本脱此句。

〔一六〕毛本孔明祭文刪、改自贊本；鍾本同贊本，漁本增、改自贊本；周本、夏本、贊本改自嘉本。

〔一七〕「故」，光本、周本作「固」，商本作「定」，滄本作「由」。

〔一八〕「據」，原作「劇」，别字，據古本改。

〔一九〕「能」，光本作「無」。

〔二〇〕「姿」，原作「資」，致本、業本、貫本、齋本、滄本、光本、明四本同。按：語出蘇軾《念奴嬌·赤壁懷古》，據商本改。

〔二一〕「無」，光本作「夭」。

〔二二〕「淚」字原闕，據毛校本補。

鍾（此亦）（是）實語。漁周瑜曰欲殺亮，亮引爲知音，蓋不知我則不忌我，故瑜與亮之知音，甚于世之傾蓋者也。嗚呼痛哉！伏惟尚饗。

孔明祭畢，伏地大哭，淚如湧泉，哀慟不已。毛哭其不能助我以〔二三〕攻曹，乃真哭，非假哭也。漁淚從知音來。衆將相謂曰：「人盡道公瑾與孔明不睦，今觀其祭奠之情，人皆虛言也。」魯肅見孔明如此悲切，亦爲感傷，自思曰：「孔明自是多〔二四〕情，乃公瑾量窄，自取死耳。」毛寫魯肅處處是實心人。贄公論。鍾此是定評。後人有詩嘆曰〔二五〕：

卧龍南陽睡未醒，又添列曜下舒城。
蒼天既已生公瑾，塵世何須出孔明？

魯肅設宴款待孔明。宴罷，孔明辭回。方欲下船，只見江邊一人道袍竹冠，皂縧素履，一手揪住孔明，大笑曰：「汝氣死周郎，却又來弔孝，明欺東吳無人耶！」孔明急視其人，乃鳳雛先生龐統也，毛孔明此來，正爲尋訪賢士，乃不用孔明去尋，偏用龐統自來；又不用順寫，偏用逆接。妙甚。孔明亦大笑。兩人攜手〔二六〕登舟，各訴心事。孔明乃留書一封與統，囑曰：「吾料孫仲謀必不能重用足下。稍有不如意，可來荆州，共扶玄德。此人寬仁厚德，必不負公平生之所學。」鍾孔明注意士元，豪傑愛豪傑也。統允諾而別，毛漁不（便）（即）偕歸，妙有曲折。孔明自回荆州。

却說魯肅送〔二七〕周瑜靈柩至蕪湖，二蕪湖，縣名〔二八〕，今屬太平府。孫權接着，哭祭於前，命厚葬於本鄉。毛了却周瑜。瑜有兩男一女，長男循，次男

〔二三〕「以」，商本作「而」。
〔二四〕「多」字原闕，據毛校本補。
〔二五〕毛本嘆詩自贄本八句删作四句；鍾本同贄本，夏本、贄本改自嘉本、周本；漁本無。
〔二六〕「手」字原闕，據毛校本補。
〔二七〕「送」下，光本有「回」字。
〔二八〕周批「名」，原作「各」，據夏批改。

胤，【三】考證循尚公主，拜騎都尉，有瑜（之）風，早卒。胤初拜興業都督，妻以宗室之女。後以瑜之女却配（與）太子孫登，此是孫權極念（周）瑜之恩也。權皆〔二九〕厚恤之。魯肅曰：「肅碌碌庸才，誤蒙公瑾重薦，其實不稱所職，願舉一人以助主公。此人上通天文，下曉地理，謀畧不減於管、樂，樞機可並於孫、吳。往日周公瑾多用其言，孔明亦深服其智。見在江南，何不重用？」【毛】借魯肅口，極力寫龐統。權聞言大喜，便問此人姓名。肅曰：「此人乃襄陽人，姓龐名統，字士元，道號鳳雛先生。」權曰：「孤亦聞其名久矣。今既在此，可即請〔三〇〕來相見。」於是魯肅邀請龐統入見孫權。施禮畢，權見其人濃眉掀鼻，黑面短髯，形容古怪，心中不喜，【毛】【漁】「以貌取人，失之子羽」。〈毛〉獨不思碧眼紫髯，亦自形容古怪耶？【贄】【鍾】（仲謀）俗人。乃問曰：「公平生所學，以何爲主？」統曰：「不必拘執，隨機應變。」權曰：「公之才學，比公瑾何如〔三一〕？」統笑曰：「某之所學，與公瑾大不相同。」【漁】話不投机半句多。權平生絶〔三二〕喜周瑜，見統輕之，心中愈不樂，【毛】既厭其貌，又怪其言。乃謂統曰：「公且退。待有用公之時，却來相請。」【贄】我觀仲謀原是〔三三〕瞎子。亦士元不能用仲謀耳，非仲謀不能用士元也。統長嘆一聲而出。魯肅曰：「主公何不用龐士元？」權曰：「狂士也，用之何益？」肅曰：「赤壁鏖兵之時，此人曾獻連環策，成第一功。【毛】照應四十七回中事。【漁】照應前事。主公想必知之。」權曰：「此時乃曹操自欲釘船，未必此人之功也，吾誓不用之。」【贄】人之相與，真有緣分，不可强也。【鍾】不善用人。魯肅出謂龐統曰：「非肅不薦足下，奈吳侯不肯用公。公且耐心。」統低頭長嘆不語。肅曰：「公莫非無意於吳中乎？」統不答。肅曰：「公抱匡濟之才，何往不利？可實對肅言，將

〔二九〕「皆」，商本脱，明四本無。
〔三〇〕「即請」，商本倒作「請即」，明四本無。
〔三一〕「何如」，商本倒作「如何」。
〔三二〕「絶」，致本同，其他毛校本作「最」。
〔三三〕「我觀」「原是」四字原闕，吴本同，據緑本補。

欲何往？」統曰：「吾欲投曹操去也。」【毛】【漁】反言以激之。肅曰：「此明珠暗投〔三四〕矣，可往荊州投劉皇叔，必然重用。」統曰：「統意實欲如此，前言戲耳。」肅曰：「某當作書奉薦，公輔玄德，必令孫、劉兩家，無相攻擊，同力破曹。」【毛】【漁】（魯肅）見識勝周（郎）（瑜）十倍。【贊】【鍾】都是豪傑（之言）。統曰：「此某平生之素志也。」乃求〔三五〕肅書，逕往荊州來見玄德。

此時孔明按察四郡未回，【毛】妙有曲折。門吏傳報：「江南〔三六〕名士龐統，特來相投。」玄德久聞統名，便教請入相見。統見玄德，長揖不拜。玄德見統貌陋，心中亦不悦，【毛】曹操初見龐統，恭敬之極，仲謀、玄德反不如之。【贊】【鍾】士元貌惡，仲謀、玄德俱輕之，何以貌相天下士（也）？乃問統曰：「足下遠來不易？」統不即取出魯肅書並孔明投呈〔三七〕，但答曰：「聞皇叔招賢納士，特來相投。」【毛】妙有身分。若今之挾薦書投人者，未〔三八〕入門而先傳進矣。【漁】與今之挾刺投人者相反。玄德曰：「荊楚稍定，苦無閒職。此去東北一百三十里有一縣，名耒陽縣，【二】按《一統志》：耒陽，漢之縣名，〈三〉今屬衡州（府）。缺一縣宰，屈公任之，如後有缺，却〔三九〕當重用。」統思：「玄德待我何薄！」欲以才學動之，見孔明不在，只得勉强相辭而去。【毛】妙有曲折。統到耒陽縣，不理政事，終日飲酒爲樂，【毛】【漁】「醉翁之意不在酒」。一應錢糧詞訟，並不理會。有人報知玄德，言龐統將耒陽縣事盡廢。玄德怒曰：「豎儒焉敢亂吾法度！」遂喚張飛分付：「引從人去荊南諸縣巡視。如有不公不法者，就便究問。恐於事有不明處，可

〔三四〕「暗投」，光本、嘉本、周本倒作「投暗」。
〔三五〕「求」，光本作「藏」。
〔三六〕「南」，光本作「東」。
〔三七〕「即取出魯肅書並孔明投呈」，貫本、商本「投呈」作「薦書」，嘉本作「拿出魯肅、孔明書投呈」，周本作「拿出魯肅並孔明投呈」，夏本、贊本「即取」作「拿」。按：「投呈」之「呈」爲名詞，意下對上公文。
〔三八〕「未」下，齋本、光本有「曾」字。
〔三九〕「却」，光本、商本作「即」，嘉本無。

與孫乾同去。」贊鍾豪傑不遇知〔四〇〕己，自然以酒爲知（己耳，無怪也）。張飛領了言語，與孫乾前至耒陽縣。軍民官吏，皆出郭迎接，獨不見縣令。毛以〔四一〕飲酒廢事，猶勝於以迎接廢事。若善於迎接者，便非好縣令。漁玄德〔四二〕心細，恐張飛又像鞭督郵故事。飛問曰：「縣令何在？」同僚覆曰：「龐縣令自到任及今，將百餘日，縣中之事，並不理問，每日飲酒，自旦及〔四三〕夜，只在醉鄉。今日宿酒未醒，猶卧不起。」毛既有卧龍，安得無卧鳳？卧治有餘，卧亦是醒。彼闇於治者，雖日日醒，猶日日卧耳。張飛大怒，欲擒之。孫乾曰：「龐士元乃高明之人，未可輕忽〔四四〕。且到縣問之，如果於理不當，治罪未晚。」飛乃入縣，正廳上坐定，教縣令來見。統衣冠不整，扶醉而出。毛故作偃蹇之態。漁今之叅罰者，就當以「失儀」二字去之矣。飛怒曰：「吾兄以汝爲人，令作縣宰，汝焉敢盡廢縣事？」統笑曰：「將軍以吾廢了縣中何事？」毛奇絶，妙絶。飛曰：「汝到任百餘日，終日在醉鄉，安得不廢政事？」統曰：「量百里小縣，些小公事，何難決斷？毛此不足爲先生事。贊鍾大奇。將軍少坐，待我發落。」隨即喚公吏，將百餘日所積公務，都取來剖斷。吏皆紛然賫抱案卷上廳，訴詞被告人等環跪階下。統手中批判，口中發落，耳内〔四五〕聽詞，毛劉穆之不足爲奇。曲直分明，並無分毫差錯，贊畢竟是名下無虚士。民皆叩首拜伏〔四六〕。不到半日，將百餘日之事，盡斷畢了，毛誰云大受者不可小知。鍾名下果無虚士。投筆於地，而對〔四七〕張飛曰：「所廢之事何在？」毛妙極。曹操、孫權，吾視之若掌上觀文，毛漁（一語便）（已）露（出）圭角。二掌上观文謂展開即見，視之易也。量此小縣，何足介

〔四〇〕贊批「知」，緑本訛作「如」。
〔四一〕「以」，齋本作「於」，光本作「因」。
〔四二〕「德」，原作「甚」，據衡校本改。
〔四三〕「及」，商本作「至」。
〔四四〕「忽」，商本作「量」。
〔四五〕「内」，光本、商本作「中」。
〔四六〕「拜伏」，商本脱。
〔四七〕「對」，商本作「顧」。

意？」飛大驚，下席謝曰：「先生大才，小子失敬。吾當於兄長處極力舉薦。」毛前倨後恭，粗中有細。贊翼德大聖人。鍾翼德大妙。漁鳳雛，張飛心服，又與伏龍事不同，妙。統乃將出魯肅薦書。毛兩封薦書，又只先取一封，藏却一封。妙有曲折。漁又不將出孔明書來，更有做作。飛曰：「先生初見吾兄，何不將出？」統曰：「若便將出，似乎專藉薦書來干謁矣。」毛今之求討薦書，一味鑽刺者，能不媿死。飛顧謂孫乾曰：「非公則失一大賢也。」遂辭統回荆州見玄德，具説龐統之才。玄德大驚曰：「屈待大賢，吾之過也！」鍾玄德亦妙。飛將魯肅薦書呈上，毛不消魯肅薦，先生先〔四八〕自薦矣。玄德拆視之，書畧曰〔四九〕：

　　龐士元非百里之才，使處治中、别駕之任，始當展其驥足。如以貌取之，恐負所學，毛有鑒於孫權，而先爲是言也。終爲他人所用，實可惜也。贊此書已前知矣，抑事後所爲也。

玄德看畢，正在嗟呀〔五〇〕，忽報孔明回。玄德接入，禮畢。孔明先問曰：「龐軍師近日無恙否？」毛問得〔五一〕妙。玄德曰：「近治耒陽縣，好酒廢事。」孔明笑曰：「士元非百里之才，胸中所〔五二〕學，勝亮十倍。毛此句是過譽。足見孔明之謙，不似今人之妄自矜詡〔五三〕也。亮曾有薦書在士元處，曾達主公否？」玄德曰：「今日方得子敬書，却未見先生之書。」孔明曰：「大賢若處小任，往往以酒糊塗，倦於視事。」贊千古至言，亦千古通病。〔五四〕鍾千載知己之言。玄德曰：「若非吾弟所言，險失大賢。」隨即令張飛往耒陽縣敬請龐統到荆州〔五五〕。玄

〔四八〕「先」下，商本有「生」字。
〔四九〕「之」，齋本、光本作「薦」。毛本魯肅薦書删，改自贊本；鍾本、漁本同贊本，周本、夏本、贊本改自嘉本。
〔五〇〕「嗟呀」，明四本無，齋本作「嗟嘆」。
〔五一〕「得」，貫本脱。
〔五二〕「所」，商本作「之」。
〔五三〕「矜詡」，毛校本作「矜誇」。
〔五四〕原漫漶，緑本脱此句，據吴本補。
〔五五〕「敬」，齋本、光本脱。「荆州」，貫本作「州内」。

德下堦請罪，統方將出孔明所薦之書。毛漁兩封書（匀〔五六〕）（作）兩次取出，（寫）龐統極有身分（，照應前事）。玄德看書中之意，言鳳雛到日，宜即重用。玄德喜曰：「昔司馬德操言：『伏龍、鳳雛，兩人得一，可安天下。』毛照應三十五回中語。今吾二人皆得，漢室可興矣。」遂拜龐統爲副軍師中郎將〔五七〕，與孔明共贊方略，教練軍士，聽候征伐。毛以上按下玄德一邊，以下接叙曹操一邊。

早有人報到許昌，言劉備有諸葛亮、龐統爲謀士，招軍買馬，積草屯糧，連結東吴，早晚必興兵北伐。曹操聞之，遂聚衆〔五八〕謀士商議南征。荀攸進曰：「周瑜新死，可先取孫權，次攻劉備。」操曰：「我若遠征，恐馬騰來襲許都。前在赤壁之時，軍中有訛言，亦傳西凉入寇之事，毛照應四十八回中事。今不可不防也。」荀攸曰：「以愚所見，不若降詔加馬騰爲征南將軍，使討孫權，誘入京師，先除此人，則南征無患矣。」毛本因劉備轉出孫權，又因孫權轉入馬騰，將二十回中事〔五九〕，至此忽然歸結。漁阿瞞非不知昔年衣帶詔中原有馬騰，但使兩虎相鬭自相傷。操大喜，即日遣人賫詔至西凉召馬騰。

却説騰字壽成，漢伏波將軍馬援之後。父名平〔六〇〕，字子碩，桓帝時爲天水蘭〔六一〕干縣尉。後失官流落隴西，與羗人雜處，遂娶羗女生騰。騰身長八尺，體貌雄異，禀性温良，人多敬之。靈帝末年，羗人多叛，騰召〔六二〕募民兵破之。初平中年，因討賊有功，拜征西將軍，與鎮西將軍韓遂爲

〔五六〕「書匀」，齋本、光本作「書作」，澹本作「書分」，商本作「薦書」。

〔五七〕按：《三國志·蜀書·龐統傳》：「遂與亮並爲軍師中郎將。」《演義》爲與諸葛亮區别另加「副」字。

〔五八〕「衆」，商本脱。

〔五九〕「二十」，光本作「廿」。「事」上，光本、商本有「之」字。

〔六〇〕「平」，原作「肅」，古本同。按：《後漢書·董卓列傳》李注引《獻帝傳》：「騰父平，扶風人。」《三國志·蜀書·馬超傳》裴注引《典略》：「騰字壽成，馬援後也。桓帝時，其父字子碩，嘗爲天水蘭干尉。」據改。

〔六一〕「蘭」，原作「闌」，毛校本同，據明四本改。

〔六二〕「召」，澹本、明四本作「招」。

弟兄〔六三〕。毛又補叙馬騰來歷，是續前文之所未及。當日奉詔，乃與長子馬超商議曰：「吾自與董承受衣帶詔以來，與劉玄德約共討賊，不幸董承已死，玄德屢敗。我又僻處西涼，未能協助玄德。毛馬騰一向冷落，不見出頭，得此兩句叙明。鍾馬騰忠義激烈，不愧爲馬援之後。今聞玄德已得荆州，我正欲展昔日之志，而曹操反來召我，當是如何？」馬超曰：「操奉天子之命以召父親，今若不往，彼必以『逆命』責我矣。當乘其來召，竟往京師，於中取事，則昔日之志可展也。」毛有馬超之言，方見馬騰此去，不是疎虞。馬騰兄子馬岱諫曰：「曹操心懷叵測，叔父若往，恐遭其害。」毛爲下文伏筆。超曰：「兒願盡起西涼之兵，隨父親殺入許昌，爲天下除害，有何不可？」毛是馬超聲口。騰曰：「汝自統羌兵保守西涼，只教次子馬休、馬鐵并姪馬岱隨我同往。曹操見有汝在西涼，又有韓遂相助，諒不敢加害於我也。」毛爲後文韓遂助馬超伏線。超曰：「父親若往，切不可輕入京師。當隨機應變，觀其動静。」騰曰：「吾自有處，不必多慮。」於是馬騰乃引西涼兵五千，先教馬休、馬鐵爲前部，留馬岱在後接應，毛爲馬岱逃回伏筆。迤邐望許昌而來。離許昌二十里屯住軍馬。

曹操聽知馬騰已到，喚門下侍郎黄奎分付曰：「目今馬騰南征，吾命汝爲行軍叅謀，先至馬騰寨中勞軍，可對馬騰說：西涼路遠，運糧甚難，不能多帶人馬。我當更遣大兵協同前進。來日教他入城面君，毛賺他入城，便是誘殺之計。吾就應付糧草與之。」奎領命，來見馬騰。騰置酒相待。奎酒半酣而言曰：「吾父黄琬死於李傕〔六四〕、二音角。郭汜之難，嘗懷痛恨。毛又將數十回前之事於此一提。不想今日又遇欺君之賊！」騰曰：「誰爲欺君之賊？」奎曰：「欺君者，操賊也。公豈不知之，而問我耶？」漁說得熱鬧。騰恐是操使來相探，急止之曰：「耳目較近，休得亂言。」奎叱曰：「公竟忘却衣帶詔乎！」

〔六三〕「弟兄」，商本倒作「兄弟」。
〔六四〕「傕」，原作「確」，致本同，澹本作「催」，皆形訛，據其他古本改。

毛前馬騰見董承時，馬騰正言，董承隱諱；今黄奎見馬騰，又是黄奎正言，馬騰隱諱，前後遥遥相對。鍾黄奎亦有義氣。騰見他説出心事，乃密以實情告之。奎曰：「操欲公入城面君，必非好意，公不可輕入。來日當勒兵城下，待曹操出城點軍，就點軍處殺之，大事濟矣。」二人商議已定。黄奎回家，恨氣未息。漁好摹寫。其妻再三問之，奎不肯言。毛不告其妻，而獨告其妾，何也？不料其妾李春香，與奎妻弟苗澤私通，漁又與董承事一類。澤欲得春香，正無計可施。毛與董承家秦慶童事又相彷彿。妾見黄奎憤恨，遂對澤曰：「黄侍郎今日商議軍情回，意甚憤恨，不知爲誰。」澤曰：「汝可以言挑之曰：『人皆説劉皇叔仁德，曹操奸雄，何耶〔六五〕？』看他説甚言語。」是夜黄奎果到春香房中，妾以言挑之，奎乘醉言曰：「汝乃婦人，尚知邪正，漁「尚自知禮」〔六六〕四字奇。何況我乎？吾所恨者，欲殺曹操也！」妾曰：「若欲殺之，如何下手？」奎曰：「吾已約定馬將軍，明日在城外點兵〔六七〕時殺之。」毛謀及婦人，宜其死耳。妾告於苗澤，澤報知曹操。贊春香，春香，竟爲老瞞「香」耶？然實令老瞞「臭」，而令奎與騰「香」也。〔六八〕鍾寵妾最能敗事如此。操便密唤曹洪、許褚分付如此如此，又唤夏侯淵、徐晃分付如此如此。各人領命去了，一面先將黄奎一家老小拏下。

次日，馬騰領着西凉兵馬，將次近城，只見前面一簇紅旗，打着丞相旗號。馬騰只道曹操自來點軍，拍馬向前。忽聽得一聲砲響，紅旗開處，弓弩〔六九〕齊發。一將當先，乃曹洪也。馬騰急撥馬回時，兩下喊聲又起：左邊許褚殺來，右邊夏侯淵殺來，後面又是徐晃領兵殺至，截斷西凉軍馬，毛兩起調撥，却匀作四處出現。將馬騰父子三人困在垓心。馬騰見不是頭，奮力衝殺。馬鐵早被亂箭射死。毛

〔六五〕「耶」，齋本、澹本作「也」。
〔六六〕按：明三本、贊本系正文作「尚自知禮」，批語從原文。
〔六七〕「兵」，商本作「軍」，明四本無。
〔六八〕緑本脱此句及下句贊批。
〔六九〕「弩」，商本作「弦」，明四本無。

三人中先死了一個。馬休隨着馬騰，左衝右突，不能得出。二人身帶重傷，坐下馬又被箭射倒，父子二人俱被執。曹操教將黃奎與馬騰父子一齊綁至。毛董承七人之外，添出一吉平；馬騰父子之外，添出一黃奎：前後遥遥相對。黃奎大叫：「無罪！」操教苗澤對証。馬騰大罵曰：「竪儒誤我大事！我不能爲國殺賊，是乃天也！」操命牽出。馬騰罵不絶口，與其子馬休及黃奎一同遇害。後人有詩嘆〔七〇〕馬騰曰：

父子齊芳烈，忠貞著一門。
捐生圖國難，誓死答君恩。
嚼血盟言在，誅奸義狀存。
西凉推世胄，不愧伏波孫！

苗澤告操曰：「不願加賞，只求李春香爲妻。」操笑曰：「你爲了一婦人，害了你姐夫一家，留此不義之人何用！」毛漁奸雄快語（，可兒，可兒）。便教將苗澤、李春香與黃奎一家老小〔七一〕並斬於市，贊此是老賊好處，然天實爲之。〔七二〕鍾斬苗澤極爲痛快。觀者無不嘆息。後人有詩嘆曰〔七三〕：

苗澤因私害藎臣，春香未得反傷身。
奸雄亦不相容恕，枉自圖謀作小人。

曹操教招安西凉兵馬，諭之曰：「馬騰父子謀反，不干衆人之事。」一面使人分付把住關隘，休教走了馬岱。且說馬岱自引一千兵〔七四〕在後，早有許昌城外逃回軍士，報知馬岱。岱大驚，只得棄了兵馬，扮作客商，連夜逃遁去了。毛以上按下西凉一邊。以下再叙許昌一邊。

曹操殺了馬騰等，便決意南征。忽人報曰：「劉備調練軍馬，收拾器械，將欲取川。」操驚曰：

〔七〇〕「遇」，商本作「過」，明四本無。「嘆」，光本作「贊」，明四本無。
〔七一〕「老小」，商本脱，明四本作「良賤」。
〔七二〕贊批行首原闕三字，據吴本補。
〔七三〕毛本嘆詩改自贊本，取前二句，另作後二句；贊本原詩爲静軒詩；鍾本同周本、夏本、贊本；嘉本及漁本無。
〔七四〕「兵」，商本作「軍」，明四本無。

「若劉備收川，則羽翼成矣。將何以圖之？」言未畢，堦下一人進言曰：「某有一計，使劉備、孫權不能相顧，江南、西川皆歸丞相。」正是：

西州〔七五〕豪傑方遭戮，南國英雄又受殃。

未知獻計者是誰，且看下文分解。

魯子敬曰：「公瑾量窄，自取死耳。」此是公論，此是至言，不勞後人再翻案也。

張翼德亦能薦龐士元，可見從來豪傑無不薦賢者。若夫妬賢嫉能，真犬彘也，真奴才也。

龐士元只爲相貌古怪，玄德、仲謀俱失之，可見肥頭大臉，乃大貴人相也。一笑一笑！

士元不用子敬、孔明薦書，自負也。今人討薦書謁人者，皆内不足之供狀也。

周瑜三氣而死，皆其自取。魯子敬曰：「乃公瑾量窄，自取死耳。」此語足爲周瑜定評。

士元摘發如神，案牘一掃，百里信非大賢之任也。孔明曰：「大賢若處小任，多以酒糊塗，倦于視事。」真千古至言哉！

〔七五〕「西州」，原作「西川」，毛校本同；明四本無。按：本回「方遭戮」指馬騰，非西川人。依前文及平仄作「西涼」或「涼州」義合，求對仗則「西州」對「南國」通，酌改。

第五十八回

馬孟起興兵雪恨　曹阿瞞割鬚棄袍

周瑜在而孫、劉離，周瑜死而孫、劉合；曹操去而孫、劉離，曹操欲至而孫、劉又合：此兩家離合之機也。乃孫方借劉以拒操，而劉忽借馬以救孫則奇；劉方約馬以拒操，而操忽約韓以取馬則更奇；韓不爲操以攻馬，而馬得合韓以攻曹則愈奇。至於劉不助馬，而助馬者乃是韓；劉不約韓，而約韓者乃是操；馬非救孫，而救孫者實是馬；馬非應劉，而借馬者實是劉：是又事之最巧而文之至幻者矣。

曹操、孫權之欲報父讐，爲父也，非爲君也，私也；馬超之欲報父讐，爲父也，亦爲君也，公也。馬騰爲衣帶詔而死，則騰爲忠臣；超爲父之死於衣帶詔而討操，則超爲孝子而亦爲忠臣。而前史誤書之爲「賊」，誤書之爲「反」，則大謬矣。若斷以《春秋》之義，直當書曰「馬超起兵西凉討曹操」，斯爲得之。曹操不能殺陶謙而以吕布囘兵，孫權不能殺劉表而反使魯肅弔孝，烏覩〔一〕所謂「不共天地、不同日月」者乎？若馬超者，是真能報讐矣。遶樹之鎗，渡河之箭，操之不死，間不容髮。雖天方助操，不能遽斬國賊；而使之心寒膽落，魄散魂飛，則謂馬超已誅曹操可也。

君子觀於割鬚棄袍之事，而竊以爲是漢帝之威靈也。何也？衣帶詔不降，則義狀不立；義狀不立，則馬騰不死；馬騰不死，則馬超不來。惟有帝之刺血，所以有操之割鬚；惟有帝之解帶，所以有操之棄袍耳。

〔一〕「烏覩」，齋本作「父仇」，光本作「豈」。

曹操每至危急時，有曹洪救之，有許褚救之，有丁斐救之。然而曹洪、許褚之救，是以救救也；丁斐之救，是以不救救也。延津之戰，棄糧與馬；渭橋之戰，放馬與牛。前之餌敵，所以取勝；後之餌敵，所以救〔二〕敗。則洪與褚之勇，又不若丁斐之智耳。

當馬超戰潼關之時，孫、劉兩家若乘〔三〕虚而襲許都，此大快事，而孫權不爲，劉備亦不爲，其故何也？蓋東吴之兵，但能應敵，而不能取敵，一合淝且不下，而何有於許昌〔四〕乎？且其所欲得者荆州耳，志固不在中原也。劉備則欲養其兵力以取西川，即東吴求救，且不肯輕勞我師，而何暇於襲許昌乎？是其志雖在中原，而西川未得，不敢遽圖中原也。曹操有可乘之勢，而兩家未有能乘之力〔五〕。嗚呼，豈非天哉！

赤壁鏖兵之日，徐庶曾乞一兵守潼關矣；而此回但見鍾繇，不見徐庶，何也？意者徐庶此時已死乎？不然，庶縱不肯爲操設謀，而身在潼關，恐不能謝其責也。自赤壁一去，更不見徐庶下落。庶即不死，我知其必託病而歸田里耳。

却説獻策之人，乃治書侍御史陳羣，字長文。操問曰：「陳長文有何良策？」羣曰：「今劉備、孫權結爲唇齒，若劉備欲取西川，丞相可命上將提兵，會合淝之衆，逕取江南，則孫權必求救於劉備。備意在西川，必無心救權。權無救則力乏兵衰，江東之地，必爲丞相所得。【毛】前欲使馬騰伐吴，意不在吴而在騰也；至此則真伐吴矣。【贄】説得極象肚皮。【鍾】長文之策亦可用。**若得江東，則荆州一鼓可平也。荆州既平，然後徐圖西川，天下定矣。」操曰：「長文之**

〔二〕「救」，光本、商本作「致」。
〔三〕「乘」，原作「能」，業本、貫本同。據其他毛校本改。
〔四〕「昌」，齋本、光本作「都」。
〔五〕「力」上，光本有「兵」。

言，正合吾意。」即時起大兵三十萬，逕下江南，令合淝張遼准備糧草，以爲供給。

早有細作報知孫權，權聚衆將商議。張昭曰：「可差人往魯子敬處，教急發書到荆州，使玄德同力拒曹。子敬有恩於玄德，其言必從；且玄德既爲東吴之〔六〕壻，亦義不容辭。若玄德來相助，江南可無患矣。」【毛】事急則孫、劉復合。但内兄不致書於妹丈，而必欲煩魯肅修書者，以上〔七〕有江上之追故耳。故曰：「凡事留人情，後來好相見。」【漁】事急則孫、劉合，既是郎舅，何不周瑜致書？以前有江上之追。故曰：「人情留一線，日後好相見」。權從其言，即遣人諭魯肅，使求救於玄德。肅領命，隨即修書，使人送玄德。玄德看了書中之意，留使者於館舍，差人往南郡請孔明。孔明到荆州，玄德將魯肅書與孔明看畢，孔明曰：「也不消動江南之兵，也不必動荆州之兵，自使曹操不敢正覷東南。」便回書與魯肅，教：「高枕無憂。若但有北兵侵犯，皇叔自有退兵之策。」【毛】妙在不即説明，令人測摸〔八〕不出。【漁】又不知葫蘆賣〔九〕的甚麽藥。使者去了。玄德問曰：「今操起三十萬大軍，會合淝之衆，一擁而來，先生有何妙計，可以退之？」孔明曰：「操平生所慮者，乃西凉之兵也。今操殺馬騰，其子馬超見統西凉之衆，必切齒操賊。主公可作一書，往結馬超，使超興兵入關，則操又何暇下江南乎〔一〇〕？」【毛】馬騰死後，便當接出馬超，却偏因曹操伐吴，孫權求救，然後轉將出來，事曲而文亦曲。【鍾】有此妙筭，自可高枕無憂。玄德大喜，即時作書，遣一心腹人，逕往西凉州投下。

却説馬超在西凉州，夜感一夢，夢見身卧雪地，羣虎來咬，驚懼而覺。心中疑惑，聚帳下將佐，告説夢中之事。帳下一人應聲曰：「此夢乃不祥之兆也。」衆視其人，乃帳前心腹校尉，姓龐名德，字

〔六〕「之」，商本作「女」，明四本作「佳」。
〔七〕「上」，光本作「前」。
〔八〕「摸」，原作「模」，致本、業本、貫本、滄本同。據其他毛校本改。
〔九〕「賣」上，衡校本有「裡」字。
〔一〇〕「何」，光本作「無」，明四本作「閑」。「乎」，光本作「矣」。

令明。超問：「令明所見若何？」德曰：「雪地遇虎，夢兆殊惡。莫非老將軍在許昌有事否？」言未畢，一人踉蹌而入，毛漁（處處）接筍甚緊。哭拜於地曰：「叔父與弟皆死矣！」超視之，乃馬岱也。超驚問何爲，岱曰：「叔父〔一一〕與侍郎黄奎同謀殺操，不幸事泄，皆被斬於市，二弟亦遇害。惟岱扮作客商，星夜走脱。」超聞言，哭倒於地，衆將救起。超咬牙切齒，痛恨操賊。毛即無玄德書，超之起兵決矣。忽報荆州劉皇叔遣人賫書至，毛馬超正説夢，馬岱忽來；馬超正哭，玄德書又忽來。接筍處俱極緊。超拆視之，書畧曰〔一二〕：

伏念漢室不幸，操賊專權，欺君罔上，黎民凋殘。備昔與令先君同〔一三〕受密詔，誓誅此賊。毛照應二十回中事。今令先君被操所害，此將軍不共天地、不同日月之讐也。漁何不提起衣帶詔事〔一四〕耶？若能率西涼之兵以攻操之右，備當舉荆襄之衆，以遏操之前，毛句虛。則逆操可擒，姦黨可滅，讐辱〔一五〕可報，漢室可興矣。鍾言詞激（切）。書不盡言，立待回音〔一六〕。

馬超看畢，即時揮涕回書，發使者先回，隨後便起西涼軍馬。正欲進發，忽西涼太守韓遂使人請馬超往見。毛馬超正欲起兵，韓遂之使忽來。接筍又甚緊。超至遂府，遂將出曹操書示〔一七〕之。内云：「若將馬超擒赴許都，即封汝爲西涼侯。」毛玄德致書於馬超用實寫，曹操致書於韓遂用虛寫。一實一虛，筆

〔一一〕「叔父」，原無，致本、業本、貫本、澹本同。按：無主語。據其他古本補。

〔一二〕毛本玄德書删，改自贊本。鍾本、漁本同贊本，夏本、贊本改自嘉本、周本。

〔一三〕「同」上，光本有「誓」字，明四本無。

〔一四〕「事」，衡校本作「書」。按：明四本及贊本系正文玄德書未提及衣帶詔。

〔一五〕「辱」，光本、商本作「恨」。

〔一六〕「音」，原作「咅」，致本同，明四本作「報」。按：「音」字義合，據其他毛校本改。

〔一七〕「示」，原作「視」，致本、業本、貫本、商本同。按：「示」字通，據其他古本改。

法變化。○有此書札往來，便爲下文詐書張本。超拜伏於地曰：「請叔父就縛俺兄弟二人解赴許昌，免叔父戈戟之勞。」毛有此一逆，文勢便曲。韓遂扶起曰：「吾與汝父結爲兄弟，安忍害汝？汝若興兵，吾當相助。」毛玄德之助是虛，韓遂之助是實。贊韓遂是箇人。鍾韓遂雅（意）。馬超拜謝。韓遂便將操使者推出斬之，乃點手下八部軍馬，一同進發。那八部？乃侯選、程銀、李堪、張橫、梁興、成宜、馬玩、楊秋也。八將隨着韓遂，合馬超手下龐德、馬岱，共起二十萬大兵，殺奔長安來。毛寫得聲勢。長安守將〔一八〕鍾繇，二音由。飛報曹操，一面引軍拒敵布陣於野。西涼州前部先鋒馬岱，引軍一萬五千，浩浩蕩蕩，漫山遍野而來。鍾繇出馬答話。岱使寶刀一口，與繇交戰。不一合，繇大敗奔走，毛只會寫字，那裏會廝殺？我有筆如刀，不若别人懷寶劍。岱提刀趕來。馬超、韓遂引大軍都到，圍住長安，鍾繇上城守護。長安乃西漢建都之處，城郭堅固，壕塹險深，急切攻打不下。一連圍了十日，不能攻破。龐德進計曰：「長安城中〔一九〕土硬水鹹，毛側音減。二音閑。甚不堪食，更兼無柴。今圍十日，軍民饑荒。不如暫且收軍，只須如此如此，長安唾手可得。」毛此時妙在不敘明白，至後方知其計。鍾妙計。馬超曰：「此計大妙！」即時差「令」字旗傳與各部，盡教〔二〇〕退軍。馬超親自斷後，各部軍馬漸漸退去。鍾繇次日登城看時，軍皆退了〔二一〕，只恐有計，令人哨探，果然遠去，方纔放心，縱令軍民出城打柴取水，大開城門，放人出入。毛漁即此便是計策。贊鍾此時已有内應入城了。至第五日，人報馬超兵又到，軍民競奔入城，毛此時龐德已雜其〔二二〕中矣。鍾

〔一八〕「守將」，原作「郡守」，古本同。按：《後漢書·郡國志》：「其京兆尹、左馮翊、右扶風三人，漢初都長安，皆秩中二千石，謂之三輔。」郡守非。《三國志·魏書·鍾繇傳》：「乃表繇以侍中守司隸校尉，持節督關中諸軍。」

〔一九〕「中」，齋本、光本作「上」。

〔二〇〕「盡教」，光本、商本倒作「教盡」。

〔二一〕「了」，商本作「去」。

〔二二〕「其」上，光本、商本有「在」字。

繇仍復閉城堅守。

却說鍾繇弟鍾進，守把〔二二三〕西門，約近三更，城門裏一把火起。鍾進急來救時，城邊轉過〔二二四〕一人，舉刀縱馬大喝曰：「龐德在此！」【毛】龐德入城不用明叙，至此突如其來，〈毛漁〉如亞夫將軍，從天而下。〈漁〉我有筆如刀，不敵別人懷寶劍。【鍾】裏應外合。鍾進措手不及，被龐德一刀斬於馬下，【三】補註 原來龐德獻計，故意退（軍）（兵），却扮作打柴軍，雜在百姓夥內，（打柴）入城（內應）（，當夜裏應外合）。殺散軍校，斬關斷鎖，放馬超、韓遂軍馬入城。鍾繇從東門棄城而走，馬超、韓遂得了城池，賞勞三軍。鍾繇退守潼關，飛報曹操。操知失了長安，不敢復議南征〔二二五〕，【毛】照應前文東吴求救事。此非玄德救之，而實馬超〔二二六〕救之也。遂喚曹洪、徐晃分付：「先帶一萬人馬，替鍾繇緊守潼關。如十日內失了關隘，皆斬；十日外，不干汝二人之事。我統大軍隨後便至。」二人領了將令，星夜便行。曹仁諫曰：「洪性躁，誠恐悮事。」【毛】預爲失潼關伏筆。操曰：「你與我押送糧草，便隨後接應。」

却說曹洪、徐晃到潼關，替鍾繇堅守關隘，並不出戰。馬超領軍來關下，把曹操三代毁〔二二七〕駡。【毛】又一陳琳。曹洪大怒，要提兵下關厮殺。徐晃諫曰：「此是馬超要激將軍厮殺，切不可與戰。待丞相大軍來，必有主畫。」馬超軍日夜輪流來駡。【毛】陳琳駡操以筆，馬超駡操以口，筆止一筆，口有萬口。曹洪只要厮殺，徐晃苦苦擋住。至第九日，在關上看時，西涼軍都棄馬在於關前草地上坐，多半困乏，就於地上睡卧。【毛】誘敵之計。曹洪便教備馬，點起三千兵，殺下關來。【贊】【鍾】曹洪〔二二八〕按不定，最誤事。【漁】

〔二二三〕「守把」，澹本、光本倒作「把守」，明四本無。
〔二二四〕「過」，光本、商本作「出」。
〔二二五〕「不敢復議南征」，貫本脱「復」，明四本作「那有征南之意」。
〔二二六〕「非玄德」「馬超」，原作「馬超」「玄德」，毛校本同。按：批語句義與正文不符。回前批作「馬非救孫，而救孫者實是馬」。據改。
〔二二七〕「毁」，光本作「辱」。
〔二二八〕贊、鍾批「曹洪」，皆原作「少年」。按：明四本系正文作「曹洪年幼暴躁」，年齡不符。酌改，後漁批同。

凡遇激法，須以耐法治之。曹洪生性按捺不住，最是誤事。西涼兵棄馬拋戈而走。洪迤邐追趕。時徐晃正在關上點視糧車〔二九〕，聞曹洪下關廝殺，大驚，急引兵隨後趕來，大叫曹洪回馬。忽然背後喊聲大震，馬岱引軍殺至。毛城外見馬岱，與城中見龐德，皆突如其來。寫得聲勢。曹洪、徐晃急回走時，一棒鼓響，山背後兩軍截出：左是馬超、右是龐德，混殺一陣。曹洪抵當不住，折軍大半，撞〔三〇〕出重圍，奔到關上。西涼兵隨後趕來，洪等棄關而走。龐德直追過潼關，撞見曹仁軍馬，救了曹洪等一軍。馬超接應龐德上關。曹洪失了潼關，奔見曹操。操曰：「與你十日限，如何九日失了潼關？」二按《一統志》：潼關，在西安府華陰縣東四十里，歷代皆爲要地，本朝（故）於関內置軍衛防守。洪曰：「西涼軍兵百般辱罵，因見彼軍懈怠，乘勢趕去，不想中賊奸計。」操曰：「洪性〔三一〕躁暴，徐晃你須曉事！」晃曰：「累諫不從。當日晃在關上點糧車〔三二〕，比及知道，曹將軍已下關了。晃恐有失，連忙趕去，已中賊奸計矣。」操大怒，喝斬曹洪。毛漁（忘却）（不記得）「寧可無洪，不可無公」（之時耶）（時候）？衆官告免，曹洪服罪而退。

操進兵直扣〔三三〕潼關。曹仁曰：「可先下定寨柵，然後打關未遲。」操令砍伐樹木，起立排柵，分作三寨：左寨曹仁，右寨夏侯淵，操自居中寨。次日，操引三寨大小將校，殺奔關隘前去，正遇西涼軍馬，兩邊各布陣勢。操出馬於門旗下，看西涼之兵人人勇健，箇箇英雄。又見馬超生得面如傅〔三四〕粉，脣若抹朱，腰細膀寬，聲雄力猛，白袍銀鎧，二音擬。手執長鎗，立馬陣前，毛借曹操眼中極寫馬超。上首龐德，下首馬岱。操暗暗稱奇，自縱馬謂

〔二九〕「車」，光本、商本作「草」，明四本無。
〔三〇〕「撞」，光本作「衝」。
〔三一〕「性」，後文「曹將軍」，原作「年幼」「小將軍」，古本同。按：曹洪年齡不符，隨前文改。
〔三二〕「車」，光本、周本作「草」。
〔三三〕「扣」，通致本、滄本「叩」，齋本、光本作「抵」。
〔三四〕「傅」，光本作「敷」。

超曰：「汝乃漢朝名將子孫，何故背反耶？」超咬牙切齒，大罵：「操賊！欺君罔上，罪不容誅！害我父弟，不共戴天之讐！吾當活捉，生啖汝肉！」毛前是背後罵，此是當面罵。只此數語，亦抵得一篇檄文。説罷，挺鎗直殺過來，贄鍾好箇馬孟起。曹操背後于禁出迎。兩馬交戰，鬭到八九合，于禁敗走。張郃出迎，戰二十合亦敗走。李通出迎，超奮威交戰，數合之中，一鎗刺李通於馬下。超把鎗望後一招，西涼兵一齊衝殺過來，操兵大敗。西涼兵來得勢猛，左右將佐皆抵當〔三五〕不住。馬超、龐德、馬岱引百餘騎直入中軍來捉曹操。操在亂軍中，只聽得西涼軍大叫：「穿紅袍的是曹操！」操就馬上急脱下紅袍。毛暢絶，快絶。馬超掛孝，曹操何敢穿紅？操之去紅，只算替馬超帶孝。又聽得大叫：「長髯者是曹操！」操驚慌，掣所佩劒〔三六〕斷其髯。毛袁紹入宫時，髯子大得便宜；馬超追操時，髯子又極受累。鍾（曹）賊此時失却本來面〔三七〕軍中有人將曹操割髯之事告知馬超，超遂令人叫：「拏短髯者！是曹操！」操聞知，即扯旗角包頸而逃。毛暢絶，快絶。關公囊長鬚，曹操包短鬚。若云「褁頸〔三八〕的是曹操」，則將斷其頸乎？贄老奸此日，也胆碎矣。〔三九〕漁赤壁窘一次，潼関又窘一次，覺奸雄無色。〇袁紹入宫時，髯子大得便宜；馬超追操時，髯子又甚吃苦。後人有詩曰〔四〇〕：

潼關戰敗望風逃，孟德愴惶脱錦袍。
劒割髭髯應喪膽，馬超聲價蓋天高。

曹操正走之間，背後一騎趕來，回頭視之，正是馬超。毛嚇殺。操大驚。左右將校見超趕來，各自逃命，只撇下曹操。超厲聲大叫曰：「曹操休

〔三五〕「抵當」，光本訛作「低當」，明四本作「敵」。
〔三六〕「劒」，原作「刀」，毛校本同。按：後文詩古本亦皆作「劒割」，前後文異，據明四本改。
〔三七〕鍾批以下疑闕字。
〔三八〕「囊」「鬚」「鬚」「頸」，商本作「包」「髯」「髯」「頭」。
〔三九〕「老奸此日，也膽碎矣」，原葉殘，此句只餘「日」字；吴本兩行皆闕行首二字，僅存「此日」「碎矣」。據緑本、藜本補。
〔四〇〕毛本後人詩從贄本。鍾本同贄本，漁本改自贄本；贄本同明三本。

走！」操驚得馬鞭墜地。看看趕上，馬超從後使鎗搠來。贊好箇馬超。鍾孟起英鋒莫當。操遶樹而走，超一鎗搠在樹上，急拔下時，操已走遠。毛或曰：「惡人不死，天之道也。」予曰：「此非天道，特天數耳。」漁曹操不死乃天數也。超縱馬趕來，山坡邊轉過一將，大叫：「勿傷吾〔四一〕主！曹洪在此！」輪刀縱馬，攔住馬超，操得命走脱。毛漁與滎〔四二〕陽救操，彷彿相似。洪與馬超戰到四五十合，漸漸刀法散亂，氣力不加。夏侯淵引數十騎隨到，馬超獨自一人，恐被所算，乃撥馬而回，夏侯淵也不來趕。曹操回寨，却得曹仁死據定了寨栅，因此不曾多折軍馬。操入帳嘆曰：「吾若殺了曹洪，今日必死於馬超之手也！」毛不是寫曹洪，是寫馬超。遂喚曹洪，重加賞賜。收拾敗軍，堅守寨栅，深溝高壘，不許出戰。

超每日引兵來寨前辱駡搦戰，操傳令教軍士堅守，如亂動者斬。諸將曰：「西涼之兵盡使長鎗，當選弓弩迎之。」操曰：「戰與不戰，皆在於我，非在賊也。贊□□極聲〔四三〕賊雖有長鎗，安能便刺？諸公但堅壁觀之，賊自退矣。」諸將皆私相議曰：「丞相自來征戰，一身當先；今敗於馬超，何如此之弱也？」毛弱得作怪。過了幾日，細作報來：「馬超又添二萬生力兵來助戰，乃是羌人部落。」操聞知大喜。毛喜得作怪。諸將曰：「馬超添兵，丞相反喜，何也？」操曰：「待吾勝了，却對汝等說。」三日後，又報關上又添軍〔四四〕馬。操又大喜，就於帳中設宴作賀，毛賀得作怪。諸將皆暗笑。操曰：「諸公笑我無破馬超之謀，公等有何良策？」徐晃進曰：「今丞相盛兵在此，賊亦全部見屯關上，此去河西，二按《一統志》：河西，今在同州〔四五〕也。必無准備。

〔四一〕「過」，光本、商本作「出」。「吾」，光本作「我」。
〔四二〕漁批「滎」，原作「榮」，形訛，據衡校本改。
〔四三〕贊批以下疑闕字。
〔四四〕「又」，光本作「有」。「軍」，商本作「兵」。
〔四五〕周、夏批「同州」，原作「分州」。按：《一統志》：「（朝邑縣）漢爲臨晉縣地，晉爲馮翊郡治，後魏分置南五泉縣，西魏改朝邑縣，以據朝阪故名。唐改河西縣，屬河中府。大曆初復曰朝邑，屬同州。五代、宋、金、元仍舊，本朝因之。」據改。

若得一軍暗渡蒲阪津，㊁蒲阪津，直今西安府朝邑縣東，更黃河〔四六〕岸設有蒲津關。先截賊歸路，丞相逕發河北擊之，賊兩不相應，勢必危矣。」毛因曹操分兵，故韓與馬亦分兵，分則易間也。操曰：「公明之言，正合吾意。」便教徐〔四七〕晃：「引精兵四千，和朱靈同去，逕襲河西，伏於山峪〔四八〕之中，待我渡河北，同時擊之。」徐晃、朱靈領命，先引四千軍暗暗去了。操下令，先教曹洪於蒲阪津安排船筏，留曹仁守寨，操自領兵渡渭河。㊁渭河，今在西安府城西，有橋名曰渭橋。漢武帝造，跨渭水以通茂陵。漁《演義》文字，於小段處伏案照應，尺幅多近，獨此渡河、添兵伏應得遠，覺下文寬展有勢。早有細作報知馬超。超曰：「今操不攻潼關，而使人准備船筏，欲渡河北，必將遏吾之後也。吾當引一軍扣河拒住北岸〔四九〕，操兵不得渡，不消二十日，河東糧盡，操兵必亂，却循河南而擊之，操可擒矣。」毛長江不可渡，渭河亦幾不可渡。鍾馬超是。韓遂曰：「不必如此。豈不聞兵法有云：『兵半渡可擊。』待操兵渡至一半，汝却於南岸擊之，操兵皆死於河內矣。」毛漁不死於陸，必死於水。（其）（操之）不死（者），天也。鍾韓遂亦是。超曰：「叔父之言甚善。」即使人探聽曹操幾時渡河。

却說曹操整兵已畢，分三停軍，前渡渭河。比及人馬到河口時，日光初起。操先發精兵渡過北岸，開創營寨。操自引親隨護衛軍將百人，按劍坐於南岸，看軍渡河。忽然人報：「後邊白袍將軍到了！」毛白虎來臨，騰蛇發動。衆皆認得是馬超，一擁下船。河邊軍爭上船者，聲喧不止。操猶坐而不動，按劍指約休鬧。毛只顧其前，不顧其後，烏巢燒糧時，亦用此法。只聽得人喊馬嘶，蜂擁而來，船上一將躍〔五〇〕身上岸，呼曰：「賊至矣！請丞相下

〔四六〕周批「河」，原作「可」，形訛，據夏批改。

〔四七〕「徐」，商本脱，明四本無。

〔四八〕「峪」，原作「⿰土谷」，致本同，其他毛校本作「谷」。據明四本改。

〔四九〕「扣」，貫本作「循」，齋本、滄本、光本、商本作「沿」。「北岸」，原作「岸北」，致本、業本、貫本、齋本、滄本、商本、明四本同。按：「北岸」義長，與後文同，據光本乙。

〔五〇〕「躍」，原作「耀」，據古本改。

船！」操視之，乃許褚也。操口内猶言：「賊至何妨？」贊鍾老奸何意？漁假硬挣。回頭視之，馬超已離不得百餘步。毛唬殺。許褚拖操下船時，船已離岸一丈有餘，褚負操一躍上船。隨行將士盡皆下水，扳住船邊，争欲上船逃命。船小將翻，褚掣刀亂砍，傍船〔五一〕手盡折，倒於水中，毛漁「舟中之指可掬。」急將船望下水棹去。許褚立於梢上，忙用木篙撑之，操伏在許褚脚邊。毛許褚爲曹操手下將，曹操反爲許褚脚下人。馬超趕到河岸，見船已流在半河，遂拈弓搭箭，喝令驍將遶河射之，矢如雨急。漁比坐胡床按劍時不如。褚恐傷曹操，以左手舉馬鞍遮之。毛操無洪則死於陸，無褚則死於水。其不死者，天也。漁形容許褚手忙脚亂，愈見神采。馬超箭不虛發，船上駕舟之人，應弦落水，船中數十人皆被射倒。其船反撑不定，於急水中旋轉。許褚獨奮神威，將兩腿夾舵摇撼，一手使篙撑船，一手舉鞍遮護曹操。毛以旗包頸，以鞍遮身。不謂旗與鞍，却有如此用法。三考證論曰史官亦（有言）曰：（此日）若無許褚，曹公必亡矣。鍾好箇許褚！時有鄭縣縣令〔五二〕丁斐，在南山之上，見馬超追操甚急，恐傷操命，遂將寨内牛隻馬匹，盡驅〔五三〕於外，漫山遍野，皆是牛馬。西凉兵見之，都回身争取牛馬，無心追趕，曹操因此得脱。毛曹操不死，虧了樹、虧了旗、虧了鞍，又虧了牛馬。〇虧了放牛，救了水中一老牛；虧了放馬，退了岸上一怒馬。鍾好救星。方到北岸，便把船筏鑿沉。諸將聽得曹操在河中逃難，急來救時，操已登岸。許褚身披重鎧，箭皆嵌在甲上。衆將保操至野寨中，皆拜於地而問安。操大笑曰：「我今日幾爲小賊所困！」毛漁每敗必笑，奸雄故態。褚曰：「若非有人縱馬放牛以誘賊，賊必努力渡河矣。」操問曰：「誘賊者誰也？」

〔五一〕「傍船」，光本倒作「船傍」。

〔五二〕「鄭縣縣令」，原作「渭南縣令」，古本同。按：渭南縣，東晉時前秦宣昭帝甘露二年置。東漢時爲左馮翊鄭縣。後文多處「渭南」指渭水之南。《三國志·魏書·武帝紀》：「校尉丁斐因放牛馬以餌賊。」後文作「遂命爲典軍校尉」，避重改「渭南」作「鄭縣」。

〔五三〕「驅」，原作「軀」，致本同，據其他古本改。

有知者答曰：「鄭縣縣令丁斐也。」少頃，斐入見。操謝曰：「若非公之良謀，則吾被賊所擒矣。」遂命爲典軍校尉。【鍾】操亦涇渭自明。斐曰：「賊雖暫去，明日必復來。須以良策拒之。」操曰：「吾已准備了也。」遂喚諸將：「各分頭循河築起甬【嘉】音永。【二】音勇。道，暫爲寨脚。賊若來時，陳兵於甬道外，内虚立旌旗以爲疑兵。更沿河掘下壕塹，虚土棚蓋，河内〔五四〕以兵誘之。賊急來必陷，賊陷便可擊〔五五〕矣。」【毛】但爲自守之計，是示之以弱。

却説馬超回見韓遂，説：「幾乎捉住曹操！有一將奮勇負操下船去了，不知何人。」遂曰：「吾聞曹操選極精〔五六〕壯之人爲帳前侍衛，名曰『虎衛軍』，以驍將典韋、許褚領之。【毛】因〔五七〕許褚并提起典韋，照應擊張繡時事。典韋已死，【漁】引出典韋，妙。〔五八〕今救曹操者，必許褚也。此人勇力過人，人皆稱爲『虎痴』。【三】（謂）勇猛如虎而性癡，故曰「虎癡」。如遇之，不可輕敵。」超曰：「吾亦聞其名久矣。」遂曰：「今操渡河，將襲我後，可速攻之，不可令他創立〔五九〕營寨。若立營寨，急難剿除。」超曰：「以姪愚意，還只拒住北岸，使彼不得渡河，乃爲上策。」遂曰：「賢姪守寨，吾引軍循河戰操，若何？」超曰：「令龐德爲先鋒，跟叔父前去。」於是韓遂與龐德將兵五萬，直抵渭南。操令衆將於甬道兩傍誘之。【三】甬道，乃（墻）垣（墻）之類（也）。〈【二】〉以藏軍士扵中，而外可以拒敵也。龐德先引鐵騎千餘，衝突而來。喊聲起處，人馬俱落於陷馬坑内。龐德踴身一跳，躍出土坑，立於平地，立殺數人，步行砍出重圍。【毛】【漁】寫龐德聲勢，爲後（文）戰關公（伏筆）（張本）。【贊】好箇龐德。【鍾】龐德亦（驍）

〔五四〕「土棚」，齋本、澹本、光本作「立栅」，商本作「立棚」，嘉本作「土堋」。「内」，光本作「南」。
〔五五〕「擊」，齋本、光本、商本作「擒」。
〔五六〕「精」，齋本、光本脱。
〔五七〕「因」，光本作「寫」。
〔五八〕衡校本闕首尾二字。
〔五九〕「立」，原作「業」，致本、業本、齋本同，據其他古本改。

勇。韓遂已被困在垓心，龐德步行救之。正遇着曹仁部將曹永〔六〇〕，被龐德一刀砍於馬下，奪其馬，殺開一條血路，救出韓遂，投東南而走。毛龐德失馬奪馬，許褚跳船撐船，其勇相似。背後曹兵趕來，馬超引軍接應，殺敗曹兵，復救出大半軍馬。戰至日暮方回，計點人馬，折了將佐程銀、張横，陷坑中死者二百餘人。毛韓遂八將中，折了二人。超與韓遂商議：「若遷延日久，操於河北立了營寨，難以退敵，不若乘今夜引輕騎去劫野營。」遂曰：「須分兵前後相救。」於是超自爲前部，令龐德、馬岱爲後應，當夜便行。

却説曹操收兵屯渭北，喚諸將曰：「賊欺〔六一〕我未立寨柵，必來劫野營。可四散伏兵，虚其中軍。號砲響時，伏兵盡起，一鼓可擒也。」毛超、遂之謀，早爲老賊所覺。漁此一回，愈有謀愈不得全勝，見馬超之勇，愈敗愈不退兵，見曹操之雄。衆將依令，伏兵已畢。當夜，馬超却先使成宜引三十騎往前哨探。成宜見無人馬，逕入中軍。操軍見西凉兵到，遂放號砲。四面伏兵皆出，只圍得三十騎，成宜被夏侯淵所殺。毛韓遂八將中，又折了一人。馬超却自從背後與龐德、馬岱兵分三路蜂擁殺來。正是：

縱有伏兵能候敵，怎當健將共爭先？

未知勝負若何，且看下文分解。

養子如馬超，得人如許褚，俱快事也。老瞞每到敗後，愈有精神，真奸雄也。倘秀才考得劣等，亦能如此，安有不爲大魁之理？可憐今世無膽力者，一遇逆風，遂停舟痛哭矣。

養子如馬超，得人如許褚，俱快事也。老瞞每到敗後，愈有精神，真奸雄哉！

〔六〇〕「永」，光本作「承」，形訛。

〔六一〕「欺」，商本作「以」。

第五十九回

許褚裸衣鬭馬超　曹操抹書間韓遂

馬超者，蜀中五虎將之一也。此回於其未入蜀之時，先寫馬超之勇；而將寫馬超之勇，先寫許褚之勇：寫許褚正以寫馬超也。然許褚但矜其勇，而馬超鬭之，亦不過以勇鬭勇耳。馬騰之輕入虎口，固爲忠有餘而智不足〔一〕；馬超之徒恃虎威，其亦勇有餘而謀未足與！

兵法有妙於用間者：勝一人難，勝兩人易，以一人不可間，而兩人則可間也；聚兩人於一處而勝之難，分兩人於兩處而勝之易，以兩人之聚不可間，而兩人之分則可間也。然而間之則非一術矣：有馬上之語，而書中之字可疑；有書中之字，而馬上之語愈可疑。間之則又非無端矣：斬使之前，操先有書，有前之書而後之書可疑；割地之時，遂亦有書，有我之書而彼之書亦可疑。操之所以疑超者，蓋深得兵家間法之妙云〔二〕。

周瑜之愚蔣幹，妙在黑夜；曹操之間韓遂，又妙在白日。愚蔣幹之書，妙在明白；間韓遂之書，又妙在糊塗。周瑜帳前之語，妙在説極要緊話；曹操馬上之語，又妙在説極没要緊話。騙法不同，愈出愈妙，寫來好看殺人。

天下豈有兩陣對圓，而但叙寒温，無一語及軍事者？又豈有遣使送書，精密如曹操，而誤封草藁者？此明係反間之計，而韓遂不知，乃含糊以對馬超，馬超安得不怒乎？然則馬超之疑，雖曹〔三〕操之智足以使之，而亦韓遂之愚有以成之耳。

〔一〕「足」，商本作「及」。
〔二〕「云」，光本、商本作「也」。
〔三〕「曹」上，齋本、光本有「有」字。

馬超斷韓遂之手，猶自斷其手也；韓遂因馬超之疑而欲圖馬超，亦猶自斷其手也。兩人之相救當如左右手，而乃自相矛盾，使曹操拱手而享其利，袖手而觀其敗，豈不深可惜哉！

孫權之兵事決於大都督，劉備之兵事決於軍師，而唯曹操則自攬其權而獨運其謀。雖有衆謀士以贊之，而裁斷出諸臣之上，又非劉備、孫權比也。觀其每運一計，其始必爲衆將之所未知，其後乃爲衆將之所歎服。唐太宗題其墓曰「一將之智有餘」，良然，良然。

操每見西涼之添兵而大喜，蓋以兵多則糧不能繼，一可喜也；兵多則心不能一，二可喜也。烏巢之戰，以少而勝；赤壁之戰，以多而敗。操之料人，亦以己之得失料之而已。

張角之以左道惑衆，已隔五十餘回矣，此回忽有一左道之張魯以配之。角有兄弟三人，魯則有父子祖孫三世；角有「太平道人」「大賢良師」之名，魯則有「師君」「祭酒」「鬼卒」之號。何其不謀而相類也？蓋劉備之將聚桃園，則以黃巾爲之始；而劉備之將入西蜀，則以張魯爲之端：是一部大書前後關合處。

却説當夜兩兵混戰，直到天明，各自收兵。馬超屯兵渭口，日夜分兵，前後攻擊。曹操在渭河内將船筏鎖練，作浮橋三條，接連南岸。曹仁引軍夾河立寨，將糧草車輛穿連，以爲屏㊁音丙。障。馬超聞之，教軍士各挾草一束，帶着火種，與韓遂引軍併力殺到寨前，堆積草把，放起烈火。【毛】前有赤壁之燒，後有渭河之燒。大火之後，又有小火。操兵抵敵不住，棄寨而走，車乘、浮橋盡被燒毀。【贊】老奸一生受了火，的天至人。惡人每爲天火所燒，亦報也。【鍾】操賊昧天理，一生被火。西涼兵大勝，截住渭河。曹操立不起營寨，心中憂懼。荀攸曰：「可取渭河沙土築起土城，可以堅守。」操撥三萬軍擔土築城。馬超又差龐德、馬岱各引五百馬軍，往來衝突，更兼沙土不實，築起便倒，操無計可施。時當九月盡，天氣暴冷，彤雲密布，連日不開。【毛】妙有閒筆，點次時序。曹操在寨中納悶，忽人報曰：「有一老人來見丞相，欲陳説方略。」操請入。見其人鶴骨松姿，形貌〔四〕蒼古。問之，乃京兆人也，隱居終南山，姓婁名子伯，道號「夢梅居士」。操以客禮待之。子伯曰：「丞相欲跨渭安營久矣，今何不乘時築之？」操曰：「沙土之地，築壘不成。隱士有何良策賜教？」子伯曰：「丞相用兵如神，豈不知天時乎？連日陰雲布合，朔風一起，必大凍矣。【毛】前攻冀州之時，有老叟陳説星象；今戰渭橋之日，又有老叟陳説天時，前後遥遥相對〔五〕。風起之後，驅兵士運土潑水，比及天明，土城已就。」操大悟，厚賞子伯，子伯不受而去。【毛】不受金帛，高則高矣；但不明順逆，有愧隱士之名。彼四皓助吕，不得爲安劉；今夢梅助曹，豈得爲安漢乎？【漁】曹操築城實係天使。此老人乃神仙變化，勿認作隱士看。是夜北風大作，操盡驅兵士擔土潑水。爲無盛水之具，作縑囊盛水澆之，隨築隨凍。比及天明，沙水凍緊，土城已築完。【毛】超之焚寨，恃有火攻；操之築寨〔六〕，賴有水助。細作報知馬超，超領兵觀之，大驚，疑有神助。次日，集大軍鳴鼓而進。操自乘馬出營，止有許褚一人隨後。操揚鞭大呼曰：「孟德單騎至此，請馬超出來答話。」超乘馬挺鎗而出。操曰：「汝欺我營寨不成，今一夜天已〔七〕築就，汝何不早降！」【毛】老賊妄稱天命，天實爲之，謂之何哉！【漁】果然，非誑語。馬超大怒，意欲突前擒之，見〔八〕操背後一人，睜圓怪眼，手提鋼刀，勒馬而立。【毛】極〔九〕寫許褚英勇，以襯馬超之英勇。超疑是許褚，乃揚鞭〔一〇〕問曰：「聞汝軍中有虎侯，安在哉？」【三】補註不（稱）（言）「虎痴」，而（稱）（言）「虎侯」者，（蓋超以）美稱

〔四〕「貌」，商本作「容」，明四本無。
〔五〕「相對」，光本、商本作「兩相對映」。
〔六〕「寨」，滄本、光本作「城」。
〔七〕「已」，光本、商本作「使」。
〔八〕「見」，光本脱。
〔九〕「極」，光本作「後」。
〔一〇〕「揚鞭」，原作「鞭揚」，致本同，據其他古本乙。

（之）也。許褚提刀大叫曰：「吾即沛國〔一一〕許褚也！」目射神光，威風抖擻。超不敢動，乃勒馬回，毛前夢衆虎而疑，今見一虎而退。操亦引許褚回寨。兩軍觀之，無不駭然。操謂諸將曰：「賊亦知仲康乃虎侯也！」自此軍中皆稱褚爲「虎侯」。毛百忙中夾註一筆。許褚曰：「某來日必擒馬超。」操曰：「馬超英勇，不可輕敵。」漁乃激士也。褚曰：「某誓與死戰！」即使人下戰書，説虎侯單搦馬超來日決戰。超接書大怒曰：「何敢如此相欺耶！」即批次日誓殺「虎癡」。毛褚〔一二〕一虎也，超亦一虎也，虎超豈畏虎褚？三補註不稱「虎侯」，而稱「虎痴」者，貶之也。

次日，兩軍出營，布成陣勢。超分龐德爲左翼，馬岱爲右翼，韓遂押中軍。超挺鎗縱馬，立於陣前，高叫：「虎癡快出！」曹操在門旗下回顧衆將曰：「馬超不減吕布之勇！」毛此語是激許褚。漁又用激語〔一三〕。言未絶，許褚拍馬舞刀而出，馬超挺鎗接戰，鬭了一百餘合，勝負不分。馬匹困乏，各回軍中，換了馬匹又出陣前。又鬭一百餘合，不分勝負。許褚性起，飛回陣中，卸了盔甲，渾身筋突，赤體提刀，翻身上馬，來與馬超決戰，毛極寫許褚，正是極寫馬超。○曹操棄袍，許褚棄甲，棄甲亦算輸矣。贄趣。〔一四〕鍾（好）對手。兩軍大駭。兩箇又鬭到三十餘合，褚奮威舉刀便砍馬超。超閃過，一鎗望褚心窩刺來。褚棄刀將鎗挾住。兩箇在馬上奪鎗。許褚力大，一聲響，拗斷鎗桿，各拏半節在馬上亂打。毛以厮殺始，以厮打終。一笑。鍾趣。操恐褚有失，遂令夏侯淵、曹洪兩將齊出夾攻。龐德、馬岱見操將齊出，麾兩翼鐵騎，横衝直撞，溷殺將來，操兵大亂。許褚臂〔一五〕中兩箭，毛誰叫汝赤膊。諸將慌退入寨。馬超直殺到濠邊，操兵折傷大半。毛未行反間之前，操軍屢敗，可見將在謀而不在勇也。操令

〔一一〕「沛國」，原作「譙郡」，古本同。按：同第十二回校記〔四六〕，據改。
〔一二〕「褚」下，光本、商本有「固」字。
〔一三〕衡校本闕尾字。
〔一四〕緑本脱此句贄批。
〔一五〕「臂」，光本、商本作「背」。

堅閉休〔一六〕出。馬超回至渭口，謂韓遂曰：「吾見惡〔一七〕戰者莫如許褚，真『虎癡』也！」

却說曹操料馬超可以計破，乃密令徐晃、朱靈盡渡河西結營，前後夾攻。漁埋伏。一日，操於城上見馬超引數百騎直臨寨前，往來如飛。操觀良久，擲兜鍪周音牟。於地曰：「馬兒不死，吾無葬地矣！」毛漁伍員不死，楚不得安。（曹操其有鞭墓之懼乎？）（超不死，曹操不安。）鍾割鬚棄袍，死裏逃生，老奸見氣也怕了。夏侯淵聽了，心中氣忿，厲聲曰：「吾寧死於此地，誓滅馬賊！」遂引本部千餘人，大開寨門，直赶去。操急止不住，恐其有失，慌自上馬前來接應。馬超見曹兵至，乃將前軍作後隊，後隊作先鋒，一字兒擺〔一八〕開。夏侯淵到，馬超接住厮殺。超於亂軍中遙見曹操，就撇了夏侯淵，直取曹操。毛寫馬超志在報讐，不但是勇，實見其孝。操大驚，撥馬而走，曹兵大亂。正追之際，忽報操有一軍，已在河西下了營寨。超大驚，無心追赶，急收軍回寨，與韓遂商議，言：「操兵乘虛已渡河西，吾軍前後受敵，如之奈何？」部將李堪曰：「不如割地請和，兩家且各罷兵。捱過冬天，到春暖別作計議。」韓遂曰：「李堪之言最善，可從之。」超猶豫未決。毛漁馬超不欲和，而韓遂欲和，（即此便爲）（已伏）下（文）生疑張本。楊秋、侯選皆勸求和，於是韓遂遣楊秋爲使，直往操寨下書，言割地請和之事。毛曹操反間之書未來，韓遂求和之書先去。操曰：「汝且回寨，吾來日使人回報。」楊秋辭去。賈詡入見操曰：「丞相主意若何？」操曰：「公所見若何？」詡曰：「兵不厭詐，可僞許之。然後用反間周音諫。夏音見。計，令韓、馬相疑，則一鼓可破也。」毛賈詡前爲李傕策馬騰，今爲曹操策馬超，始終助逆，雖智謀不足多〔一九〕也。漁賈詡雖多謀，然所事俱非

〔一六〕「休」，商本作「不」。
〔一七〕「惡」，齋本、商本作「戀」。
〔一八〕「擺」，齋本、光本作「排」。
〔一九〕「多」，業本、貫本、齋本、光本、商本作「取」。

人，深爲不許。操撫掌大喜曰：「天下高見，多有相合。文和之謀，【三】【補註】文和，詡（之）表字（也）。正吾心中之事也。」於是遣人回書，言：「待我徐徐退兵，還汝河西之地。」一面教搭起浮橋，作退軍之意。

馬超得書〔二〇〕，謂韓遂曰：「曹操雖然許和，奸雄難測。倘不准備，反受其制。超與叔父輪流調兵，今日叔向操，超向徐晃；明日超向操，叔向徐晃。分頭隄備，以防其詐。」【毛】【漁】兩下分開，反間之計便可從此而入。【贊】是。〔二一〕【鍾】提防極是。韓遂依計而行。早有人報知曹操，操顧賈詡曰：「吾事濟矣！」問：「來日是誰合向我這邊？」人報曰：「韓遂。」次日，操引衆將出營，左右圍繞，操獨顯一騎於中央。韓遂部卒多有不識操者，出陣〔二二〕觀看。【毛】想是要看短髯子。操高叫曰：「汝諸軍欲觀曹公耶？吾亦猶人也，非有四目兩口，但多智謀耳。」【毛】割鬚裹頸之時，惟恐被人識認〔二三〕；今却出面示人，好生大膽。○兩目一口，只是髭鬚割去幾根耳。一笑。【贊】老奸可惡。【漁】是個短鬚髯子，割鬚之時惟恐識〔二四〕認，今大胆至此耶？諸軍皆有懼色。操使人過陣謂韓遂曰：「丞相謹請韓將軍會話。」韓遂即出陣，見操並無甲仗，亦棄衣甲，輕服匹馬而出。二人馬頭相交，各按轡對語〔二五〕。操曰：「吾與將軍之父同舉孝廉，吾嘗以叔事之。吾亦與公同登仕路，不覺有年矣。【毛】對陣之時，忽叙年家。將軍今年『妙齡』幾何？」【毛】既叙寒温，又叙年齒，全不似〔二六〕對陣時語，是極没要緊話，却是極要緊處。【贊】老奸，老奸。【鍾】操賊奸雄。韓遂答曰：「四十歲矣。」操曰：「往日在京師，皆青春年少，何期又中旬矣！安得天下清平共樂耶！」【毛】多時不

〔二〇〕「書」，商本作「知」。
〔二一〕「是」，原壞字，緑本脱，據吴本補。
〔二二〕「陣」，光本、商本作「營」。
〔二三〕「識認」，光本倒作「認識」。
〔二四〕「識」，衡校本作「被」。
〔二五〕「語」，光本、商本作「話」。
〔二六〕「似」，齋本、光本、商本作「是」。

見，髭鬚滿面；今失去髭鬚，當有今昔之感。【漁】極扯淡話，却是要緊着。多時不見，尊鬚何爲甚短？只把舊事細説，並不提起軍情，【毛】奸極，妙極。説罷大笑。相談有一箇時辰，方回馬而別，【毛】奸極，妙〔二七〕極。各自歸寨。早有人將此事報知馬超，超忙來問韓遂曰：「今日曹操陣前所言〔二八〕何事？」遂曰：「只訴京師舊事耳。」超曰：「安得不言軍務乎？」遂曰：「曹操不言，吾何獨言之？」超心甚疑，不言而退。【毛】在曹操算中。

却説曹操回寨，謂賈詡曰：「公知吾陣前對語之意否？」詡曰：「此意雖妙，尚未足間二人。某有一策，令韓、馬自相讐殺。」操問其計。賈詡曰：「馬超乃一勇之夫，不識機密。丞相親筆作一書，單與韓遂，中間朦朧字樣，於要害處自行塗抹改易，然後封送與韓遂，故意使馬超知之，超必索書來看。若看見上面要緊去〔二九〕處，盡皆改抹，只猜是韓遂恐超知甚機密事，自行改抹，正合着單騎會語〔三〇〕之疑，疑則必生亂。我更暗結韓遂部下諸將，使互相離間，超可圖矣。」【毛】【漁】叙談不足，繼之以書，書中有塗抹，則（疑）語中（亦）必有（隱諱）（蹊蹺）矣。〈【毛】〉因前疑後，因後疑前，真是絶妙疑兵之計。【贊】賊，賊。【鍾】賈詡間諜之計甚毒。操曰：「此計甚妙。」隨寫書一封，將緊要處盡皆改抹，然後實封，故意多遺從人送過寨去，【毛】多帶〔三一〕從人，正欲使馬超知之。下了書自回。果然有人報知馬超。超心愈疑，逕來韓遂處索書看。韓遂將書與超，超見上面有改抹字樣，問遂曰：「書上如何都改抹糊塗？」遂曰：「原書如此，不知何故。」超曰：「豈有以草藁送與人耶？必是叔父怕我知了詳細，先改抹了。」【毛】俱在賈詡算中。遂曰：「莫非曹操錯〔三二〕將草藁誤封來

〔二七〕「妙」，光本作「惡」。
〔二八〕「言」，光本、商本作「説」。
〔二九〕「去」，光本、商本作「之」。
〔三〇〕「語」，商本、嘉本作「話」。
〔三一〕「帶」，光本作「遣」。
〔三二〕「錯」，商本脱。

了？」毛漁「殷浩〔三三〕空函」「曹操草藁」，皆咄咄怪事。超曰：「吾又不信。曹操是精細之人，豈有差錯？吾與叔父併力殺賊，奈何忽生異心？」遂曰：「汝若不信吾心，來日吾在陣前賺操説話，汝從陣内突出，一鎗刺殺便了。」毛讀至此，爲曹操寒心。超曰：「若如此，方見叔父真心。」漁愚人。兩人約定。

次日，韓遂引侯選〔三四〕、李堪、梁興、馬玩、楊秋五將出陣，馬超藏在門影裏。韓遂使人到操寨前，高叫：「韓將軍請丞相攀話。」操乃令曹洪引數十騎逕出陣前，與韓遂相見。馬離數步，洪馬上欠身言曰：「夜來丞相拜〔三五〕意將軍之言，切莫有誤。」言訖便回馬。毛對語之後，繼之以可疑之書；送書之後，又繼之以可疑之語。前既自出，後换他人。奸雄機智，真不可及。贄賊，賊！鍾俱是奸計。漁奸極，惡極。超聽得大怒，挺鎗驟馬，便刺韓遂。五將攔住，勸解回寨。遂曰：「賢姪休疑，我無歹心。」馬超那裏肯信，恨怨而去。韓遂與五將商議曰：「這事如何解釋？」楊秋曰：「馬超倚仗武勇〔三六〕，常有欺凌主公之心，便勝得曹操，怎肯相讓？以某愚見，不如暗投曹公，他日不失封侯之位。」毛弄假成真，俱在曹操、賈詡算中。遂曰：「吾與馬騰結爲兄弟，安忍背之？」贄韓公好人。鍾遂却有人心。楊秋曰：「事已至此，不得不然。」遂曰：「誰可以通消息？」楊秋曰：「某願往。」遂乃寫密〔三七〕書，遣楊秋逕來操寨，説投降之事。毛假書换得真書，曹操大得便宜。漁前是疑心生暗鬼，此是弄假成真矣。操大喜，許封韓遂爲西凉侯、楊秋爲西凉太守，其餘皆有官爵。約定放火爲號，共謀馬超。楊秋拜辭，回見韓

〔三三〕毛、漁批「浩」，原作「皓」，致本、業本、貫本、澮本、商本、衡校本同。按：典出《晉書·殷浩傳》：「後（桓）温將以浩爲尚書令，遺書告之，浩欣然許焉。將答書，慮有謬誤，開閉者數十，竟達空函，大忤温意，由是遂絶。」據齋本、光本改。

〔三四〕「遷」，原作「選」，致本、業本、貫本、澮本、夏本、贄本同。據前後文、其他古本改。

〔三五〕「拜」，澮本、光本作「致」。

〔三六〕「武勇」，光本、商本倒作「勇武」。

〔三七〕「密」上，光本有「一」字。

遂，備言其事：「約定今夜放火，裏應外合。」遂大喜，就令軍士於中軍帳後堆積乾柴，五將各懸刀劍聽候。韓遂商議欲設宴賺請馬超，就席圖之，猶豫未決〔三八〕。

不想馬超早已探知備細，便帶親隨數人，仗劍先行，令龐德、馬岱爲後應。超潛步入韓遂帳中，只見五將與韓遂密語，只聽得楊秋口中説道：「事不宜遲，可速行之！」【毛】蔣幹在周瑜帳中所聽之語是虛，今馬超在韓遂帳前所聽之語是實。一實一虛，前後遥遥相映〔三九〕。【漁】從來敗局未有不由自生嫌隙者。嫌隙未有不由讒間者，非大智人不能早辯。超大怒，揮劍直入，大喝曰：「羣賊焉敢謀害我！」【鍾】馬超絶勇。衆皆大驚。超一劍望韓遂面門剁去，遂慌以手迎之，左手早被砍落。【毛】韓遂手痛，不是馬超手辣，只緣曹操手毒耳。五將揮刀齊出。超縱步出帳外，五將圍繞溷殺。超獨揮寶劍，力敵五將。劍光明處，鮮血濺【二】音箭。飛：砍翻馬玩，剁倒梁興，【毛】【漁】五將中（又）（已）去其二〔四〇〕。三將各自逃生。超復入帳中來殺韓遂時，已被左右救去。帳後一把火起，各寨兵皆動。超連忙上馬，龐德、馬岱亦至，互相溷戰。超領軍殺出時，操兵四至：前有許褚，後有徐晃，左有夏侯淵，右有曹洪。西凉之兵，自相併殺。超不見了龐德、馬岱，乃引百餘騎截於渭橋之上。【贄】【鍾】馬超是箇漢子。天色微明，【毛】【漁】方知溷殺了一夜。只見李堪領一軍從橋下過，超挺鎗縱馬逐之，李堪拖鎗而走。恰好于禁從馬超背後趕來，禁開弓射馬超。超聽得背後弦響，急閃過，却射中前面李堪，落馬而死。【毛】【漁】三將中又去其一〔四一〕。〈【毛】〉〇曹操欲借韓遂殺馬超，誰知馬超又借于禁殺李堪。爲之一〔四二〕笑。超回馬來殺于禁，禁拍馬走了。超回橋上住劄，操兵前

〔三八〕「猶豫未決」，明四本作「猶恐不能，衆皆持疑不決」。

〔三九〕「映」，齋本、光本、商本作「應」。

〔四〇〕毛、漁批「二」，原作「三」，貫本毛批作「一」。按：馬玩、梁興亡，應作「二」。據其他毛校本、衡校本改。

〔四一〕毛批「一」下，光本有「將」字。

〔四二〕「爲之一」，商本作「可」。

後大至，虎衛軍當先，亂箭夾射馬超。超以鎗撥之，矢皆紛紛落地。毛寫得超〔四三〕可畏。超令從騎往來突〔四四〕殺，争奈曹兵圍裹堅厚，不能衝出。超於橋上大呼〔四五〕一聲，殺入河北，從騎皆被截斷。超獨在陣中衝突，却被暗弩射倒坐下馬，馬超墮〔四六〕於地上，操軍逼合。正在危急，忽西北角上一彪軍殺來，乃龐德、馬岱也。毛漁（此是）絶處逢生。鍾好救星。二人救了馬超，將軍中戰馬與馬超騎了，翻身殺條血路，望西北而走。曹操聞馬超走脱，傳令諸將：「無分曉夜，務要赶倒馬兒。如得首級者，千金賞〔四七〕，萬户侯，生獲者，封大將軍。」毛與前追劉豫州彷佛相似。衆將得令，各要争功，迤邐追襲。馬超顧不得人馬困乏，只顧奔走，從騎漸漸皆散。步兵走〔四八〕不上者，多被擒去。止剩得三十餘騎，與龐德、馬岱望隴西臨洮而去。毛以上按下馬超，以下專叙曹操。二隴西，郡名，今陝西臨洮府是也。

曹操親自追至安定，二按《一統志》：安定，漢之郡名，在今涇州平凉府是也。知馬超去遠，方收兵回長安。衆將畢集，韓遂已無左手，做了殘疾之人，毛韓遂無手，曹操無鬚，同病相憐，爲之一笑。漁一個無鬚，一個無臂，當同病相憐。操教就於長安歇馬，封西凉侯之爵〔四九〕。三補註後建安二十年五月，韓遂被部將〔五〇〕所殺，非是年身死。楊秋、侯選皆封列侯，令守渭口。毛八將止剩其二。二渭口，按《綱目》即渭水口也。下令班師回許都。凉州叅軍楊阜，字義山，逕

〔四三〕「超」上，滄本、光本有「馬」字。

〔四四〕「突」，光本、商本作「衝」。

〔四五〕「呼」，齋本、光本作「喝」。

〔四六〕「墮」，光本作「墜」。

〔四七〕「千金賞」，光本作「賞千金封」。

〔四八〕「走」，商本訛作「定」。

〔四九〕「操教」，齋本、光本作「曹操」。「封」「爵」，原作「授」「職」，古本同。按：「侯」爲封爵，前文作「許封韓遂爲西凉侯」，據改。「封」下，光本有「韓遂」二字。

〔五〇〕嘉、周、夏批「部將」，嘉、夏批原作「後槽」，周批原作「曹操」。按：《後漢書·董卓列傳》：「韓遂走金城羌中，爲其帳下所殺。」《三國志·魏書·武帝紀》：「西平、金城諸將麴演、蔣石等共斬送韓遂首。」

來長安見操。操問之，楊阜曰：「馬超有呂布之勇，深得羌人之心。今丞相若不乘勢勦絶，他日養成氣力，隴上諸郡，非復國家之有也。望丞相且休回兵。」毛漁爲後文馬超奪隴西（張本）（伏線）。操曰：「吾本欲留兵征之，奈中原多事，南方未定，不可久留。君當爲孤保之。」阜領諾，又保薦韋康爲涼州刺史，同領兵屯冀城，以防馬超。毛爲後文楊阜破馬超張本。阜臨行，請於操曰：「長安必留重兵以爲後援。」操曰：「吾已定下，汝但〔五一〕放心。」阜辭而去。衆將皆問曰：「初賊據潼關，渭北道缺，丞相不從河東擊馮二音平。翊，而反守潼關，遷延日久而後北渡，立營固守，何也？」漁此處始應結前回事，前未有者，今又于問中補出，筆法無漏。○〈毛漁〉老賊用（兵）（計），每爲諸將（所）不（識）（知）。操曰：「初賊守潼關，若吾初到便取河東，賊必以各寨分守諸渡口，則河西不可渡矣。吾故盛兵皆聚於潼關前，使賊盡南守，而河西不准備，故徐晃、朱靈得渡也。吾然後引兵北渡，連車樹栅爲甬道，築冰〔五二〕城，欲賊知吾弱以驕其心，使不准備。吾乃巧用反間，畜士卒之力，一旦擊破之。正所謂『疾雷不及掩耳』。兵之變化，固非一道也。」毛郭嘉〔五三〕謂操「用兵如神」，信然。贊鍾都是賊智，賣弄他做恁〔五四〕。衆將又請問曰：「丞相每聞賊加兵添衆，則有喜色，何也？」操曰：「關中邊遠，若羣賊各依險阻，征之非一二年不可平復。今皆來聚〔五五〕一處，其衆雖多，人心不一，易於離間，一舉可滅，吾故喜也。」毛漁《孟德新書》雖不傳，只此一段，可當《新書》一則。鍾奸雄。衆將拜曰：「丞相神謀，衆不及也！」

〔五一〕「但」，光本作「且」。

〔五二〕「冰」，澹本、光本作「土」，齋本作「水」。

〔五三〕「郭嘉」，原作「荀彧」，毛校本同。按：前文第十八回郭嘉「十勝十敗之說」曰：「公以少克衆，用兵如神。」《三國志·魏書·郭嘉傳》裴注引《傅子》：「（郭嘉）對曰：『……公以少克衆，用兵如神。』」「荀彧」訛，據前文改。

〔五四〕贊批「都」「恁」，緑本作「操」「忘」。

〔五五〕「聚」，商本脫。

操曰：「亦賴汝衆文武之力。」遂重賞諸軍。留夏侯淵屯兵長安，所得降兵，分撥各部。夏侯淵保舉馮翊高陵人，姓張名既，字德容，爲京兆尹，與淵同守長安。操班師回都，獻帝排鑾駕出郭迎接。【毛】明明是迎賊，非迎討賊之人。【漁】天子出迎，漸漸説得不像了。詔操「贊拜不名，入朝不趨，劍履上殿」，如漢相蕭何故事。自此威震中外。【毛】以上按下曹操。以下接入張魯。

這消息播入漢中，早驚動了漢寧太守張魯。【漁】好接法。原來張魯乃沛國豐人。其祖張陵，在西川鵠鳴山中造作道書以惑人，人皆敬之。陵死之後，其子張衡行之。【三】一名修。百姓但有學道者，助米五斗，世號「米賊」。【毛】妙絶綽［五六］號。【三】［補註］與黃巾（賊）張角一（班）般。張衡死，張魯行之。【毛】張角與張魯，一箇横叙三人，一箇竪傳三世。一横一竪，前後遥遥相對。魯在漢中，自號爲「師君」，【毛】稱謂奇絶。其來學道者，皆號爲「鬼卒」，【毛】【漁】稱謂奇絶。爲首者號爲「祭酒」，【毛】愈出愈奇。領衆多者號爲「治頭大祭酒」，【毛】愈出愈奇。【三】即萬户侯之職。務以誠信爲主，不許欺詐。如有病者，即設壇使病人居於静室之中，自思己過，當面陳首，然後爲之祈禱，【贄】【鍾】今日琍瑪竇［五七］之學，亦甚（可疑）（似此）。〈【贄】〉留心世道者，用意察之，非小事也。主祈禱之事者，號爲「姦［五八］令祭酒」。【毛】愈出愈奇。祈禱之法，書病人姓名，説服罪之意，作文三通，名爲「三官手書」。一通放［五九］於山頂以奏天，一通埋於地以奏地，一通沉於水底以申水官。【毛】天公、地公、人公與天官、地

［五六］「綽」，貫本作「神」。

［五七］鍾批「竇」，原作「宝」。按：琍瑪竇，明萬曆十年（一五八二年）至三十八年（一六一〇年）去世，在中國傳教。據贄批改。

［五八］「姦」，滄本、光本、商本作「監」。

［五九］「放」，原作「在」，致本、業本、貫本同；商本作「存」，其他毛校本作「焚」。按：《三國志·魏書·張魯傳》裴注引《典略》曰：「作三通，其一上之天，著山上，其一埋之地，其一沉之水，謂之『三官手書』。」「埋」「沉」皆爲置物狀，「焚」不合；「在於」二字重。據明四本改。

官、水〔六〇〕官，前後又遥遥相對。如此之後，但病痊可，將米五斗爲謝。毛今之僧道替人家作好事，每以鋪燈鎮壇，騙人米粟，不若米賊之猶爲老實也。又蓋義舍：舍内飯米、柴火、肉食齊備，許過往人量食多少，自取而食，多取者受天誅。毛天只怕不管此等閒事。境内有犯法者，必恕三次，不改者，然後施刑。所在並無官長，盡屬祭酒所管，如此雄據漢中之地已三十年。國家以爲地遠不能征伐，就命魯爲鎮民中郎將〔六一〕，領漢寧太守，通進貢而已。毛張角稱「蒼天已死，黄天當立」，今張魯在漢中，亦別有一天。當年聞操〔六二〕破西凉之衆，威震天下，乃聚衆商議曰：「西凉馬騰遭戮，馬超新敗，曹操必將侵我漢中。我欲自稱漢〔六三〕寧王，毛何不竟稱「漢中大師君」「大祭酒」？督兵拒曹操，諸君〔六四〕以爲何如？」閻圃曰：「漢川之民，户出十萬餘衆，財富糧足，四面險固。今馬超新敗，西凉之民，從子午谷嘉地名。二子午谷，在今西安府城南〔六五〕一百里，谷中路南北，故名。奔入漢中者，不下數萬。愚意益州劉璋昏弱，不如先取西川四十一州〔六六〕爲本，然後稱王未遲。」鍾此計通得，但張魯非開疆拓土之人。張魯大喜，遂與弟張衛商議起兵。毛以上又按下張魯，以下接入劉璋。○張角有弟，張魯亦有弟。早有細作報入川中。

却説益州劉璋，字季玉，即劉焉之子，漢魯恭王之後。章帝元和中，徙封竟陵，支庶因居於此。後焉官至益州牧，興平元年患病疽而死，毛漁第一回中便以劉焉作引，至此方（纔）叙明〔六七〕來歷（，遥

〔六〇〕「水」，商本作「人」。

〔六一〕「民」，原作「南」，毛校本、夏本、贊本同。按：《三國志·魏書·張魯傳》：「漢末，力不能征，遂就寵魯爲鎮民中郎將，領漢寧太守。」據嘉本、周本改。

〔六二〕「操」上，商本有「曹」字。

〔六三〕「漢」上，商本有「爲」字。

〔六四〕「君」，致本、商本同，其他毛校本作「軍」。

〔六五〕周、夏批「南」，原作「都」。按：《一統志》：「子午谷，在府城南一百里，谷口路通南北，故名。」據改。

〔六六〕按：「四十一」之數無考；同第三十八回校記〔一七〕「縣」誤作「州」。成習，後文多處，不另出校。

〔六七〕毛批「明」，商本作「出」。

應前文）。州大吏〔六八〕趙韙㊂（韙，）音偉。等，共保璋爲益州牧。璋曾殺張魯母及弟，因此有讎。㊞毛 劉表與孫權有讎，劉璋與張魯有讎，彼此遥遥相對。○張魯、劉璋，在曹操青梅煮酒之時〔六九〕，劉備已說出兩人名字，至此方纔叙明來歷，亦遥應前文。㊞漁 張魯、劉璋，青梅論酒之時〔七〇〕已說出名字，今方補敘明白。璋使龐義爲巴西太守，以拒張魯。時龐義探知張魯欲興兵取川，急報知劉璋。璋平生懦弱，聞得此信，心中大憂，急聚衆官商議。忽一人昂然而出曰：「主公放心。某雖不才，憑三寸不爛之舌，使張魯不敢正眼來覷西川。」正是：

只因蜀地謀臣進，致引荊州豪傑來。

未知此人是誰，且看下文分解。

馬孟起的是可兒，忠義之後，復得英勇，亦天之所以報施善人處也。

孟德極恨馬超，只罵得他「馬兒」兩字。孟德極贊許褚，只叫得他「虎侯」兩字。「虎侯」「馬兒」，的的可作一對語也。

馬孟起奮戰「虎癡」，力敵五將，忠義之後，復得英勇，亦天之所以報施善人處也。

〔六八〕「州大吏」，原作「州太吏」，致本、業本、貫本、商本、周本、夏本、贊本同；齋本、濟本作「州太史」；光本作「益州太守」。按：《三國志·蜀書·劉二牧傳》：「州大吏趙韙等貪璋温仁。」據嘉本改。

〔六九〕「時」，光本訛作「是」。

〔七〇〕「時」，原作「事」。按：「事」不通，據衡校本改。

第六十回

張永年反難楊修
龐士元議取西蜀〔一〕

《孟德新書》或有以其不傳爲可惜者，不知兵不在書。即使其書傳，而書中之意，豈書之所能傳乎？得其書而化之，雖舊亦新；執其書而泥之，雖新亦舊。得其書中之意，則無以書爲也；不得其書中之意，則又何以書爲也？夫善兵者不言兵。曹操有書，而孔明無書，是以曹操之用兵不及孔明云。

張松暗暗把一西川欲送與曹操，曹操却白白把一西川讓與玄德。玄德以謙得〔二〕之，曹操以驕失之也。許攸狎侮曹操，而操獨能忍者，當未破袁紹之時，故〔三〕氣抑而善下；張松狎侮曹操，而操不能忍者，以既破馬超之後，故志滿而易驕耳。

文有隱而愈現者：張松之至荊州，凡子龍、雲長接待之禮，與玄德對答之言，明係孔明所教。篇中只寫子龍、只寫雲長、只寫玄德，更不敘孔明如何打點，如何指使，而令讀者心頭眼底，處處有一孔明在焉。真神妙之筆。

孔明深欲爲玄德取西川，又明知張松此來是賣西川，卻教玄德只做不知，憑他挑撥，並不提起，直待張松忍耐不住，自吐衷曲。最似今之巧於貿易者，極欲買是物，偏故作不欲買之狀，直待賣者求售，然後取之。寫來真是好看。

西川畫圖一軸，孔明在草廬時已曾取以示玄德，何待張松而後見之？曰：孔明之圖，不

〔一〕「龐士元議取西蜀」，商本「蜀」作「川」，明四本作「龐統獻策取西川」。
〔二〕「得」，原作「德」，致本、業本、貫本同。按：後句作「失之」，此句當作「得之」。據其他毛校本改。
〔三〕「故」，商本作「其」。

過形勢之大略也；張松之圖，必其險要曲折之詳備者也。大略雖已可見，而至於何處可以屯糧、何處可以伏兵，不有張松，安能知其詳哉！況將入一險峻之西川，則必有人焉爲之先容，爲之内應。是其得松，又不專在於得圖耳。

玄德迎張松之計，孔明教之；而取西川之謀，則龐統主之。何也？蓋孔明欲以守荆州之責自任，而特以取川之事委之龐統也。以荆州當吴、魏之衝，苟我方入川，而吴、魏乘虚來襲，將奈〔四〕之何？故劉璋之使不來，則西川不可入；荆州之守不重，則西川亦不可入。

當劉表之迎劉備也，忌之者蔡瑁一小人耳。至於劉璋欲迎，而黄權争之，李恢争之，劉巴争之，王累又以死争之：此數人者，皆君子也。未得孔明之前，則一小人之忌，幾爲其所中；兼得龐統之後，則衆君子之争，曾不以爲憂。得士者昌，於兹益信。

却説那進計於劉璋者，乃益州别駕，姓張名松，字永年。其人生得額钁【三】音决。頭尖，鼻偃齒露，身短不滿五尺，言語有若銅鐘。【毛】龐統貌醜〔五〕，張松亦貌醜，〈【毛】【漁】〉可見以貌取人者，不可以相天下士。劉璋問曰：「别駕有何高見，可解張魯之危？」松曰：「某聞許都曹操，掃蕩中原，吕布、二袁皆爲所滅，近又破馬超，天下無敵矣。主公可備進獻之物，松親往許都，説曹操興兵取漢中，以圖張魯。則魯拒敵不暇，何敢復窺蜀中耶？」【毛】張松看得曹操中意，誰知後來却是不然。【鍾】松欲賣國與操，是不知邪正也。劉璋大喜，收拾金珠錦綺，爲進獻之物，遣張松爲使。松乃暗畫西川地理圖本藏之，【毛】畫圖爲記，永年張鋪出賣西川，不誤主顧。【贄】賊。【鍾】便有心了。帶從人數騎，取路赴許都。早有人報入荆州，孔明便使人入許都打探消息。【毛】【漁】有此一句，暗爲下文伏線。

〔四〕「奈」，光本、商本作「如」。

〔五〕「醜」，齋本、光本作「陋」，後一處同。

却説張松到了許都，館驛中住定，每日去相府伺候，求見曹操。原來曹操自破馬超回，傲睨二音宜。得志，每日飲宴，無事少出，國政皆在相府商議。張松候了三日，方得通姓名，左右近侍先要賄賂，却纔引入。毛此蘇秦所謂「因鬼見帝」者也。然〈毛漁〉走謁大人（之門）者，往往如此，豈獨曹操爲然哉！操坐於堂上，松拜畢，操問曰：「汝主劉璋連年不進貢，何也？」松曰：「爲路途艱難，賊寇竊發，不能通進。」操叱曰：「吾掃清中原，有何盜賊？」毛好言太平，而惡言盜賊者，秦之趙高、宋之賈似道則然，不謂曹操亦作此語。漁自爲曹賊，最忌人説「賊」字。松曰：「南有孫權，北有張魯，西有劉備，至少者亦帶甲十餘萬，豈得爲〔六〕太平耶？」毛漁搶白得好。鍾切（骨）之言。操先見張松人物猥瑣，五分不喜，又聞語言衝撞，遂拂袖而起，轉入後堂。毛曹操不以貌陋輕龐統，獨以貌陋輕張松，何也？蓋龐統詼之，而張松觸之也。左右責松曰：「汝爲使命，何不知禮，一味衝撞？幸得丞相看汝遠來之面，不見罪責。汝可急急〔七〕回去！」松笑曰：「吾川中無諂佞之人也。」毛身雖短，言〔八〕則長。漁語言甚壯。而忽〔九〕堦下一人大喝曰：「汝川中不會諂佞，吾中原豈有諂佞者乎？」

松觀其人，單眉細眼，貌白神清。毛漁一俊一醜，相形好看。問其姓名，乃太尉楊彪之子楊修，字德祖，現爲丞相門下倉曹屬主簿〔一〇〕。此人博學能言，智識〔一一〕過人。松知修是箇舌辨之士，有心難之。修亦自恃其才，小覷天下之士。當時見張松言語譏諷，遂邀出外面書院中，分賓主而坐，謂

〔六〕「爲」，齋本、光本作「謂」。
〔七〕「急」，商本作「速」。
〔八〕「身」「言」上，光本皆有「其」字。
〔九〕「而忽」，光本、商本倒作「忽而」，明四本作「忽然」。
〔一〇〕「德祖」，原作「祖德」，致本同。按：《三國志·魏書·曹植傳》裴注引《典略》曰：「楊脩字德祖，太尉彪子也。謙恭才博。建安中，舉孝廉，除郎中，丞相請署倉曹屬主簿。」據其他古本改。「倉曹屬主簿」，原作「掌庫主簿」，毛校本同；明四本作「掌内外倉庫主簿」，據《三國志》改。
〔一一〕「識」，商本作「見」。

松曰：「蜀道崎嶇，遠來勞苦。」松曰：「奉主之命，雖赴湯蹈火，弗敢辭也。」修問：「蜀中風土何如？」松曰：「蜀爲西川〔一二〕，古號益州。路有錦江之險，地連劒閣之雄。回還〔一三〕二百八程，縱橫三萬餘里。雞鳴犬吠相聞，市井閭閻不斷。田肥地茂，歲無水旱之憂；國富民豐，時有管絃之樂。所産之物，阜如山積。天下莫可及也！」毛漁張松（口中）誇示之語，亦抵得一幅畫圖。修又問曰：「蜀中人物如何？」松曰：「文有相如之賦，武有伏波之才，醫有仲景之能，卜有君平之隱。二考證補註漢司馬相如，字長卿，成都〔一四〕人。少好讀書，武帝中奏《大人賦》〔一五〕，帝稱有飄飄凌雲意。○管仲〔一六〕，潁陽人，名夷吾，相桓公。九合諸侯，一匡天下，管仲之力也。○樂毅，靈壽人，燕昭王以（爲）亞卿（伐齊），下（齊）七十餘城，封爲昌國君。○漢張仲景，精扵醫藥，著有《傷寒雜病論》〔一七〕行扵世。○漢嚴君平卜筮扵成都，裁數人，得百錢足以相養，則閉肆下簾而授《老子》。揚雄少從孛焉。九流三教，『出乎其類，拔乎其萃』者，不可勝計〔一八〕，豈能盡數！」毛漁既誇地靈，又誇人傑。修又問曰：「方今劉季玉手下，如公者還有幾人？」松曰：「文武全才，智勇足備，忠義慷慨〔一九〕之士，動以百數。如松不才之輩，車載斗量，不可勝計。」毛漁既誇先賢，又誇時俊。修曰：「公近居何職？」松曰：「濫充別駕之任，甚不稱職。敢問

〔一二〕「西川」，原作「西郡」，致本、業本、貫本、齋本、滄本、明四本同。按：「西川」義長，據光本、商本改。

〔一三〕「還」，滄本、光本、商本作「環」。

〔一四〕周批「成都」，原作「成郡」，形訛，據夏批改。

〔一五〕周、夏批「大人賦」，原作「天人賦」，形訛。

〔一六〕周批「管仲」，原作「菅仲」，形訛，據夏批改，後同。按：明四本系正文作「武有管、樂之才」，毛本「管樂」作「伏波」。

〔一七〕周、夏批「傷寒雜病論」，原作「傷寒活人書」。按：東漢末張仲景著《傷寒雜病論》，宋朱肱撰《無求子傷寒百問》，又名《南陽活人書》《無求子傷寒活人書》。據改。

〔一八〕「計」，原作「記」，致本、業本、貫本、滄本、商本、夏本、贊本同。據其他古本改，後一處同。

〔一九〕「慷慨」，原作「慨慷」，致本同，嘉本、周本作「慨然」。按：「慷慨」義正，據其他古本乙正。

公爲朝廷何官？」修曰：「見爲丞相府主簿。」松曰：「久聞公世代簪纓，何不立於廟堂，輔佐天子，乃區區作相府門下一吏乎？」【毛】孔融稱楊彪「四世清德」〔二〇〕，而其子乃爲曹操所用。且操曾執辱楊彪，而修曾不以爲嫌，宜其爲松笑耳。【贄】問得妙。【漁】當面笑嘲。楊修聞言，滿面羞慚，强顏而答曰：「某雖居下寮，丞相委以軍政錢糧之重，早晚多蒙丞相教誨，極有開發，故就此職耳。」【毛】不曰附操之勢，而曰服操之才，亦是勉〔二一〕强支吾之語。【漁】不得不勉強支吾矣。松笑曰：「松聞曹丞相，文不明孔、孟之道，武不達孫、吴之機，專務强霸而居大位，安能有所教誨，以開發明公耶？」【毛】【漁】既笑楊修，又笑曹操，妙甚，惡甚。【贄】壓倒老奸，更〔二二〕有手段。修曰：「公居邊隅，安知丞相大才乎？吾試令公觀之。」呼左右於篋中取書一卷，以示張松。松觀其題曰「孟德新書」，從頭至尾，看了一遍，共一十三篇，皆用兵之要法。【毛】曹操以兵爲書，張松又以舌〔二三〕爲兵。松看畢，問曰：「公以此爲何書耶？」修曰：「此是丞相酌古準今，倣《孫子》十三篇而作。【毛】若倣十三篇，便不得謂之《新書〔二四〕》。公欺丞相無才，此堪以傳後世否？」松大笑曰：「此書吾蜀中三尺小童亦能暗誦，何爲『新書』？此是戰國時無名氏所作，曹丞相盜竊以爲己能，止好瞞足下耳！」【毛】【漁】今之盜竊他人文字以爲己有者（多矣）（，恨不令張永年見之）。【贄】更妙，也須得他記問，方好顛倒人〔二五〕。【鍾】顛倒時（流）。修曰：「丞相秘藏之書，雖已成帙，未傳於世。公言蜀中小兒暗誦如流，何相欺乎！」松曰：「公如不信，吾試誦之。」遂將《孟德新書》，從頭至尾朗誦一遍，並無一字差錯。【毛】不是曹操蹈襲他人文，却是曹操之文，

〔二〇〕按：《三國志·魏書·崔琰傳》裴注引西晉司馬彪《續漢書》：孔融往見太祖曰：『楊公累世清德，四葉重光。』
〔二一〕「勉」，光本訛作「免」。
〔二二〕「壓」「更」，緑本闕。
〔二三〕「舌」，貫本作「言」。
〔二四〕「書」，商本作「法」。
〔二五〕原葉殘，作「顛倒」，緑本「得」作「待」，據吴本補。

〈毛漁〉（却）被張松蹈襲去（了）（矣）。贊好記問。〔二六〕修大驚曰：「公過目不忘，真天下奇才也！」後人有詩讚曰〔二七〕：

古怪形容異，清高體貌疎。
語傾三峽水，目視十行二音杭。書。
膽量魁西蜀，文章貫太虛。
百家并諸子，一覽更無餘。

當下張松欲辭回。修曰：「公且暫居館舍，容某再稟丞相，令公面君。」松謝而退。修入見操曰：「適來丞相何慢張松乎？」操曰：「語言不遜，吾故〔二八〕慢之。」修曰：「丞相尚容一禰衡，何不納張松？」毛漁照應二十三回中事。操曰：「禰衡文章播於當今，吾故不忍殺之。松有〔二九〕何能？」贊老賊，老賊，□□殺楊。〔三〇〕修曰：「且無論其口似懸河，辨才無礙，適修以丞相所撰《孟德新書》示之，彼觀一遍，即能暗誦，如此博聞强記，世所罕有。松言此書乃戰國時無名氏所作，蜀中小兒皆能熟記。」操曰：「莫非古人與我暗合否〔三一〕？」贊鍾（老賊）脚軟了。令扯碎其書燒之。毛今人文字，多有暗合古人者，却不肯學曹操之燒之也。二考證《孟德新書》不可考，今《孫子兵法》有魏武帝註，疑即此書。至〈三〉柴世宗時方（有）刊板（舊本《三國志》）。〈嘉〉舊本書作板，差矣。今《孫武子》止有魏武帝註。修曰：「此人可使面君，教見天朝氣象。」操曰：「來日我於西教場點軍，汝可先引他來，使見我軍容之盛，毛楊修誇之以文，曹操又耀之以武。漁張松所恃者文，曹操所耀者武。教他回去傳說：吾即日下了江南，便來收川。」

〔二六〕「好記問」，原葉殘，三壞字，據贊校本補。
〔二七〕毛本後人讚詩改自贊本；鍾本同贊本，贊本同明三本；漁本無。
〔二八〕「語言」，光本、周本、贊本作「言語」。「故」，光本作「欲」。
〔二九〕「有」，商本作「又」。
〔三〇〕「老賊，老賊，□□殺楊」，原六字漫漶，只存第三、四字「老賊」；吳本存第三、四、七、八字「老賊」「殺楊」；緑本、藜本闕第五、六字。據贊校本補。
〔三一〕「合否」二字原闕，醉本手寫補入「合急」二字。據毛校本補。

修領命。

至次日，與張松同至西教場。操點虎衛雄兵五萬，布於教場中。果然盔甲鮮明，衣袍燦爛；金鼓震〔三二〕天，戈矛耀日；四方八面，各分隊伍；旌旗颺彩，人馬騰空。松斜目視之。毛漁（斜目便有傲睨）（驕傲）不屑之意。良久，操喚松指而示曰：「汝川中曾見此英雄人物否？」松曰：「吾蜀中不曾見此兵革，但以仁義治人。」毛漁妙甚，惡甚。〈毛〉○文不足以動之，而欲以武動之，曹操已低一着。鍾英雄語。操變色視之，松全無懼意，楊修頻以目視松。操謂松曰：「吾視天下鼠輩，猶草芥耳。大軍〔三三〕到處，戰無不勝，攻無不取，順吾者生，逆吾者死。汝知之乎？」松曰：「丞相驅兵到處，戰必勝，攻必取，松亦素知。昔日濮陽攻吕布之時，宛城戰張繡之日；赤壁遇周郎，華容逢關羽；割鬚棄袍於潼關，奪船避箭於渭水：此皆無敵於天下也！」毛漁當面嘲笑，亦大快心。〈毛〉聞此數語，《新書》即不暗合古人，亦當燒矣。贄鍾張松的是妙人。操大怒曰：「豎儒怎敢揭吾短處！」喝令〔三四〕左右推出斬之。楊修諫曰：「松雖可斬，奈〔三五〕從蜀道而來入貢，若斬之，恐失遠人之意。」操怒氣未息。荀彧亦諫，操方免其死，令亂棒打出。毛漁有此一翻受侮，愈襯下文之妙。

松歸館舍，連夜出城，收拾回川。松自思曰：「吾本欲獻西川州郡〔三六〕與曹操，誰想如此慢人！毛把一箇西川亂棒打落了。贄鍾老奸却送西川與玄德也。我來時於劉璋之前開了大口，今日怏怏空回，須被蜀中人所笑。吾聞荊州劉玄德仁義遠播久矣，不如徑由那條路回，試看此人如何，我自有主見。」毛一箇主顧不着，只得再尋一箇。漁再尋主顧之意。於是

〔三二〕「震」，商本作「喧」。
〔三三〕「軍」，商本作「兵」。
〔三四〕「令」，商本脱。
〔三五〕「奈」，商本作「既」，明四本作「奈何」。
〔三六〕「郡」，齋本、光本作「縣」。

乘馬引僕從望荊州界上而來。前至南郡〔三七〕界口，忽見一隊軍馬，約有五百餘騎，爲首一員大將，輕妝軟扮，勒馬前問曰：「來者莫非張别駕乎？」松曰：「然也。」那將慌忙下馬，聲喏曰：「趙雲等候多時。」【毛】明明是孔明調遣，妙在不叙出來，令讀者自知之。松下馬荅禮曰：「莫非常山趙子龍乎？」雲曰：「然也。某奉主公劉玄德〔三八〕命，爲大夫遠涉路途，鞍馬驅馳，特命趙雲聊奉酒食。」言罷，軍士跪奉酒食，雲敬進之。【毛】【漁】極其恭敬，（務〔三九〕）與曹操相反。松自思曰：「人言劉玄德寬仁愛客〔四〇〕，今果如此。」【毛】【漁】（俱）（皆）在孔明算中。【贊】【鍾】此是孔明妙用，正要形容孟德短〔四一〕處也。遂與趙雲飲了數杯，上馬同行，來到荊州界首。是日天晚，前到館驛，見驛門外百餘人侍立，擊鼓相接。一將於馬前施禮曰：「奉兄長將令，爲大夫遠涉風塵，令關某灑掃驛庭，以待歇宿。」【毛】又明明是孔明調遣〔四二〕，妙在只不叙明，令讀者自知之。【漁】二人俱係孔明差遣，妙在俱不説明。松下馬，與雲長、趙雲同入館舍，講禮叙坐。須臾排上酒筵〔四三〕，二人殷勤相勸。【毛】又極其恭敬，務與曹操相反。飲至更闌，方始罷席，宿了一宵。

次日早膳畢，上馬行不到三五里，只見一簇人馬到，乃是玄德引著伏龍、鳳雛，親自來接。遥見張松，早先下馬等候，【毛】【漁】非敬張松（也），（寔）敬西川耳。松亦慌忙下馬相見。玄德曰：「久聞大夫高名，如雷灌耳。恨雲山迢〔四四〕遠，不得聽教。今聞

〔三七〕「南郡」，原作「郢州」，古本同。按：《三國志·魏書·文帝紀》：黄初二年（二二一年）「荊州江北諸郡爲郢州」。後世郢州有二：其一西魏始置，治所今湖北省鍾祥市，東漢屬南郡；其二南朝宋置，治所今武漢市武昌區（長江南岸），屬江夏郡。劉備據荊州時，無「郢州」，治公安縣。依地理位置，自許昌至劉備處應途經「南郡」。據改。

〔三八〕「德」下，光本、商本有「之」字。

〔三九〕毛批「務」，貫本作「便」。

〔四〇〕「客」，商本作「物」。

〔四一〕贊批「短」，緑本作「惡」。

〔四二〕「調遣」二字原闕，據毛校本補。

〔四三〕「筵」，齋本、光本作「食」，明四本無。

〔四四〕「迢」，明三本作「遥」。

回都，專此相接。倘蒙不棄，到荒州暫歇片時，以敘渴仰之思，實爲萬幸！」【毛】非請張松，直請得一箇西川來了。松大喜，遂上馬並轡入城。至府堂上，各各敘〔四五〕禮，分賓主依次而坐，設宴款待。飲酒間，玄德只説閒話，並不提起西川之事。【毛】【漁】孔明教法（絶）妙（絶）。【贊】妙，妙。【鍾】玄德、永年，兩個都是有心人。松以言挑之曰：「今皇叔守荊州，還有幾郡？」孔明荅曰：「荊州乃暫借東吳的，每每使人取討。今我主因是東吳女壻，故權且在此安身。」【毛】【漁】却用孔明回荅，妙甚。【鍾】孔明柔勝。松曰：「東吳據六郡八十一州，民强國富，猶且不知足耶？」龐統曰：「吾主漢朝皇叔，反不能占據州〔四六〕郡，其他皆漢之蟊【嘉】音毛。【二】音謀。賊，却都恃强侵占地土，惟智者不平焉。」【毛】又换龐統回荅，妙甚。孔明只言玄德無處安身，龐統便言他人合當相讓。一吹一唱，大家説著啞謎。【贊】都是賊。【鍾】士元剛勝。玄德曰：「二公休言，吾有何德，敢多望乎？」【毛】龐統不平之語，漸漸説得近了，却用玄德一語漾開去。妙甚。【漁】孔明只言玄德無處安身，龐統便言他人合當相讓，而玄德一語漾開去，妙甚。松曰：「不然。明公乃漢室宗親，仁義充塞乎四海。休道占據州郡，便代正統而居帝位，亦非分外。」玄德拱手謝曰：「公言太過，備何敢當！」【毛】【漁】玄德一味謙遜，（只不攏來）（總不提起）。妙甚。【贊】好妙。

自此一連留張松飲宴三日，並不提起川中之事。【毛】三日後還不提起，妙甚。【鍾】種種有心。松辭去，玄德於十里長亭設宴送行。玄德舉酒酌松曰：「甚荷大夫不外〔四七〕，留敘三日，今日相别，不知何時再得聽教。」【毛】到西川來領〔四八〕教便了。言罷，潸然【三】音山（然）。淚下。【毛】【漁】非爲張松而淚，爲西川而淚也。張松自思：「玄德如此寬仁愛士，安可捨之？不如説之，令取西川。」乃言曰：「松亦思朝暮趨侍，恨未有便耳。松觀荊州：東有孫權，常懷虎踞，

〔四五〕「敘」，齋本、光本作「施」，明四本無。
〔四六〕「州」，光本訛作「兩」。
〔四七〕「外」，齋本、光本、商本作「棄」。
〔四八〕「領」，商本作「聽」。

北有曹操，每欲鯨吞，亦非可久戀之地也。」毛只説荆州不可居，尚未説出西川來，亦自覺引路。玄德曰：「故知如此，但未有安跡之所。」毛以言釣之。漁松漸漸引路，玄德便以言挑之。松曰：「益州險塞，沃野千里，民殷國富。智能之士久慕皇叔之德。若起荆襄之衆，長驅西指，霸業可成，漢室可興矣。」毛至此更耐不得，只得和盤託出。漁此時和盤托出。玄德曰：「備安敢當此？劉益州亦帝室宗親，恩澤布蜀中久矣，他人豈可得而動摇乎？」毛張松明明説出，已是極力相就矣。〈毛漁〉（妙在）玄德又用一語漾開〔四九〕（去）（，妙）。鍾一味謙遜。松曰：「某非賣主求榮，毛實實是此四字，偏要先辨白一句，亦自覺口重耳。漁（明係賣主求榮，反説不是，可笑。）今遇明公，不敢不披瀝肝膽。劉季玉雖有益州之地，稟性暗弱，不能任賢用能，加之張魯在北，時思侵犯，人心離散，思得明主。贊鍾他已知〔五〇〕之久矣。松此一行，專欲納款於操，何期逆賊恣逞奸雄，傲賢慢士，故特來見明公。毛不打自招，盡情説出。明公先取西川爲基，然後北圖漢中，收取中原，匡正天朝，名垂青史，功莫大焉。明公果有取西川之意，松願施犬馬之勞，以爲内應。未知鈞意若何？」毛漁連日殷勤相待，正爲要釣他這幾句話。玄德曰：「深〔五一〕感君之厚意。奈劉季玉與備同宗，若攻之，恐天下人唾罵。」毛漁（又推）（玄德轉）調〔五二〕一句。妙甚。松曰：「大丈夫處世，當努力建功立業，著鞭在先。今若不取，爲他人所取，悔之晚矣。」毛皆〔五三〕是孔明、龐統意中之語，却偏要逼〔五四〕張松口中説出。妙甚。玄德曰：「備聞蜀道崎嶇，千山萬水，車不能方軌，馬不能聯轡，雖欲取之，用何良策？」毛漁（此處方纔應承，）却便要釣他這本畫圖出來。松於袖中取出一圖，遞與玄

〔四九〕毛批「開」上，齋本、光本有「了」字。
〔五〇〕鍾批「已知」，原作「知已」，不通，據贊批乙正。
〔五一〕「深」，光本作「雖」。
〔五二〕毛批「調」，致本同，其他毛校本作「開」。
〔五三〕「皆」，商本作「實」。
〔五四〕「逼」，齋本、滄本、光本作「迫」。

德曰：「松感明公盛德，敢獻此圖。但看此圖，便知蜀中道路矣。」毛漁孔明用計至此，大事已畢。贊鍾爲他弄得到手了。〔五五〕玄德略展視之，上面盡寫著地理行程，遠近濶狹，山川險要，府庫錢糧，一一俱載明白。松曰：「明公可速圖之。松有心腹契友二人：法正、孟達。此二人必能相助，如二人到荆州〔五六〕時，可以心事共議。」毛漁又引出（兩）（二）人來（，一同做賊）。玄德拱手謝曰：「青山不老，緑水長存。他日事成，必當厚報。」松曰：「松遇明主，不得不盡情相告，豈敢望報乎？」説罷作別。毛極似迎賓館中説分上者，直待臨別時，方纔吐〔五七〕露來意。孔明命雲長等護〔五八〕送數十里方回。

張松回益州，先見友人法正。正字孝直，扶風郿人〔五九〕也，賢士法真之孫〔六〇〕。松見正，備説：「曹操輕賢傲士，只可同憂，不可同樂。吾已將益州許劉皇叔矣，專欲與兄共議。」毛漁輕輕將一國賣與人了。法正曰：「吾料劉璋無能，已有心見劉皇叔久矣。此心相同，又何疑焉？」鍾法正亦知人。少頃，孟達至。達字子慶，與法正同鄉。達入，見正與松密語，達曰：「吾已知二公之意。將欲獻益州耶？」松曰：「是欲如此。兄試猜之，合獻與誰？」達〔六一〕曰：「非劉玄德不可。」鍾孟達亦知人。三人撫掌大笑。毛做買賣歸，又合著夥〔六二〕了。漁三人合夥賣國。法正謂松曰：「兄明日見劉璋，當若何？」

〔五五〕贊批原闕第一、二、四字，據贊校本補。

〔五六〕「州」，商本脱。

〔五七〕「吐」字原闕，其他毛校本作「一」。按：「吐」字義合，據致本補。

〔五八〕「護」字原闕，明四本作「皆」，據毛校本補。

〔五九〕「扶風郿人」，原作「右扶風郡人」，古本同。按：清代潘眉《三國志攷證》（以下簡稱《攷證》）卷六：「郡例不書『左右』。」「《馬超傳》『右扶風』同誤。」《後漢書·劉焉傳》李注引《蜀志》：「法正字孝直，扶風郿人也。」《攷證》曰：「章懷所見者古本也，此『右』字係後人妄增。」毛本「郿」形訛作「郡」，據刪、改。

〔六〇〕「孫」，原作「子」，古本同。按：《三國志·蜀書·法正傳》：「祖父真，有清節高名。」裴注引西晉摯虞《三輔決録注》：「正父衍，字季謀，司徒掾、廷尉左監。」據改。

〔六一〕「誰達」二字原闕，據毛校本補。

〔六二〕毛批「夥」，致本同，其他毛校本作「夥計」。

松曰：「吾薦二公爲使，可往荆州。」毛不用法、孟二人請往，〈毛漁〉却用張松薦之。妙。二人應允。

次日，張松見劉璋。璋問：「幹事若何？」松曰：「操乃漢賊，欲篡天下，不可爲言。彼已有取川之心。」毛漁先將取川諕〔六三〕他。璋曰：「似此如之奈何？」松曰：「松有一謀，使張魯、曹操必不敢輕犯西川。」毛不即説何計，待他自問。璋曰：「何計？」松曰：「荆州劉皇叔，與主公同宗，仁慈寬厚，有長者風。赤壁鏖兵之後，操聞之而膽裂，何況張魯乎？主公何不遣使結好，使爲外援，可以拒曹操、張魯矣。」毛漁不須玄德自來，却使劉璋去請，可〔六四〕謂善於賣國矣。璋曰：「吾亦有此心久矣。誰可爲使？」松曰：「非法正、孟達不可往也。」璋即召二人入，修書一封，令法正爲使，先通情好；次遣孟達領精兵五千，迎玄德入川爲援。正商議間，一人自外突入，汗流滿面，大叫曰：「主公若聽張松之言，則四十一州郡，已屬他人矣！」松大驚，視其人，乃巴西閬毛側音郎。中〔六五〕人，姓黄名權，字公衡，見爲劉璋府下主簿。毛漁黄權後亦從劉備，而此時則忠於劉璋。璋問曰：「玄德與我同宗，吾故結之爲援，汝何出此言？」權曰：「某素知劉備寬以待人，柔能克剛，英雄莫敵。鍾黄權老成。遠得人心，近得民望，兼有諸葛亮、龐統之智謀，關、張、趙雲、黄忠、魏延爲羽翼。若召到蜀中，以部曲待之，劉備安肯伏低做小？毛漁與郭嘉之度劉表，其語相同。若以客禮待之，又一國不容二主。今聽臣言，則西蜀有泰山之安；不聽臣言，則主公有纍卵之危矣。張松昨從荆州過，必與劉備同謀。毛贊漁（其言）（其言）如見。可先斬張松，後絶劉備，則西川萬幸也。」鍾如是。璋曰：「曹操、張魯到來，何以拒之？」權曰：「不如閉境絶塞，深溝高壘，以待時

〔六三〕毛批「諕」，光本作「嚇」。

〔六四〕毛批「可」，致本同，其他毛校本作「亦可」。

〔六五〕「巴西閬中」，原作「西閬中巳」，業本同；其他古本作「西閬中巴」。按：《三國志·蜀書·黄權傳》：「黄權字公衡，巴西閬中人也。」據乙正。

清。」贊鍾（是〔六六〕，）大是。璋曰：「賊兵犯界，有燒〔六七〕眉之急，若待時清，則是慢計也。」遂不從其言，遣法正行。又一人阻〔六八〕曰：「不可！不可！」璋視之，乃帳前從事官王累也。毛韓馥欲招袁紹，耿武、閔純諫之；劉璋欲招玄德，而黃權、王累諫之：前後正復相類。漁王累亦忠於劉璋。累頓首言曰：「主公今聽張松之説〔六九〕，自取其禍。」璋曰：「不然。吾結好劉玄德，實欲拒張魯也。」累曰：「張魯犯界，乃癬疥之疾；劉備入川，是〔七〇〕心腹之大患。況劉備世之梟雄，先事曹操，便思謀害；後從劉表〔七一〕，便奪荊州。心術如此，安可同處乎？今若召來，西川休矣！」毛漁王累之言更切〈毛〉於黃權，故其後黃權不死，而王累獨死。贊鍾（王累）至言（，至言），但不知天意，不識人事耳。〔七二〕璋叱曰：「再休亂道〔七三〕！玄德是我同宗，他安肯奪我基業？」便教扶二人出。遂命法正便行。

法正離益州，逕取荊州，來見玄德。參拜已畢，呈上書信。玄德拆封視之，書曰〔七四〕：

族弟劉璋再拜，致書於玄德宗兄將軍麾下：久伏電天，蜀道崎嶇，未及齎貢，甚切惶愧。璋聞「吉凶相救，患難相扶」，朋友尚然，況宗族乎？今張魯在北，旦夕興兵，侵犯璋界，甚不自安。專人謹奉尺書，上乞鈞聽。倘念同宗之情，全手足之義，即日興師勦滅狂寇，永爲脣齒，自有重酬。毛漁即以西川酬之。書不盡言，耑候車騎。

〔六六〕贊批「是」上，緑本有「大」字。

〔六七〕「燒」，光本、商本作「燃」。

〔六八〕「阻」，商本作「出」，明三本作「阻而諫」，贊本作「阻而言」。

〔六九〕「説」，商本作「意」。

〔七〇〕「是」，致本同，其他毛校本作「乃」。

〔七一〕「劉表」，原作「孫權」，毛校本、贊本同；明三本作「吴侯」。按：劉備未嘗從孫權，荊州本屬劉表。與前句「事曹操」「思謀害」相對，後應作「從劉表」「奪荊州」。

〔七二〕原葉殘，脱此句贊批，據贊校本補。

〔七三〕「再休」，光本、商本倒作「休再」。「道」，商本作「言」。

〔七四〕毛本劉璋書信改自贊本。鍾本、漁本同贊本，周本、夏本、贊本改自嘉本。

玄德看畢大喜，設宴相待法正。酒過數巡，玄德屏退左右，密謂正曰：「久仰孝直英名，張別駕多談盛德。今獲聽教，甚慰平生。」【毛】前張松初來，再三推調〔七五〕，今日却急於自說矣。前緩後急，變化不同。法正謝曰：「蜀中小吏，何足道哉！蓋聞馬逢伯樂而嘶，【二】【補註】《後漢》語曰：騏驥，良馬也。困於塩車（負〔七六〕），而上虞坂見伯樂而長鳴，知其識己也。人遇知己而死。張別駕昔日之言，將軍復有意乎？」【毛】【漁】（只消）將張松語一提，不必（更說）自家（話〔七七〕）（說矣）。玄德曰：「備一身寄客，未嘗不傷〔七八〕感而歎息。嘗思鷦鷯尚存一枝，【二】【補註】鷦鷯，鳥之極小者。李義府〔七九〕《咏鳥》云：「上林如許〔八〇〕樹，不借一枝棲」。狡兔猶藏三窟，【二】【補註】戰國馮諼曰：狡兔三窟〔八一〕，僅得免死。何況人乎？【贊】【鍾】言之悽楚，自然動人不平之思。蜀中豐餘之地，非不欲取，奈劉季玉係〔八二〕備同宗，不忍相圖。」【毛】既言欲得西川，却又假意推調〔八三〕。【漁】却又假意相推。法正曰：「益州天府之國，非治亂之主，不可居也。今劉季玉不能用賢，此業不久必屬他人。今日自付與將軍，不可錯失。豈不聞『逐兔先得』之語〔八四〕乎？將軍欲取，某當效死。」【毛】【漁】前得畫圖〔八五〕，今又得一鄉導。玄德拱手謝曰：「尚容商議。」

當日席散，孔明親送法正歸館舍。玄德獨坐沉吟，龐統進〔八六〕曰：「事當决而不决者，愚人

〔七五〕「調」，澮本、光本作「托」。

〔七六〕周批「困」「負」，原作「因」「員」。按：《後漢書·馬援列傳》李注引西漢桓寬《鹽鐵論》曰：「騏驥負鹽車，垂頭於太行之坂，見伯樂則噴而長鳴。」據改。

〔七七〕「話」，澮本作「語」。

〔七八〕「傷」，商本作「相」。

〔七九〕周、夏批「府」，原訛作「父」，酌改。

〔八〇〕「如許」，原作「多少」，據《全唐詩》原句改。

〔八一〕「戰國馮諼曰狡兔三窟」，原作「後漢馬援曰狡兔三穴」。按：西漢劉向編《戰國策·齊策四》：「馮諼曰：『狡兔有三窟，僅得免其死耳。』」據改。

〔八二〕「係」，澮本、商本作「與」，明四本無。

〔八三〕「調」，光本作「托」。

〔八四〕「語」，光本作「説」。

〔八五〕毛批「畫圖」，光本倒作「圖畫」。

〔八六〕「進」，商本作「謂」，明四本作「不退笑而言」。

也。主公高明，何多疑耶？」【贊】玄德何嘗疑來。玄德問曰：「以公之意，當復何如？」統曰：「荆州東有孫權，北有曹操，難以得志。【鍾】爲之一哭。益州户口百萬，土廣財富，可資大業。今幸張松、法正爲内助，此天賜也，何必疑哉？」【毛】如范蠡「天以吴賜越」之語。玄德曰：「今與吾水火相敵者，曹操也。操以急，吾以寬；操以暴，吾以仁；操以譎，吾以忠：每與操相反，事乃可成。【毛】【漁】不忍取劉表，正是此意。【贊】此等都是玄德奸雄處，人不知耳。〇當時欺同朝，後日（遏）欺史官、天下人。真可笑也。〔八七〕若以小利而失信義於天下，吾不忍也。」【鍾】仁義（勝操），藹然如見。龐統笑曰：「主公之言，雖合天理，奈離亂之時，用兵争强，固非一道。若拘執常理，寸步不可行矣，宜從權變。且『兼弱攻昧』『逆取順守』，湯、武之道也。若事定之後，報之以義，封爲大國，何負於信？【毛】【漁】（此處説封以大國，）後乃欲襲殺之於涪城，何耶？【贊】【鍾】（龐士元）千古至言。〈【贊】〉非腐物所能知也。今日不取，終被〔八八〕他人取耳。主公幸熟思焉。」玄德乃恍然曰：「金石之言，當銘肺腑。」於是遂請孔明，同議起兵西行。孔明曰：「荆州重地，必須分兵守之。」玄德曰：「吾與龐士元、黄忠、魏延前往西川，軍師可與關雲長、張翼德、趙子龍守荆州。」孔明應允。【毛】【漁】取川之謀，（惟）龐統力勸；収川之事，亦〔八九〕（惟）龐統任之耳。於是孔明總守荆州；關公拒襄陽要路，當青泥隘口；張飛領四郡巡江；趙雲屯江陵，鎮公安。玄德令黄忠爲前部，魏延爲後軍，玄德自與劉封、關平在中軍，龐統爲軍師，馬步兵五萬，起程西行。臨行時，忽廖化引一軍來降，【毛】【漁】二十七回中所伏之人，於此（處）始來。玄德便教廖化輔佐雲長，以拒曹操。

是年冬月，引兵望西川進發。行不數程，孟達

〔八七〕原兩句多字漫漶，緑本脱「當時」至「真可笑也」句，據吴本補。「天下人」，原作「天下之」，吴本同，語句不通，當作「人」，酌改。

〔八八〕「被」，商本作「爲」。

〔八九〕毛批「収」，致本、貫本作「取」。「亦」，光本作「又」。

接著，拜見玄德說：「劉益州令某〔九〇〕領兵五千遠來迎接。」玄德使人入益州，先報劉璋。璋便發書告報沿途郡縣〔九一〕，供給錢糧。璋欲自出涪毛側二音浮。城，親接玄德，即下令准備車乘帳幔，旌旗鎧甲，務要鮮明。主簿黄權入諫曰：「主公此去，必被劉備所〔九二〕害，某食禄多年，不忍主公中他人奸計。望三思之！」毛漁既於遣使時諫之，又於出迎時諫之。張松曰：「黄權此言，疏間宗族之義，滋長寇盜之威，實無益於主公。」璋乃叱權曰：「吾意已決，汝何逆吾！」權叩首流血，近前口銜璋衣而諫。贊黄生忠義，（直）是可取。〔九三〕璋大怒，扯衣而起。權不放，頓落門牙兩箇。毛黄權之齒落，黄權之心盡矣。漁忠臣遇暗主，真氣殺。璋喝左右，推出黄權，權大哭而歸。璋欲行，一人叫曰：「主公不納黄公衡三公衡，權（之）（表）字也。忠言，乃欲自就死地耶！」伏於堦前而諫。璋視之，乃建寧俞〔九四〕元人也，姓李名恢，叩首諫曰：「切聞『君有諍臣，父有諍〔九五〕子』。黄公衡忠義之言，必當聽從。若容劉備入川，是猶迎虎於門也。」毛漁李恢後來亦事玄德，（然）此時（則）（亦）忠於劉璋。贊鍾川（中）人剛硬（如此，亦水土使然）。璋曰：「玄德是吾宗兄，安肯害吾？再言者必斬！」叱左右推出李恢。張松曰：「今蜀中文官各顧妻子，不復爲主公效力。諸將恃功驕傲，各有外意。不得劉皇叔，則敵攻於外，民攻於內，必敗之道也。」毛漁偏是賣國之人，反説別人不忠。鍾（反）着松説。璋曰：「公所謀，深於吾有益。」次日，上馬出榆橋門。人報：「從事王累，自用繩索倒弔於城門之上，一手〔九六〕執諫章，一

〔九〇〕「某」，齋本、光本脱，滄本作「其」。
〔九一〕「州郡」，古本同。按：作「郡縣」是，酌改。
〔九二〕「所」，原作「之」，致本、業本、貫本、齋本、滄本、商本、明四本同。按：「所」字佳，據光本改。
〔九三〕緑本脱此句贊批。
〔九四〕「俞」，原作「愈」，致本、業本、貫本、齋本、滄本、光本、贊本同。按：後文第六十五回作「建寧俞元人」。《三國志·蜀書·李恢傳》：「李恢字德昂，建寧俞元人也。」據後文及商本、明三本改。
〔九五〕「切」，光本、商本作「竊」。二「諍」，光本皆作「諫」。
〔九六〕「乎」，原作「手」，形訛，據古本改。

手仗劍，口稱如諫不從，自割斷其繩索，撞死於此地。」【毛】【漁】如此諫法，從來未有。劉璋教取所執諫章觀之，其略曰〔九七〕：

益州從事臣王累，泣血懇告〔九八〕：竊聞「良藥苦口利於病，忠言逆耳利於行」。昔楚懷王不聽屈原之言，會盟於武關，爲秦所困。今主公輕離大郡，欲迎劉備於涪城，恐有去路而無回路矣。倘能斬張松於市，絶劉備之約，則蜀中老幼幸甚，主公之基業亦幸甚！

劉璋觀畢，大怒曰：「吾與仁人相會，如親芝蘭，汝何數㊁音朔。侮於吾耶！」王累大叫一聲，自割斷其索，撞死於地。【毛】黃權、李恢之識同於王累，而王累之忠則過於此二人。【贄】【鍾】王累死不足惜。【漁】王累忠心如此，張松能無愧乎？後人有詩歎曰：

倒挂城門捧諫章，拚將一死報劉璋。
黃權折齒終降備，矢節何如王累剛！

劉璋將三萬人馬往涪城來，後軍裝載資糧錢帛一千餘輛，來接玄德。却説玄德前軍已到墊㊁音佃。江〔九九〕。【嘉】音殿江。所到之處，一者是西川供給，二者是玄德號令嚴明，如有妄取百姓一物者斬，於是所到之處，秋毫無犯。百姓扶老攜幼，滿路瞻觀，焚香禮拜，玄德皆用好言撫〔一〕慰。【毛】初來便收拾人心〔一〇一〕。【漁】深結〔一〇二〕民心。

却説法正密謂龐統曰：「近張松有密書到此，言於涪城相會劉璋，便可圖之。機會切不可失。」【毛】

〔九七〕毛本王累諫章删、改自贄本；鍾本同贄本，漁本改自贄本；周本、夏本、贄本改自嘉本。

〔九八〕「懇告」，齋本作「懇首」，光本作「稽首」。

〔九九〕「軍」，業本、貫本作「車」。「墊江」，原作「墊沮」，毛校本同；周本、夏本、贄本作「墊沮」。按：《三國志·蜀書·劉二牧傳》：「先主至江州北，由墊江水詣涪。」《後漢書·郡國志》：墊江，縣名，屬巴郡。據嘉本改。

〔一〕「撫」，齋本、光本作「安」。

〔一〇一〕「更」，原作「便」，致本同，據其他毛校本改。「心」下，光本有「極妙」，商本有「妙極」。

〔一〇二〕「結」，衡校本作「得」。

漁張松之計太狠（，太毒）。統曰：「此意且勿言。待二劉相見，乘便圖之。若預走洩，於中有變。」毛龐統直欲并瞞〔一〇三〕過玄德。法正乃秘而不言。涪城離成都三百六十里，璋已到，使人迎接玄德。兩軍皆屯於涪江之上。玄德入城，與劉璋相見，各叙兄弟之情。禮畢，揮淚訴告衷情。毛初見劉表未嘗揮淚，今見劉璋而揮淚者，以將取〔一〇四〕其西川，故有所不忍而揮淚也。飲宴畢，各回寨中安歇。璋謂衆官曰：「可笑黄權、王累等輩，不知宗兄之心，妄相猜疑。吾今日見之，真仁義之人也。吾得他爲外援，又何慮曹操、張魯耶？非張松則失之矣。」毛漁且慢謝，須仔細着。乃脱所穿緑袍，并黄金五百兩，令人往成都賜與張松。毛人言劉璋闇，即此便知其闇。贊季玉固是好人，亦是滯貨〔一〇五〕；玄德亦是好人，但貨不滯。鍾季玉暗弱，于此可見。時部下將佐劉璝、三音頹。冷〔一〇六〕苞、三（泠苞）乃川中名將。此姓最稀。《春秋左傳》内有「周大夫泠〔一〇七〕州鳩」。張任、鄧賢等一班文武官曰：「主公且休歡喜。劉備柔中有剛，其心未可測，還宜防之。」毛漁後來此四人皆死於戰，（可謂璋之忠臣）（何忠臣之多耶）。璋笑曰：「汝等皆多慮。吾兄豈有二心哉！」衆皆嗟歎而退。

却説玄德歸到寨中，龐統入見曰：「主公今日席上見劉季玉動静乎？」玄德曰：「季玉真誠實人也。」統曰：「季玉雖善，其臣劉璝、張任等皆有不平之色，其間吉凶未可保也。」毛漁劉

〔一〇三〕「瞞」，原作「瞞」，據毛校本改。
〔一〇四〕「取」上，齋本、光本有「欲」字。
〔一〇五〕「貨」，緑本訛作「刘」。
〔一〇六〕「冷」，明四本作「泠」，嘉批原有「音靈包」，周、夏批原有「音靈」。按：《三國志·蜀書·先主傳》作「泠苞」。《集解》引《通鑑》胡三省注曰：「冷，魯杏翻，姓也，本或作『泠』，魯經翻。」「冷」可作姓，非「泠」繁體或異體。嘉、周、夏批不録，後同。
〔一〇七〕周批「泠」，原作「令」。按：《左傳·成公十年》：「問其族，對曰：『泠人也。』」晉杜預注曰：「泠人，樂官。」孔穎達疏曰：「鄭玄云：『泠官，樂官也。泠氏世掌樂官而善焉，故後世多號樂官爲泠官。』」「昭二十一年傳，景王鑄無射，泠州鳩其之。是泠氏世掌樂官也。」據嘉、夏批改。

璋無隙可尋，（以）（用）手下人爲説。以統之計，莫若來日設宴，請季玉赴席，於壁衣〔一〇八〕中埋伏刀斧手一百人，主公擲杯爲號，就筵上殺之。一擁入成都，刀不出鞘，弓不上弦，可坐而定也。」毛漁勸殺劉璋，孔明必不出此言（也）。贄鍾計雖好，只（是）太毒（，不可爲也）。玄德曰：「季玉是吾同宗，誠心待吾，毛二句是賓〔一〇九〕。更兼吾初到蜀中，恩信未立，毛二句是主。若行此事，上天不容，下民亦怨。公此謀，雖霸者亦不爲也。」毛不曰「王者不爲」，曰「霸者亦不爲」，拒統〔一一〇〕之甚。贄是，大是。〔一一一〕統曰：「此非統之謀，是法孝直得張松密書，言事不宜遲，只在早晚當圖之。」言未已，法正入見，曰：「某等非爲自己，乃順天命也。」玄德曰：「劉季玉與吾同宗，不忍取之。」正曰：「明公差矣。若不如此，張魯與蜀有殺母之讎，必來攻取。明公遠涉山川，驅馳士馬〔一一二〕，既到此地，進則有功，退則無益。若執狐疑之心，遷延日久，大爲失計。且恐機謀一洩，反爲他人所算。毛漁龐統只言（取）（殺）之之利，法正却言不（取）（殺）之害，更進一〔一一三〕層。贄事已如此，奈何，奈何，奈何？恐〔一一四〕不得不聽他言語也。不如〔一一五〕乘此天與人歸之時，出其不意，早立基業，實爲上策。」龐〔一一六〕統亦再三相勸。正是：

人主幾番存厚道，才臣一意進權謀。

未知玄德心下如何，且看下文分解。

老瞞輕輕將一西川讓與玄德而不知，尚欲争天下乎？

〔一〇八〕「壁衣」，原作「衣壁」，毛校本、贄本同。按：「壁衣」，裝飾牆壁織物，作「壁衣」是，據明三本乙正。
〔一〇九〕「賓」，原作「實」，致本、業本、齋本同。按：後句批語作「二句是主」，「主」「賓」相對。「實」字形訛，據其他毛校本改。
〔一一〇〕「統」，貫本作「絶」。
〔一一一〕緑本脱此句贄批。
〔一一二〕「士馬」，光本作「馬上」，商本作「上馬」。
〔一一三〕毛批「進一」二字原闕，據毛校本補。
〔一一四〕「奈何奈何恐」五字漫漶，吴本末字壞字，據緑本補。
〔一一五〕「如」，商本作「若」。
〔一一六〕「策龐」二字原闕，據毛校本補。

亦可哂笑矣。客問：「何故？」曰：「驅張松入蜀，便是將西川讓與玄德也。」

爲淵驅魚，爲叢驅雀，即孟德爲蜀驅張松者是也。

玄〔一一七〕德仁慈，季玉暗弱，何高祖子孫都如此也？大抵國家末運，無不如此。只看曹孟德、司馬仲達開國啓家，自是英英不可遏也。以此法相人家子孫，覘人家興衰，無有不中者。

老瞞驅張松入蜀，把西川送與玄德，此中實有箇天在。故松欲得之操者，操反失之松也。川圖來獻，雖孔明妙筭，亦不可謂無或使之者。

〔一一七〕「玄」上，緑本有「劉」字。

第六十一回　趙雲截江奪阿斗　孫權遺書退老瞞

取川者，玄德之心也。然乘劉璋之來迎而襲殺之，以奪其地，不足以服西川之人心，此玄德之所不欲爲也。龐統以此勸之，勸之不從，而欲自行之。若孔明處此，必〔一〕不然矣。是以龐統之智，雖不亞於孔明，而用譎而不失其正，行權而不詭於道，則孔明又在龐統之上歟？

英雄一生出色驚人之事，不可多得，得其一便可傳爲美談。今偏不止一番，却有兩番，則子龍之截江奪阿斗是也。美雲長者，但稱其單刀赴會，而不知已有江口〔二〕赴會一事，以爲之前焉。美子龍者，但稱其長坂救主，而不知又有截江奪主一事，以爲之後焉。嘗歷觀前史，求其出色驚人者，或代止有其一人，人止有其一事，孰有應接不暇，如《三國》者乎？然則既讀《三國》，雖有他書，不敢請矣。

孫夫人在荆，劉備得以孫權之母牽制孫權；若使阿斗入吴，孫權又將以劉備之子牽制劉備矣。英明如夫人，豈不知東吴取阿斗之意，而乃欲携之以歸耶？國太病而取夫人，似〔三〕也；其取阿斗則非國太之意可知也。取阿斗非國太之意，則取夫人亦未必爲國太之意可知也，而夫人曾不察焉。然則由前而觀，不愧爲女丈夫；由後而觀，依然女子之見耳。

〔一〕「必」上，光本、商本有「則」字。
〔二〕「江口」，原作「油江」，毛校本同。按：「油江會」見於前文第五十一回，爲周瑜赴會，無關羽相關事。此處「赴會」應指第四十五回關羽隨劉備三江口勞軍事。該回前批：「雲長有單刀赴會一事在後，可謂奇矣；而此處江口相從之事則已奇。」據前文改。
〔三〕「似」，齋本、光本作「是」。

荀彧之死，或以殺身成仁美之者，非也。初之勸操取兖州，則比之於高、光；繼之勸操戰官渡，則比之於楚、漢。凡其設策定計，無非助操僭逆之謀。杜牧譏其「教盜穴墻發櫃」者，誠爲至論矣。既以盜賊之事教之，後乃忽以君子之論諫之，何其前後之相謬耶？蓋彧之失在從操之初，而欲蓋之以晚節，毋乃爲識者所笑？

父兄創業以貽子弟固難，子弟能承父兄之業尤難。當曹操討董卓之時，與孫堅並列，權特操之後輩耳〔四〕。操之言曰「生子當如孫仲謀」，隱然以前輩自居，而以後輩目權也。然袁術以年少輕孫策，而曹操正以年少重孫權，此老奸識英雄之眼，又非他人可及。

孫權之擊合淝，宋謙死焉，太史慈又死焉。至於濡須而獨能屢勝，何也？蓋東吴之兵長於自守，而短於攻取。合淝攻取之兵也，濡須則自守之兵也。以攻取，則一城不能拔〔五〕；以自守，雖四十萬之衆可以却之。其亦長短之勢有異乎？

前回與後回，皆敘玄德入川之事，而此回忽然放下西川，更敘荆州；放下荆州，更敘孫權，復因孫權夾敘曹操。蓋阿斗爲西川四十餘年之帝，則取西川爲劉氏大關目，奪阿斗亦劉氏大關目也。至於遷秣陵，應王氣，爲孫氏僭號之由；稱魏公，加九錫，爲曹氏僭號之本。而曹操夢日，孫權致書，互相畏忌，又〔六〕鼎足三分一大關目也。以此三大〔七〕關目，爲此書半部中之眼。又妙在西川與荆州分作兩邊寫，曹操與孫權合在一處寫，敘事用筆之精，直與「腐史」不相上下。

〔四〕「耳」，商本作「曹」，屬下句。
〔五〕「拔」，業本、商本作「救」，澹本作「扳」。
〔六〕「又」，齋本、光本作「此」。
〔七〕「大」，原作「入」，疑壞字，致本同，據其他毛校本改。

却說龐統、法正二人，勸玄德就席間殺劉璋，西川唾手可得。【漁】孔明正而不譎，龐統譎而不正。玄德曰：「吾初入蜀中，恩信未立，此事決不可行。」【鍾】玄德仁（人）。二人再三說之，玄德只是不從。次日，復與劉璋宴於城中，彼此細敘衷曲，情好甚密。酒至半酣，【二】音含。龐統與法正商議曰：「事已至此〔八〕，由不得主公了。」便教魏延登堂舞劍，乘勢殺劉璋。【毛】如〔九〕范增之遣項莊。延遂扳劍進曰：「筵間無以爲樂，願舞劍爲戲。」龐統便呼〔一〇〕衆武士入，列於堂下，只待魏延下手。劉璋手下諸將，見魏延舞劍筵前，又見堦下武士手按刀靶，直視堂上，從事張任亦掣劍舞曰：「舞劍必須有對，某願與魏將軍同舞。」【毛】如項伯之對項莊。二人對舞於筵前。【漁】比鴻門宴更覺出色。魏延目視劉封，封亦扳劍助舞。於是劉璝、【二】音頹。冷苞、鄧賢各掣劍出曰：「我等當羣舞，以助一笑。」【毛】鴻門宴上，舞劍只有二人，今却有無數項莊、項伯，更是奇絕。玄德大驚，急掣左右所佩之劍，立於席上曰：「吾兄弟相逢痛飲，並無疑忌，又非『鴻門會』上，何用舞劍？不棄劍者立斬！」【贊】極是。【鍾】英雄手段。劉璋亦叱曰：「兄弟相聚，何必帶刀？」命侍衛者盡去佩劍，衆皆紛然〔一一〕下堂。玄德喚諸將士上堂，以酒賜之，【毛】鴻門宴上，止賜樊噲巵酒，今却有無數樊噲，更是奇絕。【贊】更好。曰：「吾弟兄〔一二〕同宗骨血，共議大事，並無二心，汝等勿疑。」諸將皆拜謝。劉璋執玄德之手而泣曰：「吾兄之恩，誓不敢忘！」二人歡飲至晚而散。玄德歸寨，責龐統曰：「公等奈何欲陷備於不義耶？今後斷勿爲此。」【毛】龐統、法正之謀太急，不如玄德之緩。急則不免於忍，緩則不失爲仁。【鍾】（仁）人之（言）。統嗟嘆而退。

〔八〕「至此」，明四本作「在掌握之中」。
〔九〕「如」，光本作「加」，形訛。
〔一〇〕「呼」，商本作「喚」。
〔一一〕「然」，光本、商本作「紛」。
〔一二〕「弟兄」，光本、商本倒作「兄弟」。

却說劉璋歸寨，劉璝等曰：「主公見今日〔一三〕席上光景乎？不如早回，免生後患。」劉璋曰：「吾兄劉玄德，非比他人。」衆將曰：「雖玄德無此心，他手下人皆欲吞併西川，以圖富貴。」毛從來帝王〔一四〕事業，多是手下人成之。璋曰：「汝等無間吾兄弟之情。」遂不聽，日與玄德歡敘。忽報張魯整頓兵馬，將犯葭萌關，劉璋便請玄德往拒之〔一五〕。玄德慨然領諾，即日引〔一六〕本部兵望葭萌關去了。衆將勸劉璋令大將緊守各處關隘，以防〔一七〕玄德兵變。毛漁爲後文（取涪）（失涪水）關張本。璋初時不從，後因衆人苦勸，乃令涪水軍督〔一八〕楊懷、高沛二人，守把涪水關，劉璋自回成都。玄德到葭萌關，嚴禁軍士，廣施恩惠，以收民心。毛玄德不欲遽殺劉璋，亦爲收民心故耳。先收民心，而後取西川，此是玄德主意。鍾此是正着。

早有細作報入東吴，吴侯孫權〔一九〕會文武商議。顧雍進曰：「劉備分兵遠涉山險而去，未易往還。何不差一軍先截川口，斷其歸路，後盡起東吴之兵，一鼓而下荆襄？此不可失之機會也。」毛漁此計但說得好聽，須知荆州有孔明、關（、張）、趙（雲守之）（在），未易（得下〔二〇〕）（動）也。權曰：「此計大妙！」正商議間，忽屏〔二一〕後一人大喝而出曰：「進此計者可斬之！欲害吾〔二二〕女之命耶！」毛劉表屏風後之一人，是玄德難星；孫權屏風後之一人，是玄德救星。漁又屏風後有人，何三國屏風後人之多！衆驚視

〔一三〕「見今日」，周本、齋本、光本、商本倒作「今日見」。

〔一四〕「王」，澹本作「左」，商本作「皇」。

〔一五〕「往拒之」，商本脱「往」，明四本作「行」。

〔一六〕「引」，商本作「領」。

〔一七〕「防」，原作「妨」，致本同，據其他古本改。

〔一八〕「涪水軍督」，原作「白水都督」，古本同。按：《三國志·蜀書·先主傳》：「召璋白水軍督楊懷，責以無禮，斬之。」《演義》「白水關」混作「涪水關」及「涪關」，涉後文多處，皆從原文，不另出校。楊懷「白水軍督」却鎮守「涪水關」，前後矛盾，酌改。

〔一九〕「權」，原作「⿰亻雚」，形訛；明四本無。據毛校本改。

〔二〇〕毛批「下」，貫本作「取」。

〔二一〕「屏」下，貫本有「風」字。

〔二二〕「吾」，光本作「我」。

之，乃吳國太也。國太怒曰：「吾一生惟〔二三〕有一女，嫁與劉備。今若動兵，吾女性命如何！」【毛】前爲孫夫人不欲殺玄德，今又爲孫夫人不欲取荊州。【鍾】好箇吳夫人，真可作玄德丈母也。因此孫權曰：「汝掌父兄之業，坐領八十一州，尚自〔二四〕不足，乃顧小利而不念骨肉！」孫權喏喏連聲，答曰：「老母之訓，豈敢有違！」遂叱退衆官。國太恨恨而入。孫權立於軒下，自思：「此機會一失，荊襄何日可得？」【毛】孫權此時還該〔二五〕埋怨周郎。正沉吟間，只見張昭入問曰：「主公有何憂疑？」孫權曰：「正思適間之事。」張昭曰：「此極易也：今差心腹將一人，只帶五百軍，潛入荊州，【漁】取夫人是商人，取荊州亦是商人，假貨好買賣。下一封密書與郡主，只說國太病危，欲見親女，【毛】【漁】若國太聽得呪他，又（當着）（要發）惱。取郡主星夜回東吳。【鍾】此計甚毒。玄德平生只有一子，就教帶來，那時玄德定把荊州來換阿斗。【毛】前日折了一箇夫人，今日却要贏他〔二六〕一箇公子。如其不然，一任動兵，更有何礙？」權曰：「此計大妙！吾有一人，姓周名善，最有膽量。自幼穿房入户，多隨吾兄。今可差他去。」昭曰：「切勿漏洩。只此便令起行〔二七〕。」於是密遣周善，將五百人扮爲商人〔二八〕，分作五船，【毛】後來吕蒙亦使人扮作客商，今却於此處先有一引子。更詐修國書，以備盤詰〔二九〕，船內暗藏兵器。周善領命，取荊州水路而來。

船泊江邊，善自入荊州，令門吏報孫夫人。夫人命周善入，善呈上密書。夫人見說國太病危，洒淚動問。【毛】不是太太要歸神，却是哥哥會搗鬼。周善拜訴曰：「國太好生病重，旦夕只是思念夫人。儻

〔二三〕「惟」，原作「爲」，致本、業本、齋本、商本同；澹本作「只」。按：「惟」字義合，據其他古本改。

〔二四〕「自」，光本作「是」。

〔二五〕「該」，致本同，其他毛校本作「當」。

〔二六〕「要贏他」，齋本、光本作「又贏了」。

〔二七〕「漏洩」，齋本、光本倒作「洩漏」。「行」，光本作「程」。

〔二八〕「爲」，商本作「作」。「商人」，光本作「客商」。

〔二九〕「詰」，光本作「結」，形訛。

去得遲，恐不能相見。就教夫人帶阿斗去見一面。」【毛】【漁】（須知）阿斗不是（孫）夫人養的，（既非）（就不是）國太親外孫，如何要見？（只此便可知其）（便是）掉謊〔三〇〕。夫人曰：「皇叔引兵遠出，我今欲回，須使人知會軍師，方可以行。」【鍾】夫人通。周善曰：「若軍師回言道『須報知皇叔，候了回命，方可下船』，如之奈何？」夫人曰：「若不辭而去，恐有阻當。」周善曰：「大江之中，已准備下船隻，只今便請夫人上車出城。」孫夫人聽知母病危急，如何不慌？便將七歲孩子阿斗藏〔三一〕在車中，【毛】昔日長坂坡前，虧了一箇死夫人保來；今日荊州城裡〔三二〕，幾被一箇活夫人取去。【漁】看孫夫人前邊許多事，俱是女中丈夫，獨此帶阿斗同一〔三三〕事，到底不離女子見識。隨行帶三十〔三四〕餘人，各跨刀劍，上馬離荊州城，便來江邊上船。府中人欲報時，孫夫人已到沙頭鎮，下在船中了。

周善方欲開船，只聽得岸上有人大叫：「且休開船，容與夫人餞行！」視之，乃趙雲也。【毛】來得突兀。○阿斗曾做趙雲懷中之物，今日此去，如取諸〔三五〕其懷而奪之矣。原來趙雲巡哨方回，聽得這箇消息，吃了一驚，只帶四五騎，旋風般〔三六〕沿江趕來。【毛】前吳將追夫人是旱路，今子龍追夫人是水路。前是以〔三七〕旱追旱，今是以旱追水。前有六將，今只一人。【漁】向日懷中之物，今日一時不見，謂〔三八〕何不追？周善手執長戈，大喝曰：「汝何人，敢當主母！」叱令軍士一齊開船，各將軍器出來，擺〔三九〕列在船上。風順水急，船皆隨〔四〇〕流而去。趙雲沿江趕叫：「任從夫人

〔三〇〕毛批「掉謊」，光本、商本作「撒謊」。按：「掉謊」意撒謊。
〔三一〕「藏」，致本同，其他毛校本作「載」。
〔三二〕「裡」，齋本、光本作「內」。
〔三三〕「夫」，原作「人」，據衡校本、致本改。「一」，衡校本脱。
〔三四〕「十」，原作「千」，致本同，據其他古本改。
〔三五〕「諸」，貫本脱。
〔三六〕「般」，原作「船」，致本、澹本、光本同，據其他古本改。
〔三七〕「以」，商本脱，後一處同。
〔三八〕「謂」，原作「僞」，據衡校本改。
〔三九〕「擺」，齋本、光本作「排」。
〔四〇〕「隨」，齋本、光本作「順」。

去，只有一句話拜禀。」周善不睬，只催船速進。趙雲沿江趕到十餘里，忽見江灘斜纜一隻漁〔四一〕船在那裡。趙雲棄馬執鎗，跳上漁船。贄鍾棄馬上船，棄鎗掣劍。只兩〔四二〕人駕船前來，望着夫人所坐大船追趕。毛漁船只取得魚，今却借他取一小龍，可謂小材大用。周善教軍士放箭，趙雲以鎗撥之，箭皆紛紛落水。贄鍾子龍委有膽略。離大船懸隔丈餘，吴兵用鎗亂刺。趙雲棄鎗在小船上，掣所佩青釭劍在手，分開鎗搠，望吴船湧身一跳，早登大船，毛此一躍之功，抵得長坂數〔四三〕十戰。贄子龍用得。吴兵盡皆驚倒。趙雲入艙中，見夫人抱阿斗於懷中，毛若非昔日在子龍懷中，安得今日在夫人懷中。喝趙雲曰：「何故無禮！」雲挿劍聲喏曰：「主母欲何往？何故不令軍師知會？」夫人曰：「我母親病在危篤，無暇報知。」雲曰：「主母探病，何故帶小主人去？」夫人曰：「阿斗是吾子，留在荆州，無人看覷。」雲曰：「主母差矣。主人一生，只有這點骨血〔四四〕，毛極〔四五〕似糜夫人對子龍語。小將在當陽長坂坡百萬軍中救出，今日夫人却欲抱將去，是何道理？」毛贄有〔四六〕得他説（，説得嘴响）。鍾子龍忠義，故敢直言。漁看得他説嘴。夫人怒曰：「量汝只是帳下一武夫，安敢管我家事！」雲曰：「夫人要去便去，只留下小主人。」夫人喝曰：「汝半路輒入船中，必有反意！」毛宛然是昔日叱喝徐盛、丁奉面孔。雲曰：「若不留下小主人，總〔四七〕然萬死，亦不敢放夫人去！」夫人喝侍婢向前揪捽，毛子龍前番救阿斗，是殺着男將；今番奪阿斗，却撞着女兵。被趙雲推倒，就懷中奪了阿斗，抱出船頭上。毛何等爽快。漁前日男賠

〔四一〕「漁」，原作「魚」，致本、業本、貫本、齋本、澹本同，據後文及其他古本改。

〔四二〕「兩」，商本作「二」。

〔四三〕「長坂數」，原作「長坡數」，致本、業本、貫本同；光本、商本作「長坂坡」。按：「長坡」不通，據齋本、澹本改。

〔四四〕「血」，夏本、贄本、齋本、光本作「肉」。

〔四五〕「極」，商本作「恰」。

〔四六〕毛批「有」，齋本、光本、商本作「由」。

〔四七〕「總」，澹本、光本作「縱」，商本作「雖」。

嫁，今日做了壯乳母。欲要傍岸，又無幇手；欲要行兇，又恐碍於道理，進退不得。【贊】【鍾】阿斗阿斗，如何報得子龍也〔四八〕！夫人喝侍婢奪阿斗，趙雲一手抱定阿斗，【毛】前做了男贈嫁，今却做了雄乳娘。一手仗劍，人不敢近。周善在後稍挾住舵，只顧放船下水。風順水急，望中流而去。趙雲孤掌難鳴，只護得阿斗，安能移舟傍岸？正在危急，忽見下流頭港内一字兒使出十餘隻船來，船上磨〔四九〕旗擂鼓。趙雲自思：「今番中了東吴之計！」【毛】不獨子龍着急，讀者至此，亦替子龍着急。【漁】不但子龍着急，讀者亦説是東吴兵。只見當頭船上一員大將，手執長矛，高聲大叫：「嫂嫂留下姪兒去！」【毛】先聞其聲。原來張飛巡哨，聽得這箇消息，急來油江夾〔五〇〕口，正撞着吴船，急忙截住。【毛】後見其人。【贊】翼德來得却好，子龍有副手矣。【鍾】得此副手，亦天佑真主。當下張飛提劍跳上吴船。周善見張飛上船，提刀來迎，被張飛手起一劍砍倒，提頭擲於孫夫人前。【毛】一顆人頭，權當叔叔餞行之禮。夫人大驚曰：「叔叔何故無禮？」張飛曰：「嫂嫂不以俺哥哥爲重，私自歸家，這便無禮！」【毛】【漁】快人快語。夫人曰：「吾母病重，甚是危急，若等你哥哥回報〔五一〕，須悞了我事。若你不放我回去，我情願投江而死！」張飛與趙雲商議：「若逼死夫人，非爲臣下之道，只護着阿斗過船去罷。」【毛】【漁】前（曰）夫〔五二〕婦歸（荆），追之者（此中）意不在婦而在夫；今日母子歸（吴），追之者意不在母而在子。【贊】【鍾】翼德此處却細。乃謂夫人曰：「俺哥哥大漢皇叔，也不辱没嫂嫂。今日相别，若思哥哥恩義，早早回來。」説罷，抱了阿斗，自與趙雲回船，【毛】東吴許多將佐，追不得劉備轉去；今只張、趙二人，却奪得阿斗轉來。【漁】孫權許多兵奪不得劉備，荆州只張、趙二將便搶去阿斗。放孫夫人五隻船去了。後人有詩讚子龍曰〔五三〕：

〔四八〕「也」下，緑本有「急」字。
〔四九〕「磨」，光本、商本作「麾」，周本作「摇」。
〔五〇〕「夾」，光本作「峽」。
〔五一〕「報」，光本作「來」。
〔五二〕漁批「夫」，原作「大」，據衡校本改。
〔五三〕毛本讚子龍詩改自贊本；鍾本同贊本，漁本改自贊本；贊本同明三本。

昔年救主在當陽，今日飛身向大江。
船上吳兵皆膽裂，子龍英勇世無雙！

又有詩讚翼德曰〔五四〕：

長坂橋邊怒氣騰，一聲虎嘯退曹兵。
今朝江上扶危主，青史應傳萬載名。

二人歡喜回船。行不數里，孔明引大隊船隻接來，毛前寫張、趙，今寫孔明。若孔明〈毛漁〉此時（孔明）不來，便（踈）（臻）漏矣。見阿斗已奪回，大喜。三人並馬而歸。孔明自申文書往葭萌關，報知玄德。

却說孫夫人回吴，具說張飛、趙雲殺了周善，截江奪了阿斗。孫權大怒曰：「今吾妹已歸，漁《梟姬傳》中記孫夫人投江而死，則知俗本多有誤處。與彼不親，殺周善之讐，如何不報！」喚集文武，商議起軍攻取荊州。毛此處只敘孫權取荊〔五五〕之謀，便不敘母女怎生相見，并真病假病緣故，此省筆之法。正商議調兵，忽報曹操起軍四十萬，來報赤壁之讐。毛曹操起兵，不向曹操一邊敘來，却在孫權一邊聽得，又省筆之法。漁以放下劉一邊，好過接。孫權大驚，且按下荊州，商議拒敵曹操。人報長史張紘辭疾回家，今已病故，有哀書上呈。權拆視之，書中勸孫權遷居秣陵，言秣陵〔五六〕山川有帝王之氣，可速遷於此，以爲萬世之業。毛漁爲後文稱帝張本。孫權覽書大哭，謂衆官曰：「張子綱勸吾遷居秣陵，吾如何不從！」即命遷治建業，築石頭城。毛漁石頭城（爲）自此（而始）。三今時建康，古名秣〔五七〕陵，孫權時名建業（，今應天府也）。呂蒙進曰：「曹操兵來，可於濡須水口築塢以拒之。」三塢，即城也。（狀如偃月。）諸將皆曰：「上岸擊賊，跣足入船，何用築城？」蒙

〔五四〕毛本讚翼德詩改自贊本；鍾本同贊本，漁本改自贊本；贊本同明三本。
〔五五〕「荊」下，貫本、滄本、光本有「州」字。
〔五六〕「言秣陵」，商本脱，周本「秣」訛作「林」。
〔五七〕周批「秣」，原作「稜」，據正文及嘉、夏批改。

曰：「兵有利鈍，戰無必勝。如猝然遇敵，步騎相促，人尚不暇及水，何能入船乎？」【毛】【漁】（其語美〔五八〕，）能守而後能戰，有備而後無患，吕蒙可謂善計。【贊】是。〔五九〕【鍾】蒙見得是。權曰：「『人無遠慮，必有近憂』。子明之見甚遠。」便差軍數萬築濡須塢，曉夜併工，刻期告竣。【毛】以下按過孫權，接敘曹操。

却説曹操在許都，威福日甚。長史董昭進曰：「自古以來，人臣未有如丞相之功者，雖周公、吕望莫可及也。櫛風沐雨，三十餘年，掃蕩羣凶，與百姓除害，使漢室復存，豈可與諸臣宰同列乎？合受魏公之位，加『九錫』以彰功德。」【毛】董昭前請遷都許昌，今〔六〇〕又請加九錫，全乎爲曹操腹心者也。不想食淡人，偏不肯淡。【漁】前請〔六一〕遷許都，今又請加九錫，豈是食淡人説話？奪阿斗，爲西川四十餘年之根；遷秣陵應王氣，爲孫氏僭號之由；稱魏公、加九錫，爲曹氏僭號之本，以三大関目爲半部中関健。你道那九錫？

【二】考證 一，車馬。【全】大輅、戎輅各一。大輅，金車也。戎輅，兵車也。玄牡二駟（者），黄馬八匹。二，衣服。【全】衮冕之服，赤舄副焉。衮冕，王者之服。赤舄，朱履也。三，樂縣。【毛】樂縣，王者之樂也。【六】縣，音懸，軒縣之樂、堂下之樂也，升降必動樂也。佾，舞者之行列也。天子八佾，（王）（諸）諸侯六佾。四，朱户。【全】居以朱户，紅門也。五，納陛。【全】納陛以登。陛，階也。六，虎賁。【全】虎賁三百人，守門之軍也。七，鈇鉞。【六】鈇，音甫。〈【全】〉鈇鉞各一。鈇，即斧也。鉞，斧屬。八，弓矢。【全】彤弓一，彤矢百。彤，赤色也。玈弓十，玈矢千。玈，黑色也。九，秬鬯圭瓚。【全】秬鬯一卣〔六二〕，圭瓚副焉。秬，黑黍〔六三〕也。鬯，香酒，灌地以求神於

〔五八〕「美」，衡校本作「善」。
〔五九〕緑本脱此句贊批。
〔六〇〕「今」，原作「合」，據毛校本改。
〔六一〕「請」，原作「清」，據衡校本改，後一處同。
〔六二〕「卣」，原作「卤」，致本、業本、貫本、周本、贊本同。按：「卣」爲酒器，據其他毛校本、嘉本、夏本改，後文同。
〔六三〕毛批「黍」，原作「色」，致本、業本、貫本、齋本、澹本、商本同。按：「秬」，黑黍也，據光本、明三本、贊本系夾注改。

陰。卣，中樽也。圭瓚，宗廟祭器，以祀先王也。

侍中荀彧曰：「不可。丞相本興義兵，匡扶漢室，當秉忠貞之志，守謙退之節。君子愛人以德，不宜如此。」【毛】荀彧向爲曹操腹心〔六四〕，今日忽然作此等語，是教曹操以淡也。董昭淡而不淡，荀彧不淡而假淡，可發一笑。【鍾】彧真愛操，以德□。【漁】荀彧初勸操取兖州，則比之於高、光，後〔六五〕勸操渡官渡，則比之于楚、漢，凡共設策定計，無非教操僭逆之謀。前以盜賊之事教之，後忽以君子之論諫之。杜牧譏之〔六六〕。 曹操聞言，勃然變色。董昭曰：「豈可以一人而阻衆望？」遂上表請尊操爲魏公，加九錫。【毛】【漁】（操願書墓道曰）（欲書）「曹侯之墓」，今（則）與此言大不（相）同（矣）。荀彧嘆曰：「吾不想今日見此事！」操聞，深恨之，以爲不助己也。建安十七年冬十月，曹操興兵下江南，就命荀彧同行。彧已知操有殺己之心，托病止於壽春。忽曹操使人送飲食一盒至，【毛】曹操有九錫，荀彧只有一錫。盒上有操親筆封記，開盒視之，並無一物。【贊】操惡至此，可恨也。【鍾】操賊可恨。【漁】無物者，絕食之意。彧〔六七〕會其意，遂服毒而亡，【毛】漢文帝賜食於周亞夫而不設箸，是猶有食也；今操以空盒賜荀彧，是并食亦無有矣。明是使彧絕食之意，彧安得不死乎？年五十歲。後人有詩嘆曰〔六八〕：

文若才華天下聞，可憐失足在權門。
後人漫〔六九〕把留侯比，臨没無顔見漢君。【贊】【鍾】文若漢臣也。〔七〇〕

其子荀惲，【嘉】音愠。【二】音運。發哀書報曹操。操

〔六四〕「腹心」，貫本、商本倒作「心腹」。
〔六五〕「後」，原作「誰」，衡校本同。按：主語前後矛盾，據前句「初勸操」改。
〔六六〕「之」，原無。據衡校本補。
〔六七〕「彧」上，光本、商本有「荀」字。「彧」，贊本作「或」，形訛。
〔六八〕毛本嘆荀彧詩改自贊本；鍾本同贊本，贊本改自周本、夏本；嘉本及漁本無。
〔六九〕「漫」，貫本作「休」。
〔七〇〕贊批「文若漢臣也」，原無，吴本存「漢臣」二字，據緑本補。

甚懊悔，命厚葬之，謚曰敬侯。

且說曹操大軍至濡須，【三】水出九江歷陽縣。先差曹洪領三萬鐵甲馬軍，哨至江邊。回報云：「遙望沿江一帶，旗旛無數，不知兵聚何處。」【毛】【漁】方（見）（知）藏兵在塢〔七一〕之妙。操放心不下，自領兵前進，就濡須口擺〔七二〕開軍陣。操領百餘人上山坡，遙望戰船，各分隊伍，依次擺列，旗分五色，兵器鮮明。當中大船上青羅傘下，坐着孫權，左右文武侍立兩邊〔七三〕。操以鞭指曰：「生子當如孫仲謀！若劉景升兒子，豚犬耳！」【毛】劉琮降操，而操薄之；孫權拒操，而操嘉之。奸雄賞鑑，亦自不凡。【鍾】孟德羨仲謀，亦好漢服好漢也。【漁】降曹者，曹薄之；拒曹者，曹嘉之。奸雄賞鑑，正自不凡。忽一聲響動，南船一齊飛奔過來，濡須塢内又一〔七四〕軍出，衝動曹兵。曹操軍馬退後便走，止喝不住。忽有千百騎趕到山邊，爲首馬上一人，碧眼紫髯，衆人認得正是孫權。權自引一隊馬軍來擊曹操。操大驚，急回馬時，東吴大將韓當、周泰，兩騎馬直衝將上來。操背後許褚縱馬舞刀，敵住二將，曹操得脱歸寨。許褚與二將戰三十合方回。【毛】操軍一敗。操回寨，重賞許褚，責罵衆將：「臨敵先退，挫吾鋭氣！後若如此，盡皆斬首！」是夜二更時分，忽寨外喊聲大震。操急上馬，見四下裏火起，【毛】赤壁之火，於此再見。【漁】豈又赤壁火耶？却被吴兵劫入大寨，殺至天明，曹兵退五十餘里下寨。【毛】操軍再敗。操心中鬱悶，閒看兵書。程昱曰：「丞相既知兵法，豈不知『兵貴神速』乎？丞相起兵，遷延日久，故孫權得以准備，夾濡須水口爲塢，難於攻擊。不若且退兵還許都，別作良圖。」操不應，【毛】【漁】不應，便有退心。程昱出。操伏几而卧，忽聞潮聲洶湧〔七五〕，如萬馬爭奔之狀。操急視之，見大江中推出一輪紅日，光華

〔七一〕漁批「在塢」，衡校本脱。
〔七二〕「擺」，齋本、光本作「排」，後一處同。
〔七三〕「邊」，商本作「傍」。
〔七四〕「又一」，光本、商本作「一彪」。
〔七五〕「洶湧」，業本「洶」訛作「洵」，光本倒作「湧洶」。

射目，仰望天上，又有兩輪太陽對照。【毛】日而有三，正應鼎足之象。【漁】天無二日，我意決無此事。忽見江心那輪紅日直飛起來，墜於寨前山中，其聲如雷。猛然驚覺，原來在帳中做了一夢。【毛】正征戰時，忽然敘却〔七六〕一夢，一部《三國》皆當作如是觀。【漁】原來是夢。帳前軍報道午時，曹操教備馬，引五十餘騎，逕奔出寨，至夢中所見落日山邊。正看之間，忽見一簇人馬，當先一人，金盔金甲，操視之，乃孫權也。【毛】孫權之母，夢日而生權；曹操之夢，正與權母之夢相合。三十八回中事，於此照應出來。【鍾】孫郎從容整暇。權見操至，也不慌忙，在山上勒住馬，以鞭指操曰：「丞相坐鎮中原，富貴已極，何故貪心不足，又來侵我江南？」操答曰：「汝爲臣下，不尊王室。吾奉天子詔，特來討汝！」孫權笑曰：「此言豈不羞乎？天下豈不知你挾天子令諸侯？吾非不尊漢朝，正欲討汝以正國家耳！」【毛】【漁】（孫權）題目亦自正大。操大怒，叱諸將上山捉孫權。忽一聲鼓響，山背後兩彪軍出：右邊韓當、周泰，左邊陳武、潘璋。四員將帶三千弓弩手亂射，矢如雨發。操急引衆將回走，背後四將趕來甚急。趕到半路，許褚引衆虎衛軍敵住，救回曹操。【毛】操軍三敗。吴兵齊奏凱歌，回濡須去了。【鍾】老瞞機鋒，到此俱用不着。操還營自思：「孫權非等閒人物。紅日之應，久後必爲帝王。」【毛】正與秣陵王氣相應。於是心中有退兵之意，又恐東吴恥笑〔七七〕，進退未決。兩邊又相拒了月餘，戰了數場，互相勝負。【毛】省却無數筆墨。直至來年正月，春雨連綿，水港皆滿，軍士多在泥水之中，困苦異常，【毛】赤壁連環之舟，水中如在岸上；濡須雨後之兵，岸上如在水中。操心甚憂。當日正在寨中與衆謀士商議，或勸操收兵，或云目今春暖，正好相持，不可退歸，操猶豫未定，忽報東吴有使齎書到。操啓視之，書略曰〔七八〕：

〔七六〕「敘却」，光本、商本倒作「却敘」。

〔七七〕「東吴恥笑」，商本作「吴兵取笑」。

〔七八〕毛本孫權與曹操書删，改自贊本；鍾本、漁本同贊本；贊本同明三本。按：《三國志·吴書·吴主傳》裴注引西晉胡沖《吴歷》：「權爲牋與曹公，說：『春水方生，公宜速去。』別紙言：『足下不死，孤不得安。』」嘉本據增、改。

孤與丞相，彼此皆漢朝臣宰。丞相不思報國安民，乃妄動干戈，殘虐生靈，豈仁人之所爲哉？即日春水方生，公當速去〔七九〕。如其不然，復有赤壁之禍矣。【贊】兩人〔八〇〕都是英雄。【漁】危語動人。公宜自思焉。

書背後又批兩行云：

足下不死，孤不得安。【毛】【漁】操以權爲英雄，權亦以操爲英雄，（正是兩心相照）（二人可謂知己）。

曹操看畢，大笑曰：「孫仲謀不欺我也。」【毛】操畏權，權亦畏操。若云不畏，便是欺人之語。重賞來使，遂下令班師，命廬江太守朱光鎮守皖城，自引大軍回許昌。【毛】赤壁以遇火而退，濡須以遇水而歸，前後遥遥相映。孫權亦收軍回建業〔八一〕。【漁】操已去，權不追，真大量仁人。

權與衆將商議：「曹操雖然北去，劉備尚在葭萌關未還，何不引拒曹操之兵以取荊州？」張昭獻計曰：「且未可動兵。某有一計，使劉備不能再還荊州。」正是：

孟德雄兵方退北，仲謀壯志又圖南。

不知張昭説出甚計來，且看下文分解。

趙子龍兩番救取阿斗，真托孤寄命之人也。可敬，可敬。

張益德擲周善頭于孫夫人之前，「嫂嫂」「叔叔」相嚷一場，真是一對好文雅叔嫂也。

仲謀致書孟德，都是真話。孟德亦謂「仲謀不欺」，英雄相與無不如此。可笑今之小夫白日説鬼話，對面如九嶷，真奴才也，真猪狗也，何足言哉。

東吳要取荊州，百計圖維。始則獻夫人，既則竊夫人。且無柰其父，又欲賺其子。愈謀愈拙，不知何顔對江東父老也。子龍兩番救取阿斗，託孤寄命，俱得之矣。

〔七九〕「去」，齋本、光本作「退」。

〔八〇〕「兩人」原闕，據贊校本補。

〔八一〕「建業」，原作「秣陵」，古本同。按：據前文，秣陵已更名「建業」，據前文改。

第六十二回

取涪關楊高授首　攻雒城黃魏争功

讀前回而見孫與劉之相離，讀此回而見備與璋之相惡。一取妹而一奪子，孫、劉之所以離也；一吝糧而一毀書，璋、備之所以惡也。然孫、劉之離者，可以復合；而璋、備之惡者，不可復合。何也？璋既迎備，則已有不能更拒之勢，招之來而又欲麾之去，則首鼠兩端，而釁必起矣；備既入川，則已有不能不取之勢，入其境而不忍取其地，則進退維谷，而禍及身矣。總之，召虎易而遣虎難，入險易而出險難耳。

玄德初以徐州爲家，而布奪之，操又奪之；繼以荆州爲家，而操失之，權又争之；惟至於西川，則真爲玄德之家矣。然其受陶謙之讓，而不受劉表之讓者，懲於徐州之得而復失，故重發於劉表也；不奪同宗之荆，而獨奪同宗之益者，懲於荆州之遲而滋議，故不得復重發於劉璋也。此其先後遲速之機，因時而變者然也。

龐統之策三：一曰取成都，二曰取涪關〔一〕，三曰回荆州。夫回荆州則是無策矣，不可謂之下策也。統之意，本以襲殺劉璋於初迎之時爲上計，而自葭萌取成都爲中計，自葭萌取涪關爲下計。玄德之從其中，猶是從其下耳。然殺劉璋而急取之，則人心不附，而撫之也難。不殺劉璋而緩取之，則人心可服，而享之也固。是取乎其下者，乃其所以爲上歟？

觀於張肅、張松，而有慨於兄弟之間也。一則賣主求榮而不告其兄，一則懼禍及己而不

〔一〕「策」，貫本作「計」。「關」，齋本、光本作「城」。

顧其弟。在同胞之兄弟且然，而況備與璋之以同宗通譜者耶？讀書至此，爲之三嘆。

玄德其不用壯而善於用老者乎？急於取川者，壯罔〔二〕之謀也；緩於取川者，老成之算也。魏延以壯而敗，黃忠以老而勝，老成則吉，壯罔則凶。爲將之道固然，將將者用兵之道，何獨不然？

有以閒筆爲伏筆者：正當干戈爭鬭之時，忽有一紫虛上人，如古木寒鴉，蒼巖怪石，此極忙中之閒筆也。乃涪關之役，龐統未死，孔明未來，而紫虛早有「一鳳墜地，一龍升天」之語，則已爲後文伏筆也。與雲長在鎮國寺中見普淨和尚，玄德在南漳莊上見水鏡先生，一樣筆墨。

文有正筆，有奇筆。如玄德之殺楊、高，士元之取涪關，劉璝之謁紫虛，冷苞之議決水，皆以次而及者也，正筆也。如黃忠之救魏延，玄德之入敵塞，魏延之捉冷苞，法正之見彭羕，皆突如其來者也，奇筆也。正筆發明在前，奇筆推原在後；正筆極其次第，奇筆極其突兀：可謂敘事妙品。

却說張昭獻計曰：「且休要動兵。若一興師，曹操必復至。不如修書二封：一封與劉璋，言劉備結連東吳，共取西川，使劉璋心疑而攻劉備；一封與張魯，教進兵向荊州來，着〔三〕劉備首尾不能救應。我然後起兵取之，事可諧矣。」〔毛〕前者玄德欲救孫權，而致〔四〕書於馬超，是不救之救；今者孫權欲圖劉備，而致〔五〕書於璋、魯，是不圖之圖。〔贊〕是。〔鍾〕張昭間諜之計大是。**權從之，即發使二處去訖。**

且說玄德在葭萌關日久，甚得民心。忽接得孔

〔二〕「罔」，貫本作「旺」，光本、商本作「圖」，澹本作「往」，後一處同。

〔三〕「着」，澹本、商本作「使」。

〔四〕「致」，光本作「與」。

〔五〕「而致」二字原闕，據毛校本補。

明文書，知孫夫人已回東吳。又聞曹操興兵犯濡須，乃與龐統議曰：「曹操擊孫權，操勝必將取荊州，權勝亦必取荊州矣。爲之奈何？」龐統曰：「主公勿憂。有孔明在彼，料想東吳不敢犯荊州。主公可馳書去劉璋處，只推：『曹操攻擊孫權，權求救於荊州。吾與孫權脣齒之邦，不容不相援。張魯自守之賊，決不敢來犯界。吾今欲勒兵回荊州，與孫權會同破曹操，【毛】【漁】孫權之書（，以劉備結東吳爲名；）（與）玄德之書（，又以東吳求劉備爲說。大家借題，）互相欺誑〔六〕，（正是）（真）一對空頭。奈兵少糧缺，望推同宗之誼，速發精兵三四萬，行糧十萬斛相助。請勿有誤。』若得軍馬錢糧，却另作商議。」【毛】此處不即說明。【贊】大〔七〕是。【鍾】□成□（謀），神出鬼沒，士元真非百里才也。【漁】妙不說明。玄德從之，遣人往成都。來到關前，楊懷、高沛聞知此事，遂教高沛守關，楊懷同使者入成都見劉璋，呈上書信。劉璋看畢，問楊懷：「爲何亦同來？」楊懷曰：「專爲此書而來。劉備自從入川，廣布恩德，以收民心，其意甚是不善。今求軍馬錢糧，切不可與。如若相助，是把薪助火也。」劉璋曰：「吾與玄德有兄弟之情，豈可不助？」一人出曰：「劉備梟雄，久留於蜀而不遣，是縱虎入室矣。今更助之以軍馬錢糧，何異與虎添翼乎？」【毛】一以備爲火，一以備爲虎。誰知火已熾，不可滅；虎已入，不可出乎？衆視其人，乃零陵烝〔八〕陽人，姓劉名巴，字子初。劉璋聞劉巴之言，猶豫未決，黃權又復苦諫。璋乃量撥老弱軍四千，米一萬斛，發書遣使報玄德。【毛】是授之以隙矣。【漁】劉璋亦轉念了。仍令楊懷、高沛緊守關隘。

劉璋使者到葭萌關見玄德，呈上回書，玄德大怒曰：「吾爲汝禦敵，費力勞心。汝今積財吝賞，何以使士卒效命乎？」遂扯毀回書，大罵而起。【毛】【漁】正（欲）（要）尋鬧，得此一書，（便）（正）好翻轉面皮。使者逃回成都。龐統曰：「主公只以仁義爲重，

〔六〕「誑」，業本作「証」。
〔七〕「大」，綠本脫。
〔八〕「烝」，齋本、光本作「丞」，形訛。

今日毀書發怒，前情盡棄矣！」玄德曰：「如此，當若何？」龐統曰：「某有三條計策，請主公自擇而行。」玄德問：「那三條計？」統曰：「只今便選精兵，晝夜兼道逕襲成都：此爲上計。毛若比席間殺劉璋，則此又其中計矣。楊懷、高沛乃蜀中名將，各仗〔九〕强兵拒守關隘，今主公佯以回荆州爲名，二將聞知必來相送，就送行處擒而殺之，奪了關隘，先取涪城，然後却向成都：此中計也。毛此中計，鳳雛已爲下計矣。贄此人大通。退還白帝，連夜回荆州，徐圖進取：此爲下計。毛若棄葭萌而歸，此玄德所必不願也。龐統特以此句激之，欲其行上二計耳。漁席間殺劉璋，此是上計；襲成都是中計；取涪城是下計；退回荆州，直非計矣。前上計既不行，自不得不以中計爲上計，下計爲中計。退回荆州，統明知玄德决不肯行，故列下計以激其爲中、上計耳。若沉吟不去，將至大困，不可救矣。」毛又逼一句，然實是確〔一〇〕話。玄德曰：「軍師上計太促，下計太緩，中計不遲不疾，可以行之。」毛玄德不用上計，而用中計，猶有不忍之心。

於是發書致劉璋，只說：「曹操令部將樂進引兵至青泥鎮，衆將抵敵不住，吾當親往拒之，不及面會，特書相辭。」鍾（借）得好。書至成都，張松聽得説劉玄德欲回荆州，只道是真心，毛玄德此時不曾知會得張松。乃修書一封，欲令人送與玄德。却值親兄廣漢太守張肅到，松急藏書於袖中，與肅相陪説話。肅見松神情恍惚，心中疑惑。松取酒與肅共飲，獻酬之間，忽落此書於地，毛畫圖藏得甚緊，手書何故不密。被肅從人拾得。席散後，從人以書呈肅。肅開視之，書略曰〔一一〕：

松昨進言於皇叔，並無虚謬，何乃遲遲不發？逆取順守〔一二〕，古人所貴。今大事已在掌

〔九〕「仗」，光本作「伏」，形訛。
〔一〇〕「實是確」，光本作「確是實」。
〔一一〕毛本張松書刪，改自贄本；鍾本同贄本，漁本改自贄本；贄本同明三本。按：《三國志·蜀書·先主傳》：「張松書與先主及法正曰：『今大事垂可立，如何釋此去乎！』」嘉本據增、改。
〔一二〕「順守」，光本倒作「守順」。

握之中，何故欲棄此而回荆州乎？使松聞之，如有所失。書呈到日，疾速進兵。松當爲内應，萬勿自誤！

張肅見了，大驚曰：「吾弟作滅門之事，不可不首。」鍾其兄可恨。連夜將書見劉璋，具言弟張松與劉備同謀，欲獻西川。漁松在玄德爲功首，於劉璋爲罪魁，當有滅族之誅。劉璋大怒曰：「吾平日未常薄待他，何故欲謀反！」毛一向尚在夢中。遂下令捉張松全家，盡斬於市。後人有詩嘆曰〔一三〕：

一覽無遺自古〔一四〕稀，誰知書信泄天機。
未觀玄德興王業，先向成都血染衣。

劉璋既斬張松，聚集文武商議曰：「劉備欲奪吾基業，當如之何？」黄權曰：「事不宜遲。即便差人告報各處關隘，添兵把守，不許放荆州一人一騎入關。」璋從其言，星夜馳檄各關去訖。毛若依龐統上計，則各關未必費力。

却説玄德提兵回涪城，先令人報上涪水關，請楊懷、高沛出關相别。楊、高二將聞報，商議曰：「玄德此回若何？」高沛曰：「玄德合死。我等各藏利刃〔一五〕在身，就送行處刺之，以絶吾主之患。」毛龐統正欲於送行時殺二將，二將亦欲於送行時刺玄德。彼此正是同心，但二將知己不知彼耳。漁只道前行早，誰知更有早行人。楊懷曰：「此計大妙。」二人只帶隨行二百人，出關送行，其餘並留在關上。玄德大軍盡發，前至涪水之上，龐統在馬上謂玄德曰：「楊懷、高沛若欣然而來，可隄防之。毛此句是主。贊是。〔一六〕鍾料得是。若彼不來，便起兵逕取其關，不可遲緩。」毛此句是賓。正説間，忽起一陣旋風，把馬前「帥」字旗吹倒。毛不必風旗告變，龐統已知之矣。玄德問龐統曰：「此何兆也？」統曰：「此

〔一三〕毛本嘆張松詩改自贊本。鍾本同贊本，贊本同明三本，漁本無。
〔一四〕「自古」，貫本作「世所」。
〔一五〕「刃」，滄本、光本、商本作「刀」，後一處同。
〔一六〕贊校本脱此句贊批。

警〔一七〕報也，楊懷、高沛二人必有行刺之意，宜善防之。」玄德乃身披重鎧，自佩寶劍防備。人報楊、高二將前〔一八〕來送行，玄德令軍馬歇定。龐統分付魏延、黄忠：「但關〔一九〕上來的軍士，不問多少馬步軍兵，一箇也休放回。」【毛】爲下文賺關之用。二將得令而去。

却説楊懷、高沛二人身邊各藏利刃，帶二百軍兵，捧羊送酒，直至軍前，見並無准備，心中暗喜，以爲中計。入至帳下，見玄德正與龐統坐於帳中。二將聲喏曰：「聞皇叔遠回，特具薄禮〔二〇〕相送。」遂進酒勸玄德。玄德曰：「二將軍守關不易，當先飲此盃。」【毛】玄德不肯自飲〔二一〕，教他先飲，是玄德謹慎隄防處。二將飲酒畢，玄德曰：「吾有密事，與二將軍商議，閒人退避。」遂將帶來二百人，盡趕出中軍。玄德叱曰：「左右與吾捉下二賊！」帳後劉封、關平應聲而出。楊、高二人急待爭鬬，劉封、關平各捉住一人。玄德喝曰：「吾與汝主是同宗兄弟〔二二〕，汝二人何故同謀離間【二】音諫。親情！」龐統叱左右搜其身畔，果然各搜出利刃〔二三〕一口。【毛】亦將舞劍以〔二四〕助一笑乎？統便喝斬二人，玄德還猶未決。【鍾】太慈些。統〔二五〕曰：「二人本意欲殺吾主，罪不容誅！」遂叱刀斧手斬楊懷、高沛於帳前。黄忠、魏延早將二百從人先自捉下，不曾走了一箇。玄德喚入，各賜酒壓驚。【毛】善買人心。【贊】英雄。玄德曰：「楊懷、高沛離間吾兄弟，又藏利刃行刺，【二】音次。故行誅戮，【漁】只説別人，不説自己，今人慣如此。爾等無罪，不必驚疑。」【鍾】玄德英雄作用。衆各拜謝。

〔一七〕「警」，齋本、光本、商本作「驚」。
〔一八〕「前」，齋本、光本作「軍」。
〔一九〕「關」上，光本有「有」字。
〔二〇〕「禮」，商本作「酒」。
〔二一〕「飲」，商本作「領」。
〔二二〕「弟」字原闕，據毛校本補。
〔二三〕「利刃」，此處及後一處原作「利刀」，毛校本同。按：本回前文二處作「利刃」，據明四本改。
〔二四〕「舞劍以」三字原闕，據毛校本補。
〔二五〕「統便喝……未決統」十三字原闕，據毛校本補。

龐統曰：「吾今即用汝等引路，帶吾軍取關，各有重賞。」毛漁不（欲走透）（曾走漏）一人，正爲此耳。衆皆應允。是夜二百人先行，大軍隨後。前軍至關下叫曰：「二將軍有急事回，可速開關。」城上聽得是自家軍，即時開關。大軍一擁而入，兵不血刃，得了涪關，毛漁只殺得兩（人，甚不費力）（個）。蜀兵皆降。玄德各加重賞，隨即分兵前後守把〔二六〕。次日勞軍，設宴於公廳。玄德酒酣，顧龐統曰：「今日之會，可爲樂乎？」毛未免露出真情。○玄德在劉表席間醉後失言，於此復見。龐統曰：「伐人之國而以爲樂，非仁者之兵也。」贄老龐大通。鍾龐統大通。玄德曰：「吾聞昔日武王伐紂，作樂象功，此亦非仁者之兵歟？毛漁（玄德慣說醉話。○）以紂比（劉）璋，（亦擬之非其倫，確〔二七〕）（比非其論，的）是醉話。汝言何不合道理？可速退！」龐統大笑而起，毛亦有醉意。左右亦〔二八〕扶玄德入後堂。睡至半夜，酒醒〔二九〕，左右以逐龐統之言告知玄德，玄德大悔。次早，穿衣陞堂，請龐統謝罪曰：「昨日酒醉，言語觸忤〔三〇〕，幸勿掛懷。」龐統談笑自若。玄德曰：「昨日之言，惟吾有失。」龐統曰：「君臣俱失，何獨主公？」毛漁一語氷釋（，龐統亦妙）。鍾好君臣。玄德亦大笑，其樂如初。

却說劉璋聞玄德殺了楊、高二將，襲了涪水關〔三一〕，大驚曰：「不料今日果有此事！」毛始信王累之言。漁一向作夢。遂聚文武，問退兵之策。漁玄德與劉璋俱有騎虎之勢：在劉璋，則召虎易而遣虎難；在劉備，則入險〔三二〕易而出險難故也。黄權曰：「可連夜遣兵屯雒縣，三雒，音洛。古縣名，今之漢州〔三三〕也。

〔二六〕「隨」，商本作「遂」。「守把」，光本倒作「把守」。
〔二七〕「確」，商本作「此」。
〔二八〕「亦」，商本脱。
〔二九〕「醒」上，光本、商本有「方」字。
〔三〇〕「忤」，貫本作「犯」，明四本無。
〔三一〕「水」，商本脱，明四本無。
〔三二〕「備」「險」，原作「璋」「儉」，據衡校本改。
〔三三〕嘉、周、夏批「漢州」，原作「江州」。按：《一統志》：漢州「本漢雒縣，廣漢郡治焉」。據改。

塞二音色。住咽喉之路。劉備雖有精兵猛將，不能過也。」璋遂令劉璝、周音頹。冷苞、張任、鄧賢點五萬〔三四〕大軍，星夜往守雒縣，以拒劉備。四將行兵之次，劉璝曰：「吾聞錦屏山中有一異人，道號『紫虛上人』，知人生死貴賤。吾輩今日行軍，正從錦屏山過。何不試往問之？」毛正厮殺時，忽見一世外之人。張任曰：「大丈夫行兵〔三五〕拒敵，豈可問於山野之人乎？」毛是大丈夫語。贊是。鍾丈夫之（見）。璝曰：「不然。聖人云：『至誠之道，可以前知。』吾等問於高明之人，當趨吉避凶。」毛既一心爲主，又何趨避之有？漁凡事皆〔三六〕可問趨避，獨行兵一事不可問趨避。於是四人引五六十騎至山下，問徑樵夫。樵夫指高山絶頂上，便是上人所居。四人上山至庵前，見一道童出迎。毛極與水鏡莊上彷佛。問了姓名，引入庵中。只見紫虛上人坐於蒲墩之上，四人下拜，求問前程之事。紫虛上人曰：「貧道乃山野廢人，豈知休咎？」劉璝再三拜問，紫虛遂命道童取紙筆，寫下八句言語，付與劉璝。其文曰：

左龍右鳳，飛入西川。雛鳳墜地，毛爲落鳳坡伏筆。臥龍升天。一得一失，天數當然。見機而作，勿喪九泉。

劉璝又問曰：「吾〔三七〕四人氣數如何？」紫虛上人曰：「定數難逃，何必再問！」毛四人無一生還，亦先伏下一筆。璝又請問時，上人眉垂目合，恰似睡着的一般，並不荅應。四人下山。劉璝曰：「仙人之言，不可不信。」張任曰：「此狂叟也，聽之何益。」毛漁張任不降之意，於此已〔三八〕決。贊此人雖硬强，畢竟還通〔三九〕。遂上馬前行。既至雒縣，分調人

〔三四〕「萬」，原作「千」，致本同，據其他古本改。
〔三五〕「兵」，商本作「軍」。
〔三六〕「皆」，原作「節」，衡校本、致本同。按：不通，疑「皆」之訛，酌改。
〔三七〕「吾」，商本作「我」。
〔三八〕毛批「已」，原作「以」，致本、業本、貫本同，據其他毛校本改。
〔三九〕「通」，吴本闕，緑本作「是」。

馬，守把〔四〇〕各處隘口。劉璝曰：「雒城乃成都之保障，失此則成都難保。吾四人公議，着二人守城，二人去雒縣前面，依山傍險，劄下兩箇寨子，勿使敵兵臨城。」冷苞、鄧賢曰：「某願往結寨。」劉璝大喜，分兵二萬與冷、鄧〔四一〕二人，離城六十里下寨。【毛】玄德以二將當先，劉璋亦有〔四二〕二將當先。劉璝、張任守護雒城。

却說玄德既得涪水關〔四三〕，與龐統商議進取雒城。人報劉璋撥四將前來，即日冷苞、鄧賢領二萬軍離城六十里，劄下兩箇大寨。玄德聚衆將問曰：「誰敢建頭功，去取二將寨柵？」老將黃忠應聲出曰：「老夫願往。」【毛】寫黃忠不異廉頗、馬援。玄德曰：「老將軍率本部人馬，前至〔四四〕雒城，如取得冷苞、鄧賢營寨，必當重賞。」黃忠大喜，即領本部兵馬，謝了要行。【毛】【漁】（矍爍）（矍王）哉是翁。忽帳下一人出曰：「老將軍年紀高大，如何去得？小將不才願往。」玄德視之，乃是魏延。黃忠曰：「我已領下將令，你如何敢攙越？」魏延曰：「老者不以筋骨爲能。吾聞冷苞、鄧賢乃蜀中名將，血氣方剛，恐老將軍近〔四五〕他不得，豈不悮了主公大事？【毛】魏延激惱黃忠，則黃忠之成功愈必〔四六〕。因此願相替，本是好意。」黃忠大怒曰：「汝說吾老，敢與我比試武藝麼？」【毛】此處黃忠欲與魏延比試，後文關公亦欲與馬超比試，前後相映。魏延曰：「就主公之前，當面比試。贏得的便去，何如？」黃忠遂趨步下堦，便叫小校：「將刀來〔四七〕！」【毛】人雖老，寶刀不老。玄德急止之曰：「不可！吾今提兵取川，全仗汝二人之力。今兩虎相鬭，必有一傷。須悮了我大事。吾與

〔四〇〕「守把」，光本倒作「把守」。
〔四一〕「鄧」，商本作「苞」。
〔四二〕「有」，商本作「以」。
〔四三〕「涪水關」，商本脫「水」，明四本作「涪城」。
〔四四〕「至」，光本作「到」，嘉本、周本無。
〔四五〕「近」，光本、商本作「擒」。
〔四六〕「愈必」，業本作「不必」，光本作「愈速」。
〔四七〕「來」上，貫本有「過」字。

你二人勸解〔四八〕，休得争論。」龐統曰：「汝二人不必相争。即今冷苞、鄧賢下了兩箇營寨。今汝二人自領本部軍〔四九〕馬，各打一寨。鍾善開發他兩箇。如先奪得者，便爲頭功。」毛贏者便爲壯，輸者便爲老。於是分定黄忠打冷苞寨，魏延打鄧賢寨。二人各領命去了。龐統曰：「此二人去，恐於路上相争，主公可自引軍爲後應。」毛預知魏延必争黄忠之功。漁龐統先見。玄德留龐統守城，自與劉封、關平引五千軍隨後進發。

却説黄忠歸寨，傳令來日四更造飯，五更結束，平明進兵，取左邊山谷而進。魏延却暗使人探聽黄忠甚時起兵，探事人回報：「來日四更造飯，五更起兵。」魏延暗喜，分付衆軍士二更造飯，三更起兵，平明要到鄧賢寨邊。毛廝殺時敘不得齒。寫魏延貪功，亦甚壯勇。軍士得令，都飽飡〔五〇〕一頓，馬摘鈴，人銜枚，捲旗束甲，暗地去劫寨。三更前後，離寨前進。到半路，魏延馬上尋思：「只去打鄧賢寨，不顯能處，不如先去打冷苞寨，却將得勝兵打鄧賢寨。兩處功勞都是我的。」贊英雄，英雄！不可以成敗論之。鍾（最）帶反骨的人，事多如此。漁弄巧反成拙。就馬上傳令，教軍士都投左邊山路裏去。毛彼後我先，宜右忽左，魏延好勝，視今之推諉退避者，何啻天淵〔五一〕。天色微明，離冷苞寨不遠，教軍士少歇，排搠〔五二〕金鼓旗旛、鎗刀器械。早有伏路小軍飛報入寨，冷苞已有〔五三〕准備了。毛如此早去，又吃〔五四〕准備，可謂「夜眠清早起，又有早行人」。漁只道「夜眠清早起」，誰知「又有早行人」。一聲砲響，三軍上馬，殺將出來。魏延縱馬提刀，與冷苞接戰。二將交馬，戰到三十合，川兵分兩路來襲漢軍。漢軍走

〔四八〕「勸解」，商本倒作「解勸」。
〔四九〕「軍」，商本作「人」。
〔五〇〕「飡」，光本作「食」。
〔五一〕「淵」，商本作「壤」。
〔五二〕「搠」，光本作「立」。
〔五三〕「有」，商本脱。
〔五四〕「吃」，光本作「有」，商本作「已」。

了半夜，人馬力乏，抵當不住，退後便走。魏延聽得背後陣脚亂，撇了冷苞，撥馬回走。川兵隨後趕來，漢軍大敗〔五五〕。【毛】正爲争功失功。走不到五里，山背後鼓聲震地，鄧賢引一彪軍從山谷裏截出來，大叫〔五六〕：「魏延快下馬受降！」魏延策馬飛奔，那馬忽失前蹄，雙足跪地，將魏延掀將下來。【毛】讀者至此，必謂魏延死矣。【漁】險殺。鄧賢馬奔到，挺鎗來刺魏延。鎗未到處，弓弦響，鄧賢倒撞下馬。後面冷苞方欲來救，一員大將從山坡上躍馬而來，厲聲大叫：「老將黄忠在此！」【毛】先聞其弓，後見其人，寫得聲勢。【贊】【鍾】畢竟是老將。舞刀直取冷苞。冷苞抵敵不住，望後便走。黄忠乘勢追趕，川兵大亂。

黄忠一枝軍救了魏延，【毛】【漁】魏延在長〔五七〕沙城上救（了）黄忠，此（日真堪相報）（方〔五八〕報得）。殺了鄧賢，直趕到寨前。冷苞回馬與黄忠再戰。不到十餘合，後面軍馬擁將上來，冷苞只得棄了左寨，引敗軍來投右寨。只見寨中旗幟全別，冷苞大驚，【漁】奇。兜住馬看時，當頭一員大將，金甲錦袍，乃是劉玄德。【毛】寫得突兀。左邊劉封，右邊關平，大喝道：「寨子吾已奪下，汝欲何往？」原來玄德引兵從後接應，便乘勢奪了鄧賢寨子。【毛】補敘得妙。冷苞兩頭無路，取山僻小徑要回雒城。行不到十里，狹路伏兵忽起，搭鈎齊舉，把冷苞活捉了。【毛】寫得突兀。【漁】又奇。原來却是魏延自知罪犯〔五九〕，無可解釋，收拾後軍，令蜀兵引路，伏在這裡，等箇正着。【毛】【漁】補〔六〇〕敘（得妙）。【贊】到底通。【鍾】魏延此着甚通。用絛縛了冷苞，解投玄德寨來。

却説玄德立起免死旗，但川兵倒戈卸甲者，並不許殺害，如傷者償命，【毛】善買人心。【贊】是。又諭〔六一〕衆降兵曰：「汝川人皆有父母妻子，願降

〔五五〕「敗」，商本作「亂」。
〔五六〕「叫」，光本作「喊」。
〔五七〕漁批「長」，原作「黄」，衡校本同。按：「黄」字訛，據前文改。
〔五八〕漁批「方」上，衡校本有「時」字。
〔五九〕「罪犯」，商本倒作「犯罪」。
〔六〇〕漁批「補」，原作「捕」，形訛，據衡校本改。
〔六一〕「諭」，光本、商本作「謂」，明四本無。

者充軍，不願降者放回。」於是歡聲動地。【毛】放回之人，又將爲未取之地布其先聲耳。【贊】大是。【鍾】玄德有此仁厚，宜降兵歡感矣。黄忠安下寨脚，逕來見玄德，説魏延違了軍令，可斬之。玄德急召魏延，魏延解冷苞〔六二〕至。玄德曰：「延雖有罪，此功可贖。」令魏延謝黄忠救命之恩，今後毋得相争。魏延頓首伏罪，【毛】【漁】善於調停。玄德重賞黄忠。【毛】黄忠故〔六三〕自不老。使人押冷苞到帳下〔六四〕，玄德去其縛，賜酒壓驚，【贊】是。【鍾】□人。問曰：「汝肯降否？」冷苞曰：「既蒙免死，如何不降？劉璝、張任與某爲生死之交，若肯放某〔六五〕回去，當即招二人來降，就獻雒城。」玄德大喜，便賜衣服、鞍馬，令回雒城。【毛】總是收川將之心。魏延曰：「此人不可放回。若脱身一去，不復來矣。」【鍾】魏延是。玄德曰：「吾以仁義待人，人不負我。」【贊】此日黄忠、魏延、玄德都通。【鍾】玄德亦是。

却説冷苞得回雒城，見劉璝、張任，不説捉去放回，只説：「被我殺了十餘人，奪得馬匹逃回。」【毛】今人有諱言没體面事者，往往類此。【漁】羞，羞，羞。劉璝忙遣人往成都求救。劉璋聽知折了鄧賢，大驚，慌忙聚衆商議。長子劉循進曰：「兒願領兵前去守雒城。」璋曰：「既吾兒肯去，當遣誰人爲輔？」一人出曰：「某願往。」璋視之，乃舅氏吴懿也。【三】補註懿之妹，嫁劉璋之兄劉瑁。瑁死，其妹尚在。璋曰：「得尊舅去最好。誰可爲副將？」吴懿保吴蘭、雷銅二人爲副將，【毛】【漁】三人後皆爲劉備所用。點二萬軍馬來到雒城。劉璝、張任接着，具言前事。吴懿曰：「兵臨城下，難以拒敵，汝等有何高見？」冷苞曰：「此間一帶正靠涪江，江水大急，前面寨占山脚，其形最低。某乞五千軍，各帶鍬鋤前去，決涪江之水，可盡渰死劉備之兵也。」【毛】熱人用火，冷人用水。一笑。

〔六二〕「苞」，原作「包」，據古本改。
〔六三〕「故」，光本作「果」。
〔六四〕「下」，光本作「中」。
〔六五〕「某」，光本、商本作「我」，明四本無。

【鍾】冷苞大通。吴懿從其計，即令冷苞前往決水，吴蘭、雷銅引兵接應。冷苞領命，自去准備決水器械。

却説玄德令黄忠、魏延各守一寨，自回涪城，與軍師龐統商議。細作報〔六六〕説：「東吴孫權遣人結好東川〔六七〕張魯，將欲來攻葭萌關。」【毛】【漁】張魯興兵（，不從張魯一邊敘來，）却從玄德（一邊聽）（耳中聞）得（，此省筆之法）（有年）。玄德驚曰：「若葭萌關有失，截斷後路，吾進退不得，當如之何？」龐統謂孟達曰：「公乃蜀中人，多知地理，去守葭萌關如何？」達曰：「某保一人與某同去守關，萬無一失。」玄德問何人。達曰：「此人曾在荊州劉表部下爲中郎將，乃南郡枝江人，姓霍名峻，字仲邈。」玄德大喜，即時遣孟達、霍峻〔六八〕守葭萌關去了。【毛】玄德此時腹背受敵，亦大危事，却只使兩人去當後路，令人急欲觀其後也。【漁】腹背受敵，亦是危事。觀者亦急欲觀〔六九〕其後。

龐統退歸館舍，門吏忽報：「有客特來相訪。」統出迎接，見其人身長八尺，形貌甚偉，頭髮截短，披於頸上，【毛】髮短而心〔七〇〕甚長。衣服不甚齊整。統問曰：「先生何人也？」其人不答，逕登堂仰卧牀上。【毛】來得作怪。【贊】定是妙人。〔七一〕統甚疑之，再三請問。其人曰：「且消停〔七二〕，吾當與汝説知天下大事。」【毛】作怪，令人測〔七三〕摸不出。【漁】好驚人説話，令人不解。統聞之愈疑，命左右進酒食。其人起而便食，並無謙遜，飲食甚多，食罷又睡。【毛】一發作怪。【贊】更妙。【鍾】異人異事。統疑惑不定，使人請法正視之，恐是細作。法正慌忙到來，統出迎接，謂正曰：「有一人如此如此。」法正曰：「莫非彭永言

〔六六〕「作」，貫本作「卒」。「報」，商本作「探」。

〔六七〕按：「東川」始見於《晉書》，《演義》中以漢中郡爲「東川」，與「西川」相對。應作「漢中」，涉後文多處，成習，從原文。

〔六八〕第六十二回回末葉闕，以下至回末皆闕，據毛校本補。

〔六九〕上「觀」字原闕，下「觀」原作「難」，據衡校本補、改。

〔七〇〕「心」，光本、商本作「身」。

〔七一〕吴本脱此句及下句贊批。

〔七二〕「且消停」，商本「消」作「稍」，形訛；明四本作「汝等罷了」。

〔七三〕「測」，商本作「猜」。

乎？」毛奇。陛堦〔七四〕視之。其人躍起曰：「孝直別來無恙！」正是：

只爲川人逢舊識，遂令涪水息洪流。

畢竟此人是誰，且看下文分解。

卧龍妙矣，鳳雛亦通。今取涪城，果談笑而得之，此鳳雛第一功也。

黄、魏相持，正是漁翁之利，然此日玄德堪鷸蚌魏、黄。

玄德取涪城，談笑而得，此鳳雛第一功。及攻二寨，黄、魏鷸蚌相持，孰非漁翁之利哉！

〔七四〕「陛堦」，致本、業本作「陞堦」。按：「陞堦」不通，形訛，據其他古本補。

第六十三回

諸葛亮痛哭龐統 張翼德義釋嚴顏

前文之決水者二：曹操之決泗水以渰下邳，決漳河〔一〕以渰冀州是也。後文之決水者一：關公之決襄江〔二〕以渰七軍是也。獨此回於涪水之決，則欲決而不能決，遂不果決。有前之二實，不可無此之一虛。有此之一虛，然後又有後之一實。文字有虛實相生之法，不意天然有此等妙事，以助成此等妙文。

觀於龐統之死，而知荆州之所以失、關公之所以亡也。何也？龐統不死，則收川之事委之龐統，而孔明可以不離荆州；縱使撫川之事托之孔明，而荆州又可轉付龐統，雖有吕蒙、陸遜，何所施其詭計哉！故凡荆州之失與關公之亡，不關於吕蒙之多智、陸遜之能謀，而特由於龐統之死耳。然則謂孔明之哭龐統，即爲關公哭也可，即爲荆州哭也可。

甚矣，躁進之心，不可不戒；而人己猜嫌之情，不可不忘也！龐統未死之時，星爲之告變矣，夢爲之告變矣，馬又爲之告變矣；而統乃疑孔明之忌己，欲功名之速立，遂使「鳳兮鳳兮」，反不如「鴻飛冥冥」，足以避弋人之害。嗚呼！雖曰天也，豈非人哉〔三〕！

孔明隆中決策之語，其曰「外結孫權」，所謂東和孫權也；其曰「然後中原可圖」，所謂北拒曹操也，其告關公即以此耳。況孫夫人在而孫、劉暫合，孫〔四〕夫人去而孫、劉遂離。

〔一〕「河」，貫本作「水」。
〔二〕「湘江」，毛校本同。按：湘江位於長江之南，後文七十四回作「襄江」，據改。
〔三〕「哉」，貫本作「也」。
〔四〕「孫」上，商本有「及」字。

孫既與劉離，必將北與操合。濡須之戰，權不致書於備以求援，而獨致書於操以解兵，便有與操連和之機矣。孫與劉離不足憂，而曹〔五〕與孫合則大可懼。苟但知北拒曹操，而不知東和孫權，其又何能拒操也耶？

翼德生平有快事數端：前乎此者，鞭督郵矣，罵呂布矣，喝長坂矣，奪阿斗矣。然前〔六〕數事之勇，不若擒嚴顏之智也；擒嚴顏之智，又〔七〕不若釋嚴顏之尤智也。未遇孔明之前，則勇有餘而智不足；既遇孔明之後，則勇有餘而智亦有餘。蓋一入孔明薰陶，而莽氣化焉，驕氣亦化焉。勇不可學而智可學。翼德之勇固其素有，而其智則孔明教之云。

嚴將軍頭本未常斷，而有「斷頭將軍」一語，遂使千古傳爲美談。文天祥《正氣歌》曰「爲嚴將軍頭」，而元人弔天祥詩亦曰「忠於蜀將斫頭時」〔八〕，竟似嚴將軍真曾斷頭也者。可見人雖不死，不可以畏死；雖不必不生，不可以貪生。

人但知樹林中過去之張飛是假，不知大寨中跌足大叫之張飛亦是假。後之張飛，是以假張飛扮作真張飛；前之張飛，是以真張飛扮作假張飛。後之以假爲假固奇，前之以真爲假尤奇。

却説法正與那人相見，各撫掌而笑。龐統問之，正曰：「此公乃廣漢人，姓彭名羕，㊂音樣。**字永言，蜀中豪傑也。因直言觸忤劉璋，被璋髡**㊁音坤。**鉗爲徒隸，因此短髮。」統乃以賓禮待之，問**

〔五〕「曹」，商本作「操」。

〔六〕「前」，商本作「而」。

〔七〕「又」，商本脱。

〔八〕「忠於蜀將斫頭時」，原作「忠如蜀將斬顏時」，毛校本同。按：詩句爲元代徐世隆《挽文丞相》頷聯下句。明代孫原理輯《元音》頷聯作「義似漢皇封齒日，忠於蜀將斫頭時」，明代宋緒編《元詩體要》「頭」作「顏」，清代陳焯輯《宋元詩會》「斫頭」作「斬顏」。據《元音》校正。

羕從何而來。羕曰：「吾特來救汝數萬人性命，見劉將軍方可説。」毛妙在不即説明，先〔九〕作此驚人之語。贊鍾天下自多異人，人不識耳。法正忙報玄德。玄德親自謁見，請問其故。羕曰：「將軍有多少軍馬在前寨？」玄德實告：「有魏延、黄忠〔一〇〕在彼。」羕曰：「爲將之道，豈可不知地理乎？前寨緊靠涪江，若决動江水，前後以兵塞二音色。之，一人無可逃也。」毛冷苞之計，早被猜破。漁猜破冷苞計策。玄德大悟。彭羕曰：「罡星在西方，太白臨于此地，當有不吉之事，鍾天文妙。切宜慎之。」毛借决水一事，照下落鳳坡〔一一〕。○方纔説地理，便又説天文。玄德即拜彭羕爲幕賓，使人密報魏延、黄忠，教朝暮用心巡警，以防决水。毛不消移營，甚妙。黄忠、魏延商議：二人各輪一日，如遇敵軍到來，互相通報。

却説冷苞見當夜風雨大作，引了五千軍，逕循江邊而進，安排决江，只聽得後面喊聲亂起。冷苞知有准備，急急回軍。後面魏延引軍趕來，川兵自相踐踏。冷苞正奔走間，撞着魏延，交馬不數合，被魏延活捉去了。毛冷苞第〔一二〕二次被擒。漁冷苞〔一三〕大將，如何兩次輕輕被捉。前次在不提防；後次因前番失了膽，故一見魏延便自酥了。比及吴蘭、雷銅來接應時，又被黄忠一軍殺退。魏延解冷苞到涪關，玄德責之曰：「吾以仁義相待，放汝回去，何敢背我？今次難饒！」將冷苞推出斬之，重賞魏延。玄德設宴管〔一四〕待彭羕。忽報荆州諸葛亮軍師特遣馬良奉書至此，玄德召入問之。馬良禮畢，曰：「荆州平安，不勞主公憂念。」遂呈上軍師書信。玄德拆封〔一五〕觀之，畧云〔一六〕：

〔九〕「先」，齋本、光本、商本作「故」。
〔一〇〕「魏延黄忠」，光本、商本、嘉本作「黄忠魏延」。
〔一一〕「坡」下，齋本、光本、商本有「事」字。
〔一二〕「第」，商本脱。
〔一三〕「苞」，原作「苟」，形訛，據衡校本、致本改。
〔一四〕「管」，齋本、光本、商本作「款」。
〔一五〕「封」，致本同，其他毛校本作「書」。
〔一六〕毛本孔明書信改自贊本；鍾本、漁本同贊本；贊本同明三本。

亮夜算太乙數，今年歲次癸巳〔一七〕，罡星在西方；又觀乾象，太白臨于雒城之分，主將帥身上多凶少吉。切宜謹慎。毛 彭羕之言，早與孔明相合。鍾 （天文）妙。

玄德看了書，便教馬良先回。玄德曰：「吾將回荊州去論此事。」龐統暗思：「孔明怕我取了西川成了功，故意將此書相阻耳。」毛漁 此（正）士元不及孔明處。〈漁〉龐統與周瑜同犯此病。贊 是大豪傑。鍾 太疑心。乃對玄德曰：「統亦算太乙數，已知罡星在西，應主公合得西川，別不主凶事。毛 亦算得着〔一八〕。統亦占天文，見太白臨於雒 二 音洛。城，先斬蜀將冷苞，已應凶兆矣。毛 只因自己心熱，却畫在姓冷的身上去。漁 好解。主公不可疑心，可急進兵。」鍾 亦是豪傑獨信，不必以成敗論也。玄德見龐統再三催促，乃引軍前進。黄忠同魏延接入寨去。龐統問法正曰：「前至雒城，有多少路？」法正畫地作圖。玄德取張松所遺圖本對之，並無差錯。毛 照應畫圖。法正言：「山北有條大路，正取雒城西門；山南有條小路，却取雒城東門。兩條路皆〔一九〕可進兵。」龐統謂玄德曰：「統令魏延爲先鋒，取南〔二〇〕小路而進，主公令黄忠作先鋒，從山北大路而進，並到雒城取齊。」毛 俱作〔二一〕畫中人。玄德曰：「吾自幼熟於弓馬，多行小路。軍師可從大路去取西門，吾取東門。」龐統曰：「大路必有軍邀攔，主公引兵當之。統取小路。」玄德曰：「軍師不可。吾夜夢一神人，手執鐵棒擊吾右臂，覺來猶自臂疼〔二二〕。此行

〔一七〕「巳」字原闕，毛校本作「亥」，致本作「酉」。按：時建安十八年（二一三年）爲癸巳年，據明四本補。

〔一八〕「着」，商本作「妙」。

〔一九〕「西」「東」，原作「東」「西」，古本同。按：後文張任曰：「城東南山僻有一條小路」；第六十四回孔明曰：「張任必投山東小路而來」。小路東而大路西。據後文互易，後玄德語同。「皆」，齊本、光本作「俱」。

〔二〇〕「南」上，光本、商本有「山」字。

〔二一〕「作」，商本作「是」。

〔二二〕「疼」，光本、商本作「痛」。

莫非不佳？」【毛】玄德以伏龍、鳳雛爲左右手，士元乃其右手也。【漁】爲落鳳預兆。龐統曰：「壯士臨陣，不死帶傷，理之自然也。何故以夢寐之事疑心乎？」玄德曰：「吾所疑者，孔明之書也。【毛】夢是夢，書是書，不似今人但看夢書。軍師還守涪關如何？」龐統大笑曰：「主公被孔明所惑矣。彼不欲令統獨成大功，故作此言，以疑主公之心。【毛】前只肚裏尋思，今却口中説出。【鍾】（太）猜忌。【漁】肚中事説出。心疑則致夢，何凶之有？統肝腦塗地，方稱本心。主公再勿多言，來早准行。」【贊】丈夫行〔二三〕事，定當如此。當日傳下號令，軍士五更造飯，平明上馬，黄忠、魏延領軍先行。玄德與龐統約定〔二四〕，忽坐下馬眼生前失，把龐統掀將下來。【毛】【漁】又（是）一個預兆。玄德跳下馬，自來籠住那馬。玄德曰：「軍師何故乘此劣馬？」龐統曰：「此馬乘久，不曾如此。」玄德曰：「臨陣眼生，悮人性命。吾所騎白馬，性極馴熟，軍師可騎，萬無一失。劣馬吾自乘之。」遂與龐統更換所騎之馬。【漁】換馬，奇巧。龐統謝曰：「深感主公厚恩。雖萬死亦不能報也。」【毛】説出「死」字，又是一箇預兆。【鍾】發願便不祥了。【漁】屢説「死」字，俱不祥之兆。遂各上馬取路而進。玄德見龐統去了，心中甚覺不快，怏怏而行。【毛】又是一箇預兆。

却説雒城中吴懿、劉璝聽知折了冷苞，遂與衆商議。張任曰：「城東南山僻有一條小路，最爲要緊，某自引一軍守之。諸公緊守雒城，勿得有失。」【鍾】張任有□。忽報：「漢兵分兩路前來攻城。」張任急引三千軍，先來抄小路埋伏。見魏延兵過，張任教儘放過去，休得驚動。後見龐統軍來，張任軍士遥指軍中大將：「騎白馬者必是劉備。」【毛】的盧救了玄德，白馬送了士元，前後遥遥相對。張任大喜，傳令教如此如此。

却説龐統迤㊁音移。邐㊁音离。前進，擡頭見兩山逼〔二五〕窄，樹木叢雜，又值夏末秋初，枝葉茂

〔二三〕「丈夫行」三字原闕，緑本作「丈夫作」。據吴本補。

〔二四〕「與龐統約定」，明四本作「再與龐統約會」。

〔二五〕「逼」，齋本作「迫」，後一處同。

盛。【毛】百忙中又夾此閒景，正合七夕。龐統心下甚疑，勒住馬問：「此處是何地？」數〔二六〕內有新降軍士，指道：「此處地名『落鳳坡』。」龐統驚曰：「吾道號『鳳雛』，此處名『落鳳坡』，不利於吾！」【毛】【漁】卧龍崗爲孔明（之）始，落鳳坡爲士元（之）終（，前後遥遥相對）。令後軍疾退。只聽山坡前一聲砲響，箭如飛蝗，只望騎白馬者射來。可憐龐統竟死於亂箭之下。時年止三十六歲。【贊】士元雖死，不失爲大大豪傑也。若真心畏死，托言逃〔二七〕避，禽獸矣。【鍾】士元死，真可憐。後人有詩嘆曰〔二八〕：

古峴相連紫翠堆，士元有宅傍山隈。
兒童慣識呼鳩曲，閭巷曾聞展驥才。
預計三分平刻削，長驅萬里獨徘徊。
誰知天狗流星墜，不使將軍衣錦回。

先是東南有童謡云〔二九〕：

一鳳并一龍，相將到蜀中。纔到半路裡，鳳死落坡東。
風送雨，雨隨〔三〇〕風，隆漢興時蜀道通，蜀道通時只有龍。【毛】又與紫虚上人語相應。〇荆州之謡曰：「泥中蟠〔三一〕龍向天飛。」西川之謡曰：「蜀道通時只有龍。」前之龍應在君，後之龍應在臣。【贊】謡自好。【鍾】（童）謡好。

當日張任射死龐統，漢〔三二〕軍擁塞，【二】音色。進退不得，死者大半。前軍飛報魏延。魏延忙勒兵欲回，奈山路逼窄，厮殺不得。又被張任截斷歸

〔二六〕「數」，光本、商本作「名」，明三本作「何處」。
〔二七〕「若」「逃」，緑本作「者」「進」。
〔二八〕毛本嘆龐統詩從贊本；鍾本同贊本，夏本、贊本同嘉本，周本改自嘉本；漁本無。
〔二九〕毛本童謡從贊本；鍾本、漁本同贊本，夏本、贊本同嘉本，周本改自嘉本。
〔三〇〕「隨」，毛校本作「送」。
〔三一〕「蟠」，貫本作「燔」，澹本作「蛒」，形訛。
〔三二〕「漢」，光本、商本作「川」，明四本作「衆」。

路，在高阜處用强弓硬弩射來，魏延心慌。【毛】魏延不死者，天幸也。而士元獨不得邀天幸，惜哉！有新降蜀兵曰：「不如殺奔雒城下，取大路而進。」延從其言，當先開路，殺奔雒城來。塵埃起處，前面一軍殺至，乃雒城守將吳蘭、雷銅也，後面張任引兵追來，前後夾攻，把魏延圍在垓心。魏延死戰不能得脱。【漁】魏延不死，天幸也。但見吳蘭、雷銅後軍自亂，二將急回馬去救。魏延乘勢趕去，當先一將，舞刀拍馬，大叫：「文長，吾特來救汝！」視之，乃老將黄忠也。【毛】前是魏延兩擒冷苞，此是黄忠兩救魏延。一回之中，又自〔三三〕相對。【贊】【鍾】（□將）救他兩番性命矣。〔三四〕【漁】寫老將餘波。兩下夾攻，殺敗吳、雷二將，直衝至雒城之下。劉璝引兵殺出，却得玄德在後當住接應，黄忠、魏延翻身便回。玄德軍馬，比及奔到寨中，張任軍馬又從小路裏截出。劉璝、吳蘭、雷銅當先趕來。玄德守不住二寨，且戰且走，奔回涪關。【毛】鳳既死，龍亦受困。蜀兵得勝，迤邐追趕。玄德人困馬乏，那裏有心厮殺，且只顧奔走。將近涪關，張任一軍追趕至緊。幸得左邊劉封，右邊關平，二將引三萬生力兵〔三五〕截出，殺退張任，還趕二十里，奪回戰馬極多。【毛】白馬既亡，别馬何用。

玄德一行軍馬，再入涪關，問龐統消息。有落鳳坡逃得性命的軍士，報説：「軍師連人帶馬，被亂箭射死於坡前。」玄德聞言，望西痛哭不已，【毛】接輿之歌，是悲生鳳；玄德之哭，是悲死鳳。【漁】玄德當哭云：「鳳兮，鳳兮，何德之衰。」遥爲招魂設祭，諸將皆哭。黄忠曰：「今番折了龐統軍師，張任必然來攻打涪關，如之奈何？不若差人往荆州，請諸葛軍師來商議收川之計。」正説之間，人報：「張任引軍直臨城下搦【二】音色。戰。」黄忠、魏延皆要出戰。玄德曰：「鋭氣新挫，宜堅守以待軍師來到。」黄忠、魏延領命，只謹〔三六〕守城池。玄德寫一封書，教關平

〔三三〕「自」，光本、商本作「是」。
〔三四〕緑本脱此句及下句贊批。
〔三五〕「引」「兵」，貫本作「領」「軍」。
〔三六〕「謹」，齋本作「緊」。

分付：「你與我往荆州請軍師去。」【毛】爲後文關公守荆州伏筆。關平領了書，星夜往荆州來。玄德自守涪關，並不出戰。

却說孔明在荆州，時當七夕佳節，大會衆官夜宴，共說收川之事。只見正西上一星，其大如斗，從天墜下，流光四散。孔明失〔三七〕驚，擲盃於地，掩面哭曰：「哀哉！痛哉！」衆官慌問其故。孔明曰：「吾前者筭今年罡星在西方，不利於軍師。天狗犯於吾軍，【毛】只因天上一狗，却失人間一鳳。○此句補前文所未及。太白臨於雒城，已拜書主公，教謹防之。誰想今夕西方星墜，龐士元命必休矣！」言罷，大哭曰：「今吾主喪一臂矣！」【毛】與玄德之夢相應。衆官皆驚，未信其言。孔明曰：「數日之内，必有消息。」是夕酒不盡歡而散。數日之後，孔明與雲長等正坐間，人報關平到，衆官皆驚。關平入，呈上玄德書信。孔明視之，内言：「本年七月初七日，龐軍師被張任在落鳳坡前箭射身故。」【毛】本爲渡鵲佳期，却爲落鳳忌日。孔明大哭，衆官無不垂淚。孔明曰：「既主公在涪關，進退兩難之際，亮不得不去。」【毛】西川失了一鳳，换去〔三八〕一龍。雲長曰：「軍師去，誰人保守荆州？荆州乃重地，干係非輕。」孔明曰：「主公書中雖不明寫〔三九〕其人，吾已知其意了。」【毛】在下書人身上着眼。乃將玄德書與衆官看曰：「主公書中，把荆州托在吾身上，教我自量才委用。雖然如此，今教關平賫書前來，其意欲雲長公當此重任。【毛】玄德差關平之意，在孔明口中說出，妙。【鍾】明欲交付雲長，却把玄德委重。【漁】妙在即從下書人身上看出。雲長想桃園結義之情，【毛】又將首回中事一提。可竭力保守此地。責任非輕，公宜勉之。」【毛】荆州去了一龍，止畱一虎。雲長更不推辭，慨然領諾。孔明設宴交割印綬，雲長雙手來接。孔明擎着印曰：「這干係都在將軍身上。」【毛】鄭重之至，寫得如畫。【漁】鄭重。雲

〔三七〕「失」，光本作「大」。

〔三八〕「去」，齋本、光本作「了」。

〔三九〕「寫」，貫本作「言」。

長曰：「大丈夫既領重任，除死方休。」【毛】與龐統説「死」字，前後相對。【漁】一「死」字便不祥。孔明見雲長説個「死」字，心中不悦，欲待不與，其言已出。孔明曰：「倘曹操引兵來到，當如之何？」雲長曰：「以力拒之。」孔明又曰：「倘曹操、孫權齊起兵來，如之奈何？」雲長曰：「分兵拒之。」孔明曰：「若如此，荊州危矣！【毛】【漁】（未得西川，而）荊州之失，已兆於此。吾有八箇字，將軍牢記，可保守荊州。」雲長問：「那八箇字？」孔明曰：「北拒曹操，東和孫權。」【毛】只重在「東和孫權」一句，八箇字只四箇字耳。若「北拒曹操」，關公已知之矣。【贊】大是。【漁】還只得四個字「東和孫權」。雲長曰：「軍師之言，當銘肺腑。」孔明遂與了印綬，令文官馬良、伊籍、向朗、糜竺，武將糜芳、廖化、關平、周倉，一班兒輔佐雲長，同守荊州。【毛】【漁】自六十回中玄德入川之後，便與雲長[四〇]不復相見；（今自[四一]）此回（中）孔明入川（之）後，（亦不得）（又不）復與雲長相見。讀（書）（者）至此，爲之（愀）（慘）然。一面親自統兵入川。先撥精兵一萬，教張飛部領，取大路殺奔巴郡[四二]、雒城之西，先到者爲頭功。【毛】一路旱軍。又撥一枝兵，教趙雲爲先鋒，泝【三】音素。江而上，會於雒城。【毛】一路水軍。孔明隨後引簡雍、蔣琬等起行。那蔣琬字公琰，【二】音掩。零陵湘鄉人也，乃荊襄名士，現爲書佐[四三]。【毛】此處補[四四]敘蔣琬來歷，殊不費筆。當日孔明引兵一萬五千，與張飛同日起行。

張飛臨行時，孔明囑付曰：「西川豪傑甚多，不可輕敵。【毛】爲嚴顔伏筆。於路戒約三軍，勿得擄掠百姓，以失民心。所到之處，並宜存恤，勿得恣逞

[四〇] 漁批「雲長」，原作「玄德」，衡校本同。按：前句作「玄德」，則後半句應作「與孔明相見」，同主語述關公；前句作「雲長」，則後半句應同毛批亦作「雲長」，同賓語述關公。據毛批改。

[四一] 「今自」，光本、商本倒作「自今」。

[四二] 「巴郡」，原作「巴州」，古本同。按：「巴州」始見於南北朝。《後漢書·郡國志》《三國志·蜀書·先主傳》及後文皆作「巴郡」。據改。

[四三] 「書佐」，原作「書記」，古本同。按：《三國志·蜀書·蔣琬傳》：「琬以州書佐隨先主入蜀。」據改。

[四四] 「補」，貫本作「鋪」，形訛。

鞭撻士卒。望將軍早會雒城，不可有悞。」鍾勇者每多疎畧，此囑付甚得力。張飛欣然領諾，上馬而去，迤邐前行。所到之處，但降者秋毫無犯。漁張公竟有耳性。逕取漢川路，前至巴郡。細作回報：「巴郡太守嚴顔，乃蜀中名將。年紀雖高，精力未衰，善開硬弓，使大刀，有萬夫不當之勇。毛隱然又是一箇黄忠。據住城郭，不豎降旗。」張飛教離城十里下住大〔四五〕寨，差人入城去：「説與老匹夫：早早來降，饒你滿城百姓性命！若不歸順，即踏平城郭，老幼不留！」

却説嚴顔在巴郡，聞劉璋差法正請玄德入川，拊心而嘆曰：「此所謂『獨坐窮山，引虎自衛』〔四六〕者也！」毛可謂老識。後聞玄德據住涪關，大怒，屢欲提兵往戰，又恐這條路上有兵來。毛補筆周到。當日聞知張飛兵到，便點起本部五六千人馬，准備迎敵〔四七〕。或獻計曰：「張飛在當陽長坂，一聲喝退曹兵百萬之衆。曹操亦聞風而避之，不可輕敵。毛又將四十二回中事一提。今只宜深溝高壘，堅守不出。彼軍無糧，不過一月，自然退去。更兼張飛性如烈火，專要鞭撻士卒，如不與戰必怒，怒則必以暴厲之氣待其軍士。軍心一變，乘勢擊之，張飛可擒也。」毛以昔日張飛度之。贊是。〔四八〕鍾此人可謂知老張威風、識老張性情者矣。嚴顔從其言，教軍士盡數上城守〔四九〕護。忽見一箇軍士大叫：「開門！」嚴顔教放入問之。那軍士告説是張將軍差來的，把張飛言語依直便説。嚴顔大怒，罵〔五〇〕：「匹夫怎敢無禮！吾嚴將軍豈降賊者乎！借你口説與張飛！」喚武士把軍人割下耳鼻〔五一〕，却放回寨。

〔四五〕「住大」，齋本脱。
〔四六〕按：《三國志·蜀書·張飛傳》裴注引晉常璩《華陽國志》曰：「顔拊心歎曰：『此所謂獨坐窮山，放虎自衛也！』」「獨坐窮山，引虎自衛」成諺，從原文。
〔四七〕「敵」，商本作「戰」。
〔四八〕吴本脱此句贊批。
〔四九〕「守」，原作「收」，致本同，據其他古本改。
〔五〇〕「罵」下，光本有「曰」字。
〔五一〕「耳鼻」，光本、商本倒作「鼻耳」。

毛漁（極）寫嚴顏如此觸（怒）張飛（怒），愈見下文義釋之奇。軍人回見張飛，哭告嚴顏如此毀罵。張飛大怒，咬牙睜目，披掛上馬，引數百騎來巴郡城下搦戰，城上衆軍百般痛罵。張飛性急，幾番殺到吊橋，要過護城河，又被亂箭射回。到晚全無一箇人出，張飛忍一肚氣還寨。次日早晨，又引軍去搦戰。那嚴顏在城敵樓上，一箭射中張飛頭盔。毛與黃忠射關公盔纓前後相對。漁何異黃忠射関公盔纓。飛指而恨曰：「若拏住你這〔五二〕老匹夫，我親自食你肉！」毛寫張飛如此忿怒，愈見下文義釋之奇。到晚又空回。第三日，張飛引了軍，沿城去罵。原來那座城子是箇山城，週圍都是亂山。張飛自乘馬登山，下視城中，見軍士盡皆披掛，分列隊伍，伏在城中，只是不出；又見民夫來來往往，搬磚運石，相助守城。張飛教馬軍下馬，步軍皆坐，引他出敵，並無動靜。又罵了一日，依舊空回。毛漁（至此）已氣了三日。張飛在寨中，自思：「終日叫罵，彼只不出，如之奈何？」猛〔五三〕然思得一計，教衆軍不要前去搦戰，都結束了在〔五四〕寨中等候；却只教三五十箇軍士，直去城下叫罵，引嚴顏軍出來，便與廝殺。張飛磨拳擦掌，只等敵軍來。小軍連罵了三日，全然不出。毛漁又氣了三日。張飛眉頭一縱〔五五〕，又生一計，贄翼德自通。鍾一計又生一計，種種都妙。傳令教軍士四散砍打柴草，尋覓路徑，不來搦戰。毛張飛此時不減孔明之謀。嚴顏在城中，連日不見張飛動靜，心中疑惑，着十數箇小軍，扮作張飛砍柴的軍，潛地出城，雜在軍內，入山中探聽。毛已在張飛算中。

當日諸軍回寨，張飛坐在寨中，頓足大罵：「嚴顏老匹夫，枉氣殺我！」毛此是昔日張飛真面目，却是今日張飛假腔調。只見帳前三四箇人說道：「將軍不須心焦。這幾日打探得一條小路，可以偷過巴

〔五二〕「若」，原作「吾」，毛校本同。按：「吾」與後句「我」重，作「若」通。據明四本改。「這」下，光本有「箇」字。

〔五三〕「猛」，商本作「忽」。

〔五四〕「在」上，明四本有「只」。

〔五五〕「縱」，齋本、光本、商本作「皺」。

郡。」張飛故意大叫曰：「既有這箇去處，何不早來説？」【毛】莽人假莽，粗人假粗，却正是極精極細。【贊】【鍾】粗中有細。〈【鍾】〉老張真快人也。衆應曰：「這幾日却纔哨探得出〔五六〕。」張飛曰：「事不宜遲，只今夜〔五七〕二更造飯，趁三更明月，拔寨都起，人啣枚，馬去鈴，悄悄而行。我自前面開路，汝等依次而行。」【漁】張飛真面目，誰知俱是假腔調。傳了令便滿寨告報。【毛】妙人妙計。探細的〔五八〕軍聽得這箇消息，盡回城中來，報與嚴顏。顏大喜曰：「我算定這匹夫忍耐不得！【毛】【漁】（能料其莽，不能料其精；）能料其粗，不能料其細（；能料其莽，不能料其精）。你偷小路過去，須是糧草輜【周】音兹。重在後。我截住後路，你如何得過？好無謀匹夫，中我之計！」【毛】誰知反中了張飛之計。即時傳令，教軍士准備赴敵：「今夜二更也造飯，三更出城，伏於樹木叢雜去處。只等張飛過咽喉小路去了，車仗來時，只聽鼓響，一齊殺出。」【漁】俱在張飛筭中。傳了號令，看看近夜，嚴顏全軍盡皆飽食，披掛停當，悄悄出城，四散伏住，只聽鼓響；嚴顏自引十數裨【二】音皮。將，下馬伏於林中。

約三更後，遥望見張飛親自在前，横矛縱馬，悄悄引軍前進。【毛】讀者〔五九〕至此，正不知張飛如何用計，若如此定爲嚴顏所算。【漁】使人讀此不知下文，便是好文字。去不得三四里，背後車仗人馬，陸續進發。嚴顏看得分曉，【毛】偏説是看得分曉。一齊〔六〇〕擂鼓，四下伏兵盡起。正來搶奪車仗，背後一聲鑼响，一彪軍掩到，大喝：「老賊休走！我等的你恰好！」嚴顏猛回頭看時，爲首一員大將，豹頭環眼，燕頷虎鬚，使丈八矛，騎深烏馬，乃是張飛。【毛】【漁】忽然有兩張飛，（好生）（作怪，）作怪。〈【毛】〉讀者至此，幾疑是

〔五六〕「得」，商本作「聽」。「出」，光本脱。
〔五七〕「夜」，原無，致本、業本、貫本、齋本、澹本、周本、夏本、贊本同，商本作「晚」。據光本、嘉本補。
〔五八〕「細」，商本作「事」。「的」，齋本、光本作「小」。
〔五九〕「者」，光本脱。
〔六〇〕「齊」，商本作「聲」。

《西遊記》身外身法矣。忽然有兩張飛，作怪，作怪。四下裏鑼〔六一〕聲大震，衆軍殺來。嚴顏見了張飛，舉手無措。交馬戰不十合，張飛賣箇破綻，嚴顏一刀砍來，張飛閃過，撞將入去，扯住嚴顏勒甲縧，生擒過來，擲於地下。衆軍向前，用索綁縛住了。原來先過去的是假張飛。【毛】此處方纔敘明，絶妙用筆。【贄】老張原是細膩。料道嚴顏擊鼓爲號，張飛却教鳴金爲號，金響諸軍齊到，川兵大半棄甲倒戈而降。【鍾】（如）此妙（計），誰謂老張只勇夫哉！

張飛殺到巴郡城下，後軍已自入城。張飛叫休殺百姓，出榜安民。【漁】又有耳性。羣刀手把嚴顏推至，飛坐於廳上，嚴顏不肯跪下〔六二〕。【毛】硬漢。飛怒目咬牙大叱曰：「大將到此，爲何〔六三〕不降，而敢拒敵？」嚴顏全無懼色，回叱飛曰：「汝等無義，侵我州郡！但有斷頭將軍！無降將軍！」【毛】【漁】二語傳爲千古美談。【鍾】頗雄。飛大怒，喝左右斬來。嚴顏喝曰：「賊匹夫！砍頭〔六四〕便砍，何怒也？」張飛見嚴顏聲音雄壯，面不改色，乃回嗔作喜，下堦喝〔六五〕退左右，親解其縛，取衣衣之，扶在正中高坐，低頭便拜曰：「適來言語冒瀆，幸勿見責。吾素知老將軍乃豪傑之士也。」【毛】此處出人意外，不但嚴顏所不料，亦讀者〔六六〕所不料也。【漁】此事出人意外，不料張將軍能做此事。嚴顏感其恩義，乃降。【贄】兩人都通。【鍾】義釋嚴顏，豪傑愛豪傑也。後人有詩讚嚴顏曰〔六七〕：

白髮居西蜀，清名震大邦。

〔六一〕「鑼」，原作「鼓」，致本、明四本同。按：張飛軍擂鼓與前後文異，據其他毛校本改。

〔六二〕「跪下」，貫本倒作「下跪」。

〔六三〕「爲何」，原作「何爲」，致本、業本、貫本、齋本、澹本、夏本、贄本同。按：「爲何」通，據其他古本乙正。

〔六四〕「砍頭」，光本作「要砍」。

〔六五〕「喝」，商本作「叱」。

〔六六〕「亦讀者」，光本、商本倒作「讀者亦」。

〔六七〕毛本讚嚴顏詩從贄本；鍾本、漁本同贄本，夏本、贄本改自嘉本，周本同嘉本。

忠心如皎月〔六八〕，浩氣捲長江。
寧可斷頭死，安能屈膝降？
巴州〔六九〕年老將，天下更無雙。

又有讚張飛詩曰〔七〇〕：

生獲嚴顔勇絶倫，惟憑義氣服軍民。
至今廟貌留巴蜀，社酒雞豚日日春。鍾妙句。

張飛請問入川之計。嚴顔曰：「敗軍之將，荷蒙厚恩，無可以〔七一〕報，願施犬馬之勞，不須張弓隻箭，逕取成都。」正是：

只因一將傾心後，致使連城唾手降。

未知其計如何，且看下文分解。

豪傑遇豪傑，可爲至仇，亦可爲至親。蓋兩家氣味原是一家，故分則他人，合則自己也。此翼德所以釋嚴顔，而嚴顔並不懼翼德也。不比小人相與，外爲至親，内爲至仇，合時原分，而分時何得再合也。此君子小人之辨，無不如此，亦不獨張飛、嚴顔兩人已也。

士元獨信獨持，固不失爲大豪傑，然落〔七二〕鳳坡之死不出孔明所料，世所以左龍而右鳳歟？

豪傑氣味原是一家，至仇即爲至親，此翼德所以釋嚴顔也。

〔六八〕「皎」，商本作「皓」。「月」，光本訛作「日」。
〔六九〕「巴州」，古本同。同本回校記〔四二〕，應作「巴郡」，改則詩句平仄有誤，從原文。
〔七〇〕毛本讚張飛詩改自贊本；鍾本同贊本，漁本改自贊本；贊本同明三本。
〔七一〕「可以」，齋本、光本作「以爲」。
〔七二〕「落」，原無，疑脱，酌補。

第六十四回

孔明定計捉張任　楊阜借兵破馬超

張任設伏以害龐統，孔明亦設伏以捉張任。同一伏也，而張〔一〕任則在山坡，孔明則在平〔二〕岸；張任則在林木，孔明則在蘆葦；張任以强弓硬弩，孔明以長鎗砍刀；張任之伏止一處，孔明之伏不止一處；張任意在射殺，孔明意在捉活。又有甚不同者，則孔明之用兵爲獨奇。

玄德獲張任，正當爲龐統報讐，而不忍殺之，而欲降之，何哉？蓋欲資其才以爲用耳。章邯射殺項梁，而項羽折箭以誓之；朱鮪譖殺劉縯，（側音引。）而光武指河而誓之。天下未平〔三〕，不敢懷怨以待人也。且勿論其遠者，曹操不記殺典韋之怨而納張繡，孫權不記殺凌操之怨而納甘寧，亦此意也。乃玄德欲任降，而任終不肯降。若張任者，則真「斷頭將軍」矣。

楊阜之爲韋康報讐，義也；而其攻馬超以助曹操，則非義也〔四〕。馬騰兩番受詔，兩番討賊，固漢之忠臣也；其子之欲雪父恨則孝，承父志而討國賊則忠。奉一欺君罔上之曹操，而攻一忠孝之馬超，以超爲賊，而不知操之爲賊，故楊阜之義，君子無取焉。

或曰：楊阜之助操以算馬超，與陳登之助操以算呂布，將毋同乎？予曰：不同。馬超孝子也，呂布無父之人也。且登之助操在許田射鹿之前，爾時衣帶詔未發也，董貴人未死也。

〔一〕「張」，貫本脱。
〔二〕「平」，滄本作「干」，光本作「山」。
〔三〕「平」，光本作「定」。
〔四〕「也」，貫本脱。

魏公未稱，九錫未加也〔五〕。操之逆未露，而惡〔六〕未彰，則其挾天子以令諸侯者，陳登信而助之無怪也。至於阜而衣帶詔發矣，董貴人死矣，魏公已稱，九錫已加矣。操爲國賊，而助國賊者亦賊，楊阜其何説之辭？

五虎將中，關、張、趙、黄皆大將才也。若馬超，則可爲戰將，而不可爲大將。其殺韋康、屠百姓，不得謂之仁矣；其不疑楊阜，不得謂之智矣。前既惑於曹操而攻韓遂，後復歸於張魯而拒玄德：此其識見當在四人之下。

人謂姜敘之母，同於太史慈之母：慈之母，勉其子以報孔融；敘之母，勉其子以報韋康，此則其可嘉者也。我謂姜敘之母，異於徐庶之母：庶之母，知操之爲賊；敘之母，不知討操者之非賊，而助操者之爲賊，此則其可惜者也。人謂趙昂之妻異於吕布之妻：布之妻，阻其夫之出戰；昂之妻，勵其夫以起兵，此則其可嘉者也。我謂趙昂之妻，同於劉表之妻：表之妻，背劉備而從曹操，致其身與子俱死；昂之妻，助曹操以攻馬超，身幸免於死而亦致其子於死。此又其可惜者也。雖然，郭嘉、程昱等輩，天下所稱智謀之士，猶然不明順逆，而何論於婦人哉？尚論者於楊氏、王氏可勿譏云。

此回自孔明捉張任之後，便當接馬超攻葭萌之事。而馬超攻葭萌，由於張魯遣馬超；張魯遣馬超，由於馬超投張魯；馬超投張魯，則又由於楊阜破馬超。夫楊阜之與劉璋，風馬牛不相及也。而尋原溯委，遂忽然夾敘隴西〔七〕一段文字，却與五十九回之末遥遥相接，此等叙事，宜求之《左傳》《史記》之中。

却説張飛問計於嚴顔，顔曰：「從此取〔八〕雒

〔五〕「也」，貫本脱。
〔六〕「惡」上，貫本、商本有「操之」二字。「惡」，澹本作「操」。
〔七〕「西」，貫本作「中」。
〔八〕「取」，光本作「至」。

城，凡守禦關隘，都是老夫所管，官軍皆出於掌握之中。今感將軍之恩，無可以報，老夫當爲前部，所到之處，盡皆喚出拜降。」毛只因一箇「斷頭將軍」，引出無數「降將軍」。張飛稱謝不已。於是嚴顏爲前部，張飛領軍隨後。凡到之處，盡是嚴顏所管，都喚出投降。有遲疑未決者，顏曰：「我尚且投降，何況汝乎？」自是望風歸順，並不曾厮殺一場。毛省事亦省筆。〇以下按過翼德一邊，接敘玄德一邊。漁不是義釋一人，如何能唾手可得諸郡〔九〕。

却說孔明已將起程日期申報玄德，教都會聚雒城。玄德與衆官商議：「今孔明、翼德分兩路取川，會於雒城，同入成都。水陸舟車，已於七月二十日起程，此時將及待到。今我等便可進兵。」黄忠曰：「張任每日來搦周音色。戰，見城中不出，彼軍懈怠，不做准備，今日〔一〇〕夜間分兵劫寨，勝如白晝厮殺。」毛上既寫翼〔一一〕德，此又寫黄忠。鍾老將之見。玄德從之，教黄忠引兵取左，魏延引兵取右，玄德取中路。當夜二更，三路軍馬齊發。張任果然不做准備。漢軍擁入大寨，放起火來，烈燄騰空。蜀兵奔走，連夜直〔一二〕趕到雒城，城中兵接應入去。玄德還中路下寨，次日引兵直到雒城，圍住攻打，張任按兵不出。攻到第四日，毛若孔明未來，便能攻破雒城，便不見孔明用計之妙。玄德自提一軍攻打西門，令黄忠、魏延在東門攻打，留南門、北門放軍〔一三〕行走。原來南門一帶都是山路，北門有雒水〔一四〕，因此不圍。張任望見玄德在西門騎馬往來，指揮打城，從辰至未，人馬漸漸力乏。張任教吴蘭、雷銅二將引兵出北門，轉東門，敵黄忠、魏延；自己却引軍出南門，轉西門，單迎玄德。毛前射白馬將，是

〔九〕「郡」，原作「群」，形訛，據衡校本、致本改。
〔一〇〕「日」，商本作「可」。
〔一一〕「翼」，澹本作「不」，光本作「玄」。
〔一二〕「直」，光本脱，嘉本作「只」。
〔一三〕「北門」，貫本脱。「軍」下，齋本、光本有「兵」字。
〔一四〕「雒水」，原作「涪水」，古本同。按：《漢書·地理志》廣漢郡雒縣，「章山，雒水所出。」雒城臨雒水，故得名。據改。

射着假玄德；今出雒城門，是來尋真玄德。城内盡撥民兵上城，擂鼓助喊。

却說玄德見紅日平西，教後軍先退。軍士方回身，城上一片聲喊起，南門内軍馬突出，張任徑來軍中捉玄德，玄德軍中大亂。漁若孔明未來便得雒城，就不見孔明用計之妙。黄忠、魏延又被吴蘭、雷銅敵住，兩下不能相顧。玄德敵不住張任，撥馬往山僻小路而走。張任從背後追來，看看趕上。玄德獨自一人一馬，張任引數騎趕來。毛讀至此爲玄德一嚇。玄德正望前儘力加鞭而行，忽山路一軍衝出〔一五〕。毛讀至此又爲玄德一嚇。玄德馬上叫苦曰：「前有伏兵，後有追兵，天亡我也！」毛漁每于接筍處，故作驚人之筆。只見來軍當頭一員大將，乃是張飛。鍾好箇救星。原來張飛與嚴顔正從那條路上來，望見塵埃起，知與川兵交戰。張飛當先而來，毛張將軍來得突兀，來得湊巧，不如此不見義釋嚴顔之妙。正撞着張任，便就交馬。戰到十餘合，背後嚴顔引兵大進，張任火速回身。張飛直趕到城下，張任退入城，拽起吊橋。張飛回見玄德曰：「軍師泝二音素。江而來，尚且未到，反被我奪了頭功。」毛有〔一六〕得他說嘴。漁此時要讓老張說嘴。玄德曰：「山路險阻，如何無軍阻當，長驅大進，先到於此？」張飛曰：「於路關隘四十五處，皆出老將嚴顔之功，因此於〔一七〕路並不曾費分毫之力。」毛不是義釋一人，却是智収〔一八〕諸郡。遂把義釋嚴顔之事，從頭說了一遍，引嚴顔見玄德。玄德謝曰：「若非老將軍，吾弟安能到此？」即脱身上黄金鎖子甲以賜之，毛爲已降者獎，又爲未降者勸。贊妙，妙。〔一九〕鍾玄德賜嚴顔，報其功，益以鼓其勇也。嚴顔拜謝。正待安排宴飲，忽聞哨馬回報：「黄忠、魏延和川將吴蘭、雷銅交鋒，城中吴懿、劉璝又引兵助戰，兩下夾攻，我軍抵敵不住，

〔一五〕「出」，貫本作「來」。
〔一六〕「有」，齋本、光本、商本作「由」。
〔一七〕「於」，齋本、光本、商本作「一」。
〔一八〕「収」，商本作「取」。
〔一九〕緑本脱此句贊批。

魏、黄〔二〇〕二將敗陣投東去了。」【毛】不從黄、魏〔二一〕一邊敘來，却在劉、張一邊聽得，省筆之法。張飛聽得，便請玄德分兵兩路，殺去救援。於是張飛在左，玄德在右，殺奔前來。吴懿、劉璝見後面喊聲起，慌退入城中。吴蘭、雷銅只顧引兵追趕黄忠、魏延，却被玄德、張飛截住歸路。黄忠、魏延又回馬轉攻。吴蘭、雷銅料敵不住，只得將本部軍馬前來投降。【毛】嚴顔之後，又是兩箇「降將軍」。玄德准其降，收兵近城下寨。

却説張任失了二將，心中憂慮。吴懿、劉璝曰：「兵勢甚危，不決一死戰，如何得兵退？一面差人去成都見主公告急，【毛】雖城求救於成都，便爲成都求救於漢中張本。一面用計敵之。」張任曰：「吾來日領一軍搦戰，詐敗，引轉城北，城内再以一軍衝出，截斷其中：可獲勝也。」【鍾】張任（却）□□計。吴懿曰：「劉將軍相輔公子守城，我引兵衝出助戰。」約會已定。次日，張任引數千人馬，摇旗吶喊，出城搦戰。張飛上馬出迎，更不打話，與張任交鋒。戰不十餘合，張任詐敗，遶城而走。張飛盡力追之，吴懿一軍截住，張任引軍復回，把張飛圍在垓心，進退不得。【毛】黄忠、魏延捉張任不得，張飛亦捉張任不得，方見下文孔明之妙。正没奈何，只見一隊軍從江邊殺出。當先一員大將，挺鎗躍馬，與吴懿交鋒，只一合，生擒吴懿，戰退敵軍，救出張飛。【漁】來得突兀〔二二〕。視之，乃趙雲也。【毛】趙雲此來，亦來得突兀，來得湊巧，與上文張飛來法一樣筆墨。飛問：「軍師何在？」雲曰：「軍師已至，想此時已與主公相見了也〔二三〕。」【毛】敘法甚省〔二四〕。二人擒吴懿回寨。張任自退入東門去了。

張飛、趙雲回〔二五〕寨中，見孔明、簡雍、蔣琬

〔二〇〕「魏黄」，光本倒作「黄魏」。
〔二一〕「黄魏」，商本倒作「魏黄」。
〔二二〕「兀」，原作「元」，據衡校本改。
〔二三〕「也」，光本、商本脱。
〔二四〕「省」，貫本作「妙」。
〔二五〕「回」上，光本有「同」字。

已在帳中。飛下馬來叅軍師。【毛】不向孔明一邊敘來，却從張飛一邊看出，用筆之妙。孔明驚問曰：「如何得先到？」玄德具述義釋嚴顏之事。孔明賀曰：「張將軍能用謀，皆主公之洪福也。」【贊】【鍾】張將軍已出軍師所料之外矣。趙雲解吴懿見玄德。玄德曰：「汝降否？」吴懿曰：「我既被捉，如何不降？」【毛】又是一箇「降將軍」。玄德大喜，親解其縛。孔明問：「城中有幾人守城？」吴懿曰：「有劉季玉之子劉循，輔將劉璝、張任。劉璝不打緊，張任乃蜀郡人，極〔二六〕有膽略，不可輕敵。」【毛】又借吴懿口中〔二七〕寫張任，寫張任正是寫孔明。孔明曰：「先捉張任，然後取雒城。」問：「城東這座橋名爲何橋？」吴懿曰：「金鴈橋。」孔明遂乘馬至橋邊，遶河看了一遍，回到寨中，喚黄忠、魏延聽令曰：「離金鴈橋南五六里，兩岸都是蘆葦蒹葭，可以埋伏。【毛】金鴈橋可爲落鳳坡答禮。魏延引一千鎗手伏於左，單戳馬上將；黄忠引一千刀手伏於右，單砍坐下馬。殺散彼軍，張任必投山東小路而來。張翼德引一千軍伏在那裏，就彼處擒之。」又喚趙雲：「伏於金鴈橋北，待我引張任過橋，你便將橋拆斷，却勒兵於橋北，遥爲之勢，使張任不敢望北走，退投南去，却好中計。」【毛】【漁】別處用計，（只是）（皆云）「如此如此」（而已，此處詳敘在前）（，獨此處明説），又是一樣筆法。【鍾】胸有成算，何戰不勝？調遣已定，軍師〔二八〕自去誘敵。

却説劉璋差卓膺、張翼二將前至雒城助戰。張任教張翼與劉璝守城，自與卓膺爲前後二隊，任爲前隊，膺爲後隊，出城退敵。孔明引一隊不整不齊軍，【毛】妙在不整不齊。過金鴈橋來與張任對陣。【鍾】孔明慣用此圈套。孔明乘四輪車，綸巾羽扇而出，兩邊百餘騎簇捧〔二九〕，遥指張任曰：「曹操以百萬之衆，聞吾之名，望風而走〔三〇〕。今汝何人，敢不投

〔二六〕「極」，商本作「傑」。
〔二七〕「中」，光本脱。
〔二八〕「軍師」，光本作「孔明」。
〔二九〕「捧」，光本、商本作「擁」。
〔三〇〕「走」，齋本、光本作「逃」。

降？」毛天下惟没用的人，最會説大話。不但不整不齊是誘敵，即説大話亦是誘敵。張任看見孔明軍伍不齊，在馬上冷笑曰：「人説諸葛亮用兵如神，原來有名無實！」贄孔明慣用此圈套，然止可誘莽人耳，亦可疑無胆識者。把鎗一招，大小軍校齊殺過來。孔明棄了四輪車，上馬退走過橋。張任從背後趕來，過了金鴈橋，見玄德軍在左，嚴顔兵〔三一〕在右，衝殺將來。張任知是計，急回軍時，橋已拆斷了。毛過橋拆橋，何今日孔明之多也。一笑。贄鍾一一中計（了）。欲投北去，只見趙雲一軍隔岸擺〔三二〕開，遂不敢投北，逕往南遶河而走。走不五七里〔三三〕，早到蘆葦叢雜處。魏延一軍從蘆中忽起，都用長鎗亂戳〔三四〕。黄忠一軍伏在蘆葦裏，用長刀只剁馬蹄。毛江邊蘆葦，可爲坡〔三五〕邊林木答禮。鍾高棋對低棋，滿盤皆妙着。馬軍盡倒，皆被執縛，步軍那裏敢來？張任引數十騎望山路而走，正撞着張飛。張任方欲退走，張飛大喝一聲，衆軍齊上，將張任活捉了。原來卓膺見張任中計，已投趙雲軍前〔三六〕降了，毛又是一箇「降將軍」。○省筆法〔三七〕。一發都到大寨。玄德賞了卓膺。張飛解張任至。孔明亦坐於帳中。玄德謂張任曰：「蜀中諸將，望風而降，汝何不早投降？」張任睁目怒叫曰：「忠臣豈肯事二主乎？」贄鍾孔明能奪張任之（身）（軀），不能奪張任之心，是（云〔三八〕）（亦）匹夫不可奪志也。玄德曰：「汝不識天時耳。降即免死。」任曰：「今日便降，从後也不降！可速殺我！」毛不肯詐降，是硬漢；便説實話，是直漢。贄張任〔三九〕用得。玄德不忍殺之。張任厲聲高罵。孔明命斬之，

〔三一〕「兵」，瀹本、光本、商本作「軍」。
〔三二〕「擺」，齋本、光本作「排」。
〔三三〕「五七里」，齋本作「五六里」，光本、商本作「到五六里」，明四本作「到五七里」。
〔三四〕「戳」，光本作「戮」，形訛。
〔三五〕「坡」，貫本作「城」，瀹本作「波」，皆形訛。
〔三六〕「前」，貫本脱。
〔三七〕「法」上，齋本、光本、商本有「之」字。
〔三八〕「云」，吴本作「亦」。
〔三九〕贄批「張任」二字原闕，據贄校本補。

以全其名。毛張任倒是「斷頭將軍」。漁此真「斷頭將軍」，何爲不傳？後人有詩讚曰〔四〇〕：

烈士豈甘從二主，張君忠勇死猶生。
高明正似天邊月，夜夜流光照雒城。三考證至今墳墓猶存。（祀）爲土神，有廟在雒城東。

玄德感嘆不已，令收其屍首，葬於金鴈橋側，以表其忠。毛不取其頭祭龐統，而反葬之，所以收川中之人心也。不是爲死，正是爲生。

次日，令嚴顏、吳懿等一班蜀中降將爲前部，直至雒城，大叫：「早開門受降，免一城生靈受苦！」劉璝在城上大罵。嚴顏方待取箭射之，忽見城上一將拔劍砍翻劉璝，開門投降。毛又是一箇「降將軍」，却斷他人之頭以來降。玄德軍馬入雒城，劉循開西門走脱，投成都去了。玄德出榜安民。殺劉璝者，乃武陽人張翼也。毛敘明在後，筆法又變。玄德得了雒城，重賞諸將。孔明曰：「雒城已破，成都只在目前。唯恐外郡縣〔四一〕不寧，可令張翼、吳懿引趙雲撫外水，定江陽、犍爲等處所屬郡縣〔四二〕，令嚴顏、卓膺引張飛撫巴西、德陽所屬郡縣，就委官按治平靖，即勒兵回成都取齊。」毛先得外郡，便先撫外郡，處置得宜。贊極是，極是。鍾英雄舉事，俱有本領如此。漁具有經略。〔四三〕張飛、趙雲領命，各自引兵去了。孔明問：「前去有何處關隘？」蜀中降將曰：「止綿竹有重兵守禦，若得綿竹，二（邑〔四四〕）（縣）名，今成都府漢州綿竹是也。成都唾手可得。」孔明便商議進兵。法正曰：「雒城既〔四五〕

〔四〇〕毛本讚張任詩改自贊本；鍾本、漁本同贊本，贊本同明三本。
〔四一〕同第六十回校記〔九〇〕。
〔四二〕「定江陽、犍爲等處所屬郡縣」，原作「定江犍爲等處所屬州郡」，古本同。按：《通鑑·漢紀五十九》：「分遣趙雲從外水定江陽、犍爲，飛定巴西、德陽。」《水經注》卷三十三《江水一》：蜀地由東至西，有「內水」即今涪江，「綿水」謂「中水」即今沱江，「外水」即今岷江。《後漢書·郡國志》：江陽、犍爲皆益州屬郡。脱「陽」，據補；此處及後文「州郡」應作「郡縣」。據改，後同。
〔四三〕衡校本脱此句漁批。
〔四四〕周批「邑」，原作「昜」。按：邑，即縣。據改。
〔四五〕「既」，光本作「已」。

破，蜀中危矣。主公欲以仁義服衆，且勿進兵。某作一書上劉璋，陳説利害，璋自然降矣。」孔明曰：「孝直之言最善。」便令寫書，遣人徑往成都。【毛】前張松致書於玄德，致不過來；今法正致書於劉璋，却公然致去。

却説劉循逃回見父，説雒城已陷，劉璋慌聚衆官商議。從事鄭度〔四六〕獻策曰：「今劉備雖攻城奪地〔四七〕，然兵不甚多，士衆未附，野穀是資，軍無輜重。不如盡驅巴西、梓潼民，過涪水以西。其倉廩野穀，盡皆燒除，深溝高壘，静以待之。彼至請戰，勿許。久無所資，不過百日，彼兵自走。我乘虛擊之，備可擒也。」【毛】【漁】亦似李左車教陳餘之計。劉璋曰：「不然。吾聞拒敵以安民，未聞動民以備敵也。」【贄】至言至言，不必以成敗論也。〔四八〕【鍾】劉璋至言。此言非保全之計。」【毛】劉璋雖闇，亦有仁心。然從來有仁心者，每每吃虧，每每失事，爲之一嘆。【漁】從來有慈悲心者，每每吃虧，爲之一嘆。正議間，人報法正有書至，劉璋唤入。呈上書，璋拆開視之，其略曰〔四九〕：

昨〔五〇〕蒙遣差結好荆州，不意主公左右不得其人，以致如此。今荆州眷念舊情，不忘族誼。主公若能幡然歸順，量不薄待。望三【夏】音散。思裁示。【贄】【鍾】書辭甚善。

劉璋大怒，扯毀其書，大罵：「法正賣主求榮、忘恩背義之賊！」逐其使者出城。【毛】劉璋既不聽鄭度之策，又不即從法正之言，猶豫不決，正是袁紹、劉表〔五一〕一流人。即時遣妻弟〔五二〕費觀，提兵前去

〔四六〕「度」，貫本、滄本、商本作「虔」，形訛，後同。
〔四七〕「地」，齋本、商本作「池」。
〔四八〕緑本脱此句及後四句贄批。
〔四九〕毛本法正書删，改自贄本；鍾本、漁本同贄本，周本、贄本同嘉本。按：嘉本删，改自《三國志·蜀書·法正傳》。
〔五〇〕「昨」，齋本、光本作「前」。
〔五一〕「不」，商本作「未」。「袁紹劉表」，貫本倒作「劉表袁紹」。
〔五二〕按：《三國志·蜀書·楊戲傳》附《季漢輔臣贊》：「劉璋母，觀之族姑，璋又以女妻觀。」費觀既爲劉璋表兄弟，又爲其壻，作「其壻」是。涉後文批語，從原文。

守把〔五三〕綿竹。費觀舉保南陽人，姓李名嚴，字正方〔五四〕，一同領兵。當下費觀、李嚴點三萬軍來守綿竹。益州太守董和，字幼宰，南郡枝江人也，上書與〔五五〕劉璋，請往漢中借兵。璋曰：「張魯與吾世讐，安肯相救？」【毛】今有與所親爲仇，而至欲結其仇以攻親者矣〔五六〕。親既變仇，而欲仇反變親，不亦難乎？爲之一嘆。和曰：「雖然與我有讐，劉備軍在雒城，勢在危急，脣亡則齒寒，若以利害說之，必然肯從。」璋乃修書遣使前赴漢中。

却説馬超自兵敗入羌，【漁】頭緒多，又是一樣接法。二載有餘，結好羌兵，攻拔隴西郡縣〔五七〕。所到之處，盡皆歸降，【毛】因劉璋求救於漢中，本該接敘張魯；却放下張魯，接入馬超。蓋爲馬超投張魯，張魯遣馬超之由也。此等敘事，如連山斷嶺筆法，逼真龍門。惟冀城攻打不下。刺史韋康累遣人求救於夏侯淵。【毛】韋康求救于夏侯淵，與劉璋求救于張魯，兩相映襯。淵不得曹操言語，未敢動兵。韋康見救兵不來，與衆商議：「不如投降馬超。」參軍楊阜哭諫曰：「超等叛君之徒，豈可降之？」【贊】【鍾】楊阜可用。康曰：「事勢至此，不降何待？」阜苦諫不從。韋康大開城門，投拜〔五八〕馬超。【毛】韋康出降，與後文劉璋出降，兩相映襯。超大怒曰：「汝今〔五九〕事急請降，非真心也！」將韋康等四十餘口〔六〇〕盡斬之，不留一人。【毛】馬超殺韋康而失州郡之心，與後文玄德不害劉璋以收州郡之心，正是相反。【漁】殺韋康四十餘口，大失州郡〔六一〕之心。有人言：「楊阜勸韋康休降，可斬之。」超曰：「此人守義，不可斬也。」【贊】【鍾】天理人心。復用楊阜爲參軍。

〔五三〕「守把」，光本、商本、周本倒作「把守」。
〔五四〕「正方」，貫本倒作「方正」。
〔五五〕「與」，原作「於」，其他毛校本同，據貫本、明四本改。
〔五六〕「矣」，齋本、光本、商本作「也」。
〔五七〕「拔」，貫本、光本作「打」，商本作「取」。「郡縣」，同第六十回校記〔九〇〕。
〔五八〕「投拜」，光本倒作「拜投」，商本作「投降」。
〔五九〕「今」，光本作「非」。
〔六〇〕「等」，貫本脱。「口」，商本作「人」。
〔六一〕「郡」，原作「群」，形訛，據衡校本、致本改。

【毛】馬超用楊阜，與後文玄德用劉巴、黃權，又相類而相反。阜薦梁寬、趙衢二人，超盡用爲軍官。【毛】此時一似真降者。楊阜告馬超曰：「阜妻死於臨洮，【二】音叨。乞告兩箇月假，歸葬某〔六二〕妻便回。」【漁】似真降者。馬超從之。

楊阜過歷城，來見撫彝將軍姜敘。敘與阜是姑表兄弟：敘之母是阜之姑，時年已八十二。當日，楊阜入姜敘內宅，拜見其姑，哭告曰：「阜守城不能保，主亡不能死，愧無面目見姑。馬超叛君，妄殺刺史〔六三〕，一州士民無不恨之。今吾兄坐據歷城，竟無討賊之心，此豈人臣之理乎？」言罷，淚流出血。【毛】楊阜思報其主，當與許貢之客並稱。【贊】【鍾】楊阜大賢。敘母聞言，喚姜敘入，責之曰：「韋使君遇害，亦爾之罪也。」又謂阜曰：「汝既降人，且食其祿，何故又興〔六四〕心討之？」阜曰：「吾從賊者，欲留殘生與主報冤也。」敘曰：「馬超英勇〔六五〕，急難圖之。」阜曰：「有勇無謀，易圖也。吾已暗約下梁寬、趙衢。兄若肯興兵，二人必爲內應。」【毛】【漁】方知所薦（二人，）不是真薦。【贊】【鍾】楊阜智人。敘母曰：「汝不早圖，更待何時？誰不有死，死於忠義，死得其所也。勿以我爲念。汝若不聽義山之言，吾當先死，以絕汝念。」【毛】一箇女丈夫，可比「斷頭將軍」。【贊】【鍾】賢母。【漁】賢哉斯母！敘乃與統兵校尉尹奉、趙昂商議。原來趙昂之子趙月，見隨馬超爲裨將。趙昂當日應允，歸見其妻王氏曰：「吾今日與姜敘、楊阜、尹奉一處商議，欲報韋康之讎。吾想子趙月見隨馬超，今若興兵，超必先殺吾子，奈何？」【毛】亦有謀及婦人而不失者，趙昂是也。其妻厲聲曰：「雪君父之大恥，雖喪身亦不惜，何況一子乎！君若顧子而不行，吾當先死矣！」【毛】又一箇女丈夫，可比「斷頭將軍」。【贊】【鍾】賢妻。【漁】姜母、王妻二婦人是真丈夫，真烈漢，

〔六二〕「某」，商本、明四本作「其」。

〔六三〕「刺史」，原作「郡守」，古本同。按：前文作「刺史韋康」，《三國志·蜀書·馬超傳》：「殺涼州刺史韋康。」據前文改。

〔六四〕「興」，光本作「動」。

〔六五〕「勇」，光本、商本作「雄」。

照映千古。趙昂乃決，次日一同起兵。姜敘、楊阜屯歷城，尹奉、趙昂屯祁山。王氏乃盡將首飾資帛，親自往祁山軍中，賞勞軍士，以勵其衆。【毛】當以夫人爲主帥，以趙昂爲偏裨〔六六〕。【贄】【鍾】姜母，王妻，（賢哉兩婦人也，）男子不如（矣）。馬超聞姜敘、楊阜會合尹奉、趙昂舉事，大怒，即將趙月斬之，【毛】趙昂先送了一箇兒子。令龐德、馬岱盡起軍馬，殺奔歷城來。姜敘、楊阜引兵出。兩陣圓處，楊阜、姜敘衣白袍而出，【毛】與馬超在潼關時，正相映射。〇敘與阜以中〔六七〕表兄弟而相援，備與璋以同宗兄弟而相攻，爲之一嘆。【漁】亦似馬超舊日披掛。大罵曰：「叛君無義之賊！」馬超大怒，衝將過來，兩軍混戰。姜敘、楊阜如何抵得馬超，大敗而走。馬超驅兵趕來，背後喊聲起處，尹奉、趙昂殺來。馬超急回時，兩下夾攻，首尾不能相顧。正鬭間，刺斜裏大隊軍馬殺來。原來是夏侯淵得了曹操軍令，正領軍來破馬超。【毛】【漁】此一路軍馬突如其來，却（是）照應前文（，又是不突）。超如何當得三路軍馬，大敗奔回。走了一夜，比及平明，到得冀城叫門時，城上亂箭射下。梁寬、趙衢立在城上，大罵馬超，將馬超妻楊氏從城上一刀砍了，撇下屍首來。又將馬超幼子三人，并至親十餘口，都從城上一刀一箇，剁將下來。超氣噎塞【周】音色。胸，幾乎墜下馬來。【毛】殺了韋康一家，出乎爾者反乎爾，人苦不絜矩耳。【贄】【鍾】馬超受禍，亦慘極矣。【漁】殺韋康一家之報。背後夏侯淵引兵追趕〔六八〕。超見勢大，不敢戀戰，與龐德、馬岱殺開一條路走。前面又撞見姜敘、楊阜，殺了一陣，衝得過去，又撞着尹奉、趙昂殺了一陣。零零落落，剩得五六十騎，連夜奔走，四更前後，走到歷城下，守門者只道姜敘兵回，大開城門〔六九〕接入。超從城〔七〇〕南門邊殺起，盡

〔六六〕「裨」，澹本作「褸」，光本作「將」。
〔六七〕「中」，商本作「姑」。
〔六八〕「追趕」，商本、明四本作「趕來」。
〔六九〕「大開城門」，原無「城」，致本、業本、齋本、澹本、商本、周本、夏本、贄本同；貫本作「開門」。據光本、嘉本補。
〔七〇〕「城」，光本脱。

洗城中百姓。【毛】【漁】百姓何辜，〈毛〉所謂「室於怒而市於色」〔七一〕者也。至姜敘宅，拏出老母。母全無懼色，指馬超而大罵。【贊】如姜母者，視死如生，便謂之了生死也，並無別訣。【鍾】姜母視死如生。超大怒，自取劒殺〔七二〕之。【毛】姜敘又送了一箇母親。尹奉、趙昂全家老幼，亦盡被馬超所殺。【毛】尹、趙又送了兩家老幼。昂妻王氏因在軍中得免於難。【毛】照應前文。【贊】天理，天理。【鍾】有天理。次日，夏侯淵大軍至，馬超棄城殺出，望西而逃。行不得二十里，前面一軍擺〔七三〕開，爲首的是楊阜。超切齒而恨，拍馬挺鎗刺之。阜宗弟〔七四〕七人，一齊來助戰。馬岱、龐德敵住後軍，宗弟七人皆被馬超殺死。【毛】楊阜又送了七箇兄弟。阜身中五鎗，猶然死戰。後面夏侯淵大軍趕來，馬超遂走。只有龐德、馬岱五七〔七五〕騎後隨而去。夏侯淵自行安撫隴西諸縣〔七六〕人民，令姜敘等各各分守，用車載楊阜赴許都，見曹操。操封阜爲關內侯。阜辭曰：「阜無捍【二】音旱。難之功，又無死難之節，於法當誅，何顏受職？」【贊】楊阜大賢。【鍾】楊阜大有義人。操嘉之，卒與之爵。【毛】可謂操之忠臣。【三】考證阜後仕於魏。

却說馬超與龐德、馬岱商議，徑往漢中投張魯〔七七〕。【毛】此處方接入漢中。張魯大喜，以爲得馬超，則西可以吞益州，東可以拒曹操，乃商議欲以女招超爲壻。【漁】張魯與袁術俱以婚姻爲兒戲，同是好笑。大將楊栢諫曰：「馬超妻子遭慘禍，皆超之貽害也。主公豈可以女與之？」【鍾】□□可（殺）。魯從其言，遂

〔七一〕「室於怒而市於色」，貫本「而」、滄本「市」形訛作「面」「出」，齋本作「怒於室而作色於父」，光本作「怒於室而作色於市」。按：《左傳·昭公十九年》：「諺所謂『室於怒，市於色』。」後世諺語倒作「怒於室而作色於市」或「色於父」。

〔七二〕「殺」，貫本作「斬」。

〔七三〕「擺」，齋本、光本作「排」。

〔七四〕「宗弟」，原作「兄弟」，後作「阜弟」，毛校本同。按：「宗弟」義長，據明四本改，批語同。

〔七五〕「七」，光本作「六」。

〔七六〕「縣」，原作「州」，古本同。按：《後漢書·郡國志》：隴西爲郡。應作「縣」。

〔七七〕「魯」下，光本、商本有「去了」二字。

罷招壻之議。毛張魯欲壻馬超而不果，與袁術欲婚呂布而不遂，前後遥遥相對。或以楊柏之言告知馬超。超大怒，有殺楊柏之意。毛爲後文殺楊柏伏筆。楊柏知之，與兄楊松商議，亦有圖馬超之心。毛爲後文楊松譖馬超伏筆。漁俱爲後文張本。正值劉璋遣使求救於張魯，魯不從。漁此處方接入漢中。忽報劉璋又遣黄權到。權先來見楊松，説：「東西兩川，實爲脣齒；西川若破，東川亦難保矣。今若肯相救，當以二十縣〔七八〕相酬。」毛與孫權援劉備而欲以荆州九郡爲謝，一實一虛，又相映射。松大喜，即引黄權來見張魯，説脣齒利害，更以二十縣相謝。魯喜其利，從之。巴西閻圃諫曰：「劉璋與主公世讎，今事急求救，詐許割地，不可從也！」忽堦下一人進曰：「某雖不才，願乞一旅之師，生擒劉備，務要割地以還。」正是：

方看真主來西蜀，又見精兵出漢中。

未知其人是誰，且看下文分解。

姜母、王妻，賢哉兩婦！勿論其所事之人應死與否，彼能言不刊之言，行不刊之事，其人亦自不刊矣！誰謂笄帷中果無丈夫哉！

姜母、王妻，賢哉兩婦！勿論其所事之人應死與否，彼能言行不刊，亦笄帷中之丈夫。

〔七八〕同本回校記〔七六〕，後同。

第六十五回

馬超大戰葭萌關
劉備自領益州牧

孫權與劉表爲讐，劉璋亦與張魯爲讐；黄權之求救於漢中，如魯肅之弔喪於江夏，所謂同舟遇風，吴越可以相濟者也。然玄德助仲謀，而張魯不能助季玉，何哉？蓋孫與劉非操之所能間也，璋與魯則孔明之所能間也〔一〕。然使張魯不用楊松，雖有間亦不能入，則非孔明之能間之，一〔二〕張魯之自間之耳。

蔡瑁在荆州，而劉備不能安其身；楊松在漢中，而馬超亦不能安其身，是則同矣。然備之依表，欲以拒曹；超之歸魯，乃欲攻備，則超之智異於備也〔三〕。我方欲討國賊，而伐其同心討賊之人；我方欲報父讐，而伐其與父同事之友。超其忘衣帶詔之事乎？不獨内有楊松，而欲立功於葭萌爲勢之所不能；縱使内無楊松，而欲立功於葭萌，亦爲理之所不可。

關公之欲與馬超比試，非真欲與之比試也，欲借此以壓服其心也。漢高初見英布，而倨傲跣腆以折之，恐其驕則不爲我用耳。馬超新降，其視川中諸將無出我右，將不免於自矜。得孔明一書，方知翼德之上又有絶倫超羣如關公者，而超之驕氣折矣。關公見書而笑曰：「孔明知吾心。」孔明其〔四〕知此心哉！

玄德當奔走流離之時，而不忍棄百姓，而一得西川，乃欲以民田賞功，是不可無子龍之諫也。子龍愛民所以愛國，愛國則不復愛家。前於取桂陽之時，不以妻子動其心；今於入川

〔一〕「也」上，貫本有「者」字。
〔二〕「一」，齋本、光本作「乃」，商本作「亦」。
〔三〕「智異於備也」，貫本作「志異於備矣」。
〔四〕「其」，商本作「真」。

之後，不以田宅累其念，有古大臣之風焉，豈獨一名將之才足以盡之！

子產之言曰：「夫火烈，民望而畏之，故鮮死焉。水懦弱，民狎而玩之，則多死焉。」〔五〕凡子產之用猛，正其善於用寬也。孔明之治蜀，其得此意乎？法行而知恩，即猛以濟寬之道。玄德以孔明爲水，而當其治蜀，則又不爲水而爲火矣。

曹操徙劉琮於青州，而殺其母子；劉備遷劉璋於公安，而歸其財物，則備與操異矣。劉備寬以撫蜀，而收之以恩；諸葛嚴以治蜀，而繩之以法，則亮又與備異矣。蓋我與敵取其相反：敵以暴，我以仁；敵以急，我以緩，以相反爲能者也。君與相取其相濟：君以仁，相以義；君以柔，相以剛，以相濟爲用者也。不相反，則無以相勝；不相濟，則亦〔六〕無以相成。

却說閻圃正勸張魯勿助劉璋，只見馬超挺身出曰：「超感主公之恩，無可上報，願領一軍攻取葭萌關，生擒劉備，【毛】【漁】忘了董承義狀。**務要劉璋割二十縣奉還主公。」張魯大喜，先遣黃權從小路而回，隨即點兵二萬與馬超。此時龐德臥病不能行，留於漢中。**【毛】【漁】爲後（文）歸曹（操）張本。【鍾】可惜一病沉埋英雄，不得正果。**張魯令楊柏監軍，**【毛】【漁】（正是）冤家撞着對頭（人）。**超與弟馬岱選日起程。**

却說玄德軍馬在雒城，法正所差下書人回報說：「鄭度勸劉璋盡燒野穀并各處倉廩，率巴西之民，避於涪水西，深溝高壘而不戰。」【毛】前既在劉璋一邊寫來，此又在玄德一邊聽得，是兩邊雙敘法。筆〔七〕有省處，亦有不省處，變化不同。**玄德、孔明聞之，皆大驚曰：「若用此言，吾勢危矣！」法正笑曰：「主公勿憂。此計雖毒，劉璋必不能用也。」**【毛】【漁】料

〔五〕子產之言原作「夫火烈，民望而畏之，故鮮死焉；水懦弱，民狎而翫之，故多死焉」，毛校本同。按：語出《左傳·昭公二十年》，據原句改。

〔六〕「亦」，貫本、商本脱。

〔七〕「法筆」，光本、商本倒作「筆法」。

劉璋如見，可謂（知彼知己）（知己知彼）。鍾此見劉璋長處之短。不一日，人傳劉璋不肯遷動百姓，不從鄭度之言。玄德聞之，方始寬心。毛玄德一邊聽得，匀〔八〕兩段寫，妙甚。孔明曰：「可速進兵取綿竹。如得此處，成都易取矣。」遂遣黃忠、魏延領兵前進。費觀聽知玄德兵來，差李嚴出迎。嚴領三千兵出，各布陣完。黃忠出馬，與李嚴戰四五十合，不分勝敗。孔明在陣中教鳴金收軍。毛便有愛李嚴之意。黃忠回陣，問曰：「正待要擒李嚴，軍師何故收兵？」孔明曰：「吾已見李嚴武藝，不可力取。來日再戰，汝可詐敗，引入山峪，二音郁。出奇兵以勝之。」黃忠領計。次日，李嚴再引兵來，黃忠又出，戰不十合詐敗，引兵便走。李嚴趕來，迤邐趕入山峪，猛然省悟，急待回來〔九〕，前面魏延引兵擺開。孔明自在山頭喚曰：「公如〔一〇〕不降，兩下已伏強弩，欲與吾龐士元報讎矣。」毛漁姓張的射死了，却尋着姓李的，（真是）（可謂）張冠李戴〔一一〕。贊妙，妙。〔一二〕鍾□說法。李嚴慌〔一三〕下馬，卸甲投降。毛又是一箇「降將軍」。軍士不曾傷害一人。孔明引李嚴見玄德，玄德待之甚厚。嚴曰：「費觀雖是劉益州親戚，與某甚密，當往說之。」玄德即命李嚴回〔一四〕城，招降費觀。毛不疑李嚴，便是待之甚厚處。嚴入綿竹城，對費觀贊玄德如此仁德，今若不降，必有大禍。觀從其言，開門投降。毛又是一箇「降將軍」。玄德遂入綿竹，商議分兵〔一五〕取成都。忽流星馬急報，言：「孟達、霍峻守葭萌關，今被東川張魯遣馬超與楊柏、馬岱領兵攻打甚急，救遲則關隘休矣。」毛接筍甚緊。玄德大驚。孔明曰：「須是張、趙二將，方可與敵。」玄德曰：「子龍引兵在外未回，翼德已在

〔八〕「匀」，致本訛作「句」，貫本、商本作「分」，齋本、光本作「作」。
〔九〕「來」，齋本、光本作「時」。
〔一〇〕「頭」，光本、商本作「頂」。「如」，商本作「若」。
〔一一〕漁批「戴」，原作「帶」，據衡校本改。
〔一二〕吳本脱此句贊批。
〔一三〕「慌」，齋本、光本作「忙」，澹本作「慄」。
〔一四〕「回」，商本作「入」，明四本無。
〔一五〕「兵」字原闕，據毛校本補。

此，可急遣之。」孔明曰：「主公且勿言，容亮激之。」【贊】翼德自趣，孔明自賊，兩人都妙。

却説張飛聞馬超攻關，大叫而入曰：「辭了哥哥，便去戰馬超也！」【毛】【漁】寫（得）張飛如畫。孔明佯作不聞，【毛】妙甚。對玄德曰：「今馬超侵犯關隘，無人可敵。除非往荆州取關雲長來，方可與敵。」【毛】爲後文關公比試虛伏一筆。【漁】純用反激，妙。【贊】【鍾】妙。張飛曰：「軍師何故小覷吾！吾曾獨拒曹操百萬之兵，【毛】照應四十二回中事。【漁】前事又一提。豈愁馬超一匹夫乎！」孔明曰：「翼德拒水斷橋，此因曹操不知虛實耳。若知虛實，將軍豈得無事？今馬超之勇，天下皆知，渭橋〔一六〕六戰，殺得曹操割鬚棄袍，幾乎喪命，【毛】照應五十八回中事。【漁】前事又一提，俱是炤應。非等閒之比。雲長且未必可〔一七〕勝。」【毛】純用反激，妙甚。【贊】【鍾】（孔明）非但激之，亦以教焉。【漁】不止是激法，亦是教法。飛曰：「我只今便去，如勝不得馬超，甘當軍令！」孔明曰：「既爾〔一八〕肯寫文書，便爲先鋒。請主公親自去一遭，留亮守綿竹。待子龍來，却作商議。」【毛】爲後子龍守綿竹伏筆。【漁】又爲後伏線。魏延曰：「某亦願往。」【毛】添〔一九〕一箇副手。孔〔二〇〕明令魏延帶五百哨馬先行，張飛第二，玄德後隊，望葭萌關進發。魏延哨馬先到關下，正遇楊栢。魏延與楊栢交戰，不十合，楊栢敗走。魏延要奪張飛頭功，乘勢趕去。前面一軍擺開，爲首乃是馬岱。魏延只道是馬超，舞刀躍馬迎之。【毛】魏延與馬岱，先作一箇破題。與岱〔二一〕戰不十合，岱敗走。延趕去，被岱回身一箭，中了魏延左臂。延急回馬走。馬岱趕至〔二二〕關前，只見一將喊聲如雷，從關上飛馬奔至面前。原來是張飛初到關上，聽得關前厮殺，便來看時，正見魏延中箭，因驟馬下關，救了魏延。

〔一六〕「橋」，光本、商本作「水」。
〔一七〕「可」，光本作「能」。
〔一八〕「爾」，齋本、光本作「你」。
〔一九〕「添」，商本作「又」，齋本、光本作「添了」。
〔二〇〕「曰某」「願往添一箇副手孔」十字原闕，據毛校本補。
〔二一〕「岱」上，光本、商本有「馬」字。
〔二二〕「至」，商本作「到」。

飛喝馬岱曰：「汝是何人？先通姓名，然後廝殺！」馬岱曰：「吾乃西涼馬岱是也。」張飛曰：「你原來不是馬超，快回去！非吾對〔二三〕手！只令馬超那廝自來，說道燕人張飛〔二四〕在此！」【毛】【漁】抵（得一張通名）（一個）紅〔二五〕單帖。【贊】【鍾】老張趣甚。馬岱大怒曰：「汝焉敢小覷我！」舞刀〔二六〕躍馬，直取張飛。戰不十合，馬岱敗走。【漁】只當做破題。張飛欲待追趕，關上一騎馬到來，叫：「兄弟且休去〔二七〕！」飛回視之，原來是玄德到來。【毛】前軍、中軍、後軍，勻〔二八〕三次到，寫得次第，亦寫得突兀。飛遂不趕，一同上關。玄德曰：「恐怕你性躁，故我隨後趕來到此。既然勝了馬岱，且歇一宵，來日戰馬超。」

次日天明，關下鼓聲大震，馬超兵到。玄德在關上看時，門旗影裏，馬超縱騎持〔二九〕鎗而出，獅盔獸帶，銀甲白袍，一來結束非凡，二者人才出衆。【毛】在玄德眼中極寫一馬超。【漁】先在玄德眼中看出。玄德嘆曰：「人言『錦馬超』，【贊】【鍾】好個「錦馬超」。名不虛傳！」【毛】又在玄德口〔三〇〕中補寫一馬超。張飛便要下關。玄德急止之曰：「且休出戰，先當〔三一〕避其銳氣。」關下馬超單〔三二〕搦張飛出馬，關上張飛恨不得平吞馬超，【毛】「西地錦」惹動了「急三鎗」。三五番皆被玄德當住。看看午後，玄德望見馬超陣上人馬皆倦，遂選五百騎，跟着張飛衝下關來。馬超見張飛軍到，把鎗望後一招，約退軍有一箭之地。張飛軍馬一齊扎住，關上軍馬陸續下〔三三〕來。張飛挺鎗出馬，大呼：「認得燕人張翼德麼！」馬超曰：

〔二三〕「對」，商本作「敵」。
〔二四〕「飛」，齋本、光本作「翼德」。
〔二五〕毛批「抵」，貫本作「批」，形訛。「紅」，齋本、光本脱。
〔二六〕「舞刀」，原作「挺槍」，古本同。按：馬岱使刀，後文第一百五回刀斬魏延。據後文改。
〔二七〕「去」，齋本、光本作「趕」。
〔二八〕「勻」，商本作「分」。
〔二九〕「持」，齋本、光本作「提」。
〔三〇〕「口」，貫本作「眼」。
〔三一〕「先當」，光本倒作「當先」。
〔三二〕「單」，商本作「軍」，形訛。
〔三三〕「下」，齋本作「進」，光本作「出」。

「吾家屢〔三四〕世公侯，豈識村野匹夫！」【毛】【漁】又被馬超一激。【贄】鬪口處亦好。張飛大怒。兩馬齊出，二鎗並舉，約戰百餘合，不分勝負。【毛】一白一黑，殺得好看。玄德觀之，嘆曰：「真虎將也！」【毛】連翼德都讚在內。恐張飛有失，急鳴金收軍，兩將各回。【毛】寫第一次交鋒。張飛回到陣中，略歇馬片時，不用頭盔，只裹包巾，上馬又出陣前，搦馬超厮殺。【贄】趣。【鍾】老張勇（甚）。超又出，兩個再戰。玄德恐張飛有失，自披掛下關，直至陣前，看張飛與馬超又鬪百餘合，兩個精神倍加。玄德教鳴金收軍，【毛】寫第二次交鋒。二將分開，各回本陣。是日天色已晚，玄德謂張飛曰：「馬超英勇〔三五〕，不可輕敵，且退上關。來日再戰。」張飛殺得性起，那裏肯休？大叫曰：「誓死不回！」玄德曰：「今日天晚，不可戰矣。」飛曰：「多〔三六〕點火把，安排夜戰！」【毛】好鬪與好飲一般，既卜其晝，又卜其夜。【漁】好説話。馬超亦〔三七〕換了馬，再出陣前，大叫曰：「張飛！敢〔三八〕夜戰麼？」張飛性起，問〔三九〕玄德換了坐下馬，搶出陣來，叫曰：「我捉你不得，誓不上關！」超曰：「我勝你不得，誓不回寨！」【毛】【漁】大家立誓，可稱（盟弟盟兄〔四〇〕）（難弟難兄）。【贄】【鍾】兩人確是對〔四一〕手。兩軍吶喊，點起千百火把，照耀如同白日。兩將又向陣前鏖戰。到二十餘合，馬超撥回馬便走。張飛大叫曰：「走那裏去！」原來馬超見贏不得張飛，心生一計：詐敗佯輸，賺張飛趕來，暗掣銅鎚在手，扭回身覷着張飛便打來〔四二〕。【毛】比戰許褚更自利害。張飛見馬超走，心中也隄防，比及銅鎚打來時，張飛

〔三四〕「屢」，光本、嘉本、周本作「累」。
〔三五〕「勇」，商本作「雄」，後一處同。
〔三六〕「多」，齋本、光本作「可」。
〔三七〕「亦」，商本作「又」，明四本無。
〔三八〕「敢」上，光本、商本有「你」字。
〔三九〕「問」，光本作「向」。
〔四〇〕「盟弟盟兄」，貫本、澹本、光本作「盟兄盟弟」。
〔四一〕贄批「兩」「對」二字，緑本闕。
〔四二〕「扭」，原作「紐」，業本、齋本、澹本、嘉本、夏本、贄本同；貫本作「即」；光本、商本脱，據周本改。「來」上，光本有「將」字。

一閃，從耳朵邊過去。【贊】對手，對手。〔四三〕【鍾】好對手。張飛便勒回馬走時，馬超却又趕來。張飛帶住馬，拈弓搭箭，回射馬超，超却閃過。二將各自回陣。【毛】【漁】一鎚一箭，借（作）（此）收科（，不然將戰個不住矣）。玄德自於陣前叫曰：「吾以仁義待人，不施譎詐。馬孟起，你收兵歇息，我不乘勢趕你。」【毛】極會做人情。【贊】玄德自好。【鍾】玄德足以服人。【漁】扯談，做甚人情？馬超聞言，親自斷後，諸軍漸退。玄德亦收軍上關。

次日，張飛又欲下關戰馬超，人報軍師來到〔四四〕。玄德接着孔明，孔明曰：「亮聞孟起世之虎將，若與翼德死戰，必有一傷，故令子龍、漢升守住〔四五〕綿竹，我星夜來此。【毛】綿竹之守，借孔明口中敘出，省筆之甚。可用條小計，令馬超歸降主公。」玄德曰：「吾見馬超英勇，甚愛之。如何可得？」【贊】【鍾】只一馬孟起，玄德、孔明愛之如此，〈【贊】〉真君相之心也，豈與小人嫉妒賢豪者比哉！孔明曰：「亮聞東川張魯，欲自立爲『漢寧王』。手下謀士楊松，極貪賄賂。可〔四六〕差人從小路逕投漢中，先用金銀結好楊松，後進書與張魯云：『吾與劉璋爭西川，是與汝報讎。不可聽信離間之語。事定之後，保汝爲漢寧王。』【毛】【漁】劉璋許以地，孔明許以爵。（還是就那一邊？）〈【毛】〉二者不可得兼，舍地而取爵可也。【鍾】計妙。令其撤回馬超兵。待其來撤時，便可用計招降馬超矣。」玄德大喜，即時修書，差孫乾賫金珠從小路逕至漢中，先來見楊松，説知此事，送了金珠。松大喜，先引孫乾見張魯陳言方便。【毛】全是金珠在那裏説話。魯曰：「玄德只是左將軍，如何保得我爲漢寧王？」楊松曰：「他是〔四七〕大漢皇叔，正合保奏。」【毛】不是皇叔保得，而金珠可以保得。【贊】【漁】（這）（道）是金珠在那裡説話，金珠效驗如此。〈【贊】〉自古及今無不然者。

〔四三〕吴本脱此句贊批。
〔四四〕「來到」，商本倒作「到來」。
〔四五〕「住」，齋本、光本脱。
〔四六〕「可」上，貫本有「主公」二字。
〔四七〕「他是」，齋本、光本作「備」。

【鍾】這是金珠說話。張魯大喜，便差人教馬超罷兵。孫乾只在楊松家聽回信。不一日，使者回報：「馬超言：未成功，不可退兵。」【毛】【漁】未有奸臣在內，而（大將）能立功于外者。張魯又遣人去喚，又不肯回。一連三次不至。楊松曰：「此人素無信行，不肯罷兵，其意必反。」遂使人流言云：「馬超意欲奪西川，自爲蜀主〔四八〕，與父報讐，不肯臣於漢中。」【毛】全是金珠說話。張魯聞之，問計於楊松。松曰：「一面差人去說與馬超：『汝既欲成功，與汝一月限，要依我三件事。若依得，便有賞，否則必誅：一要取西川，二要劉璋首級，三要退荊州兵。三件事不成，可獻頭來。』【毛】出下三箇難題目，馬超關節不到，如何作文？一面教張衛點軍守把〔四九〕關隘，防馬超兵變。」魯從之，差人到馬超寨中，說這三件事。超大驚曰：「如何變得恁的！」【毛】金珠之爲物，極是善變。【漁】金珠之故。乃與馬岱商議：「不如罷兵。」楊松又流言曰：「馬超回兵，必懷異心。」【毛】不想金珠這等有用。於是張衛分七路軍，堅守隘口，不放馬超兵入。超進退不得，無計可施。【贊】人言此〔五〇〕孔明之功，余言是金珠之力。【鍾】□是金珠之（力）。

孔明謂玄德曰：「今馬超正在進退兩難之際，亮憑三寸不爛之舌，親往超寨，說馬超來降。」玄德曰：「先生乃吾之股肱心腹，倘有疎虞，如之奈何？」孔明堅意要去，玄德再三不肯放去。正躊躇間，忽報趙雲有書薦西川一人來降。【毛】接筍甚妙〔五一〕。玄德召入問之，其人乃建寧俞元人也，姓李名恢，字德昂。玄德曰：「向日聞公苦諫劉璋，今何故歸我？」【毛】照應前文。恢曰：「吾聞『良禽相木而棲，賢臣擇主而事』，前諫劉益州者，以盡人臣之心，既不能用，知必敗矣。今將軍仁德布於蜀中，知事必成，故來歸耳。」玄德曰：「先生此來，必有益於劉備。」恢曰：「今聞馬超在進退兩難之際。

〔四八〕「主」，齋本、光本、明四本作「王」。
〔四九〕「守把」，光本、商本倒作「把守」。
〔五〇〕「此」，緑本訛作「比」。
〔五一〕「妙」，光本作「緊」，澹本闕。

恢昔在隴西與彼有一面之交，願往説馬超歸降，若何？」【毛】李恢來得湊巧，恰好做了孔明替身。【鍾】正合孔明之意。孔明曰：「正欲得一人替吾一往。願聞公之説詞。」李恢於孔明耳畔陳説如此如此。孔明大喜，即時遣行。【毛】入得孔明的耳，方入得馬超的耳。恢行至超寨，先使人通姓名〔五二〕。馬超曰：「吾知李恢乃辯士，今必來説我。」先喚二十刀斧手伏於帳下，囑曰：「令汝砍，即砍爲肉醬！」須臾，李恢昂然而入。【贊】李恢大是妙人，可用，可用。馬超端坐帳中不動，叱李恢曰：「汝來爲何？」恢曰：「特來作説客。」【毛】【漁】蔣幹一見周瑜，辨明不是説客；李恢一見（馬超），妙在（自説）（説明）是説客。【贊】妙。超曰：「吾匣中寶劒新磨。汝試言之，其言不通，便請試劒！」恢笑曰：「將軍之禍不遠矣！但恐新磨之劒，不能試吾之頭，將欲自試也！」【毛】先以危言動之，妙在即借他題目發揮。超曰：「吾有何禍？」恢曰：「吾聞越之西子，善毀者不能閉其美；齊之無鹽，善美者不能掩其醜；『日中則昃，月滿則虧』：此天下之常理也。今將軍與曹操有殺父之讐，而隴西又有切齒之恨；前不能救劉璋而退荆州之兵，後不能制楊松而見張魯之面。目下四海難容，一身無主。若復有渭橋之敗、冀城之失，何面目見天下之人乎？」【毛】李恢言語，當得金珠用，〈【毛】【漁】〉一字一金，一字一珠（矣）。【贊】【鍾】説至此，（何）（不）由孟起不拜。超頓首謝曰：「公言極善，但超無路可行。」恢曰：「公既聽吾言，帳外〔五三〕何故伏刀斧手？」超大慚，盡叱退。【毛】李恢舌劒，可以退帳下之劒。恢曰：「劉皇叔禮賢下士，吾知其必成，故捨劉璋而歸之。公之尊人，昔年曾與皇叔約共討賊，【毛】照應二十回中事。公何不背〔五四〕暗投明，以圖上報父讐，下立功名乎？」馬超大喜，即喚楊柏入，一劒斬之，【毛】【漁】方（雪）（洩）破婚之恨。將首級共恢一同上關來降玄德。玄德親自接入，待以上賓之禮。超頓首謝曰：「今遇明主，

〔五二〕「姓名」，商本倒作「名姓」。
〔五三〕「外」，貫本作「下」。
〔五四〕「背」，齋本、澹本、光本、商本作「棄」。

如〔五五〕撥雲霧而見青天！」時孫乾已回。玄德復命霍峻、孟達守關，便撤兵來取成都，趙雲、黄忠接入綿竹。人報蜀將劉晙、馬漢引軍到。趙雲曰：「某願往擒此二人！」言訖，上馬引軍出。玄德在城上管〔五六〕待馬超喫酒，未曾安席，子龍已斬二人之頭，獻於筵前。毛漁（張飛顯過本事，却用）趙雲（故）顯本事與馬超看。馬超亦驚，倍加敬重。贊鍾酒席間子龍又做此小把戲嘎〔五七〕酒，不由孟起不如彼也。超曰：「不須主公軍馬厮殺，超自喚出劉璋來降。如不肯降，超自與弟馬岱取成都，雙手奉獻。」毛漁子龍以兩顆〔五八〕人頭爲安席之敬，馬超便（欲）以一座城池爲進見之禮。玄德大喜，是日盡歡。

却説敗兵回到益州報劉璋。璋大驚，閉門不出。人報城北馬超救兵到，劉璋方敢登城望之。見馬超、馬岱立於城下，大叫：「請劉季玉答話。」劉璋在城上問之。超在馬上以鞭指曰：「吾本領張魯兵來救益州，誰想張魯聽信楊松讒言，反欲害我，今已歸降劉皇叔。公可納土拜降，免致生靈受苦。如或執迷，吾先攻城矣！」毛漁好（一）個請來的救星。劉璋驚得面如土色，氣倒於城上。衆官救醒，璋曰：「吾之不明，悔之何〔五九〕及！不若開門投降，以救滿城百姓。」董和曰：「城中尚有兵三萬餘人；錢帛糧草，可支一年：奈何便降？」劉璋曰：「吾父子在蜀二十餘年，無恩德以加〔六〇〕百姓，攻戰三年，血肉捐於草野，皆我罪也〔六一〕。贊仁〔六二〕人之言。我心何安？不如投降以安百姓。」毛漁忠厚爲無用之别名，（不差，不差。）〈毛〉非忠厚之無用，忠厚而不精明之爲無用也。劉璋失豈在仁？失在仁而不智耳。衆人聞之皆墮〔六三〕淚。忽一人進曰：「主

〔五五〕「如」，光本作「加」，形訛；明四本作「乃」。
〔五六〕「管」，貫本、齋本、光本、商本作「款」。
〔五七〕贊批「嘎」，緑本訛作「嗔」。
〔五八〕「顆」，商本作「個」。
〔五九〕「何」，商本作「無」，嘉本、周本作「不」。
〔六〇〕「以加」，光本、商本作「加於」。
〔六一〕「罪也」，商本作「之罪」。
〔六二〕贊批「仁」字原闕，吴本作「仁」，據緑本補。
〔六三〕「墮」，光本、商本作「墜」。

公之言，正合天意。」視之，乃巴西西〔六四〕充國人也，姓譙名周，字允南，此人素曉天文。【漁】後來勸後主出降者，即是此人。璋問之，周曰：「某夜觀乾象，見羣星聚於蜀郡，其大星光如皓月，乃帝王之象也。況一載之前，小兒謡云：『若要喫新飯，須待先主來。』此乃預兆，【毛】爲玄德稱帝伏筆。不可逆天道。」黄權、劉巴聞言皆大怒，欲斬之。【毛】譙周慣説天文，後來勸後主出降即此人也。權、巴欲殺之，亦不爲過。劉璋當住。忽報：「蜀郡太守許靖踰城出降矣。」劉璋大哭歸府。【毛】前不聽掛城之王累，今却哭踰城之許靖，亦遲矣。次日，人報劉皇叔遣幕賓簡雍在城下唤門。璋令開門接入，雍坐車中，傲睨【二】睨音宜，側〔六五〕目看人也。自若，忽一人掣劍大喝曰：「小輩得志，傍若無人！汝敢藐〔六六〕【嘉】音眇。【二】音秒。視吾蜀中人物耶！」雍慌下車迎之。此人乃廣漢綿竹人也，姓秦名宓，【二】音伏。字子勑。【毛】秦宓後來以舌辨難吴使，於此處先露圭角。雍笑曰：「不識賢兄，幸勿見責。」遂同入見劉璋，具〔六七〕説玄德寬洪大度，並無相害之意。於是劉璋決計投降，厚待簡雍。次日，親賫印綬文籍，與簡雍同車出城投降。玄德出寨迎接，握手流涕〔六八〕曰：「非吾不行仁義，奈勢不得已也！」【毛】【漁】「不得已」三字，（亦是玄德）（雖是）實話，然古（來）（今）以此（三字解説）（藉口）者多矣。如重耳之殺懷公，小白之殺子糾，唐太宗之殺建〔六九〕成、元吉，皆是（也。）兄弟之變（至于如此），爲之一嘆。共入寨，交割印綬文籍，並馬入城。

玄德入成都，百姓香花燈燭，迎門而接。玄德到公廳，陞堂坐定。郡内諸官皆拜於堂下，惟黄權、劉巴閉門不出。衆將忿怒，欲往殺之。玄德慌忙傳令曰：「如有害此二人者，滅其三族！」【毛】漢

〔六四〕「西」，商本脱。
〔六五〕周批「宜側」，原訛作「官則」，據夏批改。
〔六六〕「藐」，商本作「貌」，形訛。
〔六七〕「具」，齋本、商本作「且」，形訛；明四本無。
〔六八〕「涕」，齋本、光本、嘉本、周本作「淚」。
〔六九〕漁批「建」，原作「遥」，據衡校本改。

高之封雍齒、赦蒯通，即此意也。【贄】黃權、劉巴自好，玄德亦通。玄德親自登門，請二人出仕。【毛】不獨收二人之心，正欲收衆人之心。二人感玄德恩禮，乃出。孔明請曰：「今西川〔七〇〕平定，難容二主，可將劉璋送去荆州。」玄德曰：「吾方得蜀郡，未可令季玉遠去。」孔明曰：「劉璋失基業者，皆因太弱也〔七一〕。主公若以婦人之仁，臨事不決，恐此土難以長久。」【毛】【漁】一個做好，一個做惡，定是商量停當。【贄】【鍾】英雄之（識〔七二〕）（見），人當佩服。玄德從之，設一大宴，請劉璋收拾財物，佩領振威將軍印綬，令將妻子良賤，盡赴南郡公安住歇，即日起行。【毛】玄德遷劉璋於公安，與曹操遷劉琮於青州，正是一樣算計。但一則殺之于路，一則善遣之去，爲不同耳。

玄〔七三〕德自領益州牧，其所降文武，盡皆重賞，定擬〔七四〕名爵：嚴顔爲前將軍〔七五〕，法正爲蜀郡太守，董和爲掌軍中郎將，許靖爲左將軍長史，龐義爲左將軍營司馬〔七六〕，劉巴爲左將軍西曹掾〔七七〕，黃權爲偏將軍〔七八〕。其餘吴懿、費觀、彭羕、卓膺、李嚴、吴蘭、雷銅、李恢、張翼、秦宓、譙周、吕乂、霍峻、鄧芝、楊洪、周羣、費禕、費詩、孟達，文武投降官員共六十餘人，並皆擢用。【毛】先封新降之臣，然後封舊日之臣，皆是玄德權變處。諸葛亮爲軍師〔七九〕，關雲長爲盪寇將軍、漢

〔七〇〕「川」，商本作「州」，形訛。
〔七一〕「也」，貫本作「耳」。
〔七二〕「識」，緑本作「言」。
〔七三〕「玄」，商本作「去」，形訛。
〔七四〕「擬」，貫本作「以」。
〔七五〕按：「前將軍」官階高於其時劉備之「左將軍」，《演義》誤；于史無據，從原文。
〔七六〕「左將軍營司馬」，原作「營中司馬」，古本同。按：《三國志·蜀書·劉二牧傳》：「先主定蜀，義爲左將軍司馬。」《先主傳》：「營司馬臣龐義。」據改。
〔七七〕「左將軍西曹掾」，原作「左將軍」，古本同。按：《三國志·蜀書·劉巴傳》：「而諸葛孔明數稱薦之，先主辟爲左將軍西曹掾。」據補。
〔七八〕「偏將軍」，原作「右將軍」，古本同。按：《三國志·蜀書·黃權傳》：「先主假權偏將軍。」據改。
〔七九〕按：《三國志·蜀書·諸葛亮傳》：「成都平，以亮爲軍師將軍，署左將軍府事。」「軍師」應作「軍師將軍」，成習，從原文。

壽亭侯，張飛爲征虜將軍〔八〇〕、新亭侯，趙雲爲翊軍將軍〔八一〕，黄忠爲討虜將軍〔八二〕，魏延爲牙門將軍〔八三〕，馬超爲平西將軍。孫乾、簡雍、糜竺、糜芳、劉封〔八四〕、關平、周倉、廖化、馬良、馬謖、【二】音速。蔣琬、伊籍，及舊日荆襄一班文武官員，盡皆陞賞。【毛】諸臣勞苦功高，至此方纔〔八五〕受封，良是不易。遣使齎黄金五百斤、白銀一千斤、錢五千萬、蜀錦一千疋，賜與雲長。【毛】既賞西川從征之將，遂念荆州留守〔八六〕之臣。蓋不有留守，則從征不能成功，是西川之取，雲長亦與有力也。【漁】先封新人，後封舊臣；既賞從軍之將，又念守留之將。其餘官將，給賜〔八七〕有差。殺牛宰馬，大餉士卒，開倉賑濟百姓，【毛】既收士心，又結民心。軍民大悦。

益州既定，玄德欲將成都有名田宅，分賜諸官。趙雲諫曰：「益州人民屢遭兵火，田宅皆空，今當歸還百姓，令安居復業，民心方服，不宜奪之爲私賞也。」【毛】蕭何强買民間田宅以自汙，爲遇猜忌之主故然，今子龍遇玄德，不嫌市惠于民〔八八〕。【贊】【鍾】子龍識大體。【漁】有見識。玄德大喜，從其言。使諸葛軍師定擬治國條例，刑法頗重。法正曰：「昔高祖約法三章，黎民皆感其德。願軍師寬刑省法〔八九〕，以慰民望。」孔明曰：「君知其一，未知其二：秦用法暴虐，萬

〔八〇〕「征虜將軍」，原作「征遠將軍」，毛校本同。按：《三國志·蜀書·張飛傳》：「以飛爲宜都太守、征虜將軍，封新亭侯。」據明四本改。
〔八一〕「翊軍將軍」，原作「鎮遠將軍」，古本同。按：《三國志·蜀書·趙雲傳》：「成都既定，以雲爲翊軍將軍。」據改。
〔八二〕「討虜將軍」，原作「征西將軍」，古本同。按：《三國志·蜀書·黄忠傳》：「益州既定，拜爲討虜將軍。」據改。
〔八三〕「牙門將軍」，原作「揚武將軍」，古本同。按：《三國志·蜀書·魏延傳》：「以部曲隨先主入蜀，數有戰功，遷牙門將軍。」據改。
〔八四〕「封」下，明四本有「吴班」。按：明四本胡班與吴班無關，毛本改二人爲一人，此處奪「吴班」，後文第七十三回補胡班歸蜀一段，並於第二十七、二十八、七十三、八十一回作批語以連接。涉後文多處正文及批語，從毛本。
〔八五〕「纔」，商本作「得」。
〔八六〕「荆州留守」，商本倒作「留守荆州」。
〔八七〕「賜」，光本、商本作「賞」。
〔八八〕「市惠于民」，貫本作「重惠于民」，齋本、光本作「市恩于民」，滄本作「市德于民」。
〔八九〕「省法」二字原闕，據毛校本補。

民皆怨，故高祖以寬仁得之。【毛】高祖約法，是刑新國用輕典。今劉璋闇弱，德政不舉〔九〇〕，威刑不肅，君臣之道，漸以陵替。【贊】是。寵之以位，位極則賤〔九一〕；順之以恩，恩竭則慢。所以致弊，實由於此。吾今威之以法，法行則知恩；限之以爵，爵加則知榮。恩榮並濟，上下有節。爲治〔九二〕之道，於斯著矣。」【毛】孔明治蜀，是刑亂國用重典。【贊】【鍾】孔明果識時務，此即治體也。【漁】千古至論。法正拜服。自此軍民安堵〔九三〕。四十一州地面，分兵鎮撫，並皆平定。

法正爲蜀郡太守，凡平日一餐之德、睚眦之怨，無不報復。【毛】二句内包着無數事情，省筆之甚。或告孔明曰：「孝直太橫，宜稍斥之。」孔明曰：「昔主公困守荆州，北畏曹操，東憚孫權，賴孝直爲之輔翼，遂翻然翱翔，不可復制。今奈何禁止〔九四〕孝直，使不得少行其意耶？」因竟不問。【毛】繼劉璋而用猛，是猛以濟寬；遇法正而用寬，是寬以濟猛。法正聞之，亦自斂戢。【毛】法行而知恩，恩行而亦知法矣。

一日，玄德正與孔明閒敘，忽報雲長遣關平來謝所賜金帛，玄德召入。平拜罷，呈上書信曰：「父親知馬超武藝過人，要入川來與之比試高低，教就稟伯父此事。」【毛】【漁】不必有此事，不可無此言。【贊】【鍾】雲長先生不老成。〔九五〕玄德大驚曰：「若雲長入蜀，與孟起比試，勢不兩立。」孔明曰：「無妨，亮自作書回之。」【毛】【漁】孔明已（會）（知）其意。玄德只恐雲長性急，便教孔明寫了書，發付關平星夜回荆州。平回至荆州，雲長問曰：「我欲與馬孟起比試，汝曾說否？」平答曰：「軍師有書在此。」雲長拆開視之，其書曰〔九六〕：

〔九〇〕「舉」，商本作「敷」。
〔九一〕「賤」，原作「殘」，古本同。按：《三國志·蜀書·諸葛亮傳》裴注引諸葛亮曰：「寵之以位，位極則賤；順之以恩，恩竭則慢。」據改。
〔九二〕「治」，商本作「法」。
〔九三〕「堵」，齋本、光本作「靖」。
〔九四〕「止」，齋本、光本脱。
〔九五〕贊批第一、第五字漫漶，據贊校本改。鍾本後脱二葉，關以下眉批及回末評。
〔九六〕毛本孔明書删，改自贊本；鍾本、漁本同贊本，周本、夏本、贊本删改自嘉本。按：嘉本增、改自《三國志·蜀書·關羽傳》。

亮聞將軍欲與孟起分別高下。以亮度之：孟起雖雄烈過人，亦乃黥布、彭越之徒耳，當與翼德並驅爭先，猶未及美髯公之絶倫超羣也。今公受任守荆州，不爲不重，倘一入川，若荆州有失，罪莫大焉。惟冀〔九七〕明照。

雲長看畢，自綽其髯笑曰：「孔明知〔九八〕我心也。」【毛】【漁】正欲孔明（將自己）推高（自己），以壓服（孟起）（衆人）耳，非喜其譽己也。【贊】或云「此亦雲長彈壓孟起之策」，所以曰「孔明知我心也」。將書遍示賓客，遂無入川之意。【毛】以下按過西川、荆州兩邊，接敘東吴一邊。

却説東吴孫權知玄德併吞西川，將劉璋逐於公安，遂召張昭、顧雍商議曰：「當初劉備借我荆州時，説取了西川便還荆州。今已得巴蜀四十一州，須用取索漢上諸郡。如其不還，即動干戈。」【毛】玄德方纔得采〔九九〕，不想討債的便來。【漁】纔得着，討債的便來。張昭曰：「吴中方寧，不可動兵。昭有一計，使劉備將荆州雙手奉還主公。」正是：

西蜀方開新日月，東吴又索舊山川。

未知其計如何，且看下文分解。

玄德、孔明見馬孟起英雄，惟恐翼德傷之，百計以得之，何愛才心如此真切也！爲王者，爲王者師，豈倖也哉！若使小人惟知嫉才，一意害之而後已，是豈上天生才之意乎哉？可憐小人之見不及大人，何止天淵也！

壯繆先生欲與孟起比較高下，似爲多事，然亦英雄技痒，不得不爾。妙哉！孔明談言微中，遂息兩家之争，真是箇和事老人也。此等公案最爲有趣，可入《世説》。

〔九七〕「冀」，光本、商本作「希」。
〔九八〕「知」上，光本有「真」字。
〔九九〕「采」，同「彩」，澹本、光本、商本作「來」。

第六十六回

關雲長單刀赴會
伏皇后爲國捐生

關公不屑屑與東吴較量爾〔一〕我，只將「大漢」二字壓倒東吴，此其讀《春秋》得力處也。吕布之對曹操曰：「漢家城池，諸人有分〔二〕。」惟其無父，所以無君。關公之對諸葛瑾曰：「大漢疆土，豈可妄以尺寸與人？」惟其能爲人臣，所以能爲人弟。

玄德之就婚，妙在授計而往；關公之赴會，又妙在不消授計。玄德之就婚而歸，妙在不別而行；關公之赴會而歸，又妙在公然而別。張遼之請關公，妙在屢請方來；魯肅之請關公，又妙在一請便來。關公之別曹操，妙在不勞他送；關公之別魯肅，又妙在偏要他送。前日之五關斬將，妙在攔當不住；今日之扁舟江上，又妙在無人攔當。前日之獨行千里，妙在來得明白，去得明白；今日之單刀赴會，又妙在來得軒昂，去得軒昂。讀書至此，而嘆公之往來自得，旁若無人，豈但在一時爲然，豈但在一國爲然哉！直將獨往獨來於天地古今之中耳。

觀曹操杖殺母后一事，天翻地覆，真前史之所絶無而僅見者矣。或爲之解曰：獻帝爲高帝後身，伏后爲吕后後身，曹操爲韓信後身，曹操女爲戚姬後身，華歆爲趙王如意後身。嗚呼！其然耶？其不然耶？

以名士如華歆，而助操爲惡至於如此之甚，原其初不過爲榮〔三〕利之心未忘耳。拾金而觀之，利未忘也；見乘軒者而視之，榮未忘也。

〔一〕「爾」，齋本作「你」。
〔二〕「漢家城池，諸人有分」，原作「漢家疆土人人有分」，毛校本同。據前文第十一回原句改。
〔三〕「榮」，商本作「名」。

止此貪榮慕利之心，遂成其黨惡助虐之心。管幼安之〔四〕割席分坐，殆逆料其後與？

或謂管寧坐卧一樓，足不履地，以地爲魏地也，獨不思樓非魏地之樓乎？予曰：不然。賢人君子特借此以自明其高尚之志耳。文丞相詩曰：「或爲遼東帽，清操勵冰雪。」而《綱目》亦書曰：「漢管寧卒於魏。」〔五〕誠以清操如管寧，有非魏之所得有也者。若以樓爲魏之樓，則箕山亦爲唐之山，潁水亦爲虞之水，首陽之薇亦爲周之薇矣。

以國戚害國戚者，何進也；以國戚薦國戚者，伏完也。以宦官害國戚者，張讓也；以宦官助國戚者，穆順也。以國戚謀國戚而勝，以國戚與國戚共謀權臣而不勝；以宦官謀國戚而勝，以宦官與國戚共謀權臣而亦不勝。然則權臣之惡，其更甚於宦官、國戚乎！然立曹貴人爲皇后，則操亦居然國丈矣，丕亦居然國舅矣。王莽以國戚而爲權臣，操與丕則又以權臣而爲國戚矣。國戚不足懼，以權臣爲之則可懼；權臣已〔六〕足懼，權臣而又使之爲國戚，則更可懼。魏之篡漢，又何疑焉？

荀彧以操之加九錫而死，荀攸以操之稱魏王而死，君子惜其不死於殺董妃之時，以爲死之已晚也；然猶幸其能死於弑伏后之前，以爲死之未晚也。夫殺董妃則加九錫，稱魏王之漸也，稱魏王則弑伏后之本也，弑伏后則篡國之機也。乃加九錫則董昭勸之，稱魏王則王粲贊之，弑伏后則華歆助之，是彧與攸之爲人，其猶有賢於董昭、王粲、華歆者耶！

却説孫權要索荆州，張昭獻計曰：「劉備所倚

〔四〕「之」，貫本作「知」。

〔五〕按：《綱目》卷十五：「管寧卒于魏。」元代劉友益《通鑑綱目書法》：「管寧亦天下之善士也，書卒于魏而不書魏管寧。」毛本宣漢正統，而補「漢」字。

〔六〕「已」，貫本作「不」。

仗〔七〕者，諸葛亮耳。其兄諸葛瑾今仕於吳，何不將瑾老小執下，使瑾入川告其弟，令勸劉備交割荊州：『如其不還，必累及我老小。』亮念同胞之情，必然應允。」【毛】既奪不得阿斗，却用着諸葛瑾；不能取劉備之子以牽制劉備，却借孔明之兄以牽制孔明。【漁】何計之愚。權曰：「諸葛瑾乃誠實君子，安忍拘其老小？」昭曰：「明教知是計策，自然放心。」【毛】【漁】掩耳盜鈴。權從之，召〔八〕諸葛瑾老小，虛監在府，一面修書，打發諸葛瑾往西川去。【毛】第四次索荊州。○保人本是魯肅，文書上原無諸葛瑾名字，今舍肅而使〔九〕瑾，又是推班出色。不數日，早到〔一〇〕成都，先使人報知玄德。玄德問孔明曰：「令兄此來爲何？」孔明曰：「來索荊州耳。」玄德曰：「何以答之？」孔明曰：「只須如此如此。」

計會已定，孔明出郭接瑾。不到私宅，逕入賓館。叅拜畢，瑾放聲大哭。【毛】【漁】老實人（何處得此）（那裡來的）急淚？亮曰：「兄長有事但說，何故發哀？」瑾曰：「吾一家老小休矣！」亮曰：「莫非爲不還荊州乎？因弟之故，執下兄長老小，弟心何安？兄休憂慮，弟自有計還荊州便了。」【毛】兄既假哭，弟亦假應，一兄一弟，俱不是真。【漁】好個計還荊州。瑾大喜，即同孔明入見玄德，呈上孫權書。玄德看了，怒曰：「孫權既以妹嫁我，却乘我不在荊州，竟將妹子潛地取去，情理難容！【毛】劉玄德老小已被騙〔一一〕去，諸葛瑾老小又何足惜？我正要大起川兵，殺下江南，報我之恨，却還想來索荊州乎！」【毛】【漁】前番（只）（還）是借，今番却（要）賴矣〔一二〕。孔明哭拜於地，【毛】妙。曰：「吳侯執下亮兄長老小，倘若不還，吾兄將全家被戮。兄死，亮豈能獨生？望主公看亮之面，將荊州還了東吳，全亮兄弟之情！」【毛】【漁】孔

〔七〕「仗」，齋本、光本作「重」。
〔八〕「召」上，商本有「即」字。
〔九〕「使」，光本、商本作「用」。
〔一〇〕「早到」，致本同；澹本作「刑了」，形訛；其他毛校本作「到了」。
〔一一〕「騙」，貫本作「驅」。
〔一二〕漁批「賴」上，衡校本有「是」字。毛批「矣」，商本作「了」。

明自做好人，（却）教玄德做（難）（惡）人。妙。玄德再三不肯，孔明只是哭求。毛三箇人都是粧腔做勢。玄德徐徐曰：「既如此，看軍師面，分荆州一半還之，將長沙、零陵、桂陽三郡與他。」毛借債的先還一半。亮曰：「既蒙見允，便可寫書與雲長，令〔一三〕交割三郡。」玄德曰：「子瑜到彼，須用善言求吾弟。吾弟性如烈火，吾尚懼之。切宜仔細。」毛漁玄德（又）自做好人，（推關公做難）（又教雲長做惡）人。妙。瑾求了書，辭了玄德，別了孔明，登途徑到荆州。雲長請入中堂，賓主相叙。瑾出玄德書曰：「皇叔許先以三郡還東吴，望將軍即日交割，令瑾好回見吾主。」雲長變〔一四〕色曰：「吾與吾兄桃園結義，誓共匡扶漢室。荆州本大漢疆土，豈得妄以尺寸與人？毛提出「大漢」二字，辭嚴義正。贊題目甚正，所云「正人正語」也。漁「大漢」二字妙。『將在外，君命有所不受。』雖吾兄有書來，我却只不還。」毛漁後（文）（邊）使伊籍〔一五〕知會（，關公便聽了）（便肯）；此（時只有）（番只）諸葛瑾（自）來，便知是孔明之計。瑾曰：「今吴侯執下瑾老小，若不得荆州，必將被誅。望將軍憐之！」雲長曰：「此是吴侯譎二音决。計〔一六〕，如何瞞得我過！」毛玄德、孔明知之〔一七〕而不言，却被關公一口説破。贊明見萬里。瑾曰：「將軍何太無面目？」雲長執劍在手曰：「休再言！此劍上並無面目！」關平告曰：「軍師面上不好看，望父親息怒。」毛關平與關公，亦似約會〔一八〕一般。雲長曰：「不看軍師面上，教你回不得東吴！」漁好計較。瑾滿面羞慚，急辭下船，再往西川〔一九〕見孔明。孔明已自出巡去了。毛哥哥却爲兄弟所弄。瑾只得再見玄德，哭告雲長欲殺之事。毛前是假哭，此是真哭。漁此方是真哭。玄德曰：「吾弟性急，極難與言。子

〔一三〕「令」，商本作「去」。
〔一四〕「吾」，光本、商本作「吴」。「變」，商本作「正」。
〔一五〕「籍」，齋本作「藉」，形訛。
〔一六〕「譎計」，商本作「詭計」，明四本作「譎詐」。
〔一七〕「知之」，貫本作「却之」。
〔一八〕「會」，商本作「定」。
〔一九〕「川」，原作「州」，業本、齋本同。據其他古本改。

瑜可暫回，容吾取了東川漢中諸郡，調雲長往守之，那時方得交付荆州。」毛漁取了西川，又等東川，（極似今人）（竟是）賴債（的，最會回債〔二〇〕）（話頭）。鍾得此解勸，方好（收）手。

瑾不得已，只得回東吴見孫權，具言前事。孫權大怒曰：「子瑜此去，反覆奔走，莫非皆是諸葛亮之計？」毛漁然也。瑾曰：「非也。吾弟亦哭告玄德，方許將三郡先還，又無奈雲長恃頑不肯。」毛子瑜是實心人，不像兄弟乖覺。孫權曰：「既劉備有先還三郡之言，便可差官前去長沙、零陵、桂陽三郡赴任，且看如何。」毛漁不曾會（租，便）（明，竟）要管業。瑾曰：「主公所言極是〔二一〕。」權乃令瑾取回老小，一面差官往三郡赴任。不一日，三郡差去官吏盡被逐回，告孫權曰：「關雲長不肯相容，連夜趕逐回吴。遲後者便要殺〔二二〕。」毛只是不肯寫承攬。○逐回官吏之事，只借官吏口中説出，省筆。孫權大怒，差人召魯肅責之曰：「子敬昔爲劉備作保，借吾荆州，今劉備已得西川，不肯歸還，子敬豈得坐視？」毛此時尋着保人，却要原中理直。肅曰：「肅已思得一計，正欲告主公。」權問：「何計？」肅曰：「今屯兵於陸口，二陸口，地名，今屬武昌府。使人請關雲長赴會。若雲長肯來，以善言説之，如其不從，伏下刀斧手殺之。如彼不肯來，隨即進兵，與決勝負，奪取荆州便了。」毛中人没法，勉强生出兩條計策。漁此時保人原不能坐視。中人賠酒席。孫權曰：「正合吾意，可即〔二三〕行之。」闞澤進曰：「不可。關雲長乃世之虎將，非等閒可及。恐事不諧，反遭其害。」鍾闞澤更有斟酌。孫權怒曰：「若如此，荆州何日可得！」便命魯肅速行此計。肅乃辭孫權，至陸口召吕蒙、甘寧，商議設宴於陸口寨外臨江亭上，毛只有借債的請中人，如何倒要中人費酒席。修下請書，選帳下能言快語一人爲使，登舟渡江。江口關平問了，

〔二〇〕毛批「債」下，光本、商本有「的一樣」三字。
〔二一〕「是」，貫本作「善」，明四本無。
〔二二〕「殺」，商本作「斬」，明四本作「戮」。
〔二三〕「可即」，商本倒作「即可」。

遂引使人〔二四〕入荆州叩見雲長，具道魯肅相邀赴會之意，呈上請書。雲長看書畢，謂來人曰：「既子敬相請，我明日便來赴宴。毛請〔二五〕帖上定寫：翌日候教，恕乏人邀。汝可先回。」使者辭去。關平曰：「魯肅相邀，必無好意，父親何故許之？」漁極寫関平精細。雲長笑曰：「吾豈不知耶？此是諸葛瑾回報孫權，説吾不肯還三郡，故令魯肅屯兵陸口，邀我赴會，便索周音色。荆州。吾若不往，道吾怯矣。毛若是怕討債不吃酒，便是不會欠債的。吾來日獨駕小舟，只用親隨十餘人，單刀赴會，看魯肅如何近我！」毛漁極寫關公神威。贊三十分識，三十分膽，三十分才。鍾雲長公明見萬里。平諫曰：「父親奈何以萬金之軀，親蹈虎狼之穴？恐非所以重伯父之寄託也。」毛漁極寫關平（精）細（膩）。雲長曰：「吾於千鎗萬刃之中、矢石交攻之際，匹馬縱横，如入無人之境，豈憂江東羣鼠乎！」毛下戰書且不怕，請吃酒何足怕。贊佛。鍾膽識俱□。馬良亦諫曰：「魯肅雖有長者之風，但今事急，不容不生異心。將軍不可輕往。」毛須知中人要脱干係。雲長曰：「昔戰國時，趙人藺周音吝。相如，無縛雞之力，於澠周音免。池會上，覷秦國君臣如無物，况吾曾學萬人敵者乎！毛公乃合廉、藺爲一人矣。既已許諾，不可失信。」贊鍾正氣充塞天地。良曰：「縱將軍去，亦當有准備。」雲長曰：「只教吾兒選快船十隻，藏善水軍五百，於江上等候。看吾認旗〔二六〕起處，便過江來。」平領命自去准備。毛先准備候客的。

却説使者回報魯肅，説雲長慨然應允，來日准到。肅與吕蒙商議：「此來若何？」蒙曰：「彼帶軍馬來，贊鷄蛇何足以料〔二七〕龍鳳。鍾管窺之見。某與甘寧各人領一軍伏於岸側，放砲爲號，准備厮殺；如無軍來，只於亭〔二八〕後伏刀斧手五十人，就

〔二四〕「人」，齋本脱。
〔二五〕「宴」，商本、嘉本作「會」。毛批「請」上，光本有「想」字。
〔二六〕「認旗」，貫本、滄本、光本作「紅旗」。按：認旗爲主將標識旗。
〔二七〕贊批「鷄蛇」「以料」四字漫漶，吴本脱此句，據緑本補。
〔二八〕「亭」，原作「庭」，古本同。按：「庭」與前文「臨江亭」異。據前文改。

筵間殺之。」計會已定。次日，肅令人於岸口遥望。辰時後，見江面上一隻船來，梢公水手只數人，一面紅旗風中招颭，【周】音摇。【夏】音遥。顯出一箇大「關」字來。【毛】寫得情景。如今日演《單刀赴會》者，未必能如此之寫生也。船漸近岸，見雲長青巾緑袍，坐於船上，傍邊周倉捧着大刀。八九箇關西大漢，各跨腰刀一口。【毛】儒雅之極，英雄之極。○在魯肅眼中看來，加倍出奇。【漁】今人演《單刀赴會》，未必如此威凛。魯肅驚疑，接入亭〔二九〕内。叙禮畢，入席飲酒，舉盃相勸，不敢仰視。雲長談笑自若。酒至半酣，肅曰：「有一言訴與君侯，幸垂聽焉：昔日令兄皇叔，使肅於吾主之前，保借荆州暫住，約於取川之後歸還。今西川已得，而荆州未還，得毋失信乎？」【毛】不是請吃酒，却是討債了。【漁】寒温不曾叙就討債。雲長曰：「此國家之事，筵間不必論之。」【毛】【漁】似周瑜對蔣幹語。肅曰：「吾主只區區江東之地，而肯以荆州相借者，爲念君侯等兵敗遠來，無以爲資故也。今已得益州，則荆州自應見還。乃皇叔但肯先割三郡，而君侯又不從，恐於理上説不去。」【毛】【漁】前説玄德不肯還，此（竟）説關公不肯還（，語又逼近）。雲長曰：「烏林之役，左將軍親冒矢石，戮力破敵，豈得徒勞而無尺土相資？今足下復來索地耶？」【毛】只畧答他兩〔三〇〕句，妙在畧而不詳。【鍾】□□亦□□□。【漁】魯肅但論理，関公論情亦有理。肅曰：「不然。君侯始與皇叔同敗於長坂，計窮慮極〔三一〕，將欲遠竄，吾主矜愍〔三二〕皇叔身無處所，不愛土地，使有所托足，以圖後功。而皇叔愆德隳【三】音灰。好，已得西川，又占荆州，貪而背義，恐爲天下所恥笑。唯君侯察之。」【毛】此將玄德與關公合説。雲長曰：「此皆吾兄之事，非某所宜與也。」【毛】【漁】玄德推關公，關公又推玄德。〈【毛】〉關公對諸葛瑾之詞嚴，對魯肅之詞婉，所以然者，飲酒之時，只宜如此對答。正妙在不以爲意。肅曰：

〔二九〕「亭」，貫本作「庭」。
〔三〇〕「兩」，齋本、光本作「二」。
〔三一〕「慮極」，貫本、光本、商本作「力竭」。
〔三二〕「愍」，貫本作「念」。

「某聞君侯與皇叔桃園結義，誓同生死。皇叔即君侯也，何得推托乎？」毛漁此又坐在（雲長）（関公）身上（去）。雲長未及回答，周倉在堦下厲聲言〔三三〕曰：「天下土地，惟有德者居之。豈獨是汝東吴當有耶！」毛漁（而）忽（夾）（插入）周倉（一語，是好伴當），便有催起身（之）意。鍾好幇手。雲長變色而起，奪周倉所捧大刀，立於亭〔三四〕中，目視周倉而叱曰：「此國家之事，汝何敢多言！可速去！」毛漁（妙在）（正）借周倉（作一）收科。贄妙，妙。倉會意，先到岸口，把紅旗一招，關平船如箭發，奔過江東來。雲長右手提刀，左手挽住魯肅手，佯推醉曰：「公今請吾赴宴，莫提起荊州之事。吾今已醉，恐傷故舊之情。他日令人請公到荊州赴會，另作商議。」毛漁（說得）（妙在）不激不隨，絶妙收（拾）（科之）法。〈漁〉還要回席，恐魯肅未必敢赴了。贄佛。魯肅魂不附體，被雲長扯至江邊。鍾雲長神勇，子敬□不□□。呂蒙、甘寧各引本部軍欲出，見雲長手提大刀，親握魯肅，恐肅被傷，遂不敢動。毛關公把臂，不獨魯肅喪胆，兼使二將寒心。雲長到船邊，却纔放手，早立於船首，與魯肅作別。肅如癡似呆，看關公船已乘風而去。毛難得請來，忽然放去。魯肅此時如有所失。漁此時魯肅實難爲情。後人有詩讚關公曰〔三五〕：

藐視吴臣若小兒，單刀赴會敢平欺。
當年一段英雄氣，尤勝相如在澠二音免。池。

雲長自回荊州。魯肅與呂蒙共議：「此計又不成，如之奈何？」蒙曰：「可即申報主公，起兵與雲長決戰。」肅即時使〔三六〕人申報孫權。權聞之大怒，商議起傾國之兵，來取荊州。忽報：「曹操又起三十萬大軍來也！」毛漁下文曹兵竟不曾來，（忽）

〔三三〕「言」，商本脱。
〔三四〕「捧」，齋本、光本作「執」。「亭」，原作「庭」，毛校本同。按：同本回校記〔二八〕，據明四本改。
〔三五〕毛本讚關公詩從贄本；鍾本、漁本、贄本皆同明三本。
〔三六〕「使」，商本作「令」。

於此（處）借作一頓。權大驚，且教魯肅休惹荆州之兵，移兵向合淝、濡須以拒曹操。毛以上按下東吴一邊，以下專敘曹操一邊。

却說操將欲起程南征，參軍傅幹，字彦材，上書諫操。書略曰〔三七〕：

幹聞用武則先威，用文則先德；威德相濟，而後王業成。往者天下大亂，明公用武攘之，十平其九，今未承〔三八〕王命者，吴與蜀耳。吴有長江之險，蜀有崇山之阻，難以威勝。愚以爲且宜增修文德，按甲寢兵，息軍養士，待時而動。今若舉數十萬之衆頓長江之濱，儻賊憑險深藏，使我士馬不得逞其能，奇變無所用其權，則天威屈矣。惟明公詳察焉。贄鍾（此書〔三九〕所言，）（書詞）字字可用，惜操賊不足與語耳！

曹操覽之〔四〇〕，遂罷南征，毛前次虚言南征，竟似特爲荆州作援。興設學校，延禮文士。於是侍中王粲、杜襲、衛覬、和洽四人，議欲尊曹操爲「魏王」。尚書令〔四一〕荀攸曰：「不可。丞相爵〔四二〕至魏公，榮加九錫，位已極矣。今又進陞王位，於理不可。」毛荀彧諫九錫已晚矣，荀攸不諫九錫而諫稱王，抑又晚〔四三〕。漁荀彧諫九錫已晚，荀攸諫王爵不愈晚乎？曹操聞之，怒曰：「此人欲效荀彧耶！」毛又將前事一提。漁可知前日殺荀彧原自有心。荀攸知之，憂憤成疾，卧病十數日而卒，亡年五十八歲。贄鍾二荀俱死得好。〔四四〕操厚葬之，遂罷「魏王」事。毛漁姑徐

〔三七〕毛本傅幹諫書删，改自贄本；鍾本、漁本同贄本，周本、夏本、贄本删，改自嘉本。按：嘉本增、改自《三國志·魏書·武帝紀》裴注引西晉司馬彪《九州春秋》。

〔三八〕「承」，貫本、商本作「成」。

〔三九〕贄批首二字漫漶，據贄校本補。

〔四〇〕「之」，光本、商本作「畢」。

〔四一〕「尚書令」，原作「中書令」，古本同。按：《通鑑·漢紀五十九》：「魏尚書令荀攸卒。」據改。

〔四二〕「爵」，原作「官」，古本同。按：「公」「王」皆爵位，非官位。

〔四三〕「抑又晚」，致本同，其他毛校本作「抑又晚矣」。

〔四四〕贄批第二、四字漫漶，緑本闕第四、五字，據吴本補。

徐云爾，未必（因荀攸之諫而遂止）（竟罷）也。

一日，曹操帶劍入宮，獻帝正與伏后共坐。伏后見操來，慌忙起身。帝見曹操，戰慄不已。操曰：「孫權、劉備各霸一方，不尊朝廷，當如之何？」帝曰：「盡在魏公裁處。」毛衛君所謂「政由甯氏，祭則寡人」。操怒曰：「陛下出此言，外人聞之，只道吾欺君也。」鍾非欺君而何？帝曰：「君若肯相輔，則幸甚，不爾，願垂恩相捨。」毛語極軟；又似極剛〔四五〕。三此言若不輔佐，則可憐而放於他處，勝〔四六〕似爲君。操聞言，怒目視帝，恨恨而出。左右或奏帝曰：「近聞魏公欲自立爲王，不久必將篡位。」帝與伏后大哭。后曰：「妾父伏完，常有殺操之心，妾今當修書一封，密與父圖之。」毛天子血詔尚且無成，皇后手書又復何用！帝曰：「昔董承爲事不密，反遭大禍，今恐又泄漏，朕與汝皆休矣！」毛照應二十三回中事。贄極是。后曰：「旦夕如坐針氈，似此爲人，不如早亡！贄可憐。鍾帝言亦是，后言可憐。妾看宦官中之忠義可託者，莫如穆順，當令寄此書。」毛穆順與張讓、趙忠相去天壤。漁前有一董承，後有一伏完；前有一張讓、趙忠，後有一穆順，皆相映照。乃即召穆順入屏後，退去左右近侍。帝后大哭告順曰：「操賊欲爲『魏王』，早晚必行篡奪之事。朕欲令后父伏完密圖此賊，而左右之人，俱賊心腹〔四七〕，無可托者。欲汝將皇后密書寄與伏完。量汝忠義，必不負朕。」順泣曰：「臣感陛下大恩，敢不以死報！臣即請行。」毛國戚是好國戚，宦官亦是好宦官。后乃修書付順。順藏書於髮中，潛出禁宮，毛帶中詔，髮中書，前後遥遥相對〔四八〕。逕至伏完宅，將書呈上。完見是伏后親筆，乃謂穆順曰：「操賊心腹甚衆，不可遽圖。除非江東孫權、西川劉備，二處起兵於外，操必自往。贄極是。此時却求在朝忠義之

〔四五〕「剛」，光本作「實」。

〔四六〕周批「佐」「勝」，原作「見」「朋」，不通，疑形訛，據嘉、夏批改。夏批「於他」，原作「他於」，據嘉、周批乙正。

〔四七〕「心腹」，光本、商本倒作「腹心」。

〔四八〕「對」，貫本作「映」。

臣，一同謀之。內外夾攻，庶可有濟。」毛董承義狀上止存劉備一人，今又欲添出一孫權。順曰：「皇丈可作書覆帝、后，求密詔，暗遣人往吴、蜀二處，令約會起兵，討賊救主。」贊極是。〔四九〕鍾伏完、穆順所謀極善，事洩就戮，豈非天歟？伏完即取紙寫書付順。毛何不口傳，又要回書，不密之甚。漁何不口傳，却用回書，不密，不密。順乃藏於頭髻內，辭完〔五〇〕回宮。

原來早有人報知曹操，操先於宮門等候。穆順回遇曹操，操問：「那裏去來？」順答曰：「皇后有病，命求醫去。」毛害憂國病，欲求醫國手耳。漁想害的是憂國病。操曰：「召得醫人何在？」順曰：「還未召至。」操喝左右，遍搜身上，並無夾帶，放行。忽然風吹落其帽，操又喚回，取帽視之，遍觀無物，還帽令戴。穆順雙手倒戴其帽。毛冠履倒置之時，宜其帽之倒也。操心疑，令左右搜其頭髮中，搜出伏完書來。操看時，書中言〔五一〕欲結連孫、劉爲外應。操大怒〔五二〕，執下穆順，於密室問之，順不肯招。毛好穆順。贊穆順漢子！操連夜點起甲兵三千，圍住伏完私宅，老幼並皆拏下。毛董承事泄得遲，伏完事泄得快，前後又自不同。搜出伏后親筆之書，隨將伏氏三族盡皆下獄。平明，使御史大夫〔五三〕郗慮持節入宮，先收皇后璽綬。贊逆賊可殺。漁皇后璽綬收得，傳國璽想亦收得。

是日，帝在外殿，見郗慮引三百甲兵直入。帝問曰：「有何事？」慮曰：「奉魏公命收皇后璽。」帝知事〔五四〕泄，心膽皆碎。慮至後宮，伏后方起。慮便喚管璽綬人索取玉璽而出。毛敢於收皇后璽，其不收傳國璽者幾希矣。伏后情知事發，便於殿後椒房內夾壁中藏躲。少頃，尚書令華歆引五百甲兵入到

〔四九〕綠本脱此句及下句贊批。
〔五〇〕「內辭完」三字原闕，據毛校本補。
〔五一〕「時」，光本、商本脱。「言」，光本、商本作「語」，明四本作「意」。
〔五二〕「操大怒」，商本移至後「密室」下。
〔五三〕「御史大夫」，原作「御林將軍」，古本同。按：《通鑑·漢紀五十九》：「使御史大夫郗慮持節策收皇后璽綬。」據改。
〔五四〕「事」，原作「自」，致本同，據其他古本改。

後殿，問宮人：「伏后何〔五五〕在？」宮人皆推不知。歆教甲兵打開朱户，尋覓不見，料在壁中，便喝甲士破壁搜尋。歆親自動手，揪后頭髻拖出。毛曹操搜穆順之髮，華歆揪皇后之髮，其罪皆難〔五六〕擢髮。漁千百世後〔五七〕令人髮指。后曰：「望免我一命！」歆叱曰：「汝自見魏公訴去！」贊此時竟不成世界矣。〈贊鍾〉華歆逆賊，萬段不足洩吾憤也。后披髮跣足，二甲士推擁而出。原來華歆素有才〔五八〕名，向與邴原、管寧相友善。時人稱三人爲一龍：華歆爲龍頭，邴原爲龍腹，管寧爲龍尾。毛今則有尾無頭。若論歆之行兇，則是虎頭豹頭；若論歆之爲操爪牙，則是狗頭馬頭矣。一日，寧與歆共種園蔬，鋤地見金。寧揮鋤不顧，歆拾而視之，然後擲下。毛手雖擲下，心上好生捨不得。若非管寧看見，必然袖而藏之矣。又一日，寧與歆同坐觀書，聞户外傳呼之聲，有貴人乘軒而過。寧端坐不動，歆棄書往觀。毛今之艷羨富貴人者，比比皆是，我甚危之。寧自此鄙歆之爲人，遂割席分坐，不復與之爲友。毛頭尾不復相連。後來管寧避居遼東，常帶白帽，坐卧一樓，足不履地，終身不肯仕魏。毛歆出而寧不出，是又見頭不見尾。而歆乃先事孫權，後歸曹操，至此乃有收捕伏皇后一事。毛百忙中忽然接敘華歆生平，極似閒筆，却不是閒筆。後人有詩嘆華歆曰：

華歆當日逞兇謀，破壁生將母后收。
助虐一朝添虎翼，駡名千載笑「龍頭」！

又有詩讚管寧曰：

遼東傳有管寧樓，人去樓空名獨留。
笑殺子魚貪富貴，豈如白帽自風流。

且説華歆將伏后擁至外殿，帝望見后，乃〔五九〕

〔五五〕「何」字原闕，據毛校本補。
〔五六〕「皇」，貫本作「伏」。「后之髮」「難」四字原闕，據毛校本補。二「髮」字，商本作「髻」。
〔五七〕「後」，原作「援」，致本作「授」，據衡校本改。
〔五八〕「才」，齋本、光本作「文」，明四本無。
〔五九〕「乃」，商本脱。

下殿抱后而哭。歆曰：「魏公有命，可速行！」后哭謂帝曰：「不能復相活耶？」帝曰：「我命亦不知在何時也！」毛漁爲天子（者，）不能庇一渾家，（而又慮自身難保，）爲之一哭。甲士擁后而去，帝搥胸大慟〔六〇〕。見郗慮在側，帝曰：「郗公！毛如聞其聲。天下寧有是事乎！」哭倒在地。郗慮令左右扶帝入宮。華歆拏伏后見操，操罵曰：「吾以誠心待汝等，汝等反欲害我耶！吾不殺汝，汝必殺我！」喝左右亂棒打死。毛讀至此，令人髮上指冠。漁令人髮指。隨即入宮，將伏后所生二子，皆酖二酖音鄭，毒酒也，食之即殺人。殺之。鍾操賊死有餘辜。當晚將伏完、穆順等宗族二百餘口，皆斬於市。朝野之人，無不驚駭。時建安十九年十一月也。三考證論曰此是曹操平生最不是處。後人有詩嘆曰：

曹瞞兇殘世所無，伏完忠義欲何如〔六一〕。
可憐帝后分離處，不及民間婦與夫！

獻帝自從壞了伏后，連日不食。操入曰：「陛下無憂，臣無異心。鍾（好奸）賊。臣女已與陛下爲貴人，大賢大孝，宜居正宮。」獻帝安敢不從？於建安二十年正月朔，就慶賀正旦之節，册立曹操女曹貴人爲正宮皇后，毛漁皇后可以杖〔六二〕得，皇后（亦有）何榮？國丈可以殺得，國丈（亦有）何貴？（而）（曹）操（猶以）（乃欲以己）女爲后，（己）（欲自）爲國丈耶？羣下莫敢有言。

此時曹操威勢日甚，會大臣商議收吳滅蜀之事。賈詡曰：「須召夏侯惇、曹仁二人回，商議此事。」操即時發使，星夜喚回。夏侯惇未至，曹仁先到，連夜便入府中見操。操方被酒而臥，許褚仗劍立於堂門之內。曹仁欲入，被許褚當住。曹仁大怒曰：「吾乃曹氏宗族，汝何敢阻當耶？」許褚

〔六〇〕「慟」，商本作「哭」。
〔六一〕「何如」，原作「如何」，其他毛校本同。按：「如何」錯韻，據貫本改。
〔六二〕毛批「杖」，齋本、光本作「殺」。漁批「杖」，原作「仗」，據衡校本改。

曰：「將軍雖親，乃外藩鎮守之官，許褚雖疎，現充内侍。主公醉卧堂上，不敢放入。」【鍾】許褚知職守。仁乃不敢入〔六三〕。曹操聞之，嘆曰：「許褚真忠臣也！」【毛】【漁】逆臣手下偏有（忠）（如此之）臣，爲之一嘆。不數日，夏侯惇亦至，共議征伐。惇曰：「吴、蜀急未可攻，宜先取漢中張魯，以得勝之兵取蜀，可一鼓而下也。」曹操曰：「正合吾意。」遂起兵西征。正是：

方逞兇謀欺弱主，又驅勁卒掃偏邦。

未知後事如何，且看下文分解。

雲長先生曰：「大漢疆域，豈得妄以寸土與人！」此聖人之言也。他人只論尔我，先生不忘漢主，是豈三國時人之所及乎？其忠義至今耿耿不磨。只是一箇不忘「漢」字，故啓口容聲自然及此，所云「有德者必有言」，非耶？

操賊上弑伏后，神人共憤，今古同嗟，不必言矣。但當日伏后似亦自取，既不能安静以俟之，又不能周密以防之，立見禍害，亦可憐哉！

單刀赴會，太陽當天，魍魎潜形也。雲長曰：「大漢疆域，豈得妄以寸土與人！」忠義至今耿耿不磨，只是一箇不忘「漢」字。

既弑伏后，又殺二子，操賊奸惡，無所不至。當萬世墮阿鼻地獄矣。

〔六三〕「仁乃不敢入」，齋本、光本脱，明四本無。

第六十七回

曹操平定漢中地
張遼威震逍遥津

操以許褚爲忠臣，是賊臣亦愛忠臣也；操以楊松爲賊臣，是賊臣亦惡賊臣也。然但以褚之助己者爲忠，猶未爲知忠臣；能以松之助我者爲賊，則真能惡賊臣矣。夫賊而既〔一〕見惡於賊，亦何樂而爲賊？以賊而亦知賊之可惡，復奈何而自爲賊哉？

龐德之背馬超而從曹操，猶不至如楊阜之攻馬超以助曹操也。而君子以爲無異，不惟〔二〕無異，且有甚焉。凡阜之所以涕泗縱横，必欲破馬超而後快者，不過以韋康之見殺耳。阜爲康之条軍，而爲康報讎至於如此之激；德爲馬騰家將，而乃甘心事一殺馬騰之曹操，是獨何心哉？君子曰：龐德於是乎不及楊阜。

操之得隴而不望蜀，蘇子瞻以爲重發於劉備而喪其功，斯固然矣。然操之懷懼者三：前以初破袁紹之衆，遠行疲敝，跋涉江河，致有赤壁之敗；今以初平張魯之衆，歷險阻，越山川，不恤其勞而用之，安能料其必勝乎？一可懼也。使荆州會合東吴而乘虚北伐，將奈之何？二可懼也。且心畏孔明之才，向以博望、新野蕞爾之城，猶能焚我師而挫我鋭，况今有西川之地而欲與之抗衡？三可懼也。操實有此三懼，而假託知足以爲辭，此奸雄欺人之語耳。

孫、劉之分荆州，非孫、劉之分之，而曹操分之也。何也？曹操不下東川，則荆州不可得而分也。前此之許分而不果分，非關公之阻

〔一〕「既」，原作「即」，毛校本同。按：「即」字不通，醉本手寫該作「既」是。酌改。

〔二〕「惟」，原作「爲」，致本、業本、齋本同；澹本作「唯」。按：「惟」字義合，據其他毛校本改。

之，而孔明阻之也。何也？伊籍不至荊州，則荊州又不可得而分也。交割三郡，但有諸葛瑾來，而無蜀中之使命偕之以來，關公已知孔明之伴許矣。若云「將在外，君命有所不受」，何以伊籍一至，關公即便交割耶？

兵有遲則得、速則失者，郭嘉之定遼東是也；兵有速則得、遲則失者，呂蒙之取皖〔三〕城是也。城有戰則失、不戰則不失者，曹洪之守潼關是也；城有戰則能守、不戰則不能守者，張遼之守合淝是也。或遲或速、或戰或不戰，用兵之道，變動不拘，可當《孫子》十三篇讀。

金鴈橋之斷，孔明以此擒張任；小師橋之斷，張遼不能擒孫權，非張遼之拙於人謀，而實孫權之邀有天幸也。君子於檀溪之奔，知成都之景曆有歸；於逍遥津之脱，亦知秣陵之王氣有驗。

却説曹操興師西征，分兵三隊：前部先鋒夏侯淵、張郃；操自領諸將居中；後部曹仁、夏侯惇押運糧草。早有細作報入漢中來。張魯與弟張衛商議退敵之策，【毛】何不使「鬼卒」當之。**衛曰：「漢中最險無如陽平關，可於關之左右依山傍林，下十餘箇寨柵，迎敵曹兵。兄在漢寧，多撥糧草應付。」**【毛】「米賊」豈患米之不足。**張魯依言，遣大將楊昂、楊任與其弟，即日起程。軍馬到陽平關下寨已定，夏侯淵、張郃前軍隨到，聞陽平關已有准備，離關一十五里下寨。是夜，軍士疲困，各自歇息。忽寨後一把火起，楊昂、楊任兩路兵殺來劫寨。**【鍾】出其不意。**夏侯淵、張郃急上得馬，四下裏大兵擁入，曹兵大敗，**【毛】曹兵第一次敗。**退見曹操。操怒曰：「汝二人行軍許多年，豈不知『兵若遠行疲困，可〔四〕防劫寨』？如何不作准備？」欲斬二人以明軍法，衆**

〔三〕「皖」，原作「畹」，致本、業本、齋本、澹本同，據其他毛校本改，本回後同。

〔四〕「若」，商本脱。「可」，致本作「而」，光本作「須」。

官告免。

操次日自引兵爲前隊，見山勢險惡，林木叢雜，不知路逕，恐有伏兵，即引軍回寨，謂許褚、徐晃二將曰：「吾若知此處如此險惡，必不起兵來。」【毛】【漁】入隴且如此之（懼）（險），又何心入蜀耶？〈毛〉早爲後文不欲攻蜀伏下一筆。許褚曰：「兵已至此，主公不可憚勞。」【鍾】奸操却有憚心。次日，操上馬，只帶許褚、徐晃二人，來看張衛寨栅。三〔五〕匹馬轉過山坡，早望見張衛寨栅。操揚〔六〕鞭遥指謂二將曰：「如此堅固，急切難下！」【毛】初進便有退心。言未已，背後一聲喊起，箭如雨發，楊昂、楊任分兩路殺來。操大驚，許褚大呼曰：「吾當敵賊！徐公明善保主公！」説罷，提刀縱馬向前，力敵二將。【贊】許褚〔七〕大可用。【鍾】許褚有用。楊昂、楊任不能當許褚之勇，回馬退去，其餘不敢向前。徐晃保着曹操奔過山坡，前面又一軍到，看時却是夏侯淵、張郃二將聽得喊聲，故引軍殺來接應。於是殺退楊昂、楊任，救得曹操回寨。【毛】曹兵第二次又敗。操重賞四將。自此兩邊相拒五十餘日，只不交戰。曹操傳令退軍，賈詡曰：「賊勢未見强弱，主公何故自退耶？」操曰：「吾料賊兵每日隄備，急難取勝。吾以退軍爲名，使賊懈而無備，然後分輕騎抄襲其後，必勝賊矣。」【毛】前欲退是真退，此欲〔八〕退是假退。【贊】的是老賊。【鍾】老賊奸□。賈詡曰：「丞相神機，不可測也。」於〔九〕是令夏侯淵、張郃分兵兩路，各引輕騎三千，取小路抄陽平關後，曹操一面引大軍拔寨盡起。楊昂聽得曹兵退，請楊任商議，欲乘勢擊之，楊任曰：「操詭計極多，未知真實，不可追趕。」【毛】若楊昂依得楊任，曹操未必能勝。【贊】對手。【鍾】楊任亦是對手。楊昂曰：「公不往，吾當自去。」楊任苦諫不從。【毛】若楊任止得楊昂，曹操亦不能勝。楊昂盡

〔五〕「三」，商本訛作「二」。
〔六〕「揚」，原作「楊」，致本同，據其他古本改。
〔七〕贊批「許褚」原闕，據贊校本補。
〔八〕「欲」，齋本、光本作「時」。
〔九〕「於」，商本作「只」。

提五寨軍馬前進，只留些少軍士守寨。是日，大霧迷漫，對面不相見。毛前孔明借箭時，有江中大霧；今曹兵破敵時，有山中大霧。前有賦，此無賦者，只下文叙事情景，而賦已在其中矣。楊昂軍至半路，不能行，且權扎住。

却說夏侯淵一軍抄過山後，見重霧垂空，又聞人語馬嘶，毛但聞人語，不見人形。但聞馬嘶，不見馬到，抵得一篇《大霧賦》。恐有伏兵，急催人馬行動，大霧中誤走到楊昂寨前。守寨軍士聽得馬蹄響，只道是楊昂兵回，開門納之。毛互相錯認，妙。曹軍一擁而入，見是空寨，便就寨中放起火來，毛火在霧中，則爲紅〔一〇〕霧。五寨軍士，盡皆棄寨而走。比及霧散〔一一〕，楊任領兵來救，與夏侯淵戰不數合，背後張郃兵到。楊任殺條大〔一二〕路，奔回南鄭。楊昂待要回時，已被夏侯淵、張郃兩箇占了寨柵，毛漁若非大霧，曹操亦未必（能）勝。〈漁〉須知此勝倖也〔一三〕。背後曹操大隊軍馬趕來，兩下夾攻，四邊無路。楊昂欲突陣而出，正撞着張郃，兩箇交手，被張郃殺死。敗兵回投陽平關來見張衛。原來衛知二將敗走，諸營已失，半夜棄關，奔回去了。曹操遂得陽平關并諸寨。毛若非張衛無用，曹操亦未必能勝。張衛、楊任回見張魯，衛言二將失了隘口，因此守關不住。毛自己逃走了，却推在别人身上。張魯大怒，欲斬楊任。任曰：「某曾諫楊昂休追操兵。他不肯聽信，故有此敗。任再乞一軍前去挑戰，必斬曹操。如不勝，甘當軍令。」毛一楊任何能爲？張魯取了軍令狀。楊任上馬，引二萬軍離南鄭下寨。

却說曹操提軍將進，先令夏侯淵領五千軍往南鄭路上哨探，正迎着楊任軍馬，兩軍擺開。任遣部將昌奇出馬，與淵交鋒，戰不三合，被淵一刀斬於馬下。楊任自挺鎗出馬，與淵戰三十餘合，不分勝

〔一〇〕「紅」，光本、商本作「烟」。
〔一一〕「散」，商本作「收」。
〔一二〕「大」，致本作「火」，澹本作「血」，光本作「出」。
〔一三〕「也」，衡校本闕。

負。淵佯敗而走，任從後追來，被淵用拖刀計斬於馬下，軍士大敗而回。【毛】兩箇姓楊的都死了，只剩一箇姓楊的去送東川也。曹操知夏侯淵斬了楊任，即時進兵，直抵南鄭下寨。張魯慌聚文武商議。【毛】張魯此時何不修書三封，以告天地鬼神乎？閻圃曰：「某保一人，可敵曹操手下諸將。」魯問是誰。圃曰：「南安龐德，【漁】先有楊昂、楊任，後引出龐德來。前隨馬超投降〔一四〕主公，後馬超往西川，龐德臥病不曾行。見今蒙主公恩養，何不令此人去？」【毛】在閻圃口中補炤六十五〔一五〕回中事。【漁】照應前文。張〔一六〕魯大喜，即召龐德至，厚加賞勞，點一萬軍馬，令龐德出。離城十餘里，與曹兵相對，龐德出馬搦戰。曹操在渭橋時，深知龐德之勇，【毛】照應五十八回中事。乃囑諸將曰：「龐德乃西涼勇將，原屬馬超，今雖依張魯，未稱其心，吾欲得此人。汝等須皆與緩鬭，使其力乏，然後擒之。」【毛】徐晃事楊奉而操欲得之，龐德事張魯而操又欲得之，一則使人往說，一則命將緩鬭〔一七〕，前後遥遥相對。【贊】【鍾】老賊的是奸雄。〔一八〕張郃先出，戰了數合便退。夏侯淵也戰數合退了。徐晃又戰三五合，也退了。臨後許褚戰五十餘合亦退。龐德力戰四將，並無懼怯。各將皆於操前誇龐德好武藝，【毛】【漁】在諸將口中誇（奬）武藝，（預）（正）爲下文戰關公伏筆。曹操心中大喜，與衆〔一九〕商議：「如何得此人投降？」【贊】的的愛才，真奸雄也。【鍾】愛才惜士，便能幹事。賈詡曰：「某知張魯手下有一謀士楊松，其人極貪賄賂。今可暗以金帛送之，使譖龐德於張魯，便可圖矣。」【毛】【漁】（前）玄德欲得馬超，孔明（想）（用）着楊松；（今）曹操欲得龐德，賈詡（亦想着）（又思及）楊松。松之貪（著聞於外，而魯獨不知，哀）（名著矣）哉！

〔一四〕「降」，商本脱。

〔一五〕「六十五」，原作「五十六」，毛校本同。按：前文第六十五回：「此時龐德臥病不能行，留於漢中。」據改。

〔一六〕「張」，商本脱。

〔一七〕「鬭」，滄本作「聞」，形訛；光本、商本作「戰」。

〔一八〕贊批原闕第一、第五字，據贊校本補。

〔一九〕「衆」下，齊本、光本有「將」字。

操曰：「何由得人〔二〇〕入南鄭？」詡曰：「來日交鋒，詐敗佯輸，棄寨而走，使龐德據我寨，我却於夤夜引兵劫寨，龐德必退入城。却選一能言軍士，扮作彼軍，雜在陣中，便得入城。」操聽其計，選一精細軍校〔二一〕，重加賞賜，付與金掩心甲一付，【毛】秦以五羊皮換百里奚，今操以一金甲換了龐德。令披在貼肉，外穿漢中軍士號衣，先於半路上等候。次日，先撥夏侯淵、張郃兩枝軍遠去埋伏，却教徐晃挑戰，不數合敗走。龐德招軍掩殺，曹兵盡退。龐德却奪了曹操寨柵，見寨中糧草極多，【毛】曹操既棄甲又棄糧，總爲欲得龐德耳。而寨既劫，則糧仍是我糧；松可殺，則甲仍是我甲矣。大喜，即時申報張魯，一面在寨中設宴慶賀。當夜二更之後，忽然三路火起：正中是徐晃、許褚，左張郃，右夏侯淵，三路軍馬齊來劫寨。龐德不及隄備，只得上馬衝殺出來，望城而走，背後三路兵追來。龐德急喚開城門，領兵一擁而入。此時細作已雜到城中，逕投楊松府下謁見，具說：「魏公曹丞相久聞盛德，特使某送金甲爲信。更有密書呈上。」松大喜，【毛】見金便喜，不獨一楊松爲然也。【漁】金珠有用。看了密書中言語，謂細作曰：「上覆魏公，但請放心。某自有良策奉報。」打發來人先回，便連夜入見張魯，說龐德受了曹操賄賂，賣此一陣。【毛】偏是受賄人專要謗人受賄。【漁】偏反誣人，可恨。張魯大怒，喚龐德責罵，欲斬之。【毛】若非張魯不明，曹操亦必不能勝。閻圃苦諫，張魯曰：「你來日出戰，不勝必斬！」龐德抱恨而退。次日，曹兵攻城，龐德引兵衝出。操令許褚交戰。褚詐敗，龐德趕來。操自乘馬於山坡上喚曰：「龐令明何不早降？」龐德尋思：「拏住曹操，抵〔二二〕一千員上將！」【贊】【鍾】龐令明是漢子。遂飛馬上坡。【毛】此時猶是渭橋之心。一聲喊起，天崩地塌〔二三〕，連人和馬，跌入陷坑內去，

〔二〇〕「人」，齋本、光本、商本脫。
〔二一〕「校」，致本訛作「枝」，齋本、光本、明四本作「士」。
〔二二〕「抵」字原闕，據毛校本補。
〔二三〕「塌」，貫本作「搨」，同「拓」，形訛；光本作「裂」。

四壁鈎索一齊上前，活捉了龐德，押上坡來。曹操下馬，叱退軍士，親釋其縛，問龐德肯降否。龐德尋思張魯不仁，情願拜降。【毛】此時忘却渭橋矣。曹操親扶上馬，共回大寨，故意教城上望見。【鍾】孟德真奸賊也。【漁】老奸。人報張魯：「德與操並馬而行。」魯益信楊松之言爲實。【毛】事有弄假成真，而使人竟信爲真者，往往如此。

次日，曹操三面竪立雲梯，飛砲攻打。張魯見其勢已極，與弟張衛商議，衛曰：「放火盡燒倉廩府庫，出奔南山，去守巴中可也。」【毛】【漁】與鄭度〔二四〕勸劉璋一樣意思。楊松曰：「不如開門投降。」張魯猶豫不〔二五〕定。衛曰：「只是燒了便行。」張魯曰：「我向本欲歸命國家，而意未得達。今不得已而出奔，倉廩府庫，國家之有，不可廢也。」遂盡封鎖。【毛】【漁】與劉璋不欲燒涪水（之）糧，（正相彷彿）（一樣意思）。是夜二更，張魯引全家老小開南門殺出。曹操教休追趕，提兵入南鄭，見魯封閉庫藏，心甚憐之，【鍾】老奸。遂差人往巴中，勸使投降。張魯欲降，張衛不肯。楊松以密書報操，便教進兵，松爲内應。【毛】【漁】金甲只要換龐德，不想（直）（倒）換了漢中。操得書，親自引兵往巴中。張魯使弟衛領兵出敵，與許褚交鋒，被褚斬於馬下。敗軍回報張魯，魯欲堅守，楊松曰：「今若不出，坐而〔二六〕待斃矣。某守城，主公當親與決一死戰。」魯從之。【毛】劉璋能斬張松，張魯到底信楊松，魯之闇比璋尤甚。閻圃諫魯休出，魯不聽，遂引軍出迎。未及交鋒，後軍已走，張魯急退，背後曹兵趕來。魯到城下，楊松閉門不開〔二七〕。【毛】【漁】賄賂之於人，甚矣哉！張魯無路可走，操從後追至，大叫：「何不早降！」魯乃下馬投拜。操大喜，念其封倉庫之心，優禮相待，【毛】【漁】「米賊」終以米得免。

〔二四〕毛批「度」，滄本、商本作「虔」。漁批「度」，原作「觀」，據前文改。
〔二五〕「不」，光本作「未」。
〔二六〕「而」，光本作「以」，明四本無。
〔二七〕「開」，滄本、光本作「納」。

拜魯爲鎮南將軍，封閬中侯〔二八〕。閻圃等皆封列侯。於是漢中皆平。曹操傳令各郡分設太守，置都尉，毛「祭酒」「師君」之名，至此一换。大賞士卒。惟有楊松賣主求榮，即命斬之於市曹示衆。毛漁與殺苗澤一般快舉。贊鍾獨殺楊松，快人心目（，老奸舉動着着不差）。後人有詩嘆曰〔二九〕：

妨賢賣主逞奇功，積得金銀總是空。
家未榮華身受戮，令人千載笑楊松！

曹操已得東川，主簿司馬懿進曰：「劉備以詐力取劉璋，蜀人尚未歸心。今主公已得漢中，益州震動。可速進兵征〔三〇〕之，勢必瓦解。智者貴於乘時，時不可失也。」毛一言取蜀之利。曹操嘆曰：「『人苦不知足，既得隴，復望蜀』〔三一〕耶？」毛漁初畏山川險峻，得隴已出望外，借知足而止（兵），亦是老賊假（語）（話）。贊鍾惟能知足，方爲老〔三二〕貪。劉曄曰：「司馬仲達之言是也。若少遲緩，諸葛亮明於治國而爲相，關、張等勇冠三軍而爲將，蜀民既定，據守關隘，不可犯矣。」毛一言不取蜀之害。操曰：「士卒遠涉勞苦，且宜存恤。」遂按兵不動。毛以上按下曹操一邊，以下接敘西川一邊。贊司〔三三〕馬懿、劉曄之見未爲不是，然〈贊鍾〉老瞞實有懼心，借知足（而）（以）止兵（，真老奸也）。

却說西川百姓聽知曹操已取東川，料必來取西川，一日之間數遍驚恐。玄德請軍師商議，孔明曰：「亮有一計，曹操自退。」玄德問何計，孔明曰：「曹操分軍屯合淝，懼孫權也。今我若分江

〔二八〕「拜魯爲鎮南將軍，封閬中侯」，原作「封魯爲鎮南將軍」，古本同。按：下屬封侯，而主降無爵不妥。《三國志·魏書·張魯傳》：「太祖逆拜魯鎮南將軍，待以客禮，封閬中侯，邑萬户。」據改、補。

〔二九〕毛本嘆楊松詩從贊本，爲静軒詩；鍾本、漁本同周本、夏本、贊本；嘉本無。

〔三〇〕「震」，齋本、光本作「摇」。「征」，齋本、光本作「攻」，明四本作「臨」。

〔三一〕按：語出東漢班固等撰《東觀漢記·岑彭傳》：「人苦不知足，既平隴，重望蜀。」後世亦作「得隴望蜀」，從原文。

〔三二〕贊批「老」，緑本訛作「走」。

〔三三〕「司」，原作「可」，吴本同，據緑本改。

夏、長沙、桂陽三郡還吴，毛前是假割三郡，此時方欲真割。遣舌辨之士，陳説利害，令吴起兵襲合淝，牽動其勢，操必勒兵南向矣。」玄德問：「誰可爲使？」伊籍曰：「某願往。」玄德大喜，遂作書具禮，令伊籍先到荆州，知會雲長，毛漁可知前番不（遣人）（曾）知會，（是）明明愚弄諸葛瑾。然後入吴。到建業〔三四〕來見孫權，先通了姓名，權召籍入。籍見權禮畢，權問曰：「汝到此何爲〔三五〕？」籍曰：「昨承諸葛子瑜取長沙等三郡，爲軍師不在，有失交割，今傳書送還。毛漁説得圓（穩）。所有荆州南郡、零陵，本欲送還，被曹操襲取東川，使關將軍無容身之地。毛前以玄德容身爲辭，今又以關公容身爲辭，總是活脱法。今合淝空虚，望君侯起兵攻之，使曹操撤兵回南。吾主若取了東川，即還荆州全土。」毛有此一語〔三六〕，又爲後文吕蒙襲荆州張本。贊書辭委婉。孔明全信不露一毫□□，真（妙）得□。〔三七〕鍾指陳利害，東吴如何不興兵。漁只像全信，不像求救，可謂善爲説辭。權曰：「汝且歸舘舍，容吾商議。」伊籍退出，權問計於衆謀士。張昭曰：「此是劉備恐曹操取西川，故爲此謀。雖然如此，可〔三八〕因操在漢中，乘勢取合淝，亦是上計。」權從之，發付伊籍回蜀去訖，便議起兵攻操。令魯肅收取長沙、江夏、桂陽三郡，毛此時關公並不作梗，則知前之〔三九〕不肯，乃是默會孔明意也。屯兵於陸口，取吕蒙、甘寧回，又去餘杭取凌統回。不一日，吕蒙、甘寧先到。蒙獻策曰：「現今曹操令廬江太守朱光屯兵於皖城，二皖音還，上聲，地名，即今安慶府是也。大開稻田，納穀於合淝，以充軍實。今可先取皖城，然後攻合淝。」毛操之憐張魯，以錢糧爲重，蒙之攻皖城意亦然。權曰：「此計〔四〇〕甚合吾意。」遂教吕蒙、甘寧爲先鋒，蔣

〔三四〕同第六十一回校記〔八二〕。
〔三五〕「何爲」，齋本、光本、商本、嘉本、周本作「爲何」。
〔三六〕「語」，致本同，其他毛校本作「説」。
〔三七〕贊校本脱此句贊批。
〔三八〕「可」，光本作「今」。
〔三九〕「之」上，齋本重衍「之」，光本有「次」。
〔四〇〕「計」，商本作「言」。

欽、潘璋爲合後，權自引周泰、陳武、董襲、徐盛爲中軍。時程普、黄蓋、韓當在各處鎮守，都未隨征。毛又補敘幾箇不來的。

却説軍馬渡江，取歷陽〔四一〕逕到皖城。廬江太守〔四二〕朱光使人往合淝求救，一面固守城池，堅壁不出。權自到城下看時，城上箭如雨發，射中孫權麾蓋。毛孫權親冒矢石，皆爲蜀中所使。權回寨問衆將曰：「如何取得皖城？」董襲曰：「可差軍士築起土山攻之。」徐盛曰：「可竪〔四三〕雲梯，造虹橋，下觀城中而攻之。」吕蒙曰：「此法皆費日月而成，合淝救軍一至，不可圖矣。今我軍初到，士氣方鋭，正可乘此鋭氣，奮力攻擊。來日平明進兵，午未時便當破城。」毛漁（可謂）兵貴神速，此類是也。權從之。次日五更飯畢，三軍大進，城上矢石齊下。甘寧手執鐵練，冒矢石而上。毛甘寧可謂「拔螯弧以先登」〔四四〕。朱光令弓弩手齊射，甘寧撥開箭林，毛漁「箭林」，（二）（「林」）字新。一練打倒朱光。贊鍾吕蒙之謀，甘寧之勇，俱可大〔四五〕用。吕蒙親自擂鼓，士卒皆一擁而上，亂刀砍死朱光，餘衆多降。得了皖城，方纔辰時。張遼引軍至半路，哨馬回報皖城已失，遼即回兵歸合淝。毛不出吕蒙所算。孫權入皖城，凌統亦引軍到。權慰勞畢，大犒三軍，重賞吕蒙、甘寧諸將，設宴慶功。吕蒙遜甘寧上坐，盛稱其功勞。贊冷處點綴，咄咄逼真，妙史也。〔四六〕酒至半酣，凌統想起甘寧殺父之讐，毛照應三十八回中事。又見吕蒙誇美之，心中大怒，瞪目直視良久，忽拔左右所佩之劍，立於筵上曰：「筵前無樂，看吾舞劍。」甘寧

〔四一〕「歷陽」，原作「和州」，古本同。按：《後漢書·滕撫傳》李注曰：「歷陽，今和州縣。」《郡國志》：歷陽侯國屬九江郡。唐代令狐德棻《周書·武帝紀》：「己未，於伏流城置和州。」據改。

〔四二〕「廬江太守」，原作「皖城太守」，古本同。按：前文作「廬江太守」，《三國志·吴書·吴主傳》：「十九年五月，權征皖城。閏月，克之，獲廬江太守朱光及參軍董和。」據前文改。

〔四三〕「竪」，澹本作「堅」，形訛；光本作「發」。

〔四四〕按：《左傳·隱公十一年》：「潁考叔取鄭伯之旗蝥弧以先登。」

〔四五〕贊批「大」，緑本訛作「人」。

〔四六〕贊批原闕四字，緑本闕「冷」「妙」二字，據吴本補。

知其意，推開果〔四七〕卓起身，兩手取兩枝戟挾定，縱步出曰：「看我筵前使戟。」呂蒙見二人各無好意，便一手挽牌，一手提刀，立於其中曰：「二公雖能，皆不如我巧也。」説罷，舞起刀牌，將二人分於兩下。【毛】與劉備、劉璋筵前看諸將舞劍，又是一樣光景。【漁】一段好雜耍。早有人報知孫權，權慌跨馬直至筵前。衆見權至，方各放〔四八〕下軍器。權曰：「吾常言二人休念舊讐，今日又何如此？」凌統哭拜於地，【毛】寫凌統真是孝子。【贊】【鍾】凌統孝子。【漁】逼真孝子。孫權再三勸止。至次日，起兵進取合淝，三軍盡發。

張遼爲失了皖城，回到合淝，心中愁悶。忽曹操差薛悌送木匣一箇，上有操封，傍書云：「賊來乃發。」【毛】合淝木匣，與〔四九〕南郡錦囊，遥遥相對。是日報説孫權自引十萬大軍來攻合淝，張遼便開匣觀之。内書云：「若孫權至，張、李二將軍出戰，樂將軍守城。」張遼教將〔五〇〕帖與李典、樂進觀之。樂進曰：「將軍之意若何？」張遼曰：「主公遠征在外，吳兵以爲破我必矣。今可發兵出迎，奮力與戰，折其鋒鋭，以安衆心，然後可守也。」【毛】有以守爲守者，有以戰爲守者，以戰爲守，張遼之言是也。李典素與張遼不睦，聞遼此言，默然不答。【毛】吳有甘、凌不睦，魏有張、李不睦，彼此相對〔五一〕。樂進見李典不語，便道：「賊衆我寡，難以迎敵，不如堅守。」張遼曰：「公等皆是私意，不顧公事。吾今自出迎敵，決一死戰。」便教左右備馬。李典慨然而起曰：「將軍如此，典豈敢以私憾而忘公事乎？願聽指揮。」【贊】李典可用。〔五二〕【鍾】不以私憾忘公事，李典真漢子也。【漁】有臣如此。張遼大喜曰：「既曼成【嘉】曼成，典字。【二】【補註】曼音萬。曼成，李典字也。肯相助，來日引一軍於逍

〔四七〕「果」，滄本脱，光本作「席」。
〔四八〕「放」，商本作「一」。
〔四九〕「與」，商本脱。
〔五〇〕「教將」，原作「將教」，致本、業本、齋本、滄本、夏本、贊本同；嘉本作「將」。據其他古本乙正。
〔五一〕「相對」，齋本作「互相對」，光本作「互相對照」。
〔五二〕吳本脱此句贊批。

遥津北埋〔五三〕伏：待吴兵殺過來，可先斷小師橋，【毛】與孔明斷金鴈橋一樣方法。吾與樂文謙【三】補註 文謙，（樂）進字（也）。擊之。」【毛】曹操只教兩人出〔五四〕戰，一人堅守，今却三人俱出，可見行軍用兵，貴隨機應變，不可拘執也。李典領命，自去點軍埋伏。

却説孫權令吕蒙、甘寧爲前隊，自與凌統居中，其餘諸將陸續進發，望合淝殺來。吕蒙、甘寧前隊兵進，正與樂進相迎。甘寧出馬與樂進交鋒，戰不數合，樂進詐敗而走。【毛】張遼本説兩人誘敵，一人埋伏，今却用一人誘敵，兩人埋伏，又是變化不拘。甘寧招呼吕蒙一齊引軍趕去。孫權在第二隊，聽得前軍得勝，催兵行至逍遥津北，忽聞連珠砲響，左邊張遼一軍殺來，右邊李典一軍殺來。孫權大驚，急令人唤吕蒙、甘寧回救時，張遼兵已到。【毛】【漁】讀至此，爲孫權（一急）（吃驚）。凌統手下止有三百餘騎，當不得曹軍勢如山倒。凌統大呼曰：「主公何不速渡小師橋！」言未畢，張遼引二千餘騎當先殺至。凌統翻身死戰。孫權縱馬上橋，橋南已拆〔五五〕丈餘，並無一片板。【毛】【漁】（讀至此，）又爲孫權（一急）（吃一嚇）。孫權驚得手足無措，牙將谷利大呼曰：「主公可約馬退後，再放馬向前，跳過橋去。」【贊】【鍾】凌統、谷利俱可用。孫權收回馬來有三丈餘遠，然後縱轡加鞭，那馬一跳飛過橋南。【毛】與玄德檀溪躍馬隱然相對。【漁】玄德檀溪躍馬與孫權逍遥津躍馬，俱有神助。後人有詩曰〔五六〕：

的盧當日跳檀溪，又見吴侯敗合淝。
退後着鞭馳駿騎〔五七〕，逍遥津上玉龍飛。【贊】佳〔五八〕句。【鍾】句好。

孫權跳過橋南，徐盛、董襲駕舟相迎。【毛】玄德檀溪之奔，是出水登岸；孫權逍遥津之走，又舍陸從舟。

〔五三〕「埋」，原作「理」，據古本改。
〔五四〕「出」，商本脱。
〔五五〕「拆」，原作「折」，其他毛校本同，據光本、明四本改。
〔五六〕毛本後人詩從贊本；鍾本、漁本同贊本，贊本同明三本。
〔五七〕「騎」，商本作「馬」。
〔五八〕「佳」，吴本闕。

凌統、谷利抵住張遼。甘寧、呂蒙引軍回救，贊鍾甘寧〔五九〕、呂蒙都好。却被樂進從後追來，李典又截住廝殺，吴兵折了大半。毛吴人此時逍遥不得，逍遥津做了「惶恐灘」「零丁洋」矣。凌統所領三百餘人盡被殺死。統身中數鎗，殺到橋邊，橋已折斷，遶河而逃。毛凌統不能越橋，而孫權能越，可見權之實邀天幸也。稱帝已兆於此。孫權在舟中望見，急令董襲掉舟接之，乃得渡回。吕蒙、甘寧皆死命逃過河南。這一陣殺得江南人人害怕，聞張遼大名，小兒也不敢夜啼。毛小兒便害怕，大人原不必害怕，大人害怕便是小兒。三考證《蒙求》有「張遼止啼」（之語）。漁此語直傳今日。衆將保護孫權回營。權乃重賞凌統、谷利，收軍回濡須，整頓船隻，商議水陸並進，一面差人回江南，再起人馬來助戰。毛以上按下孫權，以下再敘曹操。

却説張遼聞孫權在濡須，將欲興兵進攻〔六〇〕，恐合淝兵少難以抵敵，急令薛悌星夜往漢中報知曹操，求請救兵。操同衆官議曰：「此時可收西川否？」劉曄曰：「今蜀中稍定，已有隄〔六一〕備，不可擊也。不如撤兵去救合淝之急，就下江南。」贊鍾不出孔明之筭。操乃留夏侯淵守漢中定軍山隘口，留張郃守蒙頭巖等隘口。毛爲後文張本。其餘軍兵拔寨都起，殺奔濡須塢來。正是：

鐵騎甫能平隴右，旌旄又復指江南。

未知勝負如何，且看下文分解。

只一龐德，孟德多方以得之，如何不幹成事業？世上惟有妬賢嫉能者幹事不成，未有愛才惜士而事無濟者也。

至此方以三郡還吴。孔明固爲國也，亦爲兄也，公義私心，可稱兩盡。大畧三國事體盡在孔明掌中，或遲或速，或行或止，無不如意。真是見定者不忙也。

至此方以三郡還吴，孔明固爲國也，亦爲兄也。公私可稱兩盡。

〔五九〕贊批「甘寧」原闕，據贊校本補。
〔六〇〕「攻」，貫本作「取」。
〔六一〕「隄」，光本作「准」。

第六十八回 甘寧百騎劫魏營 左慈擲盃戲曹操

魯連一矢爲人解紛，不若甘寧一矢爲己解怨。我能解我怨，不待他人爲之解紛也。廉頗怒藺相如，相如讓之，而廉頗之怒平；賈復怒寇恂，寇恂讓之，而賈復之怒平；若凌統殺父之讐，是非一讓之所能平矣。故甘寧之讓凌統不難，而救凌統難。葢以讐讓讐，不足奇；而以讐救讐，乃足爲讐者之所深感耳。

荀攸諫操稱王，而能暫寢稱王之舉；崔琰諫操稱王，而不能復遏稱王之謀。然君子以爲琰之賢過於攸，何也？攸與彧初既黨操，而繼乃規操。初不知有漢，而繼乃復知有漢，是失之於始而正之於終者也。若崔琰則無助賊之計，惟有罵賊之節。故尚論者，當以攸爲魏之謀士，而以琰爲漢之忠臣。

袁譚、袁尚，異母兄弟也；劉琦、劉琮，亦異母兄弟也。紹與表惟愛後妻，故欲立其所出。其溺少子也，以溺婦人故也。若曹操則不然。丕與植，皆爲卞氏之所生，而操獨以才愛植，是爲子之才不才起見，非爲母之愛不愛起見。夫溺婦人之心，不可得而奪；而不溺婦人之意，則可得而回。此賈詡之諫，所以能入與？

曹操當稱魏王、立世子、江東請和、孫權納貢之後，正志得意滿之時也。威無不加，權無不遂，其勢力足以刑人、辱人、屠人、族人。而忽遇一無可奈〔一〕何之左慈，刑之不得，辱之不得，屠之族之亦不得，而於是奸雄之威喪，奸雄之權沮，奸雄之勢詘，奸雄之力盡矣。且

〔一〕「奈」，齋本、光本作「如」。

有「土鼠隨金虎，奸雄一旦休」之語，於極熱鬧中早笑其銷滅。不啻於秦長脚之遇風魔，令讀者快之。

曹操之遇左慈，與孫策之遇于吉彷彿相似，而實有大不同者。于吉非來謁孫策，左慈特來謁曹操，是于吉無意，而左慈有心；于吉不敢犯孫策，左慈敢於侮曹操，是于吉没趣，而左慈有膽；于吉索命，左慈不索命，是于吉死，而左慈不死；孫策殺一于吉，便處處見有于吉，曹操殺了無數左慈，却不見有一箇左慈，是于吉不能空，而左慈能空；于吉未得爲仙，若左慈之仙則真仙耳！

但當空諸所有，不當實諸所無。左慈其借空柑〔二〕點化曹操乎？漢家簫鼓，魏國山河，不轉眄而夕陽流水；吴宫花草，晉代衣冠，曾幾時而幽徑荒丘。漢也，魏也，吴也，晉也，殆無一非空者也。知過去之爲空，即知現前之亦是空；不待〔三〕脱手而後空，即入手之時而未并〔四〕不空，操若能知此意，則王位可以不貪，乘輿可以不僭，而漢祚可以不竊矣。

却説孫權在濡須口收拾軍馬，忽報曹操自漢中領兵四十萬前來救合淝。孫權與謀士計議，先撥董襲、徐盛二人領五十隻大船，在濡須口埋伏，令陳武帶領人馬，往來江岸巡哨。張昭曰：「今曹操遠來，必須先挫其鋭氣。」毛漁張昭屢次以不戰爲主，此番却有膽氣。**權乃問帳下曰：「曹操遠來，誰敢當先破敵，以挫其鋭氣？」凌統出曰：「某願往。」權曰：「帶多少軍去？」統曰：「三千人足矣。」甘寧曰：「只須百騎，便可破敵，何必三千！」凌統大怒。兩箇就在孫權面前争競起來。**毛爲上回餘波。漁又起争端。**權曰：「曹軍勢大，不可輕敵。」乃命凌**

〔二〕「柑」，業本、光本、商本作「相」，形訛。
〔三〕「不待」，光本脱。
〔四〕「并」，業本、貫本、澹本作「甞」，光本、商本作「始」。

統帶三千軍出濡須口去哨探，遇曹兵便與交戰。凌統領命，引着三千人馬離濡須塢。塵頭起處，曹兵早到。先鋒張遼與凌統交鋒，鬬五十合，不分勝敗。孫權恐凌統有失，令吕蒙接應回營。甘寧見凌統回，即告權曰：「寧今夜只帶一百人馬去劫曹營，若折了一人一騎，也不算功。」【毛】一可當百，則百可當萬。【贊】【鍾】甘寧實有本事。孫權壯之，乃調撥帳下一百精鋭馬兵付寧，又以酒五十瓶、羊肉五十斤〔五〕，賞賜軍士。甘寧回到營中，教一百人皆列坐，先將銀碗斟酒，自吃兩碗，乃語百人曰：「今夜奉命劫寨，請諸公各滿飲一觴，努力向前。」【毛】【漁】或破敵而後飲〔六〕，或先飲酒以壯膽，皆妙。【鍾】振作軍衆。衆人聞言，面面相覷。甘寧見衆人有難色，乃拔劍在手，怒叱曰：「我爲上將，且不惜命，汝等何得遲疑！」【贊】看他作用如此。衆人見甘寧作色，皆起拜曰：「願效死力。」【毛】南人本是無用，激之則有用。甘寧將酒肉與百人共飲食盡，約至二更時候，取白鵞翎一百根，插於盔〔七〕上爲號，【毛】前爲「錦帆賊」，今又爲「鵞翎軍」矣。【漁】「錦帆賊」變作「白翎軍」。都披甲上馬，飛奔曹操寨邊，拔開鹿角，大喊一聲，殺入寨中，逕奔中軍來殺曹操。【贊】甘寧可大用。【鍾】甘寧大有力量。原來中軍人馬以車仗伏路，穿連圍得鐵桶相似，不能得進。【毛】既寫甘寧有膽，又寫曹操能軍。甘寧只將百騎，左衝右突。曹兵驚慌，正不知敵兵多少，自相擾亂。【贊】【鍾】作用甚妙。那甘寧百騎，在營内縱橫馳驟，逢着便殺。各營鼓譟，舉火如星，喊聲大震。【毛】張遼能止吴兒夜哭，甘寧能使北軍夜驚，一樣聲勢。甘寧從寨之南門殺出，無人敢當。【漁】不但以一當十，直可以一當萬也。孫權令周泰引一枝兵來接應。甘寧將百騎回到濡須。操兵恐有埋伏，不敢追襲。後人有詩讚曰〔八〕：

〔五〕「斤」，商本作「片」，形訛。
〔六〕毛批「飲」下，商本有「酒」字。
〔七〕「盔」，商本作「頭」。
〔八〕毛本讚甘寧詩改自贊本；鍾本同贊本，周本、夏本、贊本改自嘉本；漁本無。

鼙【二】音皮。鼓聲喧震地來，吴師到處鬼神哀！百翎直貫曹家〔九〕寨，盡説甘寧虎將才。【三】補註此戰名爲「百翎貫寨」。

甘寧引百騎到寨，不折一人一騎。至營門，令百人皆擊鼓吹笛，口稱「萬歲」，歡聲大震。【毛】鼓笛之聲，比銅鈴響時又是一樣氣色。【贊】【鍾】作用更妙。【漁】收拾得有興。孫權自來迎接，甘寧下馬拜伏。權扶起，携寧手曰：「將軍此去，足使老賊驚駭。【毛】張遼嚇小兒，不若甘寧嚇老賊。非孤相捨，正欲觀卿膽耳！」【贊】權亦不俗。〔一〇〕即賜絹千匹，利刀百口。寧拜受訖，遂分賞百人。【漁】前番分食是激勵，今番分賞是謝勞。權語諸將曰：「孟德有張遼，孤有甘興霸，【二】補註興霸，甘寧字。足以相敵也。」【毛】【贊】寧善將兵，權善將將（，臣主都佳）。【鍾】甘寧、孫權，臣主都佳。

次日，張遼引兵搦戰。凌統見甘寧有功，奮然曰：「統願敵張遼。」權許之。統遂領兵五千離濡須，權自引甘寧臨陣觀戰。對陣圓處，張遼出馬，左有李典，右有樂進。凌統縱馬提刀，出至陣前，張遼使樂進出迎，兩箇鬭到五十合，未分勝敗〔一一〕。曹操聞知，親自策馬到門旗下來看，見二將酣鬭，乃令曹休暗放冷箭。曹休便閃在〔一二〕張遼背後，開弓一箭，正中凌統坐下馬，那馬直立起來，把凌統掀翻在地。樂進連忙揮刀來砍，刀還未落〔一三〕，只聽得弓弦響處，一箭射中樂進面門，翻身落馬。【毛】【漁】曹休明寫，甘寧暗寫，妙（甚）。兩軍齊出，各救一將回營，鳴金罷戰。凌統回寨中拜謝孫權，權曰：「放箭救你者，甘寧也。」凌統乃頓首拜寧曰：「不想公能如此垂恩！」【贊】甘寧漢子，可敬可敬。【漁】此時前

〔九〕「家」，致本同，其他毛校本作「軍」，嘉本作「瞞」，周本、夏本、贊本作「公」。
〔一〇〕緑本脱此句贊批。
〔一一〕「敗」，商本、嘉本、周本作「負」。
〔一二〕「在」，光本作「往」。
〔一三〕「揮刀來砍，刀還未落」，原作「持鎗來刺，鎗還未到」，古本同。按：前文第五十三回：「樂進一騎馬，一口刀。」據前文改。

仇亦當釋矣。自此與甘寧結爲生死之交，【鍾】仇將恩報，誰不敬服？再不爲惡。【毛】甘寧不是以德報怨，乃是以直解[一四]怨耳。

且說曹操見樂進中箭，令[一五]自到帳中調治。次日，分兵五路來襲濡須：操自領中路；左一路張遼，二路李典；右一路徐晃，二路龐德。每路各帶一萬人馬，殺奔江邊來。【毛】【漁】寫曹（軍甚是）（操）聲勢。時董襲、徐盛二將在五樓船[一六]上，見五路軍馬來到，顧[一七]諸軍各有懼色。【毛】【漁】南人無用。徐盛曰：「食君之禄，忠君之事，何懼哉！」【贊】徐盛[一八]可用。【鍾】徐盛有膽。遂引猛士數百人，用小船渡過江邊，殺入李典軍中去了。【毛】甘寧百人在黑夜，徐盛數百人在白日，白日更難于黑夜。董襲在船上，令衆軍擂鼓吶喊助威。忽然江上猛風大作，白浪掀天，波濤洶湧。軍士見大船將覆，争下脚艦逃命。董襲仗劍大喝曰：「將受君命，在此防賊，怎敢棄船而去！」立斬下[一九]船軍士十餘人。【贊】董襲可用。[二〇]【鍾】董襲有膽。須臾，風急船覆，董襲竟死於江口水中，【毛】【漁】寧不畏死而不死，襲不畏死而竟死，有幸有不幸焉。徐盛在李典軍中往來衝突。

却說陳武聽得江邊厮殺，引一軍來，正與龐德相遇，兩軍混戰。孫權在濡須塢中，聽得曹兵殺到江邊，親自與周泰引軍前來助戰。【毛】寫數處[二一]軍馬分頭交戰，歷歷詳明，一筆不亂。正見徐盛在李典軍中攪做一團厮殺，便麾軍殺入接應。却被張遼、徐晃兩枝軍，把孫權困在垓心。曹操上高阜處，看見孫權被圍，急令許褚縱馬持刀殺入軍中，把孫權軍

[一四]「解」，貫本闕。

[一五]「令」，齋本、光本作「乃」，明四本無。

[一六]「在五樓船」，原作「樓船」，致本同，其他毛校本作「在船」。按：《三國志·吳書·董襲傳》：「曹公出濡須，襲從權赴之，使襲督五樓船住濡須口。」據明四本補。

[一七]「來」，商本作「隨」。「顧」，齋本、光本、明四本無。

[一八]「徐盛」，吴本闕。

[一九]「下」，光本脱。

[二〇]緑本脱此句贊批。

[二一]「處」，齋本、光本作「次」。

衝作兩段，彼此不能相救。【毛】前張遼所斷者橋也，今許褚所斷者兵也，皆善於用截。

却說周泰從軍中殺出，【毛】殺了出來。到江邊不見了孫權，勒回馬，從外又殺入陣中，【毛】又殺入去。問本部軍：「主公何在？」軍人以手指兵馬厚處曰：「主公被圍甚急！」周泰挺身殺入，尋見孫權。泰曰：「主公可隨泰殺出。」於是泰在前，權在後，奮力衝突。泰到江邊，【毛】又殺出來。回頭又不見孫權，乃復翻身殺入圍中，【毛】又殺入去。○寫周泰如生龍活虎，以前事論之，此是第二番，就此日論之，又有第三番。【鍾】周泰豪雄，故能破圍救主。又尋見孫權。權曰：「弓弩齊發，不能得出，如何？」泰曰：「主公在前，某在後，可以出圍。」孫權乃縱馬前行。周泰左右遮護，身被數鎗，箭透重鎧，救得孫權。【毛】劫營難，救主尤難。○又殺出來。【贊】周泰大豪傑也，可用可用。【漁】殺了出來，又殺入去；殺了入去，又殺出來。如此者數番，寫周泰如飛龍伏虎，真人中之英傑也。到江邊，呂蒙引一枝水軍前來接應下船。【毛】虧得此路水軍。權曰：「吾虧周泰三番衝殺，得脱重圍。但徐盛在垓心，如何得脱？」周泰曰：「吾再救去。」【毛】救主之後，猶有餘勇可賈。遂輪刀[二二]復翻身殺入重圍之中，【毛】又殺入去。救出徐盛。【毛】又殺出來。【贊】好箇周泰，漢子漢子。【鍾】再救徐盛，真漢子也。【漁】救出孫權又番身入去，而又復殺出來。好看。二將各帶重傷。呂蒙教軍士亂箭射住岸上兵，救二將下船。

却說陳武與龐德大戰，後面又無應兵，被龐德趕到峪【周】音郁。口，樹林叢密，陳武再欲回身交戰，被樹株抓住袍袖，不能迎敵，爲龐德所殺。【毛】【漁】陳武（之）見殺於龐德，與祖茂（之）見殺於華雄，（前後）遥遥相對。曹操見孫權走脱了，自策馬驅兵趕到江邊對射。呂蒙箭盡，正慌間，忽對江一宗[二三]船到，爲首一員大將，乃是孫策女婿陸遜，自引十萬兵

[二二]「刀」，原作「鎗」，古本同。按：前文第五十一回：「周泰願往，即時綽刀縱馬……」據前文改。

[二三]「宗」，光本作「隊」，商本作「軍」。

到，一陣射退曹兵，毛虧得又有此路軍。乘勢登岸追殺曹兵，復奪戰馬數千疋。曹兵傷者不計其數，大敗而回。毛初有甘寧之劫營，後有陸遜之來救，〈毛漁〉中間没興，賴有兩頭。於亂軍中尋見陳武屍首。孫權知陳武已亡，董襲又沉江而死，哀痛至切，令人水〔二四〕中尋見董襲屍首。與陳武屍一齊厚葬之。又感周泰救護之功，設宴欵之。權親自把盞，撫其背，淚流滿面，毛漁臣之感君，有（流涕縱横者矣）（撫背流涕者）；君之感臣，亦（涕泗縱横）（至重圍奮勇）。君臣相得，莫過於此〔二五〕。曰：「卿兩番相救，毛照應十五回中事。不惜性命，被鎗數十，膚如刻畫，孤亦何心，不待卿以骨肉之恩、委卿以兵馬之重乎！鍾□□不□□報。卿乃孤之功臣，孤當與卿共榮辱、同休戚也。」毛贊周泰正以勵諸將。贊至情，至情，非誑語也，此亦君臣間一奇事，可入話林也。〔二六〕漁隆重周泰者〔二七〕，正以激諸將也。言罷，令周泰解衣與衆將觀之：皮肉肌膚如同刀剜，盤痕〔二八〕遍體。孫權手指其痕，一一問之，周泰具言戰鬬被傷之狀，一處傷令喫一觥酒。毛若欲以瘡疤換酒吃，是欲飲必先痛，不痛不能飲矣；若但能飲不能痛，何以謂之「痛飲」乎！〇以此行酒，恐惜死武臣，終席無一盃相及也。漁此方是痛飲。是日，周泰大醉。權以青羅傘賜之，令出入張蓋，以爲顯耀。毛無數瘡疤，換得一頂羅蓋〔二九〕。鍾救命者宜受上賜。

權在濡須與操相拒月餘，不能取勝。張昭、顧雍上言：「曹操勢大，不可力取，若與久戰，大損士卒。不若求和，安民爲上。」毛漁（失志氣。）孫曹之相和自此始，孫劉之相離亦自此兆〔三〇〕。贊鍾（求和）

〔二四〕「水」上，商本有「入」字。
〔二五〕毛批「過」上，光本有「有」字。「此」下，齋本有「矣」字，光本有「者矣」二字。
〔二六〕吴本脱此句贊批。
〔二七〕「者」，衡校本脱。
〔二八〕「痕」，原作「根」，毛校本、周本、夏本、贊本同。按：後句亦作「其痕」，據後文、嘉本改。
〔二九〕「蓋」，光本、商本作「傘」。
〔三〇〕漁批「孫劉」，原作「孫曹」。按：「孫曹」矛盾，據衡校本改。毛批「兆」，貫本、光本作「始」。

極是。孫權從其言，令步隲往曹營求和，許年納歲貢。操見江南急未可下，乃從之，令：「孫權先撤人馬，吾然後班師。」步隲回覆，權只留蔣欽、周泰守濡須口，盡發大兵上船回建業〔三一〕。毛以上按下孫權，以下再敘曹操。

操留曹仁、張遼屯合淝，班師回許昌。文武衆官皆議立曹操爲魏王。尚書崔琰力言不可。衆官曰：「汝獨不見荀文若乎？」琰大怒曰：「時乎，時乎！會當有變！任自爲之！」毛崔琰之阻魏王，更烈於荀彧之阻九錫、荀攸之阻稱王。漁不異亞夫之絶項羽。有與琰不和者，告知操。操大怒，收琰下獄問之。琰虎目虯三音求。髯，只是大罵曹操欺君奸賊。毛荀彧、荀攸不聞其罵，而崔琰能罵，與二人不同。贊鍾崔公不負其貌。廷尉白操，操令杖殺崔琰在〔三二〕獄中。後人有讚曰〔三三〕：

清河崔琰，天性堅剛。虯髯虎目，鐵石心腸。
奸邪辟易，聲節顯昂。忠於漢主，千古名揚！

建安二十一年夏五月，羣臣表奏獻帝，頌魏公曹操功德，極天際地，伊、周莫及，宜進爵爲王。獻帝即令鍾繇草詔，册立曹操爲魏王。贊鍾此意出于諸人（則）可，出于操則不可。〈贊〉操到此亦不自持矣，所以爲操也。噫！曹操假意上書三辭。毛自封之，而自讓之，粧腔做〔三四〕勢，可發一笑。贊極做得好看，然天下萬世俱不以爲然。可見世上事，不可以聲音笑貌爲也。漁自封自讓，好做作。詔三報不許，操乃拜命受魏王之爵，冕十二旒，乘金根車，駕六馬，用天子車服鑾儀，出警入蹕，於鄴郡蓋魏王宮，議立世子。操大妻丁夫人無出。妾劉氏生子曹昂，因征張繡時死於宛城〔三五〕。毛照應十六〔三六〕回中事。卞氏所生四

〔三一〕同第六十一回校記〔八一〕。
〔三二〕「在」，光本作「於」。
〔三三〕毛本讚崔琰詩從贊本；漁本、鍾本同贊本；周本、夏本、贊本改自嘉本。
〔三四〕「粧」「做」，光本互易。
〔三五〕「宛城」，原作「皖城」，致本、業本、貫本、滄本、商本、明四本同，據齋本、光本改。
〔三六〕「十六」，原作「十八」，毛校本同。按：曹昂死於第十六回，而曹操祭奠曹昂於第十八回。據前文改。

子：長曰丕，次曰彰，三曰植，四曰熊。毛漁自稱魏王，便是其子簒漢之兆，故於此（處）特詳敘其子。於是黜丁夫人，贊老賊不夫〔三七〕。而立卞氏爲魏王后。第三子曹植，字子建，極聰明，舉筆成章，操欲立之爲後嗣。毛丕與植一母所生，而操獨愛植，又與袁紹、劉表不同。紹與表是以其母起見，操則但以其子起見耳。漁曹之愛子與袁、劉不同。長子曹丕恐不得立，乃問計於太中大夫〔三八〕賈詡，詡教如此如此。自是但凡操出征，諸子送行，曹植乃稱述功德，發言成章，惟曹丕辭父，只是流涕而拜，贊妙。〔三九〕左右皆感傷。於是操疑植乖巧，誠心不及丕也。毛漁今人謂劉備基業是哭成的，不知曹丕（帝位）（基業）亦是（哭來的）（從哭得來）。丕又使人買囑近侍，皆言丕之德。操欲立後嗣，躊躕不定，乃問賈詡曰：「孤欲立後嗣，當立誰？」賈詡不答，毛妙甚。操問其故，詡曰：「正有所思，故不能即答耳。」毛妙甚。操曰：「何所思？」詡對曰：「思袁本初、劉景升父子也。」毛漁（言簡）而意（妙〔四〇〕，）妙在不諫之諫。贊鍾賈詡（是）妙人，子建何不能得之也？操大笑，遂立長子曹丕爲王世子。冬十月，魏王宮成，差人往各處收取奇花異果，栽植後苑。有使者到吳地，見了孫權，傳魏王令旨，再往永寧〔四一〕取柑子。時孫權正尊讓魏王，便令人於本城選了大柑子四十餘擔，星夜送往鄴郡。毛曹操以青梅餉劉備，孫權以柑子餽老瞞，前後映射成趣。至中途，挑擔役夫疲困，歇於山脚下，見一先生，眇一目，跛一足，頭戴白藤冠，身穿青懶衣，來與脚夫作禮，言曰：「你等挑擔勞苦，貧道都替你挑一肩何如？」衆人大喜。於是先生每擔各挑五里，鍾不向峨眉好修行，却來中途替脚力。但是先

〔三七〕「夫」，吴本作「決」。

〔三八〕「太中大夫」，原作「中大夫」，古本同。按：《三國志·魏書·賈詡傳》：「徙詡爲太中大夫。」據補。

〔三九〕緑本脱此句贊批。

〔四〇〕毛批「妙」，光本、商本作「賅」。

〔四一〕「永寧」，原作「温州」，古本同。按：吴地之「温州」，東漢時爲會稽郡永寧縣；唐代始稱「温州」。酌改，後同。

生挑過的擔兒都輕了，毛鶯籠先生能使身輕，今此先生能使擔輕，更是奇幻。衆皆驚疑。先生臨去，與領柑子官說：「貧道乃魏王鄉中故人，姓左名慈，字元放，道號『烏角先生』。毛烏角，紫虛，相射成趣。如你到鄴郡，可說左慈申意。」漁言出姓名，妙。遂拂袖而去。取柑人至鄴郡見操，呈上柑子。操親剖之，但只空殼，内並無肉。毛前以空盒賜荀彧，可謂一報還報。一〔四二〕笑。漁奇。操大驚，問取柑人。取柑人以左慈之事對，操未肯信。

門吏忽報：「有一先生自稱左慈，求見大王。」操召入。取柑人曰：「此正途中所見之人。」贊此先生不可少也。操叱之曰：「汝以何妖術，攝吾佳果？」慈笑曰：「豈有此事！」取柑剖之，内皆有肉，其味甚甜。但操自剖者，皆空殼。毛纔入我手，便已成空。此是左慈點化奸雄也。稱魏王，圖漢鼎，皆當作如是觀。鍾先生的是異人。漁更奇。操愈驚，乃賜左慈坐而問之。慈索周音色。酒肉，操令與之，飲酒五斗不醉，肉食全羊不飽。毛萬羊丞相、斗酒學士，皆不及矣。操問曰：「汝有何術，以至於此？」慈曰：「貧道於西川南安〔四三〕峨嵋山中，學道三十年，忽聞石壁中有聲呼我之名，及視不〔四四〕見。如此者數日。忽有天雷震碎石壁，得天書三卷，名曰《遁甲天書》。毛張角三人亦言受天書三卷矣，然張角以此煽惑天下，左慈以此點化奸雄，又自不同。上卷名《天遁》，中卷名《地遁》，下卷名《人遁》。天遁能騰雲跨風，飛升太虛；地遁能穿山透石；人遁能雲遊四海，藏形變身，飛劍擲刀，取人首級。毛此句便是恐嚇老瞞。大王位極人臣，何不退步，跟貧道往峨嵋山中修行？當以三卷天書相授。」毛操在銅雀臺上謂衆官曰：「我若解兵柄，恐人謀害。」今若去修行，便没人謀害矣。贊先生雖欲度他，其如老奸不可度何？鍾先生欲來度他。漁一

〔四二〕「一」，商本作「可」。
〔四三〕「南安」，原作「嘉陵」，古本同。按：《後漢書·郡國志》劉注引《華陽國志》曰：（南安）「縣西有熊耳峽，南有峨眉山，去縣八十里。」《漢書·地理志》：嘉陵道屬武都郡，今屬陕西省。據改。
〔四四〕「不」上，光本、商本有「則又」二字。

拳打進來。操曰：「吾〔四五〕亦久思急流勇退，奈朝廷未得其人耳。」慈笑曰：「益州劉玄德乃帝室之胄，何不讓此位與之？不然，貧道當飛劒取汝之頭也。」【毛】吉平罵之，禰衡罵之，不若左慈之快。【漁】說話好怕人。操大怒曰：「此正是劉備細作！」【贄】也要疑心。【鍾】奸雄又露了。喝左右拏下，慈大笑不止。操令十數獄卒捉下拷之。獄卒着力痛打，看左慈時，却齁齁【嘉】音平。【二】音呼。熟睡，全無痛楚。【毛】【漁】三拷吉平之威，至此全（然）無用（處）。操怒，命取大枷，鐵釘釘【二】上音丁，下去聲。了，鐵鎖鎖了，送入牢中監收，令人看守。只見枷鎖盡落，左慈卧於地上，並無傷損。【毛】械繫楊彪之威，至此又無用處。連監禁七日，不與飲食。及看時，慈端坐於地上，面皮轉紅。【毛】先生面皮紅，曹操面皮厚矣。【鍾】已跳脱陰陽套外。獄卒報知曹操，操取出問之。慈曰：「我數十年不食亦不妨，日食千羊亦能盡。」操無可奈何。【毛】老賊奸詐〔四六〕百出，至此亦有無可奈何之日，暢絶，快絶。

是日，諸官皆至王宮大宴。正行酒間，左慈足穿木履，立於筵前。衆官驚怪。左慈曰：「大王今日水陸俱備，大宴羣臣，四方異物極多，內中欠少何物，貧道願取之。」操曰：「我要龍肝作羹，汝能取否？」慈曰：「有何難哉！」【毛】捋虎鬚且不懼，取龍肝又何難。取墨筆於粉墻上畫一條龍，以袍袖一拂，龍腹自開。左慈於龍腹中提出龍肝一副，鮮血尚流。【毛】假龍真肝，是假是真？【贄】此先生何可少也！【鍾】此先生亦不可少。操不信，叱之曰：「汝先藏於袖中耳！」【毛】呆話。慈曰：「即今天寒，草木枯死。大王要甚好花，隨意所欲。」操曰：「吾只要牡丹花。」慈曰：「易耳。」令取大花盆放筵前，以水噀之。頃刻發出牡丹一株，開放雙花。【毛】空中有花，花即是空，亦是點化奸雄。衆官大驚，邀慈同坐而食。少刻，庖官〔四七〕進魚膾。慈曰：「膾必松江鱸魚者方美。」操曰：

〔四五〕「吾」，商本作「我」。
〔四六〕「詐」，貫本作「計」。
〔四七〕「官」，齋本、光本作「人」。

「千里之隔，安能取之？」【毛】愈呆。慈曰：「此亦何難取！」教把釣竿來，於堂下魚池中釣之。頃刻，釣出數十尾大鱸魚，放在殿上。【毛】永寧之柑，既已化實成空；松江之鱸，何妨自無入有。操曰：「吾池中原有此魚。」【毛】更呆。慈曰：「大王何相欺耶？天下鱸魚只兩腮，惟松江鱸魚有四腮：此可辨也。」衆官視之，果是四腮。【毛】「巨口細鱗」，蘇子《赤壁賦》中曾有之矣。操見此魚，亦記赤壁之事乎？慈曰：「烹松江鱸魚，須紫芽薑方可。」操曰：「汝亦能取之否？」慈曰：「易耳。」令取金盆一箇，慈以衣覆之。須臾得紫芽薑滿盆，進上操前。【贊】【鍾】老瞞雖奸，到此都用不着。〈【贊】〉若能以老僧待山鬼之法待之，左慈亦無如老奸何矣。然老奸不能也。操以手取之，忽盆內有書一本，題曰《孟德新書》。操取視之，一字不差。【毛】【漁】書在張松口中，不過記（問）（念）之奇。今在左慈盆內，更見幻術之妙。操大疑，慈取桌上玉盃，滿斟佳釀進操曰：「大王可飲此酒，壽有千年。」操曰：「汝可先飲。」慈遂拔冠上玉簪，於盃中一畫，將酒分爲兩半，【毛】奇絶，幻絶。自飲一半，將一半奉操。操叱之。慈擲盃於空中，化成一白鳩，遶殿而飛。【毛】嘗讀《列仙傳》，飯可爲蜂，杖可化龍，則杯之變鳩，不足奇耳。【漁】奇極。衆官仰面視之，左慈不知所往。左右忽報：「左慈出宮門去了。」【贊】【鍾】曹操此日竟成一大痴人（矣）。操曰：「如此妖人，必當除之！否則必將爲害。」遂命許褚引三百鐵甲軍追擒之。褚上馬，引軍趕至城門，望見左慈穿木履在前，慢步而行。褚飛馬追之，却只追不上。【毛】【漁】「虎（衛）（威）將軍」（之威），至此亦全〔四八〕無用處。直趕到一山中，有牧羊小童，趕着一羣羊而來，慈走入羊羣內。【毛】羊亦可名「烏角先生」。褚取箭射之，慈即不見。褚盡殺羣羊而回。【毛】追趕左慈不上，却將羣羊出氣。牧羊小童守羊而哭，忽見羊頭在地上作人言，喚小童曰：「汝可將羊頭都輳在死羊腔子上。」【毛】幻極。【漁】奇而更奇。小童大驚，掩面而走。忽聞有人在後呼曰：「不須

〔四八〕毛批「全」，業本作「至」，商本脱。

驚走，還汝活羊。」小童回顧，見左慈已將地上死羊輳活，趕將來了。毛斷頭之羊既可活，剖肝之龍亦未必死。小童急欲問時，左慈已拂袖而去，其行如飛，倏忽不見。毛正與前慢步而行相對成趣。小童歸告主人，主人不敢隱諱，報知曹操。操畫影圖形，各處捉拏左慈。三日之內，城裏〔四九〕城外，所捉眇一目、跛一足、白藤冠、青懶衣、穿木履先生，都一般模樣者，有三四百箇，毛孫行者變化之法，不謂《三國志》中已有之。漁不意《三國》中出孫行者變化之巧。鬨動街市。操令衆將將二上去聲，下平聲。猪羊血潑之，押送城南教塲。曹操親自引甲兵五百人圍住，盡皆斬之。人人頸腔内各起一道青氣，到上〔五〇〕天聚成一處，化成一箇左慈。毛一致而有萬殊，萬殊仍歸一處。向空招白鶴一隻騎坐，毛白鳩遶殿而飛，白鶴自空而至，相映成趣。○或借羣羊隱形，或乘白鶴遐舉，幻甚，趣甚。拍手大笑曰：「土鼠隨金虎，奸雄一旦休！」毛漁言操死於子年正月也（，早爲七十八回伏線）。贊鍾奸雄此日先休矣。操令衆將以弓箭射之。忽然狂風大作，走石揚沙，所斬之屍，皆跳起來，手提其頭，奔上演武廳來打曹操。毛甘寧百騎是真人真馬，左慈百輩是疑鬼疑神，前後映射成趣。漁好怕人。文官武將，掩面驚倒，各不相顧。贊鍾弄得他有趣。漁曹操稱魏王，立太子，江東請和，孫權納貢，正得志滿意時也。忽遇一無可如何之左慈，刑之不得，辱之不能，奸雄之力盡矣。令人快心。正是：

奸雄權勢能傾國，道士仙機更異人。

未〔五一〕知曹操性命如何，且看下文分解。

觀甘寧、凌統不共之仇〔五二〕，一朝改爲刎頸之友，乃知世上無不解之仇，只是人不肯先爲甘寧耳。吾還勸世人勇爲甘寧可也。不然寃寃相報，幾時得解。妙哉，一禪友之言曰：「吾輩當先解結起，不可等待他人也。」

〔四九〕「裏」，貫本、光本、商本作「内」。

〔五〇〕「到」上，光本、商本有「飛」字。「上」，光本、明四本作「半」。

〔五一〕「未」，明四本無，致本作「不」。

〔五二〕「之仇」，緑本作「戴天」。

東吴周泰不减魏之許褚、蜀之趙雲也。壯哉丈夫！可用可用！不獨救權，且再救徐盛，益不可及矣！而仲謀報之，亦可謂一知己矣。

老瞞極聰明，極奸詐，到左慈手裡，一些也用不着，柰何！柰何！

大地上一片戲場耳。諸公何事苦苦認真？所以左慈不得不來遊戲一場，以點化他們。〔五三〕

甘寧、凌統不共戴天之仇，一朝改爲刎頸之友，固丈夫事也。

周泰三次救主，再救徐盛，亦真漢子哉！

左慈點化曹操，做成許多異事，現出許多光怪，而老奸竟不悟，（亦）是凡人不可度也。

〔五三〕劉本本回回末脱葉，以上二段回末評闕，據贊校本補。

第六十九回 卜周易管輅知機 討漢賊五臣死節

前回方寫一左慈，此回又接寫一管輅。左慈術之幻者也，管輅數之真者也。術之所變，令人不可測識；數之所定，亦令人無可奈何。誠知其無可奈何，而竭智盡能以圖逞其欲者，亦復何爲哉？故不獨左慈之術所以點化老賊，而管輅之數亦所以醒悟奸雄。

當龐統未死，孔明未入蜀之時，先有紫虛上人八句讖語以爲之兆；今當夏侯淵未死，曹丕未篡漢之時〔一〕，又先有管公明八句讖語以爲之兆。此皆以前之閒文，爲後之伏筆者也。乃紫虛八句，合作一篇，公明八句，分爲兩段；紫虛則劉璝往見，公明則許芝引來；紫虛則略其生平，公明則敘其往事。或略或詳，前後更無一筆相犯，所以爲佳。

金禕若能先約劉備，俟操之出救漢中而後舉事，則備自外來，禕從中起，其事未必無成，而惜乎其發之太驟也。雖然，事之成敗不足論，而其〔二〕忠肝義膽，實可對后土而告皇天，安見此五賢之有異於三傑乎？史官仍魏史之舊，誤書爲耿紀、韋晃等謀反伏誅，大爲背謬。自《綱目》正之曰：「耿紀、韋晃討曹操不克，死之。」《春秋》之旨，昭於千古矣。

或謂〔三〕許昌失火之事，管輅不先言，則曹操不預防。操不預防，則操可以出〔四〕漢中，而五臣之事，未必其無成矣。吉平、管輅，一醫一卜，而吉氏一門忠義，管輅爲操防災，毋

〔一〕「時」，商本作「前」。
〔二〕「其」，商本作「具」。
〔三〕「謂」，光本作「論」。
〔四〕「出」，齋本、光本作「取」。

乃管輅之卜，不若吉平之醫乎？雖然，此不足爲管輅咎。五臣之舉火，數也；管輅之言失火，亦數也；曹操聽管輅之言，亦數也。數之既定，無可復逃。但在奸雄，則當思一定之數，以戢其篡竊之心；在忠臣，則不當因一定之數，而沮其報國之志耳。

元宵起義，董承先有其夢，而金禕乃實有其事，是前之夢早爲後之事作引也。元宵相約，先有吉平飲酒於前，乃有二吉舉火於後，是後之火又因前之酒而生也。隔三十餘回，而虛實相生，父子相繼，斯亦奇矣。至於馬騰爲漢名臣之後，金禕亦漢名臣之後，而騰之事泄甚遲，禕之事發甚速。吉邈、吉穆爲父而死，馬休、馬鐵亦爲父而死，而馬氏三人合在一處，吉氏三人分爲兩時。其照耀史册者，參差不同，種種各異，更是可觀。

觀耿、韋五家之僮僕，而竊嘆董承之不及此五人也。董承之事，以一秦慶童泄之；而五家僮僕七百餘人，竟無有一人泄其事者。使非五人之能用其人，而何以能若是哉！田横傳，而田横之五百人賴以傳；乃五百人傳，而田横愈以傳。君子於五家僮僕之賢，而益信五人之賢爲不可及云。

卻說當日曹操見黑風中羣屍皆起，驚倒於地。須臾風定，羣屍皆不見。（毛）百化爲一，一又化爲空，真是仙家妙理。**左右扶操回宫，驚而成疾。後人有詩讚左慈曰**〔五〕**：**

飛步凌雲遍九州，獨憑《遁甲》自遨遊。
等閒施設神仙術，點悟曹瞞不轉頭。

曹操染病，服藥無愈。適太史丞許芝，自許昌來見操。操令芝卜《易》，（漁）仙術後繼一段卜《易》，

〔五〕毛本讚左慈詩四句删，改自贊本八句；鍾本、漁本同贊本，夏本、贊本改自嘉本、周本。

奇事政相類。芝曰：「大王曾聞神卜管輅否？」【毛】一箇起課先生，又薦出一箇起課先生，不似今之起課者，自誇靈驗，惟恐他人奪却道路也。【漁】卜荐卜。操曰：「頗聞其名，未知其術。汝可詳言之。」芝曰：【漁】從許芝口中一篇《管輅傳》作筆甚好。「管輅字公明，平原人也。容貌麄醜，好酒疎狂。其父曾爲瑯琊即丘〔六〕長。輅自幼便喜仰視星辰，【毛】卜必兼星，不知星者不能卜。夜不肯〔七〕寐，父母不能禁止。常云：『家鷄野鵠，尚自知時，何况爲人在世乎？』【鍾】公明少有大志。與隣兒共戲，輒畫地爲天文，分布日月星辰。及稍長，即深明《周易》，仰觀風角，數學通神，兼善相術。【毛】【漁】卜兼星，（星又）（卜）兼相。瑯琊太守單子春聞其名，召輅相見。時有坐客百餘人，皆能言之士。輅謂子春曰：『輅年少，膽氣未堅，先請美酒三升，飲而後言。』【毛】以兵戰者，以酒壯膽；以舌戰者，亦欲以酒壯膽。【贄】【鍾】便奇。【漁】以酒壯舌。子春奇之，遂與酒三升。飲畢，輅問子春：『今欲與輅爲對者，若府君四座之士耶？』子春曰：『吾自與卿旗鼓相當。』【贄】【鍾】更好。於是與輅講論《易》理。輅亹亹而談，言言精奥。子春反覆辯難，【二】去聲。輅對答如流。從曉至暮，酒食不行。【毛】晉人清談，已兆于此。子春及衆賓客，無不歎服。於是天下號爲『神童』。後有居民郭恩者，兄弟三人皆得躄【毛】［側］【周】音必。疾，請輅卜之。輅曰：『卦中有君家本墓中女鬼，非君伯母即叔母也。昔饑荒之年，謀數升米之利，推之落井，以大石壓破其頭，孤魂痛苦，自訴於天，故君兄弟有此報。不可禳也。』【毛】曹操聞之，若想起董貴人、伏皇后之事，當爲寒心〔八〕。【贄】前序左慈幻術，此序管輅神卜，冷處着

〔六〕「即丘」，澮本作「即兵」，齋本、光本、商本作「郡丘」。按：《三國志·魏書·方技傳》裴注引三國魏管辰《管輅別傳》：「父爲琅邪即丘長」，「邪」同「琊」；《後漢書·郡國志》：琅邪國有「即丘侯國，故屬東海，春秋曰祝丘」。「郡」「兵」皆形訛。

〔七〕「肯」，原作「能」，致本、業本、貫本、齋本、澮本、商本同；光本作「思」。按：「肯」字義長，據明四本改。

〔八〕「寒心」，光本、商本倒作「心寒」。

熱，平話家生意也。【漁】董貴人、伏皇后之事得無類是？郭恩等涕泣伏罪。安平太守王基，知輅神卜，延輅至家。適信都令妻常患頭風，【毛】正與曹操頭風相映。【漁】卜兼醫。曹掾亦患頭風。其子又患心痛，【毛】若曹操不是心痛，當是心黑。心痛可醫，心黑不可醫。因請輅卜之。輅曰：『此堂之西角，有二死屍：一男持矛，一男〔九〕持弓箭。頭在壁內，脚在壁外。持矛者主刺頭，故頭痛；持弓箭者主刺胸腹，故心痛。』乃掘之，入地八尺，果有二棺。一棺中有矛，一棺中有角弓及〔一〇〕箭，木俱已朽爛。輅令徙骸骨去城外十里埋之，妻與子遂無恙。【毛】能以卜治病〔一一〕，則又以卜而兼醫。舘陶令諸葛原，遷新興太守，輅往送行。客言輅能覆射，諸葛原不信，暗取燕卵、蜂窠、蜘蛛三物，分置三盒之中，令輅卜之。卦成，各寫四句於盒上。【毛】左慈能取石中之書，管輅能猜盒中之物，又相映成趣。【鍾】便從先天《易》理得來。其一曰：『含氣須變，依乎宇堂〔一二〕；雌雄以形，羽翼舒張：此燕卵也。』其二曰：『家室倒懸，門戶衆多；藏精育毒，得秋乃化：此蜂窠也。』其三曰：『觳觫【嘉】音谷速。【二】音註觳，音斛；觫，音速。恐懼之貌。長足，吐絲成羅；尋網求食，利在昏夜：此蜘蛛也。』滿座驚駭。【毛】管輅能猜燕卵、蜂窠等物，與左慈能取龍肝、魚膾，相映成趣。鄉中有老婦失牛，求卜之。輅判曰：『北溪之濵，七人宰烹；急往追尋，皮肉尚存。』老婦果往尋之，見七人於茅舍後煮食，皮肉猶存。【毛】左慈能使死羊復活，管輅能使失牛復得，又相映成趣。婦告本郡太守劉邠，捕七人罪之，因問老婦曰：『汝何以知之？』婦告以管輅之神卜。劉邠不信，請輅至府，取印囊及山鷄毛藏於盒中，令卜之。輅卜其一曰：『內方外圓，五色成文；含寶守信，出則有章：此印囊也。』其二曰：『巖巖有

〔九〕「之」，商本脱，明四本無。二「男」，商本脱。
〔一〇〕「及」，商本脱。
〔一一〕「病」，商本作「痛」。
〔一二〕「宇堂」，齋本、光本倒作「堂宇」。

鳥，錦體朱衣〔一三〕；羽翼玄黃，鳴不失晨：此山鷄毛也。』毛玉印有囊，山鷄有毛，與玉盃、白鳩，又相映成趣。劉邠大驚，遂待爲上賓。一日出郊閒行，見一少年耕於田中，輅立道傍觀之，良久，問之〔一四〕曰：『少年高姓貴庚？』答曰：『姓趙名顔，年十九歲矣。敢問先生爲誰？』輅曰：『吾管輅也。吾見汝眉間有死氣，三日内必死。毛此是相術之驗。汝貌美，可惜無壽。』趙顔回家，急告其父。父聞之，趕上管輅，哭拜於地曰：『請歸救吾子！』輅曰：『此乃天命也，安可禳乎？』父告曰：『老夫止有此子，望乞垂救！』趙顔亦哭求。輅見其父子情切，乃謂趙顔曰：『汝可備淨酒一瓶、鹿脯一塊，來日賫往南山之中，大樹之下，看盤石上有二人弈棋：一人向南坐，穿白袍，其貌甚惡；一人向北坐，穿紅衣〔一五〕，其貌甚美。汝可乘其弈興濃時，將酒及鹿脯跪進之。待其飲食畢，汝乃哭拜求壽，必得益算矣。但切勿言是吾所教。』毛管輅幼時能觀星于天，畫星于地，今又能使人見星于山，此是星學之奇。老人留輅在家。次日，趙顔攜酒脯盃盤入南山之中。約行五六里，果有二人於大松樹下盤石上着棋，全然不顧趙顔跪進酒脯。二人貪着棋，不覺飲酒已盡。毛左慈飲酒食肉，兩星君亦飲酒食肉，想仙家原不忌酒肉也。今之不飲酒、不食肉者，吾知之矣。趙顔哭拜於地而求壽，二人大驚。穿紅袍者曰：『此必管子之言也。吾二人既受其私，必須憐之。』穿白袍者乃於身邊取出簿籍檢看，謂趙顔曰：『汝今年十九歲，當死。吾今於「十」字上添一「九」字，汝壽可至九十九。毛漁一酒一脯，換了八十年之壽。則淳于髡所謂一豚〔一六〕蹄，酒一盂，而祝滿篝滿車（者），不（爲）（好〔一七〕）過也。回見管輅，教再休泄漏天機，

〔一三〕「巖巖」上，光本有「高岳」二字。「鳥」，貫本作「烏」，形訛。「錦體」，光本脱。「衣」，光本、嘉本、周本作「身」。
〔一四〕「之」，齋本、光本脱。
〔一五〕「衣」，光本、商本作「袍」。
〔一六〕「一豚」，光本倒作「豚一」。
〔一七〕「好」，衡校本作「爲」。

不然必致天譴〔一八〕。』穿紅者出筆添訖，一陣香風過處，二人化作二白鶴，沖天而去。毛與左慈騎白鶴相映成趣。趙顔歸問管輅，輅曰：『穿紅者，南斗也；穿白者，北斗也。』顔曰：『吾聞北斗九星，何止一人？』輅曰：『散而爲九，合而爲一也。毛一左慈能化衆左慈，衆左慈只是一左慈，又與星君變化相映。贊玄妙之言。〔一九〕北斗注死，南斗注生。今已添注壽算，子復何憂？』父子拜謝。自此管輅恐泄天機，更不輕爲人卜。毛以上忽借許芝口中，夾敘管輅生平，百忙中偏有此等閒筆。此人現在平原，大王欲知休咎，何不召之？」毛此處方纔接入正文。漁方入正文。操大喜，即差人往平原召輅。

輅至，參拜訖，操令卜之。輅答曰：「此幻三音患。術耳，何必爲憂？」贊至言。操心安，病乃漸可。漁神卜亦神醫。操令卜天下之事，輅卜曰：「三〔二〇〕八縱横，黄猪遇虎；定軍之南，傷折一股。」毛漁爲夏侯淵被斬伏筆。鍾都是隱（語）。又令卜傳祚修短之數，輅卜曰：「獅子宫中，以安神位；王道鼎新，子孫極貴。」毛漁爲曹丕篡漢伏筆。操問其詳，輅曰：「茫茫天數，不可預知。待後自驗。」贊鍾談論都有實際。操欲封輅爲太史，輅曰：「命薄相窮，不稱此職，不敢受也。」操問其故，答曰：「輅額無生骨，眼無守精〔二一〕，鼻無梁柱，脚無天根，背無三甲，腹無三壬：只可泰山治鬼，不能治生人也。」毛不説命，但説相，相窮便是命薄。操曰：「汝相吾若何？」輅曰：「位極人臣，又何必相？」毛漁相君之面，位止人臣；相君之背，貴不可言。再三問之，輅但笑而不答。贊鍾（管）輅又來點化他，老奸（都〔二二〕）（終）不動也。操令輅遍相文武官僚，輅

〔一八〕「致天譴」，光本作「有天譴」，明四本作「有大罪」。

〔一九〕吴本脱此句及下句贊批。

〔二〇〕「三」，原作「二」，致本、業本、貫本、夏本、贊本同。按：「三八縱横」，指建安二十四年。據其他毛校本、嘉本、周本改。

〔二一〕「生」「精」，原作「主」「睛」，古本同。按：《三國志·魏書·方技傳》：「輅曰：『吾額上無生骨，眼中無守精。』」「生骨」謂兆示長壽的骨相；「守睛」同「守精」，指凝聚的神采。據改。

〔二二〕「都」，吴本作「終」，緑本脱此句贊批。

曰：「皆治世之臣也。」毛皆事亂世之奸雄者也，管輅不肯直言耳。若許劭〔一二三〕之相曹操，便直說出來。操問休咎，皆不肯盡言。後人有詩讚管輅曰〔一二四〕：

平原神卜管公明，能算南辰北斗星。
八卦幽微通鬼竅，六爻玄奧究天庭。
預知相法應無壽，自覺心源極有靈。
可惜當年奇異術，後人無復授遺經。

操令卜東吳、西蜀二處。輅設卦云：「東吳主亡一大將，西蜀有兵犯界。」漁兩邊事俱在卜中說出，又出一樣出法。操不信。忽合淝報來：「東吳陸口守將魯肅身故。」操大驚，便差人往漢中探聽消息。不數日，飛報劉玄德遣張飛、馬超兵屯下辨三地名。取關。毛不從吳、蜀兩邊敘來，却從曹操一邊聽得，省筆之甚。操大怒，便欲自領大兵再入漢中，令管輅卜之。輅曰：「大王未可妄動，來春許都必有火災。」毛爲耿紀事伏〔一二五〕筆。漁有謂管輅不應告以許都火災，蓋輅所卜者數也，數之所在豈能掩乎？操見輅言累驗，故不敢輕動，留居鄴郡。使曹洪領兵五萬往助夏侯淵、張郃同守東川，又差夏侯惇領兵三萬於許都來往巡警，以備不虞，毛爲夏侯惇救火伏筆。漁伏後事。又教長史王必總督御林軍馬。主簿司馬懿曰：「王必嗜酒性寬，恐不堪任此職。」操曰：「王必是孤披荊棘、歷艱難時相隨之人，忠而且勤，心如鐵石，最足相當。」遂委王必領御林軍馬，屯於許昌東華門外。

時有一人，姓耿名紀，字季行，洛陽人也。舊爲丞相府掾，二音緣。後遷侍中、少府，與司〔一二六〕直韋晃甚厚，見曹操進封王爵，出入用天子車服，心甚不平。毛與董承等七人見許田射鹿而不平，遙相對照〔一二七〕。時建安二十三年春正月，毛照後元宵。耿紀

〔一二三〕「劭」，原作「邵」，致本、業本、貫本、澹本同。按：第一回作「許劭」，據前文及其他毛校本改。
〔一二四〕毛本讚管輅詩從贊本，鍾本同贊本，贊本同明三本；漁本無。
〔一二五〕「伏」下，齋本、光本有「下一」二字。
〔一二六〕「司」下，齋本、光本衍「馬」字。
〔一二七〕「遙相對照」，澹本作「遙遙相對」。

與韋晃密議曰：「操賊奸惡日甚，將來必爲篡逆之事。吾等爲漢臣，豈可同惡相濟？」【贄】二〔二八〕公的是漢臣。【鍾】耿、韋二公真漢臣也。韋晃曰：「吾有心腹人，姓金名禕〔二九〕，乃漢臣〔三〇〕金日磾【二】音低。之後，【毛】金日磾之後，與馬伏波之後，遥相對照。素有討操之心，更兼與王必甚厚。若得同謀，大事濟矣。」耿紀曰：「他既與王必交厚，豈肯與我等同謀乎？」韋晃曰：「且往說之，看是如何。」於是二人同至金禕宅中。禕接入後堂坐定。晃曰：「德禕與王長史甚厚，吾二人特來告求。」【毛】開口便妙。禕曰：「所求何事？」晃曰：「吾聞魏王早晚受禪，將登大寶，公與王長史必高遷。望不相棄，曲賜提攜，感德非淺！」【毛】【漁】先（用）反言以挑之。禕拂袖而起，適從者奉茶至，便將茶潑於地上。晃佯驚曰：「德禕故人，何薄情也？」禕曰：「吾與汝交厚，爲汝等是漢朝臣宰之後。今不思報本，欲輔造反之人，吾有何面目與汝爲友！」【毛】被二人挑出心話〔三一〕。耿紀曰：「奈天數如此，不得不爲〔三二〕耳！」【毛】妙在不便正說，再用反詞〔三三〕。禕大怒。耿紀、韋晃見禕果有忠義之心，【贄】【鍾】諸公忠義可掩日月。乃以實情相告曰：「吾等本欲討賊，來求足下。前言特相試耳。」【毛】待他再怒，然後說明。禕曰：「吾累世漢臣，安能從賊！公等欲扶漢室，有何高見？」晃曰：「雖有報國之心，未有討賊之計。」禕曰：「吾欲裏應外合，殺了王必，奪其兵權，扶助鑾輿。更結劉皇叔爲外援，操賊可滅矣。」【毛】未結外援，而先謀内變，事安得成？【贄】【鍾】計自好。二人聞之，撫掌稱善。禕曰：「我有心腹二人，與操賊有殺父之仇，見居城外，可用爲羽翼。」耿紀問是何人。禕曰：「太醫吉平之

〔二八〕「二」，贄批首字原漫漶，吴本作「一」。按：「二」字通，據緑本補。
〔二九〕「禕」，齋本、光本、商本作「褘」，形訛。後文多處，不另出校。
〔三〇〕「臣」，原作「相」，古本同。按：《漢書·金日磾傳》：金日磾助霍光輔漢昭帝，未任丞相、相國等。據改。
〔三一〕「話」，貫本、商本作「語」。
〔三二〕「爲」，光本、商本作「然」。
〔三三〕「詞」，光本作「辭」。

子：長名吉邈，字文然；次名吉穆，字思然。【漁】吉平死後，二子猶存，見曹賊之疎，亦見曹賊之厚。操昔日爲董承衣帶詔事，曾殺其父，二子逃竄遠鄉，得免於難。今已潛歸許都，若使相助討賊，無有不從。」【毛】馬騰與馬休、馬鉄合在一處寫，吉平與吉邈、吉穆分作兩處寫。一處寫只有一段事，兩處寫却有兩〔三四〕段事。耿紀、韋晃大喜。金禕即使人密喚二吉。須臾，二人至，禕具言其事，二人感憤流淚，怨氣沖天，誓殺國賊。【毛】一忠臣之後，又有兩孝子，又與馬超報仇遥遥相對。金禕曰：「正月十五日夜間，城中大張燈火，慶賞元宵。【漁】董承正月十五日是夢，金德禕正月十五日是實事。夢固是事，事〔三五〕亦是夢。耿少府、韋司直，你二人各領家僮，殺到〔三六〕王必營前，只看營中火起，【毛】趁着百姓點燈，却用州官放火。分兩路殺入；殺了王必，徑跟我入内，請天子登五鳳樓，召百官面諭討賊。【毛】董承是先奉詔而後謀舉事，金禕是先舉事而〔三七〕請發詔，又是一樣局面。【漁】董承是先受詔後討賊，德禕是先討賊後請詔。吉文然兄弟於城外殺入，放火爲號，各要揚聲，叫百姓誅殺國賊，截住城内救軍。待〔三八〕天子降詔，招安已定，便進兵殺投鄴郡擒曹操，即發使賫詔召劉皇叔。今日約定，至期二更舉事，勿似董承自取其禍。」【毛】董承正月十五之夢，夢疑是真；金禕正月十五之事，事還成〔三九〕夢。【贊】計自好。【鍾】有此妙計，不遂其志，天也，非人也。【漁】誰知與董承無二。五人對天説〔四〇〕誓，歃【周】音殺。血爲〔四一〕盟，【毛】與董承家歃血，遥相對照〔四二〕。各自歸家，整頓軍馬器械，臨期而行。

且説耿紀、韋晃二人，各有家僮三四百，預備

〔三四〕「三」「兩」，光本皆作「二」。
〔三五〕「固是事事」，原作「因是事」，據衡校本改、補。
〔三六〕「到」，光本作「投」。
〔三七〕「而」，貫本作「後」，光本作「而後」。
〔三八〕「待」，商本作「侍」，形訛。
〔三九〕「還成」，商本作「真是」。
〔四〇〕「説」，光本作「設」。
〔四一〕「爲」，商本作「拜」。
〔四二〕「對照」，業本、齋本、澹本、光本、商本作「映照」，貫本作「映射」。

器械。吉邈兄弟，亦聚三百人口，【毛】四家僮僕，共七百餘人。只推圍獵，安排已定。金禕先期來見王必，言：「方今海宇稍安，魏王威震天下，今值元宵令節，不可不放燈火以示太平氣象。」【贊】此是漢家煙〔四三〕火也。【鍾】欲將此火燒盡操賊。王必然其言，告諭城內居民〔四四〕，盡張燈結彩，慶賞佳節。至正月十五夜，天色晴霽，星月交輝，六街三市，競放花燈。真箇金吾不禁，玉漏無催！【毛】百忙中偏有閒筆寫元宵佳景，妙甚。王必與御林諸將在營中飲宴〔四五〕。二更以後，忽聞營中吶喊，人報營後火起。【毛】在元宵還疑是放烟火。王必慌忙出帳看時，只見火光亂滾，又聞喊殺連天，知是營中有變，急上馬出南門，正遇耿紀，一箭射中肩膊，幾乎墜馬，遂望西門而走，【毛】射不殺王必，便是天數。背後有軍趕來。王必着忙，棄馬步行，至金禕門首，慌叩其門。原來金禕一面使人於營中放火，一面親領家僮隨後助戰，只畱婦女在家。時家中聞王必叩門之聲，只道金禕歸來。禕妻從隔門便問曰：「王必那厮殺了麼？」【毛】對王必問王必，與吕布在濮陽城中，對曹操問曹操，正是一般。【漁】婦人悮事。王必大驚，方悟金禕同謀，徑投曹休家，報知金禕、耿紀等同謀反。【毛】王必意中尚不知韋晃、二吉。休急披掛上馬，引千餘人在城中拒敵。城內四下火起，燒着五鳳樓，帝避於深宮。【毛】百忙中又寫漢帝避火。曹氏心腹爪牙死據宮門，城中但聞人叫：「殺盡曹賊，以扶漢室！」【毛】百忙中又寫城中百姓聽得喊聲。【漁】想漢帝聞之，亦是快心。

原來夏侯惇奉曹操命巡警許昌，領三萬軍離城五里屯扎〔四六〕。是夜遥望見城中火起，便領大軍前來，圍住許都，使一枝軍入城接應曹休。直混殺至天明，【毛】既寫曹休一邊，又寫夏侯惇一邊。耿紀、韋晃等無人相助。人報金禕、二吉皆被殺死，【毛】金禕、

〔四三〕「煙」，緑本作「禍」。
〔四四〕「不可不放」至「居民」，齋本、光本脱，疑脱行。
〔四五〕「飲宴」，光本倒作「宴飲」。
〔四六〕「扎」，原作「札」，其他古本同；光本、商本作「紮」。據嘉本改。

二吉之死，只在耿、韋一邊聽得，用虛寫法，最省筆。耿紀、韋晃奪路殺出城門，正遇夏侯惇大軍圍住，活捉去了，【毛】耿、韋二人被擒，却用實寫。手下百餘人皆被殺。【贊】【鍾】耿、韋、金、吉五先生的（的）（是）漢〔四七〕家功臣，不可以成敗論也。夏侯惇入城，救滅遺火，盡收五人老小宗族，【毛】王必夜裏但知有二人，天明時夏侯惇方知有五人。使人飛報曹操。操傳令教將耿、韋二人，及五家宗族老小，皆斬於市，并將在朝大小百官，盡行拏解鄴郡，聽候發落。【毛】五家之外，又波及衆人〔四八〕，慘毒已極。夏侯惇押耿、韋二人至市曹。耿紀厲聲大叫曰：「曹阿瞞！吾生不能殺汝，死當作厲鬼以擊賊！」劊子以刀搠其口，流血滿地，大罵不絶而死。韋晃以面頰【嘉】音劫。頓地曰：「可恨！可恨！」咬牙皆碎而死。【毛】二人之烈，不減吉平。【鍾】兩人更忠勇。後人有詩讚曰〔四九〕：

耿紀精忠韋晃賢，各持空手欲扶天。【鍾】□可。
誰知漢祚相將盡，恨滿心胸喪九泉。【贊】好句。〔五〇〕

夏侯惇盡斬〔五一〕五家老小宗族，將百官解赴鄴郡。曹操於教場立紅旗於左、白旗於右，下令曰：「耿紀、韋晃等造反，放火焚許都，汝等亦有出救火者，亦有閉門不出者。如曾救火者，可立於紅旗下；如不曾救火者，可立於白旗下。」衆官自思救火者必無罪，於是多奔紅旗之下，三停内只有一停立於白旗下。操教盡拏立於紅旗下者，衆官各言無罪，操曰：「汝當時之心，非是救火，實欲助賊耳。」盡命牽〔五二〕出漳河邊斬之，死者三百餘員。【毛】老賊至此，心愈毒，手愈辣矣。【贊】操賊可殺！可恨！【鍾】不知枉死許多人。【漁】屈殺。其立於白旗下者，盡皆賞賜，仍令還許

〔四七〕贊批「耿」「吉」「漢」，緑本作「城」「告」「住」。
〔四八〕「人」，商本作「官」。
〔四九〕毛本後人讚耿、韋二人詩從贊本；鍾本同贊本，漁本改自贊本；贊本同明三本。
〔五〇〕吴本脱此句及下句贊批。
〔五一〕「斬」，貫本作「殺」。
〔五二〕「牽」，貫本作「拏」。

都。時王必已被箭瘡發而死，操命厚葬之。令曹休總督御林軍馬，鍾繇爲相國，華歆爲御史大夫。遂定侯爵六等：舊列侯、關内侯外，置名號侯爵〔五三〕十八級、關中侯爵十七級，皆金印紫綬；又置關内外侯十六級，銅印龜紐〔五四〕墨綬；五大夫十五級，銅印鐶紐墨綬〔五五〕。定爵封官，朝廷又换一班人物。毛 變更官制，愈是篡國之兆。漁「朝廷又换一班人物」，只此一句，千古寒心。〔五六〕曹操方悟管輅火災之説，遂重賞輅。輅不受。毛 以下按下許昌一邊，以下再敘東川一邊。

却説曹洪領兵到漢中，令張郃、夏侯淵各據險要，曹洪親自進兵拒敵。時張飛自與雷銅守把〔五七〕巴西。馬超兵至下辨，令吴蘭爲先鋒，領軍哨出〔五八〕，正與曹洪軍相遇。吴蘭欲退，牙將任夔曰：「賊兵初至，若不先挫其鋭氣，何顔見孟起乎？」贊鍾 任夔亦自可（取）（用）。於是驟馬挺鎗搦曹洪戰。洪自提刀躍馬而出。交鋒〔五九〕三合，斬夔於馬下，毛 將有大敗，必有小勝。乘勢掩殺。吴蘭大敗，回見馬超，超責之曰：「汝不得吾令，何故輕敵致敗？」吴蘭曰：「任夔不聽吾言，故有此敗。」馬超曰：「可緊守隘口，勿與交鋒。」一面申報成都，聽候行止。曹洪見馬超連日不出，恐有詐謀，引軍退回南鄭。張郃來見曹洪，問曰：「將軍既已斬將，如何退兵？」洪曰：「吾見馬超不出，恐有別謀。

〔五三〕「舊列侯、關内侯外，置名號侯爵」，原無，古本同。按：《三國志·魏書·武帝紀》：「始置名號侯至五大夫，與舊列侯、關内侯凡六等，以賞軍功。」裴注引三國魏王沈《魏書》：「置名號侯爵十八級，關中侯爵十七級，皆金印紫綬；又置關内外侯十六級，銅印龜紐墨綬；五大夫十五級，銅印環紐，亦墨綬，皆不食租，與舊列侯、關内侯凡六等。」據補。

〔五四〕「銅印龜紐」，原作「銀印龜組」，致本、業本、齋本、澹本、光本、商本同；貫本、明四本作「銀印龜紐」。按：同前，據改。

〔五五〕「紐墨綬」，原作「組綬」，毛校本同；嘉本、贊本作「紐綬」，周本作「紐青綬」。按：同前，據改、補。

〔五六〕衡校本脱此句漁批。

〔五七〕「守把」，商本倒作「把守」。

〔五八〕「領軍哨出」，商本脱。

〔五九〕「鋒」，貫本闕，商本作「馬」。

且我在鄴都，聞〔六〇〕神卜管輅有言：當於此地折一員大將。毛將管輅語照應。誰知不是此一員，却是那一員也。漁全信卜者固〔六一〕非，有徵而不信，亦非也。吾疑此言，故不敢輕進。」張郃大笑曰：「將軍行兵半生，今奈何信卜者之言而惑其心哉！毛不信卜，亦是豪傑。贊郃言大是。鍾張郃丈夫見識。郃雖不才，願以本部兵取巴西。若得巴西，蜀郡易耳。」洪曰：「巴西守將張飛，非比等閒，不可輕敵。」張郃曰：「人皆怕張飛，吾視之如小兒耳！毛但曰彼丈夫我丈夫可耳，乃曰我丈夫而彼小兒，只怕這箇老張，還不認得那箇老張也。此去必擒之！」洪曰：「倘有疎失〔六二〕，若何？」郃曰：「甘當軍令。」洪勒了文狀，張郃進兵。正是：

自古驕兵多致敗，從來輕敵少成功。

未知勝負如何，且看下文分解。

人知左慈弄操，不知管輅更弄操也。惜哉！孟德多少聰明，多少奸詐，到此處更用不着一毫也。還問世上人，左慈、管輅畢竟是一箇人，是兩箇人？嗚呼！此言一出，真不怕疑殺了世上人也。

耿少府、韋司直、金德禕、吉文然兄弟真漢家大功臣也！如此五賢可配三傑。若以成敗論之，便不是矣。〔六三〕

操賊簒弒，進加九錫，退思一統，其不可對天地、質鬼神，不卜而知也。豈待决于管輅哉！

耿、韋、金、吉五賢可配三傑。謀雖未成，其忠義噴薄，自足千古。

〔六〇〕「聞」，原作「問」，致本、業本、齋本、光本同，據其他古本改。
〔六一〕「固」，原作「回」，衡校本脱此句，據致本改。
〔六二〕「失」，商本作「虞」。
〔六三〕劉本本回回末脱葉，回末評闕，據贊校本補。

第七十回

猛張飛智取瓦口隘
老黄忠計奪天蕩山

數回之前，方寫關公飲酒，此處又接寫翼德飲酒。单刀赴會之飲，是飲他人之酒；瓦口寨前之飲，是飲自己之酒。關公之飲酒是膽，翼德之飲酒是智；關公之飲酒是豪，翼德之飲酒是巧。夫以膽而飲，飲又可以壯膽；以豪而飲，飲又可以助豪。若欲以酒而行其巧與智則難矣。膽與豪，則與酒相近者也；巧與智，是不與酒相近者也。不與酒相近，而卒能於〔一〕酒中用之，則飲如張公更不可及。

張郃草草用兵，悮以張飛之用兵爲草草耳。乃郃之驕，方視人如草；而飛之智，則又以草爲人。始知其醉之非真醉也。若使醉爲真醉，則真張飛無異草張飛；惟醉非真醉，故草張飛能賺真張郃，而真張郃反似草張郃耳。

今日以醉取瓦口之大非昔日以醉失徐州之張飛，是前後竟有兩張飛也。張飛，即前日賺嚴顔之張飛，是前後原無兩張飛也。乃其賺嚴顔者，林木前後，張飛有兩；賺張郃者，寨門内外，張飛又有兩。疑鬼疑神，幾有同於左慈之身外身也者，張公其酒中之仙乎？

《詩》稱：「方叔元老。」《易·繫》：「師貞丈人。」將之貴用老成人也明矣。然用老而以少者佐之，尤不若以老佐老之爲妙也。有馬首欲東之欒黶，則荀偃〔二〕不能行其意；有「佐

〔一〕「於」，原作「與」，致本、業本、齋本、滄本、貫本同。據光本、商本改。

〔二〕「荀偃」，原作「先軫」，業本、貫本、滄本、商本同。按：《左傳·襄公十四年》：「荀偃令曰：『雞鳴而駕，塞井夷竈，唯余馬首是瞻。』欒黶曰：『晉國之命，未是有也。余馬首欲東。』乃歸。」魯襄公十四年即前五五九年。先軫死于魯僖公三十三年，即前六二七年。據齋本、光本改。

仡勇夫」之三帥〔三〕，則蹇叔不能用其謀。黃忠之請嚴顔爲副，有以哉！

兵有貴於誘敵者，彼以我爲莽，而我即誘之以粗疎；彼以我爲老，而我即誘之以怯弱是也。然有誘兵居其前，必更有奇兵遶其後而後勝，如翼德、漢升皆以小路取關之背，斯則其兵之奇者矣。故無誘不能用奇，而無奇亦不可用誘。

却説張郃部兵三萬，向分〔四〕三寨，各傍山險：一名宕〔五〕【三】音蕩。渠寨，一名蒙頭寨，一名蕩石寨。當日張郃於三寨中各分軍一半去取巴西，留一半守寨。早有探馬報到巴西，説張郃引兵來了。張飛急喚雷銅商議，銅曰：「閬中地惡山險，可以埋伏。將軍引兵出戰，我出奇兵相助，郃可擒矣。」【毛】彼分三寨，我分兩路，以兩對三，將名雷銅，用軍却不雷同。【贊】是。【鍾】銅亦有見。張飛撥精兵五千與雷銅去訖。飛自引兵一萬，離閬中三十里，與張郃兵相遇。兩軍擺〔六〕開，張飛出馬，單搦張郃，郃挺鎗縱馬而出。【毛】張與張同，鎗與鎗同，副將名雷銅，主將亦是雷同。戰到二〔七〕十餘合，郃後軍忽然喊起，原來望見山背後有蜀兵旗旛，故此擾亂。【毛】雷銅伏兵，先用虛寫。張郃不敢戀戰，撥馬回走，張飛從後掩殺，前面雷銅又引兵殺出。兩下夾攻，郃兵大敗。張飛、雷銅連夜追襲，直趕到宕渠山。張郃仍舊分兵守住三寨，多置擂木砲石，堅守不戰。張飛離宕渠十里下寨，次日引兵搦戰。郃在山上大吹大擂〔八〕飲酒，並不下山。【毛】將寫張飛飲酒，先寫張郃飲酒。張飛令軍

〔三〕「帥」，滄本、光本作「師」。按：「三帥」，指蹇叔二子西乞術、白乙丙，與百里奚之子孟明視。「師」字形訛。

〔四〕「向分」，明四本作「分爲」。

〔五〕「宕」，原作「岩」，毛校本同。按：《三國志·蜀書·張飛傳》：「郃別督諸軍下巴西，欲徙其民於漢中，進軍宕渠、蒙頭、盪石。」「岩」字形訛，據明四本改。後文多處，徑改不記。

〔六〕「擺」，齋本、光本作「排」。

〔七〕「二」，致本、明四本同，其他毛校本作「三」。

〔八〕「擂」，原作「檑」，致本同；明四本作「打」。據其他毛校本改。

士大罵，郃只不出，飛只得還營。次日，令雷銅又去山下搦戰，郃又不出〔九〕。雷銅驅軍士上山，山上擂木砲石打將下來，雷銅急退。蕩石、蒙頭兩寨兵出，殺敗雷銅。次日，張飛又去搦戰，張郃又不出。飛使軍人百般穢罵，郃在山上亦罵。【毛】【漁】（彼亦罵，此亦罵，）不是相殺，（竟）（却）是鬭口。張飛尋思，無計可施。相拒五十餘日，飛就在山前扎住大寨，每日飲酒，飲〔一〇〕至大醉，坐於山前辱罵。【毛】彼飲酒，此亦飲酒，不是相殺，竟是較量。玄德差人犒軍，見張飛終日飲酒，使者回報玄德。玄德大驚，忙來問孔明。孔明笑曰：「原來如此！軍前恐無好酒，成都佳釀極多，可將五十甕作三車裝，送到軍前與張將軍飲。」【毛】不是知趣，却是知机。○管公明談《易》，清酒三升；張翼德破敵，美酒五十甕。【贊】奇。【鍾】孔明奇話。玄德曰：「吾弟自來飲酒失事，軍師何故反送酒與他？」孔明笑曰：「主公與翼德做了許多年兄弟，還不知其爲人耶？翼德自來剛强，然前于收川之時義釋嚴顏，此非勇夫所爲也。【毛】又將六十三回中事一提。今與張郃相拒五十餘日，酒醉之後，便坐山前辱罵，傍若無人：此非貪盃，乃敗張郃之計耳。」【毛】在徐州時是真醉，在巴西時是假醉；玄德但知其真，孔明却知其假。【贊】【鍾】翼德知己。【漁】「孔明知我心」，張將軍亦當作如是語。玄德曰：「雖然如此，未可托大。可使魏延助之。」孔明令魏延解酒赴軍前，車上各插黃旗，大書「軍前公用美酒」。【毛】絶妙酒旗。【贊】奇。【鍾】孔明奇（字）。【漁】奇絶。魏延領命，解酒到寨中，見張飛，傳説主公賜酒。飛拜受訖，分付魏延、雷銅各引一枝人馬爲左右翼，只看軍中紅旗起，便各進兵。【毛】絶妙酒令。教將酒擺〔一一〕列帳下，令軍士大開旗鼓而飲。【毛】絶妙酒場〔一二〕。有細作報上山來，張郃自來山頂觀望，見張飛坐於帳下飲酒，令二小卒於

〔九〕「飛只得」至「郃又不出」，齋本、光本脱，疑脱行。「令」，商本脱。
〔一〇〕「飲」，光本脱。
〔一一〕「擺」，齋本、光本作「排」。
〔一二〕「場」，澹本作「席」，商本作「令」。

面前相撲爲戲。【毛】絶妙下酒物〔一三〕。郃曰：「張飛欺我太甚！」傳令今夜下山劫飛寨，令蒙頭、蕩石二寨皆出，爲左右援。當夜張郃乘着〔一四〕月色微明，引軍從山側而下，逕到寨前。遥望張飛大明燈燭，正在帳中飲酒。【毛】【漁】閲至此，只道張飛（親自）誘敵（耳）。張郃當先大喊一聲，山頭擂鼓爲助，直殺入中軍，但見張飛端坐不動。【贊】老張大是妙人。〔一五〕【鍾】老張神出鬼没，不可方物。【漁】却是死張飛。張郃驟馬到面前，一鎗刺倒，【毛】閲至此爲張飛一嚇，爲張郃一喜。【三】【補註】原來是箇草人，身上披張飛甲，頭上帶盔，伏於卓上，張郃刺倒。却是一個草人。【毛】賺嚴顔的假張飛是活張飛，賺張郃的假張飛却是死張飛。急勒馬回時，帳後連珠砲起，一將當先，攔住去路，睁圓環眼，聲如巨雷：乃張飛也，【毛】【漁】前（遥見張飛飲酒，又近見張飛端坐，又）（者〔一六〕）刺（倒）張飛在地，（此處）又忽（然）走出一箇張飛（，就似行者孫、者行孫〔一七〕矣）。挺矛躍馬，直取張郃。兩將在火光中戰到三五十合。張郃只盼兩寨來救，誰知兩寨救兵已被魏延、雷銅兩將殺退，就勢奪了二寨。張郃不見救兵至〔一八〕，正没奈何，又見山上火起，已被張飛後軍奪了寨栅。張郃三寨俱失，【毛】三寨之失，只用虚寫。只得奔瓦口關去了。張飛大獲勝捷，【毛】美酒五十甕，當于此時〔一九〕飲之。【漁】美酒又當飲矣。報入成都。玄德大喜，方知翼德飲酒是計，只要誘張郃下山。【毛】【漁】方知醉張飛，却是醒張飛。

却説張郃退〔二〇〕守瓦口關，三萬軍已折了二萬，遣人問曹洪求救。洪大怒曰：「汝不聽吾言，强要進兵，失了緊要隘口，却又來求救！」遂不肯

〔一三〕「物」，商本作「令」。

〔一四〕「乘」，原重作「乘乘」，致本同，其他毛校本作「乘着」，據明四本删。

〔一五〕贊批「老」「妙人」三字原漫漶，緑本同，據吴本補。

〔一六〕「者」，衡校本作「看」。

〔一七〕「行者孫」，光本倒作「孫行者」。「者行孫」，商本倒作「孫者行」。

〔一八〕「至」，商本脱，明四本無。

〔一九〕「時」，商本作「處」。

〔二〇〕「退」上，貫本有「大敗」二字。

發兵，使人催督張郃出戰。郃心慌，【毛】【漁】前日開大口，今（日）也心慌（，恐應管公明之數）。只得定計，分兩軍去關口前山僻埋伏，分付曰：「我詐敗，張飛必然趕來，汝等就截其歸路。」當日張郃引軍〔二一〕前進，正遇雷銅。戰不數合，張郃敗走，雷銅趕來。兩軍齊出，截斷回〔二二〕路，張郃復回，刺雷銅於馬下。【毛】前次倒〔二三〕的是假張飛，今次倒的是真雷銅。敗軍回報張飛，飛自來與張郃挑戰。郃又詐敗，張飛不趕。【毛】妙。【漁】粗中有細。郃又回戰，不數合又敗走。張飛知是計，收軍回寨，【毛】飲酒後愈覺細膩，想是酒量比前更進。【鍾】老張知（矣）。與魏延商議曰：「張郃用埋伏計殺了雷銅，又要賺吾，何不將計就計？」【毛】【漁】以翼德而知人之〔二四〕計，已奇；又能將（人之）計就（己之）計，尤〔二五〕奇。【贊】老張大是妙人。〔二六〕延問曰：「如何？」飛曰：「我明日先引一軍前往，汝却引精兵於後，待伏兵出，汝可分兵擊之。用車十餘乘，各藏柴草，塞【二】音色。住小路，放火燒之。【毛】前既用草人，此又用草車，善于驅使草木。吾乘勢擒張郃，與雷銅報讐。」魏延領計。次日，張飛引兵前進，張郃兵又至，與張飛交鋒。戰到十合，郃又詐敗。張飛引馬步軍趕來，【毛】【漁】（前妙在不趕，）今又妙在趕。郃且戰且走，引張飛過山峪〔二七〕口，郃將後軍爲前，復扎住營，與飛又戰，指望兩彪伏兵出，要圍困張飛。不想伏兵却被魏延精兵到，趕入谷〔二八〕口，將車輛截住山路，放火燒車，山谷〔二九〕草木皆着，烟迷其徑，兵不得出。【毛】前張魯兵敗是霧鎖，今張郃兵敗是烟迷。霧自天生，烟由人作。張飛只顧引軍衝突，張郃大敗，死命殺開條路，走上瓦口

〔二一〕「軍」，商本作「兵」。
〔二二〕「回」，商本作「歸」，周本作「後」。
〔二三〕「倒」，致本同，其他毛校本作「刺」，後句同。
〔二四〕漁批「之」，衡校本脱。
〔二五〕毛、漁批「尤」，貫本、衡校本作「更」。
〔二六〕緑本脱此句贊批。
〔二七〕「峪」，光本、明四本作「谷」。
〔二八〕「谷」，齋本、光本、商本作「峪」。
〔二九〕「谷」，齋本、澹本、光本作「峪」。

關，收聚敗兵，堅守不出。張飛和魏延連日攻打關隘不下。飛見不濟事，把軍退二十里，却和魏延引數十騎，自來兩邊哨探小路。忽見男女數人，各背小包，於山僻路攀藤附葛而走。飛於馬上用鞭指與魏延曰：「奪瓦口關，只在這幾箇百姓身上。」毛其言幻絶，匪夷〔三〇〕所思。鍾妙。便喚軍士分付：「休要驚恐他，好生喚那幾箇百姓來〔三一〕。」軍士連忙喚到馬前。飛用好言以安其心，毛漁（一步細膩一步，观此之）翼〔三二〕德何嘗莽來。問其何來。百姓告曰：「某等皆漢中居民，今欲還鄉。聽知大軍厮殺，塞閉閬中官道，今過蒼溪，從梓潼山檜釿毛側三音銀。川入漢中，還家去。」飛曰：「這條路取瓦口關遠近若何？」贊老張大是妙人。〔三三〕百姓曰：「從梓潼山小路，却是瓦口關背後。」飛大喜，帶百姓入寨中，與了酒食，分付魏延：「引兵扣關攻打，我親自引輕騎出梓潼山攻關後。」鍾翼德大有勝算。便令百姓引路，選輕騎五百，從小路而進。毛抵〔三四〕得幾箇鄉導官。

却説張郃爲救軍不到，心中正悶，人報魏延在關下攻打。張郃披掛上馬，却待下山，忽報：「關後四五路火起，不知何處兵來。」毛漁如亞夫將軍，從天而降。郃自領兵來迎。旗開處早見張飛。郃大驚，急往小路而走。馬不堪行，後面張飛追趕甚急，郃棄馬上山，尋徑而逃，方得走脱。毛漁（前則「踴躍用兵」，今則）「爰喪其馬」矣。隨行只有十餘人，步行入南鄭見曹洪。洪見張郃只剩下十餘人，大怒曰：「吾教汝休去，汝取下文狀要去。今日折盡大兵，尚不自死，還來做甚！」喝令左右推出斬之。毛漁前以張飛爲小兒，今却被小兒騙了。行軍司馬郭淮諫曰：「『三軍易得，一將難求。』張郃雖然有罪，乃魏王所深愛者也，不可便誅。可再與五千兵，

〔三〇〕「夷」，原作「彝」，致本、業本、貫本、滄本同。據其他毛校本改。
〔三一〕「來」上，貫本有「過」字。
〔三二〕漁批「翼」，原脱，據衡校本補。
〔三三〕吴本脱此句贊批。
〔三四〕「抵」，貫本作「捉」，形訛。

逕取葭萌關，牽動其各處之兵，漢中自安矣。毛前張魯使馬超取葭萌關，在玄德背後；今郭淮使張郃取葭萌〔三五〕，亦在翼德背後。如不成功，二罪俱罰。」曹洪從之，又與兵五千，教張郃取葭萌關。郃領命而去。

却説葭萌關守將孟達、霍峻知張郃兵來，霍峻只要堅守，孟達定要迎敵，引軍〔三六〕下關與張郃交鋒，大敗而回。毛先寫孟達之敗，以反襯黄忠之勝；先寫孟達之真敗，以正襯黄忠之假敗。霍峻急申文書到成都。玄德聞知，請軍師商議。孔明聚衆將於堂上，問曰：「今葭萌關緊急，必須閬中取翼德，方可退張郃也。」贊妙，妙。鍾一激。法正曰：「今翼德兵屯瓦口，鎮守閬中，亦是〔三七〕緊要之地，不可取回。帳中諸將内選一人去破張郃。」孔明笑曰：「張郃乃魏之名將，非等閒可及。除非翼德，無人可當。」毛慣用激將之法。贊妙，妙。〔三八〕鍾二激。漁慣用反跌法。忽一人厲聲而出曰：「軍師何輕視衆人耶！吾雖不才，願斬張郃首級，獻於麾下。」衆視之，乃老將黄忠也。毛激出一箇老的來。漁一箇老的激出來了。孔明曰：「漢升雖勇，爭奈年老，恐非張郃對手。」毛漁索性極力一激〔三九〕。贊妙，妙。鍾三激。忠聽了，白髮〔四〇〕倒竪而言曰：「某雖老，兩臂尚開三石之弓，渾身還有千斤之力：豈不足敵張郃匹夫耶！」孔明曰：「將軍年近七十，如何不老？」毛漁（妙在）只是反激。忠趨步下堂，取架上大刀，輪動如飛，壁上硬弓，連拽折兩張。毛廉將軍不獨善飯。孔明曰：「將軍要去，誰爲副將？」忠曰：「老將〔四一〕嚴顔可同我去。」毛老的又請出一箇老的來。○黄忠請嚴顔爲副，大有意思。漁假尋老將做幇手，妙，妙。

〔三五〕「萌」下，齋本、光本、商本有「關」字。
〔三六〕「軍」，商本、明四本作「兵」。
〔三七〕「亦是」，原作「是亦」，致本、業本、貫本、商本、夏本、贊本同。按：「亦是」義通，據其他古本乙正。
〔三八〕緑本脱此句及下句贊批。
〔三九〕毛批「索性極力一激」，光本作「妙正只是反激」，貫本「極」作「竭」。漁批「極」，原作「亟」，據衡校本改。
〔四〇〕「髮」，原作「鬚」，毛校本同。按：「髮」字義合，據明四本改。
〔四一〕「將」下，齋本、光本有「軍」字。

但有疎虞，先納下這白頭。」【毛】白頭妙。【贊】漢升本老，軍師激之，自少壯矣。【鍾】漢升有老壯志。玄德大喜，即時令黃忠、嚴顔〔四二〕去與張郃交戰。趙雲諫曰：「今張郃親犯葭萌關，軍師休爲兒戲。若葭萌一失，益州危矣。何故以二老將當此大敵乎？」【毛】玄德不知張飛，子龍亦不知黃忠；一則疑其莽，一〔四三〕則慮其老。【漁】子龍不知黃忠，慮其老也。孔明曰：「汝以二人老邁，不能成事，吾料漢中必於此二人手内可得。」【鍾】已料定了。趙雲等各各哂笑而退。

却説黃忠、嚴顔到關上，孟達、霍峻見了，心中亦笑孔明欠調度：「是這般緊要去處，如何只教兩箇老的來？」【毛】有子龍笑之，又有孟達、霍峻笑之，愈顯下文得勝之奇。黃忠謂嚴顔曰：「你見〔四四〕諸人動静麼？他笑我二人年老，今可建〔四五〕奇功以服衆心。」【毛】【漁】老將（又）激老將。嚴顔曰：「願聽將軍之令。」兩箇商議定了。黃忠引軍下關，與張郃對陣。張郃出馬，見了黃忠，笑曰：「你許大年紀，猶不識羞，尚欲出戰耶！」【毛】前欺張飛爲小兒，以爲小兒則欺之；以爲老夫則又欺之。既欺小又欺老，安得不敗。忠怒曰：「豎子欺吾年老！吾手中寶刀却不老！」【毛】【漁】（俱是）妙語。【贊】【鍾】好壯語。遂拍馬向前與郃決戰。二馬相交，約戰二十餘合，忽然背後喊聲起：原來是嚴顔從小路抄在張郃軍後。兩軍夾攻，張郃大敗。【毛】嚴顔虛寫，來得突兀。○此即前兩箇商議之計，妙在前不明寫，此方寫出〔四六〕。連夜趕去，張郃兵退八九十里。黃忠、嚴顔收兵入寨，俱各按兵不動。曹洪聽知張郃輸了一陣，又欲見罪。郭淮曰：「張郃被迫，必投西蜀。今可遣將助之，就如監臨，使不生外心。」【毛】郭淮亦善於將將。【贊】【鍾】（郭淮）大是。曹洪從之，即遣夏侯惇之姪夏侯尚，并降將韓玄之弟韓

〔四二〕「黃忠嚴顔」，原作「嚴顔黃忠」，致本、業本、貫本、齋本、澹本、商本、周本、夏本、贊本同。據光本、嘉本乙正。
〔四三〕「一」，貫本作「二」。
〔四四〕「見」上，貫本有「可」字。
〔四五〕「建」，齋本、光本作「立」。
〔四六〕「出」，貫本作「明」。

浩，二人引五千兵前來助戰。二將即時起行，到張郃寨中，問及軍情，郃言：「老將黄忠甚是英雄，更有嚴顔相助，不可輕敵。」【毛】此時却讓他〔四七〕一分。韓浩曰：「我在長沙知此老賊利害。他和魏延獻了城池，害吾親兄，今既相遇，必當報讐！」【毛】照應五十三回中事。遂與夏侯尚引新軍離寨前進。原來黄忠連日哨探，已知路徑。嚴顔曰：「此去有山，名天蕩山，山中乃是曹操屯糧積草之地。若取得那箇去處，斷其糧草，漢中可得也。」【毛】【漁】（亦是）老謀深算。【贊】大是。【鍾】嚴顔老成長慮。忠曰：「將軍之言，正合吾意。可與吾如此如此。」嚴顔依計，自領一枝軍去了。【毛】妙在此處不叙明，畱待後見。【贊】老將勝人，只是拿得定，筭得到，此所技養也。

却説黄忠聽知夏侯尚、韓浩來，遂引軍馬出營。韓浩在陣前，大罵黄忠：「無義老賊！」拍馬挺鎗來取黄忠。夏侯尚便出夾攻。黄忠力戰二將，各鬭十餘合，黄忠敗走。二將趕二十餘里，奪了黄忠寨〔四八〕。忠又草創一營。次日，夏侯尚、韓浩趕來，忠又出陣，戰數合又敗走。【毛】【漁】讀者（至此，試掩卷猜之）（試猜），真乎？假乎？二將又趕二十餘里，奪了黄忠營寨，喚張郃守後寨。郃來前寨諫曰：「黄忠連退二日，於中必有詭計。」夏侯尚叱張郃曰：「你如此膽怯，可知屢次戰敗！今再休多言，看吾二人建功！」【毛】前是曹洪把細，張郃粗莽；今又是張郃把細，夏侯尚粗莽。【贊】【鍾】小兒安知老筭〔四九〕。張郃羞赧而退。次日，二將又戰，黄忠又敗退二十里，二將迤邐趕上。次日，二將兵出，黄忠望風而走，連敗數陣，【毛】省筆。直退在關上。二將扣關下寨，黄忠堅守不出。孟達暗暗發書，申報玄德，説：「黄忠連輸數陣，見今退在關上。」玄德慌問孔明。孔明曰：「此乃老將驕兵之計也。」【毛】翼德詐醉知之，黄忠詐敗則又知之，孔明可謂知人。【贊】【鍾】漢升知己。【漁】張

〔四七〕「他」，齋本、光本作「公」。
〔四八〕「寨」上，齋本、光本有「營」字。
〔四九〕贊批「老筭」，緑本闕。

飛〔五〇〕詐醉，黃忠詐敗，孔明已料，可謂知人之甚。趙雲等不信。玄德差劉封來關上接應黃忠。忠與封相見，問劉封曰：「小將軍來助戰何意？」封曰：「父親得知將軍數敗，故差某來。」忠笑曰：「此老夫驕兵之計也。【毛】與孔明如出一口。【漁】與孔明一樣言語。看今夜一陣，可盡復諸營，奪其糧食馬匹，此是借寨與彼屯輜重耳。【毛】以空寨換實〔五一〕寨，大得便宜。今夜留霍峻守關，孟將軍可與我搬糧草、奪馬匹，小將軍看我破敵！」【毛】拏得定，算得到，寫黃忠的是妙人。【贊】【鍾】確是老筆。是夜二更，忠引五千軍開關直下。原來夏侯尚、韓浩二將連日見關上不出，盡皆懈怠，被黃忠破寨直入，人不及甲，馬不及鞍，二將各自逃命而走，軍馬自相踐踏，死者無數。比及天明，連奪三寨。寨中丟下軍器鞍馬無數，盡教孟達搬運入關。黃忠催軍馬隨後而進，劉封曰：「軍士力困，可以暫歇。」忠曰：「『不入虎穴，焉得虎子？』」策馬先進。【毛】【漁】（寶）刀不老，（黃忠）（人）亦不老。士卒皆努力向前。張郃軍兵反被自家敗兵衝動，都屯扎不住，望後而走，盡棄了許多寨柵〔五二〕，直奔至漢水傍。張郃尋見夏侯尚、韓浩，議曰：「此天蕩山乃糧草之所，更接米倉山，亦屯糧之地，是漢中軍士養命之源。倘若疎失，是無漢中也。當思所以保之。」【毛】【漁】魏延送酒，張郃護米，前後相映成趣。夏侯尚曰：「米倉山有吾叔夏侯淵分兵守護，那裏正接定軍山，不必憂慮。【毛】誰知可慮正在此。【漁】誰知此處正可慮。天蕩山有吾兄夏侯德鎮守，我等宜往投之，就保此山。」於是張郃與二將連夜投天蕩山來，見夏侯德，具言前事。夏侯德曰：「吾此處屯十萬兵，你可引去，復取原寨。」郃曰：「只宜堅守，不可妄動。」忽聽山前金鼓大震，人報黃忠兵到。夏侯德大笑曰：「老賊不諳兵法，只恃勇耳！」【毛】孰知不專恃壯力，實有老謀。【漁】少壯者恐不如老的。郃曰：「黃忠

〔五〇〕「飛」，原作「翼」，據衡校本改。
〔五一〕「實」，滄本作「十」，商本作「齋」。
〔五二〕「寨柵」，齋本、光本倒作「柵寨」。

有謀，非止勇也。」【毛】已領略過矣〔五三〕。【鍾】張郃聞之胆寒。德曰：「川兵遠涉而來，連日疲困，更兼深入戰〔五四〕境，此無謀也。」郃曰：「亦不可輕敵，且宜堅守。」韓浩曰：「願借精兵三千擊之，當無不克。」德遂分兵與浩下山，黄忠整兵來迎。劉封諫曰：「日已西沉矣，軍皆遠來勞困，且宜暫息。」【毛】少年倒似老人。【漁】少年人反疲倦了。忠笑曰：「不然。此天賜奇功，不取是逆天也。」言畢，鼓譟大進。韓浩引兵來戰，黄忠揮刀直取浩，只一合，斬浩於馬下。【毛】入虎穴，得虎子矣。【漁】看老將的手段。蜀兵大喊，殺上山來。張郃、夏侯尚急引軍來迎。忽聽山後大喊，火光沖天而起，上下通紅。夏侯德提兵來救火時，正遇老將嚴顏，手起刀落，斬夏侯德於馬下。【毛】張飛襲瓦口關後，却用明寫；嚴顏襲天蕩山後，却用暗寫。原來黄忠預先使嚴顏引軍埋伏於山僻去處，只等黄忠軍到，却來放火，柴草堆上一齊點着，烈燄飛騰，照耀山峪〔五五〕。【毛】【漁】此處方纔敘明。【二】音郁。嚴顏既斬夏侯德，從山後殺來。張郃、夏侯尚前後不能相顧，只得棄天蕩山，望定軍山投奔夏侯淵去了。【毛】【漁】失了兩箇隘口。

黄忠、嚴顏守住天蕩山，捷音飛報成都。玄德聞之，聚衆將慶喜。法正曰：「昔曹操降張魯，定漢中，不因此勢以圖巴蜀，乃留夏侯淵、張郃二將屯守，而自引大軍北還，此失計也。【贊】大是。【鍾】法正之言大是。今張郃新敗，天蕩失守，主公若乘此時舉大兵親往征之，漢中可定也。【贊】大是。既定漢中，然後練兵積粟，觀釁伺隙，進可討賊，退可自守。此天與之時，不可失也。」【毛】得人和亦得天時，可乘此以取地利。【漁】有天時，便可得地利。玄德、孔明皆深然之，遂傳令趙雲、張飛爲先鋒，玄德與孔明親自引兵十萬，擇日圖漢中，傳檄各處，嚴加隄備。時建安二十三年秋七月吉日。玄德大軍出葭萌關下

〔五三〕「矣」，商本作「了」。
〔五四〕「戰」，光本作「敵」。
〔五五〕「峪」，瀹本、光本作「谷」。

營，召黃忠、嚴顏到寨，厚賞之。玄德曰：「人皆言將軍老矣，惟軍師獨知將軍之能。今果立奇功。但今漢中定軍山乃南鄭保障，糧草積聚之所，若得定軍山，陽平一路無足憂矣。將軍還敢取定軍山否？」黃忠慨然應諾，便要領兵前去。孔明急止之曰：「老將軍雖然英勇〔五六〕，然夏侯淵非張郃之比也。毛漁又用反激（之）法。淵深通韜略，善曉兵機，曹操倚之爲西涼藩蔽，先曾屯兵長安拒馬孟起，毛照應五十九〔五七〕回中事。今又屯兵漢中。操不托他人而獨托淵者，以淵有將才也。今將軍雖勝張郃，未卜能勝夏侯淵。吾欲酌量着一人去荊州，替回〔五八〕關將軍來，方可敵之。」毛漁前借張飛激他，今又（借）（用）關公激他。贊軍師又用激法，妙絕，妙絕！鍾孔明又用激法。忠奮然答曰：「昔廉頗年八十，尚食斗米、肉十斤，諸侯畏其勇，不敢侵犯趙界，何況黃忠未及七十乎？毛若是此說，則公〔五九〕尚是年少。漁黃忠尚以少年自居。軍師言吾老，吾今并不用副將，只將本部兵三千人去，立斬夏侯淵首級，納於麾下。」孔明再三不容。毛到底只是反激，妙甚〔六〇〕。漁又激他，妙！黃忠只是要去。孔明曰：「既將軍要去，吾使一人爲監軍同去，若何？」正是：

請將須行激將法，少年不若老年人。

未知其人是誰，且看下文分解。

張翼德早年鹵莽，後來却大入細，此皆孔明薰蒸之身也，所以擇人而處，處世第一件緊要事也。

黃、嚴二老立此奇功，可見吾人不可自老；若一自老，便真老矣。近有六七十歲連發科第者，只是一箇不自老耳；亦有二三十歲而老者，果卒見其老而無成也。老少

〔五六〕「英勇」，商本作「英雄」，明四本作「雄勇」。

〔五七〕「九」，原作「八」，毛校本同。按：前文第五十九回：「留夏侯淵屯兵長安。」據改。

〔五八〕「回」，齋本、光本脫。

〔五九〕「是」，濟本作「如」。「公」，光本作「是」。

〔六〇〕「只是反激」，光本作「是反激他」。「妙甚」，貫本倒作「甚妙」。

何有定哉？只在當人自家老少耳。

孔明妙用只是激將，真善將將者也。

張翼德早年鹵莽，後來却大入細。此皆孔明薰蒸之力。

所以擇人而處，第一件緊要事也。

黄、嚴本老，孔明激之，便立少壯奇功。黄、嚴固善將兵，孔明更善將將。

第七十一回

占對山黃忠逸待勞 據漢水趙雲寡勝衆

夏侯淵以妙才爲字，可謂實不稱其名矣。夏侯非妙才，若楊修庶爲妙才。而有妙才之楊修，先有一妙才之蔡邕；有妙才之蔡邕，又先有一妙才之邯〔一〕鄲淳。百忙中夾敘一段閒文，雖極不相蒙處，却有極相映合處，近日稗官中未見有此。

前回與此回，方敘戰勝攻取之事，幾於旌旗眩目，金鼓聒耳矣。忽於武功之内帶表文詞，猛將之中〔二〕雜見列女：如曹女之孝，蔡琰之聰，「黃絹幼婦」之品題，「外孫虀臼」之穎悟，令人耳目頓換。紀事之妙，真不可方物。

有以二老將而共建奇功者，天蕩山之役是也；有以一老將而再立奇功者，定軍山之役是也。蓋使可一不可再，則前者之功爲倖邀矣；惟可一而又可再，益信前者之功非倖致矣。且老者報主之日短，則其報主之心愈殷，黃忠真不愧忠臣哉！

孔明之兩用黃忠，非用其老也，用其老而壯也；又非專用其壯也，用其壯而老也。蓋有老謀而後有壯事。老而壯，則其老不爲弱；壯而老，則其壯不爲輕。

上回於黃忠之前，先寫張飛；此回於黃忠之後，獨寫趙雲。雲之救黃忠於重圍，與前之救阿斗於重圍無異也；雲之據漢水以退曹兵，與飛之拒長坂以退曹兵無異也。然救阿斗與拒長坂，以兩人分任之不奇；救黃忠與拒漢水，以一人兼任之則奇。救阿斗或仗後主之福不奇。

〔一〕「邯」，澹本作「那」，形訛。
〔二〕「中」，商本作「史」，形訛。

救黄忠獨賴將軍之力〔三〕則奇；拒長坂但欲止之勿來〔四〕不奇，據漢水更能追之使去則奇。其事相同，而比前更自出色。

子龍以一身當數十萬猝至之衆，若閉寨而守則必死，即棄寨而走亦必死，乃不棄寨亦不閉寨，而掩旗息鼓立馬在外，以疑兵勝之，非獨膽包身，直是智包身耳。若但云膽而已，則大膽姜維何以屢敗於鄧艾耶？

却説孔明分付黄忠：「你既要去，吾教法正助你，凡事計議而行。」毛絶妙法家，恰好姓法。吾隨後撥人馬來接應。」黄忠應允，和法正領本部兵去了。孔明告玄德曰：「此老將不着〔五〕言語激他，雖去不能成功。他今既去，須撥人馬前去接應。」乃唤趙雲：「將一枝人馬，從小路出奇兵接應黄忠：若忠勝，不必出戰；儻忠有失，即去救應。」毛前以嚴顔助黄忠，是以老助老；此以趙雲助黄忠，是以壯助老。漁爲將者，不可不用此激法。又遣劉封、孟達：「領三千兵於山中險要去處多立旌旗，以壯我兵之聲勢，令敵人驚疑。」三人各自領兵去了。毛漁爲後文襲定軍山伏（筆）（線）。又差人往下辨二地名。授計與馬超，令他如此而行。毛漁（此處不説明，）爲後文截曹操後路伏（筆）（線）。又差嚴顔往巴西閬中守隘，替張飛、魏延來同取漢中。毛漁（又）爲（後文）襲南鄭伏（筆）（線）。鍾孔明勝筭，種種□備。

却説張郃與夏侯尚來見夏侯淵，説：「天蕩山已失，折了夏侯德、韓浩。今聞劉備親自領兵來取漢中，可速奏魏王，早發精兵猛將前來策〔六〕應。」夏侯淵便差人報知曹洪。毛以上按下西川一邊，以下再敘曹操一邊。洪星夜前到許昌〔七〕，禀知曹操。漁此處

〔三〕「力」上，齋本、光本有「大」字。
〔四〕「來」，商本作「追」。
〔五〕「着」，光本作「用」。
〔六〕「策」，致本、貫本作「接」。
〔七〕「昌」，齋本、光本作「都」。

再敘曹操。操大驚，急聚文武商議發兵救漢中。長史劉曄周音謁。進曰：「漢中若失，中原震動。大王休辭勞苦，必須親自征討。」操自悔曰：「恨當時不用卿言，以致如此！」毛照應〔八〕六十七回中語。鍾悔之晚矣。忙傳令旨，起兵四十萬親征。時建安二十三年秋七月也。曹操兵分三路而進：前部先鋒夏侯惇，操自領中軍，使曹休押後，三軍陸續起行。操騎白馬金鞍，玉帶錦衣，武士手執大紅羅銷金傘蓋，左右金瓜銀鉞，周音曰。鐙棒戈矛，打日月龍鳳旌旗，護駕龍虎官軍二萬五千，分爲五隊，每隊五千，按青、黃、赤、白、黑五色，旗幡甲馬，並依本色：光輝燦爛，極其雄壯。毛漁僭稱王號之後，又是一（様）（畨）氣色。

兵出潼關，五潼關，（按《一統志》：今）屬陝西（西安府華州華陰縣）。操在馬上望見一簇林木，極其茂盛，問近侍曰：「此何處也？」答曰：「此名藍田。五藍田，（地名，今）（縣名，屬）陝西（西安府藍田縣是也。）毛藍田有玉，果有玉人在焉。林木之間，乃蔡邕莊也。今邕女蔡琰，二音掩。與其夫董祀居此。」原來操素〔九〕與蔡邕相善，毛蔡邕事至此已隔數十回，忽於閒中照應前文。先時其女蔡琰乃衛仲道之妻，後被北方擄去，於北地生二子，作《胡笳十八拍》，流入中原。毛此亦是「絶妙好辭」，可與《曹娥碑》作對。操深憐之，使人持千金入北方贖之。贄此事非老瞞不肯做。〔一〇〕左賢王三補註（北虜）韃靼官名。懼操之勢，送蔡琰還漢，毛昭君不還，而蔡琰得還，有幸有不幸。操乃以琰配與董祀爲妻。漁忙中有此閒筆，妙絶。當日到莊前，因想起蔡邕之事，令軍馬先行，操引近侍百餘騎到莊門下馬。時董祀出仕於外，止有蔡琰在家，琰聞操至，忙出迎接。操至堂，琰起居畢，侍立於側。操偶見壁間懸一碑文圖軸，起身觀之。問於蔡琰，琰答曰：「此乃曹娥之碑也。」毛女子口

〔八〕「照應」，光本倒作「應照」。
〔九〕「素」，齋本、光本脱。
〔一〇〕緑本脱此句贄批。

中又敘出一女子來。昔桓帝〔一一〕時，上虞【二】會稽〔一二〕，山名。上虞，縣名。按《一統志》：今屬浙江紹興府會稽、上虞縣是也，其地有曹娥江。【三】二邑名，俱屬浙江。有一巫者，名曹盱，能婆娑〔一三〕樂神，五月五日，醉舞舟中，墮江而死。其女年十四歲，遶江啼哭七晝夜，跳入波中，後五日，負父之屍浮於江面，里人葬之江邊。上虞長〔一四〕度尚奏聞朝廷，表爲孝女。【毛】昔有姓曹的孝女，今有姓曹的奸臣，老瞞辱没曹字〔一五〕多矣。【漁】昔姓曹者有孝女，今姓曹者爲奸臣，辱没老瞞甚矣。度尚令邯鄲淳【二】【音註】邯，音含。鄲，音（丹）（单）。覆姓也。作文鐫【二】音鑽。碑以記其事。時邯鄲淳年方十三歲，文不加點，一揮而就，【毛】又是一才子。立石墓側，時人奇之。妾父蔡邕聞而往觀，時日已暮，乃於暗中以手摸碑文而讀之，【毛】手能看文，非手中有眼，實心中有眼耳。索筆大書八字於其背。後人鐫石，并鐫此八字。」操讀八字云：「黃絹幼婦，外孫虀臼。」【毛】奇文。操問琰曰：「汝解此意否？」琰曰：「雖先人遺筆，妾實不解其意。」【毛】蔡琰敏慧，自能省得。其不言者，欲操自解之也。【漁】蔡琰不言者，欲曹操自解之意。操回顧衆謀士曰：「汝等解否？」衆皆不能答。於内〔一六〕一人出曰：「某已解其意。」操視之，乃主簿楊修也。操曰：「卿且勿言，容吾思之。」遂辭了蔡琰，引衆出莊。上馬行三里，忽省悟，【毛】未必。笑謂修曰：「卿試言之。」【鍾】操實知此八字否？修曰：「此隱語耳。『黃絹』乃顔色之絲也：色傍加絲是『絶』字。『幼婦』者，少女也：女傍少字是

〔一一〕「桓帝」，原作「和帝」，古本同。按：《後漢書·列女傳·曹娥傳》：「至元嘉元年，縣長度尚改葬娥於江南道傍，爲立碑焉。」「元嘉」爲桓帝年號，度尚、邯鄲淳皆漢末人，沈本誤作「順帝」。據改。

〔一二〕按：明三本、贊本系正文作「會稽上虞」，夾注從原文。

〔一三〕「婆娑」，原作「娑婆」，致本、業本、貫本、齋本、滄本、明四本同。按：《後漢書·列女傳·曹娥傳》：「漢安二年五月五日，於縣江泝濤婆娑迎神，溺死，不得屍骸。」據光本、商本乙正。

〔一四〕「上虞長」，原作「上虞令」，古本同。按：據同本回校記〔一一〕；另《漢書·百官公卿表》：「萬户以上爲令，秩千石至六百石。減萬户爲長，秩五百石至三百石。」據改。

〔一五〕「字」，光本作「氏」。

〔一六〕「於内」，光本作「内有」。

『妙』字。【毛】天下之妙，無有過於幼婦者。不獨解字之形，亦可解字之義。一笑。『外孫』乃女之子也：女傍子字是『好』字。『齏臼』乃受五辛之器也：受傍辛字是『辤』[一七]字。總而言之，是『絶妙好辤』四字。」操大驚曰：「正合孤意！」【毛】多應是老賊油嘴：若既曉得，何不寫在掌中，如孔明、周瑜之互寫「火」字者，而乃虚言合我意耶？讀書者莫爲他瞞過也。【三】考證補註此時操惡楊脩之才高出扵己，而有殺脩之（意）（心）。恐人議論，故佯（嘆）（笑）而行。【贊】請問世人，操實知此八字否？大家且猜一猜看。【鍾】附會其說。【漁】老奸賊猾，若曉得時，何不先言？衆皆歎羡楊修才識之敏。【毛】百忙中忽夾此一段閒文，敘事妙品。

不一日，軍至南鄭。【五】南鄭，縣名，（今）屬陝西（漢中府）。曹洪接着，備言張郃之事。操曰：「非郃之罪，勝負乃兵家常事耳。」洪曰：「目今劉備使黄忠攻打定軍山，夏侯淵知大王兵至，固守未曾出戰。」操曰：「若不出戰，是示懦也。」便差人持節到定軍山，教夏侯淵進兵。劉曄諫曰：「淵性太剛，恐中奸計。」操乃作手書與之，使命持節到淵營，淵接入。使者出書，淵拆視之，畧曰[一八]：

凡爲將者，當以剛柔相濟，不可徒恃其勇。若但任勇，則是一夫之敵耳。吾今屯大軍於南鄭，欲觀卿之「妙才」，勿辱二字可也。

【毛】若淵號「妙才」，便當有才；則操號「孟德」，何以不德乎？【三】考證淵字妙才，操稱此者，謂淵之謀可稱二字否。

夏侯淵覽畢大喜，打發使命回訖，乃與張郃商議曰：「今魏王率大兵屯於南鄭，以討劉備。吾與汝久守此地，豈能建立功業？來日吾出戰，務要生擒黄忠。」【毛】只怕妙才此番有些不妙。張郃曰：「黄忠謀勇兼備，況有法正相助，不可輕敵。此間山路險

[一七]「辤」，原作「辭」，毛校本、夏本、贊本同。按：典出《世説新語·捷悟》。「辭」簡作「辞」，「辤」同「辭」，據嘉本、周本改，後一處同。

[一八]毛本曹操書刪，改自贊本；鍾本、漁本同贊本；夏本、贊本改自嘉本、周本。按：嘉本增、改自《三國志·魏書·夏侯淵傳》。

峻，只宜堅守。」毛驚弓之鳥。鍾張郃堅守極是。漁張郃係傷弓之鳥。淵曰：「若他人建了功勞，吾與汝有何面目見魏王耶？汝只守山，吾去出戰。」遂下令曰：「誰敢出哨誘敵？」夏侯尚曰：「吾願往。」淵曰：「汝去出哨，與黃忠交戰，只宜輸，不宜贏。吾有妙計，如此如此。」毛漁（曹操稱淵「妙才」，）且看（「妙才」）有何妙計。尚受令，引三千軍離定軍山大寨前行。

却說黃忠與法正引兵屯於定軍山口，累次挑戰，夏侯淵堅守不出，欲要進攻，又恐山路危險，難以料敵，只得據守。是日，忽報山上曹兵下來搦周音色。戰，黃忠恰待引軍出迎，牙將陳式曰：「將軍休動，某願當之。」毛文勢一曲。忠大喜，遂令陳式引軍一千，出山口列陣。夏侯尚兵至，遂與交鋒。不數合，尚詐敗而走。式趕去，行到〔一九〕半路，被兩山上擂木砲石打將下來，不能前進。正欲回時，背後夏侯淵引兵突出，陳式不能抵當，被夏侯淵生擒回寨，部卒多降。毛將有大敗，必有小勝。有敗軍逃得性命，回報黃忠，說陳式被擒。忠慌與法正商議，正曰：「淵爲人輕躁，恃勇少謀。漁有謀有勇，方能取勝。可激勸士卒，拔寨前進，步步爲營，誘淵來戰而擒之，此乃『反客爲主』之法。」毛「妙才」未必有才，法家〔二〇〕果是有法。鍾法正好計。忠用其謀，將應有之物，盡賞三軍，歡聲滿谷，願效死戰。黃忠即日拔寨而進，步步爲營，每營住數日，又進。淵聞知〔二一〕欲出戰，張郃曰：「此乃『反客爲主』之計，不可出戰，戰則有失。」毛此番又是夏侯淵粗莽，張郃把〔二二〕細。鍾郃甚□。淵不從，令夏侯尚引數千兵出戰，直到黃忠寨前。忠上馬提刀出迎，與夏侯尚交馬，只一合，生擒夏侯尚歸寨。餘皆敗走，毛漁爲陳式（作回）答禮。回報夏侯淵。淵急使人到黃忠寨，言願將陳式來換夏侯尚。忠約定

〔一九〕「到」，商本作「不」。
〔二〇〕「家」，光本作「正」。
〔二一〕「知」，貫本、澹本作「之」。
〔二二〕「把」，澹本、光本作「精」。

來日陣前相换。次日，兩軍皆到山谷濶處，布成陣勢。黄忠、夏侯淵各立馬於本陣門旗之下。黄忠帶着夏侯尚，夏侯淵帶着陳式，各不與袍鎧，只穿蔽體薄衣。一聲鼓響，陳式、夏侯尚各望本陣奔回。【毛】好看。〇黄祖换孫堅，是活的换死的；陳式换夏侯尚，是活的换活的。夏侯尚比及到陣門時，被黄忠一箭射中後心，【贊】老黄通。[二三] 尚帶箭而回。【毛】【漁】（人已换回，又）多换（了）一箭，（却是）（愛此小）便宜。【鍾】妙射。淵大怒，驟馬逕取黄忠，忠正要激淵厮殺，兩將交馬，戰到二十餘合，曹營内忽然鳴金收兵。淵慌撥馬而回，被忠乘勢殺了一陣。淵回陣，問押陣官：「爲何鳴金？」答曰：「某見山凹中有蜀兵旗旛數處，恐是伏兵，故急招將軍回。」淵信其説，【三】【補註】原來孔明令劉封、孟達引三千兵散於四下裏虚作疑兵，因此淵怯，不敢出戰。遂堅守不出。

黄忠逼[二四]到定軍山下，與法正商議。正以手指曰：「定軍山南[二五]，巍然有一座高山，四下皆是險道。此山上足可下視定軍山之虚實。將軍若取得此山，定軍山只在掌中也。」【毛】蔡邕讀文，在掌中如在眼[二六]中；法正取山，在目中即在掌中。忠仰見山頭稍平，山上有些少人馬。是夜二更，忠引軍士鳴金擊鼓，直殺上山頂。此山有夏侯淵部將杜襲守把[二七]，止有數百餘人。當時見黄忠大隊擁上，只得棄山而走。忠得了山頂，正與定軍山相對。法正曰：「將軍可守在半山，某居山頂。待夏侯淵兵至，吾舉白旗爲號，將軍却按兵勿動。待他倦怠無備，吾却舉起紅旗，將軍便下山擊之。以逸待勞，必當取勝。」【毛】曹操出兵有五色旗，今法正只用紅白二旗，彼此閒閒相對。【鍾】妙算。忠大喜，從其計。

[二三] 緑本脱此句贊批。
[二四] 「逼」，齋本、光本作「追」。
[二五] 「南」，原作「西」，古本同。按：前後文管輅卜語皆作「定軍之南」，如兩山東西對，則夏侯淵死於兩山之間爲定軍之西；另後文作「操屯兵於定軍山北」。
[二六] 「眼」，商本作「目」。
[二七] 「守把」，商本倒作「把守」。

却說杜襲引軍逃回，見夏侯淵，説黃忠奪了對山。淵大怒曰：「黃忠占了對山，不容我不出戰。」張郃諫曰：「此乃法正之謀也。將軍不可出戰，只宜堅守。」毛張郃此時小心之甚。鍾郃甚通。淵曰：「占了吾對山，觀吾虛實，如何不出戰？」郃苦諫不聽。漁千言萬語總不肯聽，取禍必矣。淵分軍圍住對山，大罵挑戰。法正在山上舉起白旗，任從夏侯淵百般辱罵，黃忠只不出戰。午時以後，法正見曹兵倦怠，鋭氣已墮，多下馬坐息，乃將紅旗招展，鼓角齊鳴，喊聲大震，黃忠一馬當先，馳下山來，猶如天崩地塌之勢。夏侯淵措手不及，被黃忠趕到麾蓋之下，大喝一聲，猶如雷吼。淵未〔二八〕及相迎，黃忠寶刀已落，連頭帶肩，砍爲兩段。毛夏侯妙才絕於此，是「黃絹」，不是「幼婦」。鍾法正多机，黃忠英勇，此果可見。漁妙才至此送命矣。後人有詩讚黃忠曰〔二九〕：

蒼頭臨大敵，皓首逞神威。
力趁雕弓發，風迎雪刃揮。
雄聲如虎吼，駿馬似龍飛。
獻馘毛側音國。功勳重，開疆展帝畿。

黃忠斬了夏侯淵，曹兵大潰，各自逃生。黃忠乘勢去奪定軍山，張郃領兵來迎。忠與陳式兩下夾攻，混殺一陣，張郃敗走。忽然山傍閃出一彪人馬，當住去路，爲首一員大將，大叫：「常山趙子龍在此！」毛漁（子龍）來得突兀。鍾□來了。張郃大驚，引敗軍奪路望定軍山而走。只見前面一枝兵來迎，乃杜襲也。襲曰：「今定軍山已被劉封、孟達奪了。」毛劉封、孟達在杜襲口中點出，與子龍是一虛一實，敘事妙品。郃大驚，遂與杜襲引敗兵到漢水劄營，二漢水，地名，今屬陝西漢中府。一面令人飛報曹操。操聞淵死，放聲大哭，方悟管輅所言「三八縱橫」，

〔二八〕「未」，光本、商本作「不」。
〔二九〕毛本讚黃忠詩改自贊本；鍾本、漁本同贊本；贊本改自嘉本，周本、夏本同嘉本。

乃建安二十四年也；「黃猪遇虎」，乃歲在己亥正月也；「定軍之南」，乃定軍山之南也；「傷折一股」，乃淵與操有兄弟之親情也。【毛】【漁】管輅占辭至此方悟，〈毛〉則知蔡邕碑文八字，未必即時悟出。○占辭雖是前定妙〔三〇〕數，然亦魏王手書一封，爲催命文書耳。【鍾】管輅神卜已應驗矣。操令人尋管輅時，不知何處去了。【毛】去得妙。天下事儘多，豈能一一全知。即知之而不可救，徒亂人意耳。是以君子不問數。操深恨黃忠，【毛】既是定數，又有何恨？遂親統大軍，來定軍山與夏侯淵報讐，令徐晃作先鋒。行到漢水，張郃、杜襲接着曹操。二將曰：「今定軍山已失，可將米倉山糧草移於北山寨中屯積，然後進兵。」曹操依允。

却說黃忠將〔三一〕了夏侯淵首級，來葭萌關上見玄德獻功。【毛】前戰張郃時願納下白頭，今却獻上一顆黑頭。玄德大喜，加忠爲征西將軍〔三二〕，設宴慶賀。忽牙將張著來報說：「曹操自領〔三三〕大軍二十萬，來與夏侯淵報讐。目今張郃在米倉山【五】（米倉山，地名，今）屬四川（保寧府）。搬運糧草，移於漢水北山脚下。」孔明曰：「今操引大兵至此，恐糧草不敷，故勒兵不進。若得一人深入其境，燒其糧草，奪其輜重，則操之銳氣挫矣。」【毛】【漁】（直）與（烏巢）斷（烏巢之）糧遥遥相應〔三四〕。【鍾】是緊要（着）。黃忠曰：「老夫願當此任。」孔明曰：「操非夏侯淵之比，不可輕敵。」【毛】【漁】又用反激法。玄德曰：「夏侯淵雖是總帥，乃一勇夫耳，安及張郃？若斬得張郃，勝斬夏侯淵十倍也。」忠奮然曰：「吾願往斬之。」孔明曰：「你可與趙子龍同領一枝兵去，凡事計議而行，看誰立功。」【毛】又激他。忠應允便行，孔明就令張著爲副將同去。雲謂忠曰：「今操引二十萬衆，分屯十營，將軍在主公前要去奪糧，非小可之事。將軍

〔三〇〕「妙」，光本脱。
〔三一〕「將」，貫本、光本、商本作「斬」。
〔三二〕「征西將軍」，原作「征西大將軍」，古本同。按：《三國志·蜀書·黃忠傳》：「一戰斬淵，淵軍大敗。遷征西將軍」。據刪。
〔三三〕「領」，澹本、光本作「引」。
〔三四〕毛批「應」，業本、貫本、澹本作「映」，其他毛校本作「對」。

當用何策？」忠曰：「看我先去，如何？」雲曰：「等我先去。」忠曰：「我是主將，你是副將，如何爭先？」雲曰：「我與你都一般爲主公出力，何必計較？我二人拈鬮，拈着的先去。」忠依允。當時黃忠拈着先去。【毛】拈鬮亦是敘齒。雲曰：「既將軍先去，某當相助。可約定時刻，如將軍依時而還，某按兵不動；若將軍過時而不還，某即引軍來接應。」【鍾】子龍便有遠慮。【漁】畢竟子龍忠慎，只圖事之成，可敬可敬！忠曰：「公言是也。」於是二人約定午時爲期。【毛】黃忠斬夏侯，利〔三五〕在晚刻；趙雲約黃忠，妙在午時〔三六〕。雲回本寨，謂部將張翼曰：「黃漢升約定明日去奪糧草，若午時不回，我當往助。吾營前臨漢水，地勢危險，我若去時，汝可謹守寨柵，不可輕動。」張翼應諾。

却說黃忠回到寨中，謂副將張著曰：「我斬了夏侯淵，張郃喪膽〔三七〕。吾明日領命去劫糧草，只留五百軍守營，你可助吾。今夜三更，盡皆飽食，四更離營，殺到北山脚下，先捉張郃，後劫糧草。」【毛】各人分付自家副將：趙雲極其精細，黃忠極其勇往。張著依令。當夜黃忠領人馬在前，張著在後，偷過漢水，直到北山之下。東方日出，見糧積如山，有些少軍士看守，見蜀兵到，盡棄而走。黃忠教馬軍一齊下馬，取柴堆於米糧之上。正欲放火，張郃兵到，與忠混戰一處。曹操聞知，急令徐晃接應。晃領兵前進，將黃忠困於垓心。張著引三百軍走脫，正要回寨，忽一枝兵撞出，攔住去路，爲首大將乃是文聘，後面曹兵又至，把張著圍住。【毛】前周郎欲取聚鐵山，孔明以爲難，今米倉山亦復不易。

却說趙雲在營中，看看等到午時，不見忠回，急忙披掛上馬，引三千軍向前接應，臨行謂張翼曰：「汝可堅守營寨。兩壁廂多設弓弩，以爲准備。」【毛】此時已預筭退步，寫趙雲精細之極。翼連聲應

〔三五〕「侯利」，致本作「淵粗」，光本、商本作「侯淵」。
〔三六〕「時」，致本、貫本作「刻」。
〔三七〕「喪膽」，商本倒作「膽喪」。

諸。雲挺鎗驟馬，直殺往前去。迎頭一將攔路〔三八〕，乃文聘部將慕容烈也，拍馬舞刀來迎趙雲，被雲手起一鎗刺死，曹兵敗走。雲直殺入重圍，又一枝兵截住，爲首乃魏將焦炳。雲喝問曰：「蜀兵何在？」炳曰：「已殺盡矣！」雲大怒，驟馬一鎗，又刺死焦炳。【毛】前寫黄忠，此寫趙雲。【漁】較當日長坂坡時一樣神威。殺散餘兵，直至北山之下，見張郃、徐晃兩人圍住黄忠，軍士被困多時。雲大喊〔三九〕一聲，挺鎗驟馬殺入重圍，左衝右突，如入無人之境。那鎗渾身上下，若舞梨花；徧體紛紛，如飄瑞雪。【毛】四句是絶妙鎗贊。〇黄忠斬夏侯，有紅旗一面；子龍救漢升，見白〔四〇〕光一道。一紅一白，相映成趣。【贊】好看。〔四一〕【鍾】好箇子龍。【漁】極贊鎗法之妙。張郃、徐晃心驚膽戰，不敢迎敵。雲救出黄忠，且戰且走，所到之處，無人敢阻。操於高處望見，驚問衆將曰：「此將〔四二〕何人也？」有識者告曰：「此乃常山趙子龍也。」操曰：「昔日當陽長坂英雄尚在！」【毛】【漁】提照前事。急傳令曰：「所到之處，不許輕敵。」趙雲救了黄忠，殺透重圍，有軍士指曰：「東南上圍的，必是副將張著。」雲不回本營，遂望東南殺來。所到之處，但見「常山趙雲」四字旗號，曾在當陽長坂知其勇者，互相傳説，盡皆逃竄。【毛】先聲奪人，又爲前事渲染。〇此在衆人眼中寫趙雲。【漁】兵將口中形容得妙，皆先聲奪人之故耳。雲又救了張著。曹操見雲東衝西突，所向無前，莫敢迎敵，【毛】此又在曹操眼中寫趙雲。救了黄忠，又救了張著，奮然大怒，自領左右將士來趕趙雲。雲已殺回本寨，部將張翼接着，望見後面塵起，知是曹兵追來，即謂雲曰：「追兵漸近，可令軍士閉上寨門，上敵樓防護。」雲喝曰：「休閉寨門！汝豈不知吾昔在當陽長坂時，单鎗匹馬，覷曹兵八十三萬如草芥！今有軍有將，又何懼哉！」【毛】上文是别人

〔三八〕「路」，齋本、光本作「住」。
〔三九〕「喊」，貫本作「喝」。
〔四〇〕「白」，光本作「日」，形訛。
〔四一〕吴本脱此句贊批。
〔四二〕「將」，齋本、光本脱。

傳説，此却是自家説；英雄一生快〔四三〕事，不嫌自負。今人亦欲自負，怎奈没得説也。贄鍾子龍真漢子。遂撥弓弩手於寨外壕中埋伏，將營内旗鎗盡皆倒偃，金鼓不鳴。雲匹馬单鎗，立於營門之外。毛張飛在長坂橋邊，以樹枝結於馬尾，粧作有兵之狀；今趙雲偏反作無兵之狀，妙在極相類，又極相反。

却説張郃、徐晃領兵追至蜀寨，天色已暮，見寨中偃旗息鼓，又見趙雲匹馬单鎗，立於營外，寨門大開，二將不敢前進。正疑之間，曹操親到，急催督衆軍向前。衆軍聽令，大喊一聲，殺奔營前，見趙雲全然不動，毛草張飛端坐不動，今活趙雲亦全然不動。奇絶，妙絶。漁奇絶，奇絶！曹兵翻身就回。趙雲把鎗一招，壕中弓弩齊發。時天色昏黑，正不知蜀兵多少。操先撥回馬走，只聽得後面喊聲大震，鼓角齊鳴。蜀兵趕來。曹兵自相踐踏，擁到漢水河邊，落水死者，不知其數。毛子龍一人有膽，曹操數十萬軍皆喪膽。鍾絶大膽，絶大才，絶大識。趙雲、黄忠、張著各引兵一枝，追殺甚急。操正奔走間，忽劉封、孟達率二枝兵從米倉山路殺來，放火燒糧草。毛劉封、孟達不期而會，來得突兀。操棄了北山糧草，忙回南鄭。徐晃、張郃扎脚不住，亦棄本寨而走。趙雲占了曹寨，黄忠奪了糧草，漢水所得軍器無數，大獲勝捷，差人去報玄德。玄德遂同孔明前至漢水，問趙雲的部卒曰：「子龍如何厮殺？」軍士將子龍救黄忠、拒漢水之事，細述一遍。漁子龍英勇，又在將士口中寫出，一發鬧熱。玄德大喜，看了山前山後險峻之路，欣然謂孔明曰：「子龍一身都是膽也！」毛漁姜維（膽大如卵，猶是）（係）身〔四四〕包膽（耳）；子龍（直）（竟）是膽包身（，其大當不止如卵）也。贄豈獨膽乎？才識俱足以濟之。鍾不獨膽大，才識俱有二十分。

後人有詩讚曰〔四五〕：

〔四三〕「快」，齋本、光本作「軼」。

〔四四〕毛批「身」，光本作「人」。

〔四五〕毛本讚趙子龍詩從贄本；鍾本同贄本；周本、夏本、贊本改自嘉本；漁本無。

昔日戰長坂，威風〔四六〕猶未減。
突陣顯英雄，被圍施勇敢。
鬼哭與神號，天驚并地慘。
常山趙子龍，一身都是膽！

於是玄德號子龍爲「虎威將軍」，大勞將士，歡宴至晚。忽報曹操復遣大軍從斜谷小路而進，來取漢水。玄德笑曰：「操此來無能爲也。我料必得漢水〔四七〕矣。」乃率兵於漢水之西以迎之。毛只因子龍有膽，玄德此時亦是大膽。曹操命徐晃爲先鋒，前來決戰。帳前一人出曰：「某深知地理，願助徐將軍同去破蜀。」操視之，乃巴西宕渠人也，姓王名平，字子均，見充校尉〔四八〕。操大喜，遂命王平爲副先鋒，相助徐晃。操屯兵於定軍山北。二定軍山，在陝西漢中府沔縣。徐晃、王平引軍至漢水，晃令前軍渡水列陣。平曰：「軍若渡水，儻要急退，如之奈何？」鍾平知。晃曰：「昔韓信背水爲陣，所謂『致之死地而後生』也。」毛漁恰與後文馬謖對王平語相合。平曰：「不然。昔者韓信料敵人無謀，而用此計，今將軍能料趙雲、黃忠之意否？」毛趙雲、黃忠誠非陳餘之比。○恰與後文諫馬謖相照。鍾（有）見。晃曰：「汝可引步軍拒敵，看我引馬軍破之。」遂令搭起浮橋，隨即過河來戰蜀兵。正是：

魏人妄意宗韓信，蜀相那知是子房。

未知勝負如何，且看下文分解。

「黃絹幼婦，外孫齏臼」，畢竟是「絶妙好辭」四字否？孟德行過三里，畢竟知道是「絶妙好辭」四字，同楊修同一見解否？此都不可知。勿遂以相沿之久，而信之無疑也。

〔四六〕「威風」，光本作「英雄」。
〔四七〕「水」，商本作「中」。
〔四八〕「充」，原作「克」，致本同，據其他古本改。「校尉」，原作「牙門將軍」，古本同。按：《三國志·蜀書·王平傳》：「隨杜濩、朴胡詣洛陽，假校尉，從曹公征漢中，因降先主，拜牙門將、裨將軍。」據改。

凡讀書須自家另出手眼，方有長益，若作矮人觀場，隨人悲笑，不過矮人而已。丈夫七尺，可甘心作矮人乎哉！

成事只在膽，然才識亦自少不得也。但看趙子龍，一身都是膽，何嘗專以膽用事，其才其識俱有二十分也。吾

補玄德之語曰：「子龍一身都是才，一身都是識。」

才識非膽不充，膽非才識不運。趙子龍一身都是膽，未嘗專以膽用事，其才其識俱足以濟之也。

第七十二回 諸葛亮智取漢中 曹阿瞞兵退斜谷

曹操善疑，而孔明即以疑兵勝操。此非孔明之疑操，而操之自疑也。然雖操之自疑，而非孔明則不能疑之也。燒於博望、挫於新野、困於烏林、窮於華容，操之畏孔明久矣。見他人之疑兵未必疑，惟見孔明之疑兵而不敢不疑。故善用疑兵者，必度其人之可以疑而疑之，又必度我之可以用疑兵而後用之耳。即如韓信以背水勝，徐晃以背水敗，同一法而今昔之勢異；徐晃以背水敗，孔明以背水勝，同一時而彼此之勢又異。兵之善用，豈不視乎其人哉！

操之不能守漢中，猶備之不能守徐州也。操既取兖州，則徐州爲操之所必取；備既取西川，則漢中亦爲備之所必取。卧榻之側，豈容他人鼾（側音翰。）睡耶？操欲跋涉山川，以與備争此土，吾知其難矣。

漢高之破項王，賴有彭越以擾其後；先主之破曹操，亦有馬超以擾其後：前後殆如一轍也。五虎將中，關公既守荆州，而張飛、趙雲、黄忠之建功，又備寫於前回，獨於馬超未有及焉。今觀此回，則超之功不在四人之下。

孔融、荀彧、楊修皆爲忤操而死，而修則不如融，并不如彧。何也？不事操而以正直忤操者，孔融也；先以不正不直事操，而後以正直忤操者，荀彧也；既以不正不直事操，又以不正不直忤操者，楊修也。修爲楊彪之子，而屈身事操，既有愧於家門；復爲曹植之故而使操心疑，又不善處人骨肉。夫以正直忤操，則罪在操；以不正不直忤操，則罪在修。故修之死，君子於操無責焉。

或疑操以才忌楊修者，非也。士之才有

二：一曰謀士之才，一曰文士之才。以謀士之才而爲操用者，如郭嘉、程昱、荀彧、荀攸、賈詡、劉曄等是也；以文士之才而爲操用者，如楊修、陳琳、王粲、阮瑀等是也。文士之才，不若謀士之才之爲足忌。而操之忌荀彧但以阻九錫之故，前此未之忌焉，其餘謀士亦曾未之忌焉。其視謀士之才且然，而何忌於文士哉？故雖罵操如陳琳，而操不以爲罪，蓋才而不爲我用則忌之，才而爲我用則不忌耳。使修非黨植以欺曹操，則操可以不怒，而修可以不死。彼謂修之以才見忌者，殆未爲篤論矣。

曹操於定軍之南折其一股，又於漢川之東折其二齒。股之折非真，而齒之落則真矣。於潼關之役割鬚數莖，又於漢中之役落齒兩箇，鬚之割不痛，而齒之落則痛矣。弟既死，身又傷，其兆大凶，恨不再令管輅卜之；鬚既短，齒又缺，其相已破，恨不再令管輅相之。

此回敘事之法，有倒生在前者：其人將來，而先有一語以啓之，如操之誇〔一〕黄鬚是也。有補敘在後者：其人既死，而舉其未死之前追敘之，如操之惡楊修是也。有横間在中者：正敘此一事，而忽引他事以夾之，如兩軍交戰之時，而雜以曹彰、楊修兩人之生平是也。至於曹操之平代北，則因曹彰而及焉；曹丕之忌曹植，則又因楊修而及焉。其他正文之中，張、趙、馬、魏、孟達、劉封諸將，或於彼忽伏，或於此忽現，參差斷續，縱横出奇，令人心驚目眩。作者用筆，直與孔明用兵相去不遠。

却説徐晃引軍渡漢水，王平苦諫不聽，渡過漢水扎營。黄忠、趙雲告玄德曰：「某等各引本部兵去迎曹兵。」玄德應允。二人引兵而行。忠謂雲曰：「今徐晃恃勇而來，且休與敵。待日暮兵疲，你我分兵兩路擊之可也。」毛漁即法正教黄忠之策。**雲然之，**

〔一〕「誇」，貫本、商本作「稱」。

鍾 黃、趙都□兵法。各引一軍據住寨柵。徐晃引兵從辰時搦戰，直至申時，蜀兵不動。晃盡教弓弩手向前，望蜀營射去。黃忠謂趙雲曰：「徐晃令弓弩射者，其軍必將退也，可乘時擊之。」言未已，忽報曹兵後隊果然退動。於是蜀營鼓聲大震，黃忠領兵左出，趙雲領兵右出。兩下夾攻，徐晃大敗，軍士逼入漢水，死者無數。毛 晃曰「置之死地而後生」，今則置之死地而竟死矣。晃死戰得脱，回營責王平曰：「汝見吾軍勢將危，如何不救？」平曰：「我若來救，此寨亦不能保。我曾諫公休去，公不肯聽〔二〕，以致此敗。」晃大怒，欲殺〔三〕王平。平當夜引本部〔四〕軍就營中放起火來，曹兵大亂，徐晃棄營而走。王平渡漢水來投趙雲，雲引見玄德。王平盡言漢水地理，玄德大喜曰：「孤得王子均，三 平之字也。取漢中無疑矣。」鍾 天使送□。遂命王平爲牙門將〔五〕，領鄉導使。毛 曹操送一箇鄉導來了。漁 送一員鄉導官來了。

却説徐晃逃回見操，說：「王平反去降劉備矣！」操大怒，親統大軍來奪漢水寨柵。趙雲恐孤軍難立，遂退於漢水之西，兩軍隔水相拒。玄德與孔明來觀形勢，孔明見漢水上流頭有一帶土山，可伏千餘人，乃回到營中，喚趙雲分付：「汝可引五百人，皆帶鼓角，伏於土山之下。或半夜，或黃昏，只聽我營中砲響：砲響一番，擂鼓一番〔六〕。只不要出戰。」毛 以虛聲勝之。漁 以虛聲挫其鋭氣。子龍受計去了。孔明却在高山上暗窺。次日，曹兵到來搦戰，蜀營中一人不出，弓弩亦都不發，曹兵自回。當夜更深，孔明見曹營燈火方息，軍士歇定，遂放號砲。子龍聽得，令鼓角齊鳴。曹兵驚慌，只疑劫寨，及至出營，不見一軍。毛 但聞「擊鼓其鏜」，不見

〔二〕「聽」，嘉本作「從」。
〔三〕「欲殺」二字原闕，原手寫補入「欲斬」，據古本補。
〔四〕「部」，齋本、光本脱。
〔五〕「牙門將」，原作「偏將軍」，毛校本同；明四本作「偏將領」。按：《三國志·蜀書·王平傳》：「因降先主，拜牙門將、裨將軍。」據改。
〔六〕「我」，商本脱。二「番」，貫本、商本皆作「聲」。

「踴躍用兵」。方纔回營欲歇，號砲又響，鼓角又鳴，吶喊震地，山谷應聲，毛「鳴鼓而攻之」可也，焉用戰？曹兵徹夜不安。一連三夜，如此驚疑，操心怯，拔寨退三十里，就空闊處扎營。毛老賊不經嚇。鍾空空被他唬走。漁又恐是鬼，又疑是神，嚇壞老賊。孔明笑曰：「曹操雖知兵法，不知詭計。」遂請玄德親渡漢水，背水結營。毛徐晃背水而敗，孔明又用背水而勝。玄德問計，孔明曰：「可如此如此。」曹操見玄德背水下寨，心中疑惑，使人來下戰書。孔明批：「來日決戰。」

次日，兩軍會於中路五界山前，列〔七〕成陣勢。操出馬立於門旗下，兩行二音杭。布列龍鳳旌旗，擂鼓三通，喚玄德答話。玄德引劉封、孟達并川中諸將而出。操揚鞭大罵曰：「劉備忘恩失義、反叛朝廷之賊！」玄德曰：「吾乃大漢宗親，奉詔討賊。汝上弒母后，自立爲王，僭用天子鑾輿，非反而何？」毛自面誦衣帶詔之後，濶別久矣。〈毛漁〉（今）（只）此數語，又抵得一篇衣帶詔。操怒，命徐晃出馬來戰，劉封出迎。交戰之時，玄德先走入陣。封敵晃不住，撥馬便走。操下令：「捉得劉備，便爲西川之主。」大軍齊吶喊殺過陣來。蜀兵望漢水而逃，盡棄營寨，馬匹軍器丟滿道上，曹軍皆〔八〕爭取。操急鳴金收軍。衆將曰：「某等正待捉劉備，大王何故收軍？」操曰：「吾見蜀兵背漢水安營，其可疑一也；多棄馬匹軍器，其可疑二也。可急退軍，休取衣物。」遂下令曰：「妄取一物者立斬。火速退兵。」漁亦有見識。曹兵方回頭時，孔明號旗舉起：玄德中軍領兵便出，黃忠左邊殺來，趙雲右邊殺來。毛俱在前文「如此如此」之中。曹兵大潰而逃，鍾好箇疑兵計。孔明連夜追趕。操傳令軍回南鄭，只見五路火起，原來魏延、張飛得嚴顏代守閬中，分兵殺來，先得了南鄭。毛漁（在）七十一回中伏着〔九〕，至

〔七〕「列」，光本作「排」。
〔八〕「皆」，光本脱，明四本無。
〔九〕毛批「着」，致本同，其他毛校本作「筆」。

此（方見）（敘明）。操心驚，望陽平關而走。玄德大兵追至南鄭褒中〔一〇〕。安民已畢，玄德問孔明曰：「曹操此來，何敗之速也？」孔明曰：「操平生爲人多疑，雖能用兵，疑則多敗。吾以疑兵勝之。」毛曹操善疑，孔明又善信；惟信得真，故拏得定。〇操惟多疑，所以死亦有七十二疑塚。漁曹操一生多疑，所以取敗。玄德曰：「今操退守陽平關，其勢已孤，先生將何策以退之？」孔明曰：「亮已算定了。」便差張飛、魏延分兵兩路去截曹操糧道，令黃忠、趙雲分兵兩路去放火燒山。四路軍將各引鄉導官軍去了。毛漁此（處四路兵，又）是第二番差遣。

却說曹操退守陽平關，令軍哨探。回報曰：「今蜀兵將遠近小路盡皆塞斷，砍柴去處盡放火燒絕。不知兵在何處。」毛先寫黃忠、趙雲兩路。操正疑惑間，又報張飛、魏延分兵劫糧。毛次寫張飛、魏延兩路。漁將四路兵一齊寫出。操問曰：「誰敢敵張飛？」許褚曰：「某願往！」操令許褚引一千精兵去陽平關路上護接糧草。解糧官接着，喜曰：「若非將軍到此，糧不得到陽平矣。」毛恐將軍到此亦無益。遂將車上的酒肉獻與許褚。褚痛飲，不覺大醉〔一一〕，毛前醉張飛是假醉，今醉許褚是真醉。便乘酒興催糧車行。解糧官曰：「日已暮矣，前褒中之地，山勢險惡，未可過去。」褚曰：「吾有萬夫之勇，豈懼他人哉！今夜乘着月色，正好使糧車行走。」毛漁醉人在月下，一發動了酒興。許褚當先，橫刀縱馬，引軍前進。二更已後，往褒中路上而來。行至半路，忽山凹裏鼓角〔一二〕震天，一枝軍當住。爲首大將乃張飛也，挺矛縱馬，直取許褚。褚舞刀來迎，却因酒醉，敵不住張飛，戰不數合〔一三〕，被飛一矛刺中肩膀，翻身落馬，漁萬夫之勇無濟于事，爲好酒者戒之。軍士

〔一〇〕「褒中」，原作「褒州」，古本同。按：「褒州」始見於唐；《後漢書・郡國志》：漢中郡有褒中縣；後文第九十二回亦作「褒中」。據改，本回後同。

〔一一〕「不覺大醉」，貫本脫。

〔一二〕「鼓角」，光本倒作「角鼓」。

〔一三〕「戰不數合」，商本「數」作「幾」，明四本作「只一合」。

急忙救起，退後便走。【毛】萬夫之勇，原來如此。張飛盡奪糧草車輛而回。【毛】只因酒肉之故，失却糧食。〇燒山用虛寫，搶糧用實寫。然留下魏延，只寫張飛，實之中又有虛寫。妙甚。【鍾】奪糧甚毒。

却説衆將保着許褚，回見曹操。操令醫士療治金瘡，一面親自提兵來與蜀兵決戰。玄德引軍出迎，兩陣對圓，玄德令劉封出馬。操罵曰：「賣履小兒，常使假子拒敵！吾若喚黄鬚兒來，【三】考證「黄鬚」者，操（之）子曹彰也。汝假子爲肉泥矣！」【毛】【漁】吴有紫鬚，魏有黄鬚，正復相對。劉封大怒，挺鎗驟馬，逕取曹操。操令徐晃來迎，封詐敗而走，操引〔一四〕兵追趕。蜀兵營中，四下砲響，鼓角齊鳴。【毛】亦是疑兵。操恐有伏兵，急教退軍。曹兵自相踐踏，死者極多，奔回陽平關，方纔歇定。蜀兵趕到城下：東門放火，西門吶喊；南門放火，北門擂鼓。操大懼，棄關而走，【毛】老賊只是不輕嚇。【鍾】欲戰不能，欲守不安，弄得阿瞞七顛八倒。【漁】驚死老賊。蜀兵從後追襲。操正走之間，前面張飛引一枝兵截住，趙雲引一枝兵從背後殺來，黄忠又引兵從褒中殺來，【毛】前所撥四路，先寫三路，留一路在後。寫得參差有勢。操大敗。諸將保護曹操，奪路而走。方逃至斜谷【五】斜谷，地名，一屬陜西（鳳翔府郿縣〔一五〕）。界口，前面塵頭忽起，一枝兵到。操曰：「此軍若是伏兵，吾休矣！」及兵將近，乃操次子曹彰也。【毛】【漁】（正想着他）（勢窮力竭），來得凑巧。彰字子文，少善騎射，膂【周】音旅。力過人，能手格猛獸。操嘗戒之曰：「汝不讀書，而好弓馬，此匹夫之勇，何足貴乎？」彰曰：「大丈夫當學衛青、霍去病，立功沙漠，【二】補註衛青、霍去病，二人漢武帝時名將也。沙漠，北塞名。二人征伐匈奴，遠遁不敢犯界。長驅數十萬衆，縱横天下，何能作博士耶〔一六〕？」【毛】説得博士無用。教楊修、王粲等一班文人何處生活？【贄】【鍾】此子大通。操嘗問諸子之志，彰

〔一四〕「引」上，商本有「方」字。
〔一五〕周、夏批「郿縣」，原作「郿都縣」。按：明清無郿都縣。據刪。
〔一六〕「能」，光本作「用」。「耶」，貫本、周本、贄本作「也」。

曰：「好爲將。」操問：「爲將何如？」彰曰：「披堅執鋭，臨難不顧，身先士卒；賞必行，罰必信。」【毛】頗爲老瞞肖子。操大笑。建安二十三年，代郡烏桓反，操令彰引兵五萬討之，【五】代郡，胡地名（，即今大同府）。烏桓，夷名。臨行戒之曰：「居家爲父子，受事爲君臣。法不狥情，爾宜深戒。」【毛】即彰所云「賞必行，罰必信」之意。彰到代北，身先戰陣，直殺至桑乾，【嘉】地名也。【五】桑乾，地名。〈【二】〉有河在大同宣府外三關之外，其地屬胡地。北方皆平。因聞操在陽平敗陣〔一七〕，故來助戰。【毛】【漁】百忙中忽叙曹彰生平，（正）補前文所未及。操見彰至，大喜曰：「我黄鬚兒來，破劉備必矣！」【毛】【漁】正恐未必。【鍾】雖知不敵，只是不甘。遂勒兵復回，於斜谷界口安營。有人報玄德言曹彰到。玄德問曰：「誰敢去戰曹彰？」劉封曰：「某願往。」孟達又説要去。玄德曰：「汝二人同去，看誰成功。」各引兵五千來迎。劉封在先，孟達在後，曹彰出馬，與封交戰，只三合，封大敗而回。【毛】假子不及真兒。孟達引兵前進，方欲交鋒，只見曹兵大亂。原來馬超、吴蘭兩軍殺來，【毛】【漁】（在）七十一〔一八〕回中伏着，（至）（於）此方見。曹兵驚動。孟達引軍〔一九〕夾攻。馬超士卒蓄鋭日久，到此耀武揚威，勢不可當，曹兵敗走。曹彰正遇吴蘭，兩箇交鋒，不數合，曹彰一戟刺吴蘭於馬下。【毛】【漁】（有曹）操誇獎一番，得此聊足解嘲。〈【毛】〉〇諺云「黄鬚無弱漢」，果然。三軍混戰。操收兵於斜谷界口扎住。

操屯兵日久，欲要進兵，又被馬超拒守，欲收兵回，又恐被蜀兵耻笑，心中猶豫不決。適庖官【二】庖官，廚官，治具飲食〔二〇〕之人也。進鷄湯，【毛】許褚啖酒肉，曹操啖鷄湯，可比太史公酒肉帳簿。操見碗中有雞肋，因而有感於懷。正沉吟間，夏侯惇入帳，稟請夜間口號。操隨口曰：「鷄肋！鷄肋！」【毛】直是席面

〔一七〕「陽平敗陣」，原作「陽平陣」，致本同，其他毛校本作「陽平關」，據明四本補。
〔一八〕「一」，貫本、齋本、商本訛作「二」。
〔一九〕「軍」，明四本無，商本作「兵」。
〔二〇〕周批「食」，原作「介」，形訛，據夏批改。

上生風，絶妙酒令。惇傳令衆官都稱「鷄肋」。行軍主簿楊修，見傳「雞肋」二字，便教隨行軍士，各收拾行裝，准備歸程。【毛】【漁】（賣）弄聰明。有人報知夏侯惇，惇大驚，遂請楊修至營中問曰：「公何收拾行裝？」修曰：「以今夜號令，便知魏王不日將退兵歸也：鷄肋者，食之無肉，棄之有味〔二一〕。今進不能勝，退恐人笑，在此無益，不如早歸，來日魏王必班師矣。【毛】知人之所不言，其罪大矣。故先收拾行裝，免得臨行慌亂。」【毛】若云「棄之有味」，猶不欲遽棄也。今收拾行裝，則竟棄之矣。【鍾】楊脩聰明太露，反爲禍根，非聰明反被聰明悮耶？夏侯惇曰：「公真知魏王肺腑也！」遂亦收拾行裝。於是寨中諸將無不准備歸計。當夜曹操心亂，不能穩睡，遂手提鋼斧，遶寨私行。只見夏侯惇寨内軍士各准備行裝。操大驚，急回帳召惇問其故。惇曰：「主簿楊德祖先知大王欲歸之意。」操喚楊修問之，修以鷄肋之意對。操大怒曰：「汝怎敢造言，亂我軍心！」【毛】碑文八字解得不差，不想口號二字竟解差了。喝刀斧手推出斬之，將首級號令於轅門外。原來楊修爲人恃才放曠，數犯曹操之忌。操嘗造花園一所，造成，操往觀之，不置褒貶，只取筆於門上書一「活」字而去。人皆不曉其意。修曰：「『門』内添『活』字，乃『闊』字也。【鍾】亦巧。丞相嫌園門闊耳。」於是再築墻圍，改造停當，又請操觀之。操大喜，問曰：「誰知吾意？」左右曰：「楊修也。」操雖稱美，心甚忌之。【毛】非忌其才，忌其知我意也。曹操意中不言之事，最畏人知。【漁】曹操心内欲爲之事，最忌人知。又一日，塞北送酥一盒至，操自寫「一合酥」三字於盒上，置之案頭。修入見之，竟取匙與衆分食訖。操問其故，修答曰：「盒上明書『一人一口酥』，豈敢違丞相之命乎？」【鍾】更巧。操雖喜笑，而心惡之。【毛】操嘗以空盒遺荀彧，今楊修以空盒還曹操，操安得不怒。操恐人暗中謀害己身，常分付左右：「吾夢中好殺人，凡吾睡着，汝等切勿近前。」【毛】周瑜詐作夢中語，只要騙得

〔二一〕「肉」「無味」，光本作「味」「可惜」，後批語同。

蔣幹一箇〔二二〕；曹操之詐，却欲騙盡衆人，〈毛漁〉奸雄之極。一日晝寢帳中，落被於地，一近侍慌取覆蓋。操躍起，拔劍斬之，復上床睡，半晌而起，佯驚問：「何人殺吾近侍？」衆以實對。操痛哭，命厚葬之。毛漁假夢、假睡、假問、假哭，一片是假。人皆以爲操果夢中殺人，惟修知其意，臨葬時指而嘆曰：「丞相非在夢中，君乃在夢中耳！」操聞而愈惡之。毛周郎瞞不得孔明，曹操瞞不得楊修，便一樣欲殺之。操第三子曹植，愛修之才，常邀修談論，終夜不息。操與衆商議，欲立植爲世子。曹丕知之，密請朝歌長吴質入内府商議，因恐有人知覺，乃用大簏㊁音禄。藏吴質於中，只説是絹疋在内，載入府中。修知其事，逕來告操。毛漁（操即不殺修。）（楊修後必爲（曹）丕所殺。操令人於丕府門伺察之，丕慌告吴質，質曰〔二三〕：「無憂也。明日用大簏裝絹再入以惑之。」毛以假混真，以真混假，巧妙之極。丕如其言，以大簏載絹入。使者搜看簏中，果絹也，回報曹操。操因疑修譖害曹丕，愈惡之。毛其實可惡。操欲試曹丕、曹植之才幹，一日令各出鄴城門，却密使人分付門吏，令勿放出。曹丕先至，門吏阻之，丕只得退回。植聞之，問於修，修曰：「君奉王命而出，如有阻當者，竟斬之可也。」植然其言。及至門，門吏阻住，植叱曰：「吾奉王命，誰敢阻當！」立斬之，於是曹操以植爲能。毛修以殺人教人，操又以殺人爲能，都不是好人。鍾以身任人父子兄弟之怨，安有不殺其身者！後有人告操曰：「此乃楊修之所教也。」操大怒，因此亦不喜植。毛楊修不善處人骨肉之間。修又嘗爲曹植作答教十餘條，但操有問，植即依條答之。毛子建亦倩人代筆耶〔二四〕？操每以軍國之事問植，植對答如流，操心中甚疑。後曹丕暗買植左右，偷答教來告操。操見了，大怒曰：「匹夫安敢欺我耶！」此時已有殺修之心，今乃借惑亂軍

〔二二〕「箇」，齋本、光本作「人」。
〔二三〕「質曰」，光本倒作「曰質」，明四本「質」訛作「贄」。
〔二四〕「耶」，貫本作「也」。

心之罪殺之。毛漁補敘楊修（生平與）見殺之由，又於百忙中（夾）敘（此）閒（事）（筆），（筆法殊）妙（絕）。鍾此是口舌賈禍。修死年三十四歲。漁可爲恃才之戒。後人有詩曰〔二五〕：

聰明楊德祖，世代繼簪纓。
筆下龍蛇走，胸中錦繡成。
開〔二六〕談驚四座，捷對冠羣英。
身死因才悞，非關欲退兵。贊凡得「三公」末〔二七〕有不緘口者，乃知「緘口」二字，得三公之秘訣也。

曹操既殺楊修，佯怒夏侯惇，亦欲斬之。衆官告免，操乃叱退夏侯惇，下令來日進兵。次日，兵出斜谷界口，前面一軍相迎，爲首大將乃魏延也。毛魏延一路，於此處方見。操招魏延歸降，延〔二八〕大罵，操令龐德出戰。二將正鬭間，曹寨内火起，人報馬超劫了中後二寨。毛漁馬超忽没忽現，（寫來）又是一樣聲勢。操拔劍在手曰：「諸將退後者斬！」鍾奸雄胆力。衆將努力上〔二九〕前，魏延詐敗而走。操方麾軍回戰馬超，自立馬於高阜處，看兩軍爭戰。忽一彪軍撞至面前，大叫：「魏延在此！」毛漁魏延忽去忽來，（寫得亦與馬超）（又是）一樣聲勢。拈〔三〇〕弓搭箭，射中曹操，操翻身落馬。延棄弓綽刀，驟馬上山坡來殺曹操。毛讀至此，爲之拍案一快。刺斜裏閃出一將，大叫：「休傷吾主！」毛忘却仁〔三一〕主，而以操爲「吾主」，豈不羞殺。視之，乃龐德也。德奮力向前，戰退魏延，保操〔三二〕前行。毛讀至此，爲之廢書一嘆。馬超兵已退。操帶傷歸寨：原來被魏延射中人中，折却門牙兩箇，毛曹操此時愈嚼不得鷄肋矣。漁欲食鷄肋，折却門牙一對，稍快人心。急令醫士

〔二五〕毛本後人詩改自贊本；鍾本同贊本，贊本同明三本；漁本無。
〔二六〕「開」，致本同，其他毛校本作「閒」。
〔二七〕「末」，緑本訛作「衣」。
〔二八〕「延」上，光本有「魏」字。
〔二九〕「上」，光本、商本作「向」。
〔三〇〕「拈」字原闕，據毛校本補。
〔三一〕「仁」，業本作「亡」，貫本、商本作「舊」，滄本、光本作「故」。
〔三二〕「操」，商本作「護」。

調治。方憶楊修之言，隨將修屍收回厚塟，就令班師，却教龐德斷後。操卧於氈車之中，左右虎賁軍護衛而行。忽報斜谷山上兩邊火起，伏兵趕來，曹兵人人驚恐。正是：

依稀〔三三〕昔日潼關厄，彷彿當年赤壁危。

未知曹操性命何如〔三四〕，且看下文分解。

操殺楊修，忌才也，固爲可恨，但楊德祖處人父子兄弟骨肉之間，敢于任怨，安有不敗之理？即非疑忌如老瞞，亦未有不敗者，況疑忌如老瞞者乎？凡有聰明而好露者，皆足以殺其身也，以楊德祖爲前車可也。德祖、子建諸人再無有成事之理，輕浮躁露，無所不有，適足以殺其身而已。凡有大智慧者，必如張子房諸人，迫而後應，感而後起也，安有不叩而鳴，而祥者耶？

楊脩好露聰明，曹操忌而殺之。操固媢嫉可恨，脩亦驕吝自取也。凡成大事者，必有大智，寧以小才殺其軀耶？

〔三三〕「驚恐正是依稀」六字原闕，致本闕「依稀」，據其他毛校本補。

〔三四〕「何如」，業本、夏本、贊本同，致本闕，其他古本作「如何」。

第七十三回

玄德進位漢中王
雲長攻拔襄陽郡

劉備之爲徐州牧，爲豫州牧，是曹操假天子之命以予之者也；其爲荆州牧，孫權佯表之而操未予之〔一〕者也；若其爲益州牧，則備自予之者也。然而自予之勝於曹操之予之者，以操爲國賊，故操之予不足重也。備之爲左將軍、宜城亭侯，是天子爵之者也；若其爲漢中王，則非天子爵之，而自爵之者也。然而自爵之無異於天子之爵之者，以備能討國賊，則固天子之所欲爵也。表奏獻帝之文，稱與董承同受密詔；既受王爵之後，便令關公北伐樊城。大義昭然，炳若日月，故《綱目》於備之領益州牧、稱漢中王，無貶辭焉。

曹操稱公稱王，而子孫又追稱之爲帝：而稱於朝者，奪於天下；稱於一時者，奪於後世。天下後世之稱操，不曰公、不曰王、不曰帝，直曰賊而已矣。若關公之爲漢壽亭侯，又爲前將軍：一國爵之，天下不得而議之；一時爵之，後世不得而議之。彼時且不獨侯之將之，又從而王之帝之。可見爵以人重耳，人豈以爵重哉！

孫權之求婚於關公也，當代爲公致對曰：「兩家之和不和，不在婚與不婚也。漢中王嘗受室於東吴矣，吴侯能惠顧前好，則有孫夫人在，何必又重以某之婚姻？苟其不能，雖婚無益。」如是則辭婉而意妙，不至大傷東吴之心也。雖然，若謂荆州之失，爲關公拒婚所致，則又不然。曹仁之女曾配孫權之弟，而竟無解於赤壁之師；曹操之女亦爲獻帝之后，而究不改其篡

〔一〕「予之」，原作「之予」，毛校本同，據前後句乙正。

奪之志。此非其明驗耶？且玄德之自吴逃歸，權欲追而殺之，又欲并其妹而殺之。夫不以妹之故而不殺玄德，安能以娶關公之女故而不奪荆州？然則公之拒婚，誠不爲過，但「犬子」一語太覺不堪耳。

吕範假意做媒，倒弄假成真；諸葛瑾好意做媒，反爲好成怨。或戲曰：孫權之子，當令姑娘作伐；關公之女，須待伯母主婚。既欲親上加親，何不即使親人説親乎？予笑曰：姑娘撇却姑夫而歸，伯母不顧伯父而去，上一輩正與下一輩看樣。東吴若傳孫夫人之命〔二〕，一發不濟矣。

孔明若不使關公取樊城，則荆州可以不失；即欲使公取樊城，而另遣一大將以代公守荆州，則荆州亦可以不失。而孔明計不出此，此不得爲孔明咎也，天也。關公若能聽王甫而不用潘濬，則關公可以不死；若不用糜芳、傅士仁，則關公亦可以不死。而關公又計不及此，此不得爲關公咎也，天也。人欲興漢，而天不祚漢，天實爲之，謂之何哉！

此回正敘得襄陽之事，下回又敘斬龐德、獲于禁之事，皆快事也。而出兵之前，乃有失火爲之告凶，又有惡夢爲之告變，是蚤爲七十六回伏線也。夫爲失意伏線，而伏於將失意之時不足奇，惟伏於將快意之時則深足奇。此非作者有意爲如此之文，而實古來天然有如此之事。奈何今人眼光甚短，但能及寸，不能及尺，但能及尺，不能及文耶！

却説曹操退兵至斜谷，孔明料他必棄漢中而走，故差馬超等諸將，分兵十數路不時攻劫。【毛】補註前文。**因此操不能久住，又被魏延射了一箭，急急班師，三軍鋭氣墮盡。**【漁】今人讀者至此，豈不快哉！**前隊纔行，兩下火起，乃是馬超伏兵追趕，曹兵人**

〔二〕「命」，商本作「言」。

人喪膽。【鍾】此時甚毒。操令軍士急行，曉夜奔走無停，直至京兆，【毛】【側】【三】（京兆，）屬陝西。【二】按《一統志》：京兆，即今陝西西安府也。方始安心。【毛】【漁】此時頗快人意。

且說玄德命劉封、孟達、李嚴〔三〕等，攻取上庸【毛】【側】【三】（上庸，）屬湖廣。【二】上庸，地名，今屬湖廣鄖陽竹山。諸郡，申耽等聞操已棄漢中而走，遂皆投降。玄德安民已定，大賞三軍，人心大悅。【毛】不獨〔四〕當日人心大悅，即今日讀者至此，亦爲之大悅。於是衆將皆有推尊玄德爲帝之心，未敢逕啟，却來稟告諸葛軍師。孔明曰：「吾意已有定奪了。」隨引法正等入見玄德，曰：「今曹操專權，百姓無主。主公仁義著於天下，今已撫有兩川之地，可以應天順人，即皇帝位，【毛】【漁】孔明之意非蔑〔五〕獻帝（也，殆欲如唐肅宗靈武之事），（欲）尊帝爲上皇耳。名正言順，以討國賊。事不宜遲，便請擇吉。」玄德大驚曰：「軍師之言差矣。劉備雖然漢之宗室，乃臣子也，若爲此事，是反漢矣！」【毛】玄德以在上之天子爲辭。【鍾】（玄）德守□。〔六〕孔明曰：「非也。方今天下分崩，英雄並起，各霸一方，四海才德之士，捨死亡生而事其上者，皆欲攀龍附鳳，建立功名也。今主公避嫌守義，恐失衆人之望。願主公熟思之。」【毛】孔明以在下之人心爲辭。【鍾】從來勸進者都如此說。玄德曰：「要吾僭居尊位，吾必不敢〔七〕，可再商議長策。」諸將齊言曰：「主公若只推却，衆心解矣！」【毛】上是孔明勸進，此又寫諸將推戴〔八〕。【漁】玄德以在上天子爲辭，孔明以在下民心爲望，而又寫諸將推戴。孔明曰：「主

〔三〕「李嚴」，原作「王平」，古本同。按：《三國志·蜀書·先主傳》：建安二十四年（二一九年）「遣劉封、孟達、李平等攻申耽於上庸。」《李嚴傳》：建興八年（二三〇年）「嚴改名爲平。」《先主傳》「李嚴」誤作「李平」，《演義》「李平」誤作「王平」。據改。

〔四〕「獨」，業本訛作「讀」，商本作「特」。

〔五〕漁批「蔑」，衡校本作「廢」。

〔六〕疑句首闕一字，句尾闕字。句首酌補「玄」。

〔七〕「必不敢」，商本作「心不敢」，嘉本作「實不爲」，周本、夏本、贊本作「實不敢」。

〔八〕「又寫」，商本作「是」。句尾，商本有「也」字。

公平生以義爲本，未肯便稱尊號。今有荆襄、兩川之地，可暫爲漢中王。」玄德曰：「汝等雖欲尊吾爲王，不得天子明詔，是僭也。」毛不是辭王，但欲請詔。漁不失大道，故終成大業。孔明曰：「今宜從權，不可拘執常理。」張飛大叫曰：「異姓之人，皆欲爲君，何況哥哥乃漢朝宗派！莫説漢中王，就稱皇帝，有何不可！」毛每到玄德謙讓處，便是張飛直叫出來。贅老張爽快，快人快人。鍾老張大（快）。漁莽人説話直截痛快。玄德叱曰：「汝勿多言！」孔明曰：「主公宜從權變，先進位漢中王，然後表奏天子，未爲遲也。」毛操賊挾天子以令諸侯，天子之詔乃操主之者也。故先稱王而後奉〔九〕表，乃權宜之法。玄德再三推辭不過，只得依允。建安二十四年秋七月，築壇於沔〔一〇〕陽，毛側三（沔陽，）屬陝西。三（沔，）音免。〈二〉沔陽，地名，今屬陝西漢中府沔縣是也。方圓九里，分布五方，各設旌旗儀仗，羣臣皆依次序排列。許靖、法正請玄德登壇，進冠冕璽綬訖，面南而坐，受文武官員拜賀爲漢中王。毛稱得堂堂正正，與魏王加九錫不同。子劉禪，立爲王世子。封許靖爲太傅，法正爲尚書令，諸葛亮爲軍師，總理軍國重事。封關羽、張飛、趙雲、馬超、黄忠爲五虎大將，魏延爲漢中太守。其餘各擬功勳定爵。玄德既爲漢中王，遂修表一道，差人齎赴許都。表曰〔一一〕：

備以具臣之才，荷上將之任，總督三軍，奉辭於外；不能掃除寇難，靖匡王室，久使陛下聖教陵遲，六合之内，否而未泰：惟憂反側，疢三音趁。如疾首。毛先用自責。漁此表甚覺正大。曩者董卓，僞〔一二〕爲亂階。自是之後，羣凶縱横，殘剥海内。賴陛下聖德威臨，人臣

〔九〕「奉」，光本作「奏」。
〔一〇〕「沔」，原作「邴」，致本、業本、貫本、齋本、澹本、明四本同。據光本、商本改，後批語同。
〔一一〕毛本劉備表文删、改自贊本；鍾本、漁本同贊本，夏本、贊本删、改自嘉本，周本增、改自嘉本。按：嘉本改自《三國志·蜀書·先主傳》。
〔一二〕「僞」，商本作「倡」。

同應，或忠義[一三]奮討，或上天降罰，暴逆並殪，毛側嘉音壹。二音一。以漸氷消。毛次叙董卓、傕汜之亂，以下方說曹操。惟獨曹操，久未梟除，侵擅國權，恣心極亂。臣昔與車騎將軍董承，圖謀討操，機事不密，承見陷害。毛即奉衣帶詔一事[一四]，消受得一箇漢中王。臣播越失據，忠義不果，毛自述起兵徐州以後之事。遂得[一五]使操窮凶極逆：主后戮殺，皇子鴆害。毛此二事足[一六]定操賊罪案。雖糾合同盟，念在奮力，懦弱不武，歷年未效。常恐殞没[一七]，辜負國恩，寤寐永歎，夕惕若厲。毛又是自責之語。今臣羣僚以爲：在昔《虞書》，敦叙九族，庶明勵翼，帝王相傳，此道不廢。周監二代，並建諸姬，實賴晉、鄭夾輔之力。高祖龍興，尊王子弟，大啟九國，卒斬諸吕，以安大宗。今操惡直醜正，寔繁有徒，包藏禍心，篡盜已顯。既宗室微弱，帝族無位，斟酌古式[一八]，依假權宜：上臣爲大司馬、漢中王。毛漁以上述羣下推戴之意。臣伏自三省：受國厚恩，荷任一方，陳力未效，所獲已過，不宜復忝高位，以重罪謗。毛以上自叙謙讓之懷。羣僚見逼，迫臣以義。臣退惟寇賊不梟，國難未已，宗廟傾危，社稷將墜：誠臣憂心碎首之日。若應權通變，以寧靜聖朝，雖赴水火，所不得辭。輒順衆議，拜受印璽，以崇國威。毛漁（以上）又述羣下復請，不得復辭之（故）（意）。仰惟爵號，位高寵厚；俯思報效，憂深責重。驚怖惕息，如臨於谷。敢不盡力輸誠，奬勵六師，率齊羣義，應天順時，撲討凶逆[一九]，以寧社稷。毛此又

[一三]「忠義」，光本、商本作「効忠」。
[一四]「一事」，光本倒作「事一」。
[一五]「得」，商本脱。
[一六]「足」，齋本、光本作「是」，形訛。
[一七]「没」，商本作「越」。
[一八]「式」，商本作「代」。
[一九]「撲討凶逆」，原無，致本、業本、貫本、齋本、澹本、商本同。按：《三國志·蜀書·先主傳》有，據光本、明四本補。

述受爵以後，當討賊自效。謹拜表以聞。

表到許都，曹操在長安〔二〇〕聞知玄德自立漢中王，大怒曰：「織席小兒，安敢如此！吾誓滅之！」即時傳令，盡起傾國之兵，赴兩川與漢中王決雌雄。【毛】操以備爲英雄，自青梅煑酒之時，已知有今日矣，又何爲而怒耶？一人出班諫曰：「大王不可因一時之怒，親勞車駕遠征。臣有一計，不須張弓隻〔二一〕箭，令劉備在蜀自受其禍。待其兵衰力盡，只須一將往征之，便可成功。」操視其人，乃司馬懿也。【毛】【漁】仲達此時漸漸出頭。操喜問曰：「仲達有何高見？」懿曰：「江東孫權，以妹嫁劉備，而又乘間竊取回去；【毛】照應六十一回中事。劉備又據占荊州不還：彼此俱有切齒之恨。今可差一舌辨之士，齎書往說孫權，使興兵取荊州，劉備必發兩川之兵以救荊州。那時大王興兵去取漢川，令劉備首尾不能相救，勢必危矣。」【毛】不消自家費力，却去挑撥他人。【鍾】這計策也只尋（常）。操大喜，即修書令滿寵爲使，星夜投江東來見孫權。

權知滿寵到，遂〔二二〕與謀士商議。張昭進曰：「魏與吴〔二三〕本無讎，前因聽諸葛之説詞，致兩家連年征戰不息，生靈遭其塗炭。今滿伯寧來，必有講和之意，可以禮接之。」【毛】【漁】獨不記二喬銅雀之事乎？是操爲讐讐，而備乃婚姻〔二四〕也。權依其言，令衆謀士接滿寵入城相見。禮畢，權以賓禮待寵。寵呈上操書曰：「吴、魏自來無讎，皆因劉備之故，致生釁隙。魏王差某到此，約將軍攻取荊州，魏王以

〔二〇〕「長安」，原作「鄴郡」，毛校本同；明四本無。按：本回前文「直至京兆，方始安心」，後文「使命星夜至長安，將書呈上曹操」。長安，屬京兆。《三國志·魏書·武帝紀》：「備因險拒守。夏五月，引軍還長安。」據前後文改。

〔二一〕「隻」，光本作「搭」。

〔二二〕「遂」，光本脱。

〔二三〕按：漢制王、公、侯皆可列爲國，《三國志·魏書·武帝紀》：以冀州十郡封曹操爲魏公。沈本因魏未代漢誤改作「曹操與東吴」。

〔二四〕毛批「讐讐」，貫本作「讐」。按：「讐讐」意仇敵、讐家。「婚姻」，光本、商本作「姻婭」。

兵臨漢川，首尾夾擊。破劉之後，共分疆土，誓不相侵。」【毛】玄德不肯還荆州，曹操獨肯分疆土耶？孫權覽書畢，設筵相待滿寵，送歸舘舍安歇。權與衆謀士商議。顧雍曰：「雖是説詞，其中有理〔一二五〕。【毛】永寧柑子四十擔，前已送過；今日之議，敢不奉承？今可一面送滿寵回，約會曹操，首尾相擊，一面使人過江探雲長動静，方可行事。」【毛】【漁】張昭只要和魏，顧雍却有兩説。諸葛瑾曰：「某聞雲長自到荆州，劉備娶與妻室，先生一子，次生一女。其女尚幼，未許字人。【毛】雲長家事，却借諸葛瑾口中補出，省筆之法。【漁】雲長家内事，在諸葛瑾口中敘出。某願往與主公世子求婚。若雲長肯許，即與雲長計議共破曹操；若雲長不肯，然後助曹取荆州。」【毛】諸葛瑾有魯肅之風。孫權用其謀，先送滿寵回長安〔一二六〕，却遣諸葛瑾爲使，投荆州來。入城見雲長，禮畢，雲長曰：「子瑜此來何意？」瑾曰：「特來求結兩家之好。吾主吴侯有一子，甚聰明〔一二七〕，聞將軍有一女，特來求親。兩家結好，併力破曹。此誠美事，請君侯思之。」【毛】呂範做媒是假，諸葛瑾做媒是真。一是求壻，一是求婦，各各不同。雲長勃然大怒曰：「吾虎女安肯嫁犬子乎！【毛】「虎女」「犬子」，太覺言重。玄德曾配孫夫人矣，是虎兄而配犬妹也；孫夫人爲公之嫂矣，是虎叔而有犬嫂也。【漁】「虎女」「犬子」，言覺太重。不看汝弟之面，立斬汝首！再休多言！」【贊】利害。【鍾】雲長亦欺孫權太甚。遂喚左右逐出。【毛】做媒的往往討怠慢。瑾抱頭鼠竄，回見吴侯，不敢隱匿，遂以實告。權大怒曰：「何太無禮耶！」便喚〔一二八〕張昭等文武官員商議取荆州之策。步隲曰：「曹操久欲篡漢，所懼者劉備也。今遣使來令吴興兵吞蜀，此嫁禍於吴也。」【毛】雲長不肯嫁女，於吴無損；曹操有意嫁禍，不利於吴。【鍾】步隲的見。

〔一二五〕「理」，光本作「禮」。
〔一二六〕「長安」，原作「許都」，古本同。按：同本回校記〔一二〇〕，時曹操在長安。據改，後一處同。
〔一二七〕「子」「明」，商本作「男」「慧」。
〔一二八〕「喚」，商本作「命」。

權曰：「孤亦欲取荆州久矣。」【贊】此亦善策。〔二九〕隲曰：「今曹仁見〔三〇〕屯兵於襄陽、樊城，又無長江之險，旱路可取荆州，如何不取，却令主公動兵？只此便見其心。【毛】【漁】步隲畧有見識（，張昭不如也）。【鍾】所論大是。主公可遣使去長安見操，令曹仁旱路先起兵取荆州，雲長必掣荆州之兵而取樊城。若雲長一動，主公可遣一將暗取荆州，一舉可得矣。」【毛】【漁】爲後文吕蒙襲荆州張本。權從其議，即時遣使過江，上書曹操，陳説此事。操大喜，發付使者先回，隨遣滿寵往樊城助曹仁，爲叅謀官，商議動兵，【毛】吴讓魏先發（兵），是着乖處。一面馳檄東吴，令領兵水路接應，以取荆州。【毛】以上按下吴、魏兩邊，以下接應先主一邊。

却説漢中王令魏延總督軍馬，守禦東川。遂引百官回成都，差官起造宫庭，又置舘舍，自成都至白水，共建四百餘處舘舍亭郵。廣積糧草，多造軍器，以圖進取中原。【毛】【漁】寫西川（大起）景色。細作人探聽得曹操結連東吴，欲取荆州，即飛報入蜀。漢中王忙請孔明商議，孔明曰：「某已料曹操必有此謀。然吴中謀士極多，必教操令曹仁先興兵矣。」【毛】【漁】（可謂）明見萬里（，是以謂之孔明）。【鍾】料得定，所以爲（妙）。漢中王曰：「似此如之奈何？」孔明曰：「可差使命就送官誥與雲長，令先起兵取樊城，使敵軍膽寒，自然瓦解矣。」【毛】【漁】吴欲使魏先發，孔明又使雲長先發，一是讓先，一是占先。漢中王大喜，即差前部司馬費詩爲使，賫捧誥命，投荆州來。雲長出郭迎接入城。至公廨〔三一〕禮畢，雲長問曰：「漢中王封我何爵？」詩曰：「『五虎大將』之首。」雲長問：「那五虎將？」詩曰：「關、張、趙、馬、黄是也。」雲長怒曰：「翼德吾弟也；孟起世代名家；子龍久隨吾兄，即吾弟也：位與吾相並可也。黄忠何等人，敢與吾同列？大丈夫終不與老

〔二九〕吴本脱此句贊批。
〔三〇〕「見」同「現」，光本作「已」。
〔三一〕「廨」，貫本、齊本、光本、商本作「廳」。

卒爲伍！」【漁】其言甚壯。遂不肯受印。【毛】公太好勝，既不肯以虎配犬，又不肯以虎並虎。○嚴顔老而翼德以爲壯，黄忠不服老而雲長以爲老，二公情性又自不同。詩笑曰：「將軍差矣。昔蕭何、曹參與高祖同舉大事，最爲親近，而韓信乃楚之亡將也，然信位〔三三二〕爲王，居蕭、曹之上，未聞蕭、曹以此爲怨。【漁】引蕭、曹以証之，真仁人之言也。今漢中王雖有『五虎將』之封，而與將軍有兄弟之義，視同一體。【毛】【漁】以兄弟之義動之（，可謂善於説辭矣）。將軍即漢中王，漢中王即將軍也。豈與諸人等哉？將軍受漢中王厚恩，當與同休戚、共禍福，不宜計較官號之高下。願將軍熟思之。」【毛】詩之善於説詞，與張遼等。【鍾】説入骨去，自然動得雲長。雲長大悟，乃再拜曰：「某之不明，非足下見教，幾悞大事。」即拜受印綬。費詩方出王旨，令雲長領兵取樊城。雲長領命，即時便差傅士仁、糜芳二人爲先鋒，先引一軍於荆州城外屯扎，一面設宴城中，欵待費詩。飲至二更，忽報城外寨中火起。雲長急披掛上馬，出城看時，乃是傅士仁、糜芳飲酒，帳後遺火，燒着火砲，滿營撼動，把軍器糧草盡皆燒燬。【毛】【漁】便是不祥之兆。雲長引兵救撲，至四更方纔火滅。雲長入城，召傅士仁、糜芳責之曰：「吾令汝二人作先鋒，不曾出軍〔三三三〕，先將許多軍器糧草燒燬，火砲打死本部軍人〔三三四〕。如此悞事，要你二人何用？」叱令斬之。【毛】【漁】爲後（文）二人背公伏線。〈【毛】〉○於諸葛瑾當看軍師之面，於糜芳當看亡嫂之面。費詩告曰：「未曾出師〔三三五〕，先斬大將，於軍不利。可暫免其罪。」雲長怒氣不息，叱二人曰：「吾不看費司馬之面，必斬汝二人之首！」乃唤武士各決〔三三六〕四十，摘去先鋒印綬，罰糜芳守南郡，傅士仁守公安，【毛】既輕待之，又重託之，此公之所以悞也。【漁】既輕待而又委重任，公之所悞在此。且曰：「若吾得

〔三三二〕「位」，澹本、商本作「立」，明四本無。

〔三三三〕「軍」，商本作「師」。

〔三三四〕「人」，光本作「馬」。

〔三三五〕「師」，齋本作「兵」，光本作「軍」。

〔三三六〕「決」，業本、貫本、齋本、光本、商本作「杖」，澹本作「則」。

勝回來之日，稍有差池，二罪俱罰！」二人滿面羞慚，喏喏【二】音惹。而去。雲長便令廖化爲先鋒，關平爲副將，自總中軍，馬良、伊籍爲叅謀〔三七〕，一同征進。先是有胡華之子胡班，到荆州來投降關公，公念其舊日相救之情，甚愛之，【毛】胡班救關公是二十七回中事，於此照應出來。令隨費詩入川，見漢中王受爵。費詩辭別關公，帶了胡班，自回蜀中去了。

且說關公是日祭了「帥」字大旗，假寐於帳中。忽見一猪，其大如牛，渾身黑色，奔入帳中，徑咬雲長之足。【毛】豕屬亥，亥者水也。其江東謀害之象乎？【鍾】（夢）亦奇。【漁】應江東謀害之象。雲長大怒，急拔劍斬之，聲如裂帛，霎然驚覺，乃是一夢。便覺左足陰陰疼痛，【毛】又是不祥之兆。先主夢臂痛〔三八〕，應在龐統；關公夢足痛，應在自身。【漁】俱係不祥之兆。心中大疑，喚關平至，以夢告之。平對曰：「猪亦有龍象。龍附足，乃〔三九〕升騰之意，不必疑忌。」雲長聚多官於帳下，告以夢兆。或言吉祥者，或言不祥者，衆論不一。雲長曰：「吾大丈夫年近六旬，即死何憾！」【毛】說一「死」字，亦是〔四〇〕不祥之兆。【鍾】丈夫語。【漁】先言衰而又言死，種種不祥。正言間，蜀使至，傳漢中王旨，拜雲長爲前將軍，假節鉞，都督荆州事〔四一〕。雲長受命訖，衆官拜賀曰：「此足見猪龍之瑞也。」【毛】今日詳夢者，大都類此。於是雲長坦然不疑，遂起兵奔襄陽大路而來。

曹仁正在城中，忽報雲長自領兵來。仁大驚，欲堅守不出，副將翟元曰：「今魏王令將軍約會東吳取荆州，今彼自來，是送死也，何故避之？」叅謀滿寵諫曰：「吾素知雲長勇而有謀，未可輕敵。不如堅守，乃爲上策。」驍將夏侯存曰：「此書生

〔三七〕「謀」，商本作「軍」。
〔三八〕「痛」，貫本作「疼」。
〔三九〕「乃」，齋本作「是」，光本作「乃是」。
〔四〇〕「是」，商本作「見」。
〔四一〕「荆州事」，原作「荆襄九郡事」，古本同。按：據前後文，江夏、長沙、桂陽三郡已交割于孫吳，曹魏佔據襄陽、樊城等處，故「荆襄九郡」誤。

之言耳。【贊】可見秀才是最無用的。〔四二〕【鍾】豈非以秀才爲無用物耶？【漁】秀才說話，大抵聽不得。豈不聞『水來土掩，【毛】豈知淹七軍之水，竟不能以土掩乎？將至兵迎』？我軍以逸待勞，自可取勝。」曹仁從其言，令滿寵守樊城，自領兵來迎雲長。雲長知曹兵來，喚關平、廖化二將，受計而往。與曹兵兩陣對圓，廖化出馬搦戰，翟元出迎。二將戰不多時，化詐敗，撥馬便走，翟元從後追殺，荆州兵退二十里。【毛】先退後進，公亦善於用兵。次日，又來搦戰，夏侯存、翟元一齊出迎，荆州兵又敗，又追殺二十餘里。【毛】【漁】一退再退，誘敵（殊妙）（之法）。忽聽得背後喊聲大震，鼓角齊鳴，曹仁急〔四三〕命前軍速回，背後關平、廖化殺來，曹兵大亂。曹仁知是中計，先掣一軍飛奔襄陽，離城數里，前面繡旗招颭，雲長勒馬横刀，攔住去路。【毛】【漁】寫（得）雲長聲勢。曹仁膽戰心驚，不敢交鋒，望襄陽斜路而走，【鍾】□得他走便妙。雲長不趕。須臾，夏侯存軍至，見了雲長，大怒，便與雲長交鋒，只一合，被雲長砍死。翟元便走，被關平趕上，一刀斬之。乘勢追殺，曹兵大半死於襄江之中。曹仁退守樊城。

雲長得了襄陽，賞軍撫民。【毛】【漁】（此時）取襄陽如反掌，誠不料有後事。隨軍司馬王甫曰：「將軍一鼓而下襄陽，曹兵雖然喪膽，然以愚意論之：今東吳吕蒙屯兵陸口，常有吞併荆州之意，儻率兵逕取荆州，如之奈何？」【毛】【漁】爲吕蒙襲荆州伏（筆）（線）。【鍾】那有大敵在後，而空國出兵之理？雲長曰：「吾亦念及此。汝便可提調此事：去沿江上下，或二十里，或三十里，選高阜處置一烽火臺，每臺用五十軍守之。儻吳兵渡江，夜則明火，晝則舉煙爲號。吾〔四四〕當親往擊之。」【毛】守之以烽火，不若守之以人。王甫曰：「糜芳、傅士仁守二隘口，恐不竭力，必須再得一人

〔四二〕吳本脱此句贊批。按：明三本、贊本系正文作「秀才之言」，毛本正文作「書生之言」，贊、鍾、漁批皆從原文。
〔四三〕「急」，貫本作「即」。
〔四四〕「吾」，光本作「我」。

以總督荊州。」【毛】【漁】爲後糜、傅二人背漢伏（筆）（線）。雲長曰：「吾已差治中潘濬守之，有何慮焉？」甫曰：「潘濬平生多忌而好利，不可任用。【毛】【漁】爲後（文）潘濬失事伏（筆）（線）。可差軍前都督糧料官趙累代之。趙累爲人忠誠廉直，若用此人，萬無一失。」【毛】惜不用王甫之言。雲長曰：「吾素知潘濬爲人。今既差定，不必更改。趙累現掌糧料，亦是重事。汝勿多疑〔四五〕，只與我築烽火臺去。」【漁】不聽王甫之言，可惜。王甫怏怏【二】音養。拜辭而行。【毛】荊州之失，實原於此。雲長令關平准備船隻，渡襄江攻打樊城。

却說曹仁折了二將，退守樊城，謂滿寵曰：「不聽公言，兵敗將〔四六〕亡，失却襄陽，如之奈何？」寵曰：「雲長虎將，足智多謀，不可輕敵，只宜堅守。」正言間，人報雲長渡江而來，攻打樊城。【毛】【漁】離荊州愈遠（矣）。仁大驚，寵曰：「只宜堅守。」部將呂常奮然曰：「某乞兵數千，願當來軍於襄江之內。」寵諫曰：「不可。」呂常怒曰：「據汝等文官之言，只宜堅守，何能退敵？豈不聞兵法云：『軍半渡可擊。』【毛】兵法成語，拘執不得。今雲長軍半渡襄江，何不擊之？若兵臨城下，將至壕邊，急難抵當矣。」仁即與兵二千，令呂常出樊城迎戰。呂常來至江口，只見前面繡旗開處，雲長橫刀出馬。呂常却欲來迎，後面衆軍見雲長神威凜凜，不戰先走，【毛】【漁】寫得雲長聲勢。【鍾】曹（軍）膽落，真神威也。呂常喝止不住。雲長混殺過來，曹兵大敗，馬步軍折其大半，殘敗〔四七〕軍奔入樊城。曹仁急差人求救，使命星夜至長安，將書呈上曹操，言：「雲長破了襄陽，現圍樊城甚急。望撥大將前來救援。」曹操指班部内一人而言曰：「汝可去解樊城之圍。」其將應聲而出。衆視之，乃于禁也。【毛】【漁】曹操此時頗無眼力。禁曰：「某求一將作先鋒，領兵同去。」操又

〔四五〕「疑」，貫本作「言」。
〔四六〕「敗將」，商本倒作「將敗」。
〔四七〕「殘敗」，光本、嘉本、周本作「敗殘」。

問衆人曰：「誰敢作先鋒？」一人奮然出曰：「某願施犬馬之勞，生擒關某，獻於麾下。」操觀之大喜。正是：

未見東吴來伺隙，先看北魏又添兵。

未知此人是誰，且看下文分解。

孫權之妹〔四八〕白白送與玄德，一到東吴求親，便言「虎女不可配犬子」，亦欺孫權太甚矣，如何不嘔氣？一笑一笑。

妙哉！夏侯存罵滿寵曰：「汝是秀才之言。」可見天下極無用的是秀才，真正漢子每每耻言之。何今之秀才不自以爲耻，乃反沾沾自得也〔四九〕，真秀才乎？真秀才乎？可憐，可憐！

雲長守荆州，三十年英鋒若太陽從空照，令人不敢正視，豈（恃威）震之哉？其忠義耿耿，懾服華夏久矣。

〔四八〕「妹」，原作「姝」，緑本同，據吴本改。
〔四九〕「也」，緑本作「其」，屬下句。

第七十四回　龐令明擡櫬決死戰　關雲長放水渰七軍

關公初欲與馬超比試，而今與馬超之部將爭鋒，是與戰馬超無異也。馬超既與關公爲一家，而龐德乃與關公死戰，是亦與戰馬超無異也。以關公敵馬超，猶未爲損重；而以龐德鬭馬超，毋乃爲背主乎？其後既不肯背曹操而降關公，其初何以背馬騰而降曹操？故龐德之死，君子無取焉。

關公以水勝者有二：一爲白河之水，一爲襄江之水。白河之水，是奉孔明之命而小用之者也；襄江之水，是得孔明之意而大用之者也。小用之，不過火後之餘波；大用之，遂作軍前之勝筭。蓋孔明以水濟火，而關公則純用水。純用水，而水之功更大於前矣。雖然，玄德以孔明爲水，孔明而用水，猶之以水濟水耳。若關公性烈如火，面赤如火，坐下之馬亦如火，則雖純用水，而亦可謂之以水濟火云。

襄江之決，可以渰七軍，而不足以取樊城，何也？曰：水之灌兵也易，而灌城也難。灌兵之水，順〔一〕而速；灌城之水，漸而遲。速則敵不及防，而遲則敵能自守也。然則決泗水而取下邳，決漳水而取冀州，將毋曹操之用水獨勝於關公乎？曰：是又不然。使下邳無侯成之納欵，冀州無審榮之獻門，則二城未必可入。操之幸勝，豈盡水之力哉！

關公之欲決襄江，與冷苞之欲決涪江，其謀無異，不可以成敗論也。苞之所以敗者，彭羕告焉，而龐統防焉；公之所以勝者，成何覺焉，而于禁昧焉。法正知之蚤，故不移營而無

〔一〕「順」，原作「頓」，致本、業本同，據其他毛校本改。

傷；龐德知之晚，雖欲移營而無及。同〔二〕一謀，而謀之成不成，亦視敵之愚與不愚耳。魚入罾〔三〕口，而關公坐享漁人之利矣。乃龐德幾爲網之漏，而卒爲俎之登；于禁不爲校之烹，而幸爲池之畜。其故何也？蓋魚入罾而難脱，此禁之所以被擒；魚得水而不涸，此禁之所以終活與？

觀於樊城之不下，而知天之不欲復興漢室也。當單福取樊城之時，其兵力不足以守樊城，故其後終至棄樊城。及關公圍樊城之時，其兵力將不止於取樊城，則其時甚利於得樊城，而惜乎其中阻也。讀書至此，爲之三嘆。

却説曹操欲使于禁赴樊城救援，問衆將誰敢作先鋒。一人應聲願往，操視之，乃龐德也。【漁】先寫龐德形象勇猛。操大喜曰：「關某威震華夏，未逢對手，今遇令明，真勁敵也。」遂加于禁爲征南將軍，加龐德爲征西都先鋒，大起七軍，前往樊城。【毛】「天一生水，地六成之」，七固水之數也。這七軍，皆北方強壯之士，【三】【補註】《司馬法》云：五人爲伍，五伍爲隊。一萬二千五百人爲一軍。七軍者，計八萬七千五百人也。兩員領軍將校：一名董衡，一名董超，當日引各頭目參拜于禁。董衡曰：「今將軍提七枝重兵，去解樊城之厄〔四〕，期在必勝，乃用龐德爲先鋒，豈不悞事？」禁驚問其故，衡曰：「龐德原係馬超手下副將，不得已而降魏。今其故主在蜀，職居『五虎上將』，【毛】照應前事。況其從兄〔五〕龐柔亦在西川爲官。【毛】又補敘前文所未及。今使他爲先鋒，是潑油救火也。【鍾】董衡言大是。將軍何不啟知魏王，别換一人去？」【毛】有此一段言語，愈見下文龐德之不易〔六〕。禁

〔二〕「同」上，光本有「蓋」字。

〔三〕「罾」，商本作「網」，後一處同。

〔四〕「重」，光本脱。「厄」，商本、明三本作「危」。

〔五〕「從兄」，原作「親兄」，古本同。按：《三國志·魏書·龐德傳》裴注引魚豢《魏略》曰：「德從兄名柔，時在蜀。」據改。

〔六〕「有此一段言語」，業本作「看此董衡之言方知」。「易」下，其他毛校本有「也」字。

聞此語，遂連夜入府啟知曹操。操省悟，即喚龐德至堦下，令納下先鋒印，德大驚曰：「某正欲與大王出力，何故不肯見用？」操曰：「孤本無猜疑，但今馬超現在西川，汝兄龐柔亦在西川，俱佐劉備。孤縱不疑，奈衆口何？」毛操推託別人，亦一激之之意。鍾疑將反成激將。漁操以衆人推託，亦激之法。龐德聞之，免冠頓首，流血滿面而告曰：「某自漢中投降大王，每感厚恩，雖肝腦塗地，不能補報，大王何疑於德也？德昔在故鄉時，與兄同居，嫂甚不賢，德乘醉殺之，兄恨德入骨髓，誓不相見，恩已斷矣。毛漁殺嫂絶兄，是（爲）無親（也）。贊字字肝胆，丈夫，丈夫！〔七〕故主馬超，有勇無謀，兵敗地亡〔八〕，孤身入川，今與德各事其主，舊義已絶。毛漁背主從（操，是爲）（曹，是）無君（也）。德感大王恩遇，安敢萌異志？唯大王察之！」操乃扶起龐德，撫慰曰：「孤素知卿忠義，前言特以安衆人之心耳。卿可努力建功。卿不負孤，孤亦必不負卿也。」毛漁老賊善於用人。贊老瞞亦通。鍾奸雄轉胎換骨。德拜謝回家，令匠人造一木櫬。毛亦是死兆。三（櫬〔九〕，音層，去聲。）乃束身（之）棺材也。漁先現死兆。次日，請諸友赴席，列櫬於堂。衆親友見之，皆驚問曰：「將軍出師，何用此不祥之物？」德舉杯謂親友曰：「吾受魏王重〔一〇〕恩，誓以死報。今去樊城與關某決戰，我若不能殺彼，必爲彼所殺，即不爲彼所殺，我亦當自殺。故先備此櫬，以示無空回之理。」毛若死於疆場，當以馬革裹屍耳，何以櫬爲？贊真男子，烈丈夫，然感報知己，不得不如此也。漁大將死于沙場，當以馬革裹尸，用櫬何爲？衆皆嗟歎。德喚其妻李氏與其子龐會三考證補註會方六歲。出，謂其妻曰：「吾今爲先鋒，義當効死疆場。我若死，汝好生看養吾兒。吾兒有異相，長大必當與吾報讐也。」毛以死自誓固是好漢，惜其用之不當耳。三考證後（來）會跟鄧艾收川，

〔七〕吴本脱此句贊批。

〔八〕「兵敗地亡」，光本、商本「地」作「將」，明四本作「不能下士」。

〔九〕周批「櫬」，原作「襯」，形訛，據夏批改。

〔一〇〕「重」，貫本、光本作「厚」。

果然盡殺關公子（孫），應父之言也。【贊】龐令明壯則壯矣，還須祈一関籤［一一］，問其吉凶可也。一笑，一笑。【漁】與妻子作別，出此悽惶之語，大丈夫所爲乎？徒然一勇夫耳。妻子痛哭送別，德令扶櫬而行。【鍾】真男子，烈丈父，然感報知己，不得不如此也。臨行，謂部將曰：「吾今去與關某死戰，我若被關某所殺，汝等即［一二］取吾屍置此櫬中。【毛】【漁】後被周倉活擒，究竟此櫬無用。我若殺了關某，吾亦即取其首，置此櫬內，回獻魏王。」【毛】櫬爲己設則可，若爲敵設，益覺無謂。部將五百人皆曰：「將軍如此忠勇，某等敢不竭力相助！」於是引軍前進。有人將此言報知曹操。操喜曰：「龐德忠勇如此，孤何憂焉！」賈詡曰：「龐德恃血氣之勇，欲與關某決死戰，臣竊慮之。」【毛】【漁】賈詡先料其敗。【鍾】賈詡有遠慮。操然其言，急令人傳旨戒龐德曰：「關某智勇雙全，切不可輕敵。可取則取，不可取則宜謹守。」龐德聞命，謂衆將曰：「大王何重視關某也？吾料此去，當挫關某三十年之聲價。」【毛】誰知關公［一三］聲價，雖死不挫乎？【漁】豈知関公聲價之難挫乎？禁曰：「魏王之言，不可不從。」德奮然趲軍前至樊城，耀武揚威，鳴鑼擊鼓。

却說關公正坐帳中，忽探馬飛報：「曹操差于禁爲將，領七枝精壯兵到來。前部先鋒龐德，軍前擡一木櫬，口出不遜之言，誓欲與將軍決一死戰。兵離城止三十里矣。」關公聞言，勃然變色，美髯飄動，大怒曰：「天下英雄聞吾之名，無不畏服。龐德豎子，何敢藐視吾耶！」【毛】【漁】關公（一生）好勝，又遇（着一箇）不怕死的。【鍾】英雄本色。關［一四］平一面攻打樊城，吾自去斬此匹夫，以雪吾恨！」平曰：「父親不可以泰山之重，與頑石争高下。辱子願代父去戰龐德。」關公曰：「汝試一往，吾隨後便來接應。」關平出帳，提刀上馬，領兵來迎龐德。兩陣對

［一一］「籤」，緑本訛作「將」。
［一二］「即」，商本作「急」，明四本無。
［一三］「公」，商本作「某」。
［一四］「關」上，原有「喚」字，致本同，光本有「令」字，明四本有「喚子」二字。據其他毛校本删。

圓，魏營一面皂旗，上大書「南安〔一五〕龐德」四箇白字。毛用白書字，便是掛孝之兆，頗似今之銘旌。龐德青袍銀鎧，鋼刀白馬，立於陣前，背後五百軍兵緊隨，步卒數人肩擡木櫬而出。關平大罵龐德：「背主之賊！」毛漁（「背主」）二字，罵得切當。龐德問部卒曰：「此何人也？」或答曰：「此關公義子關平也。」德叫曰：「吾奉魏王旨，來取汝父之首！汝乃疥癩小兒，吾不殺汝！快喚汝父來！」毛龐德無兄，豈識關公有子。平大怒，縱馬舞刀，來取龐德，德橫刀來迎。戰三十合，不分勝負，兩家各歇。毛不是〔一六〕寫龐德，是寫關公。蚤有人報知關公。公大怒，令廖化去攻樊城，自己親來迎敵龐德。關平接着，言與龐德交戰不分勝負。關公隨即横刀出馬，大叫曰：「關雲長在此，龐德何不蚤來受死！」毛龐德來討死，公乃欲以死與之。漁関公先以死許之。鼓聲響處，龐德出馬曰：「吾奉魏王旨，特來取汝首！恐汝不信，備櫬在此。汝若怕死，早下〔一七〕馬受降！」關公大罵曰：「量汝一匹夫，亦〔一八〕何能爲！可惜我青龍刀，斬汝鼠賊！」毛漁爲刀惜，亦當爲公惜。縱馬舞刀，來取龐德。德輪刀來迎。二將戰有百餘合，精神倍長。兩軍各看得癡呆了。毛漁在衆（人）（軍）眼〔一九〕中寫一句。魏軍恐龐德有失，急令鳴金收軍。關平恐父年老，亦急鳴金。二將各退。鍾兩人的是對手。龐德歸寨，對衆曰：「人言關公英雄，今日方信也。」毛漁（龐）德（此時）亦心服（矣）。正言間，于禁至。相見畢，禁曰：「聞將軍戰關公，百合之上，未得便宜，何不且退軍避之？」德奮然曰：「魏王命將軍爲大將，何太弱也？吾來日與關某共決一死，誓不退避！」毛漁到底只是要尋死。禁不敢阻而回。

〔一五〕「南安」，原作「安南」，致本、業本、貫本、齋本、滄本、夏本、贊本同。按：《三國志·魏書·龐德傳》：「龐德字令明，南安狟道人也。」據其他古本乙正。

〔一六〕「是」，光本作「平」。

〔一七〕「早下」二字原闕，據毛校本補。

〔一八〕「亦」，光本作「有」，明四本無。

〔一九〕漁批「眼」，原作「口」。按：「眼」字通，據衡校本改。

却説關公回寨，謂關平曰：「龐德刀法慣熟，真吾敵手。」平曰：「俗云：『初生之犢不懼虎。』父親縱然斬了此人，只是西羌一小卒耳。倘有疎虞，非所以重伯父之託也。」【毛】【漁】關平之言，深見大體。【鍾】關平大通。關公曰：「吾不殺此人，何以雪恨？吾意已決，再勿多言！」次日，上馬引兵前進。龐德亦引兵來迎。兩陣對圓，二將齊出，更不打話，出馬交鋒。鬬至五十餘合，龐德撥回馬，拖刀而走。關公從〔二〇〕後追趕。關平恐有疎失，亦隨後趕去。【毛】關平處處精細。關公口中大罵：「龐賊！欲使拖刀計，吾豈懼汝？」原來龐德虛作拖刀勢，却把刀就鞍韉掛住，偷拽雕弓，搭上箭射將來。【毛】不能以刀勝，而欲以箭勝，亦不算英雄。關平眼快，見龐德拽弓，大叫：「賊將休放冷箭！」【毛】關平能。【漁】関平精細，而又有能略。關公急睁眼看時，弓弦響處，箭早到來，躲閃不及，正中左臂。關平馬到，救父回營。龐德勒回馬輪刀趕來，忽聽得本營鑼〔二一〕聲大震。德恐後軍有失，急勒馬回。原來于禁見龐德射中關公，恐他成了大功，滅禁〔二二〕威風，故鳴金收軍。【毛】【漁】于禁初阻龐德，今故忌之。【鍾】觀于禁忌，則知龐德之敗、雲長之勝，皆于禁有以成之也。龐德回馬，問：「何故鳴金？」于禁曰：「魏王有戒：關公智勇雙全。他雖中箭，只恐有詐，故鳴金收軍。」【毛】解説得勉强。【漁】却是好語。德曰：「若不收軍，吾已斬了此人也！」【毛】有關平相救，只怕未必。禁曰：「『緊行無好步』，當緩圖〔二三〕之。」龐德不知于禁之意，只懊悔不已。

却説關公回營，拔了箭頭。幸得箭射不深，用金瘡藥敷之。【毛】【漁】後文（有）一箭射得重，此（處先有）（時）一箭射得輕，爲之作引。關公痛恨龐德，謂衆將曰：「吾誓報此一箭之讐！」衆將對曰：「將軍且待〔二四〕安息幾日，然後與戰未遲。」次日，人

〔二〇〕「從」，嘉本無，周本、夏本、贊本作「背」，貫本作「隨」。
〔二一〕「鑼」，商本訛作「鼓」。
〔二二〕「滅禁」，齋本倒作「禁滅」。
〔二三〕「圖」，光本作「鬪」。
〔二四〕「待」，貫本作「暫」，明四本無。

報龐德引軍搦戰，關公就要出戰，衆將勸住。龐德令小軍毁罵。關平把住隘口，分付衆將休報知關公。【毛】【漁】寫關平精細（之極）。龐德搦戰十餘日，無人出迎，乃與于禁商議曰：「眼見關公箭瘡舉發，不能動止〔二五〕，不若乘此機會，統七軍一擁殺入寨中，可救樊城之圍。」于禁恐龐德成功，只把魏王戒旨相推，不肯動兵。【毛】【漁】于禁（之）忌（龐德），正爲龐德背馬超之報。【鍾】把箇戒約與他鉗口。龐德累欲動兵，于禁只不允，乃移七軍轉過山口，離樊城北十里，依山下寨，禁自領兵截斷大路，令龐德屯兵於谷後，使德不能進兵成功。【毛】龐德前爲楊松之忌，遂降曹操；今有于禁之忌，何不降關公？

却説關平見關公箭瘡已合，甚是〔二六〕喜悦。忽聽得于禁移七軍於樊城之北下寨，未知其謀，即報〔二七〕知關公。公遂上馬，引數騎上高阜處望之，見樊城城上旗號不〔二八〕整，軍士慌亂，【毛】又在關公眼中帶寫樊城一筆。城北十里山谷之内，屯着軍馬，又見襄江水勢甚急。【毛】【漁】伏筆甚妙。看了半晌，喚鄉導官問曰：「樊城北十里山谷，是何地名？」對曰：「罾口川也。」關公大〔二九〕喜曰：「于禁必爲我擒矣。」將〔三〇〕士問曰：「將軍何以知之？」關公曰：「『魚〔三一〕』入『罾口』，豈能久乎？」【毛】坡名落鳳，龐統被射；川名罾口，于禁被擒，正復相似。而龐統則自覺之，于禁則不自知，而關公知之。【漁】前龐統過落鳳坡而死，今于禁入罾口豈能生乎？諸將未信。公回本寨。時值八月秋天，驟雨數日，公令人預備船筏，收拾水具。關平問曰：「陸地相持，何用水具？」公曰：「非汝所知也，于禁七軍不屯於廣易之地，而聚於罾口川險隘之處。方今秋雨連綿，襄江之水必

〔二五〕「止」，光本作「作」。
〔二六〕「是」，光本作「爲」。
〔二七〕「即報」二字原闕，據毛校本補。
〔二八〕「旗號不」三字原闕，據毛校本補。
〔二九〕「大」，商本脱。
〔三〇〕「將」，商本作「軍」。
〔三一〕「魚」，原作「于」，毛校本、夏本、贊本同。按：兩字皆通，取直意，據嘉本、周本改。

然泛漲，吾已差人堰住各處水口，待水發時，乘高就船，放水一渰，樊城、罾口川之兵皆爲魚鱉矣。」毛漁不獨于禁爲魚，七軍皆爲魚矣。關平拜服。

却説魏軍屯於罾口川，連日大雨不止，督將成何三補註魏將（也），姓成名何。來見于禁曰：「大軍屯於川口，地勢甚低，雖有土山，離營稍遠〔三二〕。即今秋雨連綿，軍士艱辛。近有人報説荆州兵移於高阜處，毛關公移兵，在成何口中補出。又於漢水口預備戰筏。倘江水泛漲，我軍危矣，宜蚤爲計。」鍾成何甚通。于禁叱曰：「匹夫惑吾軍心耶！再有多言者斬之！」毛于禁可固〔三三〕知兵，今何愚昧之甚？總之人不可以有私，私則敝明，可不戒哉！漁于禁何愚之甚？成何羞慚而退，却來見龐德説此事。德曰：「汝所見甚當。于將軍〔三四〕不肯移兵，吾明日自移軍屯於他處。」毛漁只怕等（不到）明日（不得）。計議方定，是夜風雨大作。龐德坐於〔三五〕帳中，只聽得萬馬爭奔，征鼙震地。德大驚，急出帳上馬看時，四面八方大水〔三六〕驟至；七軍亂竄，隨波逐浪者，不計其數。鍾妙筭天□。平地水深丈餘，于禁、龐德與諸將各登小山避水。毛「地水師」化作「水山蹇」。比及平明，關公及衆將皆搖旗鼓譟，乘大船而來。于禁見四下無路，左右止有五六十人，料不能逃，口稱「願降」。毛漁不濟事。關公令盡去衣甲，拘收入船，毛初入罾口，今則已入魚舟。然後來擒龐德。時龐德并二董及成何，與步卒五百人，皆無衣甲，立在堤上。見關公來，龐德全無懼怯，奮然前來接戰。關公將船四面圍定，軍士一齊放箭，射死魏兵大半。董衡、董超見勢已危，乃告龐德曰：「軍士折傷大半，四下無路，不如投降。」龐德大怒曰：「吾受魏王厚恩，豈肯屈節於人！」遂親斬董超、董衡〔三七〕

〔三二〕「遠」，商本作「近」。
〔三三〕「可固」，致本作「可謂」，業本、貫本作「看來」，澹本作「向來」，其他毛校本作「素來」。
〔三四〕「于將軍」，貫本作「奈大軍」。
〔三五〕「於」，商本作「在」。
〔三六〕「大水」，貫本作「風雨」。
〔三七〕「董超董衡」，光本、商本倒作「董衡董超」，嘉本作「超衡」。

於前，【毛】其初本是二董疑龐德，今反是龐德殺二董，出於意外。厲聲曰：「再説降者，以此二人爲例！」【贊】令明〔三八〕漢子。於是衆皆奮力禦敵。自平明戰至日中，勇力倍增。關公催四面急攻，矢石如雨，德令軍士用短兵接戰。德回顧成何曰：「吾聞『勇將不怯死以苟免，壯士不毀節而求生』。【毛】此二〔三九〕語，在被擒於曹操時，何不記之？今日乃我死日也。【毛】【漁】死則死矣，但不知木櫬何處去（耳）（矣）。汝可努力死戰。」【鍾】壯哉！丈夫語也。成何依令向前，被關公一箭射落水中。衆軍皆降，止有龐德一人力戰。正遇荊州數十人駕小舟〔四〇〕近隄來，德提刀飛身一躍，早上小船，立殺十餘人，【毛】有此本事，可惜用之不得其當。【漁】如此人物，可惜事非其主。餘皆棄船赴水逃命〔四一〕。龐德一手提刀，一手使短棹，欲向樊城而走。【毛】與許褚渭橋之舟彷佛相類。只見上流頭一將，撐大筏而至，將小船撞翻，龐德落於水中。船上那將跳下水去，生擒龐德上船。衆視之，擒龐德者，乃周倉也。【毛】先敘其功，後出其名。倉素知水性，又在荊州住了數年，愈加慣熟，更兼力大，因此擒了龐德。【毛】【漁】又補敘周倉武藝。于禁所領七軍，皆死於水中。其會水者，料無去路，亦俱〔四二〕投降。後人有詩曰〔四三〕：

夜半征鼙響震天，襄樊平地作深淵。
關公神算誰能及，華夏威名萬古傳。

關公回到高阜去處，升帳而坐。羣刀手押過于禁來。禁拜伏於地，乞哀請命。【毛】【漁】大失體面。關公曰：「汝怎敢抗吾？」禁曰：「上命差遣，身不由己。望君侯憐憫，誓以死報。」公綽髯笑曰：

〔三八〕贊批「令明」，吴本訛作「今明」，緑本訛作「今朝」。
〔三九〕「二」，業本、齋本、潛本、商本作「一」。
〔四〇〕「舟」，商本作「船」。
〔四一〕「逃命」，商本作「而逃」，明四本無。
〔四二〕「俱」，貫本作「皆」，明四本無。
〔四三〕毛本後人詩四句删自贊本八句，取首尾四句；鍾本、漁本同贊本，贊本同明三本。

「吾〔四四〕殺汝，猶殺狗彘耳，空汚刀斧！」令人縛送荆州大牢内監候，毛漁荆州（大）（之）牢，權作放生池〔四五〕。「待吾回，別作區處。」發落去訖。毛爲後文伏筆。三補註于禁後來轉在東吴。吴（送）還魏，魏文帝將于禁一事（繪於）（畫在）魏武帝廟内，却令（于）禁往拜之。禁見壁上畫關公坐於帳上，禁拜伏於地，龐悳立而不跪。禁大慙，因此服毒而死。關公又令押過龐德。德睁眉怒目，立而不跪。毛不肯跪關公，獨肯跪曹操，殊無足取。關公曰：「汝兄現在漢中，汝故主馬超亦在蜀中爲大將，汝如何不蚤降？」毛絶不記被射之恨，何等卓犖。德大怒曰：「吾寧死於刀下，豈降汝耶！」毛德之所以不降者，想以妻子在許昌故耶？嫂可殺，兄可絶，而妻子獨不可棄耶？漁視死猶生，不可以失身于人而忽之。罵不絶口。贊令明漢子。〔四六〕鍾令明死不肯降，真丈夫也。公大怒，喝令刀斧手推出斬之。德引頸受刑。關公憐而葬之。毛此時定是關公另以木櫬葬之，原來之櫬不知漂没歸何所矣。於是乘水勢未退，復上戰船，引大小將校來攻樊城。

却説樊城周圍白浪滔天，水勢益甚，城垣漸漸浸塌，男女擔土搬磚，填塞不住。曹軍衆將〔四七〕無不喪膽，慌忙來告曹仁〔四八〕曰：「今日之危，非力可救，可趁敵軍未至，乘舟夜走，雖然失城，尚可全身。」毛漁皆是怕死的。仁從其言〔四九〕，方欲備船出走，滿寵諫曰：「不可。山水驟至，豈能長存？不旬日即當自退。毛成何知水之將來，滿寵知水之將去，而一見聽，一不見聽，亦有幸有不幸焉。漁滿寵知水之將去，可稱智矣。關公雖未攻城，已遣別將在〔五〇〕郟下。三（地名，）今河南郟縣是也。三（郟〔五一〕下），

〔四四〕「吾」，光本作「我」。
〔四五〕毛批「池」，貫本作「地」。
〔四六〕贊批原闕首字，緑本脱此句贊批，據吴本補。
〔四七〕「曹軍衆將」，原作「曹仁諸將」，致本、明四本同。按：後句作「告曹仁」，「曹軍衆將」通，據其他毛校本改。
〔四八〕「仁」，致本同，其他毛校本作「仁仁」。
〔四九〕「仁從其言」，致本同，其他毛校本作「正商議」。
〔五〇〕「在」，光本、商本作「往」。
〔五一〕贊本系正文及夾注「郟」，原作「陜」。按：《三國志·魏書·滿寵傳》：「聞羽遣別將已在郟下。」據毛本、明三本正文及夾注改。

屬河南。其所以不敢輕進者，慮吾軍襲其後也。今若棄城而去，黄河以南，非國家之有矣。願將軍固守此城，以爲保障。」鍾滿寵有大經畧，非等閑議論也。仁拱手稱謝曰：「非伯寧之教，幾悞大事。」毛漁若無滿寵，則樊城（必）（已）爲關公所有〈毛〉；關公既得樊城，則舉黄河以南，皆可據而有之。如是則吕蒙雖襲荆州，而關公猶不至於無以自立也。而滿寵言之，曹仁聽之〈毛漁〉，豈非天（哉）（意乎）！乃騎白馬上城，聚衆將發誓曰：「吾受魏王命，保守此城，但有言棄城而去者斬！」諸將皆曰：「某等願以死據守！」仁大喜，就城上設弓弩數百，軍士晝夜防護，不敢懈怠。老幼居民，擔土石填塞城垣。旬日之內，水勢漸退。關公自擒魏將于禁等，威震天下，無不驚駭。忽次子關興來寨内省親，毛漁關興於此（處）出現。公就令興賫諸官立功文書，去成都見漢中王各求陞遷。毛但求陞遷，而不求添兵相助，是亦疎虞處。興拜辭父親，逕投成都去訖。毛漁虧此一去〔五二〕，關公留得一子。

却説關公分兵一半，直抵郟下。公自領兵四面攻打樊城。當日關公自到北門，立馬揚鞭，指而問曰：「汝等鼠輩，不蚤來降，更待何時？」正言間，曹仁在敵樓上，見關公身上止披掩心甲，斜袒着緑袍，乃急招五百弓弩手，一〔五三〕齊放箭。公急勒回馬〔五四〕時，右臂上中一弩箭，翻身落馬。鍾（恃）勇悞事。正是：

水裏七軍方喪膽，城中一箭忽傷身。

未知關公性命如何，且看下文分解。

龐德舁櫬而行，志已必不兩立，非彼即此，定當一傷。此亦丈夫圖事之法也。天下事只有成敗兩途：成則爲王，敗則爲寇，此定理也，何必畏首畏尾以取笑天下乎？如龐

〔五二〕毛批「去」，光本作「處」。
〔五三〕「披……一」十八字原闕，據毛校本補。
〔五四〕「回馬」，光本、商本倒作「馬回」。

德者，真丈夫圖事之樣子也，可取可取。

雲長欲降龐德，龐德不降。兩兩丈夫，俱堪敬服。如于禁者，真犬彘耳，何足言哉！

將軍戰死沙場，幸也。龐德舁櫬而行，何哉！天下成敗兩途，原不並立，其有死無二，百折不回，鬚眉丈夫，決不可無此壯志。

第七十五回 關雲長刮骨療毒 呂子明白衣渡江

吉平截指罵賊，是良醫爲烈漢；關公刮骨療毒，是烈漢遇良醫。可見忠臣義士，不怕疼痛；若怕疼痛，便做不得忠臣義士矣。然臨難不怕，必是平日先不怕。惟平日有刮骨之關公，然後臨難有截指之吉平也。

華佗醫周泰，一請便到；醫關公，不請自來。古之名醫，志〔一〕在濟人利物；絶不似今之名醫，善於拏班，巧於圖利，幾番邀請，方纔入門，先講謝儀，然後開手也。能慕忠臣者，即是忠臣；能救義士者，即是義士。吉平、華佗是一人，不是兩人。

此回方寫關公有病而如無病，便即〔二〕寫呂蒙無病而詐有病；方寫華佗醫真病，便接寫陸遜醫假病。華佗知藥箭之毒，而去其毒，是以藥治藥也；陸遜知呂蒙之假病，而又教之以託病，是以病醫病也。而又有奇焉者：關公有受病之臂，亦有受病之心，尊己而傲物，是受病之心也；陸遜有去病之方，亦有發病之方，幣重而言甘，是發病之方也。呂蒙辭職，而關公以爲去一疾，視去臂上之疾而更快；乃荆州撤備，而關公又中一毒，視中藥箭之毒而更深。若孔明以借風醫周郎而周郎愈，龐統以連環醫北軍而北軍亡。二公分用之，而陸遜以一人兼用之，比前文更自出色。

觀孫權之聽呂蒙，而吴與魏皆爲漢賊矣。權若乘關公之距樊城而北取徐州，以共分中原，則漢室可興，而操賊可滅。奈何忘砍案之誓，

〔一〕「志」，商本脱。
〔二〕「即」，光本作「接」。

背昔日之盟，而反陰與操約，以圖關公乎？所以然者，不過争〔三〕一荆州耳。劉備取荆州於曹操，本未嘗假荆州於孫權，其曰借曰還，不過孔明一時權變之辭，欲結權以爲討操之助；而乃認爲真借，而望其真還，分之不足，又從而襲〔四〕之，致使玄德之志不得伸，而關公之功不得就，豈不重可恨哉！

周瑜在而孫、劉〔五〕之交離，周瑜死而孫、劉之交合；魯肅用而孫、劉之交合，魯肅死而孫、劉之交又離。蓋周瑜之見異於魯肅，而魯肅之見又異於吕蒙也。肅欲結劉備以拒操，與孔明所〔六〕見畧同，故終魯肅之世，吴、蜀未嘗相攻。及吕蒙柄用，而背盟失義至於如此，悲夫！

曹仁欲棄樊城，而滿寵止之；曹操欲離許昌，而司馬懿又止之。夫樊城棄，而大河以南皆震動矣；許都遷，而大河以北亦皆震動矣。乃韓信破趙之先聲，足以奪燕而遂能取燕；關公破襄陽之先聲，足以奪操而卒不能取操。豈關公之用兵，不如韓信哉？遭時之不偶耳。唐人詩云：「關張無命欲何如。」誠哉其無命也！

先主輕陸遜而敗，蚤有關公輕陸遜而失以爲之樣子矣。吕蒙白衣摇櫓而取荆州，先有周善白衣摇櫓而取孫夫人以爲之樣子矣。凡有一事於後，必先有一事以見其端者。故曰：「前事不忘，後事之師。」

却説曹仁見關公落馬，即引兵衝出城來，被關平一陣殺回，救關公歸寨，拔出臂箭。原來箭頭有藥，毒已入骨，右臂青腫，不能運動。毛 龐德心毒而箭不毒，曹仁箭毒而心亦毒。**關平慌與衆將商議曰：「父親若損此臂，安能出敵？不如暫回荆州調理。」**

〔三〕「争」，貫本脱。
〔四〕「襲」，商本作「擊」。
〔五〕「劉」，光本作「權」，後一處同。
〔六〕「所」，商本作「之」。

於是與衆將入帳見關公。公問曰：「汝等來有何事？」【贊】丈夫。【鍾】好漢。衆對曰：「某等因見君侯右臂損傷，恐臨敵致怒，衝突不便。衆議可暫班師回荆州調理。」【毛】周郎在南郡中箭，而程普勸其回軍；關公在樊城中箭，而關平勸其回軍。周郎之受傷也輕，關公之受傷也重。極相似，又極不相似。公怒曰：「吾取樊城，只在目前。取了樊城，即當長驅大進，逕到許都，勦滅操賊，以安漢室。【毛】不必有是事，不可無是心；既已有是心，即如有是事。〈【毛】【漁】〉壯〔七〕哉關公！千古仰之。【鍾】其願頗大。豈可因小瘡而悞大事？汝等敢慢吾軍心耶！」【贊】丈夫。平等默然而退。衆將見公不肯退兵，瘡又不痊，只得四方訪問名醫。

忽一日，有人從江東駕小舟而來，直至寨前。小校引見關平。平視其人：方巾濶服，臂挽青囊，自言姓名：「乃沛國譙縣〔八〕人，姓華名佗，字元化。因聞關將軍乃天下英雄，今中毒箭，特來醫治。」【毛】【漁】不請自來，脱盡近日名醫之套。平曰：「莫非昔日醫東吴周泰者乎？」【毛】借關平口中，將十五回中事一提。佗曰：「然。」平大喜，即與衆將同引華佗入帳見關公。時關公本是臂疼，恐慢軍心，無可消遣，正與馬良弈棋，【漁】弈棋便是静養。【鍾】英雄志。聞有醫者至，即召入。禮畢，賜坐。茶罷，佗請臂視之。公袒下衣袍，伸臂令佗看視。佗曰：「此乃弩箭所傷，其中有烏頭之藥，直透入骨，若不早治，此臂無用矣。」【毛】先講病源。公曰：「用何物治之？」佗曰：「某自有治法，但恐君侯懼耳。」【毛】【漁】未説出治法，先用一驚人語。公笑曰：「吾視死如歸，有何懼哉？」【毛】不懼敵，豈懼醫。【贊】【鍾】丈夫（語）。佗曰：「當於静處立一標柱，上釘大環，請君侯將臂穿於環中，以繩繫之，然後以被蒙其首。吾用尖刀割開皮肉，直至於骨，刮去骨上箭毒，用藥敷之，以線縫其口，方可無事。但恐君侯懼耳。」【毛】【漁】既説出治法，又用一驚人語。公笑曰：「如此容易！何用柱

〔七〕毛批「壯」，商本作「大」。
〔八〕同第一回校記〔四八〕。

環？」【毛】不懼箭，豈懼刀。令設酒席相待。公飲數杯酒畢，一面仍與馬良弈棋，伸臂令佗割之。【毛】如此神醫難得，如此病人更難得。【贊】聖人，大〔九〕聖人。【鍾】華佗神醫，髯翁神勇。佗取尖刀在手，令一小校捧一大盆於臂下接血。佗曰：「某便下手，君侯勿驚。」【毛】【漁】臨下手時，再用一驚人語。公曰：「任汝醫治，吾豈比世間俗子懼痛者耶！」【毛】華佗之語驚人，關公之語更是驚人。佗乃下刀，割開皮肉，直至於骨，骨上已青，佗用刀刮骨，悉悉有聲。帳上帳下見者，皆掩面失色。【毛】【漁】今（日）（人）讀者亦爲之寒心，何況當日見者，（能不爲之失色）（豈不落胆）？公飲酒食肉，談笑弈棋，全無痛苦之色。【毛】若以他人當此，臂色既青，面色必白，青色既去，面色亦失矣。【贊】【鍾】此老真個不俗。須臾，血流盈盆。佗刮盡其毒，敷上藥，以線縫之。公大笑而起，謂衆將曰：「此臂伸舒如故，並無痛矣。先生真神醫也！」【毛】如此醫人是神醫，如此病人亦是神人。佗曰：「某爲醫一生，未嘗見此。君侯真天神也！」【毛】病人未嘗見此醫人，醫人亦未嘗見此病人。後人有詩曰〔一〇〕：

治病須分内外科，世間妙藝苦無多。
神威罕及惟關將，聖手能醫説華佗。

關公箭瘡既愈，設席款謝華佗。佗曰：「君侯箭瘡雖治〔一一〕，然須愛護。切勿怒氣傷觸。過百日後，平復如舊矣。」關公以金百兩酬之，佗曰：「某聞君侯高義，特來醫治，豈望報乎！」堅辭不受。【毛】不索謝儀，又脱盡近日名醫之套。留藥一貼，以敷瘡口，辭别而去。

却説關公擒了于禁，斬了龐德，威名大震，華夏皆驚。探馬報到長安〔一二〕，【毛】以上按下關公一邊，

〔九〕「大」，緑本訛作「人」。
〔一〇〕毛本後人詩四句删自贊本八句，取首四句；鍾本同贊本，贊本改自嘉本，周本、夏本同嘉本；漁本無。
〔一一〕「箭瘡雖治」，商本「治」作「愈」，明四本作「貴恙」。
〔一二〕「長安」，原作「許都」，古本同。按：同第七十三回校記〔二〇〕，據改。

以下再敘曹操一邊。漁再敘曹操。曹操大驚，聚文武商議曰：「孤素知雲長智勇蓋世，今據荆襄，如虎生翼。于禁被擒，龐德被斬，魏兵挫鋭，倘[一三]彼率兵直至許都，如之奈何？孤欲遷都以避之。」毛此時老賊亦膽落矣。〈毛漁〉曹操欲離許都，與曹仁欲棄樊城，一樣怕法。司馬懿諫曰：「不可。于禁等被水所渰，非戰之故，於國家大計，本無所損。今孫、劉[一四]失好，雲長得志，孫權必不喜。大王可遣使去東吴陳説利害，令孫權暗暗起兵躡雲長之後，許事平之日，割江南之地以封孫權，則樊城之危自解矣。」毛漁司馬懿之止曹操，與滿寵之止曹仁，（差足相彷）（正相彷佛）。贊成事之人，自有主張。[一五]鍾仲達深□人情□酌事。西曹屬[一六]蔣濟曰：「仲達之言是也。今可即發使往東吴，不必遷都動衆。」操依允，遂不遷都，因歎謂諸將曰：「于禁從孤三十年，何期臨危反不如龐德也？毛人固不易知，知人亦不易也。今[一七]一面遣使致書東吴，一面必得一大將以當雲長之鋭。」鍾此着亦緊要。言未畢，堦下一將應聲而出曰：「某願往。」操視之，乃徐晃也。操大喜，遂撥精兵五萬，令徐晃爲將，吕建副之，尅日起兵，毛曹仁有援兵，關公無應兵，衆寡之勢不敵。前到陽陵陂[一八]駐劄，看東南有應，然後征進。毛以上按下曹操一邊，以下接入孫權一邊。

却説孫權接得曹操書信，覽畢，欣然應允，毛自滿寵致書以後，此是第二封矣。即修書發付使者先回，乃聚文武商議。張昭曰：「近聞雲長擒于禁，斬龐德，威震華夏，毛漁此言關公未可勝。操欲遷都以避其鋒。今樊城危急，遣使求救，事定之後，恐有反

[一三]「倘」，光本作「尚」，形訛。

[一四]「孫劉」，光本訛作「孫權」，明四本作「劉備孫權」。

[一五]吴本脱此句贊批。

[一六]「西曹屬」，原作「主簿」，古本同。按：《通鑑·漢紀六十》：「丞相軍司馬司馬懿、西曹屬蔣濟言於操。」據改。

[一七]「今」，貫本、光本、商本作「令」。

[一八]「陽陵陂」，原作「楊陵坡」，致本、業本、貫本、齋本、瀋本、光本、贊本同；商本作「楊陸陂」，明三本作「陽陵坡」。按：《三國志·魏書·徐晃傳》：「遂前至陽陵陂屯。」據改。

覆。」【毛】此言關公縱可勝，而曹操又可疑。【漁】又言曹操奸猾難信。權未及發言，忽報：「呂蒙乘小舟自陸口來，有事面禀。」權召入問之，蒙曰：「今雲長提兵圍樊城，可乘其遠出，襲取荆州。」【毛】但筭關公一邊，不筭曹操一邊。權曰：「孤欲北取徐州，如何？」【毛】按下關公，欲取曹操。蒙曰：「今操遠在長安〔一九〕，未暇東顧，徐州守兵無多，往自可克。然其地勢利於陸戰，不利水戰，縱然得之，亦難保守。不如先取荆州，全據長江，別作良圖。」【毛】按下曹操，欲取荆州。【鍾】的是上策。權曰：「孤本欲取荆州，前言特以試卿耳。卿可速爲孤圖之，孤當隨後便起兵也。」【毛】魯肅若在，必主取徐州之議以共分中原，必不使孫權攻關公以助曹操。呂蒙辭了孫權，回至陸口，蚤有哨馬報説，沿江上下，或二十里，或三十里，高阜處各有烽火臺。又聞荆州軍馬整肅，預有准備，蒙大驚曰：「若如此，急難圖也。我一時在吴侯面前勸取荆州，今却如何〔二〇〕處置？」尋思無計，乃託病不出，【毛】周郎感西〔二一〕風而病，呂蒙感烽火而病，一是風症，一是火症。使人回報孫權。權聞呂蒙患病，心甚怏怏。陸遜進言曰：「呂子明之病乃詐耳，非真病也。」【毛】惟孔明知周瑜之病，惟陸遜知呂蒙之病。權曰：「伯言既知其詐，可往視之。」陸遜領命，星夜至陸口寨中，來見呂蒙，果然面無病色。【毛】關公真病而無病色，呂蒙假病而無病色。一是神威莫及，一是奸僞難遮。遜曰：「某奉吴侯命，敬探子明貴恙。」蒙曰：「賤軀偶病，何勞探問。」遜曰：「吴侯以重任付公，公不乘時而動，空懷鬱結，何也？」蒙〔二二〕目視陸遜，良久不語。遜又曰：「愚有小方，能治將軍之疾，未審可用否？」【漁】孔明知周瑜之病，陸遜知呂蒙之病；〈【毛】【漁】〉孔明能以方治周郎之病，陸遜亦

〔一九〕「長安」，原作「河北」，古本同。按：《三國志·吴書·呂蒙傳》：「蒙對曰：『今操遠在河北。』」呂蒙其語爲魯肅卒後。《演義》移至關羽「水淹七軍」之後，前文作「探馬報到長安」。據改。

〔二〇〕「何」，光本作「此」，明四本無。

〔二一〕「西」，貫本作「東」。

〔二二〕「蒙」上，光本有「呂」字。

能以方治呂蒙之病。蒙乃屏退左右而問曰：「伯言良方，乞早〔二三〕賜教。」遜笑曰：「子明之疾，不過因荆州兵馬整肅，沿江有烽火臺之備耳。毛漁先說病源。鍾是這病症。予有一計，令沿江守吏不能舉火，荆州之兵束手歸降，可乎？」毛後說醫法。漁次用醫法。蒙驚謝曰：「伯言之語，如見我肺腑。願聞良策。」陸遜曰：「雲長倚恃英雄，自料無敵，所慮者惟將軍耳。將軍乘此機會，托疾辭職，毛漁要醫（他）真病，却（仍）教他詐病，（醫法絶）奇絶（幻，更非華佗之所能及）。以陸口之任讓之他人，毛他人者，自己也。陸遜不好說得自己，故但云他人。以人視我，則我是他。使他人卑辭讚美關公，以驕其心，彼必盡撤荆州之兵以向樊城。若荆州無備，用一旅之師，別出奇計以襲之，則荆州在掌握之中矣。」毛此是去病之藥，三關六部俱已看明，故有此妙劑。鍾陸遜有此良方，呂蒙沉痾立起矣。蒙大喜曰：「真良策也。」由是呂蒙託病不起，上書辭職。陸遜回見孫權，具言前計。孫權乃召呂蒙還建業養病。漁好也好的快，病也病的快。蒙至，入見權，權問曰：「陸口之任，昔周公瑾薦魯子敬以自代，後子敬又薦卿自代，毛魯肅薦子明，却於孫權口中補出，省筆之法。今卿亦須薦一才望兼隆者代卿爲妙。」蒙曰：「若用望重之人，雲長必然隄備。陸遜意思深長，而未有遠名，非雲長所忌，若即用以代臣之任，必有所濟。」毛天下有名無實之人儘多，若有實無名之人，正不可多得。贊都不差。漁此語可知名之無益于事。權大喜，即日拜陸遜爲偏將軍、右部督〔二四〕，代蒙守陸口。遜謝曰：「某年幼無學，恐不堪大〔二五〕任。」毛正取其年幼，爲關公所輕。權曰：「子明保卿，必不差錯。卿毋得推辭。」遜乃拜受印綬，連夜往陸口，交割馬步水三軍已畢，即修書一封，具名馬、異錦、酒醴等物，遣使齎

〔二三〕「早」，光本、商本作「即」。

〔二四〕「右部督」，原作「右都督」，古本同。按：《三國志·吳書·陸遜傳》：「權乃召遜，拜偏將軍、右部督代蒙。」據改。

〔二五〕「大」，貫本作「重」。

赴〔二六〕樊城見關公。毛 藥呂蒙者是良藥，藥關公者是毒藥。良馬、異錦等物，抵得箭上烏頭。漁 此一副禮，勝過曹仁毒箭。

時公正將息箭瘡，按兵不動。忽報：「江東陸口守將呂蒙病危，孫權取回調理，近拜陸遜爲將，代呂蒙守陸口。今遜差人賫書具禮，特來拜見。」關公召入，指來使而言曰：「仲謀見識短淺，用此孺子爲將！」毛 以漢升爲老卒，以伯言爲孺子，老與幼皆不入公之眼。贊 都是妙筆。漁 公之輕陸遜者，正在年幼耳。來使伏地告曰：「陸將軍呈書備禮：一來與君侯作賀，二來求兩家和好。幸乞笑留。」毛 幣重而言甘，誘我也。公拆書視之，書詞極其卑謹。毛 言之太〔二七〕甘，其中必苦。關公覽畢，仰面大笑，令左右收了禮物，發付使者回去。使者回見陸遜曰：「關公欣喜，無復有憂江東之意。」遜大喜，密遣人探得關公果然撤荆州大半兵赴樊城聽調，毛 苦言藥也，甘言疾也，呂蒙之疾愈，關公之疾作也。只待箭瘡痊可，便欲進兵。遜察知備細，即差人〔二八〕星夜報知孫權。孫權召呂蒙商議曰：「今雲長果撤荆州之兵，攻取樊城，便可設計襲取荆州。卿與吾弟孫皎同引大軍前去，何如？」孫皎字叔朗，乃孫權叔父孫静之第三子〔二九〕也。蒙曰：「主公若以蒙可用，則獨用蒙，若以叔朗可用，則獨用叔朗。毛 兼用則敗，專任則勝，自古而〔三〇〕然。豈不聞昔日周瑜、程普爲左右都督，事雖決於瑜，然普自以舊臣而居瑜下，頗不相睦，後因見瑜之才，方始敬服。毛 照應四十四回中事。今蒙之才不及瑜，而叔朗之親勝於普，恐未

〔二六〕「醴」，原作「禮」，致本、業本、貫本、齋本、澹本、商本、明四本同。按：「酒醴」義長，據光本改。「赴」，貫本、商本作「送」，明四本作「到」。

〔二七〕「太」，貫本作「大」，形訛。

〔二八〕「差人」，貫本移至後「夜」下，商本脱。

〔二九〕「第三子」，原作「次子」，古本同。按：《三國志·吳書·宗室傳》：孫静「有五子，暠、瑜、皎、奂、謙。」另「瑜字仲異」，「孫皎字叔朗」，「仲」「叔」表兄弟序第二、三。據改。

〔三〇〕「而」，光本、商本作「皆」。

必能相濟也。」毛漁（說得極是，真）老成之見。贊大是。〔三一〕權大悟，遂拜吕蒙爲大都督，總制江東諸路軍馬，令孫皎在後接應糧草。蒙拜謝，點兵三萬，快船八十餘隻，選會水者扮作商人，皆穿白衣，在船上摇櫓，毛周善用此法，是小用之；吕蒙用此法，是大用之。却〔三二〕將精兵伏於𦩷三音垢。艫二音鹿。船中。三（𦩷艫）乃深底之舡也。漁從來無此出兵安静之法，直謂胸有韜藏。次調韓當、蔣欽、朱然、潘璋、周泰、徐盛、丁奉等七員大將，相繼而進。其餘皆隨吴侯爲合後救應。一面遣使致書曹操，令進兵以襲雲長之後，毛此處不寫曹操一邊，是省筆。一面先傳報陸遜，毛此處不再寫陸遜一邊，亦是省筆。〔三三〕然後發白衣人駕快船，往潯陽〔三四〕去。晝夜趲行，直抵北岸。江邊烽火臺上守臺軍盤問時，吴人答曰：「我等皆是客商，因江中阻風，到此一避。」鍾此計的妙。隨將財物送與守臺軍士。軍士信之，遂任其停泊江邊。毛有臺而無人，與無臺等；有人而無識，與無人等。〔三五〕約至二更，𦩷艫中精兵齊出，將烽火臺上官軍〔三六〕縛倒，暗號一聲，八十餘船精兵俱起，將緊要去處墩臺之軍，盡行捉入船中，不曾走了一箇。於是長驅大進，逕取荆州，無人知覺。毛趙雲、關、張襲三郡，用虚寫；今吕蒙襲荆州，用實寫。將至荆州，吕蒙將沿江墩臺所獲官軍，用好言撫慰，各各重賞，令賺開城門，縱火爲號。衆軍領命，吕蒙便教前導。比及半夜，到城下叫門。門吏認得是荆州之兵，開

〔三一〕吴本脱此句贊批。
〔三二〕「却」，光本作「即」。
〔三三〕毛批十三字及正文七字，商本脱。
〔三四〕「陽」下，原有「江」，古本同。按：《三國志·吴書·吕蒙傳》：「蒙至尋陽，盡伏其精兵𦩷艫中，使白衣摇櫓，作商賈人服。」《後漢書·郡國志》：廬江郡「尋陽，南有九江，東合爲大江。」北宋陳舜俞《廬山記》：「大江之北，尋水之陽，因名尋陽。」尋陽縣東漢屬廬江郡，在江北，今爲湖北省黄梅縣及武穴市。晉後置郡，後復置縣屬江州，作「潯陽」。該段長江名作「潯陽江」。據改。後文「無人知覺」周、夏批原有「潯陽，今九江府是也。」誤注，不録。
〔三五〕「識」，原作「人」，致本、業本、貫本、澹本同；商本作「臺」。按：「識」字佳，據齋本、光本改。
〔三六〕「官軍」，光本倒作「軍官」。

了城門。衆軍一聲喊起，就城門裏放起號火。【毛】前有城外之火，今有城中之火。吳兵齊入，襲了荆州。呂蒙便傳令軍中：「如有妄殺一人，妄取民間一物者，定按軍法。」【鍾】嚴號令以輯地方，最爲（得）計。原任官吏，並依舊職。【毛】【漁】此非呂蒙好處，正是呂蒙奸處。將關公家屬，另養別宅，不許閒人攪擾。【毛】【漁】與呂布不害玄德家小相似。一面遣人申報孫權。【贊】都是要事。一日大雨，蒙上馬引數騎點看四門。忽見一人取民間箬笠以蓋鎧甲，蒙喝左右執下問之，乃蒙之鄉人也。蒙曰：「汝雖係我同鄉，但吾號令已出，汝故犯之，當按軍法。」【毛】只欲結荆州之人，遂顧不得同鄉之人。【贊】【鍾】極妙作用。【漁】不顧同鄉而殺者，正欲結荆州人心也。其人泣告曰：「某恐雨濕官鎧，故取遮蓋，非爲私用。乞將軍念同鄉之情！」蒙曰：「吾固知汝爲覆官鎧，然終是不應取民間之物。」叱左右推下斬之，梟首傳示畢，然後收其屍首，泣而葬之。【毛】與曹操割髮以示衆，一樣奸詐。【贊】呂蒙〔三七〕大是可兒。【鍾】呂蒙大是。自是三軍震肅〔三八〕。

不一日，孫權領衆至。呂蒙出郭迎接入衙。權慰勞畢，仍命潘濬爲治中，掌荆州事，【毛】潘濬無用，果應王甫之言。監內放出于禁，遣歸曹操。【毛】爲後文靈廟伏筆。安民賞軍，設宴慶賀。權謂呂蒙曰：「今荆州已得，但公安傅士仁、南郡糜芳，此二處如何收復？」言未畢，忽一人出曰：「不須張〔三九〕弓隻箭，某憑三寸不爛之舌，説公安傅士仁來降，可乎？」衆視之，乃虞翻也。權曰：「仲翔有何良策，可使傅士仁歸降？」翻曰：「某自幼與士仁交厚，今若以利害説之，彼必歸矣。」【毛】【漁】與李恢説馬超彷彿相似。權大喜，遂令虞翻領五百軍，逕奔公安來。

却説傅士仁聽知荆州有失，急令閉城〔四〇〕堅守。虞翻至，見城門緊閉，遂寫書拴〔四一〕於箭上，

〔三七〕贊批原闕句首二字，緑本作「阿蒙」，據吳本補。
〔三八〕「震肅」，光本作「整肅」，明四本作「震慄」。
〔三九〕「張」，原作「引」，致本、業本、齋本、光本同。據其他古本改。
〔四〇〕「有」，光本作「已」。「城」，商本作「門」，明四本作「城門」。
〔四一〕「拴」，商本作「挂」。

射入城中。軍士拾得，獻與傅士仁。士仁拆書視之，乃招降之意。覽畢，想起「關公去日恨吾之意，不如蚤降」，毛漁照應七十三回中事。即令大開城門，請虞翻入城。二人禮畢，各訴舊情。翻說吳侯寬洪大度，禮賢下士，士仁大喜，即同虞翻賫印綬來荆州投〔四二〕降。孫權大悅，仍令去守公安。毛未識此時劉璋在公安作何行徑。〇玄德取益州於劉璋，而荆州又爲人所奪，得無報反之道有然耶？爲之一嘆。呂蒙密謂權曰：「今雲長未獲〔四三〕，留士仁於公安，久必有變，不若使往南郡招糜芳歸降。」毛漁（用士仁）招糜芳（即用士仁〔四四〕），殊不費力。鍾（亦）周匝。權乃召傅士仁謂曰：「糜芳與卿交厚，卿可招來歸降，孤自當有重賞。」傅士仁慨然領諾，遂引十餘騎，徑投南郡招安糜芳。正是：

今日公安無守志，從前王甫是良言。

未知此去如何，且看下文分解。

呂蒙、陸遜妖魔耳！縱然奸計得行，亦一時勝負，何足誇哉？汝不見蒙與遜與當年艸木同朽腐矣！耿耿正氣，至今照耀華夷，惟吾壯繆先生一人而已。

羣醜害正，固不勝誅，但雲長先生一味驕傲，傍若無人，終致有失，亦丈夫疎而不密處也。若在今日，雲長已証果矣，或無此乎？然後人不可不以爲戒也。

呂蒙、陸遜縱奸計得行，祇與當年草木同腐。雲長雖驕傲有失，自與千古日月並光，正氣足勝邪氣故也。

〔四二〕「投」字原闕，據毛校本補。
〔四三〕「獲」，光本訛作「忽」。
〔四四〕「士仁」，致本同，其他毛校本作「傅士仁」。

第七十六回

徐公明大戰沔〔一〕水　關雲長敗走麥城

徐晃聲東擊西，此没彼現，只一員正將，兩員副將，寫來似有千軍萬馬之勢，可謂用兵之能者矣。晃之戰沔水，與張遼之戰合淝，彷佛相類。兩人皆有大將才，故關公與之友善。然遼能救公於患難之中，晃獨窮公於患難之際，則晃之爲人殆遜於遼云。

田單之克復齊城也，以騎劫焚城外之骨；關公之不得復荆州也，以吕蒙能撫城中之民：此則其事之相反者矣〔二〕。張良之以楚歌散楚兵也，欲使楚人之去；吕蒙之以荆州兵召荆兵也，欲使荆人之來：此則其事之相類而相反者矣。關公用陽，而吕蒙用陰；關公用剛，而吕蒙用柔。其存恤將士之家，重待使命之辱，極加厚處，正是極奸猾處。

吕蒙之算傅士仁，與傅士仁之算糜芳，同一機謀也。蒙恐士仁之志未堅，招糜芳，則士仁無貳心矣。士仁恐糜芳之意未決，殺使者，則糜芳無歸路矣。孫權之策荆州，與曹操之策樊城，各一機謀也。吴致魏書而囑魏勿洩，恐關公知之而回救，則荆州之襲未穩矣；魏得吴書而故令公知，使荆兵知之而欲歸，則樊城之圍自解矣。或同或異，俱極機謀之巧。

或謂關公之走麥城，與前之屯土山無異也。何以前不拒張遼之説，而後獨拒諸葛瑾之言？曰：公固降漢不降曹者也，操非借漢之名以招之，終不能致之者也。公但知有漢，不知

〔一〕「沔」原側注「音勉」，致本、業本、貫本同，其他毛校本無。按：後文有相同側注，略。

〔二〕「矣」，貫本作「也」。

有曹；不知有曹〔三〕，又何知有孫。然則其守麥城之心，猶然守土山之心耳。

劉封之不發救兵，孟達實教之。然則劉封之罪，其將視孟達而末〔四〕減乎？曰：是不然。達〔五〕故蜀之降將，劉璋可背，則關公何不可背？我無責焉耳。若劉封則漢中王之養子也，王與關公爲一體，負關公則是負王。負關公猶可言也，負漢中王不可言也。此不得爲劉封恕。

却説糜芳聞荆州有〔六〕失，正無計可施。忽報公安守將傅士仁至，芳忙接入城，問其事故。士仁曰：「吾非不忠。勢危力困，不能支持，我今已降東吴。將軍亦不如蚤降。」芳曰：「吾等受漢中王厚恩，安〔七〕忍背之？」毛漁此人（尚）（還）有良心。士仁曰：「關公去日，痛恨吾二人，儻一日得勝而回，必無輕恕，公細察之。」芳曰：「吾兄弟久事漢中王，豈可一朝相背？」毛漁不忍背玄德，又不忍背（糜竺）（兄弟）。正猶豫間，忽報關公遣使至。接入廳上，使者曰：「關公軍中缺糧，特來南郡、公安二處，取白米十萬石，令二將軍星夜解去〔八〕軍前交割。如遲立斬。」毛分明是一道催批，催入東吴。漁來了一道催牌，如何不去投降？芳大驚，顧謂傅士仁曰：「今荆州已被東吴所取，此糧怎得過去？」士仁厲聲曰：「不必多疑！」遂拔劍斬來使於堂上。毛二人之罪，糜芳從末減。芳驚曰：「公如何斬之〔九〕？」士仁曰：「關公此意，正要斬我二人。我等安可束手受死？公今不蚤降東吴，必被關公所殺。」正説間，忽報吕蒙引兵殺至城下。毛又是一道催批。芳大驚，乃同傅士仁出城投降。毛劉璋之妻弟費觀，背姊夫而從玄

〔三〕「不知有曹」，齋本、光本脱。
〔四〕「末」，貫本作「未」，形訛。
〔五〕「達」，商本作「孟」。
〔六〕「有」，光本作「已」，嘉本無。
〔七〕「安」，商本作「何」。
〔八〕「解去」，原作「去解」，致本、業本、齋本、澹本、光本同，據其他古本乙正。
〔九〕「斬之」，原無，毛校本同。據明四本補。

德；玄德之妻弟糜芳，亦背姊夫而從東吴：兩事相類。【贊】【鍾】糜芳實出不得已（也），與傅士仁反主者不同〔一〇〕。【漁】當日得之何难，今日失之何易，爲之一嘆。蒙大喜，引見孫權，權重賞二人。安民已畢，大犒〔一一〕三軍。【毛】【漁】（以上按下孫權一邊，）以下再敘曹操（一邊）。

時曹操在洛陽〔一二〕，正與衆謀士議荆州之事，忽報東吴遣使奉書至。操召入，使者呈上書信。操拆視之，書中具言吴兵將襲荆州，求操夾攻雲長，且囑：「勿洩漏〔一三〕，使雲長有備也。」【毛】書在襲荆州之前。此處照應前文。操與衆謀士商議，主簿董昭曰：「今樊城被困，引頸望救，不如令人將書射入樊城，以寬軍心，且使關公知東吴將襲荆州。彼恐荆州有失，必速退兵，却令徐晃乘勢掩殺，可獲全功。」【毛】【漁】東吴囑魏勿洩，魏却欲洩之，以亂關公之心。各人使乖，各人爲己（，兩樣〔一四〕肚腸，一般權詐）。【贊】【鍾】（董公仁的）是好策〔一五〕。操從其謀，一面差人催徐晃急戰，一面親統大兵，逕往雒陽之南陽陵陂〔一六〕駐扎，【嘉】陽陵陂，地名也。以救曹仁。【毛】以上按下曹操，以下又叙徐晃。

却説徐晃正坐帳中，忽報魏王使至。晃接入問之，使曰：「今魏王引兵已出雒陽，令將軍急戰關公，以鮮樊城之困。」正説間，探馬報説：「關平屯兵在偃城，廖化屯兵在四冢，【嘉】地名。【二】偃城、四冢俱地名。前後一十二箇〔一七〕寨栅，連絡不絶。」晃即差副將徐商、吕建假着徐晃旗號，前赴偃城與關平交戰。晃却自引精兵五百，循沔【毛】偭音勉。水去襲偃城

〔一〇〕贊批「糜」，緑本作「嘆」。「同」，緑本闕。

〔一一〕「犒」，原作「搞」，據古本改。

〔一二〕「洛陽」，原作「許都」，致本、業本、貫本、齋本、光本、商本同；澹本訛作「詐都」；明四本無。按：《三國志·魏書·武帝紀》：「冬十月，軍還洛陽。孫權遣使上書，以討關羽自效。」據改。後文「已過洛陽」，據改「過」作「出」。

〔一三〕「洩漏」，齋本、光本倒作「漏洩」。

〔一四〕「樣」，商本作「人」。

〔一五〕贊批「策」，緑本闕。

〔一六〕「陽陵陂」，原作「陽陸坡」，毛校本、贊本同；周本、夏本、贊本作「陽陵坡」。按：同第七十五回校記〔一八〕，據嘉本改。

〔一七〕「箇」，原作「介」，致本同，澹本作「巡」，據其他古本改。

之後。【毛】【漁】呂蒙襲荆州用假客船，徐晃襲偃城用假旗號。

且説關平聞徐晃自引兵至，遂提本部兵迎敵。兩陣對圓，關平出馬，與徐商交鋒，只三合，商大敗而走。呂建出戰，五六合亦敗走。平乘勢追殺二十餘里，忽報城中火起。平知中計，急勒兵回救偃城。正遇一彪軍擺開，徐晃立馬在門旗下，高叫曰：「關平賢姪，好不知死！汝荆州已被東吴奪了，猶然在此狂爲！」【毛】【漁】故意（在軍前）説出，以亂衆軍之心。平大怒，縱馬輪刀直取徐晃。不三四合，三軍喊呌〔一八〕，偃城中火光大起。平不敢戀戰，殺條大路，逕奔四冢寨來，廖化接着。化曰：「人言荆州已被呂蒙襲了，軍心驚慌，如之奈何？」【毛】皆是魏軍散布此〔一九〕言，却在廖化口中叙出。【鍾】荆州既破，豈無走報軍情者？平曰：「此必訛言也。軍士再言者斬之！」忽流星馬到，報説：「正北第一屯被徐晃領兵攻打。」【毛】此特假徐晃，非真徐晃也。【漁】假徐晃出現。平曰：「若第一屯有失，諸營豈得安寧？此間皆靠沔水，賊兵不敢到此。吾與汝同去救第一屯。」廖化喚部將分付曰：「汝等堅守營寨，如有賊到，即便舉火。」部將曰：「四冢寨鹿角十重，雖飛鳥亦不能入，何慮賊兵！」【毛】【漁】爲後文作反襯。於是關平、廖化盡起四冢寨精兵，奔至第一屯住扎。關平看見魏兵屯於淺山之上，【毛】【漁】誘敵之計。謂廖化曰：「徐晃屯兵不得地利，今夜可引兵劫寨。」化曰：「將軍可分兵一半前去，某當謹守本寨。」是夜，關平引一枝兵殺入魏寨，不見一人。平知是計，火速退時，左邊徐商，右邊呂建，兩下夾攻。【毛】但見二將，不見徐晃，徐晃此時已在四冢寨矣。平大敗回營，魏兵乘勢追殺前來，四面圍住。關平、廖化支持不住，棄了第一屯，逕投四冢寨來，早望見寨中火起，急到寨前，只見皆是魏兵旗號。【毛】奪偃城用實寫，奪四冢用虛寫。關平等退兵，忙奔樊城大路而走。前面一軍攔住，爲首大將乃是徐晃也。【毛】【漁】寫得徐晃出没不測。平、

〔一八〕「喊呌」，商本作「吶喊」。
〔一九〕「皆」「此」，光本作「此」「流」。

化二人奮力〔二〇〕死戰，奪路而走，回到大寨，來見關公曰：「今徐晃奪了偃城等處，又兼曹操自引大軍分三路來救樊城，多有人言荆州已被吕蒙襲了。」關公喝曰：「此敵人訛言，以亂我軍心耳！東吴吕蒙病危，孺子陸遜代之，不足爲慮！」毛漁方知陸遜用計之妙。贊佛。鍾雲長不疑，真佛心也。言未畢，忽報徐晃兵至。公令備馬，平諫曰：「父體未痊，不可與敵。」公曰：「徐晃與吾有舊，深知其能。若彼不退，吾先斬之，以警魏將。」遂披掛提刀上馬，奮然而出。魏軍見之，無不驚懼。毛漁關公之威，雖死猶在，何况當日。公勒馬問曰：「徐公明安在？」魏營門旗開處，徐晃出馬，欠身而言曰：「自別君侯，倏忽數載〔二一〕，不想君侯鬚髮已蒼白矣！憶昔壯年相從，多蒙教誨，感謝不忘。今君侯英風震於華夏，使故人聞之，不勝歎羡。兹幸得一見，深慰渴懷。」毛與曹操對韓遂語相似。贊老面皮。鍾徐晃雖假面皮，却亦好看。漁無情之心却作有情之語。公曰：「吾與公明交契深厚，非比他人，今何故數二音朔。窮吾兒耶？」晃回顧衆將，厲聲大叫曰：「若取得雲長首級者，重賞千金！」毛漁忽然變臉，〈毛〉前恭後倨，又與曹操對韓遂大是不〔二二〕同。公驚曰：「公明何出此言？」贊佛。晃曰：「今日乃國家之事，某不敢以私廢公。」毛漁與（關公在）華容（道）時，何啻天壤。言訖，揮大斧直取關公。鍾好箇主將。公大怒，亦揮刀迎之。戰八十餘合，公雖武藝絶倫，終是右臂少力。關平恐公有失，火急鳴金，公撥馬回寨。忽聞四下裏喊聲大震，原來是樊城曹仁聞曹操救兵至，引軍殺出城來，毛不從曹仁一邊叙來，却從關公一邊寫出，省筆。與徐晃會合，兩下夾攻，荆州兵大亂。關公上馬，引衆將急奔襄江上流頭。背後魏兵追至。關公急渡過〔二三〕襄江，望襄陽而奔。忽流星馬到，

〔二〇〕「力」，原無，致本、業本、貫本、齋本、澹本、商本同。據光本、明四本補。

〔二一〕「倏忽數載」，業本「數」作「一」。「載」下，貫本有「不見」。

〔二二〕「是不」，商本作「不相」。

〔二三〕「急渡過」三字原闕，據毛校本補。

報說：「荊州已被吕蒙所奪，家眷〔二四〕被陷。」毛漁此時方知荊州事。關公大驚，不敢奔襄陽，提兵投公安來。探馬又報：「公安傅士仁已降東吴了。」毛漁此時方知公安事。關公大怒。忽催糧人到〔二五〕，報說：「公安傅士仁往南郡，殺了使命，招糜芳都降東吴去了。」毛漁此時方知南郡事〔二六〕。關公聞言，怒氣沖塞，瘡口迸裂，昏絶於地。鍾聚四虎于川中，而委公與操角，亦卧龍失筭也。衆將救醒，公顧謂司馬王甫曰：「悔不聽足下之言，今日果有此事！」毛漁照應七十三回中語。因問：「沿江上下何不舉火？」探馬答曰：「吕蒙使水手盡穿白衣，扮作客商渡江，將精兵伏於𦪇𦩷之中，先擒了守臺士卒，因此不得舉火。」公跌足嘆曰：「吾中奸賊之謀矣！有何面目見兄長耶！」毛漁公（做了一身勝事，）此時之志，已誓在必死。管糧都督趙累曰：「今事急矣，可一面差人往成都求救，一面從旱路去取荊州。」關公依言，差馬良、伊籍齎文三道，星夜赴成都求救；毛恨請援之不蚤耳。漁何不早請救？一面引兵來取荊州，自領前隊先行，留廖化、關平斷後。毛按下關公，再敘曹操。

却說樊城圍解，曹仁引衆將來見曹操，漁再敘曹操。泣拜請罪。操曰：「此乃天數，非汝等之罪也。」操重賞三軍，親至四冢寨周圍閱視，顧謂諸〔二七〕將曰：「荊州兵圍塹鹿角數重，徐公明深入其中，竟獲全功。孤用兵三十餘年，未敢長驅逕入敵圍。公明真膽識兼優者也！」毛玄德贊子龍，只是一身胆；今曹操贊徐晃，又添一箇「識」字。漁好高比，奸雄此時不得不贊。衆皆嘆服。操班師還於摩陂嘉地名。駐扎，徐晃兵至，操親出寨迎之，見晃軍皆按隊伍而行，並無差亂，操大喜曰：「徐將軍真有周亞夫周亞夫，美徐晃也。夏補註亞夫，周勃之子。景帝時之大將，曾平七國之亂。之風矣！」毛直欲以摩陂當細柳。鍾此是鼓舞將士。遂封徐晃爲平南將軍，同夏

〔二四〕「家眷」二字原闕，據毛校本補。
〔二五〕「到」下，光本、商本有「來」字。
〔二六〕漁批「郡」，原作「群」，形訛，據衡校本改。
〔二七〕「諸」，貫本作「衆」，明四本無。

侯尚守襄陽，以遏關公之師。操因荆州未定，【毛】荆州已定，而云未定者，以關公尚在故耳。就屯兵於摩陂，以候消息。【毛】【漁】（按下曹操，）再叙關公。

却説關公在荆州路上，進退無路，謂趙累曰：「目今前有吴兵，後有魏兵，吾在其中，救兵不至，如之奈何？」累曰：「昔吕蒙在陸口時，嘗致書君侯，兩家約好共誅操〔二八〕賊，【毛】前文但叙陸遜致書，未叙吕蒙致書，此又補前文之所未及。今却助操〔二九〕而襲我，是背盟也。君侯暫住軍於此，可差人遺書吕蒙責之，看彼如何對答。」關公從其言，遂修書差〔三〇〕使赴荆州來。

却説吕蒙在荆州，傳下號令：凡荆州諸郡，有隨關公出征將士之家，不許吴兵攪擾，按月給與糧米；有患病者，遣醫治療。將士之家，感其恩惠，安堵不動。【毛】【漁】不是吕蒙好處，（正）（却）是吕蒙奸處。【贄】絶妙作用。〔三一〕【鍾】吕蒙借此要譽，却亦可□。忽報關公使至，吕蒙出郭迎接入城，以賓禮相待。【毛】惡極。使者呈書與蒙，蒙看畢，謂來使曰：「蒙昔日與關將軍結好，乃一己之〔三二〕私見。今日之事，乃上命差遣，不得自主。煩使者回報將軍，善言致意。」【毛】關公单刀赴會全用硬，吕蒙此時全用軟。【漁】從書使上寫出一段人情，甚有意致。遂設宴款待，送歸館驛安歇。於是隨征將士之家皆來問信，有附家書者，有口傳音信者，皆言家門無恙，衣食不缺。【毛】【漁】皆在吕蒙（術）（筭）中。【贄】【鍾】自然如此。使者辭别吕蒙，蒙親送出城。使者回見關公，具道吕蒙之語，并説：「荆州城中君侯寶眷，并諸將家屬，俱各無恙，供給不缺。」公大怒曰：「此奸賊之計也！吾生不能殺此賊，死必殺之，以雪吾恨！」【毛】【漁】爲後文伏線。【鍾】早知是計，不至今日。喝退使者。使者〔三三〕出寨，衆將

〔二八〕「操」，光本作「曹」。
〔二九〕「操」，商本作「曹」。
〔三〇〕「差」，商本作「遣」。
〔三一〕贄校本脱此句贄批。
〔三二〕「之」，商本脱，明四本無。
〔三三〕「使者」，商本脱。

皆來探問家中之事，使者具言各家安好，吕蒙極其恩恤，并將書信傳送各將。各將欣喜，皆無戰心。毛俱在吕蒙術中。關公率兵取荆州，軍行之次，將士多有逃回荆州者。關公愈加恨怒，遂催軍前進。忽然喊聲大震，一彪軍攔住，爲首大將，乃蔣欽也，毛不從東吴敘來，却從關公一邊撞見，省筆之法。勒馬挺鎗大叫曰：「雲長何不早降！」關公罵曰：「吾乃漢將，豈降賊乎！」鍾矢心□至。拍馬舞〔三四〕刀，直取蔣欽。不三合，欽敗走。關公提刀追殺二十餘里，喊聲忽〔三五〕起，左邊山谷中韓當領軍衝出，右邊山谷中周泰引軍衝出，蔣欽回馬復戰，三路夾攻。關公急撤〔三六〕軍回走。行無數里，只見南山岡上人烟聚集，一面白旗招颭，上寫「荆州土人」四字，衆人都叫：「本處人速速投降！」毛漁皆催散關公兵之計。關公大怒，欲上岡殺之。山崦二音掩。內又有兩軍撞出，左邊丁奉，右邊徐盛，并合蔣欽等三路軍馬，喊聲震地，鼓角喧天，將關公困在垓心。毛漁東吴既襲荆州（，可以已）（足）矣，又使衆將來攻關公，其惡已甚。手下將士漸漸消疎〔三七〕。比及殺到黄昏，關公遥望四山之上，皆是荆州土〔三八〕兵，呼兄喚弟，覓子尋爺，喊聲不住，軍心盡變，皆應聲而去。毛皆在吕蒙術中。贄自然如此。鍾勢去人散，此時亦慘。關公止喝不住，部從止有三百餘人。漁讀至此，令人落筆。殺至三更，正東上喊聲連天，乃是關平、廖化分兩路兵殺入重圍，救出關公。關平告曰：「軍心亂矣，必得城池暫屯，以待援兵。麥城雖小，足可屯扎。」關公從之，催促殘軍前至麥城，毛漁此時走麥城，與二十五回奔土山相（似）（彷）。分兵緊守四門，聚將士商議。趙累曰：「此處相近上庸，現有劉封、孟達在彼把守，可速差人往求救兵。毛成都之救遠，上庸之救近，急則取其近者。若得這枝軍馬接濟，以待

〔三四〕「舞」，光本作「臨」。
〔三五〕「忽」，光本作「復」，明四本無。
〔三六〕「撤」，貫本作「撒」，形訛。
〔三七〕「消疎」，光本作「解散」。
〔三八〕「土」，貫本作「士」，形訛。

川兵大至，軍心自安矣。」正議間，忽報吴兵已至，將城四面圍定。公問曰：「誰敢突圍而出，往上庸求救？」廖化曰：「某願往。」毛馬良、伊籍〔三九〕之去也易，廖化之去也難，急則不避其難者。關平曰：「我護送汝出重圍。」關公即修書付廖化，藏於身畔，飽食上馬，開門出城。正遇吴將丁奉截住，被關平奮力衝殺，奉敗走，廖化乘勢殺出重圍，投上庸去了。鍾好箇廖化！關平入城，堅守不出。

且説劉封、孟達自取上庸，太守申耽率衆歸降，因此漢中王加劉封爲副軍將軍〔四〇〕，與孟達同守上庸。毛接敘七十三〔四一〕回中事。當日探知關公兵敗，二人正議間，忽報廖化至。封令請入問之，化曰：「關公兵敗，見困於麥城，被圍至急。蜀中援兵不能旦夕即至，特命〔四二〕某突圍而出，來此求救。望二將軍速起上庸之兵，以救此危。儻稍遲延，公必陷矣。」毛太史慈求救於平原，是突如其來；廖化求救於上庸，是有因而至。一則言之慷慨，一則〈毛漁〉言之急切。封曰：「將軍且歇，容某計議。」毛如此急事，有何計議，計議便不像了。化乃至館驛安歇，耑候發兵。劉封謂孟達曰：「叔父被困，如之奈何？」達曰：「東吴兵精將勇，且荆州九郡俱已屬彼，止有麥城，乃彈丸之地。又聞曹操親督大軍四五十萬，屯於摩陂：量我等山城之衆，安能敵〔四三〕兩家之强兵？不可輕敵。」毛漁又是一箇傅士仁。封曰：「吾亦知之。奈關公是吾叔父，安忍坐視而不救乎？」漁劉封亦原有本心。達笑曰：「將軍以關公爲叔，恐關公未必以將軍爲姪也。某聞漢中王初嗣將軍之時，關公即不悦。毛照應前文。後漢中王登位之後，欲立後嗣，問於孔明，孔明曰：『此家事也，問關、張可矣。』漢中王遂遣人至荆州問關公，關公以將軍乃

〔三九〕「籍」，齋本作「藉」，形訛。
〔四〇〕「副軍將軍」，原作「副將軍」，古本同。按：《三國志·蜀書·劉封傳》：「遷封爲副軍將軍。」據補。
〔四一〕「三」，原作「二」，毛校本同。按：前文第七十三回述劉封、孟達、李嚴攻取上庸。據改。
〔四二〕「命」，商本作「令」，明四本無。
〔四三〕「敵」下，光本、商本有「得」字。

螟蛉之子，不可僭立，毛漁補前文（之）所未及。勸漢中王遠置將軍於上庸山城之地，以杜後患。毛此特孟達挑搆之語。此事人人知之，將軍豈反不知耶？何今日猶沾沾以叔姪之義，而欲冒險輕動乎？」毛漁如此挑搆阻撓，可恨可惡。封曰：「君言雖是，但以何詞却之？」達曰：「但言山城初附，民心未定，不敢造次興兵，恐失所守。」封從其言。次日，請廖化至，言：「此山城初附之所，未能分兵相救。」毛漁又是一箇糜芳。〈毛〉〇玄德於〔四四〕孔融疎矣，於陶謙又疎矣，而能因太史慈之請而救孔融，又能因孔融之請而救陶謙，今劉封乃聽孟達而拒廖化，安得爲肖子乎？化大驚，以頭叩地曰：「若如此則關公休矣！」達曰：「我今即往，一杯之水，安能救一車薪之火乎？將軍速回，静候蜀兵至可也。」化大慟告求，毛漁（直欲）效包胥之哭。劉封、孟達皆拂袖而入。毛劉封之殺兆於此。廖化知事不諧，尋思須告漢中王求救，遂上馬大罵出城，望成都而去。

却説關公在麥城，盼〔四五〕望上庸兵到，却不見動静。手下止有五六百人，多半帶傷，城中無糧，甚是苦楚。忽報城下一人教休放箭，有話來見君侯。公令放入問之，乃諸葛瑾也。禮畢，茶罷，瑾曰：「今奉吴侯命，特來勸諭將軍。自古道：『識時務者爲俊傑。』今將軍所統漢上九郡，皆已屬他人矣，止有孤城一區，内無糧草，外無救兵，危在旦夕。將軍何不從瑾之言，歸順吴侯，復鎮荆襄，可以保全家眷。幸君侯熟思之。」毛漁張遼説關公（是説之）以理，諸葛瑾（説關公但）告之以勢。公（爲理屈，不爲勢屈也）（豈懼勢者哉）。關公正色而言曰：「吾乃〔四六〕解良一武夫，毛漢文帝與南越王書曰：「朕，高皇帝側室之子也。」公開口一語，正與相類。蒙吾主以手足相待，安肯背義投敵國乎？城若破，有死而已。玉可碎而不可改其白，竹可焚而不可毁其節，身雖殞，名可垂於竹帛也。毛言貫金石。贊聖人。鍾雲長忠義，

〔四四〕「於」，光本作「與」，後一處同。
〔四五〕「盼」，原作「盻」，致本同，明四本作「昐」，據其他毛校本改。
〔四六〕「乃」，光本作「本」。

天地爲昭，當日即神也，聖也，佛也，帝也，豈待後日哉！漁言詞凜凜烈烈，千古如生。汝勿多言，速請出城，吾欲與孫權決一死戰！」瑾曰：「吳侯欲與君侯結秦晉之好，同力破曹，共扶漢室，別無他意。君〔四七〕侯何執迷如是？」毛漁又照應前文做媒之事。言未畢，關平拔劍而前，欲斬諸葛瑾。毛義氣凜然，今之立於公側，誠不愧矣。公止之曰：「彼弟孔明在蜀佐汝伯父，今若殺彼，傷其兄弟〔四八〕之情也。」毛自重其兄弟，以及人之兄弟；惟其能忠，所以能恕。遂令左右逐出諸葛瑾。瑾滿面羞慚，上馬出城，回見吳侯曰：「關公心如鐵石，不可說也。」孫權曰：「真忠臣也！似此如之奈何？」呂範曰：「某請卜其休咎。」毛漁魏有管輅之卜，吳有呂範之卜：一（則知）定軍於先時，一（則占〔四九〕麥城）（料擒）於臨事。權即令卜之。範揲二音舌。夏音涉。著嘉著，音詩。二音尸。成象，乃「地水師」卦，更有玄武臨應，主敵人遠奔。權問呂蒙曰：「卦主敵人遠奔，卿以何策擒之？」蒙笑曰：「卦象正合某之機也。關公雖有沖天之翼，飛不出吾羅網矣！」正是：

龍遊溝壑遭蝦戲，鳳入牢籠被鳥欺。

畢竟呂蒙之計若何，且看下文分解。

傅士仁真反也，罪不容誅。若糜芳，跡雖與士仁同，其實情有可原。勿以形迹相同而遂一律罪之也。

劉封雖不出救，其罪正與糜芳同科，俱是情有可原者也。若傅士仁、孟達，則反國之賊也，罪不容誅矣。凡讀史者，定須原情定罪，方不冤枉了人也。如何如何？

雲長信義，不設機械，觀其待徐公明可見也。到底是個君子，不比小人，外厚其貌而衷薄甚也。

雲長信義性成，機械不生，故徐晃自詐而彼自誠也。其威鎮華夏，忠貫古今，真聖而不可知之之謂神乎！

〔四七〕「君」，光本作「吾」。

〔四八〕「弟」字原闕，據毛校本補。

〔四九〕「占」，原作「戰」，致本、業本、貫本、濟本、商本同。按：「占」字通，據齋本、光本改。

第七十七回 玉泉山關公顯聖 洛陽城曹操感神

「雲長安在」一語，抵得一部《金剛經》妙義。以「安在」二字〔一〕推之，微獨雲長爲然也。吴安在？魏安在？蜀安在？三分事業，三國人才，皆安在哉？凡有在者不在，而惟無在者常在，知其「安在」，而雲長乃千古如在矣。

昔之和尚能感神，今之和尚善搗鬼。看普净〔二〕獨自一箇在玉泉山修行，方是清净法師，所以能點化雲長耳。每見近日有一等没髮光棍，畧誦幾句《多心經》，輒欲升座説法；盗〔三〕襲幾句野狐禪，便稱棒喝宗門。聚徒成羣，過都越國，哄動男女，填塞街巷，布施金錢。和尚搗鬼，衆人見鬼，總是一派鬼混。恨不借雲長青龍刀，一斬其魔障也。

雲長英靈不泯固矣，而赤兔馬亦在雲中。豈馬爲英雄之馬，其英靈亦勝於人耶？況青巾緑袍，并青龍偃月刀，皆依然如故，得毋衣物器械亦有魂否？曰：無疑也。其神靈則不獨相隨之人附之而靈，其所用之物亦與之而俱靈。平也、倉也、馬也、刀也、巾袍也，皆宜與雲長並垂不朽者也。

或疑關、張並是英雄，而雲長顯聖，不聞翼德顯聖，何也？曰：翼德何嘗不顯聖？相傳有在唐留姓，在宋留名之説。今張睢陽、岳武穆，聲靈赫然，廟祀甚肅，豈非翼德之未嘗死乎？況桃園三人，非三人也，一人而已。雲長存，即謂之翼德存可耳；且謂與玄德俱存，亦

〔一〕「字」，光本作「存」，形訛。

〔二〕「普净」，原作「普静」，毛校本同；後文毛本、贊本正文同。按：前文第二十七回作「普净」，據改。後文多處，徑改不記。

〔三〕「盗」，商本作「畧」。

無不可耳。

關公既經普浄點化之後，人相我相，一切皆空，何又有追呂蒙、罵孫權、驚曹操、告玄德之事乎？曰：雲長不以生死而有異，玉泉山之關公，與鎮國寺之關公，非有兩關公也。善〔四〕善惡惡，因乎自然，而我無與焉。追所當追，罵所當罵，驚所當驚，告所當告，直以爲未嘗追，未嘗罵，未嘗驚，未嘗告而已矣。不寧惟是，五關斬將直是未嘗斬，水渰七軍直是未〔五〕嘗渰也。

却說孫權求計於呂蒙，蒙曰：「吾料關某兵少，必不從大路而逃，麥城正北有險峻小路，必從此路而去。可令朱然引精兵五千，伏於麥城之北二十里，彼軍至，不可與敵，只可隨後掩殺。彼軍定無戰心，必奔臨沮。【六】（臨沮，）地名（，在荆州）〈二〉夷陵遠安縣界内。却令潘璋引精兵五百，伏於臨沮山僻小路，關某可擒矣。【毛】【漁】（孫）權志在（於）得荆州（耳），何必害關公而後快？（若使）魯肅（而〔六〕）在（時），決不爲（此）（耳）。【鍾】呂蒙計亦太毒。今遣將士各門攻打，只空北門，待其出走。」【毛】操圍公於土山，不使之走；權圍公於麥城，偏欲使之走。權聞計，令呂範再卜之。【毛】管輅只有一卜，呂範一事而有再卜。卦成，範告曰：「此卦主敵人投西北而走，今夜亥時必然就擒。」【毛】亥屬水，仍合「玄武臨應」之兆。【漁】好兆。權大喜，遂令朱然、潘璋領兩枝精兵，各依軍令埋伏去訖。

且說關公在麥城，計點馬步軍兵，止剩三百餘人，糧草又盡。是夜，城外吴兵招喚各軍姓名，越城而去者甚多，【毛】項羽垓下之役，八千子弟且俱散去，何況三百人乎？救兵又不見到。心中無計，謂王甫曰：「吾悔昔日不用公言！今日危急，將復何如？」

〔四〕「善」，光本作「喜」。
〔五〕「未」，光本作「末」，形訛。
〔六〕「而」，光本作「尚」。

甫哭告曰：「今日之事，雖子牙二子牙，（周文王時）姜太公（名，有）（字，周文王時人，善）兵法。復生，亦無計可施也。」毛漁孔明（見）（雖）在，但遠不（能救）（相應）耳。趙累曰：「上庸救兵不至，乃劉封、孟達按兵不發〔七〕之故。何不棄此孤城，奔入西川，再整兵來，以圖恢復？」公曰：「吾亦欲如此。」遂上城觀之。見北門外敵軍不多，因問本城居民：「此去往北，地勢若何？」答曰：「此去皆是山僻小路，可通西川。」公曰：「今夜可走此路。」王甫諫曰：「小路有埋伏，可走大路。」毛漁（此時若用）（若依）王甫之言，或猶可免（，未可知也）（此厄）。公曰：「雖有埋伏，吾何懼哉！」即下令馬步官軍嚴整裝束，准備出城。甫哭曰：「君侯於路小心保重！某與部卒百餘人，死據此城，城雖破，身不降也！毛此言亦可貫金石，與公並垂不朽矣。贊有志語。〔八〕鍾王甫志士。漁能粉身報國者，方出此言。專望君侯速來救援！」公亦與泣別，遂留周倉與王甫同守麥城。關公自與關平、趙累引殘卒二百餘人，突出北門。毛公于此時不即自殺者，尚欲圖後舉，以報漢中王也。關公橫刀前進，行至初更以後，毛是亥〔九〕時了。約走二十餘里。只見山凹處金鼓齊鳴，喊聲大震，一彪軍到〔一〇〕，爲首大將朱然，驟馬挺鎗叫曰：「雲長休走〔一一〕！趂蚤投降，免得一死！」公大怒，拍馬輪刀來戰。朱然便走，公乘勢追殺。一棒鼓響，四下伏兵皆起。公不敢戰，望臨沮小路而走，朱然率兵掩殺。關公所隨之兵，漸漸稀少。毛兵之漸少，非必盡死也，大率爲荆州兵招去耳。走不得四五里，前面喊聲又震，火光大起，潘璋驟馬舞刀殺來。公大怒，輪刀相迎，只三合，潘璋敗走。公不敢戀戰，急望山路而走。背後關平趕來，報説趙累已死於亂軍中〔一二〕。毛趙累之死，在關平口中敘出，

〔七〕「發」，商本作「動」。
〔八〕綠本脱此句贊批。
〔九〕「亥」，商本作「此」。
〔一〇〕「到」，光本作「馬」，嘉本、周本作「出」。
〔一一〕「走」，光本作「去」。
〔一二〕「中」下，光本、商本有「矣」字。

用虛寫妙。關公不勝悲惶，遂令關平斷後，公自在前開路，隨行止剩得十餘人。行至夾石〔一三〕，【嘉】地名。兩下是山，山邊皆蘆葦敗草，樹木叢雜，時已五更將盡。【毛】【漁】呂範卜在亥時，今却（到）五更（天矣）（，讀者竊幸其數之不着矣）。正走之間，一聲喊起，兩下伏兵盡出，長鈎套索，一齊並舉，先把關公坐下馬絆倒。關公翻身落馬，被潘璋部將馬忠所獲。【毛】讀至此，令人拍案一呌。關平知父被擒，火速來救，背後潘璋、朱然率兵齊至，把關平四下圍住。平孤身獨戰，力盡亦被執。【毛】【漁】（讀）（看《三國》）至此，（又）（令人）拍案一呌。至天明，孫權聞關公父子已被擒獲，大喜，【毛】可惡。聚衆將於帳中。少時，馬忠簇擁關公至前。權曰：「孤久慕將軍盛德，欲結秦晉之好，何相棄耶？【毛】【漁】（原來是）（謂昔日）不肯扳親之恨。（一）（可）笑。公平昔自以爲天下無敵，今日何由被吾所擒〔一四〕？將軍今日還服孫權否？」【毛】曹操敬禮關公，而孫權笑之，不及曹操多矣。【贊】孫權是瞎子。關公厲聲罵曰：「碧眼小兒，紫髯鼠輩！吾與劉皇叔桃園結義，誓扶漢室，豈與汝叛漢之賊爲伍耶！【毛】操爲漢賊，而助操攻公，則吴亦叛漢之賊也。〈【毛】【漁】〉罵得快暢。我今誤中奸計，有死而已，何必多言！」【鍾】關公正氣足吞東吴。權回顧衆官曰：「雲長世之豪傑，孤深愛之。今欲以禮相待，勸使歸降，何如？」主簿左咸曰：「不可。昔曹操得此人時，封侯賜爵，三日一小宴，五日一大宴，上馬一提金，下馬一提銀：如此恩禮，畢竟留之不住，聽其斬關殺將而去，毛漁 將（公）徃事一提（出），〈毛〉照應二十七回之前。致使今日反爲所逼，幾欲遷都以避其鋒。【毛】獨不提起華容之事，何耶？今主公既已擒之，若不即除，恐貽後患。」孫權沉吟半晌曰：「斯言是也。」遂命推出。【鍾】將軍若不死，漢室定三分。於是關公父子皆遇害。【毛】曹操不害關公，而孫權害之，不及曹操多矣。時建

〔一三〕「夾石」，原作「決石」，古本同。按：《三國志・吴書・潘璋傳》：「璋與朱然斷羽走道，到臨沮，住夾石。璋部下司馬馬忠禽羽。」據改。

〔一四〕「擒」，商本作「獲」。

安二十四年冬十二月〔一五〕也。關公亡年五十八歲。後人有詩嘆曰：

漢末才無敵，雲長獨出羣。
神威能奮武，儒雅更知文。
天日心如鏡，《春秋》義薄雲。
照然垂萬古，不止冠三分。

又有詩曰：

人傑惟追古解良，士民爭拜漢雲長。
桃園一日兄和弟，俎豆千秋帝與王。
氣挾風雷無匹敵，志垂日月有光芒。
至今廟貌盈天下，古木寒鴉幾夕陽。

關公既殁，坐下赤兔馬被馬忠所獲，獻與孫權。權即賜馬忠騎坐，其馬數日不食草料而死。【毛】此馬不爲吕布死，而爲關公死，死得其所矣，馬亦能擇主乎？【鍾】不負爲関公之馬。【漁】其馬尚忠烈可嘉。

却說王甫在麥城中，骨顫肉驚，乃問周倉曰：「昨夜夢見主公渾身血污，立於前，急問之，忽然驚覺。不知主何吉凶？」【毛】前有關公之夢，此又有王甫之夢。【漁】王甫之夢，照前関公之夢。正説間，忽報吴兵在城下〔一六〕，將關公父子首級招安。王甫、周倉大驚，急登城視之，果關公父子首級也。王甫大叫一聲，墮城而死，周倉自刎而亡。【毛】二人死且不朽，今人但塑平與倉之像於公側，而〔一七〕不及王甫、趙累二人，猶爲有闕也。於是麥城亦屬東吳。

却說關公一〔一八〕魂不散，蕩蕩悠悠，直至一處：乃南郡〔一九〕當陽縣一座山，名爲玉泉山。山上

〔一五〕「十二月」，原作「十月」，古本同。按：《通鑑·漢紀六十》：「十二月，璋司馬馬忠獲羽及其子平于章鄉，斬之，遂定荆州。」據改。
〔一六〕「下」，齋本作「中」，光本作「外」。
〔一七〕「而」，商本作「何」。
〔一八〕「一」，致本同，其他毛校本作「英」。
〔一九〕「南郡」，原作「荆門州」，致本、業本、貫本、商本、明四本同；光本作「荆州」。按：明初宋濂等編撰《元史·地理志》：「荆門州，唐爲縣，宋升爲軍」，元至元十五年「遷府治於古城，降爲州。」《後漢書·郡國志》：當陽縣屬南郡。據改。

有一老僧，法名普浄，原是汜水關鎮國寺中長老，【毛】二十七回中之人，至此忽然照出。【漁】照出。後因雲遊天下，來到此處，見山明水秀，就此結草爲菴，每日坐禪叅道，【毛】是清浄〔二〇〕法師，不是熱鬧和尚。身邊只有一小行者，化飯度日。【毛】小行者而忍使之化飯，便不似今之愛恤徒弟的和尚了。是夜，月白風清，三更已後，普浄正在菴中默坐，忽聞空中有人大呼曰：「還我頭來！」【毛】既在空，何有我？本無我，何有頭？本無頭，何有還？本無頭去，何有頭來？〇若云無頭，呼者是誰？若欲還頭，還於何處？【贊】要頭者是誰耶？討頭是贅語。普浄仰面諦觀〔二一〕，只見空中一人，騎赤兔馬，提青龍刀，左有一白面將軍，右有一黑臉虬髯之人相隨，【毛】關平、周倉在普浄眼中寫出，妙在不知其人。【鍾】忠義人死，精英不散，的有此靈異。一齊按落雲頭，至玉泉山頂。普浄認得是關公，遂以手中麈尾擊其户曰：「雲長安在？」【毛】此語抵得一聲棒喝。【漁】好點化。關公英魂頓悟，即下馬乘風落於菴前，叉手問曰：「吾師何人？願求法號。」普浄曰：「老僧普浄，昔日汜水關前，鎮國寺中曾與君侯相會，今日豈遂忘之耶？」【毛】雲長空，普浄亦空，何必忘，何必不忘。公曰：「向蒙相救，銘感不忘。今某已遇禍而死，願求清誨，指點迷途。」普浄曰：「昔非今是，一切休論；後果前因，彼此不爽。【毛】四語抵得升座説法一塲。【鍾】説因果。今將軍爲吕蒙所害，大呼『還我頭來』，然則顔良、文醜、五關六將等衆人之頭，又將向誰索耶？」【毛】現前因果。【漁】又好點化。於是關公恍然大悟，稽首皈依而去。【毛】稽首則無頭而有頭，皈依則有我而無我矣。【贊】【鍾】英雄回首是神仙。後往往於玉泉山顯聖護民，鄉人感其德，就於山頂上建廟，四時致祭。後人題一聯於其廟云：

赤面秉赤心，騎赤兔追風，馳驅時無忘赤帝。
青燈觀青史，仗青龍偃月，隱微處不愧青天。

〔二〇〕「清浄」，濟本作「真浄」。
〔二一〕「觀」，商本作「視」，形訛。

却說孫權既害了關公，遂盡收荊州〔二二〕之地，賞犒三軍，設宴大會諸將慶功，置呂蒙於上座，顧謂諸〔二三〕將曰：「孤久不得荊州，今唾手而得〔二四〕，皆子明之功也。」蒙再三遜謝。權曰：「昔周郎雄略過人，破曹操於赤壁，毛周郎未嘗結連曹操，勝於子明。不幸早夭，魯子敬代之。子敬初見孤時，便及帝〔二五〕王大略，此一快也；曹操東下，諸人皆勸孤降，子敬獨勸孤召公瑾逆而擊之，此二快也；毛子敬未嘗結連曹操，又勝於子明。惟勸吾借荊州與劉備，是其一短。毛借備以荊州，合力拒操，正是長策，何云短也。今子明設計定謀，立取荊州，勝子敬、周郎多矣！」毛昧討賊之義，是呂蒙不如二人，何得反曰勝之？於是親酌酒賜呂蒙。呂蒙接酒欲飲，忽然擲盃於地，一手揪住孫權，厲聲大罵曰：「碧眼小兒！紫髯鼠輩！還識我否？」毛令人嚇殺。○「我」字叫〔二六〕得響。贊鍾餘威猶烈（，雲長哉）！漁此時孫權幾乎嚇殺。衆將大驚，急救時，蒙推倒孫權，大步前進，坐於孫權位上，兩眉倒竪，雙〔二七〕眼圓睜，大喝曰：「我自破黃巾以來，縱橫天下三十餘年，今被汝一旦以奸計圖我，我生不能啖汝之肉，死當追呂賊之魂！我乃漢壽亭侯關雲長也。」毛漁驚天動地之人，自有此（作）威（嚴）顯聖之事。贊鍾真（要）驚死（了）人。權大驚，慌忙率大小將士，皆下拜。只見呂蒙倒於地上，七竅流血而死。毛漁死得（快）暢〔二八〕（快），孫權亦險些兒〔二九〕。鍾関公英靈。衆將見之，無不恐懼。權將呂蒙屍首，具棺安葬，贈南郡

〔二二〕「收」，齋本、光本作「得」，明四本無。「荊州」，原作「荊襄」，致本、業本、貫本、齋本、商本、明四本同；澹本訛作「荊喪」。按：前文曹兵佔據襄陽。據光本改。

〔二三〕「座」「諸」，明四本無，商本作「位」「衆」。

〔二四〕「唾手而得」，致本作「垂手而得」，商本作「唾手可得」，明四本作「稱心滿意」。

〔二五〕「帝」，光本作「常」，形訛。

〔二六〕「叫」，齋本、光本作「喝」，澹本作「嚇」。

〔二七〕「倒竪雙」三字原闕，據毛校本補。

〔二八〕毛批「快暢」，澹本、光本、商本倒作「暢快」。

〔二九〕漁批「險些兒」，原作「險此兒」，衡校本作「發怕殺」。按：「此」形訛，據毛批改。

太守、孱陵侯〔三〇〕，命其子呂霸襲爵。孫權自此感關公之事，驚訝不已。

忽報張昭自建業而來，權召入問之，昭曰：「今主公損了關公父子，江東禍〔三一〕不遠矣！此人與劉備桃園結義之時，誓同生死。今劉備已有兩川之兵，更兼諸葛亮之謀，張、黄、馬、趙之勇。備若知雲長父子遇害，必起傾國之兵，奮力報讐，恐東吴難與敵也。」毛勢所必然。鍾張昭亦筭得通。權聞之大驚，跌足曰：「孤失計較也！似此如之奈何？」毛却纔被死呂蒙嚇了一跳，今見活張昭又嚇了一跳。昭曰：「主公勿憂。某有一計，令西蜀之兵不犯東吴，荆州如磐石之安。」權問：「何計？」昭曰：「今曹操擁百萬之衆〔三二〕，虎視華夏，劉備急欲報讐，必與操約和。毛玄德必不與操連和，但在東吴，須以此度之耳。若二處連兵而來，東吴危矣。不如先遣人將關公首級，轉送與曹操，明教劉備知是操之所使，必痛恨於操，西蜀之兵，不向吴而向魏矣。毛雖是東吴之所謀，實亦曹操之所使，嫁禍於操，誠不爲過。吾乃觀其勝負，於中取事，此爲上策。」毛既欲嫁禍於人，又欲取利於己，人情大抵如是。漁好計。

權從其言，隨遣使者以木匣盛關公首級，星夜送與曹操。時操從摩陂班師回洛陽，聞東吴送關公首級至，喜曰：「雲長已死，吾夜眠貼席矣。」毛夜眠今始貼席，孰知席將不能久貼也。堦下一人出曰：「此乃東吴移禍之計也。」毛又蚤識破。漁其計早已識破。而東吴之謀係曹操之所使，嫁禍於操，不爲過耳。操視之，乃主簿司馬懿也。操問其故，懿曰：「昔劉、關、張三人桃園結義之時，誓同生死。今東吴害了關公，懼其復讐，故將首級獻與大王，使劉備遷怒大王，不攻吴而攻魏，他却於中乘便而圖事耳。」毛如燭照而龜卜。鍾（仲）達看（透）東吴（計策）。操

〔三〇〕「孱」，原作「潺」，古本同。按：《三國志·吴書·呂蒙傳》：「以蒙爲南郡太守，封孱陵侯。」據改。「潺」下原有周、夏批「音川」，「侯」下原有嘉批「潺音川」，皆不録。

〔三一〕「禍」上，光本、商本有「之」字。

〔三二〕「衆」，光本譌作「中」。

曰：「仲達之言是也。孤以何策解之？」懿曰：「此事極易。大王可將關公首級，刻一香木〔三三〕之軀以配之，葬以大臣之禮，贊鍾葬公之禮，人謀適湊天心。劉備知之，必深恨孫權，盡力南征。我却觀其勝負：蜀勝則擊吳，吳勝則擊蜀。二處若得一處，那一處亦不久也。」毛漁乖的又撞着乖的。操大喜，從其計，遂召吳使入。呈上木匣，操開匣視之，見關公面如平日。操笑曰：「雲長公别來無恙！」毛漁（與）華容道相見之語一般，前是恭敬，（此是戲謔）（今是戲語）。言未訖〔三四〕，只見關公口開目動，鬚髮皆張，操驚倒。毛漁（纔嚇倒孫權，）又嚇倒曹操，關公竟未（嘗）（曾）死（也）。贊雲長〔三五〕不死。老瞞何遂驚耶？鍾雲長神威，老瞞（諕）死。衆官急救，良久方醒，顧謂衆官曰：「關將軍真天神也！」吳使又將關公顯聖附體，罵孫權、追呂蒙之事告操。操愈加恐懼，毛活關公可怕，死關公更可怕；死關公無異活關公，則尤可怕。遂設牲醴祭祀，刻沉香木爲軀，以王侯之禮葬於洛陽南門外，令大小官員送殯，操自拜祭，贈爲荊王，差官守墓，即遣吳使回江東去訖。毛以上按下曹操，以下接敘玄德。

却說漢中王自東川回成都，漁此處又叙玄德。法正奏曰：「王上先夫人去世，孫夫人又南歸，未必再來。毛糜夫人死而糜芳叛去，孫夫人去而孫權見圖。正敘西川一邊，却緊照荊州一邊。人倫之道，不可廢也，必納王妃，以襄內政。」漢中王從之，法正復奏曰：「吳懿有一妹，美而且賢。嘗聞有相者，相此女後必大貴。毛漁前敘卜，（此）（今）敘相（，閒閒相對）。先曾許劉焉之子劉瑁，瑁蚤殀。其女至今寡居，大王可納之爲妃。」毛正說婚姻，却關礙兄弟。漢中王曰：「劉瑁與我同宗，於理不可。」毛篤於異姓兄弟，豈忍忘同族兄弟。漁関碍着兄弟。法正曰：「論其親疏，何

〔三三〕「香木」，原作「木香」，致本、業本、貫本、齋本、商本同，據其他古本乙正。
〔三四〕「訖」，商本作「畢」。
〔三五〕贊批句首二字漫漶，據贊校本補。

異晉文之與懷嬴乎？」毛法正做媒，頗爲不正。鍾奈何以伯者失德之事引其君？漢中王乃依允，遂納吴氏爲王妃。毛玄德應允，大〔三六〕是從權。後生二子：長劉永，字公壽；次劉理，字奉孝。毛帶筆敘及。

且說東西兩川，民安國富，田禾大成。忽有人自荆州〔三七〕來，言東吴求婚於關公，關公力拒之。毛法正議婚，東吴亦議婚。玄德應允，〈毛漁〉關公不肯應允，正相映〔三八〕射。孔明曰：「荆州危矣！可使人替關公回。」毛漁若能如此，（則）荆州不失（矣）（，惜乎有此言，未有此事）。正商議間，荆州捷報使命絡繹而至。不一日，關興到，具言水渰七軍之事。忽又報馬到來，報說：「關公於江邊多設墩臺，隄防甚密，萬無一失。」因此玄德放心。毛補敘玄德。忽一日，玄德自覺渾身肉顫，行坐不安。至夜，不能寧睡，起坐内室，秉燭看書，覺神思昏迷，伏几而卧，就室中起一陣冷風，燈滅復明，擡頭見一人立於燈下。毛寫得閃忽可畏。玄德問曰：「汝何人，夤夜至吾内室？」其人不答。玄德疑怪，自起視之，乃是關公，於燈影下往來躲避。毛漁（此時）與玉泉山頂，孫權座間，另是〔三九〕一般（光景）（須像）。鍾□箇英靈。玄德曰：「賢弟别來無恙！夜深至此，必有大故。吾與汝情同骨肉，因何迴避？」關公泣告曰：「願兄起兵，以雪弟恨！」言訖，冷風驟起，關公不見。玄德忽然驚覺，乃是一夢，毛漁（前敘王甫一夢，此）又敘玄德一夢。時正三鼓。玄德大疑，急出前殿，使人請孔明來。孔明入見，玄德細言夢警。孔明曰：「此乃王〔四〇〕上心思關公，故有此夢。何必多疑？」毛人亦有言，將信將疑，睊睊心目，寤寐見之。玄德再三疑慮，孔明以善言解之。毛漁讀者至此，必疑孔明糊塗矣。贊鍾孔明何不早爲公計，（而致）（至）此遮遮掩掩（也）？（恐致劉備驚諕也。）孔明辭出，至中

〔三六〕「大」，光本作「太」，形訛。
〔三七〕「州」，原作「川」，業本、貫本同。據其他古本改。
〔三八〕漁批「映」，原作「快」，據衡校本改。
〔三九〕漁批「是」，原作「事」，據衡校本改。
〔四〇〕「王」，貫本、齋本、濟本、光本、商本作「主」。

門外，迎見許靖。靖曰：「某纔赴軍師府下〔四一〕報一機密，聽知軍師入宮，特來至此。」孔明曰：「有何機密？」靖曰：「某適聞外人傳説，東吴吕蒙已襲荆州，關公已遇害！故特來密報軍師。」孔明曰：「吾夜觀天象，見將星落於荆楚之地，已知雲長必然被禍，但恐王〔四二〕上憂慮，故未敢言。」【毛】方知孔明心中已是明白。【漁】孔明胸中久已明白。二人正説之間，忽然殿内轉出一人，【漁】殿后一人，突乎其來。扯住孔明衣袖而言曰：「如此凶信，公何瞞我！」孔明視之，乃玄德也。【毛】玄德忽見燈下一人，孔明忽見殿後一人，皆寫得突兀。孔明、許靖奏曰：「適來所言，皆傳聞之事，未足深信。願王上寬懷，勿生憂慮。」玄德曰：「孤與雲長誓同生死，彼若有失，孤豈能獨生耶！」【毛】有此一語，二公〔四三〕一發不肯説實話。【漁】既有此語，二公如何説得？孔明、許靖正勸解之間，忽近侍奏曰：「馬良、伊籍至。」【毛】接筍甚緊。玄德急〔四四〕召入問之。二人具説荆州已〔四五〕失，關公兵敗求救，【毛】妙在只曉得一半，尚不知有後事。呈上表章。未及拆觀，侍臣又奏：「荆州廖化至。」【毛】接筍更緊〔四六〕。玄德急召入。化哭拜於地，細奏劉封、孟達不發救兵之事。【毛】亦只曉得一大半，尚不知有後事。玄德大驚曰：「若如此，吾弟休矣！」孔明曰：「劉封、孟達如此無禮，罪不容誅！王〔四七〕上寬心，亮親提一旅之師，去救荆襄之急〔四八〕。」【毛】有此言，不必有此事。玄德泣曰：「雲長有失，孤斷不獨生！孤來日自提一軍，去救雲長！」【漁】妙在半信半疑，尚不知其後事。遂一面差人赴閬〔四九〕中報知翼德，一面

〔四一〕「下」，商本作「上」。
〔四二〕「王」，原作「主」，毛校本、贄本同，據明三本改。
〔四三〕「公」，商本作「人」。
〔四四〕「急」，商本作「即」，明四本無，後一處同。
〔四五〕「已」，商本作「有」，明四本無。
〔四六〕「接筍更緊」，業本作「接籍更急」，貫本、光本作「接筍更急」，其他毛校本作「接筍甚緊」。
〔四七〕「王」，貫本、齋本、澹本、光本、商本作「主」。
〔四八〕「襄」，光本作「州」。「急」，光本作「危」。
〔四九〕「閬」，商本作「蜀」。

差人會集人馬。毛預爲後文伏筆，足見三人同心。未及天明，一連數次，報説關公夜走臨沮，爲吴將所獲，義不屈節，父子歸神。毛一路俱作吞吐之事〔五〇〕，至此方纔敘完。絶妙筆法。玄德聽罷，大叫一聲，昏絶於地。漁足見結義同心。正是：

爲念當年同誓死，忍〔五一〕教今日獨捐生！

未知玄德性命如何，且看下文分解。

據玉泉禪師之言，雲長受害，乃顔良之報也。可見世上因果，着着不差，即忠義如雲長，亦不能免也。吾人亦可以知所處矣，必苦苦放債，直待本利一時俱到哉？

人言死諸葛走生仲達以爲美譚，不知死雲長誂殺活孫權、活曹操更爲美譚也。

誰人不死？而雲長之死，曹瞞喪魄，孫權失魂；誰人不生？而獨雲長之生，曹瞞起敬，孫權求親。是人也，生死乎哉！其英靈至今不死，固知其已了却生死也久哉！

據玉泉禪師之言，雲長受害乃顔良之報也。可見世上因果着着不差，即忠義如雲長，亦不能免也。

死諸葛走生仲達，死雲長誂殺活孫權、活曹操，其英靈不死如此。

〔五〇〕「事」，光本作「筆」。
〔五一〕「忍」，貫本作「忽」，形訛。

第七十八回

治風疾神醫身死
傳遺命奸雄數終

曹操之殺華佗，以佗之將殺操也。佗療操，而何以云殺操？曰：鑿其頭，則是欲殺之也。臂則刮，未聞頭可鑿，如鑿其頭而能活，必如左慈之幻術則可，若以言醫，則無是理也。無是理，則其欲殺之無疑也。曷爲療關公則療之，療曹操則欲殺之？曰：能慕義者必惡惡。於其慕關公之義而療公，則知其必能殺操者耳。故華佗之死，當與吉平之死並傳。

或惜華佗之書不傳，而後世無神醫，此言非篤論也。醫者，意也。意豈書之所能傳乎？不可知之謂神，醫而曰神，神豈書之所得而解乎？以書治病者，不謂之知醫。猶之以書用兵者，不謂之知兵。佗之書與《孟德新書》而俱焚，焚之誠是矣。吴氏之婦焚之，爲其書之足以殺身。若使吴氏之婦不焚之，而今人學之，又恐其書之足以殺人耳。

曹操死於庚子之年，戊寅之月，而十回之前蚤有左慈「土鼠金虎」一言伏案矣。然而數之未盡，事在將來，觸左慈而不死，觸樹神而後死：前文之左慈，特爲此回之引子也。猶之合眼見關公而不死，開眼見伏后諸人而後死：此回之關公，特爲前回之餘波也。且樹神又爲伏后諸人之引子；而夏侯惇見伏后，又爲曹操見伏后之餘波。斯篇畧借鬼神之事警戒奸雄，事極其妙，文亦極其妙。

曹操之托文王，與王莽之托周公相似，而曹操又巧於王莽。何也？簒國之事，王莽身自爲之，曹操不自爲之，而使其子爲之，則莽拙而操巧也。王莽以《金縢》學周公，又以居攝學虞舜，是欲以一身而兼學兩聖人之事。曹操以其身學文王，而使其子學武王，是欲以兩世而分學兩聖人之事。嗚呼！以聖人之事，而乃爲奸雄之所竊，豈不重可嘆耶！

或見曹操分香賣履之令，以爲平生奸〔一〕僞，死見真性。不知此非曹操之真，仍是曹操之僞也。非至死而見真，乃至死而猶僞也。臨終遺命，有大於禪代者乎？乃家人婢妾無不處置詳盡，而獨無一語及禪代之事，是欲使天下後世信其無簒國之心；於是子孫蒙其惡名，而己則避之，即自比周文之意耳。其意欲欺盡天下後世之人，而天下後世之無識者，乃遂爲其所欺。操真奸雄之尤哉！

曹操平生無真，至死猶假，則分香賣履是也。臨死無真，死後猶假，則疑塚七十二是也。以生曹操欺人不奇，以死曹操欺人則奇矣。以一假曹操欺人不足奇，以無數假曹操欺人則更奇矣。然曹操之死，以假混真，雖有無數假曹操，其中〔二〕却有一真曹操。曹操之生，有假無真，人只見得一曹〔三〕操，到底不曾認得一真曹操。不獨死曹操是假，即活曹操亦是假；不獨假曹操是假，即真曹操亦是假，是其生又幻於其死云。

曹操既護其生前之身，又護其死後之身，則疑冢七十二是也。既護其死後之形，又欲娛其死後之魂，則命設帷帳於銅雀臺，每進食必奏樂是也。其生前之作惡，不畏死後之受譴者，以死後之無知耳。若欲娛死後之魂，則是有知矣。豈受譴則無知，而娛樂則有知乎？其殺人於生前，不畏其報復於死後者，以他人死後之無知耳。若自〔四〕娛其死後之魂，則己固有知矣。豈己之死則有知，而他人之死則無知乎？究竟果報昭然，厲鬼終當殺賊，地獄既設，

〔一〕「令」，滄本、光本作「命」。「奸」，光本作「好」，形訛。
〔二〕「其中」，商本脱。
〔三〕「曹」上，光本有「假」字。
〔四〕「自」，滄本、光本作「欲」。

遊魂難至銅臺〔五〕。我嘆曹操之巧，終笑曹操之愚。

觀三馬同槽之夢，又在馬騰既死之後，而竊嘆數之所伏，有非人意計之所得防也。周王以「檿弧」之謡殺弓人，而不知其應在褒姒；漢武以獄中天子氣而殺罪人，而不知其應在病己；王莽以易名應讖之故而殺劉歆，而不知其應在光武。今操之夢兆亦猶〔六〕是矣。若謂前之夢爲西凉，則馬休、馬鐵固合而爲三；若謂後之夢爲西凉，則馬超、馬岱已僅存其二。因後之謬，并識前之非。而既識前之非，更無從考其後之是。讀者至此，爲之喟然。

却說漢中王聞關公父子遇害，哭倒於地。衆文武急救，半晌方醒，扶入内殿。孔明勸曰：「王〔七〕上少憂。自古道『死生有命』，關公平日剛而自矜，故今日有此禍。【毛】以不記軍師「東和孫權」一語，故似有埋怨之意。**王上且宜保養尊體，徐圖報仇。」**【鍾】有報仇一語可寬其心。**玄德曰：「孤與關、張二弟桃園結義時，誓同生死。今雲長已亡，孤豈能獨享富貴乎！」言未已〔八〕，只見關興號慟而來。玄德見了，大叫一聲，又哭絶於地。**【毛】羊舌見向戌〔九〕而泣，況玄德乎？**衆官救醒。一日哭絶三五次，三日水漿不進，只是痛哭，淚濕衣襟，斑斑成血。**【毛】【漁】是真哥哥，不是假哥哥。**孔明與衆官再三勸解。玄德曰：「孤與東吴，誓不同日月也！」**【毛】不反兵之讎，非不共戴之讎。**孔明曰：「聞東吴將關公首級獻與曹操，操以王侯禮祭〔一〇〕葬之。」玄德曰：「此何意也？」孔明曰：「此是東吴欲移禍於曹操，操知其謀，故以厚禮葬**

〔五〕「至」，貫本、商本作「到」。「臺」上，光本有「雀」字。
〔六〕「猶」，貫本作「有」。
〔七〕「王」，齋本、澹本、光本、商本作「主」。
〔八〕「未已」，光本、商本作「未畢」，明四本作「訖」。
〔九〕「戌」，致本、齋本、光本、商本作「戍」，形訛。按：向戌，春秋宋國人。
〔一〇〕「祭」，光本脱。

關公，令王〔一一〕上歸怨於吳也。」毛漁（此處）張昭〔一二〕、司馬懿之計，總（不能逃此公之明鑒）（在孔明之方寸中）。玄德曰：「吾今即提兵問罪於吳，以雪吾恨！」毛舍魏而單舉吳。孔明諫曰：「不可。方今吳欲令我伐魏，魏亦欲令我伐吳，各懷譎計，伺隙而乘。王上只宜按兵不動，且與關公發喪。待吳、魏不和，乘時而伐之可也。」毛此以吳、魏並説。贊鍾（孔明）極爲有見。衆官又再三勸諫，玄德方纔進膳，傳旨川中大小將士，盡皆掛孝。毛蚤爲後文張飛伏筆。漢中王親出南門招魂，祭奠〔一三〕號哭終日。毛《詩》曰：「上慎旃哉，猶〔一四〕來！無死！」今竟死矣！弔祭不至，招魂何依？爲之兄者，能不悲哉〔一五〕？〇以上按下玄德，以下先〔一六〕叙曹操。

却説曹操在洛陽，漁以下止叙曹操。自葬關公後，每夜合眼便見關公。毛與孫策見于吉彷彿相似。操甚驚懼，問於衆官。衆官曰：「洛陽行宫舊殿多妖，可造新殿居之。」毛操自將死，與殿何干？漁己將死矣，造殿何爲？操曰：「吾欲起一殿，名『建始殿』，毛當名曰「命終殿」。恨無良工。」賈詡曰：「洛陽良工有蘇越者，最有巧思。」操召入，令畫圖像。操視蘇越畫成九間大殿，前後廊廡樓閣，呈與操。操視之曰：「汝畫甚合孤意，但恐無棟梁之材。」毛「爲巨室，則〔一七〕必使工師求大木。」蘇越曰：「此去離城三十里，有一潭，名『躍龍潭』，前有一祠，名『躍龍祠』。祠傍有一株大梨樹，高十餘丈，堪作建始

〔一一〕「王」，齋本、滄本、光本、商本作「主」。

〔一二〕漁批「昭」，原作「明」，衡校本同，據毛批改。

〔一三〕「祭奠」，原作「祭葬」，致本、明四本同。按：關公未葬于成都，作「祭奠」通，據其他毛校本改。

〔一四〕「上」，原作「尚」，致本、業本、齋本、滄本、光本、商本同；按：此句引自《詩經·國風·魏風》第九篇《陟岵》，原文作「上」，據貫本改。「猶」，致本、業本、貫本、齋本、滄本、商本作「由」，光本作「有」。

〔一五〕「哉」字原闕，據毛校本補。

〔一六〕「先」，原作「上」，致本同。按：「先」字通，據其他毛校本改。

〔一七〕「則」，原無，毛校本同。按：《孟子》卷二《梁惠王章句下》：「孟子見齊宣王，曰：『爲巨室，則必使工師求大木。』」據補。

殿之梁。」操大喜，毛漁「工師得大木則王喜。」即令人工到彼砍伐。次日，回報此〔一八〕樹鋸解不開，斧砍不入，不能斬伐。操不信，自領數百騎，直至躍龍祠前下馬，仰觀那樹，亭亭如華蓋，直侵雲漢，並無曲節。毛在曹操眼中細看一番。操命砍之，鄉老數人前來諫曰：「此樹已數百年矣，常有神人居其上，恐未可伐。」毛臥龍崗有棟梁之才，躍龍祠亦有棟梁之材，皆是神奇不同。操大怒曰：「吾平生遊歷普天之下，四十餘年，上至天子，下及庶人，無不懼孤，是何妖神，敢違孤意！」毛好貨。漁好大語。言訖，拔所佩劍親自砍之，錚然有聲，血濺滿身。毛漁樹（亦）（尚）有血，（奈何）（豈可）人無血性？鍾有松柏不凋之操。操愕然大驚，擲劍上馬，回至宮內。是夜二更，操睡臥不安，坐於殿中〔一九〕隱几而寐。忽見一人披髮仗劍，身穿皂衣，直至面前，指操喝曰：「吾乃梨樹之神也。汝蓋建始殿，意欲篡逆，却來伐吾神木〔二〇〕。吾知汝數盡，特來殺汝！」毛草木非人，尚能討〔二一〕賊；人非草木，却多從賊。爲之一嘆。贄諸葛孔明、劉玄德、関雲長、張益德諸人，不如此一梨樹也。鍾梨樹之神可謂漢家功臣矣。操大驚，急呼：「武士安在？」皂衣人仗劍砍〔二二〕操。操大叫一聲，忽然驚覺，頭腦疼痛不可忍。急傳旨遍求良醫治療，不能痊可。衆官皆憂。華歆入奏曰：「大王知有神醫華佗否？」毛華歆不識曾通譜否？操曰：「即江東醫周泰者乎？」毛又將十五回事提照。歆曰：「是也。」操曰：「雖聞其名，未知其術。」歆曰：「華佗字元化，沛國譙縣〔二三〕人也。其醫術之妙，世所罕有。但有患者，或用藥，或用鍼，或用灸，隨手而愈。若患五臟六腑之疾，藥〔二四〕不能効者，

〔一八〕「此」，光本作「梨」，明四本無。
〔一九〕「殿中」二字原闕，致本作「殿内」，據其他毛校本補。
〔二〇〕「木」，光本、商本作「樹」。
〔二一〕「討」，光本作「殺」。
〔二二〕「砍」上，商本有「欲」字。
〔二三〕同第一回校記〔四八〕。
〔二四〕「藥」，商本作「却」。

以『麻沸散』〔二五〕飲之，令病者如醉死，却用尖刀剖〔二六〕開其腹，以藥湯洗其臟腑，【毛】【漁】曹操（一）（滿）肚皮奸猾，當用何藥（湯洗之）（水方洗得乾浄）？病人畧無疼痛。洗畢，然後以藥線縫口，用藥敷之，或一月，或二十日，即平復矣。其神妙如此。一日，佗行於道上，聞一人呻吟之聲。佗曰：『此飲食不下之病。』問之果然。佗令取蒜虀汁三升飲之，吐蛇一條，長二三尺，飲食即下。【毛】【漁】曹操腹中毒蛇，恐不止一條（耳）。廣陵太守陳登，心中煩懣，面赤，不能飲食，求佗醫治。佗以藥飲之，吐虫三升，皆赤頭，首尾動摇。登問其故，佗曰：『此因多食魚腥，故有此毒。今日雖可〔二七〕，三年之後，必將復發，不可救也。』後陳登果三年而死。【毛】陳登在徐州事，已隔數十回，忽以閒筆應出，妙。又有一人眉間生一瘤，痒不可當，令佗視之。佗曰：『内有飛物。』人皆笑之。佗以刀割開，一黄雀飛去，病者即愈。【毛】【漁】奇絶。〈【毛】〉○操之視君如贅瘤，惜〔二八〕獻帝之不能飛也。有一人被犬咬足指，隨長肉二塊，一痛一痒，俱不可忍。佗曰：『痛者内有針十箇，痒者内有黑白棊子二枚。』【毛】【漁】更奇。〈【毛】〉○操之能刺人，能算人，恐亦當生此二物。人皆不信。佗以刀割開，果應〔二九〕其言。此人真扁鵲、倉公之〔三〇〕流也。【毛】於百忙中，忽敘幾椿閒事。見居金城，離此不遠，大王何不召之？』

操即差人星夜請華佗入内，令診脉視疾。佗曰：『大王頭腦疼痛，因患風而起。病根在腦袋中，風涎不能出，枉服湯藥，不可治療。某有一法：先飲麻沸散，然後用利斧砍開腦袋，取出風涎，方可

〔二五〕「麻沸散」，原作「麻肺湯」，古本同。按：《三國志·魏書·華佗傳》作「麻沸散」。據改，後同。

〔二六〕「剖」，貫本、光本作「割」。

〔二七〕「可」，商本作「愈」。

〔二八〕「視」，原作「事」，致本、業本、貫本、齋本、澹本、商本同。按：「視」字通，據光本改。「惜」，商本作「怕」。

〔二九〕「應」，商本作「如」。

〔三〇〕「之」，光本作「一」。

除根。」【毛漁】與吉平用藥之意相同。操大怒曰：「汝要殺孤耶！」【贊】畢竟老奸是個英雄。【鍾】奸雄多疑。佗曰：「大王曾聞關公中毒箭，傷其右臂，某刮骨療毒，關公略無懼色，【毛】周泰事在曹操口中照應，〈【毛漁】〉關公事在華佗口中照（出。）〈【毛】〉應，只兩事匀〔三一〕作兩番寫，又以華佗口中一段閒文敘之。妙品。今大王小可之疾，何多疑焉？」操曰：「臂痛可刮，腦袋安可砍開〔三二〕？汝必與關公情熟，乘此機會欲報讎耳！」【毛漁】非（但）爲關公報讎，（直將）（竟）爲天子討賊。呼左右拏下獄中，拷問其情。【鍾】老賊畢竟奸雄。賈詡諫曰：「似此良醫，世罕其匹，未可廢也。」操叱曰：「此人欲乘機害我，正與吉平無異！」【毛】照應二十三〔三三〕回中事。急令追拷。華佗在獄，有一獄卒，姓吳，人皆稱爲「吳押獄」。此人每日以酒食供奉華佗，佗感其恩，乃告曰：「我今將死，恨有《青囊書》未傳於世。感公厚意，無可爲報，我修一書，公可遣人送與我家，取《青囊書》來贈公，以繼吾術。」吳押獄大喜曰：「我若得此書，棄了此役，醫治天下病人，以傳先生之德。」【毛】有此心便可繼華佗，不必書也。【漁】有其好心，可不必書也。佗即修書付吳押獄。吳押獄直至金城，問佗之妻取了《青囊書》，回至獄中，付與華佗檢看畢，佗即將書贈與吳押獄。吳押獄持回家中藏之。【毛】以酒肉換《青囊》，大是便宜。換了此書，便有無數酒肉吃矣。旬日之後，華佗竟死於獄中。吳押獄買棺殯殮訖，【毛】只算謝師錢。脫了差役，回家欲取《青囊書》看習，只見其妻正將書在那裡焚燒。【毛】婦人不愛醫，非不愛書。吳押獄大驚，連忙搶奪，全卷已被燒毀，只剩得一兩葉。吳押獄怒罵其妻，妻曰：「縱然學得與華佗一般神妙，只落得死於牢中，要他何用！」【毛】亦是達人之言。【贊】此婦大是妙人。【鍾】吳妻至（言）。【漁】却是名言。吳押獄嗟嘆而止。因此《青囊書》不曾傳於世，所傳者止閹雞豬等小法，乃燒剩一兩葉中所載也。後人有詩

〔三一〕「匀」，光本、商本作「分」。
〔三二〕「砍開」，光本作「破開」，明四本作「比臂也」。
〔三三〕「三」，原壞字，商本訛作「四」，據其他毛校本補。

嘆曰〔三四〕：

華佗仙術比長桑，神識如窺垣一方。
惆悵人亡書亦絶，後人無復見《青囊》。

却説曹操自殺華佗之後，病勢愈重，又憂吴、蜀之事。正慮間，近臣忽奏東吴遣使上書。操取書拆視之，畧曰〔三五〕：

臣孫權久知天命已歸王上，伏望早正大位，遣將勦滅劉備，掃平兩川，臣即率羣下納土歸降矣。毛孫權此時斷斷〔三六〕爲漢賊無疑矣。

操觀畢大笑，出示羣臣曰：「是兒欲使吾居爐火上耶！」三蓋言權逼操反之意。侍中陳羣等奏曰：「漢室久已衰微，殿下功德巍巍，生靈仰望。今孫權稱臣歸命，此天人之應，異氣齊聲。殿下宜應天順人，早正大位。」毛漁令人追思荀彧、荀攸尚有良心。操笑曰：「吾事漢多年，雖有功德及民，然位至於王，名爵已極，何敢更有他望？贄鍾老奸此處似有天理，〈贄〉然亦説不得「三分天下有其二，以服事殷也」。苟天命在孤，孤爲周文王矣。」毛漁隱然以篡逆之事，留與曹丕。鍾大言不慚。司馬懿曰：「今孫權既稱臣歸附，王上可封官〔三七〕賜爵，令拒劉備。」毛權欲使操攻備，操又使權攻備，兩家之意，只在於此。至於一勸進，一賜爵，皆是醉翁之意不在酒。操從之，表封孫權爲驃騎將軍、南昌侯，領荆州牧。即日遣使賫誥勅赴東吴去訖。操病勢轉加。忽一夜夢三馬同槽而食，及曉，問賈詡曰：「孤向日曾夢三馬同槽，疑是馬騰父子爲禍。毛此夢在殺馬騰之前，於此補照出來〔三八〕。今騰已死，昨宵〔三九〕復夢三馬同槽。主何吉凶？」毛漁（曹丕未篡，）早爲司馬氏預兆。詡

〔三四〕毛本詩改自贄本；鍾本同贄本，贄本同明三本，漁本用他詩。
〔三五〕毛本孫權書改自贄本；鍾本、漁本同贄本，贄本同明三本。
〔三六〕「斷斷」，光本作「之甘」。
〔三七〕「官」字原闕，據毛校本補。
〔三八〕「照出來」三字原闕，據毛校本補。
〔三九〕「宵」，貫本、明四本作「夜」。

曰：「禄馬，吉兆也。禄馬歸於曹〔四〇〕，王上何必疑乎？」【毛】與関平解猪爲龍彷彿相似。今之代人詳惡夢者，大抵類此。【贊】【鍾】凡門下詳夢，都是如此。操因此不疑。【三】補遺補註後來司馬懿、司馬師、司馬昭三人專政呑曹，（以）應此之夢（兆）也。後人有詩曰〔四一〕：

三馬同槽〔四二〕事可疑，不知已植晉根基。
曹瞞空有奸雄畧，豈識朝中司馬師？

是夜，操卧寢室，至三更，覺頭目昏眩，乃起，伏几而卧〔四三〕。忽聞殿中聲如裂帛，操驚視之，忽見伏皇后、董貴人、二皇子，并伏完、董承等二十餘人，渾身血汚，立於愁雲之内，隱隱聞索命之聲。【毛】從前作過事，没興一齊來。【贊】來了，來了。怕人，怕人！【鍾】索命鬼來，亦好怕人。【漁】從前所作之事，于此一齊來矣。操急拔劒望空砍去，忽然一聲响亮，震塌殿宇西南一〔四四〕角。【毛】【漁】新殿（造不）（未）成，舊殿又遏了。操驚倒於地，近侍救出，遷〔四五〕於别宫養病。次夜，又聞殿外男女哭聲不絶。【毛】呂蒙是神附於身，曹〔四六〕操是鬼集於户。然操何以不附？曰：一則〔四七〕可附，多則不勝其附，故不附耳。至曉，操召羣臣入曰：「孤在戎馬之中〔四八〕三十餘年，未甞信怪異之事。今日爲何如此？」羣臣奏曰：「大王當命道士設醮〔四九〕修禳。」操歎曰：「聖人云：『獲罪於天，無所禱也。』【毛】「獲罪於天」一語，自寫供招。然既欲學文〔五〇〕王，何不更學孔子之言，曰「某之禱久矣」？【漁】自寫供招。孤天命已盡，安可救乎？」【贊】

〔四〇〕「曹」，貫本、澹本作「槽」。
〔四一〕毛本後人詩從贊本；鍾本同明三本，漁本改自贊本；嘉本無。
〔四二〕「槽」，原作「曹」，致本、業本、貫本同，據其他古本改。
〔四三〕「卧」字原闕，據毛校本補。
〔四四〕「一」字原闕，據毛校本補。
〔四五〕「遷」字原闕，據毛校本補。
〔四六〕「身曹」二字原闕，據毛校本補。
〔四七〕「曰一則」三字原闕，據毛校本補。
〔四八〕「之中」二字原闕，據毛校本補。
〔四九〕「大王」「士」「醮」四字原闕，據毛校本補。
〔五〇〕「天一語自」「學文」六字原闕，據毛校本補。

畢竟老奸明白，若今人，不知作許多醜態也。鍾老奸倸明白。遂不允設醮〔五一〕。次日，覺氣沖上焦，目不見物，急召夏侯惇商議。惇至殿門前，忽見伏皇后、董貴人、二皇子、伏完、董承等立在陰雲之中。毛曹操是雙眼〔五二〕見之，夏侯惇是一眼見之。鍾冤魂不散。惇大驚昏倒，左右扶出，自此得病。操召曹洪、陳羣、賈詡、司馬懿等，同至卧榻前，囑以後事。曹洪等頓首曰：「大王善保玉體，不日定當霍然。」操曰：「孤縱横天下三十餘年，羣雄皆滅，止有江東孫權、西蜀劉備未曾勦除。孤今病危，不能再與卿等相敘，特以家事相託。毛但言家事，而不言國事，是老賊奸猾處。孤長子曹昂，劉氏所生，不幸早年殁於宛城。毛又將前事一提。今卞氏生四子：丕、彰、植、熊。孤平生所愛第三子植，爲人虚華，少誠實，嗜酒放縱，因此不立。次子曹彰，勇而無謀。四子曹熊，多病難保。惟長子曹丕，篤厚恭謹，可繼我業。漁知子不如父。卿等〔五三〕宜輔佐之。」毛漁（但言立丕自繼，更）不説到禪代事，（何）奸滑之極。贊鍾老奸（的是妙人，）一些也不糊塗。曹洪等涕泣領命而出。操令近侍取平日所藏名香，分賜諸侍妾，且囑曰：「吾死之後，汝等須勤習女工，多造絲履賣之，可以得錢自給。」毛不知操者，但謂其「兒女情深，英雄氣盡〔五四〕」。又命諸妾多居於銅雀臺中，每日設祭，必令女伎奏樂上食。毛袁紹〔五五〕之妻妬及於鬼，恐其以鬼悦鬼也。今操之遺命又欲以人悦鬼。又遺命於鄴郡武城〔五六〕外，設立疑塚七十二：「勿令後人知吾葬處，恐爲人所發掘故也。」毛以此自防，亦甚苦矣。若

〔五一〕「設醮」二字原闕，據毛校本補。

〔五二〕「眼」，齋本、商本作「目」。

〔五三〕「業卿等」三字原闕，據毛校本補。

〔五四〕「盡」，齋本、光本作「短」。

〔五五〕「袁紹」，原作「劉表」，毛校本同。按：「妬及於鬼」事，非劉表之妻蔡氏，乃袁紹之妻劉氏于前文第三十二回中所敘之事。據前文改。

〔五六〕「鄴郡武城」，原作「彰德府講武城」，古本同。按：「彰德府」爲金代地名，「講武城」今爲河北省邯鄲市磁縣武城村，唐代前爲武城。《後漢書·郡國志》：武城屬鄴縣。前文多處作「鄴郡」，從之。

使後人將七十二塚盡掘之，爲之〔五七〕奈何？囑畢，長嘆一聲，淚如雨下。【漁】到此時，絶無英雄氣象〔五八〕。須臾，氣絶而死。壽六十六歲。時建安二十五年春正月也。【毛】是子年寅月，正應左慈語。後人有《鄴中歌》一篇嘆曹操云〔五九〕：

城〔六〇〕則鄴城水漳水，定有異人從此起：
雄謀韵事與文心，君臣兄弟而父子。
英雄未有俗胸中，出没豈隨人眼底？
功首罪魁非兩人，遺臭流芳本一身。
文章有神霸有氣，豈能苟爾化爲塵〔六一〕？
横流築臺距太行，氣與理勢相低昂。
安有斯人不作逆，小不爲霸大不王？
霸王降作兒女鳴，無可奈何中不平。
向帳明〔六二〕知非有益，分香未可謂無情。
嗚呼！
古人作事無鉅細，寂寞豪〔六三〕華皆有意。
書生輕議塚中人，塚中笑爾書生氣！【贄】今人開口便罵曹操，亦曾思自家罵得曹操否？世上自有罵得操的人，只不是開口便罵曹操者耳。呵呵。

却説曹操身亡，文武百官盡皆舉哀，一面遣人赴世子曹丕、鄢〔六四〕陵侯曹彰、臨淄【嘉】音之。【二】音茲。侯曹植、蕭侯〔六五〕曹熊【二】鄢陵，今屬河南開封府；臨淄，今屬山東青州府；蕭縣，今屬直隸徐州〔六六〕。處報喪。【毛】曹操未見四子而死，爲之一嘆。【漁】曹操死時，四子俱不在面前，可嘆。衆官用金棺銀槨將操入殮，星

〔五七〕「之」，貫本脱。
〔五八〕「象」，衡校本脱。
〔五九〕毛本《鄴中歌》，引自鍾惺《隱秀軒詩·玄集》之《七言古一》；明三本、贊本系無。按：毛本引全詩，據《隱秀軒集》校正。
〔六〇〕「城」，原作「鄴」，據《隱秀軒集》改。
〔六一〕「塵」，原作「羣」，據《隱秀軒集》改。
〔六二〕「平向帳明」四字原闕，據《隱秀軒集》補。「向帳」，光本作「請禱」。
〔六三〕「細寂寞豪」四字原闕，據《隱秀軒集》補。
〔六四〕「子曹丕鄢」四字原闕，據毛校本補。
〔六五〕「侯」上原有「懷」，古本同。按：「蕭侯」封地爲沛國蕭縣，「懷」字爲死後謚號。據删，後文多處，徑改不記，批語同。
〔六六〕周批「直隸徐州」，原作「山東兖州府」。按：蕭縣明代屬徐州。據夏批改。

夜舉靈櫬赴鄴郡來。毛曹操不死於鄴郡而死於洛陽，與先主不死於成都而死於白帝相似。曹丕聞知父喪，放聲痛哭，率大小官員出城十里，伏道迎櫬入城，停於偏殿。官僚掛孝，聚哭於殿上。忽一人挺身而出曰：「請世子息哀，且議大事。」衆視之，乃中庶子司馬孚也。孚曰：「魏王既薨，天下震動。當蚤立嗣王，以安衆心。何但哭泣耶？」羣臣曰：「世子宜嗣位，但未得天子詔命，豈可造次而行〔六七〕？」毛此時天子詔以屬具文，而猶欲待之者，欺人耳目耳。漁此時欲待天子之詔者，欺人耳目耳。尚〔六八〕書陳矯曰：「王薨於外，愛子私〔六九〕立，彼此生變，則社稷危矣。」鍾司馬孚、陳矯，可與語大事者。遂拔劍割下袍袖，厲聲曰：「即今日便請世子嗣位。衆官有異議者，以此袍爲例！」毛漁此時（已）不欲奉天子詔矣。百官悚懼。忽報華歆自許昌飛馬而至，衆皆大驚。須臾華歆入，衆問其來意，歆曰：「今魏王薨逝，天下震動，何不蚤請世子嗣位？」衆官曰：「正因不及候詔命，方議欲以王后卞氏慈旨立世子爲王。」毛未得父令〔七〇〕，乃欲奉母令。然操之所以無令者，以天子詔可以取之如寄，羣臣自能爲我請之，故不必以己之令令之也。歆曰：「吾已於漢帝處索得詔命在此。」贊司馬孚、陳矯、華歆可與語大事者，殊無秀才氣也。鍾華歆諂□人矣。衆皆踴躍稱賀。歆於懷中取出詔命開讀。毛一班亂賊，贊成曹丕篡漢之基〔七一〕。贊未必不是老瞞圈套，何必聽他。原來華歆諂事魏，故草此詔，威逼獻帝降之，毛與破壁取后，正是一樣盡忠。鍾小輩可（惡）。漁看此人行事，每惡聞其名。帝只得聽從，故下詔即封曹丕爲魏王、丞相、冀州牧。丕即日登位，受大小官僚拜舞起居。

正宴會慶賀間，忽報鄢陵侯曹彰，自長安領十

〔六七〕「行」字原闕，據毛校本補。
〔六八〕「尚」上原有「兵部」，古本同。按：《三國志·魏書·陳矯傳》：「從征漢中，還爲尚書。」《後漢書·百官志》：東漢無兵部。據刪。
〔六九〕「子私」二字原闕，據毛校本補。
〔七〇〕「令」，貫本作「命」。
〔七一〕「基」，商本作「由」。

萬大軍來到。丕〔七二〕大驚，毛前華歆來，衆官吃一諕〔七三〕；今曹彰來，曹丕亦吃一諕。遂問羣臣曰：「黄鬚小弟，平日性剛，深通武藝。贊黄鬚的是可兒，不比子建徒弄筆墨也。今提兵遠來，必與孤争王位也。如之奈何？」忽堦下一人應聲出曰：「臣請往見鄢陵侯，以片言折之。」衆皆曰：「非大夫莫能解此禍也。」正是：

試看〔七四〕曹氏丕彰事，幾作袁家譚尚争。

未知此人是誰，且看下文分解。

吴押獄之妻，聖人也，神人也。其言曰：「縱然學得與華佗一般神妙，只落得死於獄中。」非出神入聖之人，何能言此！可笑後人無識，反言愚婦焚燒，真可恨也。此真愚夫之言也哉，此真愚夫之言也哉！《青囊書》久不傳于世。然則今之庸醫即殺人也，亦可藉口矣。呵呵。

操殺華佗，固奸雄自斃，然當時惡運已極，不使神醫劈腦，更爲世蠹，亦天滅奸雄也。佗死不甚快哉！

〔七二〕「到丕」二字原闕，據毛校本補。

〔七三〕「官」，齋本、光本作「皆」。「諕」，光本、商本作「驚」，後一處同。

〔七四〕「看」，商本作「觀」。

第七十九回　兄逼弟曹植賦詩　姪陷叔劉封伏法

劉、曹之相形，何厚薄之懸殊乎！玄德以異姓之兄，而痛悼其弟之亡；曹丕以同胞之兄，而急欲其弟之死。一則痛義弟之死，而不顧其養子之恩；一則欲親弟之亡，而不顧其生母之愛。君子於此，有天倫之感焉。

甚矣，名之不可竊，而實之不可誣也！操以武王之事遺其子，而自比於文王；丕則不以文王之事目其父，而仍謚之曰武王。是父欲避改革之名而讓之後人，子又避改革之實而歸之先世也。歸之先世，而魏之篡漢非丕篡之，實操篡之耳。操將[一]欺人，而子先不能欺；操欲自掩，而子不爲之掩。嗚呼！奸雄之奸，亦復何用哉？

文章足以殺身，而有時乎亦足以救死；文章足以取忌，而有時乎亦足以動人。如子建之七步成章是已。楊惲「種萁」之歌[二]，適觸君王之怒，不若子建「煑萁」之詠，能發兄弟之悲；朱虛「耕田」之吟，但寒異姓之心，不若子建「燃萁」之詩，能解同氣之怨；劉勝聞樂之對，自述涕泣之情，又不若子建「釜中」之辭，能隕他人之淚。此豈獨當時爲然哉？凡今之人有以兄弟而相煎[三]者，觀於其文，亦宜爲之泫然矣。

曹子建亦嘗倩人代筆矣，楊修手教數十條是也。然子建倩人代筆，面試却不出醜；不似今人倩人代筆，面試即便出醜。面試不出醜，

[一]「將」，光本作「欲」。
[二]「歌」，光本作「死」。
[三]「以」，貫本作「與」。「煎」，光本作「煑」。

連平日之代筆者，亦信其自作；面試一出醜，連平日之自作者，亦疑其代筆。故惟才如子建，可不倩人；亦惟才如子建，可以偶一倩人。

觀曹氏之得免於内亂，而知天之不欲祚漢也。懦若曹熊不足論耳；曹彰以勇畧自矜，而驅雄兵於鄴郡；曹植以才名自恃，而集文士於臨淄：岌岌乎幾不免内亂之作矣。使亦如譚與尚之相争、琦與琮之相惡，而漢中王得乘隙以攻之，豈不大快事哉！乃熊既死，彰既歸，而曹植亦束手而受縛，君子以爲魏之幸，而漢之不幸云。

劉封之拒孟達，與糜芳之從傅士仁則有異矣。然既能〔四〕拒之於終，何不拒之於始；既能斬孟達之使而不降曹操，何以聽孟達之譖而不救關公乎？南郡之救樊城也難，糜芳不聽士仁則必死；上庸之援麥城也易，封〔五〕不聽孟達則未必至於死。惜其見之不蚤耳。

劉封雖有罪，而先主殺之亦未得其當也。其不救關公也，可罪；其不降曹氏也，可原；其拒孟達於後也，可嘉；則其悔聽孟達於前也，亦可諒。而喪一義弟，又殺一義兒，誠計之左矣。且既欲殺之，不即召而殺之，而使喪師失地以重其辜，則先主有三失焉：彼自知獲戾，而將兵於外，安保其無降魏之心？其失算者一。以一劉封當徐晃、夏侯尚、孟達之師，明知其非敵，而故遣焉，是棄劉封并棄五萬人，其失算者二。孟達已去，不更令别將以守上庸，而至有申躭、申儀之叛，使劉封進退無路，是棄劉封並棄上庸之地，其失算者三。有此三失，宜先主之終悔與？

張松、法正、孟達、彭羕四人皆賣國，而各有不同：初欲投曹操，而繼乃向先主者，張松也。既歸先主，而又欲叛先主者，彭羕也。

〔四〕「能」，貫本作「然」。
〔五〕「封」上，商本有「劉」字。

事劉而復降曹，降曹而其後又欲歸劉者，孟達也。其背劉璋之後，始終事先主者，惟法正一人而已。雖然，法正、孟達同功一體，孟達有罪，法正必不自安，幸其時正已死耳。若正而在，安保其不爲彭羕乎？苟曰始終無二，吾於法正未之敢信。

却説曹丕聞曹彰提兵而來，驚問衆官，一人挺身而出，願往折服之。衆視其人，乃諫議大夫賈逵也。曹丕大喜，即命賈逵前往。逵領命出城，迎見曹彰。彰問曰：「先王璽綬安在？」【毛】【漁】一見便問（玉）璽（綬，黄鬚兒幾欲學紫鬚兒）。逵正色而言曰：「家有長子，國有儲君。先王璽綬，非君侯之所宜問也。」【毛】意正而詞嚴。【鍾】賈逵正論。彰默然無語，乃與賈逵同入城。至宮門前，逵問曰：「君侯此來，欲奔喪耶？欲争位耶？」【毛】【漁】本欲其退兵，却先問此二語。（妙甚。）彰曰：「吾來奔喪，别無異心。」逵曰：「既無異心，何故帶兵入城？」【贊】賈梁道的是經濟大臣，然黄鬚兒自佳。【鍾】片言折之。彰即時叱退左右將士，【毛】妙在不教之退而自退。隻身入内，拜見曹丕。兄弟二人相抱大哭。曹彰將本部軍馬盡交與曹丕，丕令彰回鄢陵自守，彰拜辭而去。【三】補註後黄初二年，進爵爲公；三年，立爲任城王；四年，朝京，殁於旅邸。（故後來）無事可説，（故）先（此）説之。於是曹丕安居王位，改建安二十五年爲延康元年，【毛】未篡位，先改元，奇絶。○諺云：「自肚裏改年號。」即此便爲篡位之兆。封賈詡爲太尉，華歆爲相國，王朗爲御史大夫，大小官僚，盡皆陞賞。謚曹操曰武王，【毛】曹操自比文王，而曹丕偏不謚之曰「文」，偏謚〔六〕之曰「武」。葬於鄴郡高陵，令于禁董治陵事。禁奉命到彼，只見陵屋中白粉壁上，圖畫關雲長水渰七軍擒獲〔七〕于禁之事。【毛】文字照應之妙。畫雲長儼然上坐，

〔六〕「謚」，貫本作「縊」，形訛。

〔七〕「獲」，原作「護」，業本同；明四本無。按：「護」字形訛，據其他毛校本改。

寵德憤怒不屈，于禁拜伏於地，哀求乞命之狀。毛教他看曹操的墳墓，却看了自己的行樂。既看了自己的行樂，又看了關公的喜神。原來曹丕以于禁兵敗被擒，不能死節，既降敵而復歸，心鄙其爲人，故先令人圖畫陵屋粉壁，故意使之往見以愧之。毛曹丕羞臣下是一幅畫，難兄弟是一首詩。看畫所以陶情，吟詩所以遣興。自有詩畫以來，未有如于禁、曹植之不堪者也。當下于禁見此畫像，又羞又惱，氣憤成病〔八〕，不久而死。毛死遲了。後人有詩嘆曰：

三十年來説舊交，可憐臨難不忠曹。

知人未向心中識，畫虎今從骨裏描。

却説華歆奏曹丕曰：「鄢陵侯已交割軍馬，赴本國去了。臨淄侯植、蕭侯熊，二人竟不來奔喪，理當問罪。」毛不知君臣之義者，定不善處人兄弟之間。丕從之，即分遣二使往二處問罪。不一日，蕭侯使者回報：「蕭侯曹熊懼罪，自縊身死。」毛漁先送〔九〕（殺了）（死）一（箇）兄弟。丕令厚葬之，追贈蕭懷公〔一〇〕。又過了一日，臨淄使者回報，說：「臨淄侯日與丁儀、丁廙三音異。兄弟二人酣飲，悖慢無禮，聞使命至，臨淄侯端坐不動。丁儀罵曰：『昔日〔一一〕先王本欲立吾主爲世子，被讒臣所阻。今王喪未遠，便問罪於骨肉，何也？』毛漁（是）（先）責曹丕。丁廙又曰：『據吾主聰明冠〔一二〕世，自當承嗣大位，今反不得立。汝那廟堂之臣，何不識人才若此！』毛漁（是）（後）責羣臣。臨淄侯因〔一三〕怒叱武士將臣亂棒打出。」毛曹植之事，不在臨淄一邊叙來，只在鄴使口中說出，筆法甚省。贊子建、二丁，真不更事，小兒自取敗亡，不足惜也。〔一四〕鍾□舌

〔八〕「病」，齋本、光本作「疾」，明四本無。

〔九〕毛批「送」，致本同，齋本作「迫」，其他毛校本作「逼」。

〔一〇〕「公」，原作「王」，古本同。按：《三國志·魏書·曹熊傳》：「蕭懷王熊，早薨。黃初二年追封謚蕭懷公。」據改。

〔一一〕「日」，貫本作「者」。

〔一二〕「冠」，商本作「蓋」。

〔一三〕「因」，光本作「因大」，明四本作「大」。

〔一四〕贊批「子建」「真」三字原闕，吴本存四字，據緑本補。

賈禍。丕聞之，大怒，即令許褚領虎衛軍三千，火速至臨淄擒曹植等一干人來。褚奉命，引軍至臨淄城。守將攔阻，褚立斬之，直入城中，無一人敢當鋒鋭，逕到府堂。只見曹植與丁儀、丁廙等盡皆醉倒。毛 喪中醉倒，難爲孝子。丕雖不兄，植亦不子。贄鍾（甚矣！）詩人、酒人（之無用也，）即（保）一身亦不（足也。）（保也。可嘆哉！）漁 聞父死而酣飲，豈人子者爲之哉？褚皆縛之，載於車上，并將府下大小屬官盡行拿解鄴郡，聽候曹丕發落。丕下令，先將丁儀、丁廙等盡行誅戮[一五]。丁儀字正禮，丁廙字敬禮，沛國[一六]人，乃一時文士，及其被殺，人多惜之。毛 文章不能免禍，爲之一嘆。

却説曹丕之母卞氏聽得曹熊縊死，心甚悲傷。忽又聞曹植被擒，其黨丁儀等已殺，大驚，急出殿召曹丕相見。毛 羣臣無一人爲曹植請命者，而必待其母自出，爲之一嘆。漁 諸臣中俱不爲植請命，必待其母自出，可嘆可嘆。丕見母出殿，慌來拜謁。卞氏哭謂丕曰：「汝弟植平生嗜酒疎狂，蓋因自恃胸中之才，故爾放縱。汝可念同胞之情，存其性命。吾至九泉亦瞑目也。」毛 吴氏爲女之故而駡孫權，其詞厲；卞氏爲植之故而求曹丕，其詞哀。漁 其詞哀矣。丕曰：「兒亦深愛其才，安肯害他？今正欲戒其性耳。母親勿憂。」卞氏洒淚而入。丕出偏殿，召曹植入見。華歆問曰：「適來莫非太后勸殿下勿殺子建乎？」丕曰：「然。」歆曰：「子建懷才抱[一七]智，終非池中物，若不早除，必爲後患。」毛 華歆不知有伏后，何知有卞氏[一八]。贄鍾 華歆的是小人。漁 離間人骨肉，可恨可恨。丕曰：「母命不可違。」歆曰：「人皆言子建出口成章，臣未深信。王[一九]上可召入，以才試

[一五]「戮」，明四本作「之」。

[一六]「沛國」，原作「沛郡」，致本、業本、貫本、光本、明四本同。按：《三國志·魏書·曹植傳》裴注引《魏略》：「丁儀字正禮，沛郡人也。」《王粲傳》：「沛國丁儀、丁廙。」東漢時無沛郡，據商本改。

[一七]「才抱」二字原闕，據毛校本補。

[一八]「氏」下，齋本、光本有「也」字。

[一九]「王」，齋本、澹本、光本、商本作「主」。

之。若不能，即〔二〇〕殺之；若果能，則貶之，以絕天下文人之口。」毛不難〔二一〕助臣欺主，何難助兄謀弟。丕從之。須臾，曹植入見，惶恐伏拜〔二二〕請罪。丕曰：「吾與汝情雖兄弟，義屬君臣，汝安敢恃才蔑禮？昔先君在日，汝常以文章誇示於人，吾深疑汝必用他人代筆。吾今限汝行七步吟詩一首，若果能，則免一死；若不能，則從重治罪，決不姑〔二三〕恕！」毛縱使倩人代筆，罪不至死；若以此論死，則天下之犯死罪者多矣。贊就是他人代笔，亦何至于死也，不然那裡死得許多，呵呵。鍾他人代筆，遂至于死，嗟乎！今日代筆甚多，安得人人盡死之耶？植曰：「願乞題目。」時殿上懸一水墨畫，畫着兩隻牛鬭於土牆之下，一牛墜井而亡。丕指畫曰：「即以此畫爲題。詩中不許犯着『二牛鬭牆下，一牛墜井死』字樣。」毛漁阿哥做考（試）官，（乃）出如此難題目。植行七步，其詩已成。詩曰〔二四〕：

兩肉齊道行，頭上帶凹骨。
相遇凸〔二五〕二音塊。山下，欻起相搪突。
二敵不俱剛，一肉臥土窟。
非是力不如，盛氣不泄畢。

曹丕及羣臣皆驚。丕又曰：「七步成章，吾猶以爲遲。汝能應聲而作詩一首否？」毛面試中式，偏不作准，〈毛漁〉又要覆試。植曰：「願即命題。」丕曰：「吾與汝乃兄弟也。以此爲題，亦不許犯着『兄弟』字樣。」毛前題在《牽牛》章，此題在《棠棣》章。漁出此題將入情矣。植略不〔二六〕思索，即口占一

〔二〇〕「即」，商本作「則」。

〔二一〕「不難」，齋本、光本作「既能」。

〔二二〕「伏拜」，光本、明四本作「拜伏」。

〔二三〕「治」，齋本、光本作「加」，明四本無。「姑」，光本、商本作「寬」，明四本作「輕」。

〔二四〕毛本曹植詩一改自贊本；鍾本同贊本，漁本改自贊本；周本、夏本、贊本改自嘉本。

〔二五〕「凸」，原作「由」，光本作「凸」，嘉本作「塊」。按：「凸」同「塊」，形訛作「由」。

〔二六〕「不」，商本作「爲」，明四本無。

首曰〔二七〕：

煑豆燃豆萁〔二八〕，豆在釜中泣。
本是同根生，相煎何太急？

曹丕聞之，潸〔二九〕【二】音山。然淚下。【毛】四句詩，賽過一篇《求通親親表》，聞之安得不淚！其母卞氏從殿後〔三〇〕出曰：「兄何逼弟之甚耶？」丕慌忙離坐告曰：「國法不可廢耳。」【贊】極是，極是。於是貶曹植爲安鄉侯，【毛】試了好文字，猶然降等。若文字不佳，將不止劣等矣。植拜辭上馬而去。【贊】【鍾】子建以七步才取禍，非以七步才免禍（也。後人無識，每每如此）。

曹丕自繼位之後，法令一新，威逼漢〔三一〕帝，甚於其父。早有細作報入成都。【毛】以上按下曹丕，以下再敘先主。【漁】此處又叙先主。漢中王聞之，大驚，即與文武商議曰：「曹操已死，曹丕繼位，威逼天子，更甚於操。東吳孫權，拱手稱臣。孤欲先伐東吳，以報雲長之讐；【毛】以關公之讐，讐之則私；以臣魏之罪，罪之則公。次討中原，以除亂賊。」言未畢，廖化出班哭拜於地曰：「關公父子遇害，實劉封、孟達之罪。乞誅此二賊。」玄德便欲遣人擒之。孔明諫曰：「不可。且宜緩圖之，急則生變矣。【毛】【漁】恐（其）不降吴，則降魏耳。可命〔三二〕此二人爲郡守，分調開去，然後可擒。」玄德從之，遂遣使命劉封去守綿竹。原來彭羕【嘉】音樣。與孟達甚厚，聽知此事，急回家作書，遣心腹人馳報孟達。【毛】本爲欲治二人之罪，却引出一人來。使者方出南門外，被馬超巡視軍捉獲，解見馬超。超審知此事，即往見彭羕。羕接入，置酒相待。酒至數巡，超以言挑之曰：「昔漢

〔二七〕毛本曹植詩二從贊本；鍾本、漁本同贊本；贊本同明三本。
〔二八〕「萁」，原作「箕」，致本、業本、貫本、滄本、商本、嘉本、夏本、贊本同。形訛，據其他古本改。
〔二九〕「潸」，光本作「潜」，形訛。
〔三〇〕「殿後」，光本倒作「後殿」。
〔三一〕「逼」，齋本作「迫」。「漢」，光本、商本作「獻」。
〔三二〕「命」，原作「陞」，古本同。按：《三國志·蜀書·劉封傳》：時劉封爲「副軍將軍」、孟達前曾爲「宜都太守」，故「陞」字不妥，後同。

中王待公甚厚，今何漸薄也？」【毛】【漁】馬超性直，此時亦能用詐。羕因酒醉，恨罵曰：「老革【三】老革（者），老兵也。荒悖，吾必有以報之！」超又探曰：「某亦懷怨心久矣。」羕曰：「公起本部軍，結連孟達爲外合，某領川兵爲内應，大事可圖也。」【毛】前被髡於劉璋，今髮長未幾，而復生異心，恐不但斷髮，將斷其頭矣。【鍾】羕自取死。超曰：「先生之言甚當。來日再議。」超辭了彭羕，即將人與書解見漢中王，細言其事。玄德大怒，即令擒彭羕下獄，拷問其情。羕在獄中，悔之無及。玄德問孔明曰：「彭羕有謀反之意，當何以治之？」孔明曰：「羕雖狂士，然留之久必生禍。」【贊】極是，極是。於是玄德賜彭羕死於獄。【毛】與張松事泄而死彷彿相似。【鍾】彭羕當誅。

羕既死，有人報知孟達。達大驚，舉止失錯。忽使命至，調劉封回守綿竹去訖。孟達慌請上庸太守申耽、西城太守申儀〔三三〕弟兄二人商議曰：「我與法孝直同有功於漢中王，今孝直已死，【毛】法正之死，在孟達口中補出。而漢中王忘我前功，乃欲見害，爲之奈何？」耽曰：「某有一計，使漢中王不能加害於公。」達大喜，急問何計。耽曰：「吾弟兄欲投魏久矣，公可作一表，辭了漢中王，投魏王曹丕，丕必重用。吾二人亦隨後來降也。」【毛】【漁】（又）因孟達一人，引出兩人之叛。達猛然省悟，即寫表一通，付與來使，當晚引五十餘騎投魏去了。使命持表回成都，奏漢中王，言孟達投魏之事。先主大怒。覽其表曰〔三四〕：

臣達伏惟殿下：將建伊、呂之業，追桓、文之功，大事草創，假勢吴、楚，是以有爲之士，望風歸順。臣委質以來，愆戾山積。臣猶自知，況於君乎？今王朝英俊鱗集，臣内無輔佐之

〔三三〕「上庸太守申耽、西城太守申儀」，原作「上庸、房陵都尉申耽、申儀」，古本同。按：《三國志・蜀書・劉封傳》：「先主加耽征北將軍，領上庸太守、員鄉侯如故，以耽弟儀爲建信將軍、西城太守。」據改。

〔三四〕毛本孟達表文改自贊本；鍾本、漁本同贊本；贊本改自明三本。按：嘉本改自《三國志・蜀書・劉封傳》裴注引《魏略》。

器，外無將領之才，列次功臣，誠足自愧！

臣聞范蠡識微〔三五〕，浮於五湖；二補註姓范名蠡，越〔三六〕國大夫。與越王句踐謀滅吳王夫差之後，遂（乘）（泛）扁舟遊五湖，再不反國。舅犯謝罪，逡巡河上。二補註咎〔三七〕犯，晉公子狐偃，字子犯，文公時出亡在外。夫際會之間，請命乞身，何哉？欲潔去就之分也。況臣卑鄙，無元功巨勳自繫於時，竊慕前賢，蚤思遠恥。昔申生至孝，見疑於親；二補註申生，晉文公之子，至孝。遭驪姬讒毀而死。子胥至忠，見誅於君。二補註子胥，姓伍，吳國之臣，忠事吳王夫差，欲滅越王句踐。吳王信讒，乃賜劍而死曰：「抉吾目懸東門，以觀越滅吳。」後果然。蒙恬拓周音托。境而被大刑，二補註蒙恬，秦大夫，始皇命監軍北築長城（萬里），以拒胡（人）。樂毅破齊而遭讒佞。二補註樂毅，燕國名將，出軍六月，下齊七十餘城。臣每讀其書，未嘗不感慨流涕，而親當其事，益用傷悼。

邇者，荊州覆敗，大臣失節，百無一還。鍾欲蓋而彌彰矣。惟臣尋事，自致房陵、上庸，而復乞身自放於外。伏想〔三八〕殿下聖恩感悟，愍臣之心，悼臣之舉。臣誠小人，不能始終。知而爲之，敢謂非罪？臣每聞「交絕無惡聲，去臣無怨辭」，臣過奉教於君子，願君王勉之，

臣不勝惶恐之至！

玄德看畢，大怒曰：「匹夫叛吾，安敢以文辭相戲耶！」即欲起兵擒之。孔明曰：「可就遣劉封進兵，令二虎相併。劉封或有功，或敗績，必歸成都，就而除之，可絕兩害。」毛一舉兩得，殊不費力。漁一舉而兩得之。玄德從之，遂遣使到綿竹，傳諭劉封。封受命，率兵來擒孟達。

却說曹丕正聚文武議事，忽近臣奏曰：「蜀

〔三五〕「微」，濟本、光本作「機」。
〔三六〕周批「越」，原作「趙」。按：范蠡未事趙。據夏批改。
〔三七〕按：周批同明四本正文作「咎」，舅犯、咎犯、臼犯同，從原文。
〔三八〕「想」，濟本作「思」，光本作「願」。

將孟達來降。」丕召入問曰：「汝此來，莫非詐降乎？」達曰：「臣爲不救關公之危，漢中王欲殺臣，因此懼罪來降，別無他意。」曹丕尚未准信，忽報劉封引五萬兵來取襄陽，单搦孟達廝殺。丕曰：「汝既是真心，便可去襄陽取劉封首級來，孤方准信。」【毛】與吕蒙使傅士仁招縻芳一般意思。達曰：「臣以利害説之，不必動兵，令劉封亦來降也。」丕大喜，遂加孟達爲散騎常侍、建武將軍、平陽亭侯，領新城太守，去守襄陽、樊城。

原來夏侯尚、徐晃已先在襄陽，正將收取上庸諸部。孟達到了襄陽，與二將禮畢，探得劉封離城五十里下寨。達即修書一封，使人賫赴蜀寨，招降劉封。【毛】與傅士仁説縻芳相似。劉封覽書〔三九〕，大怒曰：「此賊悞吾叔侄之義，又間吾父子之親，使吾爲不忠不孝之人也！」【贊】【鍾】劉封（的是）（可稱）孝子忠臣。遂扯碎來書，斬其使。【毛】【漁】劉封此時却與縻芳大異。次日，引軍前來搦戰。孟達知劉封扯書斬使，勃然大怒，亦領兵出迎。兩陣對圓，封立馬於門旗下，以刀指罵曰：「背國反賊，安敢亂言！」孟達曰：「汝死已臨頭上〔四〇〕，還自執迷不省！」封大怒，拍馬挺鎗〔四一〕，直奔孟達。戰不三合，達敗走，【毛】【漁】便是誘敵之計。封乘虚追殺二十餘里，一聲喊起，伏兵盡出，左邊夏侯尚殺來，右邊徐晃殺來，孟達回身復戰。三軍夾攻，劉封大敗而走，連夜奔回上庸，背後魏兵趕來。劉封到城下叫門，城上亂箭射下，申耽在敵樓上叫曰：「吾已降了魏也！」【毛】早爲十數回後閉門射孟達作一樣子。封大怒，欲要攻城，背後追軍將至，封立脚不牢，只得望西城〔四二〕而奔，見城上已盡插魏旗。申儀在敵樓上將旗一颭，

〔三九〕「書」，光本、明四本作「畢」。

〔四〇〕「上」，商本脱，周本作「尚」。

〔四一〕「挺鎗」，原作「輪刀」，業本、貫本、齋本、滄本、商本、明四本同；光本作「舞刀」。按：前文第七十二回作「劉封大怒，挺鎗驟馬，逕取曹操」。據前文改。

〔四二〕「牢」，致本同，其他古本作「住」。「西城」，原作「房陵」，古本同。按：同本回校記〔三三〕。據改。

城後一彪軍出，旗上大書「右將軍徐晃」。毛漁與沔水之戰相似。封抵敵不住，急望西川而走，晃乘勢追殺。劉封部下只剩得百餘騎，到了成都，入見漢中王，哭拜於地，細奏前事。玄德怒曰：「辱子有何面目復來見吾！」封曰：「叔父之難，非兒不救，因孟達諫阻故耳。」毛今番却推脱不乾淨了。漁此番推脱的不乾淨。玄德轉怒曰：「汝須食人食、穿人衣，非土木偶人，安可聽讒賊所阻！」贊劉備不通，可惡，可恨！諸葛亮更可殺矣，更可剮矣。不殺不剮，亦無以洩我胸中之憤也。〔四三〕鍾玄德可□。命左右推出斬之。毛此時悔聽孟達之言而不救關公，又悔不聽孟達之言而不降魏矣。漢中王既斬劉封，後聞孟達招之，毁書斬使之事，心中頗悔，又哀痛關公，以致染病，因此按兵不動。毛以上按下先主，以下再敘曹丕。

且說魏王曹丕，自即王位，將文武官僚盡皆陞賞，遂統甲兵三十萬南廵沛國譙縣，大饗先塋。鄉中父老揚塵遮道，奉觴進酒，效漢高祖還沛之事。毛正爾〔四四〕居喪守制，却便衣錦還鄉，恐不如高祖之「威加海内」而歸也。人報大將軍夏侯惇病危，丕即還鄴郡。時惇已卒，毛照應前文見鬼事。丕爲掛孝，以厚禮殯葬。是歲八月間，報稱石邑〔四五〕縣二石邑縣，今屬北直隸真定府〔四六〕（是也）。鳳凰來儀，臨淄城麒麟出現，黄龍現於鄴郡。毛漁（此）鳳（凰）、（此）（麒）麟、（此）（黄）龍不當來而來，非魏之禎祥，乃漢之妖孽耳。贊鍾此鳳、此麟、此龍，胡爲乎來哉！於是中郎將李伏、太史丞許芝商議：種種瑞徵，乃魏當代漢之兆，可安排受禪之禮，令漢帝將天下讓與魏王。遂同華歆、王朗、辛毗、賈詡、劉廙、劉曄、陳矯、陳羣、桓階等一班文武官僚四十餘人，直入内殿，

〔四三〕按：明四本、贊本系正文述孔明勸玄德殺劉封，毛本正文删改，贊、鍾批及回末總評從原文。

〔四四〕「爾」，商本作「宜」。

〔四五〕「邑」，商本作「邕」，形訛。

〔四六〕周、夏批「北直隸真定府」，周批原作「陝西西安府」，夏批原作「山東兗州府」。按：《一統志》：真定府獲鹿縣「本戰國趙之石邑，漢屬常山郡」。據改。

來奏漢獻帝，請禪位於魏王曹丕。正是：

魏家社稷今將建，漢代江山忽已移。

未知獻帝如何回答，且看下文分解。

諸葛亮真狗彘也，真奴才也，真千萬世之罪人也。彼何嘗爲蜀，渠若真心爲蜀，自不勸殺劉封矣；即其勸殺劉封，乃知借手剪蜀爪牙，實陰有所圖也。蠢哉！玄德何足以知此。

劉封忠義，玄德不知而殺之，罪猶可原；孔明知而殺之，罪不容誅矣。更將言語文飾，真是小人之過也，必文。

子建七步成章，聰明賈禍，非生才之意，乃小才之過，不可以此致憾造物。

劉封忠義，玄德不知而殺之也。孔明必欲殺之，更將言語文飾，何哉？

第八十回

曹丕廢帝篡炎劉　漢王正位續大統

三代以後，學湯、武之征誅則是，學舜、禹之受禪則非，蓋征誅可學，而受禪不可學也。漢高學湯、武，雖未必遂可湯、武，而猶不失爲堂堂之陣，正正之旗。若夫受禪之舉，一學之而謬者有王莽，再學之而謬者有曹丕。彼但知舜、禹之事，而不知舜、禹之所以行其事者耳。舜、禹之事，行之以舜、禹之心。後人乃以羿、浞之心，而欲行舜、禹之事；居堯宮而逼堯子，奪舜璽而逼舜禪，天下有如是之舜，如是之禹哉？

有妖孽而爲禎祥者，如九年之水開聖帝、七年之旱啟賢王是也。有禎祥而爲妖孽者，如魯桓公之書「大有」、魯哀公之誌「獲麟」是也。不當瑞而瑞，即謂之妖；不當祥而祥，即謂之孽。麟、鳳、黃龍，非曹丕受命之禎，乃獻帝失國之兆。然則麟也、鳳也、龍也，直等之青蛇之墮、雌雞之化而已矣。

觀曹丕受禪之時，有怪風之警，而知天心之未嘗不與人心合也。人有心，天亦有心。人心不予魏，豈天心獨予魏哉？然不與魏者天心也，不予魏而終不能禁魏之篡者，天數也。不獨人不能違數，即天亦不能自違其數。數不可憑，而福善禍淫之心則可憑。紫陽《綱目》不以魏爲正統，蓋不以天數與之，還以天心之合乎人心者奪〔一〕之耳。

漢高之返〔二〕沛縣，有《大風》之歌，此漢初之雄風也。獻帝之禪許昌，有怪風之變，

〔一〕「奪」，光本作「與」。
〔二〕「返」，光本作「反」。

此漢末之悲風也。風在漢初而雄，在漢末而悲，同一風而有盛衰之異焉。雖然，風至漢末，風斯息矣，漢末安得有風？當仍歸之高祖在天之靈可也。

吕雉王產、祿，而劉幾化吕；武曌寵三思，而周幾代唐。若曹后者，誠過之矣。曹后之駡曹丕，比之王后之駡王莽，庶幾相似乎？然以后之貴而貴其族者，王后也；以族之貴而貴爲后者，曹后也。族以后之故而得貴，則后之斥之也易；后因族之故而得立，則后之不黨其族也難。推曹后之心，使其身非曹操之所出，我知其必與父兄同謀討賊，如伏后、董妃之事耳。伏完有女而曹操亦有女，董承有妹而曹丕亦有妹。曹后之賢，殆將與伏后、董妃並列爲三云。

玄德之帝成都，與曹丕之帝洛陽，同一帝也，而史家之筆〔三〕，予玄德而不予曹丕者，正與僭之異也。若論玄德之取西川，則以劉奪劉，或以爲逆取而順守；若論玄德之即帝位，則以劉繼劉，直是順取而順守矣。所可議者，續高、光之業而不墜其統，固所以尊祖；乃納劉瑁之妻而立之爲后，似不免於瀆祖。君子於此，不能無遺憾焉。

玄德之稱漢中王也，在曹操稱魏王之〔四〕後。夫曹氏可王，而劉氏獨不可王乎？非劉氏而王者，高祖有禁，即以獻帝臨之，曹可奪而劉可予也。玄德之即帝位也，在曹丕篡帝位之後。夫丕可以篡漢，而帝室之胄反不可以繼漢乎？丕篡之而玄德繼之，是獻帝廢而未廢也。「宋」之司馬氏，乃帝魏而寇蜀，吾不知其作何解？

却說華歆等一班文武，入見獻帝。歆奏曰：「伏覩魏王，自登位以來，德布四方，仁及萬物，越

〔三〕三「之」、「與」「筆」，貫本脱。
〔四〕「之」上，商本有「也」字。

古超今，雖唐、虞無以過此。毛語語喪心。羣臣會議，言漢祚已終，望陛下效堯舜之道，以山川社稷禪與魏王，上合天心，下合民意，則陛下安享清閒之福，祖宗幸甚！生靈幸甚！臣等議定，特來奏請。」毛東吴討一荆州，關公且不許，華歆却〈毛漁〉把一皇帝輕輕討去。帝聞奏大驚，半晌無言，覷百官而哭曰：「朕想高祖提三尺劍，斬蛇起義，平秦滅楚，創造基業，世統相傳，四百年矣。朕雖不才，初無過惡，安忍將祖宗大業，等閒棄了？汝百官再從公計議。」毛議便不妥。華歆引李伏、許芝近前奏曰：「陛下若不信，可問此二人。」李伏奏曰：「自魏王即位以來，麒麟降生，鳳〔五〕凰來儀，黄龍出現，嘉禾蔚生，甘露下降，此是上天示瑞，魏當代〔六〕漢之象也。」毛何不竟指青龍見坐、雌雞化雄之灾異以爲言乎？許芝又奏曰：「臣等職掌司天，夜觀乾象，見炎漢氣數已終，陛下帝星隱匿不明；魏國乾象，極天際地〔七〕，言之難盡。更兼上應圖讖，其讖曰：『鬼在邊，委相連；當代漢，無可言。言在東，午在西；兩日並光上下移。』以此論之，陛下可早禪位。『鬼在邊，委相連』，是『魏』字也；『言在東，午在西』，乃『許』字也；『兩日並光上下移』，乃『昌』字也。此是魏在許昌應受漢禪〔八〕也。願陛下察之。」毛此等圖讖，想亦華歆等捏造耳。帝曰：「祥瑞圖讖，皆虚妄之事，奈何以虚妄之事，而遽欲朕舍祖宗之基業乎？」鍾帝却有見。王朗奏曰：「自古以來，有興必有廢，有盛必有衰，豈有不亡之國、不敗之家乎？贊反是至言。〔九〕漢室相傳四百〔一〇〕餘年，延至陛下，氣數已盡，宜蚤退避，不可遲疑，遲則生變矣。」毛未聞當日皋、夔、稷、契如此苦勸唐

〔五〕「位……鳳」八字原闕，據毛校本補。
〔六〕「上……代」七字原闕，據毛校本補。
〔七〕「極天際地」，原作「極天察地」，致本、業本、貫本、齋本、光本、商本同。按：「極天際地」意高大，後文第一百十九回亦作「極天際地」，據濬本、明四本改。
〔八〕「禪」，商本作「祚」。
〔九〕吴本脱此句贊批。
〔一〇〕「百」，原作「十」，據古本改。

堯。帝大哭，入後殿去了。百官哂笑而退。【漁】帝大哭，百官笑，可憐可恨！

次日，官僚又集於大殿，令宦官入請獻帝。帝憂懼不敢出。曹后曰：「百官請陛下設朝，陛下何故推阻？」帝泣曰：「汝兄欲篡位，令百官相逼，朕故不出。」曹后大怒曰：「吾兄奈何爲此亂逆之事耶！」【毛】曹后深明大義，不是女生向外〔一一〕。言未已〔一二〕，只見曹洪、曹休帶劍而入，請帝出殿。曹后大罵曰：「俱是汝等亂賊，希圖富貴，共造逆謀！吾父功蓋寰區，威震天下，然且不敢篡竊神器。今吾兄嗣位未幾，輒思篡漢，皇天必不祚爾！」【毛】比孫夫人之叱吳將更爲激烈，不意曹瞞老賊却有如此一位賢女。言罷，痛哭入宮，左右侍者皆歔欷〔一三〕流涕。曹洪、曹休力請獻帝出殿，帝被逼不過，只得更衣出前殿。華歆奏曰：「陛下可依臣等昨日之議，免遭大禍。」【毛】四岳薦舜，未聞有此恐號〔一四〕語。帝痛哭曰：「卿等皆食漢禄久矣，中間多有漢朝功臣子孫，何忍作此不臣之事？」【毛】月正元日，未聞唐堯如此苦告四岳。【贄】獻帝不達〔一五〕。【漁】聞此言而不動心者，與禽獸何異？歆曰：「陛下若不從衆議，恐旦夕蕭墻禍起，非臣等不忠於陛下也。」【贄】可笑〔一六〕之言。【鍾】無恥之（極）。帝曰：「誰敢弑朕耶？」歆厲聲曰：「天下之人，皆知陛下無人君之福，以致四方大亂！若非魏王在朝，弑陛下者何止一人？陛下尚不知恩報德〔一七〕，直欲令天下人共伐陛下耶？」【毛】使管寧而在，不但割席，當割其舌；不但分坐，當分其尸矣。帝大驚，拂袖而起。王朗以目視華歆，歆縱步向前，扯住龍袍，變色而言曰：「許與不許，蚤發一言！」【毛】【漁】露出昔日破壁面孔。帝戰慄不能答。曹洪、曹

〔一一〕「向外」，貫本、澹本倒作「外向」。
〔一二〕「已」，商本作「畢」，明四本無。
〔一三〕「歔欷」，齋本、光本、商本倒作「欷歔」，明四本無。
〔一四〕「號」，貫本、澹本、光本、商本作「嚇」。
〔一五〕「達」，緑本訛作「遠」。
〔一六〕「笑」，緑本訛作「矣」。
〔一七〕「德」，齋本、光本作「本」。

休扳劍大呼曰：「符寶郎〔一八〕何在？」祖弼應聲出曰：「符寶郎在此！」曹洪索要玉璽。祖弼叱曰：「玉璽乃天子之寶，安得擅索！」毛漁忠臣，（真乃）國之寶也（，符寶非寶，祖弼是寶）。贊鍾祖弼真不愧符璽郎。洪喝令武士推出斬之，祖弼大罵不絶口而死。後人有詩讚曰〔一九〕：

姦宄二音奎。專權漢室亡，詐稱禪位效虞唐。
滿朝百辟皆尊魏，僅見忠臣符寶郎。

帝顫慄不已，只見階下披甲持戈數百餘人，皆是魏兵。帝泣謂羣臣曰：「朕願將天下禪於魏王，幸留殘喘以終天年。」賈詡曰：「魏王必不負陛下。陛下可急降詔，以安衆心。」毛漁非安衆心，（乃）（實）安一身耳。帝只得令陳羣〔二〇〕草禪國之詔，令華歆賫捧詔璽，引百官直至魏王宮獻納。毛本是天子所賜，乃曰「獻納」，可嘆。曹丕大喜，開讀詔曰〔二一〕：

朕在位三十二年，遭天下蕩覆，幸賴祖宗之靈，危而復存。毛原非大臣之力。然今仰瞻天象，俯察民心，炎精之數既終，行運在乎曹氏。是以前王既樹神武之績〔二二〕，今王又光耀明德以應其期。曆數昭明，信可知矣。夫「大道之行，天下爲公」，唐堯不私於厥子，而名播於無窮。朕竊慕焉，今其追踵堯典，禪位於丞相魏王。王其毋辭！贊鍾禪位、遜〔二三〕位至此，亦壞極堯舜門風矣。

〔一八〕按：贊本後文詩句及贊、鍾批作「符璽郎」。《後漢書·百官志》：「尚符璽郎中四人。本注曰：舊二人在中，主璽及虎符、竹符之半者」，應作「尚符璽郎中」，涉後文批語，從原文。

〔一九〕毛本後人讚詩改自贊本，爲静軒詩；鍾本、漁本同周本、夏本、贊本，嘉本無。

〔二〇〕「陳羣」，商本作「羣臣」。

〔二一〕毛本漢帝詔書一，删、改自贊本；鍾本、漁本同贊本，周本、夏本、贊本改自嘉本。按：嘉本增、改自《三國志·魏書·文帝紀》裴注引東晉袁宏《漢紀》。

〔二二〕「績」，原作「蹟」，業本、貫本、澹本、光本、明四本同。按：《三國志·魏書·文帝紀》裴注引《漢紀》曰：「是以前王既樹神武之績。」據齋本、商本改。

〔二三〕鍾批「遜」，原作「選」。按：「選」不通，疑「遜」之訛，據贊批改。

曹丕聽畢，便欲受詔。司馬懿諫曰：「不可。雖然詔璽已至，殿下宜且上表謙辭，以絶天下之謗。」**毛****漁**（天下難欺，）與其詐讓，不如從直。丕從之，令王朗作表，自稱德薄，請別求大賢以嗣天位。**毛**不曰天位不可讓，而曰別求大賢，便是欲天子避位之意。帝覽表，心甚驚疑，謂羣臣曰：「魏王謙遜，如之奈何？」**毛**天子若信老實，不更與他，看他如何再討〔二四〕。**鍾**帝甚懦。華歆曰：「昔魏武王受王爵之時，三辭而詔不許，然後受之。**毛**此是家傳奸詐衣鉢。今陛下可再降詔，魏王自當允從。」**毛**子效父之詐，臣導君以詐，真堪羞殺。**贊**漢帝可埋，華歆可醬。**漁**華歆真萬古忘八禽獸。帝不得已，又令桓階草詔，遣行御史大夫事、太常張音持〔二五〕節奉璽至魏王宮。曹丕開讀詔曰〔二六〕：

咨爾魏王，上書謙讓。朕竊爲漢道陵遲，爲日已久，幸頼武王**嘉**曹操也。操，德膺符運，奮揚神武，芟除兇暴，清定區夏。今王**嘉**曹丕也。丕纘承前緒，至德光昭，聲教被四海，仁風扇八區。天之曆數，實在爾躬。昔虞舜有大功二十，而放勳**二**放，上聲。放勳，唐堯帝名也。禪以天下；大禹有疏導之績，而重華禪以帝位。**二**重華，虞舜名也。漢承堯運，有傳聖之義，加順靈祇〔二七〕，紹天明命，使行御史大夫張音持節奉皇帝璽綬。王其受之！**贊**婚書耶？禪詔耶？何兼把堯舜比壞了。曹丕本意，不如直擣漢宮殺其身、

〔二四〕「討」，齋本作「許」，滄本、商本作「計」，光本作「詐」。

〔二五〕「行御史大夫事、太常」，原作「高廟使」，古本同。按：《通鑑·魏紀一》：「漢帝告祠高廟，使行御史大夫張音持節。」《演義》斷句誤；《三國志·魏書·文帝紀》作「使使持節行御史大夫事太常音」；後文詔書亦作「使行御史大夫張音」。據改、補。「持」，原作「特」，業本同，據其他古本改。

〔二六〕毛本漢帝詔書二，刪、改自贊本；鍾本、漁本同贊本，周本、夏本、贊本改自嘉本。按：嘉本刪、改自《三國志·魏書·文帝紀》裴注引《獻帝傳》。

〔二七〕「祇」，原作「祗」，毛校本、贊本同。按：《三國志·魏書·文帝紀》裴注引《獻帝傳》：「加順靈祇。」戰國尸佼《尸子》：「天神曰靈，地神曰祇，人神曰鬼。」據明三本改。

虜其女，倒且直率，何必塗面打刼？此一點良心也。鍾此詔正爲逆丕□罪案。

曹丕接詔欣喜，謂賈詡曰：「雖二次有詔，然終恐天下後世，不免篡竊之名也。」毛漁既畏此名，何如不做。詡曰：「此事極易，可再命張音賫回璽綬，却教華歆令漢帝築一臺，名『受禪臺』。毛前李肅賺董卓，曾曰「築受禪臺矣」。有前之虚話，乃有此之即真〔二八〕。擇吉日良辰，集〔二九〕大小公卿，盡到臺下，令天子親奉璽綬，禪天下與王，毛漁差人送來不算，（却）（還）要天子親自送來。便可以釋羣疑而絶衆議矣。」丕大喜，即令張音捧回璽綬，仍作表謙辭。音回奏獻帝，帝問羣臣曰：「魏王又讓，其意若何？」毛若天子第二次竟做假呆，曹丕將如之何？贄蠢。華歆奏曰：「陛下可築一臺，名曰『受禪臺』，集公卿庶民，明白禪位，毛漁到底不明不白。鍾歆賊可殺。則陛下子子孫孫，必蒙魏恩矣。」帝從之，乃遣太常院官卜地於繁陽，三地名。築起三層高臺，擇於十月庚午日寅時禪讓。

至期獻帝請魏王曹丕登臺受禪，臺下集大小官僚四百餘員，御林虎賁禁軍三十餘萬。毛漁衆目昭彰，其罪愈著。帝親捧玉璽奉曹丕，丕受之。臺下羣臣跪聽册曰〔三〇〕：

咨爾魏王：昔者唐堯禪位於虞舜，舜亦以命禹：天命不於常，惟歸有德。漢道陵遲，世失其序；降及朕躬，大亂滋昏，羣凶恣逆，宇内顛覆。賴武王神武，拯〔三一〕茲難於四方，惟清區夏，以保綏我宗廟；豈予一人獲〔三二〕乂，俾

〔二八〕「曰」，致本作「自」，其他毛校本作「言」。「即真」，光本作「實事」。

〔二九〕「集」，光本作「集聚」，商本作「聚集」。

〔三〇〕毛本漢帝詔册删，改自贄本；鍾本、漁本同贄本，贄本改自嘉本，周本同嘉本。按：嘉本引自《三國志·魏書·文帝紀》。

〔三一〕「拯」，原作「極」，致本、業本、貫本、澹本同。按：《三國志·魏書·文帝紀》作「拯」，據其他古本改。

〔三二〕「獲」，原作「護」，致本、業本、貫本、商本同。按：《三國志·魏書·文帝紀》作「獲」，據其他古本改。

九服實受其賜。今王欽承前緒，光於乃德；恢文武之大業，昭爾考之弘烈。皇靈降瑞，人神告徵；誕惟亮采，師錫朕命。僉曰：爾度克協於虞舜，用率我唐典，敬遜爾位。於〔二〕音嗚。戲〔三三〕〔二〕音呼。！「天之曆數在爾躬」，君其祇〔三四〕順大禮，饗萬國以肅承天命！〔鍾〕逆丕篡竊大位，作漢家之賊子；又竊禪受，爲堯舜之罪人。

讀册已畢，魏王曹丕即受八般〔三五〕大禮，登了帝位。賈詡引大小官僚朝於臺下。改延康元年爲黄初元年，〔毛〕張角所云「黄天當立」，於此始驗。〔漁〕前所云「黄天當立〔三六〕」。國號大魏。丕即傳旨，大赦天下。謚父曹操爲太祖武皇帝。華歆奏曰：「『天無二日，民無二主〔三七〕。』漢帝既禪天下，理宜退就藩服。乞降明旨，安置劉氏於何地？」〔漁〕可耻！可恨！言訖，扶獻帝跪於臺下聽旨。〔毛〕曰〔三八〕「率諸侯北面而朝之」，方信不是齊東之〔三九〕語。丕降旨封帝爲山陽公，〔二〕山陽，今河南懷慶府修武縣〔四〇〕即其地。即日便行。華歆按劍指帝厲聲而言曰：「立一帝，廢一帝，古之常道！今上仁慈，不忍加害，封汝爲山陽公。今〔四一〕日便行，非宣召不許入朝！」〔毛〕龍頭之惡，一至於此。追原舜、跖〔四二〕之分，只在拾金一刻。〔鍾〕華歆廢帝，罪當萬段，亦不洩吾之憤也。〔漁〕如此取辱，何不早死。獻帝含

〔三三〕「戲」，原作「獻」，致本、業本、貫本同。按：《三國志·魏書·文帝紀》作「戲」，「獻」形訛，據其他古本改。

〔三四〕「祇」，致本訛作「紙」，業本、齋本作「祗」。按：「祇順」意恭敬順從，「紙」「祗」皆形訛。

〔三五〕「八般」，齋本、光本、商本作「禪位」。

〔三六〕「立」字原闕，據衡校本補。

〔三七〕「主」，原作「王」，毛校本、周本、夏本、贊本同。按：「主」字通，據嘉本改。

〔三八〕「曰」，致本同，其他毛校本作「堯」。

〔三九〕「之」，商本作「野」。

〔四〇〕周、夏批「河南懷慶府修武縣」，原作「陝西西安府商州山陽縣」。按：《三國志·魏書·文帝紀》：「以河內之山陽邑萬户奉漢帝爲山陽公」。《一統志》：濁鹿城「在修武縣西北三十里，一名山陽城，魏封漢獻帝爲山陽公。」據改。

〔四一〕「今」，齋本、光本作「即」。

〔四二〕「跖」，原作「跖」，致本、業本同，據其他毛校本改。

淚拜謝，上馬而去。臺下軍民人等見之，傷感不已。毛旁寫一筆，見獻帝之難堪。丕謂羣臣曰：「舜、禹之事，朕知之矣！」毛漁天下有如此舜、禹〔四三〕乎？羣臣皆呼萬歲。後人觀此受禪臺，有詩嘆曰〔四四〕：

兩漢經營事頗難，一朝失却舊江山。
黄初欲學唐虞事，司馬將來作樣看。三考證補註後晋武帝司馬炎廢魏主曹奂爲陳留王，乃天報也。贊鍾果然爲晉宣作一樣子。〔四五〕

百官請曹丕答謝天地。丕方下拜，忽然臺前捲起一陣怪風，飛砂走石，急如驟雨，對面不見，臺上火燭盡皆吹滅。毛此亦是祥瑞耶？虞舜當日四方風動，恐未必如此風也。漁風雨齊來，想大舜當日未必有此。丕驚倒於臺上，百官急救下臺，半晌方醒。毛「烈風雷雨弗迷」，丕何以不如舜。侍臣扶入宮中，數日不能設朝。後病稍可，方出殿受羣臣朝賀。封華歆爲司徒，王朗爲司空，大小官僚，一一陞賞。丕疾未痊，疑許昌宮室多妖，毛曹操之疾既疑洛陽有鬼，曹丕之疾又疑許昌多妖。究竟何鬼何妖？不過因操奸如鬼，故以鬼召鬼；丕惡如妖，故以妖召妖耳。乃自許昌幸洛陽，大建宮室。毛以上按下曹丕，以下接叙先主。

蚤有人到成都，報説曹丕自立爲大魏皇帝，於洛陽蓋造宮殿，且傳言漢帝已遇害。毛此傳言之誤。按：獻帝廢爲山陽公者十四〔四六〕年，至曹叡青龍二年始卒。漢中王聞知，痛哭終日，下令百官掛孝，遥望設祭，上尊謚曰「孝愍皇帝」。玄德因此憂慮，致染成疾，不能理事，政務皆託與孔明。孔明與太傅許靖、勸學從事〔四七〕譙周商議，言天下不可一日無君，欲尊漢中王爲帝。毛漁放下先主，接叙孔

〔四三〕毛批「舜禹」，光本倒作「禹舜」。
〔四四〕毛本嘆詩改自贊本；鍾本、漁本同贊本；贊本同明三本。
〔四五〕原句漫漶，存「爲晉」「樣」三字，據贊校本補。
〔四六〕「十四」，原作「十五」，致本、業本、光本、商本同；貫華堂訛作「上五」，齋本倒作「五十」。按：《後漢書·孝獻帝紀》：「自遜位至薨，十有四年，年五十四，謚孝獻皇帝。」據改。
〔四七〕「勸學從事」，原作「光禄大夫」，古本同。按：《三國志·蜀書·先主傳》：「勸學從事張爽、尹默、譙周等上言。」據改。

明，爲即帝位鬭筍。譙周曰：「近有祥風〔四八〕慶雲之瑞。成都西北角有黄氣數十丈沖霄而起。帝星見於畢、胃、昴之〔四九〕分，煌煌如月。此正應漢中王當即帝位，以繼漢統，更復何疑？」毛孔明但言人事，譙周兼言天象。於是孔明與許靖引大小官僚上表，請漢中王即皇帝位。漢中王覽表，大驚曰：「卿等欲陷孤爲不忠不義之人耶？」孔明奏曰：「非也。曹丕篡漢自立，王〔五〇〕上乃漢室苗裔，理合繼統以延漢祀〔五一〕。」鍾（拂）他本心。漢中王勃然變色曰：「孤豈效逆賊所爲！」拂袖而起，入於後宮。毛漁曹丕逼勒天子之詔，先主不受羣臣之表，相去甚遠（矣）。衆官皆散。三日後，孔明又引衆官入朝，請漢中王出。衆皆拜伏於前。許靖奏曰：「今漢天子已〔五二〕被曹丕所弒，王上不即帝位，興師討逆，不得爲忠義也。今天下無不欲王上爲君，爲孝愍皇帝雪恨。若不從臣等所議，是失民望矣。」毛不以大德推之，而以大義責〔五三〕之，善於勸進。漁善與勸進。漢中王曰：「孤雖是景帝之孫，並未有德澤以布於民。今一旦自立爲帝，與篡竊何異！」毛漁（不言義不當立，但）言德不堪受，漸漸（相）近（矣）。贊鍾漢〔五四〕中王欲爲四海立主，〈贊〉羣臣欲爲一隅樹敵，然比曹正氣多矣。孔明苦勸數次，漢中王堅執不從。孔明乃設一計，謂衆官曰：「如此如此。」於是孔明託病不出。

漢中王聞孔明病篤，親到府中，直入臥榻邊，問曰：「軍師所感何疾〔五五〕？」毛害着要立皇帝的病。孔明答曰：「憂心如焚，命不久矣！」毛故作可駭之語。漢中王曰：「軍師所憂何事？」連問數次，孔明只推病重，瞑目不答。毛先是先主作難，此處却是孔明

〔四八〕「風」，商本作「鳳」，形訛。
〔四九〕「胃昴之」三字原闕，據毛校本補。
〔五〇〕「篡漢」，商本作「篡位」，明四本作「尚且」。「王」，齋本、滄本、光本、商本作「主」，本回後文多處，不另出校。
〔五一〕「祀」，致本作「祚」，商本作「嗣」，明四本無。
〔五二〕「已」，原作「以」，據古本改。
〔五三〕「責」，齋本、光本作「推」。
〔五四〕贊、鍾批「漢」，原無，贊校本同。按：「漢中王」非漢之中王，乃封地漢中之王，酌補。
〔五五〕「疾」，齋本、光本作「病」。

作難。妙絶。漢中王再三請問。孔明喟然歎曰：「臣自出茅廬，得遇大王，相隨至今，言聽計從。今幸大王有兩川之地，不負臣夙昔之言。目今曹丕簒位，漢祀將斬，文武官僚，咸欲奉大王爲帝，滅魏興劉，共圖功名。不想大王堅執不肯，衆官皆有怨心，不久必盡散矣。【毛】不以己動之，乃以羣臣動之。若文武皆散，吴、魏來攻，兩川難保。臣安得不憂乎？」【毛】既以羣臣動之，又以兩川動之。【鍾】借病以（悟）王。漢中王曰：「吾非推阻，恐天下人議論耳。」【毛】【漁】不言己[五六]德不堪，（但）（只）恐人心不服，比前又漸漸相近。孔明曰：「聖人云：『名不正，則言不順。』今大王名正言順，有何可議？【毛】此言人事允宜。豈不聞『天與弗取，反受其咎』？」【毛】此言天命當受。漢中王曰：「待軍師病可，行之未遲。」【毛】此句已是十分應承。孔明聽罷，從榻上躍然而起，【毛】曹丕真病，孔明假病。〈【毛】【漁】〉真病難痊，假病立愈。將屏風一擊，外面文武衆官皆入，拜伏於地曰：「王上既允，便請擇日以行大禮。」【毛】只露得一句口風，便被衆人拾去。【鍾】弄成圈套。漢中王視之，乃是太傅許靖、安漢將軍糜竺、青衣侯向舉、陽泉侯劉豹、別駕趙祚、治中楊洪、議曹杜瓊、勸學[五七]張爽、尹默、譙周、太常賴恭、光禄勳黄柱[五八]、從事祭酒何宗、秦宓、大司馬屬[五九]殷純、偏將軍張裔、少府王謀、昭文將軍伊籍等衆也[六〇]。【毛】【漁】（先聞其言，後詳其人，）

[五六] 漁批「己」，原作「巳」，形訛，據衡校本改。

[五七] 「勸學」，原作「從事」，毛校本同，明四本作「勸學從事」。按：《三國志·蜀書·先主傳》：「大司馬屬殷純、益州別駕從事趙莋、治中從事楊洪、從事祭酒何宗、議曹從事杜瓊、勸學從事張爽、尹默、譙周等上言。」《後漢書·百官志》：從事，即從事史，可略，如「別駕從事」簡作「別駕」。據改。

[五八] 「太常」「光禄勳」，原作「太常卿」「光禄卿」，古本同。按：《三國志·蜀書·楊戲傳》：「先主爲漢中王，用荆楚宿士零陵賴恭爲太常，南陽黄柱爲光禄勳。」據改。

[五九] 「從事祭酒何宗、秦宓、大司馬屬」，原作「祭酒何曾、學士尹默、司業譙周、大司馬」，古本同；嘉本「曾」作「宗」。按：同本回校記[五七]，據改、補。

[六〇] 「昭文將軍伊籍等衆也」，原作「昭文博士伊籍、從事郎秦宓等衆也」，古本同。按：《三國志·蜀書·伊籍傳》：「後遷昭文將軍。」《秦宓傳》：「益州辟宓爲從事祭酒。」據改。

不想屏風之外，蚤〔六一〕有埋伏。漢中王驚曰：「陷孤於不義，皆卿等也！」毛埋怨一句，實是應承。孔明曰：「王上〔六二〕既允所請，便可築壇〔六三〕擇吉，恭行大禮。」毛核實一句，便難推調〔六四〕。即時送漢中王還宮，一面令博士許慈、議郎〔六五〕孟光掌禮，築壇於成都武擔之南。嘉在成都西北乾位也。二武擔山，本名武都，在成都城北（二台）（一百）步。諸事齊備，多官整設鑾駕，迎請漢中王登壇致祭。譙周在壇上高聲朗讀祭文曰〔六六〕：

惟建安二十六〔六七〕年四月丙午朔，越十二日丁巳，皇帝備，敢昭告於皇天后土：漢有天下，曆數無疆。曩者，王莽篡盜，光武皇帝震怒致誅，社稷復存。今曹操阻兵殘忍，戮殺主后，罪惡滔天；操子丕，載肆凶逆，竊據神器。羣下將士，以爲漢祀墮廢，備宜延之，嗣武二祖，躬行天罰。備懼無德忝帝位，詢於庶民，外及遐荒君長，僉〔六八〕曰：天命不可以不答，祖業不可以久替，四海不可以無主。率土式望，在備一人。備畏天明命，又懼高、光之業，將墜於地，謹擇吉日，登壇祭告，受皇帝璽綬，撫臨四方。惟神饗祚漢家，永綏歷服！毛魏家之詔欺人，漢家之文告天。詔有三通，却不是真；文

〔六一〕毛批「外」，商本作「後」。漁批「早」，原作「蛋」。按：毛批「蚤」，通「早」。「蛋」字形訛，據衡校本改。

〔六二〕「王上」，原作「主上」，毛校本同；明四本無。按：前文稱謂皆作「王上」，據前文改，後文多處，不另出校。

〔六三〕「壇」，原作「臺」，古本同。按：本回後文「壇」「臺」皆有，《三國志·蜀書·先主傳》：「與百寮登壇，受皇帝璽綬」，統一作「壇」，後文多處，徑改不記。

〔六四〕「調」，業本作「却」，滄本、光本作「託」。

〔六五〕「議郎」，原作「諫議郎」，古本同。按：《三國志·蜀書·孟光傳》：「先主定益州，拜爲議郎，與許慈等並掌制度。」據刪。

〔六六〕毛本先主祭文刪、改自贊本；鍾本、漁本同贊本，贊本同明三本。按：嘉本增、改自《三國志·蜀書·先主傳》。

〔六七〕「六」，原作「五」，致本、業本、貫本、齋本、滄本、商本同。按：《三國志·蜀書·先主傳》作「建安二十六年」。據其他古本改。

〔六八〕「僉」，原作「夫」，致本、業本、貫本同；滄本作「皆」。按：《三國志·蜀書·先主傳》作「僉」，據其他古本改。

止一篇，却不是假。

讀罷祭文，孔明率衆官恭上玉璽。漢中王受了，捧於壇上，再三推讓曰：「備無才〔六九〕德，請擇有德者受之。」毛漁此讓（雖是虚文，然）與曹丕之讓（大）不（相）同。孔明奏曰：「王上平定四海，功德昭於天下，況是大漢宗派，宜即正位。已祭告天神，復何讓焉！」鍾蜀係正統，與曹氏篡逆□□。文武各官皆呼「萬歲」。拜舞禮畢，改元章武元年。毛與曹丕一般改元，先主却改得堂堂正正。立妃吴氏爲皇后，長子劉禪爲太子；封次子劉永爲魯王，三子劉理爲梁王；封諸葛亮爲丞相，許靖爲司徒。大小官僚，一一陞賞，大赦天下。兩川軍民，無不欣躍。毛一様做皇帝，只此一語，曹丕却輸與先主。

次日設朝，文武官僚拜畢，列爲兩班。先主降詔曰：「朕自桃園與關、張結義，誓同生死。不幸二弟雲長，被東吴孫權所害，若不報讎，是負盟也。朕欲起傾國之兵，剪〔七〇〕伐東吴，生擒逆賊，以雪此恨！」毛篡獻帝之讐更大於害關公之讐，乃先關公而後獻帝者，特以其事有先後耳。漁結義至今，念念不忘。言未畢，班内一人拜伏於階下，諫曰：「不可。」先主視之，乃虎威將軍趙雲也。正是：

君王未及行天討，臣下曾聞進直言。

未知子龍所諫若何，且看下文分解。

山陽受禪，分明扮戲，然皆操之遺奸也。操之奸雄，至此極矣。豈知特爲陳留作一草稿，草稿方完，謄真者隨至矣。嗚呼！奸雄亦何益于事哉！信乎奸雄之外復有奸雄也，做小人枉却做了小人也，亦何益于事哉？

曹家戲文方完，劉家戲子又上場矣，真可發一大笑也。雖然，自開闢以來，那一處不是戲場？那一人不是戲子？那一事不是戲文？併我今日批評《三國志》亦是戲文内一

〔六九〕「才」，原作「于」，形訛，據古本改。

〔七〇〕「剪」，光本、商本作「攻」。

齣也。呵呵。

曹操、諸葛亮心腹一般，做手兩樣。似諸葛亮較勝一籌耳。

山陽受禪，操之遺奸至此極矣。豈知特爲陳留作一標榜乎？後人詩誚之曰：「當初不解唐虞意，築土成臺教晉宣。」又曰：「受禪層臺司馬上，山陽還得似陳留。」操賊九原亦心怍否？